LE

MAGASIN DES ROMANS.

PARIS, 1853. — IMPRIMERIE LACOUR ET COMP.,
16, RUE SOUFFLOT, 16.

GABRIEL DE GONET, ÉDITEUR.

LE MAGASIN DES ROMANS

INÉDITS ET ILLUSTRÉS

TOME DEUXIÈME.

PARIS
MARESCQ ET Cie, LIBRAIRES,
RUE DU PONT-DE-LODI, 5.

GABRIEL DE GONET, ÉDITEUR,
RUE DES BEAUX-ARTS, N° 6.

MARESCQ ET COMP., LIBRAIRES,
RUE DU PONT-DE-LODI, N° 5.

EUGÈNE NUS.

LA PURITAINE
ET L'HOMME DES BOIS.

CHAPITRE PREMIER.

Louisianais et Yankees.

De toutes les villes des États-Unis, la Nouvelle-Orléans est celle qui ressemble le plus à une ville d'Europe. Vivante, animée, joyeuse, elle fourmille d'étrangers de toutes nations, jusqu'à ce que l'approche des chaleurs d'été et la peur de la fièvre jaune chassent dans le Nord cette foule nomade, emportée par les *steamers* fumants.

La population indigène seule, respectée par l'épidémie, demeure livrée alors à ses propres ressources. Elle se confine dans le fond de ses appartements, où tous les raffinements de l'industrie luttent contre la chaleur envahissante, et ne se montre plus que le soir, quand la brise de mer rafraîchit l'atmosphère embrasée. Pendant le jour, la ville est abandonnée aux peaux noires qui bravent le soleil.

La Nouvelle-Orléans, d'origine française, est encore aujourd'hui peuplée, en grande partie, par les descendants de ses fondateurs. La plupart de ses rues ont même conservé leurs noms primitifs, *la rue de Bourgogne, la rue de Chartres,* etc. C'est à cette origine qu'elle doit l'inappréciable avantage de ne pas ressembler aux pâles, froides et monotones cités alignées sur le nouveau continent par le génie méthodique de la race anglaise.

Le reste de la population est espagnol ou mulâtre. Très peu d'Américo-Anglais se sont décidés à fixer leur séjour dans cette ville *latine*, qu'ils se contentent de visiter en amateurs, par partie de plaisir. Du reste les *Yankees* sont détestés des créoles, qui bénissent chaque année la fièvre jaune de ce qu'elle met en fuite ces antipathiques visiteurs.

La divergence des intérêts, encore plus que la différence des mœurs, contribue à maintenir cette antipathie. Les joyeux et voluptueux Louisianais finiraient peut-être par endurer cette raideur de manières et d'idées, cette grossièreté de goûts, cette morgue insolente, ce rigorisme ridicule et souvent hypocrite, qui caractérisent la race britannique des deux continents, ou, du moins, ils se contenteraient d'en rire, si la question des esclaves, qui menace à chaque instant de scinder en deux camps hostiles la grande république américaine, ne venait alimenter sans cesse l'aversion des planteurs contre leurs alliés du Nord.

Cette haine, à la fois instinctive et raisonnée, se manifestait par de bruyants quolibets dans un groupe de jeunes créoles, réunis sur le quai pour assister au départ d'un paquebot qui allait remonter le Mississipi, chargé d'émigrants yankees, que le soleil de mai faisait fuir dans le Nord.

Le cigarre aux lèvres, le large chapeau d'écorce de palmier sur la tête, les mains nonchalamment plongées dans les poches de leur paletot, ces jeunes gens échangeaient à haute voix leurs plaisanteries, en lançant çà et là d'audacieuses bouffées de havane sur les raides gentlemen et les blondes ladies qui se pressaient pour l'embarquement, suivis de nègres chargés de leurs bagages.

A leurs façons hardies, à leurs regards provoquants, à leurs longs éclats de rire, à leur impertinence même, il était aisé de reconnaître des fils de planteurs ou de négociants français, perpétuant sur ces bords lointains les traditions de la mère-patrie. Les graves Yankees passaient à côté d'eux en fronçant le sourcil; les miss et les ladies, rougissants ous leurs regards effrontés, s'enveloppaient de leur mieux dans leurs châles de mousseline, et, en franchissant le pont-volant du steamer, dérobaient le plus possible le bas de leurs fines jambes, chaussées de soie blanche, aux appréciations de ces explorateurs indiscrets, non sans risquer pourtant un furtif coup d'œil en arrière. Puis tous disparaissaient dans la foule entassée sur le pont du paquebot, dont les roues impatientes faisaient déjà bouillonner l'eau du fleuve.

Les derniers voyageurs étaient embarqués ; la cloche du steamer, agitée par un matelot aux traits bronzés, jetait dans les airs son appel suprême, lorsqu'un petit canot mené par un noir vint aborder sur le quai, aux pieds du groupe joyeux. Un jeune homme sauta sur la berge, et fut immédiatement salué par un hourra de vives acclamations.

— C'est Georges de Lucenay, le hardi chasseur, le dompteur de panthères, le pourfendeur d'alligators, l'Hercule de la Louisiane, le Nemrod des États de l'Ouest, le Bas-de-Cuir du Mississipi.

— Quel bon vent t'amène? Sois le bien-venu!

Georges tendit ses deux mains aux mains empressées qui s'allongeaient vers lui.

— Que faites-vous ici? demanda-t-il.

— Tu le vois, répondit un des jeunes gens, nous assistons au départ des Yankees. Bénis soient Dieu et la fièvre jaune! avant un quart d'heure, je pense qu'il n'en restera plus un seul dans la ville : l'Alcyon va emporter tout ce qui ne s'était pas encore enfui.

— L'*Alcyon!* dit Georges regardant le nom du steamer écrit en lettres d'or à sa proue; je le croyais parti depuis hier.

Et son œil perçant errait machinalement sur la foule bariolée qui se pressait sur le pont. Bientôt, s'apercevant de cette inquisition involontaire, il fit un brusque mouvement, et se hâta de détourner les yeux.

— Un accident arrivé à sa chaudière a retardé de vingt-quatre heures son départ, dit un des créoles.

— Ah çà! d'où sors-tu? fit un autre; voilà un grand mois qu'on ne t'a vu.

— Parbleu! de la chasse, s'écria un troisième. Il nous rapporte quelque peau de panthère ou de jaguar, à moins qu'il n'ait couru, sur la foi d'un Indien vagabond, à la poursuite d'un troupeau de bisons égarés dans les hautes terres.

— Tu te trompes, Rodolphe, dit Georges, je n'ai pas chassé depuis un mois; la chasse m'ennuie.

— La chasse t'ennuie, s'écria Rodolphe; es-tu malade, mon pauvre Georges?

— Non, répondit laconiquement le jeune homme.

— Alors, qu'as-tu fait depuis un mois?

— J'ai fumé, je me suis promené, j'ai bâillé et j'ai dormi.

— Où cela?

— A la Baie des Roses.

— Chez ta mère?

— Oui.

— Et Bolivar, ton nègre?

— Bolivar a fumé, a bâillé et a dormi. Il a bu en outre beaucoup de tafia. — Ici, Bolivar, cria-t-il au nègre qui, après avoir amarré le canot, venait rejoindre son maître.

Bolivar s'approcha en montrant ses dents blanches, découvertes par un gracieux sourire.

— Dis un peu à mon ami Rodolphe combien tu as engouffré de verres de rhum pendant notre séjour à la Baie des Roses.

— Trois cent soixante, dit Bolivar.

— Douze par jour, et son verre contient un quart de pinte, dit Georges. Il est vrai que les libations de la nuit sont comprises dans son calcul; n'est-ce pas, Bolivar?

— Oui, répondit le nègre.

Pendant ce rapide colloque le steamer, quittant la berge, commençait à gagner le milieu du fleuve.

Georges qui, tout en causant avec ses amis, avait suivi du regard les évolutions du paquebot, poussa un soupir et crispa les poings, comme un homme en proie à un violent combat intérieur.

— Que diable peux-tu avoir à soupirer ainsi, en suivant des yeux cette traînée de fumée? lui dit Rodolphe. Si tu n'étais pas Georges, je croirais qu'une de ces miss aux yeux bleus emporte ton cœur, en remontant le fleuve avec une force de quatre cents chevaux.

— Au diable les miss et les yeux bleus! s'écria Georges avec un empressement fébrile; je me soucie de ces pâles statues comme de cette fumée que l'*Alcyon* jette au vent.

A l'instant où Georges achevait de

prononcer ces mots, il recula avec surprise. Une jeune femme d'une rare beauté, suivie d'une vieille négresse, venait presque de le frôler en rentrant dans la ville, et lui avait lancé, en passant, un de ces regards froids et perçants qui semblent vouloir fouiller un cœur.

— Miss Lucy! s'écria-t-il en reculant d'un pas.

— Tiens! fit Rodolphe, la belle puritaine reste parmi nous. J'ai entendu dire, en effet, que son père est gravement malade. Elle vient, sans doute, d'assister au départ des Simpsons, qui sont, je crois, de sa famille, et elle retourne soigner le vieux docteur, jusqu'à ce que la santé du bonhomme lui permette de nous quitter à son tour. Par ma foi, c'est une admirable créature, malgré sa raideur et son orgueil. Je suis fâché de ne pas la savoir partie avec les autres; car cette maudite épidémie a peu de respect pour les belles filles.

Les yeux de Georges, entraînés malgré sa volonté sur les traces de Lucy, avaient suivi la jeune Yankee jusqu'à ce qu'elle eût disparu au détour d'une rue.

— Allons, Bolivar, au canot! s'écria-t-il brusquement, en secouant la tête comme un homme qui s'éveille.

Le noir sauta dans l'embarcation et prit les rames d'un air insouciant.

Rodolphe arrêta Georges qui s'apprêtait à le rejoindre.

— Où vas-tu? lui demanda-t-il.

— Laisse-moi; je m'en vais, dit Georges.

— A peine arrivé! Es-tu fou?

— Il faut que je parte.

—Sans donner une journée à tes amis, qui ne t'ont pas vu depuis un mois! Tu ne feras pas cela.—Bolivar, laisse là tes rames et suis ton maître! Nous allons déjeuner chez la Pepita, qui a du tafia exquis.

— Verres trop petits, dit Bolivar.

— On les cassera, fit Rodolphe, et on les remplacera par des tonnes.

Bolivar, voyant que son maître ne lui ordonnait pas de rester, remit ses rames dans le canot et remonta sur la berge.

— Vous avez raison, dit Georges, je suis fou... et je suis lâche, ajouta-t-il à part lui. Allons déjeuner chez la Pepita, et vive la gaîté!— Bolivar, nous restons huit jours ici.

— Bravo! s'écrièrent les jeunes gens, en l'entraînant dans la ville.

— Bolivar, demanda Rodolphe au nègre qui marchait à leur suite, qu'a donc ton maître?

— Lui pas bien, dit Bolivar; plus chasser, plus pêcher, plus boire, plus rire; lui marcher tout seul, lui soupirer, lui s'emporter, lui malade.

— C'est étrange, se dit Rodolphe, en rejoignant ses amis au moment où ils entraient chez la Pepita, jeune métisse peu farouche, qui tenait un débit de vins fins, de mets choisis, de liqueurs exquises et de cigarres du premier mérite, au service de la jeunesse désœuvrée de la capitale des États de l'Ouest.

II.

Le Chevreuil-Blanc.

Georges de Lucenay était français par son père et espagnol par le sang maternel. Sa mère lui avait transmis les cheveux noirs et le teint brun des Navarrais. Son père lui avait donné les yeux bleus et la haute stature des habitants de la Flandre française.

Ces deux races, qui s'étaient si heureusement mélangées dans sa personne, avaient également contribué à former son caractère. Tantôt léger, bouillant, tapageur, pétillant d'esprit, comme ses ancêtres paternels, dont plusieurs noms brillèrent d'un vif éclat à la cour des rois de France ; tantôt grave, calme et taciturne, comme un hidalgo qui sent peser sur sa tête la responsabilité d'une généalogie de douze siècles, Georges était pour ses amis et pour les jeunes Louisianaises un problème vivant, dont bon nombre de ces dernières surtout avaient en vain cherché la solution ; mais l'esprit de Georges, aussi bien que son cœur, déroutait l'algèbre féminine.

Les bonnes fortunes s'épanouissaient devant ses pas. A peine daignait-il se baisser, de temps à autre, pour en cueillir une, et encore avec tant de nonchalance, qu'on reconnaissait bien vite que c'était plutôt par charité que par plaisir. Ses amis les plus intimes lui connaissaient bien quelques caprices, mais nul ne pouvait dire qu'il lui eût surpris un amour.

A la double nature franco-espagnole qu'il devait à sa naissance, Georges en joignait une troisième résultant de l'étrange milieu dans lequel il avait passé sa première jeunesse, et dont les bienfaits d'une riche éducation, non plus que les habitudes de la vie élégante, n'avaient pu effacer les impressions.

Dans le commencement de 1832, — Georges avait alors six mois, et puisait sa première nourriture à la mamelle d'une nourrice noire, — M. de Lucenay, qui ne devait que dix années plus tard établir sa résidence à la Nouvelle-Orléans, exploitait une mine de plomb dans l'Illinois, à soixante milles au-dessus de Saint-Louis, près du village de Galena.

En ce temps-là, plusieurs tribus d'Indiens, ayant à leur tête *Black-Hawk*, le fameux *Faucon-Noir*, s'étaient soulevées contre la domination des blancs et ravageaient le pays.

Pendant une absence de M. de Lucenay, un parti de sauvages s'abattit sur son habitation, égorgea les esclaves, mit le feu à la maison et se retira dans la forêt, emportant le petit Georges, et laissant la nourrice morte et madame de Lucenay grièvement blessée, évanouie sous un monceau de cadavres.

Madame de Lucenay fut sauvée, et resta folle pendant toute une année, appelant en vain son fils dont on n'avait nulle nouvelle.

Vers le milieu du mois de juin, la petite armée des sauvages, après plusieurs engagements avec les troupes régulières commandées par le général Atkinson, fut surprise traversant le Mississipi par un *steamboat* qui remontait le fleuve avec des soldats et du canon. Écrasés par la mitraille du paquebot et défaits complétement peu de temps après par le général américain, les Indiens firent leur soumission et obtinrent une paix chèrement achetée. Mais, malgré ses démarches et ses recherches, malgré ses promesses brillantes aux prisonniers dépêchés dans toutes les directions, M. de Lucenay ne put retrouver son fils.

Dans un carbet lointain perdu dans la forêt, et dont les habitants avaient été décimés par la guerre, Georges suçait le lait d'une femme *chipewa*, épouse du chef de la tribu, qui avait apporté l'enfant des blancs dans son wig-wam, résolu à en faire son fils.

Pendant douze ans, l'héritier des Lucenay, élevé parmi les peaux rouges, suivit la tribu errante dans ses chasses aventureuses. Sa flèche rapide arrêtait déjà le pigeon ramier dans son vol ; son oreille exercée découvrait la biche tremblante froissant d'un pied léger les branches sèches de la forêt. Quelques années encore, et le *Chevreuil-Blanc* (ainsi l'avait baptisé sa tribu d'adoption) allait compter au nombre des jeunes guerriers, lorsque la petite-vérole, ce fléau destructeur de la race indienne, fondit sur le carbet des Chipewas.

En quinze jours, les trois quarts des wig-wams furent déserts. Seul dans la famille du chef, Georges échappa à l'épidémie. Quant au chef lui-même, peu de jours avant l'invasion de la fatale maladie, il était parti pour la Nouvelle-Orléans, afin d'y échanger des peaux de castor contre de la poudre et du plomb.

Mais il emportait avec lui les germes du mal implacable qui planait déjà sur son wig-wam. A peine arrivé à la ville américaine, la fièvre terrible l'abattit dans une rue, et il se coucha sous le porche d'une maison, enveloppé dans sa couverture de laine et attendant la mort.

Cette maison était celle de madame de Lucenay, devenue veuve depuis un an, et pleurant à la fois son mari et son fils.

La veuve eut pitié du pauvre Indien. Elle le fit transporter dans sa demeure, et ses soins l'arrachèrent à la mort.

Quand il fut guéri, elle lui parla de son enfant, et le chef chipewa reconnut qu'il devait la vie à la mère de Georges.

— Le grand Esprit aura pitié de ma sœur, qui a eu compassion du guerrier rouge, dit-il à madame de Lucenay; il lui rendra son enfant. Que ma sœur ait confiance! le *Grand-Chêne* n'a pas deux paroles.

Puis le Grand-Chêne (tel était le nom donné au chef chipewa par sa peuplade) quitta la veuve après lui avoir laissé cette assurance, qu'elle avait écoutée comme une banale consolation, échangea ses fourrures contre des provisions de chasse, et retourna dans son carbet, où il aida le reste de ses guerriers à enterrer les derniers morts.

Un mois plus tard, la veuve vit entrer dans son appartement le Grand-Chêne, accompagné d'un jeune sauvage, ayant comme lui un châle pour coiffure, les joues peintes en vermillon, des anneaux aux oreilles, et pour tout vêtement une couverture de laine autour du corps.

A la vue de ce jeune garçon qui regardait avec une surprise profonde ce luxe de la civilisation dont ses yeux étaient frappés pour la première fois, madame de Lucenay se sentit prise d'une émotion étrange. Elle attacha ses regards sur le Grand-Chêne, et attendit avec angoisse qu'il parlât.

— Le Grand-Chêne n'a qu'une parole, dit enfin le Chipewa d'un ton solennel. Femme, voici ton fils; Chevreuil-Blanc, voilà ta mère!

Et l'Indien, après avoir jeté aux pieds de madame de Lucenay divers objets trouvés sur Georges le jour de son enlèvement, et qu'il avait soigneusement conservés, sortit lentement de la maison, en abaissant sur sa tête la couverture qui l'enveloppait, peut-être pour cacher une larme, la première sans doute qu'eût versée le sauvage guerrier.

Il n'y avait pas à douter : ces objets de famille, la peau blanche et les yeux bleus du jeune garçon, ses traits qui rappelaient à la fois sa double origine espagnole et française, l'identité de certains signes que la mère se souvenait d'avoir baisés mille fois sur le corps rose du nourrisson, tout prouvait à madame de Lucenay qu'elle venait de retrouver son fils.

Le Chevreuil-Blanc redevint Georges; ses penchants de jeune sauvage furent domptés peu à peu, mais non sans peine, par les câlineries maternelles. Une éducation intelligente développa son esprit, sans trop comprimer ces instincts de vagabonde liberté développés dans les forêts vierges.

Loin de l'enfermer niaisement dans les murs de la ville, où l'enfant adoptif des Chipewas eût étouffé, madame de Lucenay fixa sa demeure dans la charmante habitation de la Baie des Roses, en pleine campagne, à cent pas de la forêt, où elle le laissait errer librement, un fusil à la main, après ses heures d'étude, sans autre compagnie qu'un nègre plus âgé que lui de quelques années seulement, fort, adroit, intrépide autant que son jeune maître, et dévoué à Georges au point de donner sa vie pour le tirer d'un péril.

Peu à peu Georges, qui adorait sa mère, se laissa entraîner à la ville, où les succès que lui valaient sa charmante figure, son esprit original, ses exploits de chasseur et ses manières toujours un peu sauvages vainquirent à la longue sa répugnance pour les formes et les coutumes de la vie civilisée.

A vingt-deux ans, époque où nous le rencontrons dans cette histoire, s'il avait conservé de son ancienne sauvagerie une ardente passion pour les dangers de la chasse et pour la solitude des forêts, l'*Homme des bois*, comme l'appelaient en plaisantant ses amis, était regardé à bon droit, dans les salons de la capitale de l'ouest, comme le plus aimable et le plus accompli cavalier; et ses boutades de Chipewa dont il s'accusait en riant, cette humeur inquiète, ce besoin d'action et de mouvement, ces indomptables accès d'énergie qui l'arrachaient parfois tout-à-coup à une fête, à ses amis, à une intrigue commencée, pour l'entraîner dans les bois avec son fidèle Bolivar, à la poursuite des bêtes fauves, lui donnaient encore un attrait de plus aux yeux des belles Louisianaises.

III.

Un baiser prématuré.

Les amis entrèrent chez la mulâtresse, commandèrent un somptueux déjeuner arrosé de vins d'Espagne, et montèrent dans le salon particulier, théâtre habituel de leurs festins, laissant Bolivar dans la salle du rez-de-chaussée, rendez-vous des buveurs vulgaires.

Le brave nègre, à peine assis, se trouvait déjà en tête-à-tête avec une bouteille de rhum qu'une servante quarteronne s'était hâtée de poser devant lui. L'honnête Bolivar était bien connu chez la Pepita, et la maîtresse du lieu, ainsi que ses servantes, laissait souvent se morfondre des pratiques blanches pour servir ce noir qui, du reste, acceptait nonchalamment, comme chose due, l'empressement dont il était l'objet.

C'est que ce noir appartenait à Georges et que Georges était un Dieu pour Pepita. Or, surtout aux yeux d'une mulâtresse, un nègre, serviteur favori d'un Dieu, était plus respectable que bien des peaux blanches.

Ce jour-là, Georges avait embrassé Pepita en passant devant son comptoir, et la servante quarteronne, sachant que les jours où Georges embrassait Pepita étaient des jours de fête pour sa maîtresse, avait récompensé Bolivar de la galanterie de son maître, en lui apportant le rhum le plus vénérable qui se trouvât dans la maison.

Du reste cette bouteille de rhum n'était que le précurseur d'un déjeuner infiniment plus substantiel; car Bolivar ne se contentait pas de boire comme douze, il mangeait comme six. Ce qui ne l'empêchait pas d'être à l'occasion le plus alerte et le plus vigoureux des noirs, et de subir sans sourciller quinze jours de diète absolue, dans les chasses longues et pénibles où son maître l'entraînait.

Mais laissons Bolivar, et retournons auprès des jeunes gens attablés devant un somptueux déjeuner, dans la confection duquel s'était surpassée Pepita, stimulée par le baiser de Georges.

Celui-ci, par un de ces revirements subits qui lui étaient familiers, avait montré tout-à-coup une gaîté entraînante et expansive

— Pardieu, mes amis, s'écria-t-il en levant au plafond un verre de xérès, il n'y a que deux choses dans la vie : une tranche de saumon aux piments et un flacon de vin d'Espagne. Je bois à Pepita, qui nous enseigne cette philosophie.

— Tu oublies une troisième chose, ami Georges, s'écria Rodolphe.

— Laquelle?

— Eh! parbleu, c'est la Pepita elle-même. Je donnerais toutes les peaux blanches de l'ancien et du nouveau continent, pour l'écorce dorée de cette belle métisse à la croupe rebondie. Mais les yeux noirs de Pepita ne flambent que pour toi, trop heureux et trop ingrat sauvage!

— Rodolphe, dit Georges, si tu veux rester mon ami, ne me parle pas de femme avant au moins six mois.

—C'est bien long, fit Rodolphe; alors buvons encore à Pépita!

—Au fait, tu dis vrai, reprit Georges; c'est trop long. Parlons-en donc, parlons-en tout de suite! et tenez, de l'autre côté de la rue, là, en face, derrière ces stores épais, il y en a une qui nous regarde peut-être; car ces farouches puritaines aiment assez à voir sans être vues. Parlez-moi de celle-là, si vous avez quelque chose à en dire; cela m'amusera.

— Miss Lucy? s'écria Rodolphe. Et que diable veux-tu qu'on en dise? Miss Lucy n'est pas une femme, c'est un rêve. Elle ne parle pas, elle chante; elle ne marche pas, elle glisse. Vous croyez qu'il y a un corps de chair sous cette jupe ondoyante: erreur! c'est un fluide léger comme l'enveloppe des séraphins; vous supposez que ce sont des cheveux blonds qui encadrent cette blanche figure: illusion! c'est une auréole empruntée, comme le reflet de ses grands yeux bleus, aux flammes épurées du monde des esprits. Vous vous imaginez enfin...

— Assez, assez! crièrent d'un commun accord les amis de Rodolphe.

— A celui qui me révélera un amour de cette pâle willis, reprit Rodolphe, je donnerai ma part du paradis. Pour aimer, il faut un cœur, et ces créatures-là n'en ont pas.

— Il a raison, dit Georges, ces blondes puritaines ne sont pas des femmes, et je vais vous le prouver.

— Une histoire? voyons! dirent les jeunes gens.

— Ce que je vais vous dire s'est passé sous mes yeux, aux eaux de Saratoga, il y a un an, reprit Georges.

— Parle, fit Rodolphe; nous écoutons.

— « Donc, aux eaux de Saratoga, pendant la saison d'été, un jeune homme, un de nos compatriotes que le désœuvrement et la curiosité avaient poussé à passer quelques mois dans ce lieu de rendez-vous de la bonne société américaine, y devint amoureux fou d'une de ces filles du Nord, blonde, svelte, mince, pâle et belle..... belle à damner un saint. C'était une nature ardente, enthousiaste. Il se sentait saisi pour la première fois d'un de ces amours profonds qui décident souvent de l'avenir d'un homme.

« Ce qu'il déploya d'adresse et de courage, au milieu de cette jeunesse vaillante et intrépide qui rivalisait d'exploits de chasse et de mépris du danger; ce qu'il accomplit pour s'attirer un regard de ces yeux bleus qu'il aimait, serait impossible à raconter; c'était presque impossible à entreprendre.

« Un jour, dans une excursion sur le Mississipi, il s'élança dans le fleuve, sans autres armes qu'un couteau de chasse, pour aller demander raison à trois gigantesques caïmans de la peur qu'ils faisaient à sa bien-aimée, et il rentra dans la barque après avoir égorgé successivement les trois monstres.

« Un autre jour, il combattit corps à corps avec une panthère qui dévastait le pays, et l'apporta étouffée aux pieds de la belle Yankee. »

— Ah! ah! fit Rodolphe, et que dit-elle?

— Ce qu'elle dit? s'écria Georges avec un éclat de rire: « —Oh! quelle horreur! Emportez bien vite cette vilaine bête! »

— Pauvre garçon, dit Rodolphe, renouvelez donc les travaux d'Hercule, pour aboutir à un pareil résultat!

— « Alors, continua Georges, l'amoureux changea de tactique, et résolut d'a-

Buvons encore à Pepita.

voir recours à des moyens plus civilisés. »

— C'était sage, dit Rodolphe.

— « La jeune miss raffolait de la musique, et notre compatriote n'était pas musicien. En trois mois, il devint capable de roucouler avec elle la partition de Romeo et Juliette. »

— Diable! fit Rodolphe, ceci était plus fort que d'étrangler une panthère et de poignarder un caïman.

— « Bref, poursuivit Georges, pendant un an, aux eaux de Saratoga et dans la ville où la famille de sa belle intraitable vint passer l'hiver, il concentra toutes les ressources de son esprit, toute l'énergie de sa volonté, pour se faire aimer de Lucy. »

— Eh! firent les jeunes gens, elle s'appelait Lucy.

— Elle s'appelait Lucy, dit Georges.

— Comme notre charmante voisine, dit Rodolphe. Mais il n'y a pas qu'une Lucy dans l'univers; continue, Georges; tu m'intéresses.

Georges reprit son récit.

— « Il espérait enfin avoir touché son cœur. Vaincue par tant d'efforts, par tant de persévérance, par tant d'amour, elle semblait s'attendrir, et ses manières, ses regards, la douceur de ses paroles, tout disait au jeune homme qu'il commençait à être aimé. »

— Alors, dit Rodolphe, voilà ton roman terminé. Ils se marièrent ou se marieront. Ils seront heureux et auront beaucoup d'enfants. Sauf quelques détails, mon cher Georges, ton histoire est vulgaire comme le premier venu des romans français que les paquebots transatlantiques nous apportent par centaines de volumes, à chaque voyage. C'était bien la peine d'exciter notre attention avec tes épisodes de caïmans et de panthère, pour arriver à un pareil dénoûment.

— Attends, dit Georges, mon histoire n'est pas finie.

— Ah! ah! voyons, s'écrièrent les jeunes gens.

— « Tout marchait au mieux, reprit Georges, et l'heureux amant entrevoyait déjà, dans un avenir très prochain, ce dénoûment prosaïque qui t'indigne, mon cher Rodolphe, lorsqu'une catastrophe imprévue vint renverser cet échafaudage de bonheur. »

— Fort bien, dit Rodolphe; passons à la catastrophe. Ton récit recommence à m'intéresser.

— « Un jour, continua Georges, il y a six semaines de cela environ, après une causerie délicieuse et tout intime, où la belle miss avait semé toutes les perles de son esprit, l'amant plus épris que jamais, emporté par la passion, la saisit dans ses bras, et... »

— Et?... dit Rodolphe.

— « Et il osa effleurer de ses lèvres les douces lèvres de la jeune fille, qu'il considérait déjà comme sa fiancée. »

— Diable, fit Rodolphe; et qu'arriva-t-il?

— « Il arriva qu'elle le repoussa avec indignation en s'écriant : *Shoking;* et qu'à partir de ce jour, elle se refusa même à le voir. »

— Oh! dirent les convives.

— « Et tout fut rompu entre eux, continua Georges, rompu sans rémission, sans retour, pour jamais. »

— La bégueule, s'écria Rodolphe; à vrai dire, reprit-il, je m'attendais à cette conclusion.

— Il faut avouer, pour être juste, ajouta Georges, qu'elle est encore plus anglaise qu'américaine; car elle a été élevée à Londres.

— A Londres, à New-York, ou à Boston, qu'importe? dit Rodolphe; cette race anglaise est la même partout. Comprend-on cela? refuser d'épouser un homme, parce qu'il a eu l'audace de la presser légèrement sur son cœur, dans un élan d'amour! Foin de ces prudes compassées, qui se formalisent quand on leur serre le bout du doigt! J'ai voyagé dans ces États du Nord, où la moindre peccadille amoureuse avec la femme du prochain vous coûte une amende énorme; où la première servante d'auberge venue peut vous citer devant les magistrats et se faire épouser judiciairement par vous, pour peu qu'elle établisse que vous lui avez pris la taille dans l'embrasure d'une fenêtre ou dans l'obscurité d'un couloir. Moi, qui vous parle, j'ai failli être forcé de contracter mariage avec une grosse maritorne rousse, qui avait eu une faiblesse pour quelque charretier, et voulait me mettre son enfant sur la conscience, parce que j'avais pris sa chambre pour la mienne, un jour que j'avais bu quelques verres de punch de trop. Et ces grossiers Yankees appellent cela des mœurs! Au diable les Yankees et leurs sottes femelles!

Cette imprécation fut approuvée par une acclamation générale, et l'on but unanimement à la confusion des Yankees de tout sexe et de tout âge.

En ce moment, la fenêtre de la maison d'en face s'ouvrit, et l'on vit apparaître, penchée sur le balcon, la douce et mélancolique figure de miss Lucy.

Cette apparition charmante, qui semblait venir protester contre les bouillants anathèmes des jeunes gens, fut remarquée de tous en même temps. Les verres qui s'entre-choquaient demeurèrent suspendus en l'air; les regards s'adoucirent; la colère, moitié comique, moitié sérieuse, des convives se calma soudain. Rodolphe lui-même ne put s'empêcher de s'écrier, en reposant sans bruit son verre sur la table :

— Sacredié! qu'elle est jolie!

Une rougeur était passée sur le front de Georges. Il se raidit pourtant contre cette émotion.

— Pepita, dit-il à la mulâtresse qui venait d'entrer pour s'assurer que rien ne manquait à ses hôtes, baissez le store!

Pepita obéit, et la blonde vision disparut.

Rodolphe regarda fixement son ami.

— Georges, lui dit-il, tu as oublié une chose dans ton récit.

— Laquelle?

— Tu nous as bien dit le nom de l'héroïne; mais celui de l'amant malheureux, tu as omis de nous l'apprendre.

— Il s'appelait Fernand, répondit Georges.

— Il s'appelait Georges, se dit tout bas Rodolphe. Voilà le secret de sa retraite à la Baie des Roses, et de cet indomptable chagrin qui effrayait Bolivar.

IV.

Miss Lucy.

Au moment où elle parut à son balcon, Lucy venait d'achever la lettre qu'on va lire :

« *A miss Arabella Stowton, à Boston.*

« La santé chancelante de mon père « nous force de rester quelque temps encore à la Nouvelle-Orléans. C'est donc « de cette ville que je t'écris, au lieu de « tracer ces lignes dans une cabine du « steamer qui devait nous emporter à « Saint-Louis, où nous étions résolus à « passer le mois des grandes chaleurs avec « nos parents, les Simpsons. Ces prudentes cousines vont s'embarquer par « peur de la fièvre jaune et nous attendront à Saint-Louis.

« Je crains fort que mon vénérable « père ne se trouve pas aussi bien de ce « séjour dans l'Ouest, que le supposaient « les médecins qui le lui ont ordonné. « Notre station aux eaux de Saratoga « avait paru raviver ses forces; mais cet « hiver passé à la Nouvelle-Orléans a « ramené tous les symptômes qui nous « inquiétaient, quoique le climat de « cette ville soit fort doux pendant « l'hiver.

« J'ai plus de confiance dans la bonté « de Dieu que dans la science des hommes, et je remets notre sort entre les « mains de celui qui dit au paralytique : « Levez-vous et marchez, et à Lazare : « Sortez du tombeau!

« Je t'ai raconté, à la fin de la saison « dernière, les assiduités de ce jeune « homme qui recherchait ma main. Je « me rappelle que ta douce gaîté s'est « souvent amusée au récit des étranges « exploits à l'aide desquels ce Louisianais à demi-sauvage semblait vouloir « conquérir mon cœur.

« J'espérais le ramener aux sentiments de convenance, et à la délicatesse de manières qui conviennent « au poursuivant d'une jeune personne « élevée selon les saines traditions de « nos vieilles mœurs. Je croyais même « y avoir réussi, et je t'avoue, en rougissant, que ce triomphe m'était « agréable; car ce jeune homme était

« loin de me déplaire complétement, lors-
« qu'un jour.....— ah ! *my dear,* que les
« hommes sont grossiers, et que nous
« devons être prudentes dans nos rela-
« tions avec ces êtres dangereux ! — un
« jour, profitant de ce que j'étais seule
« avec lui, il eut l'audace... — ah ! j'en
« frémis encore !...—de me prendre dans
« ses bras, et ses lèvres, — sainte hor-
« reur ! — ses lèvres osèrent...—Je n'ai
« pas le courage d'achever.

« Je ne sais ce que je devins dans cet
« instant rapide comme un éclair. Un
« nuage passa sur mes yeux, et je sen-
« tais toute ma chair frémir dans ce té-
« méraire enlacement. C'était sans doute
« l'indignation qui me troublait ainsi.
« Elle fut si vive que je manquai de m'é-
« vanouir.

« Tu penses bien qu'après un tel ou-
« trage, tout fut rompu à jamais entre
« ce jeune homme et moi. Je le lui si-
« gnifiai sévèrement. Il reconnut l'énor-
« mité de son action, et en eut repentir,
« sans doute, car il baissa la tête et sor-
« tit. Depuis je ne l'ai plus revu.

« Il faut que le ressentiment qu'a ex-
« cité en moi cette inexprimable incon-
« venance soit bien profond, car je ne
« puis chasser de ma pensée ni ce mal-
« heureux jeune homme, ni sa détesta-
« ble audace. Je crois toujours sentir ses
« bras entourer ma taille, son souffle
« brûler mes lèvres. J'ai toujours devant
« les yeux son regard effronté et sup-
« pliant à la fois, qui me fait rougir et
« pâlir tour-à-tour.

« Béni soit Dieu de ce qu'il a mis dans
« mon cœur, si ardente et si vive, cette
« sainte horreur du mal. Et pourtant je
« ne cesse pas d'être inquiète et trou-
« blée, comme si j'avais à me reprocher
« quelque chose. Dieu sait cependant
« que je n'ai pas été complice, même in-
« volontaire, de cet attentat.

« Cela me soulage un peu, je le sens,
« d'épancher ainsi mon âme dans le
« sein d'une amie. Si j'avais une mère,
« il me semble que ses conseils me se-
« raient utiles. Mais je n'ose confier des
« choses si délicates à mon père.

« Écris-moi bien vite, ma chère Ara-
« bella, et donne-moi les conseils et
« les consolations que t'inspirera ton
« amitié !

« Que Dieu te protége, ainsi que ta
« malheureuse amie.

« Lucy Burklay. »

Post-scriptum. — « Je l'ai revu, *my dear*....
« Au moment où je rentrais à l'hôtel,
« après avoir accompagné les Simpsons
« sur le port, je me suis trouvée en face
« de lui. Il était au milieu d'une troupe
« de jeunes gens désœuvrés et auda-
« cieux, dont les regards et les propos
« eussent fait rougir une Française, lui
« que je croyais honteux et repentant,
« occupé à pleurer sa faute dans quelque
« solitude ! Ah ! chère Arabella, com-
« bien nous devons nous défier de ces
« hommes mondains, abandonnés de la
« grâce divine, et que je m'applaudis
« d'avoir si courageusement rempli mon
« devoir, en lui défendant de reparaître
« devant moi ! A sa vue, j'ai senti mes
« jambes fléchir et tout mon sang re-
« fluer à mon cœur. Mais je lui ai caché
« avec soin mon émotion, et je suis
« passée à côté de lui en le foudroyant
« de mon regard. Dieu soit béni pour
« m'avoir donné cette force !

« Le malheureux est reparti, sans
« doute, afin de cacher sa honte dans la
« maison de campagne qu'il habite à
« quelques milles de la ville, sur le bord
« du fleuve, et qu'on appelle, je crois, la
« Baie des Roses. Combien il doit être
« humilié et confus, s'il a encore quelque
« instinct de délicatesse dans le cœur !—
« Adieu, n'oublie pas ton amie. »

Nouveau post-scriptum. — « Je rouvre
« encore une fois ma lettre, et, cette
« fois, avec indignation, avec colère,
« avec mépris. Je m'étais placée à mon

« balcon pour respirer un peu, car la « chaleur commence à devenir acca- « blante. Qu'ai-je vu en face de ma fenê- « tre? lui, ma chère, lui-même déjeu- « nant avec ses amis, chez une créature « effrontée, une métisse dont la maison, « à ce que j'ai ouï dire, est le rendez-vous « ordinaire de tous les jeunes débauchés « de la ville. Il était là rayonnant au mi- « lieu d'eux, et semblait les divertir par « ses discours. A peine ai-je paru, que « la métisse a baissé le store, et je n'ai « plus rien vu. Ah! si mon père n'était « pas si malade, avec quelle joie je fui- « rais cette ville odieuse! — Arabella, « écris-moi bien vite! »

Miss Lucy venait d'achever son dernier post-scriptum, lorsque la vieille négresse qui l'avait accompagnée sur le port entra dans sa chambre.

— Miss Lucy, dit cette femme, votre père demande à vous parler.

— Je me rends près de lui, répondit la jeune fille; Abigaïl, portez vous-même cette lettre à la poste, et ne perdez pas une minute! il faut qu'elle parte ce soir par le paquebot de Boston.

La négresse sortit, et Lucy entra chez son père.

M. Burklay, enveloppé dans sa robe de chambre, était couché sur un sopha. Un jeune homme était auprès de lui. Quelle fut la surprise de la belle puritaine en reconnaissant dans ce jeune homme un ami de Georges, qu'elle avait vu près de lui sur le port, et qu'elle avait encore remarqué au nombre des convives du déjeuner de garçons où la présence de son soupirant éconduit l'avait si fort scandalisée.

— Ma fille, lui dit M. Burklay, ce gentleman vient nous offrir l'hospitalité de la part d'une respectable veuve qui habite un séjour délicieux à quelques milles de la ville. Cette excellente dame, ayant appris que l'état de ma santé me contraignait à prolonger mon séjour à la Nouvelle-Orléans, me prie instamment de venir habiter sa maison de campagne, où mon rétablissement, dit-elle, ne saurait longtemps se faire attendre, et que son heureuse exposition met à l'abri de toute influence malsaine du climat. Pour vous autant que pour moi, ma fille, j'ai résolu d'accepter l'offre de cette dame. C'est la mère de M. Georges de Lucenay, que nous avons rencontré aux eaux de Saratoga, et qui nous a quelquefois visités dans cette ville. Occupez-vous donc des préparatifs de notre départ. Ce soir, ou demain matin au plus tard, nous irons nous établir à la Baie des Roses. M. Rodolphe de Noirmont, qui a bien voulu se charger de la mission de madame de Lucenay, viendra nous prendre dans la calèche de cette charitable veuve.

Lucy, terrifiée par cette nouvelle, et habituée à céder passivement à toutes les volontés de son père, ne trouva rien à répondre. Elle s'inclina devant M. Burklay, salua Rodolphe et sortit.

Rentrée dans sa chambre, elle se laissa tomber dans un fauteuil et fondit en larmes. Puis elle sonna Abigaïl dans l'intention d'ajouter un troisième post-scriptum à la lettre adressée à son amie Arabella Stowton, si la chose était possible encore; mais Abigaïl était partie emportant le message de sa maîtresse.

Dans cette position cruelle, Lucy souhaita plusieurs fois d'être morte. Son ressentiment contre Georges s'accrut de toutes ces perplexités. Elle ne doutait pas que cette invitation de madame de Lucenay, si habilement couverte du voile de l'intérêt le plus pur, ne fût une ruse du jeune homme pour lui imposer sa présence. Cette trahison si perfidement ourdie, cette révolte du téméraire amant contre sa volonté, l'indignaient profondément. Cette violence morale lui semblait presque aussi odieuse que la violence matérielle dont le souvenir la faisait tressaillir encore.

Par-dessus toutes ces sensations, dominait surtout l'effroi de se retrouver en face de cet homme qui avait osé entourer de ses bras, avant la sanction du Très-Haut, le corps virginal d'une fille des saints.

Si les scrupules de miss Lucy semblent quelque peu exagérés à nos lectrices françaises, le véridique narrateur de ce récit déclare hautement qu'il n'en est pas responsable. Tous les détails de cette histoire lui ont été contés par un personnage digne de foi, qui n'est autre que Georges de Lucenay lui-même.

Qu'on ne l'accuse donc pas d'avoir étayé à plaisir un roman invraisemblable, — il en convient, — sur une pointe d'aiguille aussi fragile qu'un baiser ravi par un jeune amoureux à une blonde presbytérienne élevée dans une sainte horreur des passions mondaines, puisque, encore une fois, il n'y a pas une seule ligne de son invention dans les cinquante pages de cette nouvelle.

Sans prétendre justifier la conduite de miss Lucy, qu'il trouve parfaitement déraisonnable, et même au dernier point ridicule, il doit avouer néanmoins, à la décharge de cette jeune personne, qu'elle n'est pas la seule de cette race pudibonde dont les principes religieux étroits et barbares aient ainsi perverti les idées.

Ce puritanisme sombre et farouche, ennemi du luxe et des arts, de la tendresse et de la beauté, de toutes les douces émotions de l'âme et de la chair, tient encore par de profondes racines sur le sol des trois royaumes et de leurs colonies, anciennes ou nouvelles, émancipées ou dépendantes.

En dépit du prodigieux développement des arts et de l'industrie, qui tendent chaque jour de plus en plus à initier tous les enfants des hommes aux jouissances des sens et de l'esprit, ces sectes de prétendus saints, presbytériens ou autres, continuent leur déplorable propagande, et, comme au temps des têtes rondes, s'efforcent d'abrutir la nature humaine pour la plus grande gloire de Dieu.

Stupides fanatiques, qui outragent le Créateur en foulant aux pieds les dons de sa munificence, et se crèvent les yeux pour glorifier le Père suprême qui leur a donné la vue!

Ames dépravées, qui s'appliquent à détruire l'œuvre divine, étouffant toutes les voix du cœur, comme suggestions de l'enfer, et proscrivant, jusque dans le mariage, les charmantes émotions de l'amour.

Lucy Burklay appartenait à une de ces sectes de saints qui quittèrent l'Angleterre à la restauration de ce fils de Bélial appelé Charles II dans l'histoire, et allèrent porter en Amérique leur industrie et leur sombre fanatisme, que se sont transmis les générations.

Élevée dans ces farouches principes, la belle puritaine croyait fermement à la vertu du renoncement et de la mortification. Le moindre élan du cœur, la moindre joie intime, lui semblaient un crime impardonnable aux yeux de Dieu. On l'avait vue jeter au feu un bouquet de roses, pour se punir d'en avoir respiré le parfum avec trop de plaisir.

Comprend-on maintenant quel dut être son courroux, lorsque Georges osa se livrer sur sa personne à un pareil excès d'amour charnel? Non, jamais une fille de saints ne pouvait pardonner un tel outrage. Et plus le téméraire lui semblait coupable, plus grande avait été l'émotion involontaire, hélas! mais trop délicieuse qui avait agité le cœur de la jeune fille dans les bras du criminel; plus opiniâtre à la poursuivre, dans sa veille et dans son sommeil, était le souvenir à la fois doux et terrible de ce moment, plus l'indignation de la puritaine devait être impitoyable.

Ah! miss Lucy, miss Lucy, qui vous apprendra que Dieu a fait les fleurs pour qu'on les respire, et les femmes pour qu'on les aime! Qui vous fera comprendre que les tailles souples ont été créées pour être enlacées par des bras amoureux, les douces mains blanches pour être pressées par des mains chéries, et les grands yeux bleus pour servir de miroir aux yeux d'un amant?

Qui vous prouvera, miss Lucy, que les lèvres roses appellent le baiser, comme les fleurs parfumées le papillon aux ailes brillantes, et que Dieu, qui veut que le papillon réponde à la fleur, veut aussi que le baiser réponde aux lèvres?

V.

Un ami dévoué.

— Ah çà! qu'est donc devenu Rodolphe, s'écria Georges en savourant une tasse de café des Antilles, préparé par les mains brunes de Pepita. Voilà un quart d'heure qu'il est sorti sans mot dire. D'ordinaire, il tient à prendre le café à la température de l'eau bouillante.

En ce moment Rodolphe entra, porteur d'une figure triomphante.

—Vite, mon cher, dit-il à Georges, prends Bolivar, cours au port, monte dans ta barque, et vole à la Baie des Roses!

— Quoi faire à la Baie des Roses?

— Prévenir ta mère que deux hôtes de qualité, acceptant sa gracieuse invitation, vont s'installer chez elle pour quelques semaines.

— Quels hôtes?

—M. Burklay et sa charmante fille, miss Lucy.

— Tu es fou, s'écria Georges, en regardant Rodolphe d'un air effaré.

— Pas plus que toi; je dirai même moins que toi, mon cher Georges.

— Miss Lucy et M. Burklay chez ma mère!

— Ils y seront demain.

— Et c'est ma mère qui les a invités?

— Par ma bouche, cher ami; mais je dois avouer, pour rendre hommage à la vérité, que je me suis fait l'organe de madame de Lucenay tout-à-fait à son insu.

—Ah çà! voyons, explique-toi?

— C'est on ne peut plus facile. Je me suis rendu chez M. Burklay, et je l'ai invité, ainsi que sa charmante fille, au nom de ton excellente mère qui, bien que espagnole d'origine, exerce l'hospitalité comme une Écossaise pur sang, je les ai invités, dis-je, à venir s'installer, pendant toute la mauvaise saison, dans votre délicieuse et salubre habitation.

— Et ils ont accepté?

— Le père y a mis une bonne grâce infinie, et une simplicité digne des âges héroïques. Il y a du bon dans ces puritains.

— Et miss Lucy?

— Elle a failli tomber à la renverse. La proposition était renversante en effet, vu la situation d'esprit de la jeune personne; mais elle n'a rien répondu, et tu connais le proverbe: — Qui ne dit mot...

— Mais c'est un rêve! s'écria Georges.

—Cher ami, tu peux pincer la Pepita, pour t'assurer que tu es bien éveillé. Mais, crois-moi, sans recourir à cette expérience, quitte-nous bien vite et vole chez ta mère. Envoie-moi demain matin la calèche de la bonne dame, et tu me verras bientôt arriver avec tes hôtes.

—Tu as raison, s'écria Georges. Je ne sais ce qui résultera de tout ceci; mais je te proclame un grand diplomate, ami Rodolphe. Tu peux compter sur ma voix pour le prochain congrès.

—Merci, dit Rodolphe, j'aime mieux autre chose.

Bolivar et la Quarteronne.

— Adieu, dit Georges, en lui serrant la main.

— N'oublie pas la voiture !

— Je n'oublierai rien, sois tranquille !

Et Georges sortit précipitamment en criant de toute sa voix :

— Bolivar, au canot !

Bolivar se leva. Il ne quittait pas sans regret la table où il était si bien servi par la charmante quarteronne ; mais, lorsque Georges parlait, il s'oubliait lui-même. En un instant tout fut prêt pour le départ.

Deux heures après, Georges débarquait dans la petite crique tapissée de fleurs qui avait valu à l'habitation de M. de Lucenay le nom charmant de Baie des Roses.

Durant ce trajet, le jeune homme avait réfléchi, et à son premier mouvement de joie avait succédé une inquiétude profonde.

Vivre pendant quelques semaines sous le même toit que Lucy lui semblait non moins dangereux qu'effrayant. Cette fréquentation intime devait porter nécessairement à sa plus haute expression la force de son amour, qu'un grand mois de

Débarquement de Georges à la baie aux Roses.

solitude n'avait pu amoindrir, il le sentait trop au bouillonnement secret de son cœur ; et si la belle puritaine, au lieu de se laisser vaincre par sa persévérance, continuait de lui garder rancune et de repousser impitoyablement sa tendresse, c'en était fait de lui alors : son repos, son avenir, peut-être, étaient pour jamais compromis.

Abîmé dans ces réflexions perplexes, et baissant la tête comme un mathématicien qui cherche une équation, Georges suivait lentement l'allée fleurie qui conduit par mille sinuosités à l'habitation, lorsqu'il rencontra sa mère.

Georges n'avait confié à madame de Lucenay ni ses espérances, ni son découragement. La bonne dame, qui passait sa vie au milieu de ses négresses, sans autre distraction que les mille détails des soins domestiques, uniquement livrée à l'adoration de son fils, adoration active quand Georges était près d'elle, contemplative quand il était éloigné, ignorait son amour pour Lucy, et ne connaissait pas même l'existence de la blonde puritaine.

Mais c'était toujours la bonne veuve qui avait recueilli dans sa maison le pauvre Chipewa expirant dans la rue, et s'était installée à son chevet comme une sœur de charité. Aux premiers mots de Georges, qui lui racontait la démarche de Rodolphe comme une inspiration de son propre cœur, et lui décrivait la position alarmante de M. Burklay et de sa fille, exposés à tous les dangers de ce terrible climat, madame de Lucenay s'écria en serrant les mains de son fils!

—Tu as eu une bonne idée, mon Georges, d'inviter ce pauvre vieillard et cette intéressante jeune fille à passer l'été dans notre habitation. Sois sûr que Dieu te récompensera de cette charitable pensée.

Georges rougit de ce compliment peu mérité et quitta sa mère, qui se hâta d'aller mettre en mouvement tout son escadron de peaux noires pour préparer les appartements de ses hôtes.

Le lendemain, à la pointe du jour, il expédia à Rodolphe la calèche, conduite par Bolivar; et, le cœur plein d'angoisse, il alla se poster à la lisière de la forêt, sur une éminence qui dominait la route. Là, debout, appuyé sur son fusil, il attendit.

Au bout de trois heures, la calèche apparut au loin, entraînée par le galop rapide de deux chevaux ardents que stimulait Bolivar. Le nègre faisait claquer son fouet d'une main et de l'autre agitait une longue écharpe rouge.

C'était un signal convenu avec son maître, dans le cas où il ramènerait les deux Yankees. Georges, voyant flotter l'écharpe rouge, lâcha son coup de fusil et s'enfonça dans la forêt.

Par timidité ou par calcul, le jeune homme ne voulait pas se montrer aux yeux de ses hôtes avant que miss Lucy fût installée dans l'habitation, et déjà habituée à sa nouvelle demeure. Il avait prévenu sa mère qu'il partait pour la chasse et ne rentrerait que le soir.

Quelque temps après l'arrivée des Burklay à l'habitation, Bolivar venait rejoindre son maître qui l'attendait à une de leurs haltes de chasse.

— Eh bien? lui cria Georges, dès qu'il l'aperçut.

— Le vieux gentilhomme pas bien portant, dit Bolivar.

— Et miss Lucy?

— Miss Lucy! très bien portante; belle demoiselle, bien blanche; mais les yeux rouges. Bolivar pas aimer les yeux rouges.

— Comment, les yeux rouges? s'écria Georges; miss Lucy a les yeux rouges! es-tu fou?

— Bolivar, pas fou, répondit le nègre; lui dire vrai : miss Lucy avoir les yeux rouges, rouges et gonflés. Bolivar pas aimer les yeux gonflés.

— Elle a pleuré toute la nuit, pensa Georges; joli début!—Qu'a-t-elle dit en arrivant? demanda-t-il au nègre.

— Elle pas parler, dit Bolivar; maîtresse baiser sa joue et serrer la main du vieux gentilhomme. Puis tous monter dans les chambres, et Bolivar venir ici.

— Ma mère a-t-elle parlé de moi?

— Maîtresse dire à eux vous à la chasse.

— Et miss Lucy?

— Miss Lucy dire rien du tout.

— Allons! dit Georges en poussant un soupir.

Et jetant brusquement son fusil sur son épaule, il se mit à marcher à grands pas dans le fourré, suivi de Bolivar.

Le nègre tenait d'une main le fusil dont il s'était muni pour rejoindre son maître, et se servait de l'autre pour porter de temps en temps à ses lèvres une gourde pleine de rhum qu'il avait apportée, à seule fin d'entretenir son palais dans l'intimité de cette agréable liqueur.

Un nègre aimant le rhum ne semblera peut-être pas une très grande nouveauté à nos lecteurs; mais le narrateur de cette histoire a déjà déclaré qu'il n'invente rien. Qu'on s'en prenne donc aux personnages et non à l'historien, si quelques-uns des détails qu'il décrit d'après nature manquent complétement de cette originalité que les romanciers modernes sèment à pleines mains, comme chacun sait.

A la chute du jour, Georges et le nègre rentrèrent à l'habitation, chargés de quelques coqs de bruyères, perdrix, gélinottes et bécassines, que le fusil de Bolivar avait abattus de temps en temps, pendant que son maître, distrait de toute autre pensée par l'image de Lucy, laissait insoucieusement gambader et voltiger sous ses yeux le gibier à poil et à plumes dont les forêts riveraines du Mississipi sont abondamment peuplées.

On peut s'imaginer avec quels battements de cœur il approcha de la maison paternelle, qui renfermait Lucy.

VI.

La Baie des Roses.

Il n'avait fallu qu'un coup d'œil à Lucy pour apprécier madame de Lucenay. C'était une de ces natures simples, droites et franches qui montrent à tous venants leur âme empreinte sur leurs traits.

Petite, courte, ronde, mais alerte encore malgré son embonpoint, un peu vulgaire, un peu commère, si cette expression nous est permise, âgée de cinquante ans à peine, et conservant encore cette fraîcheur de teint et cette vivacité de regards et d'allures qui avaient séduit autrefois le gentilhomme français, Theresa Munez, veuve de Lucenay, rachetait le manque de distinction de ses manières et de son esprit par l'exquise bonté dont nous avons donné des preuves.

Lucy devina tout de suite que cette bonne femme, qui lui faisait un accueil si cordial, n'était pas le moins du monde complice de la trahison de son fils, et ne soupçonnait même pas la nature des relations qui avaient existé entre eux.

Alors elle se tourna vers Rodolphe, espérant surprendre sur ses traits un regard de triomphe, un geste de satisfaction, un mouvement quelconque qui prouvât sa connivence avec Georges.

Mais Rodolphe, malgré son mépris pour la mission de député, était évidemment destiné par la nature à devenir une des gloires de la politique américaine. Son visage impassible ne trahit aucune émotion, et sa politesse froide, quoique respectueuse, dérouta complétement la jeune fille, qui finit par croire à la complète innocence de leur introducteur, et reporta toute sa réprobation sur Georges, seul inventeur évidemment de l'odieuse machination qui la mettait en sa présence et presque en son pouvoir.

Cette ruse lui semblait d'autant plus coupable, que Georges l'avait enveloppée du voile mensonger d'un prévoyant intérêt pour la santé de M. Burklay, fraude criminelle qui avait mis la puritaine dans l'impossibilité de se soustraire aux embûches de son ennemi, sous peine de passer pour une fille dénaturée.

Ce fut avec ces sentiments d'hostilité bien arrêtés à l'encontre du malheureux chasseur que miss Lucy monta le perron de la gracieuse habitation où elle allait faire un séjour dont elle ne prévoyait pas le terme. Elle entra dans la chambre qui lui était destinée, résolue à s'y enfermer le plus souvent et le plus longtemps qu'elle pourrait, dût-elle, pour cela, recourir à des indispositions simulées, pieux mensonges que le Très-Haut lui pardonnerait sans doute, en considération du motif qui les lui ferait commettre.

Pour commencer ce régime de claustration aussi absolue que possible, elle prétexta une migraine violente causée par l'insomnie, — l'insomnie était véritable, mais la migraine était de pure invention, — et, s'excusant auprès de madame de Lucenay, annonça son intention de se livrer, jusqu'à l'heure du dîner, à un sommeil réparateur.

M. Burklay, fatigué par le mouvement de la voiture, s'était également installé dans sa chambre, et parcourait des journaux européens, en buvant de temps à autre quelques gouttes d'un cordial que lui avait déjà préparé son attentive hôtesse.

Madame de Lucenay, voyant que sa présence était inutile à ses hôtes, retourna activer ses négresses dans leurs diverses fonctions, et Rodolphe, après avoir cherché vainement Bolivar, déjà parti pour rejoindre son maître, ne comptant pas pouvoir découvrir les deux chasseurs dans la forêt, prit le parti désespéré de recourir à la lecture d'un roman français, qui ne tarda pas à l'endormir paisiblement sur un frais tapis de mousse, ombragé par une épaisse charmille d'acacias.

Miss Lucy, en sa qualité de puritaine, n'avait pas la ressource des romans français pour appeler le sommeil. Elle chercha vainement à dormir, quelque envie qu'elle en eût.

En se regardant dans une glace, elle avait vu ses yeux rouges et gonflés, et elle eût été bien aise que quelques heures de sommeil rafraîchissent un peu le teint de ses paupières avant l'heure du dîner. On a beau être une fille de saints, et détester les gens, on n'est pas flattée de paraître laide.

Ne pouvant faire mieux, elle s'accouda tristement sur le balcon de sa fenêtre, sous laquelle s'étalait un bosquet touffu de magnolias en fleurs, et songea.

—Voilà une jeune fille bien mélancolique, se dit madame de Lucenay en l'apercevant immobile dans cette posture. Il faudra que je recommande à Georges de faire tous ses efforts pour tâcher de l'égayer un peu.

Pauvre mère, si elle eût pu lire en ce moment dans le cœur de Lucy ses dispositions à l'égard de Georges, elle eût été bien surprise. Quelle est la mère qui ne s'étonne pas profondément de ce que toutes les femmes ne s'empressent pas de raffoler de son fils?

L'heure du dîner sonna enfin. Lucy, après avoir passé de longues heures à réfléchir, les yeux fixés sur le bosquet de magnolias, avait pris le parti de tuer le reste du temps en écrivant à miss Arabella Stowton tous les détails de sa nouvelle aventure. Elle commençait déjà à griffonner ses jolies pattes de mouche sur une page blanche, lorsque madame de Lucenay vint la chercher pour la conduire à la salle du rez-de-chaussée, où attendaient Rodolphe et M. Burklay près de la table déjà servie.

Lucy, profondément troublée à la pensée de se retrouver en présence de son persécuteur, et peut-être même de s'asseoir à côté de lui, se leva et suivit madame de Lucenay, après avoir jeté sur la glace de sa psyché un coup d'œil involontaire et, on peut le dire, purement machinal.

En entrant dans la salle à manger, elle remarqua, non sans un certain plaisir, que Georges n'y était pas.

— Mon fils n'est pas encore revenu de la chasse, dit madame de Lucenay, le méchant enfant n'en fait jamais d'autres. Excusez-le, monsieur Burklay, et vous aussi, ma jolie demoiselle; Georges est incapable d'une impolitesse. Son retard prouve qu'il veut vous mettre tout d'abord à votre aise ici, en agissant avec vous, comme si vous étiez de la famille. Faites de même, et mettons-nous à table. L'attendre serait lui prouver qu'on prend ses libres façons en mauvaise part.

— Puisse-t-il n'arriver que quand je serai remontée dans ma chambre, se dit Lucy, et m'épargner encore jusqu'à demain le désagrément de cette entrevue! — C'est égal, il me semble que le sans-gêne de sa conduite pourrait bien n'être qu'un outrage de plus.

On voit que miss Lucy, comme beaucoup de jolies personnes de son sexe, était difficile à contenter.

Mais sa satisfaction mêlée de dépit ne fut pas de longue durée. Georges entra au moment où l'on se mettait à table.

Sa mère le gronda; M. Burklay s'empressa de l'excuser et de lui adresser ses remercîments; Rodolphe lui serra la main, et Lucy répondit par un froid salut à sa révérence respectueuse.

Il arriva ce que la jeune fille avait prévu. Par ordre de la maîtresse de la maison, fort stricte à l'endroit du cérémonial, Georges fut obligé de s'asseoir à côté de Lucy; ce qu'il fit avec une timidité qui amena un sourire sur les lèvres de Rodolphe.

Lucy surprit ce sourire, et comprit enfin la complicité de Rodolphe. Cette découverte attisa encore sa colère contre Georges. Elle parla peu, mangea moins, accueillit avec une indifférence glaciale les attentions embarrassées et la galanterie contrainte de son infortuné voisin, et, quand le repas fut fini, elle prétexta une violente migraine, et manifesta l'intention de remonter aussitôt dans sa chambre.

Mais elle comptait sans madame de Lucenay, qui avait des idées arrêtées en hygiène. La veuve prétendit que, la migraine venant de l'estomac, rien n'était efficace contre cette affection comme une promenade digestive après dîner, par une soirée calme et fraîche.

M. Burklay appuya cette opinion, que Rodolphe proclama on ne peut plus scientifique, et miss Lucy fut obligée de consentir à cette promenade, et, qui plus est, d'accepter le bras de Georges, que madame de Lucenay lui imposa.

— Ils conspirent tous contre moi, se dit-elle; la mère est d'accord avec le fils. Mais, avec le secours de Dieu, je déjouerai leurs trames perfides.

De son côté, Georges se disait :

— Elle n'a pas même trempé ses lèvres dans le madère que je lui ai versé. Sa haine semble redoubler à chaque effort que je fais pour la fléchir. Ma position est atroce. Comment vais-je me comporter avec ce bras qu'elle va poser sur le mien? Si je le presse contre mon cœur, tant légèrement que ce puisse être, elle est capable de s'enfuir en criant au sacrilége, si je reste à côté d'elle en apparence indifférent et glacé, dans le fond de l'âme, ne se choquera-t-elle pas davantage encore de ma froideur?

Irrésolu en face de cette double alternative, il prit le parti négatif de s'abandonner au courant des circonstances, et de laisser à l'initiative de la jeune fille le soin de régler la dose de galanterie, de tendresse ou de réserve qu'il devait apporter dans leurs relations.

A peine se furent-ils engagés dans les allées ombreuses, faiblement éclairées à chaque trouée de feuillage dont la lune découpait à leurs pieds la silhouette mouvante, qu'il sembla à Georges que Lucy ralentissait peu à peu le pas.

Au lieu de marcher sur les talons qui les précédaient, ainsi que le jeune homme s'y était attendu, ils se trouvèrent bientôt en arrière, et perdirent même de vue leurs compagnons, au détour d'une allée.

— Elle veut une explication, pensa Georges; tant mieux, voyons-la venir, et tenons-nous bien!

C'était bien une explication que voulait Lucy; mais cette explication n'était pas précisément telle que Georges l'espérait.

— Il faut en finir, s'était-elle dit, et bien lui faire voir que toutes ses tentatives seront inutiles. Plus ma position sera nette avec lui, moins j'aurai à souffrir de nos relations forcées.

Georges attendait, palpitant d'émotion, qu'elle lui adressât la première parole. Il n'attendit pas longtemps.

— Monsieur, lui dit-elle, d'un petit ton sec et décidé, je ne suis pas dupe de votre stratagème.

— Mademoiselle, répondit-il, croyez que c'est bien à mon insu...

—Trève de mensonge! reprit-elle en l'interrompant. Vous compromettriez davantage encore le salut de votre âme, sans parvenir à me convaincre. Écoutez, monsieur, et réglez votre conduite sur ce que je vais vous dire... Je vous détestais hier; aujourd'hui, je n'éprouve plus pour vous que du mépris.

Après avoir prononcé cet arrêt formel, miss Lucy quitta Georges et alla rejoindre les autres promeneurs, laissant le jeune homme stupéfait et incapable de faire un mouvement ni de prononcer une parole.

— Vous avez donc quitté mon fils? lui demanda madame de Lucenay.

— Quelqu'un, un nègre, je crois, est venu l'appeler, et il l'a suivi, répondit la jeune miss.

Ah! miss Lucy, quelle kyrielle de mensonges! Heureusement que l'ombre cachait votre rougeur.

— Ce ne peut être que Bolivar, dit la veuve. Il s'agit, probablement, d'une partie de pêche ou de chasse que ces enragés organisent pour demain. — Que voulez-vous, ajouta-t-elle en se tournant vers M. Burklay, il aime tant ces exercices aventureux, et je suis si faible !

— Que diable s'est-il passé entre eux? se demanda Rodolphe, en jetant un regard oblique sur la jeune fille qui marchait avec une insouciance affectée à côté de son père. Cette petite Yankee aura encore fait des siennes. Patience, il me contera tout ce soir.

Mais Georges ne reparut pas de toute la soirée.

Le lendemain matin Bolivar, dont la noire figure exprimait une tristesse qui ne lui était pas habituelle, entra dans le salon où étaient réunis tous les habitants de la Baie des Roses, à l'exception du fils de la maison.

Madame de Lucenay servait le thé à ses hôtes. Habituée aux allures vagabondes de son fils, elle ne témoignait aucune inquiétude, bien qu'elle eût appris que Georges n'avait pas couché à l'habitation.

Rodolphe, lui, était inquiet; mais il dissimulait ses craintes, et cherchait vainement à pénétrer le mystère de la soirée précédente sur le visage de Lucy, émue et troublée au fond de l'âme, mais parfaitement calme à la surface.

Au moment où le noir entra, l'ami de Georges venait d'annoncer à madame de Lucenay son prochain départ pour la ville.

— Comment ! s'écria la veuve, tu n'es pas avec Georges, Bolivar?

— Lui partir sans Bolivar, répondit le noir, avec une touchante expression de reproche. Quoi lui devenir sans son nègre, et quoi devenir pauvre nègre sans lui?

— Parti ! dit madame de Lucenay ; où cela?

— Moi, pas savoir, dit le nègre. Petit bout de papier dire peut-être à maîtresse et à M. Rodolphe; moi pas savoir où lui partir.

— Une lettre ! c'est étrange, dit madame de Lucenay en saisissant le papier que lui tendait le noir, tandis que Rodolphe, s'approchant de Bolivar, prenait le billet qui lui était adressé.

— Il me prie de l'excuser auprès de nos hôtes, dit la veuve parcourant les lignes tracées par Georges. Une affaire imprévue l'oblige de s'absenter pour quinze jours, pour un mois, peut-être; il s'agit d'obliger un ami. Dès qu'il sera libre, il se hâtera de revenir parmi nous. Voilà tout. — Et à vous, monsieur Rodolphe, que dit-il?

— A peu près la même chose, madame, et il ajoute qu'il n'y a pas lieu de concevoir la moindre inquiétude sur son compte. L'affaire qui l'éloigne momentanément ne présente aucune espèce de danger.

— C'est égal, dit la veuve, il aurait bien pu choisir un autre moment pour obliger son ami. Mais nos hôtes l'excuseront, ajouta-t-elle en se tournant vers M. Burklay et vers Lucy, dont le cœur battait fort et vite, mais qui ne sourcillait pas ; Georges est si bon et si dévoué pour ceux qu'il aime !

Cette tendre justification de la bonne veuve entra comme une lame d'acier dans le cœur de la jeune miss. Elle s'assit, ou plutôt se laissa tomber sur une chaise, en balbutiant quelques paroles inintelligibles, tandis que M. Burklay répondait aux excuses de madame de Lucenay par une des banalités usitées en pareil cas.

Voici ce que contenait le billet adressé à Rodolphe :

« Ami,

« Ton subterfuge n'a réussi qu'à briser
« tout-à-fait mon cœur. Je fuis déses-
« péré, et ne reviendrai que quand elle
« sera partie, si d'ici là, le chagrin ne
« m'a pas guéri pour toujours de cette
« fatale passion ; et encore suis-je capa-
« ble de l'aimer au-delà de la tombe !
« Adieu, qu'on ne tente pas de savoir
« où je suis, toutes recherches seraient
« inutiles. »

Rodolphe prit congé de madame de Lucenay et de ses deux hôtes, et sortit en faisant signe à Bolivar de le suivre.

Il emmena le nègre sous la fenêtre de Lucy, et là il lui dit :

— Bolivar, tu vois cette fenêtre?

— Moi la voir, répondit Bolivar : fenêtre à jeune miss.

— Bien! Veux-tu rendre un grand service à ton maître?

— Lui parti, dit Bolivar; quoi lui devenir sans son nègre?

— Sois tranquille, il reviendra, surtout si tu fais ce que je te dis.

— Quoi vous dire à moi?

— Écoute. Chaque soir, chaque soir, entends-tu bien, tu prendras un costume de chasse de ton maître, un chapeau de paille qui cache tes cheveux crépus et ton visage noir, et tu te promèneras dans l'ombre, sous cette fenêtre. Tu feras de grands pas et de grands soupirs; tu te frapperas même la poitrine de temps en temps, ça ne pourra pas nuire. Comprends-tu?

— Moi pas comprendre, dit le nègre en ouvrant ses yeux étonnés.

— C'est égal. Es-tu capable de faire cela?

— Moi capable de tout pour servir mon maître; moi prendre une veste de chasse et un grand chapeau; moi promener, le soir, sous la fenêtre; moi soupirer et frapper ma poitrine...—Moi pas comprendre, ajouta Bolivar, après un instant de réflexion.

— Cela suffit, dit Rodolphe; seulement fais bien attention de te tenir toujours dans l'ombre; il ne faut pas que miss Lucy aperçoive tes traits.

— Alors, pourquoi pas moi promener ailleurs? miss Lucy rien apercevoir.

— Imbécile! dit Rodolphe en riant, il faut qu'elle aperçoive quelque chose, au contraire; seulement, dès qu'elle paraîtra à la fenêtre, et que tu seras bien sûr qu'elle t'a vu, tu te cacheras dans les touffes d'arbres, et tu iras te coucher pour recommencer le lendemain.

— Ah! bon, dit le nègre; elle voir que moi pas vouloir elle me voir.

— C'est cela, dit Rodolphe. Surtout évite le clair de lune, et tourne le dos tant que tu pourras. Il faut qu'elle te prenne pour Georges.

— Ah! ah! ah! fit le nègre en éclatant de rire; moi marcher comme lui; moi croiser les bras comme lui; moi mettre barbe comme lui.

— Fort bien!

— Moi pas comprendre, reprit Bolivar, après une nouvelle pause.

— Ne te casse pas la tête pour cela, dit Rodolphe, c'est inutile : exécute fidèlement ce dont nous sommes convenus; rien de plus, rien de moins, et tu reverras bientôt ton maître.

Après avoir stimulé le zèle de Bolivar par cette promesse, Rodolphe retourna à la Nouvelle-Orléans, bien décidé, malgré la défense de Georges, à faire toutes les recherches possibles pour découvrir la retraite de son ami.

VII.

Le Grand-Chêne.

Georges était resté pétrifié dans le jardin, après la déclaration nette et formelle de la jeune fille. Miss Lucy venait de le quitter, et il cherchait vainement à rassembler ses idées, cruellement bouleversées par le coup de massue qui l'avait étourdi, lorsqu'un bruit se fit entendre près de lui, dans le feuillage, et un homme, qui sortait en rampant du fourré, se dressa tout-à-coup devant lui.

Georges avait contracté, dans ses aventures de chasse, l'habitude de dompter ses nerfs devant toutes sortes de surprises. Il regarda donc, avec quelque étonnement, il est vrai, mais sans tressaillement aucun, cette apparition inattendue.

Le personnage qui se présentait à lui d'une si étrange façon était enveloppé dans une couverture de laine; un châle d'étoffe de coton couvrait sa tête; ses joues étaient peintes en vermillon, et un large anneau d'argent pendait à ses narines.

C'était un chasseur indien, dont le jeune homme ne put d'abord distinguer les traits cachés par l'ombre de la charmille.

Le sauvage étendit la main vers Georges, et lui toucha légèrement l'épaule.

— Mon fils est brave, dit-il lentement dans le dialecte guttural des Chipewas; mon fils est un hardi chasseur : son corps est ferme, son pied solide, et son œil sait fixer un homme. Mon fils est blanc; mais il a sucé le lait d'une femme rouge : son cœur est resté celui d'un guerrier.

— Le Grand-Chêne! s'écria Georges.

— Le Grand-Chêne est un arbre solitaire, dit mélancoliquement le sauvage; il s'élève encore dans la forêt et le temps a respecté son écorce; mais ses rejetons ne grandiront pas autour de lui.

— Pauvre Rose-de-Mai, dit tristement Georges, songeant à la femme du Chipewa, sa seconde nourrice, morte sous ses yeux.

— La Rose-de-Mai est desséchée, dit l'Indien; les boutons qui s'ouvraient autour d'elle sont tombés avec la fleur épanouie. Le Grand-Chêne vit seul sur des tombeaux.

Georges fut touché de cette douleur digne et résignée. Serrant avec émotion la main du sauvage, il lui parla dans la langue chipewa, que ses fréquentes rencontres avec les Indiens chasseurs des bords du Mississipi l'avaient empêché d'oublier.

— Mon père s'est rappelé, dit-il, qu'il a un fils dans les habitations des faces pâles, et il est venu le trouver, pour ne plus vivre seul.

Le Chipewa regarda Georges avec tendresse; un tremblement comprimé agita un instant les muscles de son visage et sa main, que retenait encore celle du jeune homme.

— Le Chevreuil-Blanc est donc toujours le fils du Grand-Chêne, dit-il; il ne maudit pas le carbet de peaux rouges où s'écoulèrent ses premières années?

— Ah! s'écria Georges, loin de le maudire, il y a des instants où je le regrette.

L'Indien regarda fixement le jeune homme, qui ajouta avec un soupir profond :

— Si vous connaissiez, Chipewa, les absurdités et les misères de cette civilisation qui égare les cœurs et fausse les esprits, vous comprendriez que je préfère votre existence indépendante et vos instincts naturels à la vie tourmentée et aux sots préjugés des villes.

— Mon fils est malheureux, dit le sauvage.

Georges haussa les épaules, et ne répondit pas.

— Une Yankee aux yeux bleus trouble son cœur, reprit l'Indien.

— Qui a pu vous dire cela? s'écria Georges en tressaillant.

— Le Grand-Chêne est un chef, répondit gravement le Chipewa. Il n'a pas seulement des yeux pour découvrir le gibier dans les broussailles : son esprit est prompt à deviner. Il a entendu la fille blonde parler au Chevreuil-Blanc avec colère, et en voyant son fils triste, il se dit : le mal est là.

Et le Grand-Chêne posa sa main sur le cœur de Georges.

— C'est vrai, dit celui-ci, souriant malgré son chagrin de la perspicacité du sauvage; vous avez deviné juste, Grand-Chêne, le mal est là.

— La colère des jeunes filles est une pluie d'été, reprit l'Indien. Quand le nuage est passé, un rayon de soleil l'essuie, et la fleur d'amour, un instant courbée, se relève et brille d'un plus vif éclat.

— Non, Grand-Chêne, dit tristement Georges, la fleur d'amour ne s'épanouira plus pour moi dans le cœur de Lucy : elle l'en a arrachée, et pour toujours.

— Mon fils me contera ses chagrins, et il entendra mes conseils.

Et le Grand-Chêne posa sa main sur le cœur de Georges.

— Vous conter mes chagrins! qu'y comprendriez-vous, pauvre peau rouge? Le cœur des femmes blanches est une énigme pour nous, qui vivons au milieu d'elles; il est semé de caprices et d'embûches dont on n'apprend pas la science dans les bois.

— Les peaux rouges apprennent tout dans les bois, dit le Chipewa; car la forêt fait réfléchir. Mon fils me contera ses chagrins, et le Grand-Chêne le conseillera. — J'étais venu dire quelque chose au Chevreuil-Blanc, reprit-il, après un moment de silence; mais son esprit n'est pas en état de m'entendre. Je lui parlerai quand la voix de la jeune Yankee aux yeux bleus ne sera plus dans son oreille.

— Avez-vous quelque chose à me demander? dit Georges; parlez, disposez de moi!

— Le Chipewa ne demande rien, répondit fièrement le chef sauvage. Le Grand-Chêne est seul; mais il est fort, et sa balle atteint le gibier. Plus tard, je dirai au Chevreuil-Blanc ce qui m'amène.

En ce moment, on entendit des pas sur le sable de l'allée, et la voix de madame de Lucenay, qui vantait à ses hôtes les charmes de son habitation.

— Venez, dit Georges, en faisant signe à l'Indien de le suivre dans le fourré; je ne veux pas qu'on me voie.

Ils disparurent dans les arbres, et laissèrent passer les promeneurs, qui rentrèrent dans la maison ; puis le Grand-Chêne dit à Georges :

— A présent, mon fils va me dire ce qui l'afflige. Le Grand-Chêne n'a plus que le Chevreuil-Blanc à aimer sur la terre, et veut qu'il soit heureux.

— Allons, il y tient, pensa Georges, touché de l'affection de l'Indien. Au fait, Rodolphe m'a perdu en voulant me servir ; qui sait si un sauvage ne me donnera pas un bon conseil?

Il s'assit avec le Grand-Chêne à l'ombre d'une plantation d'acacias, et lui conta toute l'histoire de ses malencontreuses amours avec miss Lucy.

Quand Georges eut achevé son récit, le Grand-Chêne resta un instant pensif, puis il dit d'une voix grave :

— Mon fils est un homme : son père lui parlera comme à un homme. Cette Yankee n'est pas la femme qui convient au Chevreuil-Blanc; mon fils doit l'oublier.

— L'oublier! s'écria Rodolphe; hélas! c'est impossible.

— Mon fils l'oubliera, reprit le peau rouge; la Yankee est folle, et le Chevreuil-Blanc ne doit pas épouser un faible esprit.

— Folle! dit Georges; vous vous trompez, Grand-Chêne.

— La Yankee est un esprit troublé, affirma de nouveau le sauvage. Les missionnaires ont égaré sa raison.

— Les missionnaires! dit le jeune homme étonné.

— Le Grand-Chêne a entendu aussi les missionnaires, reprit le sauvage. Ils sont venus, un livre à la main, dans un village des Delawares où le Chipewa avait trouvé l'hospitalité. Ils ont dit aux peaux rouges que le grand esprit des blancs ordonne de jeûner quand le gibier abonde, et de détourner les yeux quand la beauté sourit. Ils ont dit bien des choses encore qui ne sont pas restées dans l'oreille du Chipewa ; car l'oreille d'un Chipewa ne retient que les choses raisonnables qui ornent l'esprit d'un guerrier. Mais les femmes blanches sont faibles, et elles croient tout ce que disent les hommes noirs. La Yankee aux yeux bleus a écouté leurs discours, et sa raison s'est égarée. Mon fils oubliera la fille pâle. J'ai dit.

Georges regarda l'Indien avec surprise. La sagacité du sauvage avait découvert du premier coup la cause de ses tourments; et n'était-ce pas, en effet, une sorte de folie que le puritanisme exagéré de la jeune fille qui, pour une faute si vénielle, enlevait toute espérance à son amour?...

— Vous avez deviné, Grand-Chêne, dit-il en serrant la main du peau rouge; c'est, en effet, un scrupule religieux faux et outré qui éloigne de moi miss Lucy. Mais faut-il, pour cela, que je renonce à tout espoir? n'y a-t-il donc aucun moyen d'éclairer son esprit et de me ramener son cœur?

— Le Chevreuil-Blanc ne doit pas épouser un faible esprit, répéta l'Indien. Que mon fils parte et qu'il l'oublie!

— Partir! s'écria Georges; vous avez raison : contre sa haine, contre son mépris, c'est, en effet, la seule ressource qui me reste. — Mais où aller?

— Que mon fils vienne avec moi! les bois consolent; et, quand il pleurera, son père ne verra point ses larmes. — Que mon fils vienne! reprit le chef en posant la main sur l'épaule du jeune homme. Le Chipewa n'a pas visité depuis longtemps les terres de chasse où reposent les ossements de sa tribu : il ira avec le Chevreuil-Blanc sur la tombe de Rose-de-Mai, et ils lui parleront ensemble. Quand mon fils aura oublié la fille pâle, il retournera parmi les blancs, et alors le Grand-Chêne lui fera connaître les choses qu'il venait lui dire.

Georges resta quelque temps silencieux; puis il s'écria en se levant, et en prenant la main du sauvage :

— Eh bien! partons, mon père!

— Ma pirogue est là, dit le Grand-Chêne, indiquant du doigt la crique où Georges avait abordé la veille avec son canot. Que mon fils aille prendre ses armes et ses munitions de chasse ; il viendra ensuite me rejoindre.

Ils se séparèrent. Georges alla dans sa chambre, écrivit à sa mère et à Rodolphe, chaussa ses guêtres de cuir, revêtit son équipement de chasse, prit sa meilleure carabine, son poignard le mieux trempé ; chargea son carnier de poudre et de balles, et monta à la chambre de Bolivar, déjà endormi à côté d'un flacon de rhum à moitié vide.

Il avait eu d'abord l'intention d'emmener le fidèle nègre ; mais une réflexion l'arrêta.

— Mon absence peut durer longtemps, se dit-il ; il faut laisser à ma mère un gardien sûr et intelligent. D'ailleurs, peaux noires et peaux rouges hurlent ensemble ; ces deux races se détestent comme chiens et loups ; le Grand-Chêne serait furieux de me voir emmener Bolivar, et Bolivar ne songerait qu'à chercher dispute au Chipewa. Le plus prudent est de partir seul.

Il n'eut qu'à poser le doigt sur le bras du noir, dont le sommeil était devenu léger comme celui d'un chien de chasse, à force d'avoir été interrompu de cette façon par les escapades nocturnes de son maître. Bolivar, éveillé en sursaut, se dressa sur son séant en se frottant les yeux, et, apercevant son maître équipé pour la chasse, s'imagina qu'il s'agissait d'aller attendre quelque panthère à l'affût, et fit un mouvement pour sauter à bas du lit.

Georges l'arrêta d'un geste.

— Reste, dit-il ; je pars seul.

— Seul ! balbutia le nègre, se croyant sous l'obsession d'un rêve, à cette injonction inaccoutumée.

— Seul, répéta Georges, et pour longtemps peut-être.

— Pour longtemps, et seul... dit machinalement Bolivar, en se frottant de plus en plus les yeux : moi dormir ou ivre ; Nelly avoir mis quelque chose dans mon rhum.

Il prit le flacon de rhum et en avala quelques gorgées.

— Moi pas dormir, dit-il, et rhum très bon. Quoi vouloir dire ceci ?

Et il regardait avec surprise son maître, debout près de son lit, sa carabine à la main.

— Écoute, lui dit Georges. Jusqu'à mon retour, tu ne bougeras pas d'ici, et tu feras la ronde tous les soirs, en veillant à ce qu'aucun maraudeur, indien ou autre, ne se glisse dans le parc. S'il arrive la moindre chose ; si une main malveillante arrache une feuille du jardin, à mon retour, je te vends au premier venu qui me donne un dollar de ta peau.

— Bon, moi veiller à tout, dit le noir en souriant de cette menace. Mais où vous aller ?

— Tu remettras cette lettre à ma mère, et celle-ci à Rodolphe, lui dit Georges qui sortit brusquement, laissant le noir stupéfait et désolé.

Quelques minutes après, Georges rejoignait le Chipewa déjà assis dans son canot d'écorce. Il monta dans la légère embarcation, qui bientôt disparut sans bruit, traçant sur le fleuve un faible sillage argenté par la lune, dans lequel se montrait, de temps en temps, la tête écaillée d'un alligator attiré par le mouvement de l'eau.

VIII.

Les soupirs de Bolivar.

FRAGMENTS DE L'ALBUM DE MISS LUCY.

« Il est parti, Dieu soit loué ! le mé-
« pris que je lui ai montré a été plus
« efficace encore que je ne m'y attendais.
« Il est parti, sans même essayer de me
« revoir. Encore une fois, Dieu soit
« loué !... »

« Cette seconde journée passée à la
« Baie des Roses m'a paru plus longue

« que la première. Et pourtant, j'étais « calme, heureuse; tandis que hier, l'in- « quiétude dévorait mon cœur. A chaque « instant, ne m'attendais-je pas à le voir « apparaître? — Aujourd'hui j'étais dé- « livrée de cette crainte, et cependant « je m'ennuyais. Le dîner a été triste : « mon père et madame de Lucenay ont « causé plantations et cannes à sucre. Je « me suis retirée de bonne heure, et me « suis mise au lit, où j'ai en vain appelé « le sommeil .. »

—

« ... Ce soir, le ciel était sombre : pas « de lune, pas une étoile; de gros nuages, « poussés par le vent, et des roulements « de tonnerre au lointain. La chaleur « était étouffante. Je me suis assise près « du balcon, et bientôt... Oh! non, ce « n'est pas, ce ne peut être..... et pour- « tant, j'ai bien cru reconnaître... Je me « suis vivement retirée dans ma cham- « bre, et quand je suis revenue à la fe- « nêtre, il était disparu!... »

—

« J'ai mal dormi; je me suis levée de « bonne heure; je suis descendue et j'ai « trouvé madame de Lucenay en train « de surveiller les travaux journaliers de « sa basse-cour et de son étable. Cette « bonne dame a des manières si franches « et le regard si affable envers moi, que « je ne puis croire qu'elle soupçonne « rien. Pourtant, s'il n'était pas parti, « si c'était lui que j'ai vu hier, elle le « saurait..... — Ce soir il fera clair de « lune... »

—

« C'est lui! c'est bien lui..... Je l'ai « revu... il se promenait dans l'ombre... « de temps en temps il s'arrêtait, et, « bien que je ne pusse apercevoir son « visage, je devinais qu'il regardait ma « fenêtre. Il marchait tantôt vite, tantôt « lentement, et soupirait en se frappant « la poitrine... J'ai reconnu son costume, « sa démarche..... Ah! mon Dieu, mon « Dieu, il n'est pas parti!... »

—

« ..... Encore la même apparition..... « je n'en puis douter, c'est lui!... Où se « tient-il pendant le jour? Dans la forêt, « peut-être..... et le soir il vient gémir « sous ma fenêtre... Qu'espère-t-il donc? « Rien, sans doute; car il fait tout son « possible pour éviter d'être vu par « moi. Malgré mon juste ressentiment, « je ne puis m'empêcher d'être tou- « chée de cette douleur et de cette « résignation, et je pense à lui avec « plus de pitié que de haine. Je prie « Dieu tous les jours qu'il lui envoie « promptement le repos et l'oubli. »

—

« ..... Décidément sa mère ne sait « rien... Aujourd'hui je lui ai demandé, « en donnant à ma voix et à mes regards « le plus d'indifférence et de fermeté « possible, si elle avait reçu des nou- « velles de son fils.

— « Non, pas encore, a-t-elle répondu « simplement.

— « Et vous n'êtes pas inquiète, ma- « dame? lui ai-je dit.

— « Mon fils a affirmé qu'il ne court « aucun danger, et je le crois, répondit- « elle; Georges n'a jamais menti.

« Le ton et l'air dont la bonne dame a « prononcé ces paroles ont dissipé tous « mes soupçons. Il ne peut pourtant de- « meurer si près d'ici sans avoir un confi- « dent... J'interrogerai adroitement son « nègre. Par malheur, Bolivar est parti « pour quelques jours, envoyé je ne sais « où par madame de Lucenay..... »

—

« ..... Quatre jours se sont écoulés. « J'ai eu beau passer la moitié de la nuit, « cachée derrière une fenêtre, je n'ai « rien vu paraître. Ce soir, je me suis « accoudée sur mon balcon, et j'ai feint

« de m'oublier dans une rêverie, en re-
« gardant les étoiles... rien n'a paru. Il
« aura renoncé à ces promenades insen-
« sées, à ces tourments inutiles, et sera
« parti, cette fois, pour tout de bon, en
« se promettant enfin de m'oublier.....
« Tant mieux! »

—

« Bolivar est de retour. Il nous a ap-
« pris que la fièvre jaune commençait ses
« ravages à la Nouvelle-Orléans. Mon
« père a remercié avec effusion madame
« de Lucenay, dont l'hospitalité nous
« préserve de cette terrible maladie,
« et je n'ai pu me dispenser de join-
« dre, en rougissant, mes remercîments
« à ceux de mon père. A près tout, il y
« avait peut-être autant de bonté et
« de sollicitude réelle pour nous que
« de calcul coupable dans le stratagème
« de ce malheureux; et je ne puis m'em-
« pêcher de songer que peut-être nous lui
« devons la vie. Si cela est, ne suis-je pas
« un peu à blâmer d'avoir été si dure en-
« vers lui, et ne pouvais-je pas lui faire
« comprendre avec moins de cruauté
« combien ses espérances étaient insen-
« sées?... »

—

« Je m'étais trompée .. il n'est pas
« parti... il ne cherche point à m'ou-
« blier... ce soir, je l'ai revu à la même
« place, avec les même signes de déses-
« poir... Je ne sais quelle émotion m'a
« saisie, quel mouvement involontaire
« m'a entraînée... j'ai ouvert ma fenê-
« tre... je me suis penchée sur le bal-
« con... je voulais... sais-je ce que je
« voulais? mais en m'apercevant, il s'est
« enfui... »

—

« ... Ce matin j'ai interrogé Bolivar.
« Je lui ai parlé de son maître.

— « Moi pas savoir où lui être, m'a-
« t-il répondu dans son naïf langage;
« quoi lui devenir sans son nègre. Moi
« tout donner pour le revoir.

— « C'est vous qui êtes chargé de
« garder l'habitation, lui ai-je dit en-
« core?

— « Maître avoir dit à moi : Veille!
« et moi veiller, a-t-il répondu.

— « Est-ce que les gens de la maison
« ont coutume de se promener pendant
« la nuit, lui ai-je alors demandé, en le
« regardant en face?

« A cette brusque interrogation, le
« nègre s'est troublé, et j'ai vu, malgré
« sa peau noire, que le sang refluait à
« son visage.

— « Moi pas savoir quoi vous dire, a-
« t-il balbutié. Moi dormir la nuit, moi
« pas promener.

« Plus de doute, Georges est ici, ca-
« ché près de l'habitation, et Bolivar
« est dans sa confidence.

—

« ... Il n'est pas venu ce soir. Le nè-
« gre lui aura rapporté notre entretien,
« et il n'a osé reparaître. N'importe,
« la pensée de le savoir si près de moi
« m'agite et me trouble singulièrement...
« La santé de mon père se rétablit... ses
« forces reviennent tous les jours. Bien-
« tôt nous pourrons rejoindre à Saint-
« Louis notre famille. Dieu sait que j'en
« suis heureuse, et que j'ai hâte de par-
« tir, et pourtant il me semble que je
« ne m'éloignerai pas d'ici pour toujours,
« sans éprouver quelque regret. Ma-
« dame de Lucenay est si bonne, et cette
« habitation est si jolie!...

—

« .....Horreur! cet homme qui, tous
« les soirs, se promenait sous ma fenê-
« tre, en donnant les signes de la plus
« sincère, de la plus vive douleur, cet
« homme... ce n'était pas lui... c'était
« Bolivar, c'était son nègre...

« Il est resté trois jours sans oser
« revenir; mais enfin je l'ai revu.....
« — J'avais longuement réfléchi. J'a-

« vais pris une résolution audacieuse, « légère, coupable peut-être; mais la « vue de cette souffrance muette, rési- « gnée, la pensée que c'était moi qui « causais une douleur si désespérée et « pourtant si constante, la pitié et, « l'avouerai-je? le remords m'avaient dé- « cidée... Ah! le ciel m'a bien punie de « cette criminelle faiblesse. Depuis trois « jours je l'attendais avec émotion, avec « impatience. Enfin, ce soir, je l'aper- « çus, et aussitôt je descendis furtive- « ment dans le jardin. Je voulais lui « parler, le consoler; je voulais lui dire: « — Je vous pardonne et je vous plains. « Domptez cette passion charnelle qui « m'effraie, qui m'offense, et outrage la « religion des saints dont les préceptes « sont dans mon cœur. Revenez près de « votre mère; habituez-vous à m'aimer « comme un frère; j'aurai pour vous l'a- « mitié d'une sœur .. Hélas! je ne sais « ce que je lui aurais dit encore, tant « son désespoir m'avait bouleversée...

« Abomination! je me glisse derrière « la charmille; je m'approche de lui, et « je reconnais... Bolivar, dans les habits « de son maître, qui se promenait à « grands pas, en regardant ma fenêtre « et se frappant la poitrine.

« Au cri d'étonnement et d'indigna- « tion que m'arracha sa vue, il se re- « tourne, me reconnaît et veut fuir.

— « Restez, m'écriai-je, je vous l'or- « donne.

« Alors il tomba à mes pieds.

— « Que faites-vous ici, et pourquoi « avez-vous pris les habits de votre maî- « tre? lui ai-je demandé d'un ton impo- « sant.

— « Grâce, bonne miss, répondit-il: « grâce pour le pauvre nègre. Vous pas « dire à mon maître que vous savoir moi « être pas lui. Lui furieux, lui pas re- « venir, et pauvre noir mourir de cha- « grin.

— « C'est bien, lui ai-je dit, retirez- « vous!

« Et je suis rentrée dans ma cham- « bre, indignée, exaspérée de ce dernier « outrage, qui met le comble à tous les « autres...

« Quoi! tandis que, repoussé par ma « juste colère, il est en train de s'en « consoler, sans doute, dans la chasse ou « dans les plaisirs; tandis qu'il rit « peut-être avec ses amis de mes ri- « gueurs, il charge son nègre de jouer « ici ce rôle ridicule à sa place, espé- « rant éveiller ma compassion par cette « odieuse comédie, et venir bientôt peut- « être recueillir les bénéfices de la pitié « que son martyre imaginaire aura éveil- « lée dans mon cœur...

« Oh! c'est infâme!

« Merci, mon Dieu, qui n'avez pas « permis que votre servante tombât dans « ce misérable piége! Oh! je le sens « maintenant, c'est plus que de la haine, « c'est plus que du mépris: c'est de « l'horreur qu'il m'inspire. . . . .

« . . . . »

—

Quinze jours plus tard.

« Nous partons demain. Dieu soit « béni! je vais quitter enfin cette odieuse « demeure. . . . .

« . . . . »

IX.

Le départ.

Voilà donc à quel triste résultat avait abouti la ruse de Rodolphe. Cette fois, il ne s'agissait plus seulement des scrupules religieux et moraux de miss Lucy: c'était son amour-propre qui était en jeu, son amour-propre froissé, outragé d'une manière indigne. Or, chacun sait que l'amour-propre d'une femme, fût-elle cent fois puritaine, ne se résout jamais à pardonner. La cause de Georges était perdue.

Le lendemain du jour où la blanche main de Lucy avait tracé sur le vélin de son album la dernière ligne que nous venons de transcrire, Bolivar, assis au gouvernail d'un grand canot où se tenaient, la rame en l'air, quatre noirs vigoureux, attendait, l'oreille basse et le regard triste, que les hôtes de sa maîtresse eussent achevé la dernière collation qu'ils devaient prendre à la Baie des Roses.

Il était chargé de les conduire à bord du steamer qui allait les emporter pour toujours. Ses yeux étaient fixés sur le perron de l'élégante demeure, que l'on apercevait de la crique, à travers mille dessins capricieux de feuillages et de fleurs, lorsque, tout-à-coup, un canot d'écorce, qui avait glissé inaperçu sous la voûte de lianes et de branches tombantes dont les arbres du parc bordent le fleuve, vint aborder tout près de lui.

Un Indien qui le conduisait sauta lestement à terre, amarra son embarcation à la berge, et fit quelques pas vers l'habitation.

— Où vous aller? quoi vous vouloir? s'écria en se levant Bolivar à qui tout peau-rouge semblait suspect.

Le Grand-Chêne, car c'était lui, se tourna dédaigneusement vers l'esclave, et lui montra une lettre qu'il tenait à la main.

— Pour ta maîtresse, dit-il, en prononçant ce mot *maîtresse* avec un insultant mépris.

— Qui l'avoir écrite? — M. Georges? s'écria le nègre, comprenant qu'un pareil messager ne pouvait être expédié que par son jeune maître.

— Oui, répondit l'Indien

— Où lui être? comment lui aller? demanda vivement Bolivar.

— Il va bien, dit laconiquement le Grand-Chêne.

Puis il continua à marcher vers l'habitation, du pas digne et solennel d'un chef.

En ce moment, madame de Lucenay et ses hôtes sortaient de la maison et se dirigeaient vers le canot, suivis de deux noirs chargés des bagages des voyageurs.

Le Grand-Chêne les aperçut, et, remarquant ces symptômes de départ, entra dans une allée latérale, et se cacha derrière un arbre pour les laisser passer. Puis, revenant vers le rivage, et se glissant avec précaution parmi les arbustes, il assista sans être vu aux adieux de la mère de Georges et de ses hôtes.

— Embrassez-moi, ma chère fille, et ne vous pressez pas tant, dit madame de Lucenay à Lucy, qui semblait impatiente de s'embarquer. Le steamer ne part que dans deux heures, et, il ne vous faut pas une heure pour arriver à bord.

Lucy embrassa la mère de Georges en balbutiant quelques paroles sans suite, dont la bonne dame attribua l'incohérence au chagrin qu'éprouvait la jeune fille en la quittant pour toujours, monta dans le canot et s'assit, tournant le dos à Bolivar, qui avait baissé la tête avec confusion quand elle était passée à côté de lui.

Les adieux de madame de Lucenay et de M. Burklay furent plus longs et plus affectueux.

— Adieu, ma chère dame, dit le vieillard, dont les traits sévères exprimaient une émotion qu'il s'efforçait de contenir. Vous avez été pour nous hospitalière et généreuse comme la bonne Samaritaine: croyez bien que ce souvenir ne s'effacera pas de ma mémoire, et que, jusqu'à mon dernier jour, je prierai le Dieu des justes pour votre bonheur dans ce monde, et votre salut dans l'autre.

— Rappelez-vous votre promesse de m'écrire aussitôt que vous serez arrivés à Saint-Louis, dit la veuve en serrant les mains de M. Burklay. Je serai inquiète jusqu'à ce que j'aie de vos nouvelles.

— Je me la rappellerai, ma digne amie, dit M. Burklay

Puis il alla s'asseoir près de sa fille, et le canot partit.

Madame de Lucenay suivit des yeux

Les adieux de madame de Lucenay.

l'embarcation, jusqu'à ce qu'un accident de terrain l'eût soustraite à sa vue; puis elle se disposa à retourner tristement dans son habitation, veuve de ses hôtes et de son fils.

Mais au moment où elle se mettait en marche, l'Indien parut devant elle. A la brusque apparition du sauvage, elle fit un mouvement d'effroi.

— Que ma sœur se rassure, dit doucement le Chipewa, le Grand-Chêne est son ami.

— Vous! s'écria madame de Lucenay, vous qui m'avez rendu mon fils, et qui, depuis dix ans, vous êtes soustrait à ma reconnaissance. — Ah! si Georges était ici, ajouta-t-elle en soupirant, quelle serait sa joie de vous revoir! Mais depuis un mois, le cruel enfant est parti, et je n'ai pas même de ses nouvelles.

— Le Grand-Chêne en apporte, dit le peau-rouge en présentant à la veuve la lettre de son fils.

— Une lettre de Georges! s'écria la bonne dame; vous l'avez donc vu?

— Je l'ai vu, répondit l'Indien.

Madame de Lucenay ouvrit vivement la lettre, qui ne contenait que ces mots :

« Ma bonne mère,

« Ne soyez pas inquiète de moi; je

Voici ma bourse, dit madame de Lucenay, gardez vos peaux.

« me porte bien, et reviendrai bientôt « près de vous. »

— Où est-il? que fait-il? demanda-t-elle.

— Le Chevreuil-Blanc aime sa mère, et il reviendra près d'elle, dit l'Indien évitant de répondre à ces questions. Mais le Grand-Chêne est pressé; que ma sœur lui réponde. Combien faut-il de dollars pour aller à Saint-Louis, sur les bateaux fumants?

— Trente, je crois, répondit madame de Lucenay étonnée de cette question.

Le sauvage alla à son canot, et en rapporta une brassée de peaux de castors.

— Ces peaux valent quarante dollars, dit-il; que ma sœur me les achète.

— Voici ma bourse, dit madame de Lucenay en souriant; gardez vos peaux, mon ami!

Le Grand-Chêne ouvrit la bourse, y prit la somme qu'il avait fixée, remit la bourse dans la main de la veuve, et lui montrant du doigt sa cargaison :

—Ces peaux appartiennent à ma sœur, dit-il.

Puis il monta dans son canot, le poussa au large, et fit force de rames dans la direction de la ville, laissant madame de Lucenay moins stupéfaite qu'on n'eût pu le croire, habituée qu'elle était aux étranges façons des sauvages chasseurs que son fils amenait de temps en temps à la Baie des Roses.

Une heure après cet incident, un Indien montait à bord du steamer sur lequel venaient de s'embarquer M. Burklay et miss Lucy. Il s'assit sur le pont, s'enveloppa dans sa couverture de laine, et prit cette attitude méditative particulière aux animaux ruminants et aux sauvages au repos, indifférent en apparence au mouvement qui se faisait autour de lui.

Pourtant miss Lucy remarqua avec étonnement que les yeux de cet hôte des forêts se portaient souvent sur elle, et semblaient examiner curieusement ses traits.

Instinctivement troublée par le regard perçant du sauvage, la jeune fille abaissa son voile sur sa figure et se tourna d'un autre côté.

Bientôt le steamer s'éloigna du rivage; ses roues entamèrent la nappe d'eau qui coulait paisiblement autour de lui; sa cheminée de fer lança en sifflant des bouffées d'humide vapeur, et la puissante machine s'élança contre le courant du fleuve, glissant sur l'onde bouillonnante, et laissant derrière elle un long sillon blanc dans l'eau, une longue traînée noire dans l'air.

Un soupir profond s'échappa de la poitrine de Lucy, comme si elle eût été délivrée d'une oppression pénible. Elle leva son voile et jeta un regard indéfinissable, moitié triste, moitié triomphant sur cette ville qu'elle quittait pour toujours, et qui n'apparaissait déjà plus que comme une masse confuse, dont chaque instant effaçait un à un les points à peine visibles et les contours fuyants; puis elle se leva, prit le bras de son père et descendit dans l'entrepont, toujours attentivement observée par les yeux inquisiteurs du Grand-Chêne.

X.

La chasse aux bisons.

Nous avons laissé Georges au moment où il quitta la Baie des Roses, dans le canot de l'Indien, fermement convaincu qu'il lui était désormais impossible de fléchir le cœur de miss Lucy.

Le sauvage ramait silencieusement, laissant son compagnon se plonger à son gré dans ses tristes rêveries. Deux heures se passèrent ainsi. Le canot remontait rapidement le fleuve, en suivant la côte sous les têtes chenues des arbres penchées sur l'eau.

Le Chipewa aborda dans une petite anse bordée de broussailles; les deux hommes mirent pied à terre, tirèrent le canot sur la rive, et le cachèrent dans les buissons, après quoi l'Indien dit à Georges :

— Mon fils veut-il marcher ou dormir?

— Marchons, répondit le jeune homme, sans même demander au peau-rouge où il voulait le conduire.

Le Grand-Chêne prit son fusil déposé au fond du canot, avec sa corne de poudre et son sac de balles; renouvela son amorce humide et fit signe à Georges de le suivre.

Peu à peu la clarté de la lune qui guidait les pas des deux voyageurs s'effaça pour faire place à l'aube envahissante. Les oiseaux s'éveillèrent dans les feuilles; les insectes bourdonnèrent autour des fleurs; les cris rauques des bêtes fauves s'éteignirent, et bientôt le soleil, dorant la cime des arbres, vint jeter les rayons de sa palette magique sur ce grand tableau vivant du réveil de la nature.

— Le Chevreuil-Blanc est redevenu peau-rouge, dit l'Indien en souriant. Quand il aura soif, il cherchera le ruisseau qui coule sous les grandes herbes; quand il aura faim, il guettera le gibier au bout de sa carabine. Quand il voudra dormir, il allumera des feux dans la forêt, pour éloigner les bêtes fauves, et il fera son lit avec des feuilles sèches. Pendant que son esprit sera occupé à soutenir sa vie et à la défendre, mon fils ne songera pas à la fille blonde.

— Vous avez raison, Grand-Chêne, répondit Georges; il me semble déjà que je me sens moins triste et plus léger de tête et de cœur, depuis que je marche dans cette forêt, en m'éloignant d'elle pour toujours.

Les prévisions du Chipewa furent en partie réalisées. Pendant les huit premiers jours de cette vie sauvage, le Chevreuil-Blanc, détourné de sa passion par la continuelle tension d'esprit que nécessitait sa situation nouvelle, forcé au sommeil par les fatigues du jour, eut à peine le temps de consacrer quelques soupirs rapides au souvenir de miss Lucy.

Mais tout s'émousse à la longue. Georges finit par se lasser de ce vagabondage sans but. Un jour, il se tourna vers le Grand-Chêne, et lui demanda :

— Où allons-nous?

— Encore quelques pas, dit le Grand-Chêne.

Georges marcha deux heures encore sur les pas de son compagnon. Il commençait à redevenir triste, et l'image de Lucy flottait devant ses yeux.

Tout-à-coup l'Indien s'arrêta.

— Regarde, dit-il.

Georges poussa un cri de surprise. Ils étaient arrivés sur la lisière de la forêt. Devant ses yeux s'étendait une plaine à perte de vue, et dans cette plaine couraient çà et là d'innombrables bandes de bisons, harcelés par des chasseurs indiens.

Les sauvages étaient à cheval. Armés d'arcs et de flèches, ils se précipitaient hardiment au milieu des bisons effrayés; voltigeaient de l'un à l'autre, choisissant les plus gros et les plus gras, et leur décochaient une flèche au-dessous de l'épaule; puis ils abandonnaient a bête blessée et galopaient vers une autre.

Quelquefois un bison ainsi frappé se retournait vers le chasseur et fondait sur lui, tête baissée. D'un coup de ses cornes redoutables, il crevait le ventre du cheval ou le flanc du cavalier; puis après avoir piétiné avec rage sur ses ennemis renversés, il s'élançait dans la prairie et allait tomber à quelques milliers de pas, après un galop furieux.

Quelques officiers d'un fort voisin étaient venus prendre part à la chasse. Montés sur des chevaux ardents, ils se lançaient, comme les Indiens, au milieu des bisons, et leur cassaient la tête à coups de pistolet.

A cette vue, Georges se sentit emporté par le démon de la chasse. Il sauta sur un cheval dont le maître gisait non loin de là, renversé par un coup de corne, et bientôt on entendit sa carabine retentir sur le champ de bataille.

Le Grand-Chêne, déchargea son fusil sur une bête égarée par la peur, qui s'était jetée de son côté et qui paya de sa vie ce manque de sang-froid; après quoi il s'assit sur la lisière du bois et suivit des yeux Georges, qui, toujours lancé à la poursuite des bisons, déchargeait et rechargeait sa carabine sans ralentir le galop de son cheval.

Quand l'innombrable troupeau eut disparu, après avoir semé çà et là des cadavres sur sa route, les sauvages allèrent récolter cette riche moisson de morts, qu'ils se mirent en devoir de dépouiller sur le champ de bataille.

Ils enlevèrent les peaux et découpèrent les chairs en tranches, afin de les faire sécher dans leur carbet, pour les provisions d'hiver.

On célébra la victoire sur la place même par un somptueux festin, dont les bosses des vaincus furent le principal mets. Au dire des plus gourmets voyageurs, la bosse du bison, cuite à l'étouffée sous la cendre, est un régal exquis, dont on ne se lasse jamais.

Le Grand-Chêne et le Chevreuil-Blanc reçurent l'hospitalité dans un carbet voisin. Ils y passèrent deux jours, après lesquels Georges, qui s'était remis à songer à Lucy, demanda de nouveau au Chipewa :

— Où allons-nous ?

— Nous allons sur les terres de chasse de la tribu du Grand-Chêne, dit le peau-rouge. Mon fils reconnaîtra-t-il le wig-wam de ses premières années ?

— Allons, dit le jeune homme ; vous l'avez dit, mon père, nous pleurerons ensemble sur la tombe de Rose-de-Mai.

Ils prirent congé de leurs hôtes, et se dirigèrent vers l'ancien carbet du Chipewa.

XI.

La tombe de Rose-de-Mai.

Quelques jours après, ils arrivèrent sur l'emplacement du village où le Chevreuil-Blanc avait passé son enfance. Le temps avait dévasté les cabanes désertes, dont quelques pieux encore debout rappelaient seuls le souvenir ; les broussailles et les ronces avaient envahi le gazon qui étendait autrefois son vert tapis devant les wig-wams, et d'imperceptibles monticules, cachés sous les hautes herbes émaillées de fleurs sauvages, ne pouvaient indiquer qu'à des regards attentifs les sépultures de la tribu exterminée par le fléau contagieux.

En arrivant dans ce site désolé dont tous les aspects étaient encore présents à sa mémoire, Georges, ému d'un pieux respect, s'arrêta et se découvrit silencieusement en promenant autour de lui des regards attendris.

Une cabane, plus vaste et plus solidement construite que les autres, gardait encore ses cloisons de branches entrelacées et une partie de son toit, depuis longtemps dépouillé de la mousse qui l'avait recouvert.

A quelques pas de cette cabane, s'élevait un tertre garni de verdures, ombragé par un magnolia en fleurs.

—C'est ici, dit le sauvage ; voici la cabane du chef et la tombe de sa femme et de ses deux fils. Le Grand-Chêne est resté seul de sa famille, seul de sa tribu, dont les derniers débris se sont dispersés loin de lui.

Et le Grand-Chêne s'assit sur le tertre funèbre et demeura quelque temps immobile, abîmé dans ses souvenirs. Debout à côté de lui, Georges, appuyé sur sa carabine, regardait avec piété cette douleur profonde, qui effaçait même à ses yeux l'importance de ses propres chagrins. Enfin il prit la parole pour détourner le cours des sombres idées qui absorbaient l'Indien.

— Il y a longtemps que mon père n'était venu ici ? demanda-t-il.

— Depuis le jour où le Grand-Chêne rendit le Chevreuil-Blanc à sa mère, répondit le sauvage, ses pas n'ont point foulé les terres de chasse des Chipewas, ses yeux n'ont pas contemplé ces tombes, qu'il a quittées avant que l'herbe les eût recouvertes. Il a erré dans les bois, de carbet en carbet, de village en village, tantôt parmi les hommes blancs, tantôt parmi les peaux-rouges. Mais un jour est venu où il a voulu revoir la terre où dorment les siens. Ce jour-là, il est allé trouver le Chevreuil-Blanc, et il lui a dit : Viens avec moi !

— Eh bien, dit Georges, restons ici, Grand-Chêne ! Dans cette cabane où je retrouve mes premiers souvenirs, l'oubli que je cherche viendra peut-être rendre le calme à mon esprit, et l'ombre de Rose-de-Mai sera consolée en voyant le Grand-Chêne s'asseoir souvent sur cette tombe fleurie.

— Restons ici, répondit l'Indien ; mon fils a devancé mes désirs.

Ils s'occupèrent aussitôt de réparer la cabane du chef, et s'installèrent dans le wig-wam abandonné. Le jour, ils chassaient autour de leur demeure ; ils allaient à la recherche des villages de castors, et le Grand-Chêne préparait le soir, à la lueur des torches de résine, les peaux des bêtes qu'ils avaient tuées.

Quinze jours se passèrent ainsi ; mais le souvenir de Lucy, au lieu de s'effacer, se réveillait plus vivant que jamais dans le cœur de Georges. Le Grand-Chêne avait beau s'ingénier pour l'occuper sans cesse, lui créer des travaux variés, lui inventer des distractions nouvelles, et même lui chercher parfois des périls ; le jeune homme, vaincu par la force des regrets, retombait de plus en plus dans la tristesse.

Pourtant il n'éprouvait aucun désir de retourner dans la vie du monde. Sentant bien que sa blessure était incurable, il comprenait que son âme ne serait pas moins isolée au milieu des bruits de la ville que dans le silence de la forêt, et, solitude pour solitude, celle des bois lui semblait préférable.

Un jour, le Grand-Chêne, effrayé de cette mélancolie de plus en plus envahissante, lui offrit de reprendre la route de la Nouvelle-Orléans. Le jeune homme rejeta bien loin la proposition du sauvage.

— Mon fils ne peut oublier la miss aux yeux bleus, et il refuse de retourner près d'elle, dit tristement le Grand-Chêne; quel est donc son espoir ?

— Mon espoir, Chipewa, répondit Georges avec un amer sourire, c'est d'être bientôt couché sous ce tapis de gazon, à côté de Rose-de-Mai.

Le Grand-Chêne pencha sa tête sur sa poitrine, et réfléchit longtemps.

Le soir venu, il dit à Georges :

— Je vais à la ville des blancs : mon fils m'accompagnera-t-il, ou m'attendra-t-il ici ?

Georges, étonné, regarda le Grand-Chêne. Voyant que le sauvage parlait sérieusement, il lui répondit avec insouciance :

— Partez, Grand-Chêne, je reste ici.

— Le Chevreuil-Blanc m'attendra ? reprit le sauvage. Il sera ici dans huit jours pour entendre les nouvelles que j'apporterai ?

— Je vous le promets.

— Mon fils ne me dira-t-il rien pour sa mère ?

— Vous irez à la Baie des Roses ? s'écria Georges.

— La Baie des Roses est près de la grande ville, répondit l'Indien : j'irai, pour rassurer la mère de mon fils.

— Attendez, fit Georges.

Il arracha une plume à l'aile d'un dindon sauvage tué dans la forêt, la tailla avec la lame de son poignard, déchira une feuille blanche d'un livre qui avait appartenu à Lucy, trempa sa plume dans le jus d'une baie noire récoltée par l'Indien, écrivit quelques mots, et remit le billet au Grand-Chêne.

— Pauvre mère ! dit-il en soupirant, je lui fais espérer mon retour. Qui sait si je la reverrai jamais ?

Le lendemain matin, le Chipewa partit après avoir serré la main de Georges.

Le jeune homme n'avait pas osé prononcer le nom de Lucy ; mais tous deux s'étaient compris.

— Que mon fils m'attende sans inquiétude, avait répété le Grand-Chêne en partant; je lui apporterai des nouvelles.

— Oh ! pensa Georges, il verra Lucy. Il prononcera mon nom devant elle. Il lui apprendra peut-être dans quelle vie aventureuse et désespérée, dans quelle douleur constante m'ont jeté ses rigueurs. Sera-t-elle insensible, ou m'apportera-t-il une bonne parole tombée pour moi de ses lèvres ?

On connaît le résultat du voyage de l'Indien. Arrivé à la Baie des Roses au moment où Lucy en partait, il s'embarqua sur le steamer, à la suite de la puritaine, sans autre intention que d'étudier la jeune fille, et de juger par lui-même si Georges avait raison de désespérer pour toujours.

Mais les événements imprévus qui allaient interrompre d'une façon si terrible le voyage du steamer devaient changer les projets du sauvage, et le pousser à une tentative audacieuse, désespérée, dans l'intérêt de son fils adoptif.

XII.

Le Mississipi.

Quand Lucy remonta sur le pont, elle retrouva le peau-rouge assis à la même place. Mais le Grand-Chêne avait reconnu que la persistance de ses regards observateurs avait été remarquée par la jeune fille, et il s'était promis d'éviter toute imprudence qui pût éveiller ses soupçons.

Lucy, voyant que le sauvage avait cessé de lui accorder une attention particulière, se persuada, non sans demander pardon au Très-Haut de cette vaniteuse conviction, que l'attrait de sa beauté avait seul provoqué d'abord les regards indiscrets du peau-rouge. Cette pensée dissipa la crainte instinctive qu'elle avait ressentie. Elle-même cessa d'observer le Grand-Chêne, et elle ne songea plus qu'à se recueillir dans ses pensées intimes, tout en contemplant le magnifique spectacle qui se déroulait sous ses yeux.

Le steamer remontait la rive gauche du Mississipi. A droite s'étendait l'immense nappe mouvante du fleuve, roulant ses eaux vers l'Océan avec une vitesse de cinq milles à l'heure.

A gauche, se développaient à perte de vue les immenses forêts qui bordent le Mississipi dans toute l'étendue de son cours. Tantôt on voyait s'échelonner sur la rive les peupliers de la Caroline, les platanes, les magnolias festonnés de lierre, de lianes et de vigne sauvage; tantôt s'étendaient, comme des murailles de verdure, de hautes charmilles d'acacias qu'on eût dit taillées et alignées par la main des hommes.

De temps en temps passaient, entraînés par le courant, un train d'arbres flottants ou une grande barge remplie de bœufs dont les mugissements rompaient un instant le silence de cette majestueuse nature. Parfois aussi on apercevait, dans le lointain, un steamboat lançant sa vapeur dans la solitude, et agitant sa cloche pour le salut d'usage. Puis tout s'effaçait, vision et bruit, et l'on ne voyait plus que de l'eau et des arbres; on n'entendait plus que le bouillonnement du fleuve mêlant sa voix sourde aux bruissements de la forêt.

Le *Natchez* (tel était le nom du steamer qui transportait nos voyageurs) côtoyait de si près la rive, pour éviter le courant, que sa cheminée cassait quelquefois des branches d'arbres.

A chaque instant, il rencontrait sur sa route des arbres déracinés par les eaux et enfoncés dans la vase, dont les têtes menaçantes, balancées au gré du courant, eussent crevé le navire, s'il n'eût été préservé à l'avant par une grande chambre formée de poutres solides que les navigateurs du Mississipi ont imaginé de construire pour subir le premier choc de ces redoutables écueils.

Souvent aussi le *Natchez* était obligé de décrire de longs circuits, pour éviter les *îles de bois*, masses d'arbres flottants que le fleuve entraîne, après les avoir arrachés à ses bords.

La quantité d'arbres que charrie le Mississipi est incalculable. On parvient à en arrêter une faible partie à la Nouvelle-Orléans; le reste est roulé par le fleuve jusqu'à son embouchure. Là, entassés les uns sur les autres, ou ensevelis dans les boues, ils pourrissent lentement au milieu des autres détritus amenés par le fleuve, jusqu'à ce qu'une violente tempête vienne balayer ces masses putrides et les faire emporter par les vagues dans le golfe du Mexique.

Ce foyer d'infection n'est pourtant qu'une des moindres causes de l'effrayante mortalité qui rend le séjour de la Nouvelle-Orléans si redoutable aux étrangers.

Chaque année, au mois de mai ou de juin, le Mississipi sort de son lit et couvre la plaine. L'eau, en se retirant, laisse dans les terres des lagunes et des étangs d'où s'exhalent des miasmes qui, sous le nom de fièvre jaune ou d'autres maladies mortelles, déciment périodiquement les populations riveraines.

Et cependant, il n'y a peut-être pas au monde de sol plus fertile que ces terres inondées d'où s'exhale la mort. Il ne manque à ce foyer de contagion que des bras intelligents pour devenir une source intarissable de richesses.

Il en est de même de ces rizières empestées du Gange d'où part chaque année cette *fièvre noire*, ce choléra asiatique, qui prélève sur son passage un affreux tribut de victimes humaines.

Quand les peuples voudront s'unir contre ces ennemis communs, et envoyer de glorieuses phalanges combattre avec la pioche, le pic et la charrue, ces germes d'horribles maladies au fond de leurs repaires, quelques années suffiront pour transformer ces champs de carnage en plaines fécondes. Ces vases empoisonnées, ces immondices pestilentielles, ces marais pernicieux, domptés par les efforts de l'homme, asservis à son génie, ne seront plus alors que de précieux engrais bientôt couverts de moissons et de prairies. Sur ce sol régénéré s'étendront des populations florissantes, et le travail de l'humanité récoltera la vie là où son incurie a si longtemps laissé germer la mort.

Mais la population toujours croissante des États-Unis a accompli déjà assez de prodiges, pour qu'on ne désespère pas de la voir entreprendre bientôt et mener à bonne fin cette grande œuvre.

Lorsqu'on songe à ces fleuves immenses, sillonnés par ses bateaux fumants, à ces forêts sans fin abattues par la hache de ses pionniers, à ces terres vierges où elle improvise en quelques années des villes opulentes, on est forcé d'avouer que rien n'est impossible à cette race, à la fois persévérante et aventureuse, et l'on se demande avec stupeur quel rôle est appelé à jouer un jour, dans les affaires du monde, ce vigoureux continent, exploité par cet infatigable génie que développe encore le plus puissant moteur de l'activité humaine, la liberté.

—

XIII.

La lutte.

La nuit venue, les voyageurs descendirent dans les cabines, à l'exception du Grand-Chêne, qui s'enroula dans sa couverture, et se coucha sur le pont.

Le lendemain matin, le *Natchez* s'arrêta à *Bâton-Rouge*, petite ville de fondation française, — comme presque toutes les villes de l'Ouest, — pour renouveler sa provision de bois.

Sur toute la longueur du fleuve, jusqu'aux chutes de Saint-Antoine, les steamers trouvent ainsi, de distance en distance, des chantiers de bois sec pour s'approvisionner de combustibles.

Aux premiers rayons du soleil, on aperçut l'endroit où l'on devait faire halte; et le capitaine et les hommes de l'équipage firent entendre en même temps un cri de fureur à la vue d'un steamer arrêté devant le chantier, et embarquant son bois.

— L'*Ohio!* s'écrièrent-ils tous à la fois.

L'*Ohio* était parti de la Nouvelle-Orléans deux heures après le *Natchez;* il avait forcé sa marche pendant la nuit, et avait devancé son rival.

C'était pour le capitaine du *Natchez* un affront insupportable. La plupart des passagers montés sur le pont, au cri de rage des marins, partagèrent bientôt leur indignation, et s'associèrent à leur intention énergiquement formulée de prendre une éclatante revanche.

Tout en hâtant leur chargement de combustibles, les hommes de l'*Ohio* narguaient le *Natchez*, et les voyageurs du steamer vainqueur joignaient leurs cris de défi à ceux de l'équipage.

Les matelots du steamer humilié s'empressèrent d'embarquer leur bois; les chauffeurs, fortement stimulés, entassèrent les bûches dans le brasier dévorant;

le capitaine se plaça en personne à la barre, et le petit nombre de passagers du *Natchez* qui se sentaient, au fond de l'âme, tout-à-fait indifférents à la gloire de leur navire, restèrent néanmoins sur le pont pour jouir du spectacle de la lutte qui allait s'engager.

Ces sortes de joûtes sont fréquentes entre les steamers du Mississipi, et se terminent souvent par des catastrophes, soit que les bâtiments rencontrent dans leur course rapide et imprudente des obstacles qui les effondrent, soit que la machine éclate et verse sur les voyageurs des torrents d'eau bouillante, ou lance dans les airs leurs membres mutilés.

Mais qu'importent ces dangers à l'amour-propre du capitaine, et même à celui des passagers, qui épousent presque toujours la querelle de leur navire?

On enterre les morts sur le rivage; on plante sur leur tombe une croix portant l'inscription du désastre qui leur a coûté la vie; on laisse là le *steamboat* défunt avec ses tuyaux fendus, ses chaudières renversées, ses poutres brisées et ses fenêtres en éclats, et l'on remonte sur le premier vapeur qui passe, tout prêt à se faire rompre les os de plus belle, pour la plus grande gloire de l'industrie.

Étonnez-vous après cela que cette race opiniâtre domine le monde!

L'*Ohio* s'était lancé à toute vapeur sur les eaux, que sa proue faisait jaillir en gerbes écumantes; le *Natchez* ne tarda pas à le suivre, et la lutte commença.

Parmi les passagers que la seule curiosité retenait sur le pont du *Natchez*, figuraient au premier rang M. Burklay et sa fille, familiarisés pourtant par de nombreuses excursions sur les fleuves américains, avec ces combats de vitesse dont l'enjeu n'était qu'une vaine gloriole pour de grossiers matelots.

Penchés sur le rebord du navire, ils regardaient, comme tous leurs compagnons de route, les évolutions de l'*Ohio*, qui semblait voler sur l'eau bouillonnante, et continuait de maintenir son rival à distance, malgré les jurements du capitaine du *Natchez*, et la prodigieuse activité des chauffeurs.

Le Grand-Chêne, seul entre tous, avait paru complétement insensible à cet ardent conflit. Assis sur un banc, la tête penchée sur sa poitrine, il semblait livré à une profonde méditation. Tout-à-coup quelques paroles échangées entre deux passagers qui, debout près de lui, suivaient du regard la lutte des deux navires, le tira brusquement de sa torpeur.

— Le *Natchez* est incapable de soutenir la lutte, disait un de ces hommes. Le constructeur de l'*Ohio* m'a assuré que ce vapeur est le premier marcheur du Mississipi. Notre capitaine est fou. S'il s'obstine à lutter, il perdra son bateau, et nous sauterons avec lui.

— Il faut le prévenir, dit l'autre passager. Si la lutte est impossible, il doit y renoncer, diable! J'ai pour trois mille dollars de marchandises dans mes bagages.

— Vous ne connaissez pas Murly, reprit celui qui le premier avait signalé le péril; eût-il sur son bord le congrès tout entier et le président avec, il se déciderait à sauter plutôt que de s'avouer vaincu.

Son interlocuteur alla pourtant trouver le capitaine, et lui exprima tout bas ses craintes; mais celui-ci ne répondit que par un juron énergique et par un ordre intimé aux chauffeurs d'augmenter encore le feu.

Le Chipewa avait dressé la tête en entendant le colloque de ses deux voisins. Il avait vu la réponse faite par le capitaine aux timides représentations du passager. Alors il s'occupa attentivement de ce qui se passait.

Malgré les efforts désespérés de son rival, l'*Ohio* conservait toujours l'avantage, et ses passagers poussaient des cris de triomphe en agitant leurs mouchoirs en l'air. La cheminée du *Natchez* craquait dans ses jointures; l'eau frappait son bordage avec bruit, et sa machine, chauffée outre mesure, faisait entendre de rauques sifflements.

Le Grand-Chêne embrassa ce spectacle d'un coup d'œil, et se rapprocha insensi-

La lutte des deux vapeurs.

blement de miss Lucy, qui ne songeait, ainsi que les autres spectateurs, qu'à mesurer des yeux la distance qui séparait les deux navires.

Peu à peu il arriva derrière elle, sans qu'elle l'eût remarqué. Là, il se tint debout, l'œil fixé sur la partie du navire où se trouve la machine, et attendit.

La course furieuse du *Natchez* dura encore environ un quart d'heure. Tous les passagers, uniquement en proie à l'émotion de la lutte qui avait fini par passionner les plus indifférents, ne proféraient pas une parole et retenaient leur souffle. On n'entendait d'autre bruit sur le pont que la respiration de la machine haletante et le bouillonnement des flots frappés par les roues.

Tout-à-coup un cri de joie s'éleva de cette foule : le *Natchez* atteignait enfin son redoutable concurrent. Les deux navires, éloignés tout au plus d'une portée de pistolet, se trouvaient sur la même ligne.

Le capitaine du *Natchez* sauta sur son banc, et poussa trois hurras en agitant son chapeau de cuir.

Au même instant une formidable explosion se fit entendre, accompagnée d'un affreux craquement; puis retentirent les cris plaintifs des passagers du *Natchez*, et les exclamations d'horreur des voyageurs de l'*Ohio*. Le *Natchez* venait de sauter, et les passagers placés sur le pont le plus élevé sous lequel se trouve la chaudière, étaient lancés dans les airs, au milieu des éclats de fer et de bois, tandis que des torrents d'eau bouillante inondaient et brûlaient leurs compagnons.

Au moment où elle entendit l'explosion, miss Lucy, avant de pouvoir se rendre compte de ce qui venait d'arriver, se sentit enlevée du pont par des bras vigoureux, et tomba dans le fleuve. Elle n'eut que le temps de crier :

— Mon père !

Puis elle n'entendit plus rien, que le murmure de l'eau qui venait de l'engloutir.

Quand elle revint à la surface, au milieu des débris de corps humains et de poutres fracassées qui tombaient autour d'elle, elle avait perdu complétement toute présence d'esprit, et ne savait plus si ces cris qui frappaient son oreille appartenaient à ce monde ou à l'autre.

Bientôt, au moment où elle allait de nouveau disparaître dans le fleuve, et cette fois pour toujours, elle sentit qu'un bras enlaçait sa taille et la soutenait au-dessus de l'eau. Elle ne put profiter de ce secours pour ouvrir les yeux ; car au même moment sa tête tomba inerte sur l'épaule de son sauveur, qui nageait vigoureusement de son bras resté libre et s'efforçait de gagner le rivage. Elle était évanouie.

Quand, ranimée par une sensation de douce chaleur, elle rouvrit les yeux, elle se trouvait dans la forêt, couchée sur un lit de feuilles, devant un grand feu qui déjà avait presque séché ses vêtements.

Puis elle aperçut, penchée sur elle, la figure cuivrée du Grand-Chêne épiant son retour à la vie.

A cette vue, elle fit un mouvement d'effroi, et, par un effort instinctif, se souleva à demi, comme pour fuir.

Mais le sauvage, devinant sa terreur, étendit sa main sur elle, et lui dit :

— Que ma fille repose en paix ; elle dormira sous le regard d'un père.

Lucy, trop faible encore pour comprendre les paroles de l'Indien, mais rassurée par ce geste protecteur, laissa retomber sa tête sur son lit de feuilles et s'assoupit.

Le Chipewa s'assit près du brasier, à quelques pas de la jeune fille, et demeura immobile tant que dura son sommeil.

XIV.

La Puritaine dans les bois.

Au bout d'une heure, Lucy s'éveilla. Le souvenir de l'horrible catastrophe à laquelle elle avait échappé d'une façon si miraculeuse se présenta tout de suite à son esprit, en même temps que la pensée de la mort affreuse qui avait dû frapper son père.

— Mon père ! mon pauvre père ! s'écria-t-elle en pleurant ; oh ! que ne suis-je morte avec lui.

Puis reportant ses yeux sur le sauvage, qui la contemplait avec intérêt :

— Ramenez-moi près de lui, dit-elle ; je veux le revoir encore.

— Je ne ramènerai pas ma fille sur le bord du fleuve, dit le Grand-Chêne. Elle n'y verrait qu'un spectacle affreux, et perdrait un temps précieux à chercher son père. S'il est mort, qu'importe sa dépouille ? Son âme est allée rejoindre le Grand-Esprit. S'il est vivant, l'autre bateau l'a recueilli, et ma fille le saura bientôt. — D'ailleurs, ajouta-t-il en remarquant qu'elle faisait de vains efforts pour se soutenir, ma fille ne peut marcher et ma cabane est loin d'ici. Il ne faut pas que la nuit nous surprenne dans la forêt.

Et le Grand-Chêne s'approcha de la jeune fille, la prit dans ses bras, et marcha d'un pas rapide en tournant le dos au fleuve.

L'émotion et le chagrin avaient brisé l'âme de Lucy autant que ses forces. La voix du Grand-Chêne était d'ailleurs affectueuse; ses regards n'exprimaient qu'une tendre compassion. Elle s'abandonna donc passivement à cet étrange protecteur, ferma les yeux et se laissa emporter par lui.

Par un hasard qui favorisait les projets du Grand-Chêne, l'ancien carbet des Chipewas n'était qu'à une demi-journée de marche de l'endroit où le *Natchez* avait éclaté.

Deux heures avant la tombée de la nuit, l'Indien, toujours chargé de son précieux fardeau, arriva en vue de son wig-wam.

Vers le milieu du jour, Lucy, un peu ranimée par quelques fruits sauvages que le Chipewa lui avait fait manger, avait essayé de marcher; mais ses forces avaient trahi son courage, et le Grand-Chêne avait été obligé de la reprendre dans ses bras.

Au moment où ils approchaient de la cabane, Georges était assis sur la tombe de Rose-de-Mai. Sept jours s'étaient écoulés depuis le départ du Grand-Chêne; sûr que l'Indien serait fidèle à sa parole, il s'attendait à le voir arriver le lendemain.

La tête penchée sur sa poitrine, il invoquait toutes les forces de sa raison pour combattre les folles espérances qui, malgré lui, agitaient son cœur.

Absorbé dans cette lutte intérieure, il ne vit pas arriver le sauvage et miss Lucy. Mais la jeune fille, apercevant aux lueurs du soleil couchant cet homme immobile dont elle ne pouvait distinguer les traits, fit un mouvement d'effroi.

— Ma fille n'a rien à craindre, dit le Grand-Chêne, en la posant doucement sur le sol : le Chevreuil-Blanc est un ami.

En ce moment, Georges leva la tête. Lucy le reconnut et poussa un cri.

A ce cri qui frappait à la fois son oreille et son cœur, Georges reconnut Lucy. Il fit quelques pas en avant, et pâle, tremblant, doutant de sa raison, il regarda tour-à-tour le Chipewa et la jeune fille avec des yeux effarés.

— Le Chevreuil-Blanc est mon fils, dit le sauvage à Lucy qui ne pouvait en croire ses yeux, et s'imaginait rêver.

Le teint du jeune homme brûlé par le soleil, sa figure amaigrie par les fatigues et le chagrin, ses vêtements en désordre, sa barbe inculte le rendaient presque méconnaissable. Et pourtant c'était bien lui.

Par quelle aventure incroyable rencontrait-elle dans cette forêt cet homme qui avait tant tourmenté sa vie, et que ce sauvage appelait son fils?

— Miss Lucy! s'écria Georges; miss Lucy! qu'est-il donc arrivé, mon Dieu?

Lucy ne put répondre. Succombant à toutes les émotions qui bouleversaient son esprit, elle se laissa tomber sur le tertre et fondit en larmes.

Quelques mots du Grand-Chêne mirent Georges au courant de la situation. Le jeune homme, ému de pitié, regarda le sauvage avec un air de reproche. Il devinait que le Chipewa avait profité de ce terrible accident pour le rapprocher de Lucy.

— Miss, dit-il respectueusement à la jeune fille, reprenez courage! Vous êtes en sûreté ici. Entrez dans cette cabane et reposez en paix; deux cœurs dévoués veillent sur vous.

Ces paroles arrivèrent comme des sons confus à l'oreille de Lucy. Elle n'avait plus la force de comprendre. Elle obéit au geste de Georges avec la docilité d'un enfant, et entra dans la cabane.

Elle se laissa tomber sur un lit de feuilles sèches, et ne chercha pas même à rassembler ses idées. Privée de son père, seule dans ce désert au pouvoir de son persécuteur, son instinct lui disait qu'elle était perdue.

Au bout d'une heure, le Grand-Chêne lui apporta un peu de nourriture; puis il étendit sur elle sa couverture de laine, alluma dans le fond de la cabane une torche de résine qui jetait une douce lueur, et voyant que Lucy ne lui adressait pas la parole, il sortit et ferma la porte de la hutte.

Peu à peu les bruits de la forêt s'éteignirent; Lucy comprit que la nuit était venue. Elle se leva doucement et alla écouter à la porte. Le bruit d'une respiration sonore frappa son oreille; elle regarda à travers les ais mal joints de la cloison, et à la clarté de la lune, elle aperçut le sauvage endormi sur le seuil.

Un peu tranquillisée par cette vue, elle retourna sur son lit de feuilles.

Quelque temps après le lever du soleil, l'Indien entr'ouvrit la porte de la cabane. Lucy était debout. Cette nuit de repos avait ranimé à la fois ses forces et son esprit. Elle avait longuement réfléchi.

Évidemment cette rencontre n'était pas l'effet du hasard : Georges et l'Indien étaient d'accord. Ce sauvage, qui l'avait si attentivement observée dans les premières heures de ce malheureux voyage, ne s'était embarqué avec elle que dans un but coupable, et il avait profité de la catastrophe du *Natchez* pour exécuter son dessein, et l'amener entre les mains de son ennemi. Maintenant, que ferait Georges? Voudrait-il abuser de sa situation pour extorquer son consentement à leur mariage? n'avait-il pas des projets plus odieux encore? Quelles que fussent les intentions de cet homme, que l'esprit aigri de la jeune fille jugeait capable de toutes les noirceurs, plutôt que de subir un outrage ou de céder à ses obsessions, elle était décidée à tout, même à mourir.

Elle venait de prendre cette résolution héroïque, quand l'Indien entra dans la cabane.

— Ma fille va bien, affirma-t-il, en la voyant debout, le visage animé par la pensée de ce martyre prochain auquel l'enthousiaste puritaine se croyait fatalement destinée.

A la suite du sauvage, Lucy s'attendait à voir paraître Georges, et déjà, peut-être, à subir un premier assaut. Elle ne répondit pas et se tint immobile, les yeux fixés sur la porte.

Le Grand-Chêne comprit sa pensée.

— Le Chevreuil-Blanc ne viendra pas, dit-il en souriant; le Chevreuil-Blanc est parti hier, peu de temps après que ma fille fut entrée dans la cabane.

— Parti! s'écria Lucy.

— Il a marché toute la nuit dans la forêt, reprit l'Indien, afin d'arriver avec le soleil au village des visages pâles, où l'*Ohio* a dû s'arrêter ce matin. Au retour du Chevreuil-Blanc, ma fille saura si son père a été sauvé, ou si elle doit pleurer sa mort.

— Ce que vous me dites là est bien vrai? s'écria la jeune fille; M. Georges est parti hier au soir pour aller s'informer du sort de mon père?

— Le Grand-Chêne ne ment jamais, dit gravement le sauvage.

— Quand sera-t-il de retour? demanda-t-elle, après un moment de silence.

— Le Chevreuil-Blanc prendra un canot au village, et descendra le fleuve jusqu'à la hauteur du carbet; quinze milles nous séparent du fleuve : mon fils peut être ici avant que le soleil soit au-dessus de nos têtes. — Ma fille peut se fier au Grand-Chêne et au Chevreuil-Blanc, reprit le sauvage qui vit qu'elle doutait encore. Le Chevreuil-Blanc est un cœur loyal : il a grondé son père de ce qu'il a amené la fille pâle vers lui; mais ce que fait le Grand-Chêne est bien.

— Comment M. Georges se trouve-t-il ici? ne put s'empêcher de demander Lucy, ébranlée par l'air de franchise du Chipewa.

— Mon fils était triste, répondit le sauvage, et son père l'a emmené dans les bois; mais les bois n'ont pu le consoler.

Et le Grand-Chêne sortit, laissant la jeune fille rêveuse.

Cet empressement de Georges à courir à la recherche de M. Burklay, les paroles de l'Indien qui innocentaient le jeune homme, bouleversaient ses idées. Cependant elle était trop prévenue contre Georges pour être entièrement convaincue.

— Ce zèle peut n'être qu'une ruse nouvelle, se dit-elle ; attendons !

Lucy essaya vainement de tromper son inquiétude en se promenant dans la forêt. Vers le milieu du jour, elle revint s'asseoir devant la cabane, près de l'Indien, qui s'occupait à fabriquer des piéges pour les castors.

Parcourant des yeux cette solitude sauvage, elle se demandait avec étonnement comment Georges avait pu se résigner à une pareille vie, lorsque tout-à-coup elle crut entendre au loin la détonnation d'une arme à feu.

Elle se leva vivement et prêta l'oreille.

— C'est la carabine du Chevreuil-Blanc, dit le Grand-Chêne.

Bientôt, un second coup de feu plus rapproché, retentit encore dans les profondeurs du bois.

— Que ma fille se rassure, dit encore le sauvage, sans quitter son travail ; le Chevreuil-Blanc apporte des nouvelles et ces nouvelles sont heureuses.

— Comment le savez-vous ? s'écria Lucy.

— Ma fille a entendu deux coups de carabine ?

— Oui. Eh bien ?

— Le Chevreuil-Blanc m'a dit en partant : — Si le vieillard a été sauvé, deux coups de carabine l'apprendront à la jeune miss, afin que son cœur soit content plus tôt.

— Mon père ! s'écria Lucy.

Elle allait s'élancer au-devant de Georges, lorsqu'elle le vit déboucher dans la clairière. Georges n'était pas seul ; un homme l'accompagnait : cet homme, c'était M. Burklay.

Quelques minutes plus tard, Lucy, dans les bras de son père, se tournait vers Georges, et vaincue par la joie qu'il lui apportait, lui disait d'une voix encore tremblante d'émotion :

— Merci ! monsieur, merci !

Voyant cela, l'Indien répéta en emportant dans la cabane ses piéges à castor :

— Ce que fait le Grand-Chêne est bien.

XV.

La théologie du Grand-Chêne.

Le lendemain matin, Lucy, assise sur le tertre de gazon qui recouvrait les restes de Rose-de-Mai, attendait le retour de son père, parti avec Georges pour la chasse, dès le point du jour.

Après l'arrivée des chasseurs, on devait déjeuner, rejoindre le canot, et descendre le fleuve jusqu'à Bâton-Rouge, où les Yankees attendraient le passage d'un steamer pour reprendre la route de Saint-Louis.

Ce plan, proposé par Lucy, enlevait à Georges toute espérance ; mais le jeune homme n'avait fait aucune objection, et s'était mis à la disposition de M. Burklay. Depuis ce moment, il avait évité de se trouver seul avec Lucy, et n'avait paru occupé que du soin de procurer à ses hôtes le plus de commodités possible dans le carbet abandonné où ils devaient passer la nuit.

Lucy avait craint d'abord qu'il ne tentât d'exploiter sa reconnaissance. Elle fut étonnée de cette réserve, et lui en sut gré.

Si la convenance de cette conduite n'effaçait pas ses anciens griefs contre Georges, elle les atténuait du moins un peu, et prouvait une sorte de repentir.

D'ailleurs la joie inespérée d'avoir retrouvé son père disposait la jeune miss à l'indulgence. Elle était donc décidée à pardonner franchement à Georges tous ses torts passés, et à le lui dire en lui tendant la main, au moment où ils se sépareraient pour toujours.

La matinée était calme et fraîche ; à travers une éclaircie du bois, quelques rayons du soleil levant venaient dorer la pelouse naturelle qui s'étendait devant les cabanes. Des papillons aux mille couleurs, des insectes de toutes formes et de toutes nuances voltigeaient parmi les fleurs chargées encore des perles de la rosée.

Sur la lisière du bois, des milliers d'oiseaux se poursuivaient dans les feuilles, et saluaient le lever du soleil par des gazouillements joyeux; les écureuils sautaient de branche en branche, en faisant entendre leurs petits cris stridents, et, de temps en temps, des invisibles profondeurs de la forêt, s'élançait le cri d'un cerf amoureux défiant ses rivaux ou appelant ses sultanes.

Lucy contemplait avec une douce rêverie ce spectacle ravissant de la terre qui s'éveille. Peu à peu, sans qu'elle pût s'en défendre, tout son être s'imprégna des émanations qu'exhalait autour d'elle cette nature animée, et une molle langueur envahit à la fois son âme et ses sens.

Involontairement aussi, au milieu de ces douces émotions et de ce tableau enchanteur, sa pensée évoqua l'image de Georges. Elle se reporta aux premiers jours de leurs relations, alors que son cœur sans défiance se livrait naïvement au charme des regards et des paroles du jeune homme. De souvenir en souvenir, elle remonta jusqu'au moment fatal où l'amant téméraire, dans un emportement d'amour, avait osé...

Cette pensée fit monter le sang à ses joues, et son cœur battit plus vivement. Il lui sembla que ce baiser la brûlait encore, et, comme pour en effacer l'empreinte, elle porta la main à ses lèvres. Puis, effrayée du trouble qu'elle éprouvait, honteuse et indignée de ce que ce souvenir lui faisait ressentir une émotion qui ne ressemblait pas à de la colère, elle allait se lever, pour secouer toutes ces énervantes impressions, quand une main se posa sur la sienne. Elle tressaillit, leva les yeux et aperçut le Grand-Chêne, qui, depuis quelques minutes, debout près d'elle sans qu'elle l'eût aperçu, l'observait curieusement.

— Pourquoi ma fille veut-elle quitter cette place? dit-il d'une voix douce en s'asseyant près de Lucy. Le Grand-Esprit a fait les fleurs pour qu'on les respire, et les oiseaux pour qu'on les écoute chanter.

Lucy regarda le peau-rouge avec surprise, presque avec crainte. Cet Indien ignorant et grossier avait-il deviné ses secrètes pensées, ou ses paroles n'étaient-elles qu'une de ces sentences banales familières à ces hommes primitifs?

— Ma fille ne répond pas, reprit le Grand-Chêne. Pense-t-elle donc que ce n'est pas le Grand-Esprit qui a fait ces belles fleurs?

— Assurément, répondit Lucy, c'est Dieu qui les a faites.

— Et ces oiseaux, dit le peau-rouge, en lui montrant deux ramiers qui étaient venus se poser à quelques pas d'eux, sur un peuplier de la Caroline, et se becquetaient en roucoulant, est-ce aussi le Grand-Esprit qui les a faits?

— Sans doute, fit Lucy.

— Ces oiseaux s'aiment, reprit l'Indien; ma fille voit leurs caresses. Ne pense-t-elle pas que c'est le Grand-Esprit qui leur a dit de s'aimer?

— Je ne sais, répondit la jeune fille troublée.

— Les papillons aiment aussi, dit encore le Grand-Chêne; ma fille les voit se poursuivre en jouant dans les airs; les insectes qui bourdonnent autour des fleurs et ceux qui chantent sous l'herbe, l'écureuil et le castor, le daim et le bison sauvage, et jusqu'à la panthère aux yeux de feu, tout ce qui peuple les prairies et les bois, les fleuves et les montagnes, se rapproche et s'aime, quand le printemps a reverdi les forêts. — Ma fille sait-elle pourquoi?

— Ils obéissent à la loi de la nature, dit Lucy de plus en plus étonnée.

— Et qu'est-ce que la loi de la nature? demanda le sauvage. — Je vais l'apprendre à ma fille, continua-t-il, voyant qu'elle gardait le silence. La loi de la nature, c'est la volonté du Grand-Esprit. Si les missionnaires disent autre chose aux femmes blanches, les missionnaires veulent les tromper.

— Ils ne disent pas autre chose, répondit la jeune fille, qui commençait à comprendre l'intention du sauvage, et se sentait rougir à la pensée que Georges avait révélé à cet homme tout ce qui s'était passé entre eux.

— Pourquoi donc ma fille croit-elle plaire au Grand-Esprit en refusant d'obéir à sa loi ? demanda le peau-rouge ; et pourquoi voulait-elle fuir ces oiseaux et ces fleurs, parce que ces fleurs lui envoyaient de trop suaves parfums, et que ces oiseaux lui chantaient de trop douces pensées ?

Lucy, effrayée de la perspicacité du sauvage, et toute confuse de le voir expliquer ainsi ces sensations intimes sur lesquelles elle n'osait s'interroger elle-même, baissa la tête et ne répondit pas.

— Ma fille n'ose parler ; mais je vais parler pour elle, reprit le Grand-Chêne : c'est qu'elle croit que le Grand-Esprit est méchant.

Lucy secoua la tête en souriant.

— Me voici, dit l'Indien ! je sème autour de ma fille des fleurs dont le parfum lui plaît, et je lui dis : Ferme tes narines ; je lui fais entendre des chants mélodieux, et je lui dis : Bouche tes oreilles ; je déroule à sa vue des tableaux qui la charment, et je lui dis : Détourne les yeux ; à son cœur fait pour aimer j'amène le cœur qu'elle appelle, dans sa main qui cherche une main, je pose la main qu'elle demande, et je lui dis : Repousse-les ! — je suis méchant !

— Pauvre infidèle, s'écria Lucy, vous ignorez que Dieu ne nous éprouve que pour nous faire mériter le bonheur éternel.

— Je suis tout puissant, dit encore l'Indien, dans ce monde, comme dans la terre des esprits ; je puis rendre ma fille heureuse sans l'éprouver, et je l'éprouve : — je suis méchant.

— Que la jeune miss réfléchisse encore à cela, elle verra que les missionnaires ont troublé son esprit, et que loin d'en vouloir au Chevreuil-Blanc, elle doit être heureuse d'être aimée par lui ; car il obéit à la loi du Grand-Esprit, comme, en l'aimant, elle y obéit elle-même.

— Moi ! s'écria Lucy, moi, je l'aime ! Vous vous trompez.

— Quelle était la pensée qui attendrissait tout à l'heure le cœur de ma fille, et à laquelle elle voulait se soustraire ? dit l'Indien avec un fin sourire ; et, il y a trois jours, en quittant la Baie des Roses, pourquoi jetait-elle un regard de tristesse sur la blanche maison ? — Quand j'ai vu cela, j'ai dit que je rapprocherais ces deux jeunes cœurs, et le Grand-Chêne a tenu parole.

Lucy était abîmée dans sa confusion et dans son effroi. La sagacité du vieux chef avait déchiré le voile qui lui cachait l'état de son âme. Elle se rappelait toutes ses angoisses passées, et elle les voyait alors sous leur jour véritable. Tout cela, c'était de l'amour.

— Ma fille écoutera la voix de son cœur, dit le Grand-Chêne : elle rendra le jeune homme heureux, et elle sera heureuse par lui.

— Non, s'écria Lucy, à qui revint en mémoire sa ridicule aventure avec Bolivar ; il a joué avec ma faiblesse ; il m'a odieusement trompée.

— Le Chevreuil-Blanc ne trompe pas, dit gravement le peau-rouge ; son âme est franche comme son regard.

— Eh bien ! pour vous convaincre, interrogez son complice, dit la jeune fille en lui montrant du doigt Bolivar, qui venait d'apparaître, en compagnie de Rodolphe, sur la lisière du bois.

Ils avaient aperçu le peau-rouge et la jeune miss, et se hâtaient d'arriver près d'eux.

Rodolphe, inquiet de la longue absence de son ami, instruit par madame de Lucenay de la visite du Grand-Chêne à la Baie des Roses, s'était mis en route avec Bolivar. Ils s'étaient informés de l'Indien et de Georges à tous les chasseurs de la côte ; mais ce fut seulement dans le village où le jeune homme avait été chercher M. Burklay qu'ils apprirent enfin le lieu de sa retraite.

Au même instant, arrivaient, du côté opposé, Georges et M. Burklay, chargés de gibier.

Le Grand-Chêne, coupant court aux compliments de Rodolphe, prit la jeune fille par la main et fit signe à Bolivar de les suivre.

Tous trois entrèrent dans la cabane du chef, au grand étonnement de Rodolphe qui s'avança à la rencontre des deux chasseurs, non moins surpris que lui de cette scène, qu'ils avaient aperçue de loin.

— Que ma fille s'explique! dit le Grand-Chêne; il ne faut pas qu'il reste dans son cœur un seul doute sur la loyauté de mon fils.

—Soit, dit Lucy : demandez à ce nègre qui lui a donné l'ordre de revêtir les habits de son maître et de se montrer, le soir, sous ma fenêtre, pour éveiller ma compassion?

— Grâce! cria Bolivar en tombant à genoux; grâce, bonne miss, moi croire bien faire : M. Rodolphe l'avoir dit à moi.

— M. Rodolphe! s'écria Lucy.

— Ma fille voit bien, dit le Grand-Chêne; et il sortit de la cabane.

Quelques minutes après, Lucy alla rejoindre son père et fit avec lui une courte promenade sur la lisière du bois. Puis tous deux vinrent prendre part au déjeuner préparé par Bolivar et par le Grand-Chêne.

Le repas terminé, on se mit en route, et, vers le milieu du jour, on atteignit la barque qui devait emmener les voyageurs.

La barque ne pouvait contenir que quatre personnes. M. Burklay et Lucy s'assirent au milieu, Bolivar saisit les rames, et Rodolphe prit en main le gouvernail.

Georges et le Grand-Chêne restèrent sur le bord.

— Georges, fit Rodolphe, tu m'as promis que tu retournerais près de ta mère.

— Je tiendrai ma parole, dit le jeune homme; avant huit jours elle me verra.

— Au revoir, dit M. Burklay.

— Adieu! répondit tristement Georges, adieu, monsieur Burklay; adieu, miss Lucy, adieu pour toujours!

— Pour toujours, dit gaîment Lucy; pourquoi donc, monsieur Georges, puisque vous venez de dire que vous retournez à la Baie des Roses?

Georges, pâle d'émotion, fit un pas en avant et regarda Lucy.

— Nous aussi, nous allons à la Baie des Roses, mon cher fils, dit M. Burklay; ne vous faites pas trop attendre.

— Et apporte-nous du gibier, cher ami, s'écria Rodolphe en faisant signe à Bolivar de pousser au large; car il paraît que nous allons avoir bientôt un repas de noces à célébrer.

La barque s'éloigna et Georges, croyant rêver, resta pétrifié sur le rivage.

— Qu'avais-je dit à mon fils, lui dit le Chipewa en souriant; ce que fait le Grand-Chêne n'est-il pas bien?

Quinze jours après, le mariage de Georges et de Lucy fut célébré à la Baie des Roses.

A la fin du repas, le Grand-Chêne, qui n'avait pas paru à l'habitation depuis le retour de Georges, entra dans la salle et marcha d'un pas solennel vers les jeunes époux. Il tenait à la main un papier timbré du sceau de l'Etat.

—La tribu du Grand-Chêne est éteinte, dit-il lentement; mais le Chevreuil-Blanc est son fils. A qui doivent appartenir les terres de chasse des Chipewas, si ce n'est à celui qui a vécu dans leur carbet, et qui respectera les tombeaux de la tribu? Que le Chevreuil-Blanc prenne ce papier; nos terres lui appartiennent. Voilà ce que je voulais dire à mon fils, quand je suis venu le chercher pour l'emmener sur la tombe de Rose-de-Mai.

Cette donation concédait à Georges trente mille acres de forêts sur les bords du Mississipi. A la vérité, ce n'était guère, pour le moment, qu'une propriété de luxe; mais, dans une ou deux générations, quand la hache du pionnier attaquera ces robustes forêts, les descendants du Chevreuil-Blanc et de la belle puritaine deviendront, par la générosité du Chipewa, les plus riches propriétaires des États de l'Ouest.

FIN.

PARIS. — Imp. LACOUR ET Cᵉ, rue Soufflot, 16.

GABRIEL DE GONET, ÉDITEUR,
RUE DES BEAUX-ARTS, N° 6.

MARESCQ ET COMP., LIBRAIRES,
RUE DU PONT-DE-LODI, N° 5.

LOUIS BOIVIN.

LOUISE LE MODÈLE

CHAPITRE PREMIER

La mère et le protecteur.

Voici la scène qui se passait, un soir de l'année 184..., rue du Cherche-Midi, dans un appartement de pauvre apparence, dont quelques meubles, restes flétris d'un luxe suranné, faisaient ressortir plus tristement encore la misère générale :

Une charmante enfant, de quinze à seize ans, la figure inondée de larmes, les cheveux épars, se traînait aux genoux d'une grande femme sèche et brune, dont les traits étaient contractés par une colère ignoble. La jeune fille s'écriait avec un accent déchirant :

— O ma mère! grâce! grâce! je ne pourrai jamais!...

—Tu le pourras; il le faut, je le veux!

— Mais je mourrai de honte! — disait la jeune fille en sanglotant.

Un affreux ricanement s'échappa du gosier de la femme, avec ces mots :

— Tu seras bien malade, sans doute, mais tu n'en mourras pas. Obéis.

En cet instant, on frappa à la porte. Un laquais en livrée parut et dit :

— Madame, je viens chercher l'enfant. M. le baron attend en bas.

— Eh mon Dieu! — répondit la grande femme, que nous appellerons madame Fauvel, — depuis une heure, je prêche cette petite sotte, et j'ai eu toutes les peines du monde à la décider. Mais priez M le baron de patienter encore une minute, et nous sommes à ses ordres.

Le laquais sortit. Par manière de péroraison à son prône, madame Fauvel poussa du pied la jeune Louise, la releva brutalement par les cheveux et lui dit :

— Allons, drôlesse, pas tant de simagrées, marchons!

En moins de temps qu'il n'en faut pour le dire, cette mégère avait jeté un maigre châle sur les épaules de l'enfant, relevé ses beaux cheveux blonds sous un chapeau de velours qui avait passé du noir au rouge, et l'avait entraînée jusqu'à la porte de la rue, devant laquelle stationnait une élégante calèche. La portière s'ouvrit, le marche-pied se baissa, madame Fauvel fit sa révérence la plus obséquieuse, et la pauvre Louise, enlevée dans la voiture, se trouva en face d'un fort bel homme de quarante-cinq à cinquante ans, qui lui dit avec un sourire d'une aménité tout aristocratique :

— Eh bien! mademoiselle, on prétend que vous faites une résistance formidable. Je suis donc bien effrayant?

— Monsieur, je ne pourrai jamais.

— Allons, allons, on vous a fait peur, mon enfant, — reprit, d'un air paterne, le baron de Luzy; — quand vous saurez ce que j'attends de vous, vous ne vous trouverez pas si malheureuse. Et puis, n'est-ce donc rien que de pouvoir être utile à votre mère, à vos petits frères et sœurs?

— Oh! monsieur, cette femme que vous appelez ma mère!..... si vous saviez!.....

—Mais, ma chère enfant, calmez-vous, vous n'êtes pas perdue, vous ne courez aucun danger. Essayez seulement un peu; et puis, si vous n'êtes pas contente, il ne vous sera fait aucune violence.

Louise avait mis sa tête dans ses mains et pleurait abondamment. Toutes les gentillesses du baron échouaient devant cette douleur si vraie. En la regardant, M. de Luzy se disait :

— Pleure, petite, pleure; tu es si belle ainsi, que ce serait vraiment dommage de te consoler.

La voiture s'arrêta dans la cour d'un riche hôtel du faubourg Saint-Honoré. Le baron descendit, offrit gracieusement la main à Louise et l'introduisit dans un élégant salon qui servait d'atelier de peinture. La pauvre enfant était bien tremblante. Cependant, elle se remit un peu, à la vue d'une jeune fille de son âge, à qui M. de Luzy dit, de l'air le plus aimable :

— Albertine, rassure donc cette charmante enfant, et tâche de lui faire comprendre ce que nous attendons d'elle.

Albertine fixa sur Louise deux yeux de feu, les plus beaux qu'on pût voir. Après l'avoir examinée quelques instants en silence, avec la plus grande attention, elle murmura :

—Très belle!... parfaitement belle!... Quelle trouvaille!

Puis, s'adressant à Louise :

— Mademoiselle, soyez tranquille, il s'agit de la chose la plus simple du monde; car enfin, ce n'est pas un si grand malheur de se laisser voir un peu, quand on est aussi belle. Vous pouvez être assurée d'ailleurs que, mon oncle et moi, nous aurons pour vous toutes sortes d'égards.

Tout en parlant, Albertine enlevait lestement les épingles qui attachaient le fichu de Louise; d'un tour de main, elle lui découvrit la gorge. Louise poussa un cri d'effroi et croisa les bras sur sa poitrine; ses joues se couvrirent d'une rougeur fiévreuse; elle eut le vertige; ses yeux ne virent plus rien, il lui sembla qu'elle allait mourir.

Le baron souriait dans un coin. Son regard enveloppait Louise comme une proie et flamboyait dans l'ombre :

— Si saint Antoine, — pensait-il, — avait pu résister à une pareille tentatrice, c'eût été en effet un grand saint... ou un grand niais.

Cependant, Albertine, qui, toute à son enthousiasme pour l'art, semblait ne rien comprendre aux scrupules de Louise, lui décroisait sans façon les bras, et, lui présentant une lampe :

—Tenez ceci,— disait-elle,—de façon que la lumière frappe sur votre poitrine; mettez une main devant la lampe, et souriez.

La jeune fille n'entendait plus, et des larmes de honte coulaient sur son visage, tandis qu'Albertine lui disait :

— Essayez donc de prendre un air un peu coquet.

— Albertine, — observa M. de Luzy, — ne la dérange pas, elle est charmante ainsi. Travaillons.

Le baron et sa nièce peignaient une *Tentation de saint Antoine*. Ils travaillaient le soir, pour obtenir certains effets de lumière que ne leur aurait pas donnés le jour. Au bout d'une demi-heure, Louise posait avec courage et résignation. Albertine fredonnait, avec son oncle, un air italien; elle était possédée du démon de la peinture. Louise, en la regardant, pensait avec tristesse :

— Qu'elle est heureuse, cette jeune fille! elle a de l'argent, elle peut tout. Elle travaille avec bonheur, et, lorsqu'elle aura fini, elle sera complimentée. Comme son oncle a l'air fier d'elle et de son ouvrage! quelle différence entre son sort et le mien! Jeune comme elle, intelligente peut-être comme elle, je lui sers comme une machine ou comme une bête, dont on peut disposer à sa fantaisie, moyennant un peu d'argent; et, si l'on me demandait d'où me vient cet argent, je n'oserais pas le dire.

Dans les intervalles de repos, Albertine gambadait joyeusement autour de son oncle. Elle donnait quelques bonbons à Louise. Celle-ci, le cœur bien serré, les acceptait machinalement, sans avoir la force de dire *merci*. A dix heures du soir, la séance était finie. Le baron glissa une pièce d'or dans la main de la jeune fille, qui l'accepta comme elle avait accepté les bonbons, et il remonta avec elle en voiture.

— Eh bien! pauvre petite, — lui demandait-il, — vous avez donc eu bien peur de nous?

— Pas de vous, monsieur, mais de la position dans laquelle je me trouve.

—Il faudra pourtant bien vous y faire, mon enfant. Vous êtes fort jolie, et, quand les artistes vous connaîtront, vous n'aurez pas un jour de repos.

—Oh! monsieur, ce que vous me dites est horrible! Si ma mère exige que je continue cet infâme métier, je me laisserai mourir de faim.

—Pauvre petite! vraiment? Mais pourquoi votre mère exige-t-elle que vous posiez?

Louise baissa les yeux avec embarras; et, comme le baron insistait vivement :

— Monsieur,—répondit-elle bien bas, — il est des choses qu'on n'oserait pas dire, quand même on saurait comment les dire.

— Osez, osez, mon enfant, je vous en prie.

— Eh bien! puisque vous le voulez, voici mon histoire en deux mots : J'ai eu une mère, monsieur, oh! bien bonne, celle-là!... mais elle est morte, il y a cinq ans. Mon père avait assez d'aisance pour pouvoir donner à ses enfants de l'éducation; nous devions avoir une vie honnête et douce. Après la mort de ma mère, n'ayant pas le temps de s'occuper de moi comme elle s'en occupait, il me mit dans une pension et ne tarda pas à se remarier avec madame Fauvel. Je n'ai pas le droit de dire que mon pauvre père ait eu tort; mais si ce second mariage fut une faute,

Dieu l'en a bien puni!... Celle qui avait osé prendre la place de ma mère a commencé par ruiner mon père, qui s'est laissé faire sans mot dire, tant il était bon pour elle; mais ce n'était rien encore : après l'avoir réduit à la misère, elle l'a fait mourir de chagrin, oui, monsieur, mourir de chagrin! Combien de fois je l'ai vu pleurer, en disant, d'une voix étouffée, sans nommer personne : *Elle me tuera, la malheureuse, elle me tuera!* Combien de fois je l'ai vu nous prendre sur ses genoux, ses autres enfants et moi, et nous demander pardon en nous embrassant, comme s'il nous avait offensés. Nous pleurions, parce qu'il pleurait, et, quand il entendait venir celle qu'on nous ordonnait d'appeler notre mère, il s'éloignait de nous bien vite, s'essuyait les yeux et s'efforçait de sourire. C'était un triste sourire, monsieur, si triste, que je me sentais moins malheureuse encore en le voyant pleurer. Je ne comprenais guère alors ce que cela voulait dire, mais j'ai tout deviné depuis. Enfin, mon père est mort, on a tout vendu chez nous, et on m'a retirée de pension. Je pourrais gagner ma vie à coudre, à broder, à faire un métier quelconque, pourvu qu'il fût honnête, car je ne me crois pas paresseuse, monsieur, et il me semble que le travail ne m'effraierait pas; mais je ne suis pas capable de gagner grand'chose; et, quand je parle d'un métier, madame Fauvel me traite si rudement que je suis bien forcée de me taire. Elle aimerait mieux me voir rapporter à la maison quelque argent mal acquis; et cet argent ne ferait que passer de ses mains dans celles d'un vilain homme encore moins bon qu'elle pour nous, et qui a mangé le peu qui restait chez nous, après la mort de mon père.

— Et quel est cet homme, mon enfant? demanda le baron.

— Je ne sais, monsieur. Il se dit l'ami de madame Fauvel; mais un pareil ami me ferait bien peur.

— Pauvre petite! Ainsi, cette femme n'est que votre marâtre?

— Hélas! oui.

— Et vous n'avez pas d'amant?

— Un amant, monsieur? Oh! mon Dieu! mon Dieu! insultée par tout le monde!...

Louise cacha sa tête dans ses mains et pleura. Le baron reprit, avec un accent de sensibilité très bien jouée :

— Pardon, chère enfant, si je vous ai blessée sans le vouloir; vous m'intéressez vivement. Si vous le permettez, je vous promets de m'occuper de vous, de faire tout mon possible pour empêcher que la misérable dont vous dépendez ne vous envoie dans les ateliers.

— Dans les ateliers, monsieur? qu'est-ce que cela?

— Mon enfant, les ateliers sont des pièces dans le genre de celle que vous avez vue, ce soir, chez moi, à cela près, qu'elles sont moins ornées. Au milieu se trouve une grande table très élevée, sur laquelle on vous fera monter. Vous vous déshabillerez beaucoup plus que vous ne vous êtes déshabillée, ce soir, devant nous, et une cinquantaine d'hommes..... cent... que sais-je? travailleront, d'après vous, de tous les côtés. Pour cela, pauvre enfant, vous recevrez quatre francs par séance de cinq heures, ce qui vous fera, au bout de la semaine, vingt-quatre francs, juste quatre francs de plus que je ne vous ai donné ce soir. En outre, vous serez condamnée à entendre les mauvais propos, à endurer les espiégleries d'une foule de jeunes gens plus ou moins gais, plus ou moins mal élevés.

— Oh! monsieur, mais c'est odieux! s'écria Louise. — Si madame Fauvel veut me forcer à pareille chose, je me jetterai à l'eau.

— Pauvre enfant! non, vous ne vous jetterez pas à l'eau : plus on est malheureux, plus on tient à la vie.

— Eh bien! moi, monsieur, j'espère bien ne pas y tenir jusqu'à l'infamie.

La voiture venait de s'arrêter à la porte de Louise. Le baron monta avec la jeune fille, que sa marâtre reçut comme si elle venait de faire une chose toute simple. Un homme de mauvais air fumait, au coin du feu, une pipe qu'il essaya de cacher, en se levant pour adresser à M. de Luzy un salut gauchement cérémonieux.

Sorti de là, le baron se dit, en se frottant les mains :

— Elle est à moi !

Et, toute la nuit, il rêva de son joli modèle.

Le lendemain matin, la dame Fauvel, en préparant le déjeuner, disait à Louise, avec une joie cynique :

— Eh bien ! petite sotte, il ne t'a pas mangée, ce monsieur ! Tu as gagné vingt francs, ce qui fait que tu auras de très bon café ce matin. Si tous les artistes à qui j'ai donné ton adresse viennent te chercher, je t'achèterai de jolies robes, de jolis chapeaux, et tu seras mise un peu gentiment, tu verras.

— Oh ! — répondit l'enfant, d'une voix timide, — j'aimerais mieux une robe de toile et des sabots que toutes ces belles choses à ce prix.

— C'est bon, c'est bon ; *on sait bien pourquoi notre chat n'aime pas...*

A cette grossière plaisanterie, la physionomie de Louise prit une expression de dégoût qui valut à l'enfant un rude soufflet. La malheureuse essuyait ses yeux en silence, lorsqu'un grand jeune homme, à tête blonde, aujourd'hui l'un de nos artistes les plus distingués, entra. Il venait demander une semaine de la jeune fille.

Madame Fauvel s'empressa de répondre :

— Oui, monsieur, très bien ; elle est à votre disposition. C'est pour les matins ?

— De sept heures à midi, madame.

— En ce cas, — reprit la marâtre, en s'adressant à Louise, — tu peux aller chez monsieur, puisque tu ne vas chez le baron que le soir. Et puis, il n'est pas dit qu'il ait besoin de toi tous les soirs.

Louise dévora sa honte et ne dit mot. L'affaire fut conclue entre la femme sans entrailles et l'artiste.

Le soir, à sept heures, M. de Luzy revenait chercher Louise. Celle-ci, croyant avoir trouvé en lui un protecteur, fut heureuse de le revoir et lui raconta le nouveau malheur qui la menaçait. Le baron ne parut pas surpris :

— Je l'avais prévu, mon enfant, — lui dit-il ; — mais, si vous le voulez, je vous tirerai de là. Je donnerai une somme à votre belle-mère, et vous habiterez un de mes châteaux. Qu'en dites-vous ?

— Oh ! monsieur, si vous me rendiez un pareil service, je serais pour vous une esclave bien dévouée !

Le baron, souriant dans sa barbe de la naïveté de cette réponse, pensa :

— Elles sont charmantes à cet âge ! quel dommage que cela ne dure pas !

Arrivée dans l'atelier de M. de Luzy, Louise se laissa déshabiller à demi, comme la veille. Albertine, toujours heureuse quand elle avait la palette en main et une belle nature devant les yeux, fredonnait, comme la veille, ses airs favoris, lorsqu'elle s'interrompit tout-à-coup, pour dire à son oncle :

— Mon Dieu ! mon oncle, vois donc comme le modèle est pâle !

— Ah ! c'est qu'il est triste. Toi, jeune folle, tu chantes ; mais si tu savais combien cette enfant a de chagrin !..

Albertine avait bon cœur. Elle changea de visage et s'écria, avec un accent qui révélait l'émotion du plus tendre intérêt :

— Oh ! vraiment ? vous avez de la peine, mademoiselle ? Et pourquoi ?

Louise baissa la tête sans répondre. Albertine pose sa palette, court chercher ses petites épargnes, et, prenant la main du modèle, elle lui dit avec bonté :

— Pauvre jeune fille ! auriez-vous besoin d'argent ? vous me feriez bien plaisir d'accepter cela, dont je n'ai que faire.

Louise remercia d'un signe de tête. De grosses larmes tombaient de ses yeux.

— Oh ! mon Dieu ! — s'écria Albertine, — je lui fais mal ! mais qu'a-t-elle donc enfin ? dis, mon oncle, tu le sais, toi ?

— Mon enfant, tu vois une jeune fille que sa marâtre destine au métier de modèle, et cet avenir l'effraie.

— En vérité, ce n'est que ça ? — répondit Albertine ; — mais moi-même, mademoiselle, je pose très souvent pour mon oncle. C'est bien un peu ennuyeux, un peu fatigant, mais on s'y fait. Et puis, comme vous êtes très jolie, vous verrez toujours de belles peintures faites d'après vous, et, à force de voir de la peinture, vous l'aimerez, c'est si beau !

— Oui, ma chère, — observa le baron, — ce serait très supportable si elle devait toujours poser comme chez nous ; mais elle a peur des ateliers, et précisément elle ira à l'atelier après-demain, lundi.

— Eh bien ! mon oncle, qu'y a-t-il là de si terrible ? un autre atelier ou le nôtre, n'est-ce pas la même chose ?

L'oncle riait avec ravissement.

— Non, pas tout-à-fait, — dit-il ; — elle sera à la discrétion d'une soixantaine de mauvais sujets, sur une table bien dure, où il lui sera défendu de remuer. Tout cela pour quatre francs la séance de cinq heures, et sans bonbons, comme tu lui en donnes.

Albertine poussa un cri.

— Ah ! grand Dieu ! mon oncle, je n'y avais jamais songé ! comment ! nue, toute nue devant tous ces hommes ! oh ! mon oncle, elle est si gentille ! il ne faut pas lui laisser faire un si vilain métier, il faut en avoir soin.

— Je ne demande pas mieux, ma fille ; mais ce ne sera pas facile à arranger avec sa belle-mère. Cependant, je te promets de la lui demander.

— Mon oncle, tu l'auras si tu veux, certainement, car cette femme-là ne l'aime pas.

— Non, mais elle aime l'argent.

— Pauvre enfant !... que je la plains ! — dit Albertine. — Rassurez-vous, mademoiselle, mon oncle est riche, il vous sauvera. — Dis donc, mon oncle, c'est ma mère qui va l'aimer, lorsqu'elle saura qu'elle ne veut pas se déshabiller devant les hommes ! — Mademoiselle, si vous venez chez nous, vous serez sous la tutelle de ma mère, et elle ne vous permettra plus de poser que pour les vierges. Les anges, c'est trop décolleté.

Albertine conclut par un franc rire cette boutade, dont le dernier trait sembla fort du goût de son oncle. Une lueur d'espérance pénétra dans le cœur de Louise, mais ce ne fût qu'un éclair. Quand elle vit le baron monter encore en voiture pour la reconduire, la défiance la gagna. Il ne lui semblait pas naturel qu'un aussi grand personnage s'intéressât si vivement et si subitement à une pauvre fille comme elle. Aussi, lorsque le baron, s'approchant très près et se penchant sur sa joue, lui demanda :

— Eh bien ! mon enfant, ma folle de nièce vous a-t-elle un peu rassurée ?

Louise répondit avec découragement :

— Monsieur, mademoiselle votre nièce est heureuse, elle ne doute de rien ; mais moi, je doute de tout.

— Même de moi ? — dit le baron, avec une inflexion de voix câline qui effraya la jeune fille au lieu de la séduire.

— Surtout de vous, monsieur, — répondit-elle en se rejetant sur la banquette de devant, pour échapper aux empressements du baron.

Le baron la suivit et insista.

— Ne doute plus, petite fille. Si tu veux seulement être un peu docile avec moi et te laisser faire heureuse, tu n'as plus rien à craindre. Tu seras riche comme ma nièce, et tu ne reverras jamais ta marâtre.

Instinctivement, Louise avait peur. Elle eût mieux aimé, en ce moment, être dans les ateliers que devant cet homme, qui lui serrait les mains et dont la chaude haleine la faisait frissonner. Tout-à-coup les lèvres du baron effleurèrent ses lèvres ; Louise poussa un cri, glissa comme une anguille entre les mains du baron, et, abaissant brusquement une des glaces de la voiture :

— Monsieur, — dit-elle, — si vous faites un mouvement de mon côté, un seul, j'appelle au secours ou je m'élance par cette portière.

— Allons, allons, — dit M. de Luzy, en cherchant à dissimuler son dépit par un sourire, — terrible enfant, on est à vos ordres. Mais permettez-moi de vous dire que vous vous alarmez à tort, et que vous méconnaissez vos amis.

Le baron monta, comme la veille, chez la marâtre de Louise, à qui il dit :

— Madame, je désirerais causer avec vous du sort de cette enfant, qui m'intéresse beaucoup. Si vous voulez monter dans ma voiture, où nous pourrons nous entretenir plus tranquillement qu'ici, je vous ramènerai.

La dame Fauvel avait tout compris au premier mot. Elle se prêta avec une complaisance empressée au désir de M. de Luzy.

De son côté, Louise, sans pouvoir bien préciser ses craintes, se sentait menacée d'un grand malheur. Il lui semblait que la honte allait s'appesantir sur elle, et elle ne savait comment s'y soustraire. Restée seule avec ses petits frères et sœurs, — car l'homme à la pipe n'était pas à la maison ce soir-là, — elle fut prise d'une de ces idées infernales que l'extrême désespoir peut faire accepter aux meilleures natures, après leur avoir ôté la raison.

— Si je tuais, — se dit-elle, — tous ces enfants et moi avec eux?... Oh! oui... ils seront moins misérables, et vous me le pardonnerez, mon Dieu, n'est-ce pas?

Louise prit la chandelle, qu'elle jeta avec égarement sur un amas de bois, dans l'intention de mettre le feu à l'appartement; puis elle tomba à genoux, priant et pleurant.

Pendant ce temps, la voiture du baron roulait sur les boulevarts extérieurs, et un marché infâme se concluait.

En rentrant, la dame Fauvel trouva sa maison dans l'état où elle l'avait laissée. La chandelle s'était éteinte, et Louise n'avait pas eu le courage de recommencer sa triste tentative.

— Allons, — lui dit la marâtre, — ne te désole pas, tu n'iras plus poser. Ce monsieur te trouve bien gentille; il aura soin de toi comme de sa nièce. Tu seras une belle demoiselle, et nous aurons tous de quoi vivre; mais il ne faudra pas être une petite bête, ni le contrarier en rien.

— Mon Dieu! si vous le vouliez, maman, j'aimerais encore mieux poser.

— Ah çà! mais c'est donc le diable que cette petite mijaurée-là! — cria la mégère, rendue furieuse par la crainte de voir tout un avenir de bien-être lui échapper; — attends un peu, je vais t'assouplir le caractère!

En même temps, elle se jeta sur Louise, qu'elle accabla de mauvais traitements et d'injures. L'enfant supporta le tout sans mot dire.

Le jour d'après, un dimanche, fut horrible pour Louise. Elle devait, ce soir-là même, partir avec le baron pour ne plus revenir, ou commencer, le lendemain, à courir les ateliers, genre de vie dont on espérait qu'elle serait bientôt lasse. Ce monsieur si obligeant lui inspirait une peur et une répugnance invincibles; elle se décida pour les ateliers.

Le baron, de son côté, était fort préoccupé de la petite fille. En attendant qu'elle fût décidée, il ne put résister au désir d'en parler à quelqu'un et de se glorifier, par anticipation, d'une conquête qui ne lui semblait pas douteuse. Il choisit pour son confident un jeune peintre nommé Roger, qui donnait les espérances d'un assez beau talent, mais dont le cœur était fort gâté par l'abus des faciles plaisirs. Le baron vivait avec Roger dans une sorte de familiarité dont le principe était moins la sympathie de leurs goûts d'artistes que celle de leurs mœurs, également portées à la licence. Ces sortes d'associations, entre gens que la différence des âges et des conditions semblerait devoir séparer, sont assez communes dans le monde. En fréquentant un jeune peintre sans fortune, sans titre et encore sans nom, M. de Luzy se donnait des airs de bonté protectrice et de condescendance aristocratique qui flattaient sa vanité, et il espérait, en même temps, retremper au contact d'une nature servie, dans ses excès, par la fougue et la vigueur de la jeunesse, son imagination à lui, passablement usée et vieillie. Il traitait donc d'égal à égal le jeune Roger, qu'il appelait son maître en peinture, et son élève en *scélératesse*. Voici, du reste, un lambeau de conversation qui fera apprécier le ton ordinaire des causeries de ces deux amis :

— Bonne nouvelle, mon cher! s'écriait M. de Luzy, en entrant dans l'atelier du jeune artiste; — une découverte charmante pour vous tous, tas de gueux, ou pour moi seul, le plus heureux des hommes... pendant quelques mois!

— Bah! vraiment, baron? oh! racontez-donc.

— Vous savez que je fais la *Tentation de saint Antoine;* l'autre jour donc, chez G...., dans le livre d'adresses des modèles, je lis : *Louise Fauvel*, 12, *rue du Cherche-Midi*. Je dis à G.... : tiens! un nouveau modèle! blond? brun? quel âge? —Oh! monsieur, — me répond G....,— une vraie tentation de saint Antoine. Essayez-en donc, vous serez le premier.

— Je ne me le fis pas redire. J'allai dans une espèce de taudis; et là, une mégère, une coquine m'a prêté sa fille comme modèle; et je suis, aujourd'hui, sur le point de l'acheter. Mais la petite fille a peur; la mère est rouée; cela me coûtera cher.

— Bah! — répondit Roger, — ce que vous dites là n'est guère d'un gentilhomme. Ne savez-vous pas, baron, qu'un bon morceau n'est jamais trop cher?

— Je le sais si bien, mon cher, que j'achète sans hésiter; et je suis si sûr de la valeur de mon emplette, que je veux vous en faire juge un de ces jours.

— M'en faire juge, baron? je vous prends au mot.

—La, la, la,—fit M. de Luzy,—vous êtes beaucoup trop vif, mon jeune ami.

— Oh! baron, Dieu me pardonne! je crois que vous devenez jaloux. Prenez-y garde, c'est un triste symptôme de décrépitude. Un pas de plus, et vous tournez à la vertu. Vous devez être amusant dans ce rôle, et, pour une demi-douzaine de pimbèches comme la vôtre, si je les avais à ma disposition, je voudrais vous y voir.

Il serait inutile de suivre plus longtemps ces messieurs dans leur gracieuse causerie. Ils prirent jour pour aller ensemble voir le petit modèle.

Écoutons maintenant ce qui se disait dans la maison de la rue du Cherche-Midi :

Madame Fauvel catéchisait de son mieux Louise dans le sens du vice; mais la petite fille résistait avec une rare fermeté d'esprit à la contagion des doctrines immondes de sa belle-mère; elle répondait :

— J'ai parfaitement compris ce que vous venez de me dire. J'irai poser, mais je n'irai pas chez le baron; et, si vous voulez m'y forcer, je me plaindrai.

— A qui te plaindras-tu, drôlesse?

— Je ne sais .... à tous ceux qui voudront m'entendre.

Dans un entretien prolongé jusqu'à l'épuisement, la petite fille ne se lassa pas de tenir tête à la corruption, au grand déplaisir de la marâtre, qui, dans les moments où la logique et l'éloquence lui faisaient également défaut, y suppléait par de rudes gourmades.

A sept heures sonnantes, M. de Luzy vint chercher Louise. La dame Fauvel dit quelques mots à l'oreille du baron, qui fit la grimace, et l'on entendit :

— Nous irons doucement.

Quand il fut dans sa voiture avec Louise, le baron lui dit :

—Eh bien, belle capricieuse, vous voulez donc goûter de l'atelier, qui vous faisait si peur?

— Oui, monsieur; j'irai, puisqu'il l faut.

— Vous ne pourrez pas y tenir, mon enfant; mais nous nous verrons encore; et je suis convaincu que vous finirez par vous décider en ma faveur.

Ce soir-là, Louise posa avec la même tristesse résignée que les deux soirs précédents. Le baron la reconduisit comme d'habitude; mais, pour ne pas trop l'effaroucher, il ne prit, avec elle, que des airs d'affection purement paternelle.

Elle ne pouvait se décider à entrer.

II.

L'atelier.

La jeune fille dormit bien mal cette nuit. Le lendemain matin, sa marâtre lui dit, en lui remettant une adresse :

— Voilà, joli sujet ! A l'Institut, atelier de M. X.

Louise prit le papier et partit. Arrivée dans la cour de l'Institut, elle en fit le tour plusieurs fois, quoique le concierge lui eût indiqué, d'une façon précise, la porte qu'elle devait ouvrir. Elle ne pouvait se décider à entrer. On entendait sortir de l'atelier comme des rugissements de panthères encagées ; c'étaient les rapins auxquels Louise avait été promise qui l'attendaient, et qui exprimaient leur impatience galante en poussant des hurlements variés et en brisant des tabourets. Le malheureux petit modèle eut la chair de poule ; il devait être sur la table à sept heures, et il était déjà huit heures et demie. Tout-à-coup, une porte s'ouvre avec fracas, comme si des bêtes féroces l'eussent enfoncée, et une vingtaine de monstres à visages humains, parmi lesquels

Louise reconnut l'honnête et blonde figure de celui qui était allé la demander à sa belle-mère, se ruent pêle-mêle dans la cour. En apercevant Louise, le jeune homme blond s'écria :

— Eh mais! vous voyez bien que je ne vous avais pas trompés. La voici; elle attend; elle ne connaissait pas la porte.

Louise est entourée, saisie, enlevée. Elle a beau crier, prier, se désoler : les éclats de rire de cinquante bandits couvrent sa voix. Les uns disaient :

— Voyez-vous cette petite bégueule! Je vais lui ôter ses bas, moi!

Un autre :

— Allons, ne pleure pas, petite; tu ne poseras que le torse aujourd'hui.

Un jeune homme, à figure candide, s'écriait :

— Messieurs, c'est une horreur! cette jeune fille n'a jamais posé, il faut la ménager un peu. Si on la traite brutalement, moi, je me fais son champion.

Mais on hurlait :

— Oh! voyez donc Collinet, avec son air bête! champion du modèle!... une couverture, messieurs, et bernons-le!

Et c'étaient des éclats de rire, des trépignements, un vacarme à faire crouler les murs.

Cependant, Louise est déjà à demi déshabillée de force, la gorge nue et les cheveux défaits. Le jeune artiste qui l'avait introduite dans cet enfer n'imagine rien de mieux, pour la protéger, que de la prendre dans ses bras et de se sauver avec elle. Il s'élance dans un escalier, plusieurs de ses camarades le poursuivent; mais le pauvre petit modèle avait entièrement perdu connaissance; son chevalier le voit si pâle, qu'il en est effrayé et rétrograde, en s'écriant :

— Mon Dieu! messieurs, c'est horrible! ou elle se trouve mal, ou elle est morte!

Alors, on eût vu tous ces étourdis, tous ces diables d'enfer, excellents enfants au fond, s'empresser avec intérêt autour de Louise : c'est à qui lui frottera les pieds, les mains, à qui lui donnera de l'eau sucrée. Enfin, lorsqu'elle a repris connaissance, elle est bien étonnée de ne plus voir, dans ces tigres, que des agneaux caressants. On ne pensait plus à travailler, chacun lui demandait son histoire et lui promettait protection.

— Messieurs, — disait l'enfant, — je ne veux rien; je n'ai qu'une prière à vous faire : c'est de me laisser aller; je vous en supplie, ne me faites pas poser cette semaine.

Autour de Louise on criait :

— Messieurs, laissons-la aller, à condition qu'elle va nous promettre que sa première semaine d'atelier sera pour nous!

— Oui, oui! accordé! accordé! — répondait-on de toutes parts; — la première semaine, la semaine prochaine, n'est-ce pas, petite? nous serons tous très gentils pour elle; nous lui donnerons, à son déjeuner, tout ce qu'elle aime; et puis, nous lui ferons des sous, nous mettrons à la masse!

La pauvre enfant était parvenue à se rhabiller. Elle salua tous ces jeunes gens, dont pas un n'osa la suivre, et, à midi et demi, elle rentrait chez sa mère.

— Eh bien! — lui demanda celle-ci, — as-tu eu bien peur? iras-tu encore?

— Oui, maman, j'irai encore.

— Ah çà! j'espère bien que tu ne feras pas la sotte quand ce monsieur viendra te prendre ce soir?

— Mais je croyais que vous m'aviez dit que, si j'allais dans les ateliers, je n'irais plus chez ce monsieur?

— Tu iras où je voudrai, entends-tu? a-t-on jamais vu une fille de cet âge-là résister ainsi à sa mère!

Le soir, M. de Luzy vint prendre la jeune fille. Cette fois, il ne la mena pas chez lui. La voiture roula lentement le long des boulevarts extérieurs. Le baron, en homme habile, fut très réservé. Après avoir épuisé auprès de l'enfant tous ses sophismes de roué, il lui dit :

— Ma petite, je ne veux rien de vous par la contrainte. Je vais vous ramener chez votre mère. Vous savez mon adresse; lorsque vous aurez assez des misères de votre vie, vous viendrez me trouver : ma porte vous sera toujours ouverte.

Le baron la remit, en effet, entre les mains de sa belle-mère, sans lui avoir donné de pièce d'or, ce qui exaspéra cette femme.

III.

Le salaire.

Le lendemain, la pauvre Louise, au lieu de retourner à l'atelier, alla se promener à travers champs, sans avoir déjeuné, ce à quoi elle ne pensait guère. A midi et demi, elle rentra comme si elle venait de poser.

Les jours suivants, même manége de sa part. M. de Luzy ne s'était pas représenté. Il attendait avec confiance que l'ennui de cette vie et les sermons de madame Fauvel eussent produit leur effet.

Le vendredi soir, la marâtre dit à Louise :

— Faut-il que tu sois bête de te donner tant de mal pour gagner quatre francs par jour, tandis que ce monsieur est un si brave homme ! et pourvu encore qu'ils te paient demain, tous ces galopins-là !... C'est moi qui t'apprendrais à compter, si tu ne m'apportais pas demain vingt-quatre francs !

L'enfant répondit bien bas, d'une voix tremblante de frayeur :

— Oui, maman.

Enfin, le jour du salaire, ce terrible samedi est arrivé. Comme les jours précédents, Louise sortit à jeun dès le matin; mais, à midi et demi, elle n'osa pas reprendre le chemin de la maison : l'image de sa marâtre irritée se dressait devant ses yeux comme un effrayant fantôme. Brûlée par la fièvre et harassée de fatigue, elle errait stupidement dans les rues, sans savoir ce qu'elle allait devenir.

Il y a dans le spectacle de la nature quelque chose de calme et de doux qui est sympathique à toutes les douleurs. Attristée par un mauvais temps, ou dépouillée par l'hiver de sa parure des beaux jours, elle s'harmonise avec la tristesse de votre âme. Épanouie sous les caresses du soleil, qui lui prodigue, comme un fiancé magnifique, toutes les splendeurs de ses écrins fleuris, tous les trésors de ses fruits, elle trouve mille moyens ingénieux de vous associer à ses joies, de vous insinuer au cœur l'espérance et la consolation. L'oiseau qui chante même son bonheur a des notes d'un accent mélancolique. Le bourdonnement de l'insecte, le bruissement de la feuille murmurent à votre oreille je ne sais quoi d'amical. L'ampleur des horizons vous fait rêver à l'infini de durée, devant lequel le moment de la souffrance actuelle s'efface inaperçu, comme un point dans l'immensité. Du haut du ciel que rien ne vous cache, il semble que l'œil de Dieu soit ouvert sur vous. Enfin, la terre exerce une attraction qu'on peut appeler maternelle. Sous nos pieds elle dispose des tapis de mousse et de gazon pour nous solliciter au repos; et, si nous cédons à l'invitation qu'elle nous adresse, sa voix, formée de mille voix, nous berce d'une vague harmonie, caressante comme la voix d'une nourrice attentive à endormir sur son sein les chagrins d'un enfant bien-aimé.

Dans la campagne la plus solitaire, on se sent, pour ainsi dire, tête-à-tête avec Dieu. Mais il n'y a rien de désolé, de morne ni de désespérant comme la solitude que le manque d'affection trace autour des malheureux, au milieu de la population d'une grande ville. Chez un pauvre être perdu dans cette foule affairée, le sentiment de l'abandon est d'une amertume poignante.

Nature tendre et craintive, s'il en fut, Louise devait éprouver aussi douloureusement que possible l'angoisse de cœur dont nous parlons. La cohue à travers laquelle elle roulait plutôt qu'elle ne marchait, le vertige au cerveau, lui semblait ironique ou hostile, bien qu'elle ne fût qu'indifférente. L'envie était le dernier des sentiments auxquels Louise pût être accessible, Dieu merci ; et pourtant, quand près d'elle passaient des jeunes filles au bras de leurs mères, sa poitrine se gonflait de sanglots comprimés et ses yeux se voilaient de larmes involontaires.

Louise marcha beaucoup, traversa un dédale de rues, de places, de quais, sans chercher à se rendre compte ni du temps écoulé, ni des lieux où elle passait. Arrivée sur un pont, elle remarqua un caniche posté en planton, un mauvais chapeau dans la gueule, devant un aveugle qui tirait d'une clarinette des sons lamentables et perçants. Le pauvre animal adressa à Louise un regard de sollicitation si douce et si résignée, qu'elle porta machinalement la main à ses poches, pour y chercher un sou qui ne pouvait pas s'y trouver. Cette impuissance fut la plus cruelle douleur de la détresse de Louise. Hors d'état de rien donner, la petite abandonnée prit dans ses bras la tête du chien, qu'elle serra avec un mouvement de tendresse passionnée, déposa sur sa toison laineuse un baiser avec une larme, et s'enfuit toute confuse. Le sentiment de ses peines personnelles n'était plus rien, comparé au chagrin de n'avoir pu soulager la misère incarnée dans cet homme et dans ce chien au regard suppliant.

A la nuit tombante, la frayeur s'empara de Louise ; elle se mit à longer de très près les boutiques, dont l'éclairage la rassurait un peu. En passant devant une église illuminée comme pour une solennité, elle eut l'idée de s'y réfugier, entra et se blottit dans le coin le plus sombre. On chantait le *salut*. Cette musique religieuse, qui vous élève, sur ses ailes puissantes, si loin de la réalité terrestre, apporta un grand calme à l'âme de la pauvre enfant. Louise pria avec ferveur et pleura beaucoup ; et, après qu'elle eut bien pleuré et bien prié, il lui sembla qu'elle était dans le ciel.

Mais voilà que les chants cessent, les fidèles se retirent successivement, les chaises se rangent, les cierges s'éteignent, et Louise se dit avec terreur :

— Il faut sortir ; où vais-je aller?

Des chaises sont amoncelées près d'elle ; elle se cache derrière, et, sans savoir pourquoi, elle attend. Bientôt elle n'entend plus que de loin en loin quelques bruits de pas qui meurent sous les voûtes ; puis une obscurité épaisse, percée seulement, vers le sanctuaire, d'une lueur clignotante et lugubre, enveloppe le temple. Une lourde porte, en se fermant, retentit dans le cœur de Louise, comme retentissent les premières pelletées de terre qu'on jette sur un cercueil. La malheureuse est seule ; elle a bien peur ; elle voudrait sortir, mais il est trop tard.

Dire ce que cette enfant ressentit d'angoisses et de terreurs, pendant une nuit qui lui parut un siècle, serait impossible. Un orage venait d'éclater au dehors : la pluie fouettait les vitraux avec de tristes grincements ; un vent furieux, ébranlant l'église, qui tressaillait jusque dans ses bases, tirait de l'orgue des gémissements étranges, dans lesquels Louise croyait entendre tour-à-tour les soupirs plaintifs d'âmes en peine et les derniers râles de mourants. Les boiseries craquaient ; l'église était pleine de bruits mystérieux, auxquels succédait tout-à-coup un silence plus effrayant encore que tous les bruits. Quand la lune, ballottée dans un ciel bouleversé, comme un nageur en détresse au milieu des vagues d'une mer houleuse, parvenait à glisser, à travers les nuages, un pâle rayon dans l'église, les statues, les tableaux semblaient s'animer sous ce regard et se disposer à marcher. Tous les objets prenaient des formes étranges, qui dansaient devant les yeux fascinés de Louise ; puis, l'instant d'après, des ténèbres partout, des crêpes funèbres partout. Pour échapper aux terreurs qui l'obsédaient, Louise voulut essayer de marcher : le bruit de ses pas l'effraya davantage encore ; elle resta clouée à sa place, courba la tête et se résigna. Ses cheveux se hérissaient d'horreur, un frisson mortel lui secouait les membres, lorsque l'horloge de l'église sonna lugubrement minuit.... minuit, traînant tout son cortége de terreurs superstitieuses.

Louise poussa un cri étouffé, tomba et perdit connaissance.

Comme elle était dans cet état, moitié évanouissement, moitié sommeil (car, chez les personnes de l'âge de notre héroïne, la nature ne perd jamais entièrement ses droits), une heureuse hallucination s'empara d'elle ; voici ce qu'elle vit :

Une forme blanche, très vague d'abord, flottant dans une atmosphère lumineuse qui inonda le temple de clarté, descendit et s'arrêta devant ses yeux. Bientôt, cette forme devint parfaitement distincte, et Louise reconnut sa première, sa véritable mère, le front ceint d'une auréole radieuse. La douce figure se pencha vers l'enfant, et, lui montrant le ciel, elle dit, avec un angélique sourire :

— « Courage, ma fille ! me voici. J'ai « souffert comme toi ; je prie pour toi ; « je t'aime toujours, et je t'attends..... « bientôt. »

Louise étendit les bras, pour saisir la consolante apparition, et s'éveilla. Un faible rayon de jour filtrait à travers les vitraux. Elle se trouva couchée sur les marches d'un autel de la Vierge, dont la blanche image souriait devant elle.

Avec le jour, un peu d'espérance rentra dans le cœur de Louise. La vision qui l'avait mise en rapport avec sa mère, dont la mémoire était une religion pour elle, avait retrempé son courage. Elle forme des projets ; elle veut aller à la sacristie, se mettre sous la protection du curé de la paroisse, car elle n'osera pas affronter la colère de sa marâtre. Mais, à mesure que l'église se repeuple, Louise se sent glacée par l'expression indifférente de tous les visages qu'elle voit : personne ne s'occupe d'elle, personne ne s'aperçoit qu'elle est là. Les prêtres eux-mêmes passent et repassent sans lui faire l'aumône d'un regard. Toutes ses espérances l'abandonnent ; elle sort, sans savoir où elle va.

La journée ressemble à celle de la veille ; seulement, Louise est plus épuisée : elle a le vertige et d'affreux tiraillements d'estomac. Cependant, elle marche encore tout le jour, au hasard, dans les rues. La nuit est venue. Louise, n'en pouvant plus de faim, se dit :

— Je vais demander l'aumône.

Elle aborde, avec une humiliation désespérée, une dame qui passe ; la dame s'arrête et lui demande ce qu'elle veut :

— Quelle heure est-il, s'il vous plaît, madame ? — dit Louise, d'une voix mourante d'émotion.

— Neuf heures, mon enfant.

— Je vous remercie, madame.

Et la malheureuse petite fille se remet à marcher. Ses pieds sont enflés, ses jambes se dérobent sous elle, mille feux-follets dansent devant ses yeux. Presque à chaque pas, elle est obligée de s'adosser à un mur, de s'appuyer contre une borne ; elle n'ose même pas s'asseoir, de peur d'être remarquée et insultée. Enfin, à minuit, elle se trouve sur le quai aux Fleurs : des hommes ivres l'entourent, la harcellent ; elle pleure ; on lui répond par des éclats de rire et de grossiers sarcasmes. La peur lui donne des forces : elle s'enfuit à toutes jambes ; les brutes avinées la poursuivent et vont l'atteindre, lorsque heureusement un cabriolet de place vient à passer. Louise l'arrête et monte.

— Où faut-il vous conduire, mademoiselle ? — demande le cocher.

— Rue du Cherche-Midi, 12.

Sur le point d'arriver, Louise se rappelle avec effroi qu'elle n'a pas un sou à donner à son cocher.

— Mon Dieu ! monsieur, lui dit-elle, je suis montée dans votre voiture sans réflexion, parce que j'avais bien peur ; mais je n'ai pas de quoi vous payer. Si vous voulez prendre mon châle, le voici :

—Peste de la pratique !—répond le cocher, d'un ton bourru :—si j'avais su aller si loin pour vos beaux yeux, du diable si je vous aurais conduite !

— Prenez mon châle, monsieur.

Malgré sa brusquerie, ce cocher n'était pas un mauvais homme. L'air honnête de Louise le toucha ; il se montra généreux :

— Oh! je n'en veux pas de votre châle; d'autant plus que vous ne devez pas en avoir à revendre, pauvre petite! Tenez, voici le numéro de mon cabriolet; quand vous aurez de l'argent, vous me paierez.

— Merci, monsieur.

Descendue à sa porte, la pauvre enfant n'osait plus entrer. Le cocher, qui s'en aperçut, lui dit :

— Ah çà! mais vous n'entrez pas; ce n'est donc pas ici que vous demeurez?

Louise se décide enfin : elle traverse une allée assez malpropre et pénètre au fond d'une petite cour où elle se blottit dans un coin. Mais la marâtre, que la cupidité déçue et la crainte d'avoir à rendre un compte sévère de sa fille tenaient éveillée, l'avait entendue rentrer. Elle se douta que c'était elle, se mit à une petite fenêtre donnant sur la cour, et, l'apercevant, au clair de lune, elle dit d'une voix qu'elle essaya de rendre caressante :

— Louise, viens, je ne te battrai pas.

L'enfant ne répondit rien et n'osa remuer.

Alors, madame Fauvel descendit, entraîna Louise tremblante, et, se jetant sur elle, dès qu'elle fut dans l'appartement :

— Ah! cria-t-elle, si ce n'était la crainte de l'échafaud, comme je te tuerais bien, coquine! tu viens de *gourgandiner*, tandis que ces enfants et moi nous manquons de tout, et que, si tu voulais, mauvais sujet, tu pourrais nous tirer de là si facilement! mais non : ça fait la prude et ça se donnera au premier galopin venu. Qui sait?... c'est peut-être déjà fait!

Ces vociférations et les sanglots de Louise éveillèrent tous les marmots, qui se mirent à crier à l'unisson.

— Allons, dit la misérable femme, va te coucher, vilain monstre! Si la raison ne te vient pas, je jetterai tout ça aux enfants trouvés et je te planterai là. Nous verrons comment tu t'y prendras ensuite pour gagner ta vie.

La pauvre fille ne se le fit pas redire : autant pour échapper aux fureurs de madame Fauvel que par besoin de sommeil, elle alla s'étendre sur un méchant grabat, qui lui sembla bien bon, après toutes ses fatigues. Là, elle rêva à l'excellente mère dont l'affection avait enchanté son enfance, et qui lui était apparue, la nuit précédente, dans l'église. Elle fut tirée, le matin, de ce songe délicieux, par une grande rumeur qui se faisait dans le taudis : tous les bambins de la famille glapissaient à qui mieux mieux, et une voix aigre criait :

—Tu ne vas pas te lever, paresseuse? Depuis quand donc doit-on servir mademoiselle dans son lit? Est-ce depuis qu'elle court la nuit? Allons, sus! et qu'on aille chercher le lait plus vite que ça!

Louise voulut obéir; elle fit un effort; mais, en essayant de se lever, elle se trouva mal. Alors, une petite fille de sept ans à peu près, cheveux blonds et tête d'ange, se mit à pousser des cris désespérés.

— Maman! maman! ma sœur est morte!

— Allons bon, à présent! tu ne vas pas bientôt finir avec tes mines? —dit la dame Fauvel, en s'approchant du lit.

Mais Louise était si pâle, si jaune, si froide, que sa marâtre en fut effrayée. Elle lui jeta de l'eau au visage, lui ouvrit la bouche de force et lui fit avaler quelques gouttes d'eau. L'enfant, à peine remise, mais tout près de retomber en faiblesse, put à peine dire :

— Maman, je meurs de faim.

— Ah! mon Dieu! tu n'as donc pas mangé, malheureuse?

Elle courut chercher un plat de choux peu avenant, et un énorme morceau de pain, qu'elle présenta à l'enfant. Celle-ci essaya de manger, mais elle perdit encore connaissance.

—Allons,—dit la marâtre, quand elle la vit un peu mieux,—reste dans ton lit; je vais aller au lait à ta place, et je te ferai du café. Mais promets-moi donc que tu seras une bonne fille.

Dès que madame Fauvel fut partie, la petite fille de sept ans s'approcha du lit de sa sœur, à qui elle dit en l'embrassant :

— Où étais-tu donc, Louise, que nous ne te voyions plus? Maman a été bien tourmentée, va! Et puis, tu sais, le beau monsieur à la voiture ? il est venu bien des fois savoir où tu étais, parce qu'il a bien peur qu'un autre monsieur ne t'ait emmenée. Il a dit à maman qu'il faudrait t'enfermer quand tu serais revenue, et l'envoyer chercher.

La pauvre Louise pâlit. Un pressentiment lui disait que sa vie était vouée fatalement au malheur. Sa marâtre lui offrit une tasse de café, que la faiblesse de son estomac ne put supporter. Mais Louise était jeune; elle s'endormit, et, au réveil, il ne lui restait plus de sa maladie qu'un peu de fatigue et beaucoup d'appétit.

IV.

L'ange gardien.

Il est midi. Louise, se trouvant encore dans son lit à pareille heure, s'étonnait de la tolérance inouïe de sa marâtre, lorsque celle-ci, qui était sortie après le déjeuner, rentra, l'air joyeux et affairé. Louise s'attendait à être vertement tancée de sa paresse; mais il n'en fut rien. Elle crut rêver, quand madame Fauvel lui dit, avec un son de voix presque caressant :

— Eh bien! comment te trouves-tu, petite ?

— Pas mal, maman, je vous remercie.

— Peux-tu te lever?

— Oui, maman.

— Allons, tant mieux ! Lève-toi donc, et fais-toi gentille, car tu vas recevoir une visite.

— Une visite, maman ? pour moi ?

La pauvre enfant n'osa pas en demander davantage. Elle tremblait d'entendre prononcer un nom qui lui faisait horreur.

— Oui, pour toi, pour toi-même, — reprit madame Fauvel, en lui ajustant, avec une complaisance empressée, ses habits les plus présentables ; — tu ne devines pas?.... un beau monsieur qui t'aime comme sa fille, qui se désolait quand il t'a crue perdue, et que je viens de rendre bien heureux, ce matin, en lui apprenant que tu étais retrouvée. Il va venir, rien que pour te voir. Mais j'espère que tu ne lui feras pas la moue, au moins ?

Louise n'eut pas la force de répondre. Elle se laissa habiller, comme un mannequin, par cette femme, dont la subite aménité l'effrayait plus que sa violence. Un morne désespoir lui serrait le cœur. Ses yeux ne versèrent pas une larme.

Deux heures après, environ, M. de Luzy entra, accompagné du jeune peintre Roger, auquel il était jaloux de faire admirer sa trouvaille. Le baron s'aperçut très bien de l'effet de répugnance que sa présence produisit; mais il était trop persévérant pour s'en décourager. D'ailleurs, son amour-propre était engagé dans ce jeu perfide; il se croyait tenu d'honneur à ne pas reculer. Lui, le magnifique vainqueur de tant de vertus si haut cotées, se laisser battre par une toute petite fille de rien!... allons donc! c'eût été à en mourir de honte ! — Voilà ce que se disait le baron, en se mordant les lèvres ; ce qui ne l'empêcha pas d'être charmant pendant sa visite. Il s'étudia à ne paraître que bienveillant pour Louise, et joua l'affection la plus désintéressée. Enfin, avant de se retirer, il glissa ces mots dans l'oreille de la marâtre :

— Elle est effrayée ; laissons-lui le temps de se rassurer. Ne la contrarions pas trop. Avec un peu de patience, nous en viendrons à bout.

Sur ce, il remonta en voiture avec Roger, à qui l'horreur de l'enfant pour le baron n'avait pas échappé, et qui riait sous cape, comme s'il eût caressé quelque malicieux projet.

— Eh bien ! — demanda le baron à son ami, — comment la trouvez-vous, illustre rapin ?

— Une figure chiffonnée assez gen-

N'est-ce pas ici que demeure mademoiselle Louise. ?...

tille, — répondit Roger; — mais, pour être franc, bien au-dessous du fantastique portrait que vous m'en faisiez. D'ailleurs, flamboyant baron, la petite fille ne me semble pas encore tout-à-fait brûlée; avant que vous ne lui ayez communiqué la flamme qui vous dévore, ne craignez-vous pas qu'elle ne vous échappe?

— Ah bah! — dit le baron, — est-ce qu'on m'échappe, à moi?

— Peut-être, baron, peut-être. Pour être invaincu, on n'est pas invincible.

Cela dit, Roger eut l'air de ne pas penser à la petite fille; il affecta une parfaite insouciance, et s'ingénia à égarer le baron, opiniâtrement préoccupé de Louise comme d'une idée fixe, en de tout autres sujets de conversation.

Le lendemain, un jeune homme, se présentant chez madame Fauvel, demandait :

— N'est-ce pas ici que demeure mademoiselle Louise, modèle?

— Oui, monsieur, c'est ici, — répondit la marâtre; — donnez-vous la peine de vous asseoir.

— C'est mademoiselle qui pose?

— Oui, monsieur.

— Ah! très bien, très bien! charmante enfant!... Mademoiselle, si vous voulez bien, en me donnant quelques séances, m'aider à achever un tableau où

Ah ! bien, très bien ! voilà ma pose.....

il ne manque plus qu'une tête d'ange, je m'efforcerai de copier vos traits; et, si j'y réussis, mon ange ne laissera rien à désirer. Charmante, en vérité !. ... — murmurait le peintre, comme se parlant à lui-même. — Penchez la tête un peu en avant, s'il vous plaît. Ah ! bien, très bien ! voilà ma pose... merci. Madame, si vous le permettez, j'emmènerai mademoiselle de suite, car je suis pressé.

— Comment donc, monsieur !... certainement, je le permets, d'autant plus volontiers que la petite n'a pas travaillé ces jours-ci, et qu'elle a grand besoin de réparer le temps perdu. Dieu sait !...

— En vérité ?... — dit le jeune artiste ; — mais alors, je puis faire à mademoiselle quelques avances, qu'elle ne refusera pas, je l'espère.

Et il présenta à la marâtre quelques pièces d'argent qu'elle empocha avec avidité.

— Mon Dieu ! maman, — observa l'enfant, la rougeur au front, — et si j'étais malade ?... si je ne pouvais pas aller chez monsieur ?... car je suis bien faible encore.

— En ce cas, mademoiselle, — s'empressa de répondre le jeune homme, — vous me le rendriez plus tard; mais vous pouvez venir, si vous voulez; j'ai une voiture en bas, vous n'aurez pas de fatigue.

Louise se laissa emmener sans rien dire. Seulement, elle était fort pâle. Une voiture attendait à quelques pas de la maison; le jeune peintre y fit monter Louise, qui poussa un cri d'effroi, en se trouvant en face de l'homme qu'elle avait vu, la veille, avec le baron. Elle fit un mouvement pour sortir; mais la portière était déjà refermée, la voiture roulait. La pauvre petite fille, sentant qu'elle était à la discrétion de ces deux jeunes gens, se tourna vers celui qui l'avait amenée, et lui dit, avec des larmes dans la voix :

— Oh! c'est horrible, ce que vous faites là, monsieur!

Puis elle cacha sa tête dans ses mains, avec découragement. Elle n'espérait plus qu'en Dieu.

— Mademoiselle, — lui dit Roger, d'un air de sincérité auquel de plus habiles que notre enfant se seraient laissé prendre, — je comprends toutes vos craintes, mais rassurez-vous : vous êtes ici entre deux hommes incapables d'une lâcheté. Vous ne nous connaissez pas, mais nous savons toute votre histoire, et nous voulons vous sauver. Dans quelques instants, quand nous aurons pu nous expliquer, si vous n'acceptez pas nos services, vous serez libre.

Il y avait dans les paroles de Roger un accent de bonté si sérieuse, que Louise se hasarda à le regarder et à dire, en désignant l'autre jeune homme :

— Ce n'était donc pas pour me faire poser que monsieur est venu me demander?

— Pardonnez-moi, mademoiselle, — répondit Roger; — seulement, ce sera pour moi que vous poserez, si vous le voulez bien. Mais, comme j'ai beaucoup de séances à vous demander, et que, si vous restez chez votre mère, vous ne vous appartiendrez pas longtemps, pauvre petite, j'ai chargé mon ami d'aller vous chercher; car, si M. de Luzy savait où vous êtes, vous seriez perdue.

Au nom de M. de Luzy, Louise redevint bien pâle, et s'écria :

— Mais que lui ai-je donc fait, à cet homme, pour qu'il me poursuive ainsi?...

— Vous avez eu le malheur de lui plaire, — dit Roger, — et il ne pouvait vous arriver rien de pis.

— Oh! monsieur, je jure bien de ne jamais remettre les pieds dans sa maison!

— Il vous enlèvera de force, pauvre enfant.

— Mon Dieu! mon Dieu! — cria Louise désespérée; — mais je suis donc maudite?...

— Regardez-moi, mademoiselle, — reprit Roger; — ai-je l'air d'un honnête homme? pouvez-vous avoir foi en moi? je serai votre ami, je veillerai sur vous et je vous sauverai.

La voiture s'était arrêtée sur le boulevart Montparnasse, près d'une petite porte dont Roger avait la clef. Les bonnes paroles que Louise venait d'entendre avaient rendu quelque calme à son âme. Elle se laissa conduire par les deux amis, à travers un jardin assez mal entretenu, au bout duquel ils entrèrent tous trois dans un vaste atelier de peinture, meublé de plâtres, de chevalets, de toiles, de deux ou trois chaises et d'un petit lit de repos. Roger regardait la jeune fille en silence, lorsque celle-ci lui dit, d'un air calme et résigné :

— Comment faut-il que je pose, monsieur?

— Pas encore, mon enfant.

Après un nouveau silence, Roger se décida enfin à parler.

— Mademoiselle, cet homme avec qui vous m'avez vu hier, et qui a pris soin de me mettre lui-même au fait de tout ce qui vous concerne, je le connais, et je le méprise autant que je le redoute pour vous. Vous êtes au pouvoir d'une misérable qui va vous vendre. Le baron vous convoite; il vous aura, parce qu'il est riche, parce qu'il est infâme, parce qu'il ne respecte rien. Et, lorsqu'il vous aura assez souillée, lorsque vous ne l'amuserez plus, un beau matin, il vous ouvrira la porte et vous dira :

— Sors, petite, va, cherche ta vie.

Tu m'as déjà coûté trop cher, je ne veux plus de toi.

— Votre marâtre ne voudra pas même vous recevoir, si le baron lui a donné de vous un prix suffisant; mais, s'il n'a pas été assez généreux, et si vous êtes encore assez jolie, elle vous reprendra dans l'espoir de conclure de nouveaux marchés avec d'autres. Voyez si vous voulez ce sort ou celui que je vais vous offrir :

— J'ai vingt-cinq ans. Je suis pauvre; mais j'ai un peu de talent, beaucoup de courage et l'espoir d'arriver. Cette grande pièce, bien triste, est mon atelier; je n'ai pas d'autre logement à vous offrir. Je demeure avec ma mère et ma sœur. Je m'en irai tous les soirs chez elles; tous les matins, vous me verrez arriver avec du pain, quelques fruits, quelques viandes froides. Cette cruche sera toujours pleine d'eau; ce petit lit de repos sera votre lit. Je demanderai à ma bonne sœur, pour mon mannequin, quelques vieilles robes, quelques chiffons dont vous essaierez de tirer parti, en attendant que nos ressources s'agrandissent. Vous aurez des livres pour vous désennuyer quand vous serez seule, et pour vous préserver de la peur, avant que le sommeil vous gagne, la nuit.

Ici, la jeune fille frémit en se rappelant la nuit passée dans l'église.

— J'oubliais de vous dire, mon enfant, — reprit Roger, — qu'il me répugnerait de faire de vous un modèle comme un autre : vous me poserez quelques têtes, quand cela ne vous ennuiera pas trop; j'essaierai de vous apprendre ce que je sais, et, si le goût de la peinture vous prenait sérieusement, je serais bien heureux en pensant que nous pourrions, quelque jour, travailler ensemble. Du reste, je n'ai pas besoin de vous promettre que vous aurez en moi un ami respectueux, qui ne vous demandera jamais qu'à baiser votre main, matin et soir.

Louise n'était pas habituée à un pareil langage. Elle en fut touchée et répondit avec émotion :

— Mon Dieu! monsieur, que vous êtes bon! comme je serais heureuse! mais c'est impossible; ma mère viendrait me reprendre.

— J'y ai pensé, mon enfant; et voilà précisément pourquoi, au lieu de me présenter chez vous, j'ai chargé mon ami d'aller vous demander. Ce soir, votre marâtre, ne vous voyant pas rentrer, ira sans doute chez lui savoir ce que vous êtes devenue; il répondra que vous l'avez quitté après la séance, et on supposera naturellement que vous vous êtes remise à errer dans la ville, comme ces jours passés. Pour rendre la supposition plus vraisemblable, mon ami retournera demain vous chercher chez madame Fauvel, et il se scandalisera bien fort de votre absence; n'est-ce pas, Paul?

Paul s'engagea de bonne grâce à faire tout ce qu'il faudrait pour accréditer une fable et détourner les soupçons.

Louise était fort ébranlée. Cependant, l'idée de cette situation si étrange l'effrayait un peu. Roger, la voyant hésiter, lui dit :

— Mademoiselle, si vous me supposez des arrière-pensées et un autre désir que celui de vous être utile, voici la clef de la porte du jardin, ouvrez; mon ami vous reconduira où vous voudrez, et je ne vous importunerai pas de mes poursuites.

La jeune fille allait prendre la clef, lorsque le souvenir de la récente apparition de sa mère lui revint :

— Eh bien! non, — pensa-t-elle, — je ne fuirai pas ce protecteur; ce doit être ma mère qui me l'envoie.

Elle tendit la main à Roger.

— Monsieur, je vous crois, je vous remercie et j'accepte.

Roger baisa cette main avec une joie expansive et entretint longuement la jeune fille de tous ses projets. L'ami Paul, voyant l'affaire arrangée, se retira.

Roger avait appris à Louise, entre autres choses, qu'il allait concourir pour le grand prix de Rome, et il lui avait parlé avec enthousiasme des avantages que lui assurerait la victoire dans ce concours.

— Mais, monsieur, — dit Louise effrayée,—si vous avez le prix, vous irez à Rome; alors que deviendrai-je?

— Je vous emmènerai partout avec moi, bonne Louise. Dès à présent, vous allez devenir mon modèle chéri, ma madone; vous me porterez bonheur; car vous poserez pour moi, n'est-ce pas, mon enfant?

— Oh! oui, monsieur, tant que vous voudrez.

Roger ouvrit un cabinet dont la porte vitrée donnait dans l'atelier.

— Voyez ce cabinet, chère Louise; lorsqu'on frappera, vous vous y cacherez; de là, vous pourrez entendre les propos éhontés du baron, car il ne tardera pas à venir me voir; et, si je lui refusais ma porte, il aurait des soupçons.

Louise se crut bien sauvée et remercia de nouveau.

Roger ne se démentit pas d'abord. Il prodiguait à son modèle les attentions les plus tendres, les soins les plus délicats. Il travaillait avec ardeur pendant le jour; le soir, il se promenait au clair de lune, dans le jardin, avec Louise, qui s'enivrait de la poésie d'un amour naissant, furtif comme un poison qu'on ignore. A onze heures, le cœur de la pauvre enfant se serrait: elle voyait son unique ami s'éloigner d'elle, et il lui fallait passer de longues nuits, seule, dans ce grand atelier où elle avait si peur. Dès que la lumière était éteinte, elle enfonçait précipitamment sa tête dans son lit, et si, par hasard, elle essayait de vaincre sa frayeur, en sondant les ténèbres du regard, l'atelier se peuplait aussitôt de fantômes qui l'obligeaient bien vite à fermer les yeux. A la fin cependant, elle priait, pensait à sa mère et s'endormait.

Il y avait deux ou trois jours que nos jeunes gens vivaient de cette vie, lorsqu'une après-midi, on entendit une voiture s'arrêter à la petite porte du jardin. Roger dit à la jeune fille:

— Cachez-vous, Louise, cachez-vous! voici le baron! c'est un homme puissant; il se vengerait... Oh! il me nuirait beaucoup!

L'enfant se cacha bien vite, autant par crainte pour son ami que pour elle-même. Roger avait bien dit: c'était le baron.

— Oh! oh! baron, nous chantons, nous sommes heureux,—dit Roger;—et, s'efforçant de prendre un air dégagé, le jeune artiste se mit à fredonner: *La victoire est à nous!*

—Pas tout-à-fait, cher rapin, pas tout-à-fait; mais, si elle se fait un peu chèrement acheter, elle n'en sera que plus éclatante.

— Comment cela, baron? le petit modèle vous résisterait-il encore?

— La drôlesse s'est échappée de rechef,—dit le baron avec un dépit mal dissimulé par son affectation de plaisanterie; — mais c'est une friandise que je me réserve, et je n'en aurai pas le démenti. Une fille comme ça, ça doit se retrouver dans un couvent. Quelque beau jour donc, je vais prendre ma bonne femme de sœur par le bras; nous courons toutes les maisons de charité, afin de faire quelques bonnes œuvres, et j'espère bien repincer mon *gibier*. La petite sucrée aura assez de sa retraite; elle ne demandera pas mieux que d'en sortir et je serai adoré... comme toujours. Eh bien! Roger, qu'en dites-vous?

— Oh! ma foi, baron, je dis que vous êtes un homme charmant, délicieux. Seulement, si jamais j'ai une femme, une fille, touchez là... vous ne verrez ni l'une ni l'autre.

— Cela me fait honneur, jeune homme; mais, quand vous aurez une femme ou une fille, mon cher, j'ai bien peur de n'être plus dangereux.

A ces mots, la physionomie du baron s'assombrit; l'idée d'une vieillesse déjà prochaine ne lui inspirait, ainsi qu'à tous les hommes dont la vie est vide et le cœur stérile, que de la tristesse et du dégoût. Pour se distraire de ces fâcheuses préoccupations, il se mit à débiter mille folies, mille propos extravagants, et, pour la plupart, assez malséants.

Louise était plus morte que vive. De sa place, elle voyait et entendait tout.

En comparant ces deux hommes, elle se dit :

— L'un est un ange, l'autre un démon. Toute ma vie, de grand cœur, au premier; pour tout l'or du monde, pas un de mes jours à l'autre !

Le baron, après avoir assez longtemps babillé, plaisanté, fredonné, sortit, et l'on ne tarda pas à entendre le roulement de la voiture qui l'emportait. Roger alla ouvrir la porte du cabinet :

— Louise, vous pouvez sortir maintenant, le baron est loin. Avez-vous entendu, mon enfant?

— Oui, monsieur.

— Eh bien ! vous voyez que l'homme est dangereux ?

— Oh ! non, monsieur : il n'est qu'odieux.

— Mais, si le baron était vrai, ne comprendriez-vous pas qu'on pût l'aimer?

Louise secoua la tête en disant :

— Non, non, jamais !...

— Comment ! vous ne comprenez pas qu'on puisse aimer un homme qui vous aime sincèrement?

— Pardonnez-moi, monsieur; mais pour cela il faudrait qu'il fût comme...

Ici, Louise s'arrêta en rougissant. Roger, voulant lui faire compléter sa pensée, lui prit la main et demanda :

— Comme qui, mon enfant?

— Dame ! monsieur, comme certains hommes honnêtes auxquels il ne ressemble guère.

Roger, triomphant de cet aveu que la réticence et le malheureux essai de rétractation de la jeune fille rendaient si formel, fut bien tenté d'en abuser; mais il craignit de compromettre le succès de ses desseins par une entreprise prématurée ; son mérite en eût été considérablement diminué aux yeux de l'enfant, qui lui était devenue, d'ailleurs, très nécessaire comme modèle. Persuadé que sa proie ne pouvait pas lui échapper, et lui serait d'autant mieux assurée qu'il montrerait moins d'empressement à la saisir, il se contint donc et dit :

— Louise, seriez-vous assez bonne pour poser? car ce diable de baron est venu prendre le meilleur de notre jour.

Louise se sentit heureuse, parce qu'elle vit dans cette prière un moyen délicat imaginé par Roger pour la tirer d'embarras. Elle se reprochait d'en avoir trop dit. Roger fut d'abord très sérieux, parce qu'il luttait contre des difficultés; mais, à force de chercher, il finit par entrer parfaitement dans le ton de son modèle. Dès lors, il se mit à chanter, et la jeune fille se disait :

— Quelle différence entre lui el l'autre !... Quelle figure réellement heureuse !... c'est qu'aussi sa conscience ne lui reproche rien. Ce baron, comme i avait l'air triste au milieu de sa joie !

Cependant, les jours se succédaient sans amener d'incidents notables dans les relations de Louise et de Roger. Plus celui-ci voyait sa petite compagne, plus il était enchanté d'elle. Il l'avait épargnée d'abord, comme nous venons de le dire, par calcul d'intérêt; et puis aussi, par ce raffinement de volupté féroce qui donne au chat la patience de laisser la souris s'ébattre quelque temps sous son regard avec des semblants de liberté, avant de l'étreindre dans ses griffes et de la broyer sous sa dent ; mais peu à peu, la douceur, la bonté, les grâces naïves de la jeune fille l'avaient influencé à son insu; et, s'il était encore moins amoureux de la femme que du modèle, toujours est-il qu'il en était arrivé à perdre de vue les visées de mauvais sujet qui l'avaient déterminé à l'enlever. Après chaque séance, il embrassait un peu vivement son modèle :

— Oh ! merci, — lui disait-il ; — très bien, très bien ! vous avez été d'une complaisance !... vous êtes charmante.

— Monsieur, vous vous moquez, — répondit Louise; — je fais bien peu pour vous, qui faites tant pour moi.

— Comment ! vous appelez peu de chose poser avec tant de patience une aussi jolie tête? Mais, sois tranquille, enfant : si j'ai le prix, je veux que tu sois heureuse avec moi. Quel délicieux voyage nous ferons à Rome !... le beau ciel !...

toi qui aimes les clairs de lune, comme tu en auras de splendides là-bas!... oui, mais si je ne l'ai pas, ce prix!... — ajoutait Roger, redevenu tout-à-coup pensif; — ma mère ne pourra plus faire de sacrifices; plus d'atelier, plus de nid pour nous abriter tous deux!... Que deviendras-tu, chère petite?

Alors, Louise se sentait froid au cœur.

— Oh! mon Dieu! vous êtes donc pauvre, vous aussi? — demandait-elle.

— Hélas! ma Louise, toute la différence entre nous, c'est que j'ai une bonne mère, et que tu n'en as plus. Mais la mienne n'est pas riche; elle n'a que bien juste de quoi vivre avec ma sœur et une petite bonne qui les sert, et je ne dois pas consentir à rester plus longtemps à sa charge. Si je ne réussis pas, il faudra que je renonce à la peinture et que j'essaie d'autre chose. Mais toi, ma petite amie, que feras-tu?

— Monsieur, il m'avait toujours semblé que je n'aurais pas le courage de me mettre au service de personne; — cependant, si le malheur que vous craignez arrivait, je vous prierais de me faire accepter comme domestique chez votre mère. Alors, je vous verrais toujours, et madame Roger n'aurait jamais eu de servante plus dévouée.

— Pauvre petite, es-tu gentille!... mais j'aurai le prix, va, et tu resteras mon modèle chéri.

Ce mot donnait un peu de tristesse à Louise.

— Toujours modèle! — pensait-elle. — Oh! je veux être si bonne, qu'il faudra bien qu'il se déshabitue de voir en moi l'une de ces vilaines femmes.

L'entretien avait pris, un soir, cette tournure, lorsque onze heures sonnèrent.

— Onze heures, ma Louise, — dit Roger; — il faut que je te quitte; mais à demain; dors bien, chère enfant, n'aie pas trop peur; pense à moi, pense à notre tableau. Dis-toi que, si tu ne dors pas, tu seras moins jolie demain, et que je ferai de mauvaise peinture.

Louise promit et tint parole. Elle s'endormit du sommeil heureux que procurent la jeunesse, les bonnes pensées et le calme de la conscience.

Le premier soin de Louise, en se levant, le lendemain, fut d'aller se regarder dans un morceau de glace cassée.

— Quel bonheur! — pensa-t-elle, — il me semble que je ne suis pas trop laide; Roger pourra travailler.

Comme elle était encore occupée de cet examen, la clef tourna dans la serrure. Le cœur de Louise bondit de joie :

— Regardez-moi, monsieur, suis-je trop laide?

— Charmante, Louise, charmante! Allons, déjeunez vite, mon enfant, et travaillons.

Elle avait à peine mangé quelques bouchées, que Roger, en extase devant sa toile et devant le modèle, qu'il regardait alternativement avec amour, disait :

— Viens, ma petite Louise, viens poser; nous avons beaucoup à faire aujourd'hui.

Et le compagnon de débauche du baron, plus peintre qu'homme encore devant son beau modèle, se mettait au travail avec acharnement.

Dans la matinée du jour où l'on devait proclamer le vainqueur du concours, Roger était bien ému, bien tremblant. Louise s'efforçait de le rassurer par toutes sortes de douces paroles. Elle lui disait entre autres choses :

— Allons donc, monsieur, du courage! vous réussirez, je n'en doute pas, car j'ai eu recours au moyen que ma mère employait autrefois, dans les grandes occasions : j'ai fait une neuvaine pour vous.

Roger ne put s'empêcher de sourire.

— Oh! c'est mal, monsieur! vous ne croyez pas, vous; vous riez .. je vous en prie, ne vous moquez pas des choses saintes. Si cela allait vous porter malheur!...

Roger, tout entier à son anxiété, embrassa Louise sur le front, d'un air distrait, et sortit. Restée seule, l'enfant se sentait plus triste que d'ordinaire; le sourire sceptique de Roger avait attiédi son enthousiasme et ébranlé sa foi en cet homme. Elle se disait, avec un douloureux étonnement :

— Quel malheur ! un si bon jeune homme, ne pas croire en Dieu !...

Et, sans trop savoir pourquoi, elle avait peur.

Vers le soir, le jeune artiste revint, la figure toute bouleversée Il n'avait pas le prix.

Louise se désola de bon cœur avec lui, et se mit à rêver tout haut mille projets de dévoûment à son ami. Celui-ci parut très touché et lui demanda, à titre de consolation, la permission de passer la nuit à causer près d'elle.

La pauvre fille, entraînée par un mouvement de sympathique pitié, se jeta pour la première fois à son cou, qu'elle entoura de ses bras :

— Oh ! oui, restez, restez ! — dit-elle; — vous avez de la peine; si je pouvais la prendre tout entière pour moi, je serais bien fière et bien heureuse, allez !...

Cette nuit-là, Roger laissa sonner la onzième heure et les suivantes, sans songer à quitter l'atelier. Le lendemain matin, Louise était un peu rêveuse et très confuse.

Madame Roger continua de faire des sacrifices pour son fils, qui resta peintre. Louise ne se lassait pas de lui donner les preuves du dévoûment le plus persévérant, le plus exalté; mais, au bout de quelques mois de possession à peine, Roger ne voyait déjà plus son modèle avec les mêmes yeux; sa nature de mauvais sujet blasé avait repris le dessus; Louise n'était plus pour lui qu'un mannequin vivant. Il ne l'employait jamais sans trouver qu'elle posait mal, et sans le lui reprocher en termes peu ménagés; souvent même il commentait brutalement avec l'appuie-main les indications nécessaires à la pose. La pauvre enfant supportait tout avec une angélique résignation; elle appartenait à cet homme, corps et âme; elle ne lui contestait, dans son for intérieur, pas un des droits qu'il s'arrogeait sur elle, pas même celui de la frapper. Cependant, elle souffrait cruellement, non pas tant d'être maltraitée que de n'être plus aimée : seule, elle pleurait; mais, devant Roger, elle s'efforçait de sourire et ne se plaignait jamais.

La seconde année, Roger fut plus heureux : il emporta le prix de haute lutte. Pour un cœur honnête, ce bonheur aurait été d'autant plus grand qu'il mettait le jeune peintre en position d'accomplir un devoir sacré : — Louise était enceinte; — mais cette promesse de paternité ne donna à Roger qu'un chagrin ignoble. Il se mit l'esprit à la torture, pour faire comprendre à Louise que sa grossesse arrivait fort mal à propos, et qu'il serait convenable qu'elle restât à Paris, tandis qu'il ferait son voyage d'Italie. Les calculs égoïstes de Roger tombèrent comme du plomb sur le cœur de la malheureuse jeune fille. Elle sentit qu'un abîme venait de s'ouvrir entre elle et cet homme, et, dès lors, sa vie lui sembla finie. Elle regarda donc son amant en face, et lui dit, avec un calme morne, sous lequel on sentait un affreux déchirement intérieur :

— Mais, comment peux-tu comprendre, dis-moi, que tu partes et que je reste ?

— Eh ! parbleu ! nécessité fait loi. Sais-tu bien, ma chère, que je me ferais le plus grand tort en t'emmenant? Car enfin, tu ne pourrais pas demeurer avec nous à la villa; et, si l'on venait à apprendre qu'au lieu de travailler, je m'occupe d'une petite fille, où en serais-je? Que dirait-on? l'amour, l'amour... c'est fort joli, sans doute ; mais ce n'est pas pour faire l'amour qu'on nous envoie en Italie, aux frais du gouvernement. Voyons, Louise, sois raisonnable ; je te ferai passer un peu d'argent, à des époques fixes, et, si tu m'aimes, tu feras un petit métier quelconque, en m'attendant.

— Vous attendre, monsieur?... vous attendre pendant cinq ans?... ne plus vous voir pendant cinq ans?... Non, non, monsieur; gardez votre argent, et ne vous tourmentez plus pour moi : j'essaierai d'être *très raisonnable*.

Louise voulait paraître indifférente et résolue ; mais la force lui manqua : des larmes jaillirent de ses yeux, elle éclata en sanglots.

— Mon Dieu ! — criait Roger, en frappant du pied avec colère, — qu'il est ennuyeux d'être aimé comme ça !... que les femmes sont donc sottes !...

— Sottes !... oh ! oui, monsieur : bien sottes, en effet, celles qui croient que les hommes ne ressemblent pas tous au baron !...

Roger regardait pleurer Louise. Il faisait entendre un certain claquement de doigts exprimant une violente impatience, et sa physionomie crispée semblait dire : « Quelle bêtise j'ai faite en « m'embarrassant de cette femme !... « Oh ! si j'en étais encore au premier « pas !... Qui me délivrera de cette en- « trave ? »

Tout-à-coup, un sourire hideusement sardonique erra sur ses lèvres : « Oh ! « dit-il en lui-même, — le baron..... j'y « pense..... s'il connaissait mon embar- « ras, il serait bien vengé !..... mais si je « lui jouais un autre tour ?.... Parbleu ! « elle est bonne, la plaisanterie !... Après « tout, qu'est-ce que cela me fait ? je « pars..... et puis, ce diable d'homme est « bien assez roué pour trouver cela char- « mant, et pour m'en complimenter lui- « même. »

Après ce monologue, Roger s'approcha de Louise. Il l'embrassa au front, et lui dit, avec un délicieux sourire :

— As-tu pu croire que je parlais sérieusement, enfant ? Ne vois-tu pas que c'était une plaisanterie, une manière d'éprouver ton affection ? Oh ! que tes larmes m'ont fait de bien, et que j'avais de peine à feindre la colère !..... mais, c'est assez : allons, ne pleure plus, tu es du voyage, tu le sais, et tu n'aurais pas dû en douter un instant, quoi que je pusse dire. Je l'ai toujours voulu ainsi, et je le veux aujourd'hui plus que jamais.

Tout en parlant, il frappait du bout des doigts, d'un air de bonté paternelle, de petits coups sur la joue de Louise. Celle-ci pousse un cri, s'élance au cou de son amant, y reste suspendue en pleurant des larmes de joie, et la naïve enfant accablait Roger des plus tendres, des plus folles caresses.

Le jeune artiste sentit bien en lui quelque chose ressemblant assez à un remords ; mais il se laissa caresser et adorer.

Il fut décidé alors que, Roger devant faire ses adieux à sa mère et à sa sœur, qui nécessairement allaient avoir l'occasion de venir dans son atelier, pour présider au déménagement, Louise s'installerait, pour un jour ou deux, dans un hôtel, où Roger la ferait prendre, au moment du départ, par un de ses amis. La pauvre fille était ivre de joie.

— Que tu es bon, mon Roger, — disait-elle, — et que j'étais stupide !.... comme j'ai honte d'avoir douté de toi !... Oh ! tu me pardonnes, n'est-ce pas ? J'étais folle ! C'est que je suis malade, vois-tu ; il ne faut pas m'en vouloir. Mais aussi, comme tu jouais bien ton rôle !.... comme tu avais réussi à te donner l'air dur et sec !..... Dis donc, quel bonheur que tu m'aies appris un peu à dessiner ! Je ferai des croquis en Italie ; j'en remplirai tes cartons ; ils ne seront pas beaux, c'est vrai, mais ils seront exacts ; je te promets de bien copier. Pendant ce temps, mon Roger, tu feras des tableaux ; et, si mes barbouillages peuvent te servir à quelque chose, je serai bien heureuse ! Allons, embrassez-moi, méchant, et qu'on ne me fasse plus de ces atroces plaisanteries-là. Il ne faudrait pas les prolonger beaucoup pour que j'en mourusse.

Roger se mordait les lèvres. Cependant, en pensant à M. de Luzy, il avait peine à s'empêcher de rire.

Le soir, Louise fit son petit paquet avec une joie d'enfant et se laissa emmener par Roger. Celui-ci eut la galanterie de lui acheter deux ou trois robes, pour montrer, disait-il, les belles étoffes de Paris aux Italiennes, qui devaient en mourir de jalousie ; et la confiante Louise fut déposée dans un hôtel, où l'on avait

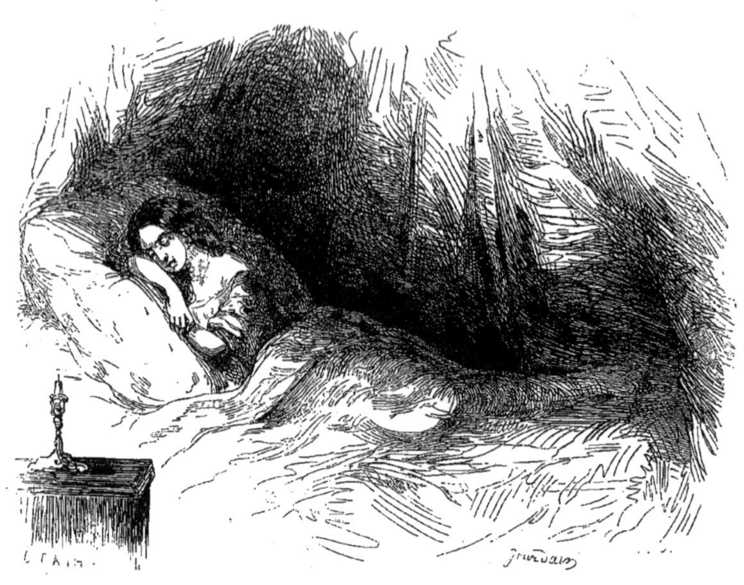

Et Louise s'endormit en rêvant de ciel bleu.

payé pour elle quinze jours de loyer d'avance.

Après de longs embrassements, les deux jeunes gens se séparèrent, et Louise s'endormit en rêvant de ciel bleu.

Le même soir, à onze heures, le baron rentrait des Italiens :

— Voici, — lui dit un de ses gens, — une lettre pour monsieur.

Le baron ouvrit la lettre et lut.

— Mordieu ! s'écria-t-il, quelle est cette mauvaise plaisanterie ?

Puis, il se frotta les yeux pour relire ce que voici :

« L'année dernière, aimable baron, « vous vous promettiez de prendre votre « sœur par le bras pour la mener faire « certaine bonne œuvre qui semblait « vous tenir fort au cœur. Homme sans « foi, vous avez manqué de parole. Pour- « tant, si vous n'avez pas oublié l'angéli- « que figure d'une certaine petite Louise, « votre charité paresseuse va se réveiller « aujourd'hui, ou j'en désespère à tout « jamais. Pour son malheur, le petit « modèle, qui a pris la liberté grande de « vous résister si opiniâtrement, a fini « par écouter un séducteur. Mais conso- « lez-vous, baron : la conquête a été « difficile ; il m'a fallu, pour y arriver, « toute la sournoiserie, toute la *scéléra-*

« *tesse* dont vous m'avez donné quelques « excellentes leçons. Je vous dois beau- « coup, baron, et je veux m'acquitter par « une confidence qui sera précieuse à « votre cœur.

« Apprenez donc que la pauvre fille « *qui règne sur votre âme* a été, ce soir « même, déposée par votre serviteur « dans un hôtel, rue Hautefeuille, n° 20. « Là, elle attend naïvement un de mes « amis qui doit la prendre, lui ai-je dit, « pour faire avec nous le voyage d'Italie. « Je vous avoue, baron, que, si vous vou- « liez être cet ami, je n'y verrais nul in- « convénient. Seulement, il est bien en- « tendu que je renoncerais au bonheur « d'être en tiers dans ce voyage ; car, « entre nous soit dit, j'ai assez de la pe- « tite ; depuis quinze mois que je la pra- « tique, je la sais par cœur. Je suis, « désormais, un des pensionnaires du « gouvernement à Rome,—peintre, plus « rien que peintre, — et je n'ai pas le « temps de m'amuser davantage à des « niaiseries sentimentales.

« Adieu, gentil baron, sans rancune.

« *Votre élève en scélératesse,*

« ROGER. »

« *Post-scriptum*. Songez, baron, que si « vous trouvez Louise un peu moins sau- « vage qu'autrefois, je serai bien pour « quelque chose dans l'adoucissement de « ses mœurs, et qu'en cas de mariage, « vous me devez au moins le billet de « faire part. »

M. de Luzy se frappa le front et se dit :

— Bien joué, très bien joué ! Ah ! le drôle a fièrement profité de mes leçons !

V.

Le beau-père.

Le lendemain matin, Louise continuait, tout éveillée, son rêve de la nuit, lorsqu'on lui annonça la visite d'un ami de Roger. Persuadée qu'on venait la chercher pour partir, elle s'élance au-devant du visiteur, et pousse un cri d'effroi en reconnaissant M. de Luzy. Déjà, le domestique de l'hôtel, qui avait annoncé, s'éloignait ; Louise le rappelle d'une voix suppliante :

— Monsieur, monsieur, ne m'abandonnez pas ! cet homme me fait peur, il m'en veut !

— Parbleu ! la belle, dit le baron, dans tous les cas, je n'en veux pas à votre virginité ; et la preuve, la voici.

Le baron montrait la lettre de Roger. Les cris de Louise avaient attiré dans sa chambre un de ses voisins de l'hôtel, qui, ardent et bon comme on l'est à vingt ans, avait déjà pris fait et cause pour elle.

—Mais, monsieur, disait-il, vous voyez bien que votre présence fait un mal horrible à cette jeune fille. Sortez de chez elle, je vous en prie.

— Eh ! *jeune fille* est superbe ! — répondit le baron en ricanant ; — faites-moi donc le plaisir de regarder la taille arrondie de cette vierge, et vous en parlerez avec moins de candeur.

Louise, en proie à une crise nerveuse, avait un claquement de dents qui ne lui permettait pas de dire une parole. M. de Luzy, s'adressant à elle, reprit d'un air moqueur :

—Mon Dieu ! la belle, mais cette lettre est de votre amant, et je venais tout simplement vous chercher pour vous conduire à la voiture ; car vous n'ignorez pas sans doute qu'il part pour l'Italie ce matin; si vous ne vous hâtez pas davantage, il va partir sans vous.

Malgré son état de souffrance, Louise eut encore la force d'arracher la lettre au baron. En un clin d'œil, elle avait lu son malheur. Le jeune homme, la voyant pâlir horriblement, dit au baron, d'un air de résolution calme :

— Monsieur, je ne connais pas mademoiselle; je ne sais pas non plus qui vous êtes; mais vous allez sortir d'ici.

—Eh bien! j'aurai la bonté de me faire connaître à vous, — dit le baron avec une incroyable morgue aristocratique.

Et, dans la conviction que son nom seul devait suffire pour imposer au défenseur de Louise, il tira de son portefeuille une carte élégante, qu'il lui remit dédaigneusement.

— Oh! par exemple! — s'écria le jeune homme, — le baron!... le père de Jules!...

— Comment avez-vous dit, monsieur? — demanda le baron; — vous avez prononcé, je crois...

—Le nom de votre fils, monsieur, qui rougirait, si je lui racontais ce que je vois de vous.

—C'est bien, c'est bien, jeune homme; j'aurai soin de recommander à mon fils de choisir dorénavant un peu moins mal ses fréquentations.

L'inconnu regarda le baron bien en face et lui dit :

— Monsieur, je me nomme Eugène d'Ambray, et je n'ai jamais compris le respect des cheveux blancs comme une prérogative d'insolence pour ceux qui les portent. Je veux bien, en m'abstenant de vous traiter comme vous le méritez, donner encore une leçon de décence au père de mon ami; mais les droits de l'amitié elle-même ont des limites. Pour la dernière fois, monsieur, je vous prie de sortir.

Le baron sourit en toisant son antagoniste avec un dédain superbe. Cependant, comme cette scène commençait à attirer beaucoup de monde, il jeta un dernier regard sur Louise et s'éloigna en murmurant :

— Ravissante!... Grisi dans la *Norma*, abandonnée et trahie, n'est pas plus belle!

Louise, souffrant d'atroces douleurs, se tenait cramponnée à la cheminée de la chambre. Toutes ces émotions avaient brisé la malheureuse enfant et déterminé en elle une crise terrible : le dernier lien qui l'attachât encore à Roger venait de se rompre; Louise ne devait pas être mère. On la transporta mourante dans son lit. Eugène d'Ambray, son nouvel ami, lui prodigua les soins les plus empressés : il s'installa à son chevet et ne quitta pas ce poste tant qu'il la vit en danger.

Pendant le délire auquel elle fut en proie, l'image de Roger n'avait pas cessé de danser devant les yeux de Louise; mais, à partir du jour où ses idées lui revinrent, elle ne prononça plus une seule fois le nom de cet homme.

Elle était en pleine convalescence, lorsqu'un jour Eugène lui demanda la permission de lui présenter un de ses amis. Elle y consentit.

Le lendemain, en voyant entrer chez elle, avec l'étudiant, un jeune homme d'une figure charmante, Louise jeta un cri de surprise et de frayeur. Quand elle fut remise de son saisissement, elle voulut s'excuser.

—Pardonnez-moi, monsieur,—dit-elle, cette étrange réception;—mais vous comprendriez ce qui vient de se passer en moi, si vous pouviez savoir de quelle manière étonnante votre physionomie me rappelle un homme que j'ai peut-être le droit de maudire, parce qu'il est la cause de tous mes maux.

Le nouveau venu s'inclina et répondit avec tristesse :

—Mademoiselle, je comprends tout ce que vous éprouvez, et c'est moi qui ai des excuses à vous demander, si la responsabilité des torts doit s'étendre du père au fils. L'homme dont vous parlez est mon père; il ne m'appartient pas de juger sa conduite, mais je le plains de vous avoir méconnue, et je me consolerais peut-être de vous rappeler les tristes souvenirs qui, pour vous, se rattachent à son nom, si je pouvais être autorisé à réparer une partie du mal que vous avez souffert.

Louise, confondue de surprise, ne savait si elle était en butte à une mauvaise plaisanterie ou à une nouvelle injure, lorsque Eugène d'Ambray lui dit :

— Louise, il est bon, c'est mon ami. Je vous réponds de lui. Je lui ai beaucoup parlé de vous, et je n'ai pas cru devoir résister plus longtemps aux instances qu'il faisait pour vous être présenté. Écoutez-le : il ne ressemble à son père que par la figure.

Rassurée par ces paroles, Louise consentit à entendre le jeune homme. Bientôt elle comprit qu'elle avait deux amis au lieu d'un ; et, quand Jules se retira, il obtint facilement l'autorisation de revenir.

Les malheurs et les qualités de Louise avaient intéressé à elle toutes les personnes qui l'approchaient. La maîtresse de l'hôtel, une excellente femme qui s'élevait, par les sentiments et les idées, au-dessus du terre-à-terre de la spéculation commerciale, l'avait prise en singulière affection et la traitait comme sa fille. Elle insistait beaucoup pour que Louise mangeât à sa table, comme elle logeait dans sa maison, sans qu'il fût jamais question de paiement. Mais Louise, trop scrupuleuse pour accepter tous les bénéfices de cette amitié désintéressée, n'avait voulu être à la charge de personne. Elle trouvait dans son travail de quoi subvenir à ses modestes besoins.

Cependant, Jules de Luzy faisait visites sur visites à son ami d'Ambray, et tous deux passaient de longues heures dans l'appartement de la maîtresse d'hôtel, que Louise ne quittait guère. A force de voir Louise et de causer de ses malheurs, Jules était devenu éperdûment amoureux : la commisération est si voisine de l'amour, dans un cœur de vingt-cinq ans ! — Il finit par proposer très sérieusement sa main à Louise. Cette offre, qui aurait enivré d'orgueil tant de femmes dans la position de Louise, glissa sur son cœur comme un rayon de soleil sur le marbre d'une tombe. Quand le jeune homme devenait trop pressant, Louise lui répondait avec un sourire qui faisait mal à voir :

— Est-ce qu'on se donne deux fois, dites-moi ? Il n'y a plus rien de jeune en moi que mes dix-huit ans. Je ne vous rendrais pas heureux, j'imagine, en vous apportant une âme brisée dans un corps flétri ; et vous, vous ne pouvez rien pour mon bonheur, parce que je ne crois plus au bonheur. Je ne suis pas venue au monde pour être heureuse ; Dieu m'en retirera quand j'aurai rempli ma tâche de douleur. Laissez-moi souffrir seule. Et puis, ce mariage fût-il possible d'ailleurs, votre père n'y consentirait jamais ; et, cette fois, il aurait raison.

— Louise, disait le jeune homme, si vous m'acceptez, mon père consentira, ou il n'aura plus de fils.

Mais Jules avait beau dire, Louise était inébranlable.

Un soir, en quittant Louise, Jules de Luzy entra dans l'appartement de son père et lui dit :

— Mon père, je désirerais vous entretenir d'une affaire sérieuse ; pouvez-vous me donner quelques instants ?

— Parlez, mon fils, je vous écoute.

— Je voudrais me marier.

— Eh bien ! Jules, c'est fort naturel. Voulez-vous que je vous cherche une femme ?

— Merci, je l'ai trouvée.

— Comment donc, sournois ! et vous ne m'en disiez rien !... Son nom ?

— Mon père, son nom n'est pas une recommandation. Celle que j'ai choisie est une jeune fille sans naissance, sans fortune, sans position, sans famille, mais en qui les qualités de l'esprit et du cœur, — sans parler de sa figure, — compensent richement toutes les disgrâces de la fortune.

— Mon fils, dans quel méchant roman avez-vous pillé le jargon que vous me débitez là ? Je vous demande un nom, et vous me répondez par un pathos d'assez mauvais goût, ce me semble.

— Mon père, je ne lis jamais de méchants romans, et je parle très sérieusement. La femme que je vous demande s'appelle Louise Fauvel.

Le baron lança à son fils un regard foudroyant, et dit :

— Monsieur, si je permets quelquefois qu'on plaisante avec moi, je n'autorise jamais les impertinences, et je sais toujours les punir. Sortez !

— Mais, mon père, je croyais vous avoir dit que je parlais très sérieusement.

— Sortez, monsieur !

Jules se retira, le désespoir et la rage au cœur. A une heure de la nuit, M. de Luzy entendit la détonation d'une arme à feu dans la chambre de son fils. Il y courut et trouva Jules gisant sur le parquet, au milieu d'une mare de sang. Le malheureux venait de se tirer un coup de pistolet dans la tête. Le médecin appelé répondit de la vie de Jules.

— Oui, dit le baron, avec une grimace de dégoût ; — mais il sera défiguré.

Le médecin avait dit vrai. Au bout d'un mois, il ne restait à Jules, de sa blessure, qu'une cicatrice au front, qui ne lui messeyait pas, et sa passion pour Louise était plus emportée peut-être qu'avant sa tentative de suicide. Un matin, M. de Luzy, en s'éveillant, trouva sur sa table de nuit une lettre ainsi conçue :

« Mon père,

« Si je vous parle encore de Louise, « j'espère que vous voudrez bien comprendre, cette fois, que j'en parle très « sérieusement, sans aucune arrière-« pensée impertinente. Tant que j'ai pu, « j'ai lutté contre le sentiment qui m'en-« traînait vers une jeune fille digne de « tout le bonheur que le sort lui a re-« fusé ; mais aujourd'hui mes forces sont « à bout ; et, dussiez-vous dire encore « que je fais du pathos de méchant ro-« man, je sens, je l'avoue, qu'il m'est « impossible de vivre sans elle. Je quitte, « ce matin, votre maison pour n'y plus « rentrer, ou pour n'y rentrer qu'heu-« reux. N'essayez pas de savoir où je « suis, toutes les recherches seraient « inutiles. Je vais rester dix jours caché, « en attendant votre détermination défi-« nitive. C'est aujourd'hui le 13 avril ; « le 23, on ira, de ma part, au bureau de « la grande poste, voir s'il y a à mon « adresse une lettre poste restante. « Cette lettre, que j'espère de vous, mon « père, contiendra votre consentement à « mon mariage, ou votre refus irrévoca-« ble. Si vous dites non, et si Louise, de « son côté, persiste dans la résistance « qu'elle m'a toujours opposée jusqu'ici, « je sais ce qui me reste à faire : ce « jour-là, vous n'aurez plus de fils, car « toutes mes mesures sont prises pour « que je ne recommence pas en vain la « ridicule scène de mélodrame qui m'a si « mal réussi l'autre jour. Maintenant que « ma vie est entre vos mains, si vous me « condamnez, mon père, je vous fais « mes adieux et je vous pardonne.

« Votre fils respectueux,

« JULES. »

— Mais c'est donc le diable ! — s'écria le baron, après avoir lu ; — cette drôlesse l'a ensorcelé !..... hum ! si je te tenais, petit vampire, tu paierais pour lui, et tu paierais cher !...

M. de Luzy se promenait à grands pas. Tout-à-coup il s'arrêta et dit, d'un air profondément préoccupé :

— Oui, oui, sans doute, ce serait parfait... il n'oserait jamais épouser la maîtresse de son père..... mais comment faire ?

Quelques instants après, un homme à la livrée de M. de Luzy portait à Louise le billet que voici :

« Mademoiselle, il faut absolument que « vous m'accordiez quelques instants « d'entretien particulier. Vous ne me « refuserez pas, je l'espère, quand vous « saurez qu'il y va de la vie de mon « fils.

« Baron de LUZY. »

Le lendemain, le baron se présenta chez Louise, qui le reçut dans sa chambre.

— Eh bien! mademoiselle, lui dit-il, êtes-vous assez vengée? Mon fils s'est déjà brûlé la moitié de la cervelle à votre intention, et le voilà, maintenant, qui veut se brûler l'autre moitié.

—Personne, monsieur, ne déplore plus que moi ce malheur; mais personne, assurément, n'en est moins responsable.

— Vous devez bien sentir, mademoiselle, qu'il est impossible que vous deveniez la femme de mon fils.

—Monsieur, je ne sens bien vivement qu'une chose : c'est ma répugnance invincible pour tout ce qui pourrait me rapprocher de vous.

—Eh mais! savez-vous que ça ne manque pas de sel ce que vous dites là?..... Tenez, Louise, je vois que nous pouvons nous faire beaucoup de mal; mais, si vous m'en croyez, faisons la paix et soyons amis; nous nous en trouverons mieux l'un et l'autre.

En disant ces mots, le baron avait pris un air de bonhomie caressante, dont Louise ne fut pas dupe.

—La paix, monsieur? oui, je l'accepte, car la paix, c'est le repos; mais, quant à votre amitié, je vous en remercie : je n'ai rien fait pour la mériter.

— Vraiment! si fière?.. — reprit le baron; — mais si je vous disais : Louise, laissez-moi vous aimer d'un sentiment dont ma position vis-à-vis de mon fils vous garantit le mystère; soyez un peu bonne pour moi, qui n'ai été brutal avec vous que par excès d'amour, et je consens à votre mariage avec Jules; — Louise, me refuseriez-vous?

La jeune fille lui répondit avec le plus dédaigneux sang-froid :

— Monsieur, l'infamie que vous me proposez là, comme une chose toute simple, sent tellement la démence, qu'elle ne m'offense même pas.

—Très bien, très bien! ne vous gênez pas,—répondit M. de Luzy avec le sourire le plus diplomatique; — eh bien! tenez, moi, je suis bon prince; je ne vous en veux pas de votre franchise un peu brusque, et je vais réduire de beaucoup mes prétentions : vous êtes sans fortune, sans position; votre vie n'a pas de lendemain; je puis réparer ces injustices du sort, et je m'y sens très disposé, parce que, quoi que vous en pensiez, je suis de vos meilleurs amis. Pour cela, je vous demande non plus de l'amour, mais de simples semblants d'affection. Écrivez-moi un petit bout de billet un peu caressant... la moindre des choses..... quelques mots tendres, deux ou trois banalités sentimentales; signez, et je vous fais indépendante, et vous êtes libre, ensuite, d'accepter ou de refuser mon fils.

M. de Luzy avait tiré d'un portefeuille vingt billets de mille francs, qu'il compta sous les yeux de la jeune fille.

— Ce portefeuille pour le billet en question, — lui dit-il; — est-ce marché conclu?

Louise ouvrit sa porte et répondit froidement :

— Monsieur, comme je n'ai personne pour vous faire chasser, je vous laisse. Quand vous vous ennuierez d'être seul ici, vous sortirez.

A ces mots, elle disparut et alla rejoindre la maîtresse d'hôtel.

La jeune fille était déjà loin, que M. de Luzy avait encore les yeux fixés sur la porte, avec une expression d'indicible ébahissement :

— Ma foi! — se dit-il, en prenant sa canne et son chapeau, — j'avais cru jusqu'ici connaître un peu les femmes; mais, décidément, celle-ci est un démon ou je ne suis qu'une bête.

Rentré chez lui, le baron écrivit :

« Monsieur,

« Je ne m'oppose pas à ce que vous
« vous brûliez le peu de cervelle qui vous
« reste, mais je ne veux donner à per-
« sonne le droit de dire que je vous aie
« mis le pistolet à la main. Je vous dis-
« pense donc de la formalité des trois
« sommations qui pourraient retarder
« votre bonheur. C'est assez vous dire

« aussi, je suppose, que je vous dispense « du devoir de me présenter l'aventu- « rière à laquelle vous allez prostituer « votre nom.

« Baron de LUZY. »

La suscription de ce billet portait :

A monsieur Jules de Luzy, poste restante, Paris.

Six semaines après, Louise était la femme de Jules de Luzy, qui, après de longues et inutiles instances pour la décider en sa faveur, était venu, un soir, chez elle, la figure toute renversée, et menaçant de se tuer à l'heure même, si elle refusait de l'épouser. La jeune fille avait fini par céder aux sollicitations réunies de cet écervelé et de l'excellente femme dont la maison lui était si hospitalière. D'ailleurs, sans aimer Jules d'amour, elle avait été touchée du caractère exceptionnel de sa passion. Quand le fils du baron la pressait vivement, il lui semblait que la cicatrice qu'il portait au front allait redevenir sanglante, et elle n'osait plus lui opposer des refus trop formels. La pitié, l'effroi, la reconnaissance, enfin, cette espèce d'indolence fataliste qui saisit les êtres dégoûtés de la vie s'en étaient mêlés, et Louise s'était laissé faire madame de Luzy.

L'attitude d'Eugène d'Ambray entre Louise et Jules, du moment où celui-ci eut déclaré son amour, avait toujours fort ressemblé à de la neutralité absolue. Mais sous cette impassibilité apparente, un observateur attentif aurait pu deviner des émotions et une lutte intérieures péniblement dissimulées. Eugène avait assisté sans mot dire, et la pâleur de la mort au front, à la dernière scène qui détermina le consentement de Louise. Ce consentement à peine donné, il sortit pour cacher son trouble, courut s'enfermer chez lui et murmura d'une voix qui exprimait la défaillance autant que la résignation du martyre :

— Oh ! être obligé de me taire parce que je les aime également tous deux, lui comme elle !..... j'en mourrai !

Au bout d'un an, Louise était devenue une femme du monde très recherchée ; mais son mari commençait déjà à la négliger beaucoup. Il était joueur, et joueur malheureux. Les violentes émotions de ce genre de vie exercèrent sur son caractère une influence funeste. Bientôt Jules de Luzy n'épargna plus les brutalités à sa femme, et un jour, que la chance avait été particulièrement mauvaise, il alla jusqu'à lui reprocher son défaut de naissance et de fortune. Dès lors, Louise se crut parfaitement quitte envers cet homme qui l'insultait. Elle se livra, par goût à la peinture, par besoin d'étourdissement au monde. Mais ce monde n'avait aucune prise sur son esprit ni sur son cœur ; et, quand les hommes s'empressaient autour d'elle pour lui offrir leurs hommages banals, le sourire qui errait sur ses lèvres disait assez le désespoir et la tristesse qui la rongeaient.

Enfin, un jour arriva où Jules de Luzy, dégoûté de sa femme, de lui-même et de l'état de sa fortune, perdue en de folles dissipations, se tira un nouveau coup de pistolet qui, cette fois, lui réussit complétement. Louise se trouva donc, après trois ans de mariage, encore une fois seule au monde, et à peu près aussi riche que quand Roger l'avait laissée en partant pour l'Italie.

Quelques mois après la mort de son mari, Louise était assise, un soir, devant la cheminée de son salon, la tête dans ses mains, les yeux fixés sur le feu, avec une expression de douloureuse rêverie. Tout était saisi chez elle, et l'on devait vendre le lendemain. Ses domestiques ne lui parlaient déjà plus à la troisième personne. Louise était seule dans ce salon, si brillamment peuplé naguère, et elle n'attendait pas de visite, lorsque le baron de Luzy entra sans avoir été annoncé.

—Eh bien ! belle dédaigneuse,—dit-il, en s'asseyant avant d'en être prié,—nous voici dans une belle position ! Voyons, voulez-vous que je vous en tire ?

C'était la première visite que la jeune

La jeune femme, indignée, se leva.....

femme recevait du baron depuis son mariage.

—Monsieur,—répondit-elle,—je n'attends de vous qu'un service : c'est la continuation de l'entier oubli dont vous nous avez favorisés depuis trois ans.

— De l'oubli, ma fille! y pensez-vous?... si vous disiez de la jalousie, du dépit, à la bonne heure!

— Monsieur, vous oubliez au moins que j'étais encore, il y a quelques mois, la femme de votre fils, et qu'aujourd'hui, je suis sa veuve.

—Encore une fois, Louise, je n'oublie rien, soyez-en sûre : le sort vous avait donnée à moi; vous avez eu tort d'essayer de vous reprendre, car vous m'appartenez fatalement.

La jeune femme, indignée, se leva et agita vivement un cordon de sonnette.

— Inutile, — dit le baron avec le plus flegmatique sourire;—personne ne viendra, vos gens m'appartiennent comme vous.

— O mon Dieu! — s'écria Louise, en s'élançant sur la porte.

Mais le baron la retint. Il l'attira vers un canapé, et, affectant une galanterie ironique :

— Permettez-moi d'abord,—dit-il,— de vous baiser la main, charmante inhumaine; ensuite nous causerons.

A ma première visite j'aurai soin d'apporter deux épées.

Par un effort suprême, la jeune femme se dégagea. Elle s'arma d'une flèche d'or à l'Italienne, qui retenait ses cheveux, et dit, en appuyant la pointe sur son cœur :

— Vous êtes une vipère! si vous faites un pas, voici de quoi me délivrer!

Le visage de Louise rayonnait d'indignation. Le baron la contemplait d'un œil étincelant de désir.

— Charmante! charmante!... — murmurait-il; — la belle colère!...

Puis il ajouta :

— Il faut espérer que vous n'aurez pas toujours à la main des armes si dangereuses. Pourtant, s'il faut absolument vous conquérir dans l'acception guerrière du mot, parlez : à ma première visite j'aurai soin d'apporter deux épées.

VI.

Le dernier rayon.

Immédiatement après le mariage de ses amis, Eugène d'Ambray a quitté la France. Un an s'était écoulé depuis son départ, sans qu'on eût entendu parler de lui, lorsqu'un jour Jules en reçut une lettre. Eugène annonçait qu'il venait d'hériter d'une fortune considérable, dont il engageait son ami à user comme de la sienne, si jamais il en avait besoin. Jules, au milieu de tous ses vices, avait conservé de la fierté. Il résista toujours à la tentation de recourir à cette ressource, parce que l'exil volontaire et le silence prolongé d'Eugène l'avaient éclairé sur sa passion pour Louise.

Il venait de mourir. La saisie faite au nom de ses créanciers avait été exécutée à la rigueur. Avec une probité stoïque, madame de Luzy avait vu vendre tout ce qui lui avait appartenu, sans vouloir rien sauver qu'une tête de Christ couronné d'épines, peinte par elle dans ses jours les moins mauvais.

Depuis une semaine, elle s'était retirée dans une espèce de mansarde, lorsqu'un marchand de tableaux vint lui offrir cinq cents francs de sa toile, et s'engagea à lui acheter tout ce qu'elle voudrait bien lui faire, à condition qu'elle ne travaillerait que pour lui. Il en coûta beaucoup à Louise d'échanger contre de l'argent ce mélancolique souvenir; mais elle se trouvait sans ressources; les offres qu'on lui faisait étaient belles jusqu'à l'invraisemblance; refuser eût été un suicide, un crime. Elle céda, et promit tout ce qu'on voulut, en se demandant si elle n'était pas le jouet d'un rêve.

C'était une réalité, mais une réalité incroyable. Le providentiel marchand de tableaux assiégea Louise, l'obséda, et ne lui laissa plus un instant de trêve. Plus elle produisait, plus il lui demandait, et les prix qu'il mettait à ses œuvres suivaient la progression croissante de ses exigences comme fécondité. Notre artiste ne comprenait rien à cet engoûment, à cet enthousiasme, à cette monomanie de l'acheteur qui lui était tombé du ciel. Quand elle lui demandait ce qu'il prétendait faire de toutes les toiles dont il s'embarrassait ainsi, elle en recevait invariablement cette réponse, assaisonnée d'un sourire matois et d'un air de physionomie entendu:

— Madame, je suis marchand, je fais mon métier. Ma bonne étoile m'a conduit à votre hôtel, le jour où l'on vendait vos peintures; ç'a été pour moi une révélation, et je les ai toutes achetées. Vous avez du talent; j'ai du savoir-faire. Si vous voulez travailler quatre ou cinq ans pour moi, pour moi seul, votre fortune est rétablie, et la mienne est faite.

Madame de Luzy comprit qu'il n'y avait pas à lutter contre une conviction si obstinée. Et puis, n'ayant jamais réussi à voir dans la boutique de son Mécène aucun des tableaux dont elle l'approvisionnait, elle dut croire qu'il leur avait trouvé des débouchés, ce qui rassura sa conscience et commença à lui inspirer une confiance en elle-même qui tourna au profit de son talent, d'ailleurs incontestable.

Après toutes les insultes, toutes les ironies du sort qu'elle avait essuyées, Louise n'aspirait plus qu'à l'oubli de son passé, à l'oubli d'elle-même, et rien ne pouvait mieux lui convenir, pour atteindre ce but, que son nouveau genre de vie. Sans cesse occupée de produire, elle ne trouvait, pour ainsi dire, dans sa pensée, plus de place pour le souvenir. Tout ce qu'il y avait en elle de sensibilité, d'ardeur refoulées, avait reflué vers la peinture, devenue son unique passion.

Au bout d'un an de travail acharné, elle avait gagné avec son marchand une somme déjà suffisante pour assurer son avenir contre le besoin. Elle était descendue de sa mansarde dans un appartement convenable, meublé avec la coquetterie élégante dont les femmes ont généralement l'instinct. Les amis, ces hirondelles frileuses que la brume des mauvais jours met en fuite, revenaient sourire aux premiers rayons de sa fortune nouvelle. Louise était calme, sinon heureuse.

Son expérience devait s'ajouter à tous les exemples qui prouvent la lâche prosternation des hommes devant le succès. Du moment où l'on vit de l'or dans les mains de Louise, on crut à son talent. La mystérieuse destination de ses toiles, qui s'enlevaient sans qu'il fût possible de les revoir, une fois qu'elles étaient sorties de son atelier, leur donna, aux yeux des sots, c'est-à-dire aux yeux de presque tout le monde, une valeur prodigieuse. On lui offrit de quelques-unes d'elles des sommes folles, qu'elle refusa toujours sans hésiter, par respect pour la parole donnée. Bref, elle arriva très vite à avoir, comme artiste et comme femme, les succès les plus brillants, dont elle ne faisait pas le moindre cas.

Louise était à l'apogée de sa réputation. Elle venait de donner la dernière touche au plus important des tableaux qu'elle eût jusqu'alors vendus. Après avoir subi les compliments des nombreux visiteurs dont l'assiduité l'obsédait même pendant son travail, elle s'était enfin trouvée, aux approches de la nuit, seule dans son atelier, en présence de sa toile. Elle s'oublia à la regarder avec le sentiment de lassitude heureuse, mélangé de mélancolie, qui saisit parfois les artistes, à la suite de l'enfantement laborieux d'une œuvre qui va leur être enlevée.

— Demain, pensait-elle il faudra m'en séparer.— Encore quelques illusions heureuses auxquelles je dirai adieu en la voyant partir... L'art... à quoi bon en faire dans ma position? Quoi de plus illusoire, quand on est seul au monde et désintéressé de la vie comme je le suis? Les luttes de la volonté aux prises avec les difficultés de l'exécution, les petites satisfactions intimes d'amour-propre résultant d'un travail plus ou moins réussi une fois supprimées, que me reste-t-il de l'exercice de mon art? Rien que lassitude et un vide qu'il faut aviser à combler bien vite, en me créant les difficultés d'une fantaisie nouvelle. Qu'est-ce que la réputation? — Un nom répété par des échos. Que me font les éloges de ces prétendus amis, aussi lâches quand ils courtisent le succès que lorsqu'ils désertent le malheur? Ah! si Dieu m'avait accordé un de ces amis sincères, anges gardiens sur lesquels on s'appuie pour traverser la vie d'un pas moins chancelant, j'aurais été heureuse de lutter pour lui rapporter l'hommage de mes petits triomphes; ou, ce qui eût mieux valu encore, j'aurais oublié le monde dans un dévoûment obscur à sa personne. Quoi de plus glorieux pour une femme que d'aimer et d'être aimée? que peut-il lui rester à désirer, quand sa vie est nécessaire à quelqu'un?... Mais cet ami, je l'ai rencontré un jour, ou plutôt je l'ai entrevu. Où est-il maintenant?

Louise, perdue dans sa rêverie, n'avait pas vu venir la nuit. Elle errait tristement dans les souvenirs de son passé, lorsqu'on sonna chez elle. Ce coup de sonnette eut dans le cœur de la jeune femme un retentissement étrange. Sans attendre qu'on vienne annoncer, elle se lève, court dans son salon et se trouve en présence d'Eugène d'Ambray.

Ils ne s'étaient pas vus depuis cinq ans.

Louise n'avait jamais regardé Eugène que comme un ami dévoué; et pourtant, quand elle le revit, quelque chose d'étrange se passa en elle; il lui sembla qu'un voile sombre et lourd, jusqu'alors étendu sur sa vie, se déchirait. Tout son être s'élança au-devant de cet ami, et, sans dire une parole, elle se jeta dans ses bras.

Eugène d'Ambray était grave, triste même. Il fit effort pour réprimer un tressaillement nerveux; mais une larme, tombée de ses yeux sur le front de Louise, commenta bien éloquemment le baiser fraternel qu'il lui donnait.

— Vous ici, mon ami? s'écria la jeune femme, quand elle put parler.

— Oui, madame.

—Oh! ne m'appelez pas madame; appelez-moi Louise, comme autrefois. Je n'ai plus qu'un ami au monde; vous ne voulez pas me le retirer, n'est-ce pas?

— Bonne Louise! dit Eugène avec émotion.

— Mais d'où venez-vous? reprit la jeune femme; qu'avez-vous fait depuis si longtemps? Pourquoi étiez-vous parti?

— J'arrive d'Amérique, où je n'ai pas fait fortune.

— Fortune! oh! Eugène, est-ce que l'ambition de l'argent vous aurait pris aussi, par hasard, vous si bon, si noble, si désintéressé? Qu'avez-vous besoin de faire fortune, grand Dieu? le riche héritage de votre oncle ne vous suffit-il pas?

— Je vous remercie de ne pas me supposer une ambition cupide. Mais je m'ennuyais; par désœuvrement, j'ai spéculé; et la spéculation, folle, effrénée comme on la fait en Amérique, m'a ruiné.

— Est-il possible ! Mais encore une fois, dites, pourquoi étiez-vous parti?

— Louise, ne me demandez pas cela. Si ma réponse à cette question vous faisait regretter de me l'avoir adressée, je serais le plus irréparablement malheureux des hommes, car je ne pourrais plus compter sur les ressources de l'exil pour me guérir. Ne pensons pas à moi en ce moment, parlons de vous.

Ces quelques mots donnèrent à madame de Luzy la plus vive émotion qu'elle eût ressentie depuis longtemps. Eugène était pauvre, elle se trouvait presque riche... sa première impression fut du bonheur; la seconde de l'embarras, de l'inquiétude. Comment lui faire accepter des services qui pourtant ne devraient jamais éveiller de scrupules en amitié, si l'amitié était moins un mot qu'un sentiment parmi les hommes? Elle se promit d'y songer.

En attendant, pour s'arracher à la rêverie qui la gagnait, elle sonna, demanda le dîner, fit défendre sa porte à tout le monde et déroula sous les yeux d'Eugène jusqu'aux moindres incidents de sa vie depuis cinq ans.

La soirée était fort avancée quand le jeune homme songea à prendre congé de madame de Luzy, qui lui tendit la main :

— Venez, dit-elle, venez souvent, je suis bien seule au milieu de tout mon entourage. Moi aussi, j'ai besoin d'être réconciliée avec la vie, et je sens que je devrai encore ce nouveau bienfait à votre amitié.

On peut n'avoir jamais vu, pour ainsi dire, les personnes que l'on croit connaître le mieux. Il leur arrive parfois de se révéler à vous sous une physionomie toute nouvelle, qui les transfigure instantanément à vos yeux. Louise en fit l'expérience après avoir retrouvé son ami. Plus elle le voyait, plus elle avait de peine à se persuader que ce fût le même homme qu'elle avait vu autrefois. Elle s'étonnait, elle se reprochait presque de l'avoir si peu remarqué alors.

Eugène d'Ambray n'était pas régulièrement beau; mais sa tête avait un caractère de grandeur, un cachet de bonté sérieuse. Elle était de celles qu'on oublie difficilement. L'habitude de son corps était un peu nonchalante; et pourtant, il y avait dans toute sa personne une expression d'énergie et de passion contenues. Mais la principale puissance de la physionomie d'Eugène était dans son regard. Quand ce regard, toujours calme et direct, tombait sur Louise, celle-ci sentait ses longues paupières s'abaisser, bon gré, mal gré, sur ses joues, et toute sa figure comme inondée de chauds rayons.

L'intimité des deux jeunes gens devenait, chaque jour, plus étroite. Cependant, les inquiétudes de madame de Luzy sur la position de son ami empoisonnaient pour elle les joies d'un amour naissant. La mise d'Eugène était irréprochable, élégante même; à le voir, on l'eût cru riche; mais qui ne sait combien le mensonge de la tenue dissimule parfois de misère? Eugène devait être gêné.

Cette idée obsédait Louise. La jeune femme en était tourmentée jour et nuit.

Un matin enfin, elle se leva calmée et joyeuse. Elle croyait avoir trouvé un moyen de sortir d'inquiétude.

Ce jour-là, elle attendit Eugène avec plus d'impatience encore que d'ordinaire; vingt fois elle se mit à la fenêtre et se dépita de sa lenteur, en sondant la rue du regard.

Mais, quand Eugène fut arrivé, Louise éprouva un embarras auquel elle était loin de s'attendre. Rien ne lui sembla plus difficile, plus terrible même, que d'aborder le sujet dont elle avait été d'abord si empressée de l'entretenir.

D'Ambray s'aperçut de son malaise et des efforts très peu réussis qu'elle faisait pour le dissimuler.

— Qu'avez-vous? — lui demanda-t-il; — je vous trouve tout inquiète.

—Non pas précisément inquiète, mais

assez embarrassée : j'aurais bien envie de vous demander un service.

— Pourquoi n'est-ce pas déjà fait?

— Je n'ose pas.

— Quelle est cette plaisanterie?

— Non, en vérité, je n'ose pas.

— Parce que?

— Parce que vous me refuserez peut-être.

— Louise, si ce que vous dites là pouvait être sérieux, je ne sais s'il me serait possible de vous le pardonner.

— Très bien! Ainsi, je peux disposer de vous?

— Si vous ne l'avez pas senti tout d'abord, à quoi servira-t-il que je vous l'assure?

— J'en peux disposer absolument?

— Encore?

—Sans qu'une susceptibilité exagérée, un scrupule de faux amour-propre mette obstacle à ma volonté, à mon caprice, si vous voulez?

— Avec tout autre que vous,— répondit Eugène en souriant, — une question ains posée devrait motiver des réserves; mais, comme nous ne pouvons pas avoir deux manières d'entendre la délicatesse et l'honneur, je n'ai qu'une réponse à vous faire : Essayez.

— Eh bien! mon ami, je veux faire de vous mon homme d'affaires.

— Votre homme d'affaires?

— Oui. Est-ce que votre dévoûment reculerait déjà devant ce titre?

— Du tout. Mais prenez garde : vous savez que je n'ai pas la main heureuse en affaires.

—Bah!.... quand vous vous ennuyez, c'est possible; mais, si vous y preniez intérêt, je suis sûre que vous réussiriez. L'intelligence s'applique à tout.

— Flatteuse! Enfin, voyons : où voulez-vous en venir?

— C'est bien simple...

Ici, madame de Luzy toussa pour se donner de l'assurance, ce qui n'empêcha pas sa voix d'être très mal assurée quand elle reprit :

— J'ai par là, dans un coin de ma chiffonnière, vingt mille francs dont je ne sais vraiment que faire. Je ne connais rien d'aussi difficile à placer, ni d'aussi ennuyeux à garder que l'argent. Celui-ci me gêne, moi qui n'en ai guère l'habitude. Il faut que vous m'en débarrassiez. J'entends dire que l'argent est un instrument de travail; eh bien! j'ai compté sur vous pour faire travailler et fructifier celui qui m'est tombé des nues.

Eugène souriait intérieurement de l'embarras et de l'expédient de son amie.

— Voilà tout? — répondit-il; — en effet, c'est fort simple. Je vais vous employer ce petit capital en achat de rente ou d'actions de chemins de fer, à moins que vous ne préfériez un placement en terre, ce qui est moins productif, mais moins aléatoire aussi.

— Ce n'est pas ce que je voudrais.

— Aimeriez-vous mieux l'industrie particulière? C'est beaucoup plus hasardeux, je vous en préviens.

— Vous n'y êtes pas encore.

—A part le prêt sur hypothèque, je ne vois guère, je vous l'avoue, d'autre moyen d'utiliser votre argent.

— Pourtant, j'en connais un meilleur.

— Expliquez-vous.

— Le voici : vous êtes avocat?

— Honoraire.

— Eh bien! il faut exercer.

— Pour plaider les procès que vous suscitera l'emploi de vos fonds? je vous plains.

— Ne plaisantez pas, mon ami; et surtout, ne me refusez pas; vous me ren driez bien malheureuse.

— Sérieusement, Louise, que voulez-vous donc?

Madame de Luzy alla fouiller dans un petit meuble d'où elle rapporta une liasse de billets.

— Je veux, — dit-elle avec un air d'autorité câline, —je veux que vous preniez ces chiffons; que vous vous rattachiez à une profession dont il ne vous manque que le métier pour être un des premiers avocats du barreau de Paris, et que vous travailliez sans inquiétude à justifier la confiance des clients qui viendront, un jour où l'autre, faire antichambre chez vous.

— Comment, Louise, vous m'offrez de l'argent? Mais ce n'est plus de la spéculation cela, c'est une tentative de corruption.

— Pardonnez-moi, monsieur, c'est de la spéculation; et de la meilleure encore, — reprit Louise, qui s'animait.

— Je ne vois guère, — objecta Eugène....

— Ne m'interrompez pas, et vous allez comprendre : on n'obtient tout, dans ce monde, qu'à la condition de paraître n'avoir besoin de rien. Si vous comptez sur une cause à plaider pour payer un mois de gages à votre cuisinière, un terme de loyer à votre propriétaire ou un mémoire à votre boulanger, il est plus que probable que votre vie se consumera dans l'attente toujours déçue de cette cause.

Si, au contraire, du jour de votre inscription au tableau des avocats, vous vous installez dans une position de fortune apparente assez audacieuse pour faire illusion à tout le monde ; si vous affectez l'assurance et même, au besoin, un peu de cette impertinence, si facile aux sots, que les hommes de votre valeur eux-mêmes sont obligés de prendre parfois comme un masque, s'ils veulent réussir, vous arriverez à plaider plus que vous ne voudrez, n'en doutez pas.

— Dieu me garde d'en douter!

— Encore une fois, mauvais plaisant, je vous prie de ne pas m'interrompre... oui, vous plaiderez, bon gré mal gré, vous aurez la vogue, vous ferez fureur, c'est moi qui vous le dis.

— Vous voulez dire que je serais en fureur, si votre prédiction...

— Taisez-vous, Eugène, ou je me fâche... Alors vous me rendrez mes vingt mille francs, avec les intérêts...

— Composés?

— Tant que vous voudrez ; mieux que cela, — car je suis exigeante, — vous me donnerez dans le produit de votre cabinet une part dont nous allons déterminer la proportion par un acte en bonne forme. Vous voyez que je ne jette pas mon argent par les fenêtres ; que je sais compter, et que je vous propose, non pas un service, mais une association fructueuse, une belle et bonne spéculation.

— Oh! en matière de spéculation, je vous trouve d'une force!...

— Après cela, monsieur, si vous me refusez, si vous hésitez seulement, rayez de vos papiers que nous soyons amis ; je ne vous reverrai de ma vie.

— Ah çà! mais...

— Pas de mais... C'est à prendre ou à laisser.

— Bien vrai? C'est votre dernier mot?

— Je n'en démordrai pas.

— Eh bien! j'accepte, — dit Eugène ; mais à une condition.

— Voyons.

— C'est que vous acceptiez aussi, dès à présent, la moitié de ma fortune présente et à venir.

— Hum! la moitié, c'est beaucoup.

— Si vous alliez dire vrai!... — répondit Eugène en riant.

— C'est trop.

— A mon tour de vous dire : C'est à prendre ou à laisser.

— Eh bien! va pour la moitié, puisque vous l'exigez; mais vous faites de moi une odieuse usurière.

— Et nous stipulerons tout cela dans l'acte?

— Soit.

— Bon; je vous l'apporte dès ce soir.

— Apportez-le avant dîner, nous le signerons au dessert.

— Convenu.

— Oh! bon Eugène, — dit Louise, — combien je vous remercie!

Elle lui donna son front à baiser.

Eugène l'effleura de ses lèvres, prit les billets et sortit précipitamment.

A l'heure convenue il rapporta un acte notarié, en forme de contrat de société, qui le constituait, envers madame de Luzy, débiteur de la moitié de tout ce qu'il possédait dès à présent et pourrait posséder dans la suite.

On se mit à table, et, au dessert, on signa cette pièce en riant.

Madame de Luzy ne s'était jamais sentie si heureuse.

D'Ambray n'avait jamais paru si gai.

Le lendemain était jour d'ouverture du salon. Ils se promirent d'y aller ensemble et ne se séparèrent que fort tard.

—

Lorsque Eugène vint, le lendemain, prendre son amie pour la conduire au salon, il la trouva rêveuse, préoccupée, presque triste.

— Seriez-vous malade ? — lui demanda-t-il.

— Non, mon ami. Pourquoi cette question ?

— C'est que vous n'avez plus votre physionomie d'hier soir. Que vous est-il arrivé ?

— Rien. J'ai passé une excellente nuit; et pourtant... Mais que vous dirais-je ? Ce sont des niaiseries.

— Voyons, Louise, ayez confiance en moi. Quelque chose vous préoccupe, ne me le cachez pas.

— Mais c'est que, si je parle, vous allez vous moquer de moi.

— Voilà une mauvaise pensée qui ne peut s'expier que par une confession sincère. Allons, j'écoute.

— Eh bien ! j'ai peur.

— De quoi ?

— C'est là précisément ce que je me demande sans pouvoir répondre. Mais j'ai été trop heureuse hier. Il me semble que quelque chose me menace aujourd'hui.

— Voilà tout?

— Oui vraiment.

— En effet, ce n'est pas grave. Pourtant, si vous craignez de sortir...

— Du tout, du tout... vous vous moqueriez de moi, et vous auriez raison. Partons.

Ils sortirent et gagnèrent le Louvre, au pas de promenade.

Ils venaient de s'arrêter, dans le salon carré, devant une toile qui attirait plus particulièrement que les autres l'attention du public, quand Louise tressaillit, poussa un cri étouffé et détourna la tête avec terreur. Eugène jeta un regard rapide autour de lui : il vit un jeune homme qui s'éloignait, le sourire de l'ironie aux lèvres, en désignant Louise, du geste, à un individu qui l'accompagnait. D'Ambray fit un mouvement pour s'élancer vers l'inconnu; mais madame de Luzy, pâle comme la mort, s'affaissait sur elle-même. Il eut à peine le temps de passer un bras autour d'elle pour l'empêcher de tomber, et il la porta sur une banquette.

Au bout d'un instant, Louise rouvrit les yeux.

— Emmenez-moi, — dit-elle à l'oreille d'Eugène, en faisant effort pour parler.

— Attendez un peu; prenez le temps de vous remettre.

— Non, pas une minute de plus, je vous en prie; sortons.

Sans vouloir rien entendre, elle se leva automatiquement et prit le bras d'Eugène, qu'elle entraîna, d'un pas saccadé, vers la porte qui donne sur le grand escalier.

D'Ambray fit avancer une voiture dans laquelle sa compagne se jeta comme si elle eût été poursuivie.

La portière était à peine refermée, que madame de Luzy fondit en larmes. Ses dents claquaient. Une toux sèche et convulsive secouait sa poitrine.

— Au nom du ciel, — disait Eugène, — calmez-vous. Je sais ce qui vous a effrayée : c'est ce Roger, ce bandit, n'est-ce pas? C'est bien lui ?

Et sa physionomie, habituellement si douce, exprimait une indignation terrible, une colère qui touchait à la rage.

— Oui... oui... — répondit Louise, d'une voix entrecoupée; — mais comment avez-vous deviné?...

— A l'expression de basse méchanceté empreinte sur sa face; au sentiment de répulsion qu'il a soulevé en moi... Oh! j'étais bien sûr de le reconnaître, si jamais je le rencontrais !

— Je suis perdue, — murmura la jeune femme.

Eugène lui serra les mains.

— Allons, ma Louise, pas de ces faiblesses. Ce n'est pas vous qui êtes coupable; ce n'est pas à vous de trembler.

Madame de Luzy arriva chez elle en proie à une fièvre nerveuse qui l'obligea de se mettre au lit. Le délire la prit. Eugène, désespéré, fit appeler un médecin et passa la nuit au chevet de la malade, avec la femme de chambre. Vers le matin, les calmants qu'on avait administrés commencèrent à agir. Un sommeil assez tranquille succéda aux agitations de la fièvre, et d'Ambray, à demi rassuré, sortit.

—

Il était de très bonne heure chez Roger, dont il avait trouvé l'adresse dans le livret du salon.

A la vue de l'homme qu'il avait vu, la veille, avec Louise, Roger, encore à moitié endormi, recula d'un pas et se frotta les yeux.

— A qui ai-je l'honneur de parler? — demanda-t-il.

Eugène lui présenta sa carte, en disant :

— Voici mon nom, monsieur. Maintenant, si vous voulez bien le permettre, nous allons causer du sujet qui m'amène.

Et, sans attendre une réponse, il prenait un siége, en invitant, du geste, son interlocuteur à l'imiter.

— J'écoute, monsieur, — dit Roger, qui, plus troublé déjà qu'il ne voulait le laisser paraître, prit le parti de s'asseoir à son tour.

D'Ambray fixa sur le visage pâlissant de son hôte deux yeux calmes, résolus, et reprit :

— Vous avez fait dans votre vie deux mauvaises actions.

— Plaît-il? — interrompit Roger avec un mouvement instinctif de révolte.

— Je dis que vous avez fait deux mauvaises actions qui me touchent personnellement (je ne parle pas des autres).

— Puisque j'ai la bonté de vous entendre, aurez-vous bien celle de vous expliquer, monsieur?

— Il y a six ans, vous avez trahi avec la plus odieuse des improbités, — celle que la loi n'atteint pas, — une femme qui vous croyait homme d'honneur et qui vous avait livré sa vie. Si elle n'est pas morte alors, désespérée et avilie, cela n'a pas dépendu de vous. Hier, vous avez retrouvé cette femme au salon, et, pour finir comme vous aviez commencé, vous l'avez insultée sous mes yeux, à mon bras. Mais heureusement, la mesure de vos outrages et de vos cruautés envers elle est comble. Vous n'irez pas plus loin dans cette voie.

Ici, Roger essaya de prendre un air de légèreté ironique.

— Vous prétendez, à ce que je vois, monsieur, vous poser en juge entre cette petite fille et moi?

—Cette petite fille, —répliqua Eugène, — est madame de Luzy, la veuve d'un homme dont vous avez beaucoup connu le père.

— Fort bien; mais j'arrive de Rome, et j'ignorais ce détail. Pourrai-je savoir maintenant à quel titre vous vous faites le champion de madame de Luzy?

— Oui, monsieur, car j'aime les positions nettes, et je n'ai aucune raison de vous cacher que j'aspire à l'honneur d'épouser madame de Luzy.

— Ah! je commence à comprendre... vous venez me demander raison?

— Non, monsieur, je ne demande pas l'impossible.

— Le mot est joli... mais enfin, que voulez-vous?

—Je veux mettre hors de vos atteintes la femme que je respecte et que j'aime; je veux qu'elle ne soit plus exposée désormais à l'injure d'un de vos regards.

—L'intention est chevaleresque, monsieur; mais le moyen?...

— C'est de vous expatrier.

— Pas mal imaginé, en effet; seulement, me sera-t-il permis de vous demander encore comment vous comptez vous y prendre pour *m'expatrier?*

— Tenez, monsieur, — dit d'Ambray sans s'échauffer, — supprimons, si vous voulez m'en croire, ces railleries du bout

Ah ! je commence à comprendre.... vous venez me demander raison ?

des lèvres qui ne sont pas du tout dans le ton de la situation, et jouons cartes sur table, afin de voir, du premier coup d'œil, où nous en sommes.

— Je ne demande pas mieux.

— Eh bien ! je regarde comme impossible que vous viviez dans le même pays que madame de Luzy.

—S'il en est ainsi, je ne la retiens pas; les chemins sont ouverts.

— Il faut, de toute nécessité, selon moi, ou que vous quittiez la France, ou que vous mouriez.

— Je n'en vois pas du tout la nécessité, pour ma part.

— Permettez-moi d'achever.

— Soit ! mais concluons vite, je vous prie. Vous m'avez éveillé bien matin, et j'ai encore grande envie de dormir.

Eugène, sans rien perdre de son flegme, continua :

— Vous sentez bien qu'il ne peut pas me venir à la pensée d'emmener madame de Luzy loin de Paris, parce que vous y êtes revenu. Ce serait une lâcheté, une désertion devant l'ennemi, une insulte à l'équité et au bon sens. Le devoir des honnêtes gens est de réprimer les malfaiteurs, au lieu de fuir devant eux.

Roger s'inclina ironiquement.

—Tant pis pour vous, monsieur, reprit d'Ambray,—si ma sincérité vous est injurieuse; mais il faut vous résoudre à la subir : ce sera votre première expiation.

— Et la seconde, s'il vous plaît? — demanda Roger.

— La seconde? la voici :

— En présence de la personne qui vous accompagnait, hier, au salon, vous adresserez à madame de Luzy une lettre d'excuse et de désaveu de toute votre conduite envers elle. Cela fait, une voiture et des gens à moi viendront vous prendre demain matin, pour vous conduire, en poste, jusqu'à la frontière qu'il vous plaira de désigner. Le voyage ne vous coûtera rien. Bien mieux : tous les trois mois, il vous sera compté cinq cents francs, dans telle ville de l'étranger où il vous conviendra de les toucher, sous la seule condition que vous signiez sur les lieux mêmes le reçu de cette somme, afin que votre présence hors de France se trouve ainsi bien constatée. Avec deux mille francs par an, on a le nécessaire partout, et il vous restera encore, ailleurs comme ici, la ressource de votre pinceau.

Roger ne s'attendait pas à cette conclusion. Il lui sembla qu'un homme qui, au lieu d'affecter des airs de capitaine Fracasse, de tempêter et de briser les vitres, offrait de l'argent pour éloigner un rival importun, n'était ni bien énergique, ni bien terrible. Il trouva donc assez aisé de prendre le ton du persifflage pour répondre :

— Comment, monsieur, vous songez à me pensionner? vous voulez faire des sacrifices pour que je mène la vie de touriste? Mais c'est fort généreux à vous, au moins!..... Seulement, je craindrais d'abuser.

Eugène le regarda encore une fois de manière à lui faire baisser les yeux, quand il reprit :

— Rassurez-vous : ce que vous appelez des sacrifices n'en est pas pour moi. Ai-je besoin d'ajouter d'ailleurs, pour vous mettre tout-à-fait à l'aise, que votre personne ne m'inspire pas assez d'intérêt pour engager en rien la reconnaissance, et que ma façon d'agir est uniquement déterminée par le désir de supprimer tout ce qui pourrait faire obstacle à mes intentions sur vous? Non, sans doute; vous le sentez de reste. Je tiens fort peu à la faible somme que je mets à votre disposition, et beaucoup à vous éloigner d'ici.

— Je suis vraiment désespéré, mon cher monsieur, d'avoir à refuser une demande faite en des termes si courtois. Mais je tiens au moins autant à rester à Paris que vous pouvez tenir à m'en chasser; et, si vous voulez bien l'avoir pour agréable, j'y resterai.

— Tant pis, — dit d'Ambray. — Les moyens violents me répugnent, et c'est pour les éviter que je vous faisais cette proposition. Mais, puisque vous m'y forcez, il faudra bien trouver une autre manière de me défaire de vous. Puis-je espérer, monsieur, qu'une rencontre armée vous effraiera moins que les voyages?

— Peut-être.

— Vous plaît-il d'en arrêter, séance tenante et sans intermédiaires, les conditions?

— Dites.

— Il est bien entendu qu'il ne peut s'agir entre nous que d'un combat sérieux. Pour éviter des préliminaires oiseux, nous supprimerons donc les tentatives de conciliation des témoins, en leur déclarant, de manière à être dispensés de revenir sur ce point, que l'affaire ne peut être terminée que par votre mort ou par la mienne.

— Et si l'un de nous se trouve mis hors de combat sans être tué, — demanda Roger, — son adversaire viendra-t-il lui brûler la cervelle à bout portant, ou s'accroupir sur son corps, pour le saigner comme un veau?

— Non, monsieur, — répondit sérieusement Eugène; — mais on s'ajournera après la convalescence du blessé, et une seconde, une troisième rencontre terminera notre différend.

— Voilà un programme furieusement mélodramatique! — observa Roger.

— Mélodramatique, soit; mais nécessaire.

— Si cependant je n'admettais pas

comme vous cette nécessité?.... si je refusais?.....

— Si vous refusiez, monsieur?..... je n'imagine pas de lâcheté, tant ingénieuse soit-elle, qu'un homme bien résolu à faire le sacrifice de sa vie ne puisse contraindre, en fin de compte, à accepter le défi que je vous propose.

— Ma mort vous ferait donc grand plaisir?

— Pas le moindre; mais elle est nécessaire, puisque vous refusez de sortir de France, et je ne reculerai pas devant la nécessité que votre obstination m'impose.

— Ainsi, vous vous croyez bien sûr de me tuer?

— Je serais un fanfaron et un niais, si j'affectais une certitude que personne, en pareil cas, ne peut avoir.

— C'est bien heureux!

— Mais vous avez pris le rôle d'un être malfaisant vis-à-vis d'une femme à qui j'ai dévoué ma vie. C'est mon devoir de la délivrer de vous; j'espère le remplir. A défaut d'autre moyen, je ferai mon possible pour vous tuer, comme je le ferais pour écraser un reptile qui menacerait cette femme...

— Monsieur!...

— Maintenant, pour ne pas faire de fausse modestie, je crois que j'y réussirai, parce que j'ai plus de mépris que de haine pour ceux qui se complaisent dans le sentiment du mal qu'ils font, au lieu de chercher noblement à réparer leurs torts.

— Assez de morale et d'impertinence comme ça, monsieur! — dit Roger en se levant; — je suis à vos ordres.

— A la bonne heure! Où vous plaît-il que nous nous rencontrions?

— Peu m'importe.

— Vos armes?

— Le pistolet.

— Soit. Montez-vous à cheval?

— Pourquoi cette question, monsieur?

— Parce qu'à cheval, nous ne serions remarqués de personne.

— Qu'à cela ne tienne, nous aurons des chevaux.

— Alors, si vous le voulez bien, dans deux heures, au bois de Boulogne, avenue de Longchamp.

— J'y serai.

Eugène salua et sortit.

—

On fut exact au rendez-vous.

Il était neuf heures quand les deux adversaires se retrouvèrent, avec leurs témoins, près du pavillon d'Ermenonville.

Pour ne pas éveiller de soupçons, on s'aborda comme des amis que le hasard rassemble, et, après une courte conférence, les deux petites troupes, réunies, prirent le trot.

La cavalcade suivit quelque temps la grande avenue.

Arrivée à une certaine hauteur, elle s'engagea dans un sentier couvert, d'où elle gagna une petite clairière à laquelle des fourrés assez épais faisaient une ceinture impénétrable au regard.

Là, on mit pied à terre et on attacha les chevaux à des arbres.

Eugène et Roger avaient apporté chacun une paire de pistolets.

Le sort désigna ceux du peintre comme devant servir à vider la querelle.

On chargea les armes et on les remit aux deux adversaires.

Placés à quarante pas de distance, ils avaient la faculté de s'avancer, chacun de son côté, jusqu'à une limite qui laissait entre eux un intervalle de quinze pas. Du reste, ils étaient libres de tirer à volonté.

Le signal donné, ils marchèrent l'un sur l'autre, le pistolet au poing.

En ce moment, la voix d'une fauvette cachée dans un arbuste en fleurs s'éleva, mélodieuse et pure, sur le théâtre du combat, comme un appel à la bienveillance, un hymne à la paix et au bonheur.

Sa fraîche chanson fut interrompue, au milieu d'une roulade, par une double détonation.

Un sifflement rapide et bref mordit

l'oreille de Roger, qui tressaillit en détournant la tête, tandis que le chapeau d'Eugène vacillait, troué par une balle.

D'Ambray le prit, l'examina; puis, le replaçant avec sang-froid, sur sa tête :

— Vous avez tiré droit, monsieur, — dit-il, — mais un pouce et demi trop haut. C'est à recommencer.

Une nuée de corbeaux, effrayés sans doute par l'explosion des pistolets, tournoyaient, en croassant, au-dessus de la clairière. Roger en parut importuné, presque inquiet. Vit-il dans leur obstination à planer sur sa tête une menace, un mauvais présage? Nous n'oserions pas l'affirmer. Mais il était fort pâle. Laissant tomber l'arme dont il venait de se servir, il aborda son antagoniste et lui dit, d'une voix plus haute que ferme :

— Un amour-propre exagéré peut-être m'a empêché de vous offrir, avant d'avoir échangé un coup de feu avec vous, les excuses que je vous dois. Maintenant, je n'éprouve plus aucun scrupule à reconnaître la justice de vos griefs, et me voici tout disposé à les réparer, autant qu'il sera en mon pouvoir. Si vous voulez bien prendre la peine de passer chez moi avec monsieur (il désignait celui de ses témoins qui l'accompagnait, la veille, au salon), nous allons terminer de suite cette regrettable affaire.

— Quand on a des torts, — répondit d'Ambray, — je ne connais rien de plus honorable que de les avouer. J'accepte de grand cœur la réparation que vous m'offrez, et je vous en sais gré.

Puis, se tournant vers les témoins :

— Messieurs, — leur dit-il, — la question qui nous avait mis en présence ici, monsieur et moi, est résolue. Il ne nous reste plus qu'à vous remercier de la bonne grâce et de la discrétion avec lesquelles, tout en nous prêtant votre assistance, vous avez bien voulu nous permettre de garder un secret qui nous intéresse également tous deux.

Roger emmena son ami et d'Ambray chez lui, où il écrivit la lettre de désaveu exigée. Après l'avoir lue à haute voix, il la passa à son adversaire :

— Est-ce bien là ce que vous désirez? — demanda-t-il.

— Oui, monsieur, — répondit le champion de Louise. — Ainsi, j'ai votre parole : vous partez demain?

— A midi, je serai prêt.

— Fort bien. La chaise de poste stationnera à votre porte, dès onze heures.

Roger écrivit la suscription de la lettre et la remit à d'Ambray, qui prit congé des deux amis.

—

En sortant de là, Eugène n'avait rien de plus pressé que de courir chez Louise.

Contre son attente, il la trouva près du feu, à demi couchée sur une chaise longue, mais bien pâle et affaiblie. Elle avait les yeux encore tout humides de larmes qui avaient laissé comme un sillage sur ses joues.

En voyant entrer d'Ambray, madame de Luzy lui sourit avec mélancolie et lui tendit la main :

— Comment vous trouvez-vous, chère Louise? — demanda le jeune homme.

— Bien, mon ami. Grâce à vous, j'ai échappé à une crise qui pouvait être la dernière de mes souffrances. Ma santé est assez bonne maintenant. Mais...

Elle s'interrompit.

— Mais quoi? Achevez.

— Mais pourquoi ne suis-je pas morte?

Elle ne put en dire davantage; les sanglots lui coupèrent la voix.

— Louise, si vous ne voulez pas me désespérer, — disait Eugène, à genoux devant elle et lui pressant les mains, — calmez-vous, dites-moi bien vite ce qui peut vous affliger ainsi.

— Oh! mon ami, je commençais à reprendre goût à la vie; mais cet homme... cet homme au rire sinistre, que nous avons rencontré hier, ne voyez-vous pas que c'est pour moi tout un passé ineffaçable avec ses remords, tout un avenir rempli d'humiliations et de terreurs?

— Louise, — dit Eugène, en lui présentant la lettre de Roger, — lisez ceci, et vous verrez qu'il ne vous reste plus rien à craindre.

La jeune femme prit le billet, tressaillit en reconnaissant l'écriture, et lut :

« Madame,

« Ma conduite avec vous a été crimi-« nelle. Je la désavoue et la déteste.

« J'ai été un insensé d'avoir pu vous « méconnaître; je serais un lâche si je « ne savais pas m'en punir.

« Je pars demain, pour ne plus re-« venir.

« La plus dure des expiations n'est « pas pour moi celle d'un exil qui durera « autant que ma vie : c'est de quitter la « France sans avoir pu solliciter et ob-« tenir mon pardon de votre bouche.

« Veuillez du moins agréer, madame, « l'expression d'un repentir sincère et « l'hommage de mon profond respect.

« ROGER. »

Louise n'en pouvait croire ses yeux. Elle parut s'éveiller d'un songe et arrêta sur d'Ambray un regard dont l'expression reconnaissante resplendit dans le cœur du jeune homme comme un rayon de soleil :

— Et c'est vous qui avez opéré ce miracle! Mon ami, mon sauveur, — disait-elle, — il me semble que je me sens revivre, pardonnée et réhabilitée. Mais ne soyons pas plus sévères que Dieu : acceptons le repentir de ce malheureux; Eugène, oh! ne l'exilez pas!

D'Ambray et madame de Luzy en étaient arrivés à ne pas concevoir comment ils avaient pu vivre jusqu'ici l'un sans l'autre; il ne leur venait pas à l'esprit que rien pût jamais les séparer. Aussi, lorsqu'un jour, Eugène demanda à son amie :

— Louise, m'aimez-vous et m'estimez-vous assez pour me confier le soin de votre vie? voulez-vous être ma femme?

Elle lui répondit simplement :

— Mon ami, voici ma main, je suis à vous.

Eugène baisa avec recueillement cette main et dit :

— Sortons; je suis trop heureux pour rester en place; et pourtant, je ne peux pas vous quitter. De grâce, Louise, venez avec moi.

Ils entrèrent aux Champs-Élysées. Eugène s'arrêta devant un charmant hôtel.

— Louise, je vais vous montrer une délicieuse galerie de tableaux.

— Où cela?

— Ici.

Il lui désignait l'hôtel.

— Y pensez-vous, mon ami? ce n'est pas un musée; d'ailleurs, je ne suis pas connue des maîtres de cette maison

— Ne craignez rien; il n'y a personne, et je suis là, tout-à-fait chez moi.

— Puisque vous le voulez, soit.

Ils entrèrent. Un laquais en riche livrée ouvrit et salua silencieusement

En mettant le pied dans un premier salon, au sortir de l'antichambre, madame de Luzy s'arrêta frappée de stupeur, et se frotta les yeux. Échappant au bras de son guide, elle s'élança jusqu'au seuil d'un second salon qu'elle parcourut, comme le premier, d'un regard rapide comme l'éclair, et dit, d'une voix étouffée, en passant encore la main sur ses yeux :

— Mon Dieu!... je rêve!... ces tableaux!...

— Les vôtres, ma Louise, rien que les vôtres, — murmura Eugène à son oreille.

— Les tableaux que j'ai vendus à ce marchand!... ici!.. tous ici!... — continuait Louise. — Mais, cet hôtel... où suis-je?

— Chez vous, ma bien-aimée, répondit Eugène, en lui serrant les mains.

— Oh! vous m'avez trompée, monsieur! vous êtes riche! — s'écria la jeune femme.

— Hélas! ma Louise, nous avons deux cent mille francs de rente. C'est une lourde charge, car la fortune oblige envers bien des déshérités; et vous serez leur providence comme la mienne.

— Oh! c'est mal!... vous m'avez trompée..... — continuait madame de Luzy, je ne puis accepter...

— Vous ne pouvez accepter?... — répondit Eugène; — Eh bien! mais votre argent, l'ai-je refusé, moi?... Et notre contrat *en bonne forme*, comme vous l'avez exigé, n'est-ce donc rien ?... Croyez-vous qu'on se moque impunément des notaires et du papier timbré?

Tout en parlant, il la prenait par la main, la conduisait dans une belle pièce disposée en atelier, devant un chevalet sur lequel était une ébauche achetée, la veille, à Louise, par le marchand accapareur. Là, agenouillé devant elle, il dit :

— Louise, si vous refusez de me pardonner, si vous ne promettez pas de finir ce tableau ici, chez vous, je renonce au monde demain.

Son amie, pour toute réponse, lui tendit la main et le releva en souriant.

Quelque temps après, par une belle soirée de juin, un jeune homme et une jeune femme traversaient les Champs-Élysées, en calèche découverte. La jeune femme disait, la figure épanouie de bonheur :

— Mon Dieu! Eugène, voyez donc comme ce coucher de soleil est beau! comme l'air est tiède et parfumé! comme tout le monde a l'air heureux! moi aussi, Eugène, je suis bien heureuse! pourquoi donc avez-vous l'air triste, vous, monsieur?

— Triste, non, ma Louise, mais recueilli. D'ailleurs, le bonheur rend souvent triste; la joie touche aux larmes, et je suis si peu habitué à ce bonheur dont je me sens pénétré, que je crains toujours qu'il ne m'échappe.

— Qu'il ne vous échappe, monsieur?... douteriez-vous de moi?

— Pas de vous, ma Louise, mais de mon étoile. Quand je ne vous vois pas, j'ai froid ; et, quand je vous vois, je crois toujours que je rêve. Et puis, Louise, quinze jours, c'est bien long!... Heureusement, ma Louise, — reprit Eugène, avec une joie d'enfant ; — heureusement que, d'ici là, nous allons avoir sans cesse de grandes affaires en tête : ainsi demain, nous achetons notre corbeille, rien que notre corbeille ; après-demain, nous achèterons l'écrin, je suppose; le jour d'après, ce sera autre chose, et ainsi de suite. Nous ferons en sorte d'avoir à nous occuper, chaque jour, de quelques-uns des objets qui devront composer la bienheureuse corbeille. Vous viendrez partout avec moi, n'est-ce pas? nous choisirons ensemble, vous me quitterez le moins possible ; et peut-être, ma Louise, arriverons-nous à la fin de cette maudite quinzaine.

— Oui, mon ami, — répondit la jeune femme, — nous ferons tout ce que vous voudrez. Enfant, on respectera vos caprices. Mais vous savez bien que je suis vôtre, et que je ne pourrai jamais vous appartenir plus irrévocablement qu'aujourd'hui.

Il y eut un long silence; les deux amants ne se parlaient plus que par des serrements de mains; ils semblaient écouter dans leurs âmes les promesses d'amour que leurs yeux échangeaient.

La calèche glissait silencieusement dans les allées les plus solitaires du bois de Boulogne. Une douce clarté, dans laquelle les mourantes lueurs du crépuscule se fondaient avec le rayonnement indécis de la lune, filtrait à travers le dôme de feuillage. Louise disait :

— Avant que je ne vous eusse retrouvé, Eugène, cette heure était la plus triste de toutes mes heures ; c'était celle où ma palette m'échappait, et où je devais me résigner aux douloureux souvenirs d'un passé qui m'obsédait, ou aux fastidieuses agitations d'un monde qui me fatiguait sans me distraire. Quelle différence aujourd'hui!... Je me sens jeune, confiante et calme. Une joie que je ne sais pas dire déborde de mon cœur ; un bien-être sans nom me pénètre et m'inonde. Dans cet air qui nous enveloppe, je respire du bonheur ; ces arbres, je les trouve beaux et je les admire, comme si je voyais des arbres pour la première fois ; les hommes et les femmes qui passent ont tous l'air heureux, bienveillant, honnête. Que vous dirai-je, mon ami? c'est un enfantillage ridicule à mon âge, mais il me semble que je suis née d'hier.

— Louise, ce n'est pas un enfantillage, c'est une grande vérité que vous dites là. La vie ne commence, en effet, que du jour où l'on aime, et vous n'aimez réellement que d'hier. Les choses que vous sentez si vivement aujourd'hui, vous ne pouviez pas les sentir avant, parce que l'amour seul développe le sens des harmonies de la nature, dont il est lui-même la plus haute, la plus religieuse expression. Mais vous souffrez, ma Louise ; ce maudit rhume, qui ne vous quitte pas, m'inquiète ; l'air se fait humide, rentrons.

— Encore quelques instants, Eugène, je vous en prie. Ce n'est rien, je n'ai mal nulle part. Promenons-nous encore : c'est si bon, c'est si beau !... Qu'est-ce qu'un peu de rhume, quand on est si heureux ?

Comme elle finissait de parler, elle fut prise d'une petite toux sèche dont les accès lui revenaient souvent.

— Vous le voyez, — reprit Eugène, — vous n'êtes pas raisonnable. Cependant, je veux bien vous accorder un dernier tour d'allée, à la condition que vous recevrez demain les médecins que je vous enverrai, et que vous leur obéirez. Louise, promettez-le-moi.

— Je vous le promets, Eugène. Mais, en vérité, c'est du luxe, et, de tous les genres de luxe, celui que j'aime le moins.

Le lendemain, deux médecins se présentaient chez Louise, de la part de M. Eugène d'Ambray. La jeune femme les reçut, en souriant, dans sa chambre à coucher. Après l'avoir longuement examinée et questionnée, les médecins lui dirent :

— Veuillez, madame, nous faire donner de quoi écrire une ordonnance.

Ce mot *ordonnance* et l'air grave de ces messieurs étonnèrent Louise. Elle ne pouvait pas comprendre qu'il fût besoin d'une ordonnance pour un aussi petit mal que le sien. Curieuse de savoir ce que ces messieurs pourraient dire d'elle, quand ils ne la verraient pas là, elle s'excusa pour quelques instants et entra sans bruit dans son alcôve, par une porte qui donnait dans une pièce voisine. Alors elle entendit l'un des médecins dire à demi-voix :

— Elle est incurablement phthisique. Le climat de Nice, et six mois de vie tout au plus.

— Oui, — répondit l'autre ; — c'est triste, mais c'est fatal. Quel malheur !... une femme charmante !

Louise n'en entendit pas davantage ; elle sentit comme une bombe de feu lui éclater au cœur, et eut à peine la force de se sauver dans son boudoir, où elle tomba, en sanglotant, sur un meuble.

Dans la soirée du jour suivant, le salon de madame de Luzy était brillamment illuminé. Les fleurs étaient semées à profusion dans l'appartement. Louise donnait une fête. La jeune femme était vêtue d'une robe blanche des plus simples : pour tout ornement, une rose blanche dans les cheveux, un petit bouquet de violettes à la ceinture. Louise faisait les honneurs de la soirée avec une grâce charmante. Jamais on ne l'avait vue si jolie, si affable, si prévenante pour tous. Seulement, sa physionomie portait l'empreinte d'une tristesse voilée qui pouvait passer pour la rêveuse préoccupation d'un bonheur prochain.

Pressée de se mettre au piano, Louise joua la *dernière Pensée de Weber*. Le morceau fini, elle était bien pâle, et bien des yeux étaient humides.

Eugène, s'approchant, lui prit la main :

— Louise, vous avez joué avec l'âme d'un ange.

Un mélancolique sourire effleura les lèvres de la jeune femme.

— Puissiez-vous dire vrai, mon ami ! répondit-elle.

Et, comme Eugène l'engageait à danser :

— Merci, mon ami, causons plutôt.

Il nous serait impossible de redire aucune de leurs paroles. Le secret de cette causerie demeura entre les deux amants et Dieu. Louise fut bien éloquente et bien pâle.

La soirée venait de finir. Resté le dernier, Eugène se disposait à se retirer :

— Déjà, mon Eugène, déjà ?... — demanda Louise, d'une voix tremblante ; — encore quelques instants, mon ami, je vous en prie.

Mais, comme le jeune homme se rasseyait :

— Non, non !... — dit-elle précipitamment ; — partez !

Elle avait détaché son bouquet de violettes :

— Tenez, mon ami, gardez ceci; c'est mon cadeau de fiancée.

— Bonsoir, ma Louise,— dit Eugène; — dormez bien, et pensez un peu à moi, avant de vous endormir.

Louise ne répondit que du regard.

— Je prierai pour toi, — pensait-elle.

Le jeune homme était déjà dans l'antichambre :

— Eugène !... — cria Louise, en s'élançant après lui.

Eugène s'était retourné. Madame de Luzy lui jeta les bras au cou, lui donna un baiser sur le front et se sauva jusque dans sa chambre, dont elle referma vivement la porte derrière elle.

Là seulement, elle put murmurer :

— Adieu !...

Quelques instants après, elle priait avec ferveur.

Le lendemain, à midi, Louise, qui avait l'habitude de se lever de très bonne heure, n'avait pas encore sonné sa femme de chambre. Alors, celle-ci prit sur elle d'entrer chez sa maîtresse, mais Louise ne s'éveilla pas.

On trouva sur sa table de nuit la lettre que voici :

« Mon Eugène,

« Vos médecins m'avaient condamnée : j'avais encore six mois à vivre. Vous étiez trop généreux pour ne pas m'épouser, je vous aimais trop pour vous donner un cadavre : j'ai devancé mon heure.

« J'ai eu un seul bonheur dans ce monde : c'est celui que tu m'as donné; et maintenant, que je me rappelle toutes mes douleurs, il me semble que je n'en ai jamais eu qu'une : celle de te quitter. J'espère que Dieu me la pardonnera, car Dieu ne peut pas, je l'espère, vouloir séparer à jamais ceux qui s'aiment comme nous nous aimons.

« Pense toujours à moi, mon Eugène, mais ne me regrette pas jusqu'au découragement : je ne suis qu'une pauvre femme qui t'a bien aimé ici-bas, et qui va continuer de t'aimer ailleurs. Sois l'homme que tu peux être; redresse-toi de toute ta taille, et tu seras grand parmi les autres hommes.

« Pour t'obliger à vivre, je veux mettre dans ta vie un intérêt qui te sera sacré, je le sais : celui du dévoûment..... mes frères et mes sœurs ont besoin d'un protecteur, d'un père; je te les lègue; mes mesures sont prises pour qu'on ne te les refuse pas.

« Conserve mon bouquet de violettes, et qu'il soit le gage de notre réunion dans le ciel, où j'ai l'espérance d'aller prier en t'attendant.

« Adieu, mon Eugène; mon dernier, mon unique rayon de soleil, adieu.

« Ta Louise. »

Le testament de Louise attribuait à madame Fauvel la rente de trente mille francs, à condition que les enfants seraient confiés à la tutelle et à la direction d'Eugène d'Ambray. Le capital de cette rente était, après la mort de madame Fauvel, réversible aux enfants.

Six mois plus tard, Eugène, après avoir assuré le sort des enfants commis à ses soins, creusait sa propre fosse dans un couvent de trappistes.

En recevant le billet de faire part de la mort de Louise, le baron de Luzy s'écria :

— Elle était bien belle !..... et pourtant je ne l'ai pas eue !..... oh ! s'il y avait, comme ils disent, une autre vie !.....

Et il fredonna un air italien.

FIN.

Paris. — Imp. Lacour et Ce, rue Soufflot, 16.

GABRIEL DE GONET, ÉDITEUR, RUE DES BEAUX-ARTS, N° 6.  MARESCQ ET COMP., LIBRAIRES, RUE DU PONT-DE-LODI, N° 5.

HENRY DE KOCK.

LES AMOUREUX DE PIERREFONDS

C FATH PREDHOMME

CHAPITRE PREMIER.

Les jumeaux du bon Dieu.

A trois lieues et demie de Compiègne à l'extrémité orientale de la forêt de ce nom, dans le petit village de Pierrefonds, enfin, vivaient, il y a une dizaine d'années, deux amoureux : Sidoine Riquet et Georgette Balut.

Sidoine et Georgette s'aimaient donc, et cela n'avait rien que de très simple, s'il leur plaisait ainsi ; — on voit tant de gens qui s'aiment en ce monde, ou qui en font semblant. — Ce qui existait d'extraordinaire entre eux, le voici : cousins germains, d'abord, Georgette et Sidoine étaient devenus, en outre, dès leurs premières années, orphelins du même coup, par suite d'une épidémie qui s'était appesantie un jour sur le village, et qui leur avait enlevé, à la fois, père, mère, oncle et tante...

De plus, Sidoine et Georgette se ressemblaient tant, mais tant, mais tant!...— ce qui se rencontre assez souvent, du reste, sinon d'une manière aussi frappante, entre parents à ce degré, — qu'au village de Pierrefonds, à l'époque où nous prenons cette véridique histoire, on n'appelait pas nos jeunes amants autrement que *les jumeaux du bon Dieu*.

Sidoine avait, pourtant, un an de plus que Georgette, lui; sa dix-septième année venait de sonner, et elle courait encore après sa seizième; mais comme Georgette était grande, comme fille, et que Sidoine était petit, comme garçon, — ce qui signifie qu'ils étaient, approchant, de même taille, — cette différence d'âge passait inaperçue pour tous, ou à peu près. Georgette était blonde; elle avait de grands yeux bleus, une petite bouche, des dents comme des perles, le teint rosé, la taille svelte, le pied étroit et cambré, la main mignonne... Sidoine était blond; il avait la main mignonne, le pied étroit et cambré, la taille svelte, le teint rosé, des dents comme des perles, la bouche petite et de grands yeux bleus. Joignez à cela la même manière de marcher, le même regard, mieux encore, le même organe, et vous aurez, au complet, le portrait indivis de ces deux êtres que la nature, par une de ses fantaisies bizarres, après avoir coulés, en apparence, dans le même moule, semblait avoir jetés sur terre en leur disant:

— Amusez et étonnez le plus longtemps possible!

Le plus longtemps *possible*... car la nature n'ignorait pas qu'elle se devait d'accorder un jour à Sidoine, — comme à tout homme qu'elle veut faire décidément un homme, — son dernier et principal signe viril: la barbe; c'est-à-dire qu'il lui faudrait alors anéantir, ou à peu près, le charme de son merveilleux joujou.

Mais ce moment n'était pas encore arrivé: la nature ne se pressait pas de gâter son ouvrage. A dix-sept ans, les orgueilleuses joies de la barbe, voire même du soyeux poil follet, n'avaient pas encore fait étinceler le regard de Sidoine.

Sidoine se contentait de se mirer dans les yeux de Georgette, qu'il adorait, qu'il trouvait charmante, et à laquelle, par conséquent, il était trop heureux de ressembler... dont il était fier, surtout, d'être aimé.

Et Georgette se laissait doucement traiter en miroir par Sidoine, parce que, de cette façon, elle était toujours sûre de le garder près d'elle...

Parce que, sans réfléchir, je vous jure, — Georgette n'était pas coquette, — que s'il était un joli garçon, c'est qu'elle était une jolie fille, elle ne voyait que *lui* de beau et d'aimable parmi tous!

Parce qu'il devait être son mari un jour;

Parce que...

Oh! cela faut-il vous l'avouer? oui, puisque cela était, je crois, une des raisons d'être les plus puissantes de l'amour de Georgette pour Sidoine:

Parce que Sidoine lui obéissait toujours et qu'elle n'obéissait, que lorsqu'il lui plaisait, à Sidoine; parce qu'il était timide, craintif, quelque peu niais, parfois, même, et qu'elle se sentait, d'instinct, elle, audacieuse, hardie... intelligente;

Parce qu'elle devinait enfin, en lui, l'étoffe d'un bon mari.

N'allez pas croire, néanmoins, d'après ce que je vous expose ici du caractère de Georgette, qu'abusant de sa supériorité sur son amant, la jeune fille s'en servît jamais pour le faire souffrir ou seulement pour l'inquiéter. Non! une affection véritable n'a pas de ces calculs-là.

Et puis, dans cette suave et pure comédie des amours de ces deux enfants, il n'y avait, heureusement, pas encore de place pour une scène à effet!

Ce que je tiens à constater, tout simplement, en deux mots, c'est que, par un étrange renversement de l'ordre habituel des choses, entre nos amoureux c'était, comme manière de penser et d'agir, — et cela le plus innocemment du monde, bien entendu! — Georgette qui jouait le rôle du garçon et Sidoine qui jouait celui de la fille.

Ceci dit, et qui ne prouve pas peu, à notre avis, comme quoi Georgette et Sidoine, sans s'être quittés jamais, et en se chérissant toujours, n'en étaient cependant encore, elle, à seize ans, lui, à dix-sept, qu'à l'alphabet de l'amour..... ceci dit, nous entamons, sans plus de préambules, le récit des aventures de nos amoureux. Ne m'abandonnez pas en route, cher lecteur. . . . .

. . . .

Sidoine et Georgette habitaient ensemble chez leur grand-père, Pierre Balut, qui s'était empressé de les recueillir tous deux, comme c'était son devoir, tout enfants, à la suite du coup de foudre tombé sur les auteurs de leurs jours.

Pierre Balut possédait une petite fortune; cela ne lui avait donc pas coûté beaucoup de prendre à sa charge ces pauvres orphelins...

D'ailleurs, comment eût-il mieux employé son bien qu'en s'en servant pour les enfants de ses enfants, si fatalement et si vite arrachés à sa tendresse.

Donc, Sidoine et Georgette avaient grandi heureux, quelque peu gâtés même, dans la maison de leur grand-père, entre les sourires de celui-ci et les caresses de Marie, la servante de Pierre Balut, — une brave femme qu'il avait près de lui depuis au moins trente ans, — puis, arrivés à cet âge où, sans se rendre bien compte encore de ce que signifie le mot : *mariage*, on commence pourtant, garçon, à rêvasser, fille, à rougir, un soir, que Pierre Balut s'était avisé, par hasard, de pêcher une pointe de gaîté au fond d'un petit verre de cassis, Georgette et Sidoine avaient échangé un furtif, et joyeux, et tendre coup d'œil, tout à la fois, à ces mots, prononcés par leur aïeul en tapotant, de sa vieille main jaunie, leurs jeunes et frais visages :

— Eh! eh! mes chérubins de jumeaux du bon Dieu... continuez d'être toujours sages, gentils... de bien aimer votre grand-père... et, avant quatre années, je vous promets de vous faire voir certaine fête de noce qui ne vous déplaira pas, j'en suis sûr!

Or, Pierre Balut était connu chez lui, comme dans tout le village, pour n'avoir qu'une parole. A peine âgés, lui de quinze ans, elle de quatorze, au moment de cette promesse, Sidoine et Georgette n'en avaient pas moins apprécié, attirés qu'ils étaient déjà l'un vers l'autre, toute la douceur, tout le prix.

Et puis, le lendemain ou le surlendemain de cette scène, la vieille Marie avait peut-être un peu jacassé à l'oreille de quelque voisine, à propos des intentions de son maître sur ses petits-enfants. La voisine s'était, certes, hâtée de conter ce qu'elle savait à une autre, qui l'avait confié à une troisième...

Bref, bientôt tout le village de Pierrefonds avait su que Sidoine et Georgette étaient fiancés par leur grand-père; et comme cette union n'avait rien que de très naturel, on s'était habitué d'avance à la considérer comme faite.

Si bien qu'au jour où nous en sommes, c'est-à-dire deux ans après ce propos de Pierre Balut, issu d'une pointe de gaîté et d'un verre de cassis, quand on voyait passer Sidoine et Georgette au bras l'un de l'autre, — aux champs, aux vignes ou aux ruines du château, — abandonnant le mot de *jumeaux du bon Dieu*, qui avait vieilli, on s'écriait parfois :

— Bonjour, les petits fiancés!

Et Georgette et Sidoine trouvaient cette façon de les saluer infiniment plus polie et plus gracieuse que toute autre.

Ce jour-là, chassant devant eux une chèvre qu'ils avaient menée paître ensemble aux environs des ruines, Georgette et Sidoine, bras dessus, bras dessous, comme d'ordinaire, s'en revenaient à la maison de leur grand-père, où les attendait le souper.

On était au mois de mai, la cloche de l'église du village sonnait sept heures.

La nuit arrivait, et, avec la nuit, le parfum des fleurs printanières des champs se dégageait plus accentué dans les airs.

Georgette et Sidoine marchaient vivement sans se parler, mais en se souriant du coin de l'œil .. le père Dory, un des gardiens des ruines, venait de leur adresser, une minute auparavant, leur salut favori :

— Bonsoir, les petits fiancés !

Sidoine tenait de sa main gauche la main droite de Georgette... ce qui, joint à leurs bras enlacés, les gênait bien un peu, je présume, pour marcher droit... Mais à quoi bon marcher droit quand on s'aime ?

Et Djaly, la belle chèvre, — leur nourrice et leur amie, — bondissait devant nos amoureux, joyeuse, quand l'un des deux lui lançait quelque mot d'encouragement; rétive, quand elle se prenait à penser qu'il était de bien bonne heure encore pour abandonner jusqu'au lendemain les jouissances de l'herbe nouvelle.

Un tableau digne de Greuze, vraiment !

Arrivés devant la maison de leur aïeul, Georgette et Sidoine ouvrirent une petite porte à gauche, donnant sur une cour attenant à l'habitation, et par laquelle la chèvre se résigna, non sans deux ou trois méchants airs de tête, à passer pour se rendre à son domicile particulier.

Puis, nos amoureux poussèrent une seconde porte à droite, — celle-là communiquant de la cour à une grande pièce basse, à la fois le salon et la salle à manger de Pierre Balut.

Et, se dirigeant ensemble vers le vieillard, assis dans son grand fauteuil de chêne, devant une cheminée où pétillait un feu de sarments que la fraîcheur des soirées rendait encore très utile, ils lui donnèrent l'un après l'autre le baiser du soir.

— Bonsoir, petits, bonsoir, fit Pierre Balut ; je vous attendais. Le souper n'est pas encore là, n'est-ce pas, Marie ?

— Vous savez bien que vous m'avez dit qu'on ne souperait *qu'après*, repartit d'un ton mi-bourru, mi-chagrin, la vieille servante, debout dans l'ombre, près du buffet.

— C'est vrai ! Eh bien, allume-nous la lampe, car on n'y voit plus clair... et ne fais pas la mine... je n'en ai pas long à dégoiser à ces enfants... et ton souper n'en souffrira pas.

— Je me moque pas mal que mon souper souffre !... grommela Marie.

La lampe était allumée ; Georgette et Sidoine avaient pris place près de leur grand-père, devant l'âtre.

Et, tandis que Sidoine se disait tout bonnement :

— Tiens ! c'est drôle, ça !... à cause donc qu'on ne soupe pas tout de suite ici, comme d'ordinaire ?

Georgette, qui en avait observé plus long en une minute que Sidoine n'en eût appris en une heure, se disait de son côté :

— Qu'a donc à nous conter grand-père ? et pourquoi Marie semble-t-elle triste et de mauvaise humeur ? et qu'est-ce que cette lettre ouverte sur la cheminée ?

Car il y avait, en effet, une lettre ouverte sur la cheminée, en face de Pierre Balut.

Il se fit un silence profond ; l'aïeul se recueillait, sans doute, avant d'entamer la question. Marie avait disparu dans la cuisine ; Sidoine ouvrait ses oreilles et Georgette son esprit.

Enfin, Pierre Balut se tourna vers ses enfants.

— Voilà ce que c'est, petits, dit-il d'une voix grave ; il s'agit pour vous d'une chose importante. Vous allez partir tous les deux, demain matin, pour Paris.

— Pour Paris ! répétèrent, en même temps, Georgette et Sidoine stupéfaits.

— Oui, pour Paris, reprit du même ton sérieux le vieillard. Écoutez-moi bien.

Je ne suis pas riche, mes enfants ; mais quoique le peu que je possède puisse vous suffire, comme il m'a suffi à moi, comme il eût suffi à vos pauvres parents... si le bon Dieu ne me les eût pas si vite enlevés... ce n'est pas un motif de plus ou moins d'argent dans ma bourse... c'est-à-dire dans la vôtre... qui m'a dicté la détermination que j'ai prise depuis longtemps déjà à votre égard. Non ! en me décidant à vous envoyer à Paris, voici ce que j'ai voulu :

D'abord vous faire connaître une ville que vous n'auriez pas occasion, peut-être, plus tard, de visiter jamais,—tout occupés que vous serez alors de votre ménage... de vos enfants, de vos travaux, — et par conséquent, vous mettre à même de développer votre intelligence, — ce dont vous ne vous repentirez pas un jour, je vous le promets.

Ensuite, vous apprendre ce que c'est que de travailler, et, surtout, de travailler livré à ses propres ressources.

Depuis que je vous ai recueillis dans ma maison, chers petits, quelle part avez-vous prise dans mes peines et dans mes occupations ? Aucune... ou si faible, avouez-le, qu'elle ne mérite pas mention. Je ne vous en fais pas de reproches... vous n'avez jamais songé qu'à vous aimer, à vous le dire, et vous vous aimez, et vous vous le dites si bien, que tout le monde, et moi-même, nous n'avons d'yeux et d'oreilles que pour vous regarder et vous écouter faire ! Mais, avec l'âge qui avance, si votre tendresse ne doit pas disparaître, — ce qu'à Dieu ne plaise ! — la raison doit aussi se développer en vous, n'est-ce pas ? Considérez, dans les champs ou aux bois, la mésange, le moineau, le mignon roitelet, lui-même, mes amis... ces chères créatures ne donnent-elles pas aux gens de ce monde l'exemple de la conduite qu'il faut tenir avec les siens ? Tant qu'ils sont délicats, souffrants, incapables de se suffire à eux-mêmes, l'oiseau garde ses petits dans son nid... il les nourrit, il les réchauffe, il les défend..... Commencent-ils à voler, au contraire, à être forts, à savoir distinguer le grain de millet du grain de pierre, l'oiseau dit à ses enfants : — Allez ! sortez de mon nid... vous n'avez plus besoin de votre père ni de votre mère... Vivez et aimez seuls.....

Oh ! d'après ces paroles, n'allez pas supposer pourtant, Georgette, et toi, Sidoine, que mon intention, en ce moment, soit de me séparer à jamais de vous, de vous abandonner ! Non ! non !... le nid de Pierre Balut appartiendra toujours à ses petits jumeaux du bon Dieu et, tandis qu'ils en seront éloignés, Pierre Balut n'aura qu'un désir, celui de rendre plus beau et plus commode ce nid, pour qu'au retour ses enfants soient plus contents encore d'y rentrer !

Et tenez ! même, si vous ne craignez pas, au risque de me désobéir... de me mécontenter... de me chagriner... si vous ne craignez pas de vous refuser à ce que j'attends de vous, Georgette, Sidoine... Eh bien ! cela vous regarde... nous n'en parlerons plus... vous ne partirez pas.

Mais si vous êtes, au contraire, comme je le sais, de bons et braves cœurs...

Si vous voulez que je sois fier et content de vous...

Demain, à la pointe du jour, votre paquet de hardes sur le dos, vous prendrez joyeusement ensemble la route de Compiègne. A Compiègne, vous monterez en diligence pour Paris ; à Paris, vous vous rendrez à l'adresse, — que vous trouverez dans cette lettre, que je vais vous lire tout à l'heure, — d'un de mes vieux et bons amis, Jacques Ridelle. Jacques Ridelle, suivant mes instructions, remontant à deux mois déjà, vous a trouvé deux places très convenables, assure-t-il.

Le reste va tout seul ; vous resterez à Paris un an, dix mois, six mois, si cela vous suffit pour vous amasser chacun une petite dot.

Rien ne vous empêchera de vous voir souvent tous les deux.... de veiller l'un sur l'autre.... de vous encourager l'un l'autre... de vous aimer comme toujours...

Et, du moins, quand vous reviendrez au village, pour vous marier, — car je vous marierai au retour, je vous le jure, — vous aurez, avec la bénédiction de votre grand-père, la conscience d'avoir accompli un devoir et la joie d'avoir gagné le premier argent nécessaire à votre ménage.

J'ai dit. Que me répondez-vous?

Georgette avait écouté ce long discours, pâle, émue et sentant, à plusieurs reprises, son cœur prêt à se briser.

Mais elle ne pleurait pas.

— Nous partirons demain, Sidoine et moi, grand-père, puisque vous le souhaitez ainsi, répondit-elle d'une voix ferme.

Et Sidoine, qui n'avait pas cessé de pleurer tout bas, dès les premiers mots de Pierre Balut...

Et qui s'apprêtait à sangloter tout haut, aux derniers...

Sidoine, en entendant la réponse de Georgette, refoula brusquement ses larmes au fond de ses yeux et de son gosier et murmura à son tour :

—Puisque vous le désirez ainsi, grand-père, nous partirons demain, Georgette et moi!

II.

Georgette-Sidoine et Sidoine-Georgette.

On a beau posséder du courage et le respect le plus absolu pour la volonté d'un grand-père, on ne s'éloigne pas sans regret, ne fût-ce que pour peu de temps, des lieux où l'on est né

Arrêtés l'un près de l'autre, à la sortie de Pierrefonds, en haut d'un monticule qui domine le village, Sidoine et Georgette adressaient du regard un dernier au-revoir! à leur cher pays.

Et leurs yeux se mouillaient de larmes en passant alternativement de la maison de leur aïeul, — qu'ils apercevaient sur la droite, — à l'étang azuré où, tant de fois, le dimanche, ils s'étaient promenés en bateau! Et ils considéraient encore, au loin, la plaine de Brionne... où ils menaient paître leur chère Djaly... et surtout le château, le vieux château, avec son donjon et ses deux grosses tours... — ce château... que Louis d'Orléans fit construire... que François Ier admirait... que Richelieu démantela .. — et dans les ruines duquel nos pauvres enfants, peu soucieux des grandes ombres historiques qui pouvaient les entendre, s'étaient si souvent répété le soir : Je t'aime... je t'aime... et puis, je t'aime!

Georgette et Sidoine demeurèrent ainsi près de dix minutes dans leur muette et douloureuse contemplation..

Enfin, la première, selon son habitude, Georgette prit une détermination : elle essuya ses yeux, passa son petit paquet autour de son bras, tourna le dos au village et prononça résolûment ces mots :

— Allons!... en route!

Et, selon son habitude, obéissant à Georgette, Sidoine s'essuya, à son tour, les yeux... raffermit sur son épaule le bâton au bout duquel se balançait son petit paquet, fit volte-face et répéta, en suivant Georgette qui marchait déjà :

— Allons! en route!

Nos amoureux s'éloignèrent en silence jusqu'à ce qu'ils eurent atteint la forêt.

Il était cinq heures du matin ; le soleil commençait à resplendir dans un ciel sans nuages ; l'air était doux... tout annonçait une journée magnifique.

La forêt, revêtue de sa verte parure de printemps, était charmante à voir.

Les artistes préfèrent l'automne pour les bois, à cause de la richesse et de la variété de tons que cette saison donne aux feuillages ; pour ma part, je n'ai point de prédilection si marquée à ce sujet.

En automne, à mon sens, une forêt est une belle femme de trente ans; au printemps, c'est une fraîche et vigoureuse jeune fille... et, femme ou fille, j'avoue que je ne sais laquelle des deux j'aime et j'admire le plus!

Georgette et Sidoine venaient de prendre, côte à côte, un étroit sentier sous les arbres, longeant la grande route qui traverse la forêt et conduit à Compiègne, lorsque, tout-à-coup, la jeune fille, glissant son bras sous celui de son compagnon, lui dit :

— Qu'est-ce que tu as fait cette nuit, Sidoine ?

A cette question, aussi étrange qu'imprévue, Sidoine considéra Georgette d'un air effaré.

— Ce que j'ai fait ? murmura-t-il..... mais j'ai pleuré beaucoup d'abord, parce que j'étais triste... et dormi ensuite très fort, parce que j'avais pleuré !

Georgette haussa les épaules.

— Pleurer et dormir, ça sert à grand' chose vraiment ! reprit-elle.

Enfin !

Et un léger sourire qui signifiait : « Ce garçon-là ne sait que m'aimer ! » effleura les lèvres de la jeune fille.

Puis elle réfléchit un instant.

Et tirant un papier de sa poche :

— Commençons, dit-elle, par relire la lettre de Jacques Ridelle, ensuite je te dirai à quoi j'ai pensé, moi, cette nuit, au lieu de pleurer et de dormir.

Sidoine fit un signe d'assentiment.

Georgette lut à haute voix ce qui suit, tout en continuant de marcher au bras de son amant.

Nous copions textuellement.

« Mon viel ami,

« Celle-ci et pour teu dirre que jeu me « porte bien et que jeu souhette qu'il en « soi parellemen de ta santé. Saufre « quelques mots de rhins auquels mon « hétat de frautteure me rent sujete, jeu « ne me plindrait pas du maitier, mais il « y en a de plu ruddes, c'et ce qui meu « consolle. Jeu te dirrai que j'ai trouver « ceu que tu m'a demander pour tes pe- « tit enfans : deux place trait bonne, chez « des gents bien. Au ressu de là pres- « sente, adresse moi dont les petit, him- « mediatement il entreront en conditions « et il n'auron j'espaire qu'à me remer- « ciait ainsi que toi. La deçu je te salut « d'amitié. »

Jacques Ridelle,
frautteure.

Rue des Marets-Saiht-Martin, n° 6,
à Paris.

P. S. « Jeu sui toujour chez moi à « quatre heurs après midi. Bien des chos- « ses aux amis du pays, qu'il y a bien « longtan que jeu ne les ait vu, mais que « jeu compte y allé l'année prochene. »

— Eh bien ! fit Sidoine, lecture achevée de la lettre du frotteur, nous savions déjà tout cela.... Après ? à quoi as-tu pensé cette nuit, Georgette ?

Georgette sourit encore.

— Mais, dit-elle, voyons ! causons d'abord un peu. Quel effet cela te fait-il d'aller à Paris ?

— Pardi ! c'est bien malin..... ça m'ennuie de quitter le pays et grand-père.... ça me chagrine de me séparer de toi.

— Bon ! Après ?

— Après..... ça m'est désagréable d'aller chez des gens que je ne connais point.

— Après ?.....

— Après..... mais, dam !.... je ne sais plus, moi.....

— Ah ! tu ne sais plus !.... Comme ça, tu ne te rappelles pas ce que la mère Pidou, — qui a été à Paris, elle, dans sa jeunesse, — nous disait, il y a huit jours encore, des dangers qui se rencontrent à chaque pas, à Paris, pour une fille, comme pour un garçon, qui n'y a pas de protecteurs..... de soutiens..... d'amis ?

A ces mots de Georgette, Sidoine, comme frappé d'une soudaine révélation, fronça le sourcil.

— Tu as raison, Georgette, répliqua-t-il, je ne me souvenais pas du propos de la mère Pidou.....

Mais pourquoi que grand-père n'a pas fait attention à ça, lui, aussi ?

— Pourquoi ? parce que grand-père a confiance en nous, sans doute, et qu'il a jugé inutile de nous effrayer.

— Alors, si grand-père a confiance en nous, à cause, au fait, que nous n'y aurions pas confiance également ?

Georgette haussa de nouveau les épaules.

— Comme tu voudras, dit-elle ; si ça ne te fait rien de me savoir toute seule, en maison, loin de toi..... je n'ai plus un mot à dire.

— Rien!... rien!... ce n'est pas là ma pensée..... Cependant nous pourrons nous voir souvent..... c'est convenu..... grand-père nous l'a assuré.

— Souvent! Tu t'imagines peut-être que lorsqu'on est en service on est libre de ses actions, toi! Nous nous verrons le dimanche!... et encore... quand on nous le permettra... voilà tout!

— Ah! voilà tout! Mon Dieu! Georgette, tu es drôle avec tes questions, tes réflexions!.... ça a l'air de t'amuser de me faire peur.... Tiens!.... je n'ignore pas que tu as plus d'esprit que moi.... si tu as inventé une manière de nous garantir des dangers, des ennuis que tu prévois, apprends-la-moi tout de suite, ta manière; ça vaudra mieux que de me laisser languir comme ça!

Sidoine avait pris un petit air piteux, qui ne manquait jamais son effet sur Georgette.

— Allons, embrasse-moi, lui dit-elle en s'arrêtant pour lui tendre les bras.

Sidoine ne se le fit pas dire deux fois. Deux gros baisers résonnèrent, dans le silence de la forêt, sur les joues roses de Georgette.

Presque au même instant, un trille joyeux retentit au-dessus de nos amoureux: c'était une fauvette qui disait, de sa voix d'oiseau, à son galant, tout fier de cet aveu, qu'elle l'aimait... et qu'elle n'aimerait que lui... toute la saison du printemps.

Ma foi! il y a bien des femmes moins franches et moins fidèles encore que les fauvettes!

— Eh bien, oui, mon bon Sidoine, reprit Georgette, en se remettant à marcher près de son compagnon, tandis que tu pleurais et que tu dormais, cette nuit, moi, je rêvais, en effet, à yeux ouverts, sur les avertissements de la mère Pidou.

Elle nous a dit que les jeunes filles et les jeunes garçons couraient des risques à Paris... Ces risques, je ne sais pas au juste ce qu'ils peuvent être....

Mais je n'en crois pas moins qu'il vaut mieux les éloigner que de les attendre.

Or, pour nous mettre à l'abri tous les deux, voici le projet que j'ai conçu:

Oh! cela va te paraître extraordinaire, je le parie; tu vas refuser peut-être..... cependant, si je te garantis que c'est un bon moyen pour nous d'être tranquilles...

— Tu n'as pas besoin de me rien garantir et tu as tort de croire que je puisse refuser, dit Sidoine, qui serra sous le sien le bras de sa maîtresse; du moment qu'une chose te plaît, tu sais bien qu'elle doit me plaire aussi.

Georgette récompensa ces bonnes paroles d'un bon sourire.

— Voyons ton moyen? reprit Sidoine.

— Mon moyen?... c'est... c'est...

Georgette rougit d'instinct.

Au moment d'expliquer sa pensée, elle hésitait. Il y a ainsi une foule de rêves à yeux ouverts que, seul, on trouve tout simples et qui vous effraient à deux.

— C'est? répéta Sidoine.

— C'est... murmura Georgette, rappelant à elle sa résolution, mais sans oser, néanmoins, regarder son amant, c'est.... de changer réciproquement de costumes. . c'est de ne plus être, que pour nous deux seulement, ce que nous sommes... c'est, enfin, de devenir pour tous, à Paris, toi, Georgette... et moi, Sidoine... moi, le garçon.. toi, la fille.

Sidoine laissa échapper un si bruyant éclat de rire qu'un lapin, qui broutait le thym, à quelques pas de là, sans s'inquiéter de la vue de nos amoureux, dressa l'oreille et abandonna son déjeuner, en se demandant, peut-être, si ces amoureux ne cachaient pas des chasseurs.

La gaîté a le don de raffermir la confiance...

Tout en riant avec Sidoine, — et, après tout, la proposition était assez bizarre pour qu'elle s'en amusât elle-même, — Georgette avait hardiment relevé la tête.

— Comment! tu veux que je me change en fille, disait Sidoine, et tu veux te mettre en garçon?... Mais je ne saurai pas marcher avec une robe, moi!

Comment! tu veux que je me change en fille.

— Je t'apprendrai.

— Et toi, quelle tournure auras-tu sous mes habits?

— Ne t'occupe pas de cela .. cela me regarde.

— Mais tu as de grands cheveux!

— Je les couperai Oh! j'ai songé à tout... Tiens! j'ai des ciseaux dans ma poche!...

— Couper tes cheveux, qui sont si beaux!

— Je les laisserai repousser plus tard pour toi.

— Bon! mais les miens qui sont courts...

— Sous le bonnet, ça ne paraîtra pas... et puis, si l'on te le demande, tu diras que c'est à la suite d'une maladie qu'on te les a coupés comme ça.

— Mais... mais... je ne ressemble pas tout-à-fait à une femme, moi!...

Georgette baissa de nouveau la tête... Sidoine détourna la sienne...

Ce dont il était tacitement question alors entre nos amoureux, on le devine, c'était certain corsage qui ne pouvait, comme de raison, nullement se garnir d'un côté... tandis que de l'autre, il commençait, au contraire, à s'arrondir un peu...

Un peu: Georgette n'avait pas seize ans.

— Quand on veut bien.... murmura-t-elle en s'inclinant pour cueillir une primevère sauvage, on ressemble..... à qui l'on veut....

— Tu crois? dit naïvement Sidoine, qui n'appréciait pas, dans tout son développement, le système de mensonge, sous forme d'attraits, que lui conseillait Georgette.

— Mais.... ma figure?

— Oh! quant à ta figure, s'écria la jeune fille, enchantée d'être ramenée sur un terrain où elle ne pouvait que triompher, quant à ta figure, tu ne contesteras pas qu'elle ne soit absolument semblable à la mienne?..

— C'est vrai!... la barbe est tardive chez moi!... René Boulot, qui n'a que seize ans, et qui a déjà des favoris, lui! hein!

— Bah! ça te viendra aussi, va, tu as le temps! Et puis, nous avons encore le même pied tous deux, la même main!

— Oui... oui... Oh! pour le pied et la main... et la taille...

— Tu vois donc bien que rien n'est plus facile que ce que je te propose.

— C'est possible! Cependant, encore une question... En admettant que nous nous transformions ainsi, Georgette, à ton dire, tu penses donc que cela nous sera une garantie infaillible contre les dangers.... dont parlait la mère Pidou?

Un éclair de malice illumina le regard de Georgette. Décidément, un garçon innocent est cent fois plus innocent qu'une fille innocente. C'est l'histoire éternelle de notre mère Ève avec notre père Adam. Les femmes continuent de cueillir, les premières, la pomme.

— Mais, à coup sûr, que ce nous sera une garantie infaillible, repartit Georgette. Voyons, réfléchis donc .... c'est tout simple!... ce qu'on te dira comme fille ne te touchera guère, n'est-il pas vrai? De mon côté, en garçon... je n'aurai rien à redouter.

— C'est juste!... tu te moqueras pas mal de tout le monde... et moi aussi...

— Pardi!... ça va tout seul... et de cette manière, du moins... tu n'auras pas peur pour moi... et je n'aurai pas peur pour toi..

Sidoine se pinça les lèvres; l'esprit commençait à lui venir.

— Ça va tout seul, reprit-il; nous n'aurons peur ni l'un ni l'autre.

Il y eut un moment de silence. Chacun de nos amoureux se demandait tout bas lequel des deux gagnerait le plus, sous le rapport de la sécurité du cœur, à la transformation projetée.

Vous voyez que, si Georgette avait deviné la jalousie, Sidoine était très apte à la comprendre.

Il peut exister des amours sans désirs; mais il n'en est point sans craintes.

Qui aime doute.

— Eh bien! alors, dit enfin Sidoine, quand troquons-nous nos habits?

— Mais tout de suite, fit Georgette... Qu'est-ce que tu as dans ton paquet?

— Six chemises, six paires de bas, une paire de souliers, un gilet et un pantalon des dimanches.

— Bon... ôte ta veste... C'est ça... Tiens! tu trouveras là-dedans tout ce qu'il te faut..... jupon, souliers, robe et bonnet ..

— Mais, ton corset?...

— Oh! quant à cela, je le garde..... toi, tu n'en as pas besoin : tu te serreras un peu plus, voilà tout!...

— Mais je ne saurai pas m'agrafer, ni me coiffer tout seul.

— Va toujours; quand tu en seras là, je serai déjà prête et je viendrai t'aider. Dépêche-toi.

En prononçant ces mots, Georgette s'élança sur la droite, hors du sentier, traversa la route et disparut dans un taillis de noisetiers.

Sidoine demeurait immobile à l'endroit où la jeune fille l'avait laissé; et il tenait toujours à la main le paquet où se trouvaient ses vêtements féminins.

Cependant il fallait se décider.

Sidoine entra à son tour dans un taillis. En un clin d'œil il eut ôté son pantalon, sa veste et son gilet. Puis il mit les bas et les souliers de Georgette. Là n'était pas le plus difficile. Mais quand il fut question de passer la chemise, —une de ces longues chemises sans manches; — quand il se prit à considérer le jupon, et la robe, et le fichu et le bonnet, Sidoine resta court et coi... tout aussi bien que s'il eût eu devant lui une armure du XIVe siècle.

Heureusement pour le pauvre embarrassé, il entendit, à ce moment, près de lui, un cri joyeux.

C'était Georgette qui, après avoir achevé et parfait, à sa grande gloire, sa métamorphose, accourait généreusement à l'aide de son compagnon. Georgette était adorable en garçon... si adorable, qu'oubliant qu'il n'était encore parvenu à mettre, de tout son costume de femme, que la chemise, Sidoine émerveillé ne pensait plus qu'à contempler la jeune fille Les cheveux courts, le chapeau rond légèrement incliné sur l'oreille, sa cravate nouée avec grâce, et, par prudence, son gilet boutonné jusqu'en haut, Georgette, l'œil malin et tendre tout à la fois, s'avançait à travers les feuilles mortes et les herbes nouvelles de la forêt . et, n'eût été un peu d'embarras dans sa démarche, on l'eût pu prendre déjà pour un garçon... un véritable garçon !...

—Comment! tu n'en es que là! s'écria-t-elle, en apercevant son amant si peu avancé dans sa toilette.

— Dam!... c'est pas ma faute!... je ne sais de quel côté commencer! repartit Sidoine. Il paraît que tu as été plus habile que moi, Georgette! Mais es-tu gentille comme ça, chère petite femme!...

— Je te ressemble!... Mais il ne s'agit pas de nous faire des compliments! Voyons! ne bouge pas... je vais t'habiller! seulement, regarde bien comme je fais; car demain tu ne m'auras pas pour te rendre ce service.

— Et tes chers cheveux... où sont-ils?

— Pardi! je les ai laissés là-bas... les oiseaux les prendront pour garnir leurs nids.

Sidoine donna un dernier soupir au sacrifice de sa maîtresse.

— Là, reprit Georgette, qui tournait et retournait son compagnon comme une poupée, voilà le jupon et la robe mis..... tu vois que c'est bien simple... . A cette heure, attends que j'arrange tes cheveux avec mon peigne..... bon! Tiens ta tête tranquille..... Ah! mademoiselle, mais vous êtes très jolie aussi de cette façon, savez-vous?

— C'est que je te ressemble.

— Ce fichu autour de ton cou... là .. ce petit châle sur tes épaules... Maintenant, marche un peu.

Sidoine obéit, mais avec une gaucherie telle, que Georgette ne put s'empêcher de rire.

— Ah! tu en conviens donc, puisque tu te moques de moi, fit Sidoine, en riant de son côté, je ne saurai pas être une femme, et ton moyen...

—Mon moyen réussira, parce que lorsque nous aurons marché ensemble une heure ou deux dans la forêt, tu en sauras autant que moi..... vu que l'on sait tout de suite ce que l'on veut savoir...

Mon moyen réussira, parce qu'il est nécessaire qu'il réussisse, pour notre tranquillité à tous deux!...

Et que tu n'as pas envie, d'ailleurs, je présume, de revenir sur ce qui est fait?

— Non, sans doute.

— Alors, donne-moi donc ces effets qui sont là, à terre, et garde ceux-ci, que je te rapporte...

Et, à présent, prends-moi le bras...

— Pourquoi moi?

— Que tu es bête!... puisque nous voulons nous apprendre...

—C'est juste!... Est-ce bien ainsi?...

— Pas mal... tiens-toi droit...

Et moi, tiens-je bien mes jambes?

— Oh! toi! il semble que tu n'aies fait que ça toute ta vie, d'être garçon.

— Menteur!... et en route...

— En route!

Mais au lieu de partir tout de suite,

cette fois, nos amoureux restaient comme cloués l'un près de l'autre, à cette place où venait de se passer, d'une manière si innocente, leur étrange transformation. Quelque candide que soit une âme, il est des instants où elle aspire aux délices d'une science inconnue. Georgette et Sidoine se trouvaient dans un de ces instants-là...

Muets tous deux, mais, tous deux, le regard animé d'une éloquente tendresse, ils s'étaient rapprochés... bien rapprochés..... Et Sidoine avait enlacé de ses bras la taille de Georgette, et Georgette avait jeté les siens autour du cou de Sidoine.

Un baiser... un baiser en même temps donné et reçu de part et d'autre, un baiser d'amour..... un vrai, un suave baiser, enfin, fit frissonner leurs lèvres...

Ils tressaillirent..... le cœur leur battait..... leur sang brûlait..... leur visage était enflammé.

Mais le Dieu des honnêtes gens veillait sur nos amoureux.

— En route! répéta Georgette.

— En route! murmura Sidoine.

Quelques secondes après, la forêt retentissait de nouveau des bruyants éclats de rire de Georgette-Sidoine et de Sidoine-Georgette, continuant, côte à côte, leur œuvre mutuelle de leçons de maintien.

III.

L'hôtel du Chat-qui-Pêche.

Compiègne, il y a dix ans, n'était pas encore desservie par un chemin de fer. En arrivant dans cette ville, qu'ils connaissaient d'ailleurs, Sidoine et Georgette se dirigèrent vers un simple bureau de voitures publiques, afin d'y prendre leurs places pour Paris.

Il était huit heures environ, à ce moment, et la voiture ne partait qu'à midi, — service d'été, — nos amoureux avaient donc quatre heures à dépenser avant de monter en voiture.

— Promenons-nous, fit Georgette.

— Promenons-nous, répéta Sidoine.

Mais, est-ce que tu n'as pas faim, Georgette?

— Faim... un peu... Oh! voilà déjà que tu songes à manger, toi!

Au nombre de ses petits défauts, Sidoine possédait, en effet, celui de se plaire infiniment à table.

Cependant, après trois heures de marche en forêt, il était assez permis de se sentir quelque appétit.

Sans doute Georgette fit cette réflexion, car elle reprit aussitôt, sans donner à son reproche le temps d'attrister Sidoine :

— Après cela. . tu as raison... nous pourrions déjeuner...

Sidoine sourit.

— Cherchons une auberge, continua Georgette.

— Parbleu! que nous importe! la première venue! fit Sidoine.

La première venue se trouva être l'*hôtel du Chat-qui-Pêche,* près de la place de l'Hôtel-de-Ville.

Sidoine et Georgette entrèrent en riant de son enseigne, dans le susdit hôtel.

Ils prirent place, dans une grande salle basse, devant une table qui semblait les attendre.

— Que mangez-vous? leur demanda le garçon.

— Des côtelettes, fit Sidoine.

Sidoine adorait les côtelettes.

— Quel vin voulez-vous? reprit le garçon.

— Du vin blanc.

Sidoine raffolait du vin blanc.

Et bientôt quatre côtelettes cuites à point, et une bouteille de chablis doré, faisaient étinceler le regard de Sidoine.

Et Georgette s'amusait de la joie répandue sur les traits de son amoureux. Après tout, qui nous pardonnera nos défauts, si ce n'est les gens qui nous aiment?

Sidoine entamait vigoureusement sa seconde côtelette,

Après avoir dégusté son troisième verre de chablis,

Lorsque l'auberge, jusque-là silencieuse, retentit d'un bruit étrange.

Au même instant la porte de la salle basse, où se trouvaient Georgette et Sidoine, s'ouvrit avec fracas.

Et une douzaine d'hommes et de femmes, les uns poussant les autres, et tous piaulant, criant, riant, se précipita dans la salle.

Or, il faut vous dire que, depuis huit jours, la ville de Compiègne possédait une troupe de comédiens, qui lui avaient déjà donné quatre représentations.

Ces comédiens avaient élu domicile à l'*hôtel du Chat-qui-Pêche*.

Et c'étaient eux qui, au retour d'une promenade matinale, rentraient ainsi, pourvus d'un formidable appétit, et d'une gaîté bruyante, dans leur commune demeure.

Il y avait là cinq hommes, — l'amoureux manquait à la réunion,—M. Raoul, le premier rôle et en même temps le directeur de la troupe; — M. Frédéric, le père noble;—M Christoval, le troisième rôle;—M. Alexis, le comique, et M. Robert, l'utilité.

Six femmes. mademoiselle Rosalba, l'ingénue;—mademoiselle Cécile, la soubrette;—madame d'Apremont, la grande coquette; — madame Saint-Prix, la duègne; — mademoiselle Félicine, l'amoureuse de drame, et mademoiselle Marie, la confidente, la suivante, ou tout ce qu'on voudra.

A l'aspect de ces gens se ruant autour d'une grande table dressée, à leur intention, au milieu de la salle, Sidoine et Georgette échangèrent un craintif coup d'œil.

Mais les comédiens ne regardaient même pas nos amoureux, tout occupés qu'ils étaient de presser le garçon de les servir...

Georgette se contenta de s'asseoir de façon à tourner le dos aux nouveaux venus.

Et Sidoine, rassuré par le calme de sa compagne, reprit sa côtelette où il l'avait laissée.

— Ah! que j'ai faim! —Dieu! que j'ai faim! — Sapristi! que j'ai faim!

Disaient, l'un après l'autre, les artistes.

J'aime à croire que la locution : *sapristi!*—plus énergique il est vrai, mais, peut-être, moins convenable que les autres pour manifester son appétit,—n'était employée que par la partie masculine de la troupe.

— Dame! savez-vous que nous avons terriblement marché depuis trois heures que nous sommes partis!

— Oh! oui! nous avons fait au moins dix lieues.

—Ah! ah! dix lieues! Qu'elle est bête, cette Rosalba! pourquoi pas trente, tout de suite.

— Je suis bête..... comme vous êtes polie, Cécile... Qu'y a-t-il d'étonnant à ce que je ne sache pas mesurer les distances.... moi qui ne vais jamais qu'en coupé, à Paris.

— Oh! en coupé!

— En coupé où l'on tient quinze... y compris le strapontin...

— Et à six sous la course!... connu!...

— En omnibus... vous vous trompez, mademoiselle..... je ne vais jamais en omnibus... je les ai en horreur, au contraire...

— Bah! je ne suis pas si fière que toi... et l'année dernière, que j'étais engagée à Beaumarchais et que je demeurais rue des Martyrs, j'avoue que je faisais une consommation affreuse de ces respectables véhicules...

— C'est possible!.. .. mais comme je n'ai jamais été engagée à Beaumarchais, moi!...

—Oh!... tu as été deux ans au Luxembourg... je te conseille de te carrer encore...

— Cécile a raison! Si Beaumarchais

est l'omnibus des théâtres, Bobino ne doit en être que le coucou!...

— Ah! ah! ah!

— Mais ce gredin de Sulpice ne nous servira donc pas!... Oh! que l'on a peu d'égards dans cette maison pour les artistes!... Nous avions pourtant bien prévenu que nous rentrerions à huit heures! Sulpice.

— Sulpice!

— Infâme Sulpice!

— Traître de Sulpice!

— Chenapan de Sulpice!

— Voilà! voilà! voilà!

— Ah!... Vive Sulpice!

L'apparition du garçon flanqué de deux énormes plats, l'un de gibelotte, l'autre de ragoût de mouton, avait changé les vociférations en applaudissements.

Un profond silence suivit.

Le directeur servait ses artistes.

Et, hommes et femmes, chacun n'avait plus de regards et de bouche que pour son assiette.

Cependant, entre deux bouchées de lapin, une de ces dames,—celle qui n'allait jamais qu'en coupé, mademoiselle Rosalba,—hasarda ce mot :

—Et Ludovic...nous ne le faisons donc pas prévenir que nous déjeunons.

Mais une sorte de grognement général répondit à cet appel à la sensibilité de tous.

Puis, M. Raoul,—le directeur,—fit entendre ces paroles sentencieuses :

— Puisqu'il a refusé de venir se promener avec nous, il est totalement inutile, à mon sens, de s'occuper de lui.

Et tout retomba dans le silence entremêlé de cliquetis de fourchettes et de couteaux, et de gouglous du vin s'échappant des bouteilles.

Sidoine et Georgette n'avaient rien perdu de la scène que nous venons de décrire.

Sans le vouloir, ils avaient curieusement écouté jusqu'aux moindres détails de la conversation des artistes.

Et il était résulté ceci de l'attention soutenue de nos deux amoureux,

Que l'un, — Sidoine, — s'était pris à rire plusieurs fois de l'étrange façon d'être de ces dames et de ces messieurs;

Tandis que l'autre, — Georgette, — s'en était, au contraire, sentie comme effrayée.

Diversité d'opinion, diversité de conduite.

Sidoine avait achevé sa seconde côtelette.

— Allons-nous-en! fit la jeune fille.

— Oh! repartit Sidoine, il reste encore du vin... mangeons un morceau de fromage!

Et, contre son ordinaire, sans attendre, cette fois, l'assentiment de sa compagne, Sidoine, — que le vin blanc avait mis en hardiesse, — cria : « Garçon! »

—Voilà! fit ce dernier qui entrait alors dans la salle.

— Du fromage, s'il vous plaît?

A ce moment, les acteurs et les actrices, leur fringale un peu adoucie par l'absorption subite des deux plats de gibelotte et de mouton, commençaient à reprendre leurs esprits...

Au cri de Sidoine, plusieurs de ces messieurs et de ces dames tournèrent machinalement la tête du côté où il était parti.

Et mademoiselle Cécile, qui se trouvait le plus rapprochée du jeune couple, poussa une exclamation...

Georgette, sans y songer, venait de se retourner de son côté...

Et la soubrette, qui avait d'abord regardé Sidoine, était demeurée stupéfaite à l'aspect de cette seconde édition, si exactement semblable, chez le garçon, de la figure de la fille.

En province, quand ils n'ont point de répétitions qui les réclament, les comédiens, tout le jour, ne songent qu'à tuer le temps le plus joyeusement possible.

L'exclamation de Rosalba avait surpris ses camarades; ces mots, qu'elle proféra à voix basse, en se penchant vers eux :

— Oh!..... c'est ébouriffant!..... ces deux petits paysans, si vous saviez!.. ils se ressemblent comme deux gouttes d'eau !

Ces mots excitèrent leur curiosité.

Le monde théâtral est, en général, un monde où les cérémonies de la politesse se pratiquent assez légèrement.

M. Alexis, en sa qualité de comique, avait le privilége d'entamer toutes les aventures qui paraissaient devoir être amusantes.

D'ailleurs il ne s'agissait, en ce moment, que de deux petits paysans. . et il n'y avait, vraisemblablement, pas lieu de se gêner à leur égard.

Se levant donc de sa place, M. Alexis se dirigea en chantonnant, — tandis que les autres attendaient le résultat de sa démarche,— vers le fond de la salle, en passant devant la table de Georgette et de Sidoine.

Il feignit de chercher quelque chose sur un buffet.

Puis il revint sur ses pas...

Georgette lui faisait face alors...

En allant il avait regardé Sidoine.

— Oh ! s'écria-t-il, en frappant des mains, c'est que c'est vrai ! Deux gouttes d'eau ! deux feuilles d'arbre... deux ailes de papillon !...

Et, sans plus de façon, s'approchant de nos amoureux :

— Vous êtes jumeaux? n'est-ce pas, mes enfants? leur dit-il.

L'affaire était engagée. En une seconde tous les comédiens, mâles et femelles, s'étaient levés à l'exemple d'Alexis, et faisaient cercle autour de Georgette et de Sidoine. Les cris d'étonnement, voire même d'admiration, les questions se succédaient sur toutes les lèvres. — Qu'il est gentil ! disaient ces dames. — Qu'elle est jolie ! disaient ces messieurs. — Quel charmant amoureux cela ferait ! — Quelle délicieuse jeune première, si elle voulait !

Et mesdemoiselles Cécile et Rosalba, principalement, se penchaient sur Georgette, pour mieux l'examiner sans doute.

Et M. Raoul et M. Christoval s'étaient, chacun de son côté, emparés d'une main de Sidoine.

Et, au milieu de tout ce tohu-bohu, Georgette et Sidoine demeuraient silencieux et rougissants, comme deux pauvres anges surpris par une troupe de démons.

Seulement, il y avait une nuance de colère mêlée à la confusion sur les traits de Georgette, et quand Sidoine se hasardait à la regarder, comme pour lui dire : « qui nous tirera de là ! » il lisait dans les yeux de la jeune fille cette fulminante réponse :

— C'est ta faute ! c'est ta faute !..... c'est ta faute !

Si nous étions partis tout à l'heure, comme je le désirais, cela ne serait pas arrivé.

Cependant il fallait en finir.

Georgette s'y décida la première. D'elle et de Sidoine, c'était elle qui était l'homme .. elle se devait donc de se conduire en homme.

Elle se leva.

— Pardon ! mesdames et messieurs, fit-elle d'un ton sec, mais nous ne vous connaissons pas !... Nous vous serions donc fort obligés de nous laisser achever tranquillement notre déjeuner.

A ces mots, une explosion de rires s'éleva du sein des comédiens...

Mais les comédiennes, plus dignes, apaisèrent ce tumulte d'un geste.

— En effet, monsieur, repartit gravement mademoiselle Cécile, en s'adressant à Georgette, nous avons peut-être manqué aux convenances en vous interrompant au milieu de votre repas, mais vous devez excuser notre conduite. Vous reconnaissez, je présume, vous-mêmes, que vous êtes le couple le plus singulier, sous le rapport de la ressemblance, que l'on puisse rencontrer. Vous êtes frère et sœur, sans doute, et jumeaux ?

— Oui, madame, repartit Georgette, qui trouva plus facile un innocent mensonge qu'une explication, quelque courte qu'elle pût être.

— Eh bien ! donc, monsieur, poursui-

Mademoiselle Rosalba.

vit Cécile, du même ton sérieux, vous ne pouvez trouver mauvais qu'on admire en vous, ainsi qu'en mademoiselle votre sœur, l'œuvre si extraordinaire de Dieu...

— Et qu'on vous dise que vous avez la figure la plus intéressante, mademoiselle, fit Raoul à Sidoine.

— La tête la plus charmante du monde, ajouta Rosalba à Georgette.

Il n'y avait vraiment pas à se formaliser de pareils compliments..... surtout adressés, qu'ils étaient ainsi, tout au rebours! La physionomie de Georgette s'adoucit; Sidoine, enchanté de ce que sa maîtresse n'était plus en colère, éclata franchement de rire.

— Ils ont ri! ils sont désarmés! cria Alexis... bravo!. .

—Ils vont boire avec nous un verre de sauterne, fit Raoul qui n'avait pas quitté la main de Sidoine.

— Non! non! repartit vivement Georgette, non... il faut que nous partions .. nous avons retenu nos places pour midi, à la voiture de Paris.

— Ah! vous allez à Paris!... eh bien! vous avez le temps!... il n'est que dix heures un quart. Sulpice, du vin, mon ami... et du bon... Asseyez-vous là, ma petite.

— Asseyez-vous donc, mon ami!

Ces dames faisaient causer Georgette.

voyons! est-ce que les dames vous font peur?

Moitié de bonne volonté, moitié par force, Georgette s'était assise à la table des comédiens, entre mesdemoiselles Rosalba et Cécile.

De son côté, Sidoine, un peu pour faire plaisir à ces messieurs si polis, — et qui le prenaient si bien pour ce qu'il n'était pas, — un peu pour boire du sauterne... il aimait tant le vin blanc! — avait pris place auprès de MM. Raoul et Alexis.

Ces dames faisaient causer Georgette.

Ces messieurs faisaient boire Sidoine.

Si bien que Georgette oubliait de veiller sur Sidoine,

Et que Sidoine oubliait de regarder Georgette.

Or, au bout d'une demi-heure environ de cette causerie trop attentionnée d'une part... de cette trop grande facilité à fêter le sauterne, de l'autre,

Savez-vous ce qu'il advint?

Il advint que comme Georgette, s'arrachant enfin aux séduisantes Cécile et Rosalba, jetait un coup d'œil vers Sidoine, elle s'aperçut que ce dernier était gris.

Oui! gris! très gris!... MM. Raoul et Alexis avaient trouvé drôle de faire boire deux bouteilles entières à cette petite paysanne qui traitait, d'une façon si gaillarde, le vin de Sauterne.

Et *la petite paysanne* avait bu ses deux bouteilles sans se faire prier.

S'élancer vers son amant et l'obliger à se lever fut pour Georgette l'affaire d'une seconde.

Sidoine se releva bien... mais quant à se tenir droit, cela lui était plus difficile.

Georgette enveloppa d'un regard furieux MM. Raoul, Alexis, Christoval, Frédéric et Robert, qui riaient à se tordre...

Oh ! si elle eût été un homme véritablement, comme elle les eût tous souffletés de bon cœur !

— C'est bien lâche, ce que vous avez fait là, messieurs, s'écria-t-elle, oh ! c'est bien lâche.

—Ah ! le petit qui se fâche, fit Raoul... c'est trop amusant !...

— Il faut les empêcher de partir, reprit Alexis

— Oui ! oui ! répétèrent les uns.. retenons-les !...

— Non ! non ! dirent les autres.

La troupe des comédiens se divisait déjà en deux camps ; l'un disposé à pousser jusqu'au bout cette mauvaise plaisanterie à l'égard de deux pauvres enfants,

L'autre décidé à leur rendre la liberté.

Et nous devons constater que les dames faisaient partie de ce dernier camp.

Un incident inattendu vint, plus encore que leurs défenseurs, au secours de Georgette et de Sidoine.

Sulpice entrait dans la salle :

— Une lettre pour M. Raoul, dit-il.

— Une lettre... qui te l'a remise ? repartit Raoul.

— M. Ludovic, il y a dix minutes...

— Ludovic ! tiens !...

L'artiste-directeur brisa le cachet du billet de son pensionnaire,

Et frappant, avec rage, du poing, sur la table :

— Sacrebleu ! cria-t-il à ceux qui l'entouraient, savez-vous ce que fait ce gueux de Ludovic à cette heure ? Il nous plante là... il part pour Paris !

— Ludovic parti !...

— Allons ! c'est impossible !...

— C'est une plaisanterie !...

— Il n'est pas capable d'une infamie pareille,

S'écrièrent à la fois tous les comédiens.

Et chacun se pressa autour de M. Raoul pour s'édifier, par ses propres yeux, sur l'étrange nouvelle de la fugue de l'amoureux.

A la faveur du tumulte, Georgette avait pu entraîner Sidoine hors de la salle basse.

Mais il était midi et quart... Elle venait de l'entendre, d'ailleurs : la voiture de Paris était partie !...

Et quand il n'en eût pas été ainsi, dans l'état où il se trouvait, Sidoine n'était-il pas incapable de se mettre en voyage !

Sulpice passait à ce moment près de Georgette.

— Monsieur Sulpice, lui dit-elle, voulez-vous m'aider à faire monter ma sœur dans une chambre... nous ne partirons pas aujourd'hui... nous coucherons dans cet hôtel.

—Volontiers, mon ami, repartit le garçon. Ah ! ces farceurs d'acteurs... ils ont donc grisé votre petite sœur... Bah ! une heure de sommeil et il n'y paraîtra plus.

— Quelle mauvaise rencontre nous avons faite là, pensait Georgette en gravissant un escalier à la suite du garçon qui portait, ou à peu de chose près, sa *petite sœur*. Eh bien ! si c'est de cette façon que Sidoine se conduit en femme, ça promet pour l'avenir !

IV.

Une représentation extraordinaire.

Cependant les comédiens étaient toujours dans la salle basse de l'hôtel du Chat-qui-Pêche, mais adieu la gaîté qui régnait un instant auparavant parmi eux!

Georgette et Sidoine n'étaient plus là... on n'y songeait point... mais y eussent-ils été encore, qu'on ne se fût pas occupé d'eux davantage. Hommes et femmes, tous, maintenant, l'œil morne, la tête baissée, considéraient, en silence, leur directeur comme pour demander à son intelligence une parade de génie au coup qui les frappait collectivement.

Car voici pourquoi la situation de nos artistes était des plus graves.

Ils avaient affiché pour le soir même une représentation extraordinaire : deux pièces en un acte, plus une autre en trois, où toute la troupe jouait et dans laquelle M. Ludovic, — cet *amoureux* qui se souciait si peu de ses amours quand le désir de revoir Paris le prenait, — avait, surtout, un rôle des plus importants.

Il n'y avait pas moyen de changer le spectacle. D'ailleurs Ludovic était de toutes les pièces...

Faire un relâche pour cause d'indisposition était chose impossible encore... Les billets étaient à peu près tous placés... et le lendemain on devait quitter Compiègne pour se diriger sur Beauvais!

— Le misérable! le traître!... le scélérat, le polisson! grommelait M. Raoul, entassant les unes sur les autres les épithètes les plus énergiques de drames et de vaudevilles, pour maudire celui dont le départ le mettait, lui, principalement, dans un si cruel embarras ; c'est donc pour cela qu'il m'avait demandé une avance hier au soir... et moi, imbécile, qui lui ai donné cinquante francs!... Ce monsieur a laissé une maîtresse, qu'il adore, à Paris... il a voulu revoir sa maîtresse... et sans s'inquiéter de ses camarades... sans respect pour lui-même, pour son art... il s'en va... il se sauve... comme un sans-cœur qu'il est!...

Oh! si je le tenais!

Mais M. Raoul ne tenait pas son amoureux et toutes ces doléances et ces malédictions n'aboutissaient à rien qu'à désoler ceux qui les entendaient.

M. Raoul comprit sa faute. C'est toujours une faute à un général que de décourager ses soldats.

— Allons! allons! dit-il, mes enfants! Eh bien! que voulez-vous?

Nous jouerons *Corinne*...

Et il essaya de sourire.

Corinne était la pièce en trois actes.

— Nous jouerons *Corinne* sans M. Ludovic!

— Mais qui est-ce qui fera l'amoureux, puisque nous sommes tous de la pièce?

— Personne! on passera son rôle.

— Oh! oh!... cette facétie!... un rôle de cinq cents... ça serait commode pour les répliques!...

— On fera une annonce et le père Michaille lira le rôle.

— Le père Michaille... le souffleur... ça serait gentil... il a soixante ans et le nez rouge comme une vitelotte!... je ne sais pas si on nous *reconduirait!*...

Reconduire, en argot de théâtre, c'est siffler.

— Eh bien! une de ces dames va remplacer, en travesti, Ludovic... celle qui a le personnage le moins important!

Les six femmes se mirent à crier en chœur :

— En travesti! par exemple!... et sans répétitions, merci!... — Je n'ai pas envie d'être ridicule, moi!... — Non! je ne fais pas de ces choses-là! — Si c'était pour un acte, encore... mais trois! — Non! non! c'est impossible! c'est impossible! nous refusons!...

Le pauvre directeur, repoussé avec perte dans sa proposition, se hâta de s'écrier :

— C'était pour rire, mesdames, c'était pour rire... Parbleu! je n'ignore pas que des artistes de votre espèce ne se prêteraient pas à de si indignes stratagèmes.

Pourtant il faut que nous sortions à tout prix de l'impasse où nous a jetés ce brigand de Ludovic.

Quant aux deux vaudevilles en un acte, mon Dieu, moi qui ne suis ni de l'un ni de l'autre, j'y jouerai l'amoureux s'il est nécessaire.

Mais pour *Corinne*... pour *Corinne*... notre grande pièce... qu'allons-nous devenir?

— Si nous faisions comme Ludovic, fit en ricanant Alexis.

Un hurrah improbateur punit le comique de son inconvenante motion.

Puis le silence tomba de nouveau sur nos artistes.

Un silence profondément triste..... presque funèbre.

— Ah! s'écria subitement Rosalba, nous sommes sauvés !

— Sauvés!... comment!... par quel moyen! hurlèrent à la fois tous les autres.

— Mon moyen, je vous le dirai tout à l'heure. Pour l'instant, attendez.

Sulpice!... Sulpice!...

— Voilà, voilà! fit, au dehors, la voix du garçon d'hôtel.

— Il est bien entendu, continua l'ingénue en s'adressant au directeur, que vous avisez, pour votre part, à remplacer l'amoureux, d'une manière ou d'une autre, dans les deux vaudevilles?

— Sans doute! c'est entendu!... Oh! cela n'est pas le plus difficile.

— Bon!...

Sulpice paraissait.

— Mon ami, lui dit Rosalba, ce jeune garçon et cette jeune fille... tu sais... ces deux jumeaux qui déjeunaient là, près de nous, il y a un instant... ils ne sont pas encore partis, n'est-ce pas?

— Oh! non, mademoiselle! oh! non!... cette farce!... vous aviez mis bon ordre à ce qu'ils ne partissent pas!... La petite est étendue, en haut, dans une chambre, sur un lit où elle ronfle comme un carabinier... et son frère est assis auprès d'elle...

— Merci, tu me conduiras tantôt près d'eux, entends-tu?

Tu peux t'en aller.

Sulpice s'inclina et sortit.

Les comédiens, attendant le mot de l'énigme, considéraient anxieusement Rosalba.

— Et que veux-tu faire de ces enfants? demanda M. Raoul, le plus impatient de tous.

— Ce que je veux, repartit-elle d'un air de supériorité.

Vous savez que j'ai joué déjà au moins quarante fois *Corinne*?

Par conséquent vous concevez, n'est-ce pas, que je connaisse la pièce sur le bout de mon doigt...

Eh bien! ce que je veux, je vais vous l'apprendre ; écoutez-moi avec attention : . . . .

. . . .

Sidoine, étendu tout habillé sur un lit, dormait, en effet, du sommeil du juste... — du juste qui a bu trop de vin de Sauterne.

Et il y avait à peu près sept heures qu'il était dans cet état.

Après avoir passé les trois premières heures près de lui, dans la crainte qu'il ne se trouvât malade, Georgette, jugeant, à raison, puisqu'il ne discontinuait pas de dormir, que ce qu'il y avait de mieux à faire c'était de le laisser tranquille, Georgette s'était retirée dans une chambre voisine... où il y avait un lit pour elle.

Sulpice, vers les cinq heures, lui avait monté à dîner.

Elle craignait trop, en descendant, de se retrouver avec les comédiens.

Et, au moment où nous la rejoignons, c'est-à-dire sur les sept heures et demie à peu près, la jeune fille, assise dans sa chambre, relisait encore une fois la lettre de Jacques Ridelle, le frotteur..

A la lueur d'une bougie... car la nuit était venue.

Elle en était à ce passage :

« Bien des *chosses* aux amis du pays! »

Un véritable compliment de bonnetier!

Lorsqu'on frappa à sa porte.

Ce ne pouvait être Sidoine... une simple cloison la séparait de lui... et elle l'entendait toujours ronfler.

Le garçon d'hôtel?... Elle ne l'avait pas sonné!

Un peu effrayée, Georgette se leva en criant :

— Qui est là?

Au même instant la porte s'ouvrit et mademoiselle Rosalba parut.

Mademoiselle Rosalba en costume de paysanne allemande... son rouge et son blanc au visage... mademoiselle Rosalba, avec de grandes nattes blondes qui lui descendaient à la taille... en petits souliers et en bonnet de velours.

Mademoiselle Rosalba dans l'exercice de ses fonctions d'actrice enfin.

A cette apparition, aussi nouvelle pour elle qu'étrange, Georgette recula d'un pas.

Ce n'était pas sur cet effet que comptait mademoiselle Rosalba en se présentant au petit paysan; néanmoins elle dissimula sa mortification.

— Est-ce que vous ne me reconnaissez pas, mon ami? dit-elle en s'avançant vers le faux garçon.

— Si, madame!... oh! si! repartit Georgette... vous êtes une de ces personnes... qui tantôt...

— Se trouvaient près de vous dans la salle où vous déjeuniez avec votre sœur... Oui, mon ami..... je suis une de ces dames.

— Et que me voulez-vous? répliqua assez durement Georgette, dont ce souvenir réveillait la colère.

Rosalba se pinça les lèvres.

—Oh! le petit sauvage! dit-elle. Quoi! c'est ainsi que vous accueillez la visite d'une jolie femme! mon ami? Je vois ce que c'est... vous vous défiez de moi à cause de la mauvaise plaisanterie qu'on a faite à votre sœur... mais vous avez tort, car j'ai été la première à gronder ces messieurs de s'être si mal conduits et...

— Ce qui est fait est fait, interrompit Georgette. Je vous remercie de vos excuses, madame, et si ce n'est que pour cela...

— Que je suis venue vous trouver, je puis m'en retourner, n'est-ce pas? telle est votre pensée?

Décidément, vous n'êtes pas galant, savez-vous?

Georgette ne répliqua pas.

— Diable! diable! se dit mademoiselle Rosalba, mais c'est plus rude que je n'avais présumé. Est-ce que mon moyen, que je leur ai garanti, ferait *fiasco!*

— Comment vous appelez-vous, mon ami? reprit-elle, tout haut, en s'approchant de Georgette.

— Je m'appelle Sidoine, madame.

— Eh bien! Sidoine, voulez-vous me prouver que vous êtes un garçon d'esprit?

— A quoi cela me servira-t-il de prouver cela?

— Qu'il est drôle!... mais à montrer que vous n'êtes pas un imbécile, sans doute! Mais laissez-moi donc votre main, ne craignez-vous pas que je ne vous fasse mal...

— Non!... madame... seulement... vous avez une figure... des habits... si comiques...

— Ah! vous me trouvez comique, à présent! vous ne connaissiez pas les acteurs ni les actrices, n'est-ce pas? vous n'êtes, peut-être, jamais allé au spectacle.

— Jamais, madame.

— Jamais! Eh bien! c'est à ce propos qu'il faut me donner la preuve que vous ne nous gardez pas rancune, comme un méchant, de la scène de tantôt.

Mes camarades m'adressent à vous

pour vous prier de recevoir leurs excuses,

Et vous offrir une place pour les voir jouer.

J'ai une voiture en bas. Vous ne resterez au théâtre que ce que vous voudrez... Venez donc... ces messieurs et ces dames vous attendent...

— Et ils ne risquent rien de m'attendre longtemps, car je n'irai pas avec eux, je vous le jure! s'écria Georgette, en s'éloignant de nouveau de Rosalba.

L'ingénue demeura muette de colère, au milieu de la chambre.

Son plan ! un plan si habilement conçu, et dont elle espérait merveille, s'anéantissait devant l'obstination de ce petit rustre, assez sot pour ne pas la trouver charmante et tomber amoureux d'elle!

Rosalba fut sur le point de tourner le dos à Georgette et de s'enfuir, au risque d'être bafouée par ses camarades.

Somme toute, c'était une fort jolie fille que notre ingénue, et elle avait lieu de s'étonner de semblables dédains.

Cependant, au moment de lâcher pied, un sentiment d'intérêt public, plus encore que d'amour-propre, arrêta l'actrice. Si elle revenait, sans le petit paysan, au théâtre, tout était perdu pour la troupe tout entière. Elle s'était posée en ancre de salut aux yeux de ses camarades... elle devait donc les sauver ou se briser à la tâche.

Femme et comédienne, c'est une double obligation d'avoir de l'esprit.

Rosalba se couvrit le visage de ses mains et se prit, tout d'un coup, à sangloter.

Oh ! mais à sangloter..... aussi habilement que sanglotent les comédiennes et les femmes! à chaudes larmes...

Georgette, qui était demeurée, jusque-là, froidement immobile, attendant que cette dame se résignât à s'en aller...

Georgette, à la vue de ce désespoir subit, fit un pas en avant vers Rosalba.

Pauvre Georgette! pouvait-elle se douter que ces larmes qu'elle voyait mouiller les doigts de la jeune femme n'étaient que des larmes de théâtre.

Des larmes de carton!

— Qu'avez-vous, madame, qu'avez-vous donc? s'écria-t-elle.

— Ce que j'ai! repartit Rosalba en montrant à Georgette un visage ravagé par la douleur, ce que j'ai!...

Elle se recueillit un instant.

Eh bien! puisqu'il faut vous avouer la vérité, monsieur, reprit-elle...voici pourquoi je me suis présentée à vous, en vous suppliant de me suivre au théâtre.

C'est parce que deux de mes camarades, dont l'un va devenir mon mari, — ces deux-là mêmes qui ont fait boire ce matin, plus qu'ils ne le devaient, sans doute, votre sœur, — seront chassés demain par le directeur de la troupe, qui a appris le mauvais tour dont vous aviez été victime, si vous ne venez en personne, ce soir, leur serrer la main en attestant que vous leur pardonnez.

Comprenez-vous, maintenant, que je pleure et que je sois malheureuse, monsieur?... moi qui vais perdre en même temps un ami et un mari!... moi que vous recevez si mal et qui avais tant de confiance en votre bonté?

En dépit de tout le talent qu'avait déployé Rosalba dans sa tirade pathétique, Georgette ne comprenait pas grand' chose à cette histoire de pardon, de directeur, de mari et de camarade chassés...

Mais, encore une fois, elle voyait pleurer... pleurer véritablement... c'était assez pour son cœur... c'était trop pour sa raison!

Elle s'élança vers Rosalba.

— Allons! allons! dit-elle, je ne sais pas ce que vous attendez de moi, madame, mais vous avez du chagrin... je ne refuse plus de vous obéir.

Que faut-il que je fasse?

Rosalba sauta au cou de Georgette et l'embrassa avec une reconnaissance passionnée.

— Vous êtes notre bon ange! murmura-t-elle, venez!

. . . .

C'était le premier acte de *Corinne*.

Le rideau venait de se lever.

Dans la seconde coulisse de droite du théâtre, Georgette se trouvait près de Rosalba, qui lui donnait le bras.

Dix minutes s'étaient passées depuis l'arrivée du faux Sidoine et de l'actrice au théâtre ;

Dix minutes, durant lesquelles la pauvre Georgette avait cru rêver, tant ce qu'elle voyait, ce qu'elle entendait autour d'elle lui semblait étrange :

Et ces décors avec des lampes au dos;

Et la musique de l'orchestre;

Et ces gens en costumes qui la saluaient en souriant, en passant devant elle, pour se rendre sur une sorte de grand emplacement à sa gauche, où ils se mettaient à causer et à chanter.

Ce qui faisait rire d'autres personnes que Georgette ne pouvait voir... mais qui devaient être en grand nombre, à en juger par le bruit qu'ils produisaient en riant...

Tout-à-coup Rosalba a tressailli : c'est le moment de son *entrée*.

— N'ayez pas peur et taisez-vous, quoi que je vous dise, murmure-t-elle à l'oreille du soi-disant paysan.

Et, lui donnant toujours le bras, elle pousse Georgette en scène, devant elle.

. . . .

Si le fait n'était historique, on aurait le droit de ne pas croire à ce que nous allons conter.

Voici de quelle manière fantastique mademoiselle Rosalba, — remplaçant M. Ludovic absent, par un personnage muet, représenté par Georgette-Sidoine, — avait osé risquer toute une scène.

Et, notez-le bien, une scène des plus brûlantes. Rosalba, c'était *Corinne;* Georgette, c'était *Cyprien*, son amant. Cyprien devait déclarer sa flamme à Corinne et lui jurer que si elle lui résistait, il l'enlèverait dans la nuit.

Mademoiselle Rosalba, tenant par le bras Georgette, exécuta, de cette façon, cette scène :

— Vous m'aimez, Cyprien! oui, vous m'aimez, vous me l'avez juré... mon père s'oppose à notre union!... qu'allez-vous dire.... quoi... je le lis dans vos yeux... vous voudriez m'enlever... m'arracher au toit paternel... Malheureux! arrêtez!... et mon honneur!... puis-je donc vous le sacrifier... non, Cyprien, non, mon cœur est à vous, mais il est des lois qui l'emportent sur l'amour. . pas un mot de plus, Cyprien... ou nous ne nous reverrons jamais... retournez près de votre mère et dites-lui... —

Mademoiselle Rosalba en eût, certes, dit bien davantage.

Et le public de Compiègne eût, à coup sûr, applaudi à tout ce qu'il eût entendu.

Et vraiment! n'était-ce pas, en effet, un coup de maître de la part de l'ingénue, que ce monologue joué à deux, ou cette scène à deux jouée en monologue?..... au choix.

Mais Rosalba et le public avaient compté sans Georgette;

Sans Georgette qui venait de deviner qu'on s'était moqué d'elle,

Sans Georgette qui ne voulait pas jouer la comédie...

Sans Georgette qui frémissait de honte à l'aspect de tous ces regards dardés sur elle.

Un brouhaha de stupeur s'éleva dans la salle.

M. Cyprien venait de repousser très brusquement mademoiselle Corinne qui cherchait à le retenir, sans la moindre pudeur...

Et il avait disparu dans la coulisse, nonobstant les appels de son amante éplorée.

La colère donne du courage...

M. Raoul, le directeur, et M. Alexis, le comique, qui suivaient, comme on le conçoit, avec le plus grand intérêt, le tour de force scénique de mademoiselle Rosalba...

M. Raoul et M. Alexis voulurent retenir ce satané petit paysan qui manifestait si peu de goût pour l'art théâtral.

D'un coup de poing, Georgette renversa l'un, d'un coup de pied elle envoya l'autre rouler à quinze pas...

. . . .

Je ne sais pas comment s'acheva la représentation vraiment extraordinaire donnée ce soir-là, par la troupe Raoul et Cᵉ, aux habitants de Compiègne.

Mais ce que je sais, c'est que, le lendemain matin, Georgette et Sidoine partaient pour Paris par la voiture de six heures;

Et que Sidoine jurait, tout le long de la route, ses grands dieux à Georgette, de ne plus jamais boire de vin blanc!...

Et que Georgette, qui n'avait pas osé conter à Sidoine son aventure au théâtre de Compiègne, se jurait tout bas, ses dieux plus grands encore, qu'elle n'aurait plus jamais pitié, si le hasard lui en faisait encore rencontrer, des femmes avec du blanc et du rouge sur la figure, qui sangloteraient à ses genoux!

V.

M. le comte Adalbert de Creuzé et Mademoiselle Lucia Rizzi.

Il était onze heures du matin. Dans un élégant boudoir de la rue St-Lazare, assis l'un près de l'autre devant une table élégamment et succulemment servie, un jeune et joli homme, une femme jeune et jolie, déjeunaient.

Le jeune et joli homme se nommait Adalbert de Creuzé, comte de naissance, beau de nature, riche par bonheur et assez intelligent par hasard.

La jeune et jolie femme était mademoiselle Lucia Rizzi, fille d'une ouvreuse de loges d'origine, danseuse à l'Opéra de profession, mauvais sujet par goût et pas trop sotte par occasion!

Adalbert de Creuzé était l'amant de Lucia Rizzi depuis près de trois mois. — Amant, c'est-à-dire qu'il ne l'aimait pas le moins du monde, mais qu'elle lui plaisait raisonnablement.

Et que, depuis trois mois, il lui donnait, à profusion, tout ce dont elle avait besoin, voire même ce dont elle n'avait que faire, en toilettes, bijoux, ameublements, pièces d'or, voitures, etc...

Mais, dans ces sortes de relations, il est convenu que le cœur et la raison n'ont rien à voir. On se prend parce que ça amuse... on se garde parce qu'on s'habitue l'un à l'autre, et l'on se quitte quand on est blasé sur ce plaisir et cette habitude.

Le reste ne tire pas à conséquence.

Donc, à la suite d'une nuit passée ensemble, Adalbert et Lucia étaient en train de déjeuner. La danseuse, tout en mangeant, promenait, de temps à autre, dans les plats, ses doigts roses et effilés... — Lucia s'était acquis une réputation, avec cette passion de promener, en tête-à-tête, ses doigts roses dans tous les plats; — et Adalbert entremêlait chaque bouchée qu'il avalait d'une bouffée de cigarre qu'il aspirait; — Adalbert s'était également fait un nom grâce à cette manie de fumer toujours et partout et à toute heure... à pied, à cheval, le soir, le matin, la nuit... à table, au jeu, au lit..... même en aimant, je crois.

C'est étrange, n'est-ce pas?

Mais si vous saviez où et comment et pourquoi, dans ce monde-là, afin de faire parler de soi, on va souvent chercher ses excentricités!

Mais, bah!... que nous importe! Notre mission, pour le moment, n'est pas de redresser les tors, de rendre l'ouïe aux sourds, la lumière aux aveugles, l'esprit aux lions, et le bon goût aux lorettes.

Nous contons une histoire.

Contons!

Comme Adalbert allumait un second cigarre, et comme Lucia essuyait, pour la vingtième fois, à sa serviette, ses doigts mouillés vingt fois par les sauces, la portière du boudoir se souleva discrètement.

Adalbert et Lucia étaient en train de déjeuner.

Picard, le valet de chambre, entra.

— Qu'est-ce? dit le comte, je n'ai pas sonné.

— Nous n'avons pas sonné, reprit Lucia.

— Je sais, fit le domestique en s'inclinant; mais c'est qu'il y a là le frotteur de Monsieur, qui amène un petit garçon pour remplacer le groom qui est parti il y a huit jours.

— Eh bien! vous nous dérangez pour cela!... Que le frotteur et son petit attendent, voilà tout, dit Adalbert.

— Ah bien! non, ah bien! non! au fait! s'écria Lucia.... je veux voir ce petit, moi!... ça m'intéresse... je n'ai pas envie que vous preniez encore un groom en façon de singe, comme était le dernier que je vous ai obligé de mettre à la porte, Adalbert; il m'effrayait, ce malheureux, quand il m'apportait vos lettres... Vrai!... c'était trop laid... ça passait les bornes...

Dites au nouveau d'entrer, Picard... mais sans le frotteur... il louche, ce brave homme, et j'abomine les gens qui louchent.

— Folle! murmura le comte en souriant.

Georgette, précédée de M. Picard, parut dans le boudoir.

Rouge jusqu'au blanc des yeux, parce

qu'elle était honteuse de paraître devant des inconnus, mais la tête haute, le jarret tendu, le pas décidé, parce qu'elle tenait à jouer convenablement son rôle de garçon, Georgette s'avança jusqu'auprès de la table où déjeunaient le lion et la lorette.

Et, à l'aspect de ce charmant petit bonhomme, Lucia poussa un cri de surprise.

— Oh ! qu'il est gentil ! mais regardez donc, Adalbert.

Et le comte, se tournant vers l'enfant, reprit, étonné à son tour :

— En effet... il est très gentil.

Lucia se leva et courut, sans façon, à Georgette.

— Comment vous nommez-vous, mon ami ? lui dit-elle.

— Sidoine, madame, repartit Georgette.

—Sidoine ! le drôle de nom ! j'aimerais mieux Pivoine... Pas vrai, Adalbert ? Et de quel pays êtes-vous ?

— Je suis de Pierrefonds, près de Compiègne...

— De Pierrefonds... Ah ! oui ! je connais ça, Pierrefonds... un pays où il y a des ruines... et des lézards et des couleuvres dedans... peuh !.... Et vous voulez vous placer à Paris ?

— Oui, madame....

— Vous n'êtes donc pas assez riche pour vivre chez vous ?

— Non, madame... sans cela je n'aurais pas quitté mon grand-père...

— C'est juste ! je lui dis des niaiseries à ce petit... s'il avait trente mille livres de rentes, il ne se ferait pas groom... pas vrai, Adalbert ?

— C'est aussi mon opinion, repartit le comte.

— Eh bien ! mon ami, reprit la danseuse, en prenant la main de Georgette, c'est une affaire arrangée : vous nous convenez... nous vous gardons... entendez-vous ?

Regardez donc, Adalbert, comme il a une petite main et un petit pied... on dirait une petite fille. Quel âge avez-vous, mon ami ?

— Seize ans bientôt, madame, répliqua Georgette qui, à ces mots : « on dirait une petite fille, » s'était hâtée de prendre un air et un organe plus masculins encore, s'il était possible.

— Seize ans, répéta Lucia avec un hochement particulier de tête.

— Eh bien ! seize ans !... fit le comte, qui regardait sa maîtresse avec un sourire également particulier, seize ans !... après ? Cela vous fait rêver, ma bonne ?

— Ah ! que vous êtes bête !...

Et la danseuse reprit vivement sa place à table

— Va t'habiller, mon ami, poursuivit Adalbert en s'adressant à Georgette... Picard... mon valet de chambre, qui est là près de toi, te conduira à ta chambre et te donnera ta livrée...

Je crois qu'il est de la même taille que Toby... le dernier, hein, Lucia ?

— Oui... oui... je n'en sais rien, répliqua négligemment Lucia.

— Mais nous n'avons pas parlé de gages, dit encore le comte à Georgette : combien désires-tu gagner ici, petit ?... Quatre cents francs par an... est-ce assez, dis ?

Georgette rougit de plaisir, cette fois. Quatre cents francs ! mais c'était une fortune qu'on lui proposait là.

— Oui ! oui, monsieur... Oh ! c'est assez ! repartit-elle.

— Tant mieux ! à tout à l'heure donc, dès que tu auras revêtu ton costume... Car, Madame, que voici, désire aller faire une promenade en voiture, et tu nous accompagneras, entends-tu ?

— Il suffit, monsieur.

La portière retombée sur Georgette et Picard, la danseuse laissa éclater la colère qui couvait en elle, depuis la réflexion intempestive de son amant.

— Vous êtes content, n'est-ce pas ! s'écria-t-elle, vous m'avez forcée à vous dire une impertinence devant vos domestiques.

— Oh ! quant à cela, toute belle, fit Adalbert, je n'y ai guère songé... je suis trop habitué à ce genre d'exercice de votre part, pour m'en formaliser.

Ce qui m'a le plus étonné, je l'avoue, c'est que vous ayez pris la mouche si vite... à propos de rien.

— De rien ! est-ce que vous vous imaginez que je n'ai pas compris votre pensée en me demandant si les seize ans de ce petit me faisaient rêver?...

— Bah! oh bien, ma parole d'honneur, Lucia, vous avez découvert là-dedans une malice à laquelle je ne pensais guère.

— Taisez-vous donc ! tenez, vous riez encore...

— Quand je rirais, qu'est-ce que cela prouve ?

— Cela prouve que vous autres, hommes, vous avez la rage de chercher sans cesse du mal là où il n'y en a pas...

Eh! monsieur, cet enfant est gentil, très gentil, sans doute... mais tout gentil qu'il est, quoique je ne sois qu'une danseuse, je m'estime encore assez pourtant pour ne pas rêver près d'un domestique.

Tenez, Adalbert, il y a de ces plaisanteries que vous devriez m'épargner à moi... plus qu'à toute autre... car elles me blessent... elles me font mal, je vous l'avoue.

Oh! oui, bien mal!

Lucia, en s'exprimant de la sorte, avait réussi à faire monter une larme à ses yeux.

Adalbert connaissait trop les convenances pour ne pas se montrer sensible à cet effort de sensibilité.

— Allons! allons! dit-il d'un ton de doux reproche, en prenant sa maîtresse dans ses bras, vous êtes une mauvaise, Lucia; comment, vous vous formalisez d'une plaisanterie à présent!... Je ne vous connaissais pas si sévère... Chut! chut!.. Embrassez-moi vite, essuyez vos yeux et taisez-vous ou je me fâche à mon tour... et je ne vous donne pas cette belle bague en rubis que vous m'avez demandée hier au soir.

Un peu pour le comte, beaucoup pour la bague, Lucia sécha sa larme et accorda d'assez bonne grâce le baiser de paix.

— Maintenant, habillons-nous. Le temps est superbe. Allons voir pousser les violettes au bois.

Une demi-heure s'était écoulée à peine, et le comte et la danseuse montaient dans une charmante américaine attelée d'un fougueux alezan.

Derrière eux, sur son siége séparé, se tenait Georgette,

Georgette en groom,

Et plus à croquer que jamais sous ce nouveau costume ;

Georgette à laquelle, de temps à autre, — en dépit de son mépris pour les domestiques, — Lucia lançait un furtif coup-d'œil, quand le comte se penchait en avant pour fouetter son cheval.

Chère petite Georgette ! elle ne faisait guère attention pourtant aux œillades de mademoiselle Lucia ! Entraînée rapidement dans cette voiture, à travers ce Paris inconnu pour elle.... gênée, quoi qu'elle fît, sous sa livrée, bien plus encore que sous les habits de Sidoine, étourdie du bruit qui l'entourait, ébahie de tout ce qu'elle apercevait, elle se croyait en proie à un songe

Et, malgré elle, à chaque instant, elle fermait les yeux... prête à crier : « J'ai peur!... arrêtez!... » prête à tout avouer pour avoir le droit de s'enfuir...

Tout-à-coup, le bruit a cessé autour de Georgette ; l'américaine roule plus mollement sur une route sablée... l'atmosphère est plus pure, le soleil plus chaud... des gazouillements d'oiseaux ont succédé dans l'air aux cris des marchands.

Surprise, la jeune fille ose lever la tête et rouvrir hardiment les yeux...

O joie ! elle est dans un bois... elle aperçoit des arbres... des gazons!...

Georgette respire à pleins poumons, son cœur, qu'une vague inquiétude oppressait, se dilate... les couleurs reparaissent sur son visage pâli...

Et un sourire effleure les lèvres de la pauvre enfant; un doux pressentiment parfume son âme : avant que ces feuilles, que le bon Dieu leur envoie avec le printemps, ne tombent de ces arbres qu'elle salue comme des amis, elle sera près de Sidoine, près de son amoureux, de son fiancé... là-bas... à Pierrefonds...

Et alors ils ne se quitteront plus... et ils se marieront...

Et ils pourront se dire : Je t'aime, tous les matins, tous les jours, tous les soirs...

Comme ils se le sont si bien dit, — pour la première fois, — deux jours auparavant, dans la forêt de Compiègne!

VI.

Monsieur et madame Dodard.

Le père Jacques Ridelle, le frotteur, l'ami de Pierre Balut, — avec lequel nous n'avons pu faire encore connaissance, par la faute de mademoiselle Lucia Rizzi qui *abominait* les gens qui louchent, — le père Jacques Ridelle était, nonobstant cet égarement permanent de ses prunelles, un digne et excellent homme qui, s'il n'avait pas inventé la cire dont il se servait pour lustrer le parquet de ses clients, était, du moins, doué d'une complaisance à l'épreuve au service des gens qu'il aimait.

Nous avons déjà vu de quelle façon Jacques Ridelle avait rempli une partie de ses promesses à Pierre Balut en plaçant un de ses enfants chez le comte de Creuzé. En quittant la maison de ce dernier, le respectable frotteur se dirigea en toute hâte vers sa demeure, rue des Marais-Saint-Martin, où l'attendait Sidoine. Jacques Ridelle voulait faire d'une pierre deux coups ; caser dans la même journée et la fille et le garçon. Le garçon avait son affaire, c'était au tour de la fille.

Au moment où son protecteur rentrait, Sidoine, peu soucieux de troubler l'économie de sa coiffure, se tenait la tête dans les mains et pleurait, pelotonné au fond d'un vieux fauteuil. La séparation de nos amoureux avait été d'ailleurs des plus tristes, si triste, que depuis que la jeune fille n'était plus là, Sidoine n'avait pas encore trouvé la force de se consoler.

— Eh bien! eh bien! qu'est-ce que c'est, petite? s'écria Ridelle à l'aspect de la paysanne immobile, en manière de statue du Désespoir, dans un coin de sa chambre, tu pleures toujours, Dieu me pardonne!... Tiens, tu aurais mieux fait de vider, en notre absence, pour te distraire, cette bouteille qui va prendre un goût de vidange.

Et joignant l'action au précepte, le brave homme emplit deux verres du reste d'une bouteille de bordeaux, dernier et imposant vestige d'un déjeuner qu'il avait voulu offrir à ses protégés avant de les mener en place.

— Merci, je n'ai pas soif, monsieur Jacques, repartit Sidoine, en avalant néanmoins sa part, pour ne pas déplaire, sans doute, au frotteur.

Et Georgette, où est-elle?

— Georgette!... perds-tu la tête, ma fille... Quoi, Georgette?... c'est de Sidoine que tu veux parler?

— Oui! oui! excusez... je ne sais plus ce que je dis... Et Sidoine, est-il bien... est-il content, où il est?

— Pardi, il serait bien difficile!... une véritable place de chanoine...: bien boire, bien manger, bien dormir, et ne pas faire grand'chose... merci!...

— Mais encore, qu'est-ce qu'elle... qu'est-ce qu'il aura à faire?

— Oh! je crois, porter les lettres de son maître... le suivre en voiture, ou à cheval, à la promenade.

Sidoine poussa un cri de terreur.

— A cheval! mais Georgette ne monte pas à cheval!...

— Encore Georgette!... Mais il n'est pas question de toi... décidément tu bats la campagne, petite: si ton cousin ne sait pas monter à cheval, il apprendra... c'est tout simple...

— A cheval !... à cheval !... elle ! murmurait Sidoine.

— Après cela, je n'en sais guère plus que toi sur le métier de groom, reprit Ridelle, qui s'occupait de remettre en ordre, tout en causant, son modeste ménage; je suis frotteur, moi, et je ne m'occupe pas de ce que font les autres. Le vrai là-dedans, je te le certifie, c'est que Sidoine va gagner quatre cents francs chez M. le comte de Creuzé... que quatre cents francs ne se trouvent point sous le pas d'un cheval, par le temps qui court... et que pour un gamin de son âge, c'est joliment flatteur de dénicher tout de suite une pareille position ! Est-ce que tu n'es pas de mon avis, voyons?

— Si fait! oh !... si fait, monsieur Ridelle ! et nous n'avons que des remercîments à vous adresser... Sidoine et moi. Mais...

— Mais comme tu aimes de tout ton cœur ton petit cousin qui doit être un jour ton petit mari, tu t'intéresses à ce qui le concerne, et c'est bien naturel, ma fille.

Cependant, il faut être raisonnable, vois-tu, et ne plus pleurer... parce que cela te rendrait les yeux rouges et te donnerait mauvaise mine pour te présenter à ceux chez qui je vais te conduire.

Mon Dieu ! vous pourrez vous voir et vous embrasser quelquefois, Sidoine et toi !

— Vrai, monsieur Jacques?

— Parbleu ! lorsque l'ouvrage est *faite,* pourquoi pas?... Et puis, vous savez ce que je vous ai promis à tous deux, moi qui vous rencontrerai deux fois par semaine en allant frotter dans vos maisons...

— Oui ! vous nous avez promis de nous apporter mutuellement de nos nouvelles... de nous remettre nos lettres... Dites-donc, quand la.... quand le verrez-vous, Sidoine, père Ridelle?...

— Mais après-demain... jeudi... oui, jeudi, c'est mon jour, chez M. le comte de Creuzé.

— Eh bien! si j'écrivais tout de suite une lettre pour... lui... hein?

— Allons!..: ça va te reprendre... vous vous êtes quittés il y a une heure à peine, et tu penses déjà à des correspondances!.. Mais quoi que tu pourrais donc lui dire, petite folle?...

Sidoine soupira. Hélas !... quoiqu'il ne sût écrire ni bien ni vite, il sentait cependant que cette lettre lui eût coûté bien peu de peine et de temps...

Mais le frotteur avait tout rangé dans son logement.

— Et puis, y sommes-nous? es-tu prête, ma fille? dit-il, en s'avançant vers la fausse Georgette.

— Prête ? répéta celle-ci, à laquelle le chagrin faisait à chaque minute oublier son rôle; ah ! oui !.. oui !.. je suis prête... et nous allons comme ça?...

— Pardi, chez tes maîtres, M. et madame Dodard... une maison pas si riche que celle de M. le comte de Creuzé... mais cossue tout de même... tu m'en diras de bonnes nouvelles, petite. Tu entres là pour remplacer une femme de chambre qui quitte pour se marier... De l'activité, de l'ordre et de l'intelligence, et tu feras aussi ton chemin avec ces gens-là, sois tranquille. As-tu pris ton paquet?

— J'ai pris mon paquet, monsieur Ridelle.

— Bon ! en route alors. . Oh !... c'est à deux pas... boulevart Saint-Denis... nous y serons tout de suite.

Sidoine, rappelé à la situation par l'importance même de la démarche qu'il allait tenter, avait rapidement rétabli l'équilibre de son bonnet, rajusté son fichu et donné deux ou trois tapes réparatrices aux plis chiffonnés de sa robe.

Il accepta le bras que lui tendait galamment le frotteur.

En moins de dix minutes, notre couple, d'une espèce particulière, avait atteint le boulevart Saint-Denis et la maison de M. et madame Dodard.

Portrait de M. Dodard.

Au physique:

Quarante-huit ans, gros, court, ramassé, l'air commun, le nez camard, les lèvres d'un nègre, l'œil rusé et niais à la fois, les mains et les pieds larges, les jambes arquées; toute l'encolure d'un cuistre enfin.

Au moral :

Avare par principes et prodigue par ostentation, bête comme chou, ignorant comme âne, libertin par goût et retenu par peur.

Tout le caractère d'un marchand parvenu, quoi !

Portrait de madame Dodard.

Au physique :

Trente-six ans ; ayant été jolie, sans charme, et n'étant plus que ce qu'on est convenu d'appeler une belle femme : — grande, forte, très fournie en appas, le nez long, la bouche charnue et possédant encore toutes ses dents ; cheveux épais, mais durs ; le teint animé, les yeux grands et vifs, mains et pieds ordinaires... la jambe rutilante.

Au demeurant, une gaillarde.

Au moral :

Avare par frayeur de l'avenir, dépensière par coquetterie ; ni spirituelle, ni sotte, plutôt bonne que méchante, étant restée fidèle à son mari parce que le diable ne l'a pas tentée... mais regrettant parfois que le diable se soit si peu occupé d'elle...

Surtout quand elle revient du spectacle et qu'elle se couche seule en se rappelant *M. Mélingue* ou *M. Bressant*.

Au demeurant, une brave femme.

Et maintenant, à titre d'ombres à ces tableaux, joignez ceci : que M. et madame Dodard possèdent trente-deux mille livres de rentes amassées par eux, sou à sou, dans le commerce de joncs et rotins, papiers de chine, porcelaines, fanons de baleine, etc.

Sachez qu'ils n'ont pas d'enfants;

Qu'ils donnent un grand dîner une fois la semaine, un dîner splendide régulièrement, mais où, régulièrement aussi, les convives sont forcés de manger du pain rassis.

Petite lésinerie qui permet que beaucoup de plats du grand dîner demeurent intacts... — parce qu'il est patent que le pain rassis pousse moins à l'appétit que le pain tendre, — et puissent reparaître à la table de nos amphitryons, le lendemain et même le surlendemain.

Sachez encore que M. et madame Dodard font lit à part;

Que Monsieur n'est pas jaloux de Madame, mais qu'il n'aime pas qu'on la courtise, vu que *sa* femme, c'est à lui, comme *son* argent ;

Que Madame n'est pas jalouse de Monsieur, mais qu'elle le surveille, non par tendresse, mais par amour-propre.

Et vous tiendrez les époux Dodard sur le bout de votre doigt.

Et, en entrant avec Jacques Ridelle et Sidoine chez les susdits époux, vous n'aurez pas besoin de nous demander à tout bout de champ : et pourquoi ci? et pourquoi ça? à propos de tout ce que vous y verrez se passer.

Assis l'un près de l'autre, au salon, — un beau et riche salon avec des housses en perse sur tous les meubles et des étuis en gaze sur la pendule et les candélabres, — M. Dodard lisait son journal, — *la Patrie*, — et madame Dodard faisait de la tapisserie, quand Madeleine, la vieille cuisinière, — le seul domestique pour l'instant de notre ménage, — entra leur annoncer Jacques Ridelle et *sa compagne*.

— Ridelle ! le frotteur ! s'écria madame Dodard... et il m'amène la petite fille dont il m'a parlé pour remplacer Rosalie... Ah ! tant mieux !... il y a assez longtemps que je n'ai pas de femme de chambre ! Qu'ils entrent, Madeleine, qu'ils entrent.

— Et qu'ils essuient bien leurs pieds d'abord, pour ne pas salir le tapis, ajouta M. Dodard, sans quitter son journal.

Ridelle, tenant Sidoine par la main, se glissa par un des battants entrebâillés de la porte du salon.

— Ah ! c'est vous, mon ami, reprit madame Dodard, tout en inspectant, d'un rapide coup d'œil, celle qu'escortait le frotteur. C'est là la personne en question ?

— Oui, madame; mademoiselle Georgette Balut, pour vous servir.

— Si elle en était capable, fit M. Dodard, sacrifiant sa dignité à un bon mot pour avoir le droit de rire et de regarder la jeune fille.

— Monsieur! murmura madame Dodard, vexée de ce manque de sens, dont elle comprenait d'ailleurs toute la portée.

Approchez, mon enfant, approchez, continua-t-elle en s'adressant à Sidoine, vous voulez donc entrer en service?

— Oui, madame, repartit Sidoine, d'un ton qui n'avait rien de joué comme timidité; ce qui ne nuisait pas à son personnage.

— Mais vous êtes toute jeune? Quel âge avez-vous?

— Seize ans, madame.

— Seize ans... oh oui! c'est bien jeune!... Et que savez-vous faire? cousez-vous? blanchissez-vous un peu?... connaissez-vous le repassage?

Sidoine, qui ne s'était pas préparé à ces questions, — c'était la faute de Georgette, aussi, qui, pas plus que son amant, n'avait prévu ce qu'on exigerait du pauvre garçon, comme instruction féminine; — Sidoine devint pourpre, regarda madame Dodard, puis M. Dodard, puis Jacques Ridelle, et balbutia, à bout de regards effarés:

— Non!... je... je ne sais rien de tout cela!... madame.

— Rien!... rien!... répéta la bourgeoise, au comble de la surprise; comment, vous ne savez rien?

— C'est peu! ricana de nouveau M. Dodard.

— Allons! petite, tu n'oses pas avouer, fit Ridelle, qui essaya de venir en aide à sa protégée: que diable!... tu raccommodais bien un brin, là-bas, les hardes de ton grand-père.

— Au fait! pensa Sidoine, s'ils y tiennent, je coudrai!... ça ne doit pas être plus malin qu'autre chose.

Et il reprit tout haut:

— Mon Dieu!... c'est que... peut-être, à Paris... ce n'est plus comme à la campagne... C'est pour cela... mais j'ai tout plein de bonne volonté, madame... et quand vous m'aurez enseigné un peu...

Un sourire aimable de madame Dodard fut la récompense première de ces paroles.

— A la bonne heure, dit-elle, si vous n'êtes guère savante, au moins vous m'avez l'air d'une bonne fille.

Et quels gages désirez-vous gagner, Georgette?

Sidoine baissa les yeux.

— Vous concevez bien que si je me décidais à vous prendre, mon enfant, poursuivit madame Dodard, je ne pourrais raisonnablement vous donner ce que je donnais à celle qui vient de partir, et qui était très habile?

— Oui, madame, oui, je conçois.

— Elle ne m'a pas quittée, au reste, parce qu'elle s'ennuyait chez moi, cette chère Rosalie... cependant, certaines considérations...

La voix de madame Dodard était devenue sévère... M. Dodard s'était replongé avec fureur dans sa *Patrie*.

— Certaines considérations... et un mariage prochain lui commandaient cette séparation.

Enfin, elle gagnait quatre cents francs ici... et elle ne les volait pas.

Mais à vous... à vous, avec qui c'est toute une éducation à faire, à ce qu'il me paraît...

M. Dodard sourit en se mouchant.

— A vous enfin, Georgette, je crois que... trois cents francs...

— Et c'est encore assez payé comme cela, siffla M. Dodard.

— Non! je donnerai trois cents francs... je l'ai dit, reprit madame Dodard.

— Eh bien! madame, fit Sidoine, je crois comme vous que trois cents francs me suffiraient.

La grosse bourgeoise s'épanouit.

M. Dodard fit un haussement d'épaules qui signifiait:

— Parbleu! quand je le disais! elle se serait donnée pour deux cents!

M. Dodard.

— Ce point arrêté, reprit madame Dodard, nous pouvons donc nous entendre.

Je ne vous cache pas pourtant que je crains d'avoir fort à faire pour vous mettre au courant du service...

Mais j'espère que vous me tiendrez compte de mes peines à ce sujet, en ne me quittant pas vilainement, sitôt que vous saurez quelque chose...

— Oh ! madame... par exemple !...

— Oui ! oui !... votre physionomie me revient... j'ai confiance en vous.

Avez-vous des connaissances à Paris ?...

— J'ai ma... j'ai mon cousin... et puis M. Jacques Ridelle... voilà tout.

— Bon !... vous pourrez aller leur rendre visite une fois tous les quinze jours, s'il vous plaît... On sort une fois tous les quinze jours ici ; mais on ne reçoit jamais personne, vous entendez ?

— Non ! jamais ! jamais ! répéta gravement M. Dodard.

— C'est bien, monsieur, madame, je me conformerai à vos volontés, repartit Sidoine, qui ne se préoccupait guère du lieu où il verrait Georgette, pourvu qu'il fût certain de la voir quelque part.

— Et, là-dessus, dites adieu à votre vieil ami, reprit madame Dodard, et allez

Pourquoi donc avez-vous les cheveux si courts ?

trouver Madeleine, la cuisinière, mon enfant... elle vous montrera votre chambre, et vous donnera les premiers éléments de votre besogne.

Et tout ira à notre commune satisfaction, je l'espère.

Tiens!... je n'avais pas remarqué... pourquoi donc avez-vous les cheveux si courts?... vous avez été malade?...

Sidoine rougit encore.

— Oui, madame, oui, j'ai été malade... dernièrement... j'ai eu une fièvre... *typhourique*...

— *Typhourique!*...

— C'est typhoïde qu'elle veut dire probablement, fit M. Dodard, en riant à se mordre les oreilles.

— Oui... *typhoride*... c'est ça, reprit Sidoine, qui avait écorché, au hasard, le premier titre de maladie qu'il s'était rappelé, tandis que Madame, de son côté, et Jacques Ridelle, — pour imiter Monsieur et Madame, — riaient, à leur tour, de toutes leurs forces.

— Enfin, nous tâcherons que vous soyez toujours bien portante chez nous, Georgette, dit madame Dodard, rappelant à elle son sérieux, — ce qui interrompit, comme par enchantement, le cours de la gaîté de son mari et du frotteur.

Allez, allez!... et si vous avez faim

ou besoin de quelque chose, ne vous gênez pas !

Au revoir et merci, monsieur Ridelle.

. . . .

Monsieur et madame Dodard étaient seuls.

Et Monsieur, devinant ce qui lui pendait au nez, à ce moment suprême, s'était déjà empressé de se cacher de nouveau dans sa *Patrie*, — espérant peut-être, comme la cigogne, que, parce qu'on ne lui voyait plus la tête, on ne devait plus s'occuper de lui.

Mais madame Dodard connaissait cette malice, cousue de fil blanc, des cigognes et des maris, — de l'espèce de M. Dodard, bien entendu !

Après un léger hum ! hum ! et quelques pas dans le salon, en guise d'exorde, la belle femme s'arrêta devant le patient.

— Un mot, monsieur, lui dit-elle.

M. Dodard, résigné, laissa tomber son journal.

— Deux mots, s'il vous est agréable, ma bonne, fit-il.

— Vous comprenez ce dont il est question, n'est-ce pas, monsieur ? reprit madame Dodard d'un ton imposant ; nous allons avoir une nouvelle camériste... j'espère qu'il n'en sera pas avec celle-ci comme avec les précédentes... et notamment avec cette pauvre Rosalie, que vous avez mise vingt fois dans le cas, si elle ne m'avait beaucoup aimée, d'abandonner notre maison.... vous savez pour quels motifs ?

M. Dodard ne bougeait pas.

M. Dodard ne soufflait pas.

Ah !.... telle est la contenance d'un criminel devant son juge !

— Cette petite Georgette est une enfant... elle a l'air doux, honnête... poursuivit le juge ; on me la confie : vous respecterez donc sa jeunesse et sa candeur... je puis compter là-dessus, n'est-ce pas, monsieur ?

— Comptez-y, madame, balbutia le criminel, d'une voix étranglée.

— Il suffit !

Continuez votre lecture, monsieur, j'ai fini.

Et M. Dodard laissa échapper un soupir de soulagement... et de crocodile.

Et madame Dodard, digne et fière comme Pénélope, se remit à sa tapisserie.

VII.

Où Sidoine commence à apprendre ce qu'il ne savait pas.

Si le système d'échange de sexes inventé par Georgette, à l'usage de son amant et d'elle-même, pouvait avoir quelques avantages rassurants d'un côté, à coup sûr il en manquait totalement de l'autre.

Trop de prudence peut nuire comme trop d'amour.... et surtout trop d'innocence.

Mais, après tout, pourvu que, grâce à sa métamorphose de fille en garçon, Georgette passât intacte à travers les dangers signalés à nos amoureux par la mère Pidou, le but n'était-il pas atteint ?

Qu'importait que, plus tenté que Georgette, ou moins courageux, Sidoine laissât aux ronces du chemin quelques lambeaux de sa tunique virginale !

Si la vertu n'est qu'un mot, — selon l'opinion de Brutus, — franchement ce ne doit plus être qu'une virgule, dans certaines occasions de la vie de jeune homme, où toute lutte contre une faute devient impossible !

Il est vrai que ce que nous disons là, Georgette ne l'eût certainement pas dit, elle, si elle se fût trouvée plus instruite ou moins naïve qu'elle ne l'était, en se rendant à Paris avec son amant....

Et qu'elle n'eût jamais consenti à sacrifier à sa propre sécurité la fidélité de Sidoine.

Mais la jeune fille ne savait rien.....

rien.... rien, alors.... nous le répétons; elle n'avait donc pas pu réfléchir... et le jour où elle devait deviner ou apprendre, il serait trop tard pour se repentir...

Au résumé, tout était donc pour le mieux dans la situation respective de nos amoureux.

Et puisqu'ils ne se plaignaient ni l'un ni l'autre, l'un de l'autre, je ne vois pas trop à quel propos je perdrais mon temps à plaindre l'un ou l'autre.

Dix jours s'étaient écoulés depuis l'entrée de Sidoine-Georgette chez les époux Dodard.

Et notre camériste commençait à se distinguer dans ses nouvelles fonctions.

Elle savait admirablement faire un lit.

Elle servait très convenablement à table.

Enfin, elle habillait et elle déshabillait, aux oiseaux, Madame.

Il n'y avait que la couture à laquelle elle mordait difficilement, nonobstant les doctes leçons de Madeleine....

Mais Madeleine assurait que cela viendrait à la longue.

Et comme Sidoine-Georgette était, d'ailleurs, propre, soignée, adroite et polie, au possible, dans son service, madame Dodard fermait les yeux sur les imperfections de sa femme de chambre, pour ne les ouvrir que sur ses qualités.

Cependant, dans ce métier, assez excentrique pour un homme, où le hasard l'avait jeté, Sidoine n'avait pas passé dix jours sans ne rien apprendre d'autre qu'à ourler des torchons, retourner des matelas, distribuer des assiettes et lacer ou délacer Madame.

Quelque naïf qu'il fût, Sidoine avait des sens et des yeux comme un autre.... Ces sens et ces yeux, endormis encore, à Pierrefonds, au sein des chastes délices d'un amour candide, s'étaient éveillés à Paris, excités par l'imagination, — cette folle, mais si joyeuse conseillère, — et surtout par l'étude incessante de certaines merveilles inconnues, — n'oublions pas que, pour les ignorants, tout ce qui est inconnu est merveille, — à laquelle madame Dodard laissait d'autant plus facilement se livrer Sidoine, qu'elle *la* trouvait, en même temps que jeune et innocente, complaisante aussi et empressée surtout.

Mais si la science, si vite acquise par Sidoine, s'était prise, non moins vite, à fermenter dans la tête du cher petit... l'excitant à relire deux et trois fois par jour une lettre que lui avait déjà envoyée Georgette, et dans laquelle elle lui jurait vingt et une fois qu'elle l'aimait...

Lui faisant désirer plus impatiemment que jamais l'arrivée de ce bienheureux jour de sortie de la quinzaine, où il pourrait voir sa maîtresse..... lui parler..... l'embrasser.....

Néanmoins Sidoine, timide et craintif de sa nature, n'avait pas encore permis à ses rêves de l'entraîner trop loin....

Et, dans le présent, près de la belle madame Dodard, dans l'avenir, près de son adorable Georgette, Sidoine, en fait de bonheur, ne désirait toujours prendre que ce qu'on voudrait lui donner :

Ici, de furtives joies dans de furtives découvertes ... là-bas.... une joie réelle dans un bon baiser... un bon, oui... mais un seul!.... comme celui de la forêt de Compiègne!...

Lorsqu'un incident imprévu vint changer la face des choses, ou, plutôt, la face du caractère de Sidoine.

Ce jour-là, comme monsieur et madame Dodard allaient se mettre à table pour dîner, Rosalie, — l'ex-femme de chambre de la bourgeoise, la devancière de Sidoine, — parut subitement dans la salle à manger. En sa qualité d'ancienne commensale de la maison, mademoiselle Rosalie avait jugé inutile de se faire annoncer; elle était montée par l'escalier de service, dans la cuisine, et elle entrait ainsi, sans façon, certaine qu'elle serait la bien reçue.

Au reste, elle ne s'était pas trompée. A ces mots : — Et comment ça va-t-il, monsieur et madame? prononcés par une voix connue; à l'aspect de ce visage aimé, monsieur et madame Dodard poussèrent, en même temps, une exclamation de plaisir.

— Rosalie ! fit madame Dodard ; comment c'est toi, ma fille ! et par quel hasard ?

Assieds-toi.... assieds-toi.

— Oui, oui.... asseyez-vous, Rosalie, reprit M. Dodard, d'un ton paterne.

— Mon Dieu ! madame, voilà la cause de ma visite, tout simplement : je reviens de mon pays, où j'étais allée, comme vous savez, chercher les papiers nécessaires à mon mariage.

C'est après-demain que je me marie.

Et, avant de m'engager à tout jamais, j'ai voulu profiter d'un dernier moment de liberté pour dire un petit bonjour à Monsieur et Madame.

— C'est très gentil de ta part, cela !... As-tu dîné ?

— Oh ! Madame est trop bonne.... je ne suis pas venue....

— Que tu es enfant ! dîne ici... Tiens ! voici Georgette, celle qui t'a remplacée, qui te tiendra compagnie avec Madeleine....

Et, du moins, dans la soirée, si tu n'es pas trop pressée de te sauver, après m'avoir conté tes petites affaires, tu pourras donner à cette enfant quelques notions sur le service, qui lui manquent encore.

Mademoiselle Rosalie considérait curieusement Sidoine-Georgette.

Et ce dernier, debout et immobile derrière Madame, se laissait tranquillement considérer.

— En effet, reprit Rosalie, les lèvres pincées, mademoiselle me semble bien jeune pour une femme de chambre.

— Je tâche d'acquérir du talent pour qu'on oublie mon âge, mademoiselle, repartit assez prestement Sidoine, humilié, malgré lui, de l'air dédaigneux de l'ex-camériste.

Celle-ci sourit. C'était une bonne fille, au fond, que mademoiselle Rosalie ; petite, vive, agaçante, avec son nez retroussé et ses yeux bleus de dix-neuf ans, et surtout douée de beaucoup plus d'expérience et de finesse que les époux Dodard ne lui en avaient jamais supposé.

La suite de cette histoire confirmera notre dire.

— Eh bien ! fit Rosalie, en se levant, je vais aider mademoiselle Georgette à servir le dîner de Monsieur et Madame, et je resterai ensuite toute la soirée ici, si on le désire !

Oh ! je suis libre. On ne sait pas encore, dans la famille de mon futur, mon retour à Paris.

— Bravo ! s'écria M. Dodard, c'est cela : sers-nous, Rosalie... ça me donnera de l'appétit... ça me...

Un froncement de sourcil de sa moitié interrompit le trop gracieux bourgeois.

— Ainsi, c'est bien décidé, tu te maries ? reprit madame Dodard.

— Mon Dieu ! oui... que voulez-vous... j'ai l'âge... et c'est si ennuyeux de vieillir fille... et puis, mon mari est très complaisant, très aimable... Mademoiselle Georgette, voulez-vous enlever le potage ? — Je crois que je serai heureuse avec lui !...

— Et que fait-il, ton mari ?

— Comment ! je ne vous l'ai pas dit déjà, madame ? Il est tailleur...

— Alors, ce doit être un Allemand, fit, d'un ton malin, M. Dodard ; tous les tailleurs sont allemands... c'est comme les cordonniers... qui sont polonais onze sur douze...

— Ah ! ma foi ! j'ignore si mon mari est allemand ou polonais... — Ah ! voilà un poisson superbe... et cuit à point...— Il est amoureux fou de moi, et ça me suffit... — la cuiller à poisson, mademoiselle Georgette.

— Et, une fois mariée, tu ne comptes pas te remettre en place ?

— Non ! madame, oh non !... Certes j'étais bien heureuse ici... Madame est si bonne et monsieur... si... si indulgent.

Rosalie avait eu de la peine à trouver le mot.

— Mais la liberté, c'est bien bon aussi !...

— Et puis, tu auras de beaux petits enfants... qui t'appelleront maman...

— Oui ! oui ! je m'imagine que tu auras beaucoup de petits enfants, répéta M. Dodard.

Rosalie partit d'un éclat de rire.

Madame Dodard fronça, derechef, le sourcil.

— Tiens ! cette idée ! répliqua la pétulante soubrette, pourquoi donc que Monsieur s'imagine ça si bien !... mais je n'ai pas tant d'ambition... je trouve qu'un seul est bien suffisant... et pas trop vite encore...

— Et tu vas demeurer ? dit madame Dodard, que le tour de la conversation impatientait évidemment.

— Oh ! nous ne sommes pas encore fixés là-dessus mon mari et moi, madame ! Cependant, je pense que ce sera dans le quartier... Popincourt... attendu que mon mari y habite déjà et qu'il y a ses pratiques...

Mademoiselle Georgette, le couteau à découper... Ah ! votre couvert n'est pas bien mis, mademoiselle Georgette !...

— Vous avez raison, mademoiselle... j'y ferai attention.

— Ce n'est pas pour vous gronder que je vous dis cela, ma petite ; mais puisque Madame me l'a permis... il vaut mieux dire tout de suite les choses, voyez-vous, que de les penser longtemps...

Merci... voulez-vous aller chercher les légumes ?...

Et, entremêlé des questions de madame Dodard, des remarques plus ou moins spirituelles de M. Dodard, du petit bavardage de mademoiselle Rosalie et de ses conseils à Sidoine-Georgette, le dîner de nos bourgeois s'achevait peu à peu...

Quand le café fut sur la table, madame Dodard donna congé à ses suivantes.

— Allez dîner, mesdemoiselles, leur dit-elle, nous n'avons plus besoin de vous.

Rosalie, ne te gêne pas pour causer avec Georgette, entends-tu ? tu sais que je t'y autorise pleinement. Cela ne peut que lui être utile.

— Soyez tranquille, madame !

A leur tour, Sidoine et Rosalie, rejoignant, à la cuisine, Madeleine qui avait préparé leurs couverts, se mirent à festoyer le poisson et la volaille dont ils n'avaient pu jusque-là sentir que le fumet, apprécier que le mérite apparent.

Rosalie et Madeleine faisaient rapidement disparaître les morceaux ; Sidoine, au contraire, lui, mangeait fort peu. Sans se rendre compte de ce qu'il éprouvait, notre jeune drille se sentait tout préoccupé près du nez retroussé de mademoiselle Rosalie.

— Est-ce que vous êtes malade, Georgette ? fit, la première, Madeleine ; vous laissez votre assiette pleine.

— C'est vrai ! vous n'allez pas ! ajouta Rosalie ; est-ce que vous souffrez de quelque part ?

— Du tout ! mademoiselle.

— Cela vous est peut-être désagréable, que je sois ici ?

— Désagréable ? et pourquoi ?

— Dame ! quelquefois on n'aime pas à recevoir des conseils... d'une étrangère ; et, pourtant, les miens sont tout dans votre intérêt, je vous l'atteste !

— Oh ! ce n'est pas cela, mademoiselle, soyez en certaine... et vous pouvez rester ici, aussi longtemps qu'il vous plaira... me conseiller, me gronder même, s'il est nécessaire... je ne m'en plaindrai pas !

Rosalie tendit la main à Sidoine-Georgette.

— Vous avez un bon caractère, tant mieux ! lui dit-elle. Eh bien ! achevons notre dîner et ensuite, puisque vous me le permettez, je m'occuperai un peu de vos talents en couture.

— Oh ! quant à cela, tu auras fort à faire, Rosalie, avec notre petite Georgette, reprit Madeleine ; je crois qu'elle n'a jamais tenu une aiguille de sa vie ! La chère enfant ! ce n'est pas pour le lui reprocher... mais elle est d'une gaucherie !...

— Vous ne cousiez donc pas dans votre pays, Georgette ? fit Rosalie.

— Pas souvent, repartit Sidoine, en retenant une envie de rire.

— Bah ! c'est égal... en se donnant un peu de peine, on vient à bout de tout.

Et puis, — ajouta Rosalie, penchée vers le jeune homme, et lui désignant du regard Madeleine, — peut-être que le professeur est trop vieux... vous apprendriez mieux, j'en suis sûre, avec moi, n'est-ce pas ?

Sidoine serra la main de Rosalie.

—Oh! oui, mademoiselle, j'apprendrais bien mieux avec vous ! murmura-t-il.

L'ex-caméristе de madame Dodard sourit à sa nouvelle amie.

Aussitôt le repas achevé, les *deux* jeunes filles, assises, côte à côte dans leur chambre, — je dis *leur*, puisque l'une ne s'y était établie qu'après que l'autre l'avait quittée, — se mirent, à la lueur d'une lampe, celle-ci à exhiber son savoir-faire dans l'art des points-devant et des points-arrière, celle-là à examiner attentivement... ou plutôt à simuler une grande attention à cette besogne.

Car c'était Rosalie qui donnait son premier cours de couture à Sidoine-Georgette.

Et nous devons avouer que la fausse caméristе, au lieu de s'occuper, comme c'était son devoir, des savantes leçons de sa devancière, songeait bien plus à admirer les deux petites mains de celle-ci voltigeant sur son ouvrage.... et ses fins cheveux blond-cendré... et sa bouche fraîche et rose, et son nez retroussé, surtout... ce nez mutin, espiègle... l'objet des regrets éternels de M. Dodard.

Les femmes sont coquettes même entre elles. Rosalie s'aperçut de la flatteuse contemplation de sa compagne, et sa sympathie pour cette dernière s'en accrut.

— Eh bien, Georgette, fit-elle, comprenez-vous tout ce que je vous enseigne là, et voulez-vous essayer à votre tour ?

Sidoine secoua la tête.

— Bah ! une autre fois, hein ? répliqua-t-il, je ne suis pas en train ce soir.

— Paresseuse !

— Non ! ce n'est point paresse, mademoiselle; mais il me semble... je m'imagine que nous pouvons employer plus gaîment notre temps, à cette heure... qu'à faire des ourlets ou des reprises.

— Qu'elle est drôle, cette petite !.... Et que voulez-vous que nous fassions ?

— Eh bien, causons, par exemple.

— Causer !... et qu'avons-nous à nous dire, nous ne nous connaissons pas ?

— Oh ! je crois qu'il n'est pas utile de se connaître beaucoup pour se dire des choses aimables. Par exemple, tenez... moi, cela me fait le plus grand plaisir de vous assurer que je vous trouve gentille et bonne... et que je serais très heureuse de vous voir souvent.

Rosalie arrêta sur Sidoine un regard à la fois joyeux et satisfait.

— Vraiment ! dit-elle.... mais vous aussi, ma chère, vous êtes très gentille, et vous avez l'air fort aimable... nous nous entendons parfaitement à ce qu'il paraît. Quel âge avez-vous donc ?

— Seize ans.

— Seize ans ! une enfant !... Pourquoi ne mettez-vous pas de corset ?

— Oh !... c'est que je n'en ai pas besoin encore... ce n'est point comme vous !

— Oui... mais moi j'ai dix-neuf ans... et quand vous aurez dix-neuf ans ! N'importe, ma petite... il vaut mieux vous habituer aux corsets de bonne heure... pour votre taille ! Ces gens de la campagne, ça ne sait même pas s'habiller... Et vos cheveux... on vous les a coupés à la suite d'une maladie ?

— Oui... à la suite... Oh ! c'est vous qui en avez de beaux aussi... et fins... et brillants !...

— Qu'elle est amusante !... elle me regarde et elle me parle comme un amoureux...

— Un amoureux !

Sidoine se troubla : ce mot lui avait rappelé qu'il était un amoureux, en effet, lui !.. et qu'il se comportait assez mal, par parenthèse, en ce moment, en oubliant quelque peu son amoureuse près du nez retroussé de mademoiselle Rosalie.

— Eh bien ! oui, un amoureux, reprit cette dernière ; savez-vous ce que c'est qu'un amoureux, Georgette ?

— Non... mademoiselle.

— Non ! Au fait, je suis bête... avec si peu de corset que cela il n'est pas probable...

— Et vous, mademoiselle Rosalie, vous le savez, sans doute, ce que c'est ?

Rosalie rougit légèrement.

— Moi... oh!... je ne suis pas arrivée à mon âge, il est vrai, sans apprendre... quelque chose... mais...

— Est-ce votre futur mari qui est votre amoureux?

— Mon futur mari?

Rosalie partit d'un grand éclat de rire.

— Pourquoi riez-vous? fit Sidoine surpris.

— Pourquoi... oh! ce serait trop long à vous conter... et...

Oh! mon Dieu! est-ce que c'est la pluie qui tombe comme cela?...

— Oui, c'est la pluie...

— Et il est bientôt neuf heures... ah! le temps passe vite quand on bavarde... Ça tombe à torrents!... comment vais-je faire pour m'en aller? moi qui demeure si loin!

Ici la porte de la chambre des deux amies s'ouvrit. C'était madame Dodard qui daignait venir, elle-même, donner le coup d'œil de maître au travail de Rosalie et de Georgette.

— Eh bien! dit-elle, où en êtes-vous, mesdemoiselles? N'est-ce pas, Rosalie, qu'elle n'est pas forte, cette pauvre Georgette?

— Oh!... elle a des dispositions, madame... et si je puis revenir encore une fois...

— Qu'est-ce que tu fais donc? tu t'en vas, Rosalie?

— Mais il le faut bien, madame; il est neuf heures... je ne suis pas rue Popincourt...

— Comment! tu n'entends donc pas l'orage?... Mais, ma chère fille, il est bien plus sage de rester ici... tu coucheras avec Georgette, c'est tout simple... et demain matin tu t'en iras après déjeuner.

Rosalie regarda Sidoine, qui n'osait pas regarder Rosalie...

— Au fait, reprit-elle, vous avez raison, madame .. je puis coucher ici... si ça ne gêne pas trop mademoiselle Georgette.

— Oh!.. ça ne me gênera pas, balbutia Sidoine.

— C'est cela... et de cette façon vous pouvez continuer de travailler encore un peu.

Bonsoir, petites; je vais me mettre au lit, moi, cet orage me porte aux nerfs..... Ne te dérange pas, Georgette, je me passerai de toi... je préfère que tu prennes une bonne leçon... Bonsoir.

Et madame Dodard s'éloigna.

— C'est bien vrai, au moins, que ça ne vous ennuie pas que je partage votre lit? fit Rosalie à la fausse Georgette, lorsqu'elle se trouva seule avec elle. C'est que je ne voudrais pas...

— Non! non!... ça ne m'ennuie pas, mademoiselle, au contraire!... interrompit vivement Sidoine.

— Merci!... Alors, tenez, si vous m'en croyez... madame ne reviendra pas... je suis un peu fatiguée... j'ai couru toute la journée... nous remettrons la fin de la leçon à demain matin et nous nous coucherons tout de suite...

Oh! cela ne nous empêchera pas de causer!...

— Si vous voulez... je ne demande pas mieux... couchons-nous! repartit Sidoine qui entendait battre son cœur.

Mademoiselle Rosalie se déshabillait déjà...

— Eh bien! fit-elle, en voyant sa compagne demeurer immobile sur sa chaise, que faites-vous donc, Georgette? vous ne m'imitez pas?

Sidoine tremblait de tout son corps.

— C'est que... c'est que... comme ça, dit-il, quand on n'a pas l'habitude... quand on ne se connaît pas... la lumière...

— Ah! c'est la lumière qui vous intimide, attendez!...

D'un souffle, mademoiselle Rosalie répandit l'obscurité dans la chambre.

— A la bonne heure! fit Sidoine, plus à son aise.

— Me voilà déjà au lit, dit Rosalie.

Et le lit craqua.

— M'y voici aussi, dit Sidoine.

Et le lit craqua plus fort.

— Ah! mon Dieu! cria Rosalie.

. . . .

. . . .

Sur les une heure du matin, environ, voici la petite conversation qui avait lieu entre Rosalie et Sidoine.

— Écoute, Sidoine, disait Rosalie, puisque tu ne veux pas m'expliquer comment il se fait que tu te trouves ici, toi, un homme, sous les habits d'une fille, je consens à ne pas te presser davantage.

Garde ton secret, ça ne m'empêchera pas de t'aimer... je suis bien sûre que ce n'est pas pour madame Dodard que tu t'es déguisé de la sorte... elle ne m'aurait pas invitée, elle-même, à partager ton lit.

Cependant il me faut un serment..... oh! un serment solennel.

— Deux si tu l'exiges.

— C'est assez d'un, pourvu que tu le tiennes.

D'abord, je ne me marie pas, entends-tu? je ne me marie pas le moins du monde. C'est une frime que j'ai employée pour m'en aller d'ici, où je me déplaisais... parce qu'on n'y gagne pas assez et que Monsieur ne faisait que me pincer dans tous les coins et recoins où il pouvait me surprendre.

Au fait...t'a-t-il déjà pincée, Monsieur, mademoiselle Georgette?

— Non, pas encore... il me regarde, mais il ne me touche pas.

— Ah! ah! c'est dommage. Donc j'entre demain en place... oh! une place soignée... comme j'en souhaitais une depuis longtemps...

Chez une dame... de la haute... une danseuse...

Je te donnerai l'adresse de ma nouvelle maîtresse, et je veux... je veux.... comprends-tu bien? que tu y viennes me voir tous tes jours de sortie. Tu quittes d'ici, comme c'est l'usage, à six heures et demie, une fois ton dîner servi... ce n'est pas loin... à sept heures tu peux être près de moi...

Est-ce convenu?... est-ce arrêté?... as-tu juré?

Sidoine hésitait. Au sein même de son crime, il songeait à celle qu'il outrageait... à cette pauvre Georgette! Elle aussi, elle comptait sur lui, à ses jours de liberté!

— Eh bien! reprit mademoiselle Rosalie, dont la patience n'était pas une des vertus principales, eh bien! monsieur, j'attends... jurerez-vous, enfin?

— Au fait! pensa Sidoine, j'irai voir l'une; mais cela ne m'empêchera pas de voir l'autre.

Je te jure... tout ce que tu voudras, Rosalie! dit-il dans un baiser!...

. . . .

Oh! monsieur Sidoine! monsieur Sidoine! Libertin, infidèle et menteur, déjà, tout à la fois! Vous avez bien fait du chemin en bien peu de temps, monsieur Sidoine!

VIII.

Où la femme de chambre vient, malgré elle, en aide à sa maîtresse.

Nous avons dit que le comte Adalbert de Creuzé était un homme d'esprit; mais nous avons oublié, je crois, de dire qu'il était, en outre, orné d'un excellent cœur.

Du cœur! une qualité négative aux yeux d'une infinité d'esprits forts de notre époque!

Mais il faut bien que les esprits forts nient beaucoup puisqu'ils sont incapables de rien prouver.

Or, M. de Creuzé, grâce à sa double richesse de cœur et d'esprit, se laissait donc facilement entraîner vers ce qu'il trouvait aimable ou bon.

Et homme, femme, voire même bête... ami, maîtresse ou chien, il était toujours prêt à user de réciprocité avec tout ce qui lui semblait vouloir lui plaire, l'amuser ou l'aimer, franchement.

Doué de pareilles dispositions, Adalbert de Creuzé n'avait pu, sans le

..... En attendant M. le comte.....

remarquer, garder quelque temps près de lui le gracieux petit groom que le sort, et Ridelle le frotteur, lui avaient procuré.

Quoi qu'en disent les gens laids, les agréments physiques ont une grande importance dans les événements de la vie.

Georgette était ravissante, on le sait, sous sa livrée.

Et le comte Adalbert souriait gaîment, chaque fois que son regard s'arrêtait sur les traits fins, coquets et jolis de Georgette.

De plus, elle était d'une intelligence, d'une douceur et d'une vivacité remarquables.

Et ces qualités de son groom étaient encore, comme de raison, fort appréciées de M. le comte.

Grâce à cet intérêt particulier que lui portait son maître, Georgette passait donc assez tranquillement ses jours dans sa nouvelle condition : ne faisant que ce qu'elle voulait ;

Laissant à M. Picard, le valet de chambre, un assez brave garçon, d'ailleurs, ce qu'elle ne voulait pas ;

— Les promenades à cheval, par exemple ; —

Jouissant, à l'aise, du droit de rêver souvent, seule, en attendant M le comte, — soit à la porte du club, soit sous le péristyle d'un théâtre ou dans une antichambre, — au jour si désiré où elle reverrait Sidoine! au moment, plus désiré encore, où elle rentrerait avec lui, à Pierrefonds;

Et, confiante en son étoile, illusionnée par sa candeur même, ne présumant pas que quelque péripétie imprévue et fâcheuse pût venir jamais se jeter au milieu de sa tranquillité présente ou de son bonheur futur.

Cependant l'heure des dangers allait sonner pour la jeune fille.

Restait à savoir comment elle se tirerait de ces mauvais pas.

Depuis quelques jours, mademoiselle Lucia Rizzi se trouvait souffrante, ce qui faisait que, depuis quelques jours, elle ne venait point chez son amant, et que c'était le comte qui allait, de temps en temps, chez elle.

Un matin, Adalbert, appelé ailleurs par une affaire ou un plaisir, ne pouvant rendre à sa maîtresse la visite qu'il lui avait promise la veille, lui écrivit un mot d'excuse.

Ce fut Georgette-Sidoine qui reçut l'ordre de porter ce mot à la danseuse.

Mademoiselle Lucia Rizzi habitait, rue de la Ferme-des-Mathurins, un appartement où le comte de Creuzé avait déployé tout le luxe et l'élégance imaginables. Velours, soieries, bronzes, glaces et dorures, tout y était d'un goût exquis.

Mais M. le comte de Creuzé possédait quatre-vingt mille livres de rentes; mademoiselle Lucia Rizzi avait un nom dans le monde galant.

L'appartement de la danseuse était donc seulement en rapport avec la fortune de l'amant, et la réputation de la maîtresse.

Lucia était encore au lit quand Sophie, sa femme de chambre, lui remit le billet du comte.

Elle le parcourut d'un œil indifférent, et, après avoir prononcé ces mots: « C'est bien! » laissant retomber sa tête sur l'oreiller, elle se disposait à se replonger dans cette douce somnolence du matin, aux charmes de laquelle les femmes en général, et les danseuses en particulier, se plaisent infiniment... lorsque, se ravisant tout d'un coup:

— Qui est-ce qui a apporté ce billet? dit-elle.

— Le groom de M. le comte, madame, repartit la femme de chambre.

— Ah!... Dites-lui d'entrer... j'ai un mot à lui répondre. — Tirez un peu les rideaux de la fenêtre, d'abord, Sophie.

Bien, comme cela.

Allez, maintenant.

La femme de chambre s'était éloignée.

Et Lucia, qui n'avait plus, vraisemblablement, envie de dormir, s'était assise sur son lit.

Un miroir à la main, elle arrangeait les boucles de sa coiffure et les dentelles de son bonnet de nuit.

Georgette entra, son chapeau à la main; elle fit quelques pas sur le tapis de la chambre à coucher et s'arrêta dans un silence et une immobilité respectueux.

— Bonjour, Sidoine! cria la danseuse, d'un ton dégagé; bonjour, petit Sidoine, est-ce que cela ne vous fait pas plaisir, de me voir?

— Si, madame.

— Savez-vous qu'il y a longtemps que je n'ai paru chez M. le comte. Voyons! là... vous n'étiez pas un peu inquiet de ma santé?

Georgette, étonnée de ces questions, et de la manière dont on les lui adressait, tournait et retournait son chapeau dans ses doigts, en répétant toujours:

— Si, madame! oh! si, madame!

— Tenez! reprit Lucia, asseyez-vous là, près de mon lit... Oh! je ne fais pas d'embarras, moi, avec les gens qui me reviennent... et vous me revenez... Posez votre chapeau quelque part, il vous embarrasse... et causons, voulez-vous?

Georgette, de plus en plus surprise, obéit.

— Il y a longtemps, poursuivit la danseuse, que je désire vous parler... mais les circonstances m'en ont empêchée...

Comme il est rouge!... est-ce que je vous fais peur ?...

— Oh! non! madame.

— Oh! non!... voyez-vous cela!... Cependant vous n'osez pas me regarder en face... Ah!... à la bonne heure!... A-t-il de jolis yeux!... et sa main!... vrai, je suis folle de votre main, Sidoine... C'est que, ma parole d'honneur, il mettrait des gants à moi, ce petit vilain-là!...

Il y eut un instant de silence; Lucia, une main de Georgette dans les siennes, dévorait des yeux le faux groom!... et ce dernier, qui avait, de nouveau, baissé les siens, se demandait, dans sa naïveté primitive, à quel propos une aussi belle dame que la maîtresse de son maître pouvait si vivement s'intéresser à un pauvre diable tel que lui!

— Aviez-vous une amoureuse à Pierrefonds, Sidoine? reprit la danseuse.

Georgette sourit.

— Une amoureuse, dit-elle; oh! ma foi! non, madame.

— Ah!... Pourquoi riez-vous?.... ma question a l'air de vous étonner.... mais gentil comme vous l'êtes... Après çà, je sais bien que vous êtes tout jeune... trop jeune... vous avez seize ans, n'est-ce pas?

— Oui, madame, seize ans.

— Eh bien! au fait, tant mieux! si vous n'aimez personne encore, et si personne ne vous aime... parce que...

— Parce que?

— Parce que je veux être votre amie, votre conseillère, entendez-vous, mon enfant, dans ce chemin si difficile et si dangereux des premières amours... M'acceptez-vous pour amie, Sidoine?

Georgette arrêta sur Lucia un regard où la malice commençait à prendre le pas sur la candeur.

— Madame est trop bonne, dit-elle, et je suis bien reconnaissant à Madame...

— Reconnaissant! Qu'il est bête! Il ne s'agit pas de reconnaissance ici!... J'exige de la franchise, de l'amitié..... voilà tout...

Seulement, vous comprenez bien, Sidoine, que tout cela doit se passer entre nous... M. le comte trouverait peut-être mauvais que je voulusse... m'occuper de vous... Il faudra donc...

— Ne lui rien dire. Oh! soyez tranquille, madame!

— C'est cela!... Ces messieurs riches, voyez-vous, Sidoine, ne comprennent pas qu'on puisse s'intéresser à un...

— A un domestique... Je conçois... et vous, madame... vous êtes si bonne qu'un pareil motif ne vous arrête pas...

— Tiens!... pourquoi m'arrêterait-il? Mon Dieu! l'argent ne m'a pas tourné la tête, allez, mon enfant... Je n'ai pas toujours été ce que je suis... et je ne vois pas pourquoi je ferais tant ma fière, quand, il y a six mois à peine, ma mère était encore...

Lucia s'arrêta. Emportée par un mouvement irréfléchi, elle allait dévoiler les mystères de sa famille; mais il est certains mots qui ont de la peine à passer par les lèvres d'une femme couchée dans des draps de toile de Hollande... quelque libérale que soit cette femme.

Pour sa gouverne seulement, le lecteur saura que le mot que n'avait pu prononcer Lucia rimait honnêtement avec *fière*... qu'elle avait dit un peu plus haut.

— Enfin!..... c'est convenu..... vous viendrez me voir de temps en temps, n'est-ce pas, Sidoine?... sans que personne en sache rien! reprit la danseuse, qui caressait toujours la petite main de son protégé, et nous causerons... nous causerons beaucoup.

— Oui, madame... tant que vous voudrez...

— Et, maintenant...

— Et, maintenant, si madame le permet, je vais me sauver, car Monsieur peut avoir besoin de moi, et il s'étonnerait peut-être de ma longue absence.

Un soupir de regret s'échappa de la poitrine de Lucia.

Qui sait par quel gage gracieux et tendre elle eût voulu sceller ce nouveau traité d'amitié entre elle et le chérubin en livrée.

— Vous avez raison... il faut partir... murmura-t-elle.

Georgette reprenait son chapeau.

A ce moment, Sophie se glissa dans la chambre à coucher.

— Madame, dit elle, c'est la personne qui doit me remplacer qui vient d'arriver.

Lucia chercha dans ses souvenirs.

— Ah ! oui, Rosalie ! Eh bien ! qu'elle entre ! Je vais m'habiller.

Et, avec un charmant signe de tête :

— Au revoir ! à bientôt ! fit la danseuse à Georgette.

— A bientôt ! répéta la jeune fille.

Et elle sortait de la chambre à coucher.

Mais, comme elle sortait, elle se trouva en face d'une femme qui, à son aspect, poussa un cri de surprise et recula de deux pas...

Cette femme, c'était mademoiselle Rosalie, l'ex-femme de chambre de madame Dodard, venant se mettre à la disposition de sa nouvelle maîtresse, mademoiselle Lucia Rizzi.

Georgette, tout occupée de ce qui venait de se passer entre elle et la danseuse, ne donna qu'une légère attention au cri de mademoiselle Rosalie.

Elle crut que cette demoiselle s'était blessée en marchant...

Et, s'inclinant légèrement devant elle, sans la regarder, elle poursuivit son chemin et disparut.

Mais Lucia avait entendu l'exclamation poussée par sa camériste de fraîche date :

— Qu'est-ce donc ? qu'y a-t-il ? fit-elle.

Rosalie entra, pâle, effarée, dans la chambre à coucher.

— Pardon, madame, pardon, dit-elle, une circonstance... un hasard extraordinaire...

— En effet, il faut que vous ayez vu quelque chose de bien extraordinaire... car vous voilà toute bouleversée, ma chère... Est-ce qu'on a cassé la pendule de mon salon ?... Est-ce que vous avez découvert un homme caché sous un meuble ?... Mais parlez, parlez donc !... Vous m'effrayez à la fin.

Rosalie s'approcha du lit de Madame.

— Oh ! cela n'a rien d'effrayant... dit-elle, mais..... c'est ce petit domestique que je viens de rencontrer... Madame le connaît sans doute ?...

— Certainement... c'est le groom de M. le comte de Creuzé... Après ?...

— Et il se nomme ?...

— Sidoine... Où voulez-vous en venir ?

— Sidoine !... Ah ! mon Dieu ! c'est cela... c'est bien cela... oui... je comprends maintenant... c'est-à-dire... non... je ne comprends pas...

Lucia, qui commençait à s'impatienter, frappa des mains.

— Ah çà ! s'écria-t-elle, mademoiselle Rosalie, est-ce que votre monologue va durer longtemps ?... ça m'amuse fort peu, je vous en préviens...

Rosalie s'inclina respectueusement.

— Pardon, encore une fois, madame, fit-elle, je vais tout vous dire.

— Ce n'est pas malheureux.

— Tout... tout ce que je voudrai te dire, pensa mademoiselle Rosalie,

Et elle conta, en détails, sa visite de la veille à son ancienne maîtresse ;

Et sa rencontre, chez la grosse bourgeoise, avec mademoiselle Georgette, sa remplaçante.

Mademoiselle Georgette qui ne savait pas tenir une aiguille,

Et qui ne portait pas de corset,

Et qui avait les cheveux courts.

Lucia écoutait le récit de Rosalie avec un intérêt assez médiocre.

Mais quand la camériste, achevant le portrait le Sidoine, prononça ces mots :

— Eh bien ! madame, cette demoiselle Georgette, c'était tout le portrait de ce petit garçon que je viens de rencontrer tout à l'heure,

La danseuse dressa l'oreille.

— Tu en es sûre ? fit-elle.

— Oh ! il n'y a pas à s'y tromper, reprit Rosalie ; les mêmes traits, la même taille, la même physionomie, le même accent ..

Et, le plus drôle, c'est que cette demoiselle Georgette là-bas est un homme en femme... il me l'a avoué... sans vouloir m'avouer aussi pourquoi il avait pris ce déguisement...

Et que je parierais maintenant que ce petit groom qui prend chez vous le nom de Sidoine... Sidoine... le véritable nom de celui de là-bas... il me l'a dit encore... n'est autre que la vraie Georgette... que M. Sidoine remplace dans la maison de madame Dodard.

Lucia bondit sur son lit.

— Mais c'est un conte des *Mille et une Nuits* que tout cela, s'écria-t-elle.

Elle réfléchit une minute; elle se rappelait le singulier sourire du groom lorsqu'elle lui avait demandé s'il avait une amoureuse à Pierrefonds.

— Et tu dis qu'ils se ressemblent?

— Comme deux gouttes de lait...

— Mais, reprit la danseuse après une nouvelle minute de réflexion, tu ne m'as pas appris comment t'était venue la confidence de ce M. Sidoine, là-bas.

En parlant ainsi, la danseuse examinait curieusement Rosalie.

Mais Rosalie, qui n'était pas faite d'hier, et qui avait prévu la question et le regard curieux qui l'accompagnerait, demeura indéchiffrable.

— Oh! c'est tout simple, madame, fit-elle en souriant: il était fort tard, comme j'allais quitter hier au soir la maison de madame Dodard... il pleuvait... il faisait un temps affreux!...

Madame a dû entendre?

— Oui! oui!... je sais qu'il faisait très vilain hier au soir. Eh bien?

— Eh bien, madame Dodard m'avait offert de passer la nuit avec sa femme de chambre.....

— Et tu avais accepté?

—Dame! jusque-là, je n'avais rien deviné, moi...

Mais voilà qu'au moment de me déshabiller, mademoiselle Georgette m'arrête en pleurant...

— Ah! ce fut là le moment de l'aveu.

— Mais sans doute, madame.

— Oui! oui... . Alors, ce garçon est très innocent à ce qu'il me paraît.

— Oh! tout ce qu'il y a de plus innocent..... Madame peut en juger par sa frayeur à l'idée de partager son lit avec moi.....

Il me supplia de ne rien conter à madame Dodard.

— Cependant, il ne voulut pas t'apprendre dans quel but il s'était déguisé de la sorte...

— Non, madame.

— De façon que... tout ce que tu viens de me dire..... sur ce petit que tu as vu tout à l'heure... n'est qu'une supposition basée sur une ressemblance?

— Et aussi, madame, sur ces noms de Georgette et de Sidoine qu'ils portent tous les deux.....

— C'est juste!

Lucia Rizzi donna, une troisième fois, le champ libre à ses réflexions.

— Et.... reprit-elle soudainement, peux-tu le revoir, ce M Sidoine..... que tu as laissé là-bas?...

— Oh! oui, madame... il m'a promis de me rendre visite ici, à son premier jour de sortie, samedi prochain...

— Ah! ah!... il ne te déplaît pas, ce me semble, alors, ce petit monsieur?

— Oh! madame... il est si... drôle... si joli... et je ne crois pas qu'il soit défendu...

— Comment donc! Eh bien, Rosalie, avant de rien décider à l'égard de celui ou celle qui sort de cette chambre, je veux aussi connaître l'autre.

Tu me l'amèneras, samedi, entends-tu, cet innocent... qui pleure quand il s'agit de coucher avec une aussi belle fille que toi.

C'est convenu, n'est-ce pas?

Rosalie se mordit les lèvres.

Elle se repentait maintenant d'en avoir tant dit.

— Dès que c'est agréable à Madame, repartit-elle... c'est convenu.

Et il ne fut plus question de nos menechmes entre la maîtresse et la suivante.

Mais, tout en se levant, Lucia se disait :

— Parbleu ! il faut que je sache si ce petit Sidoine de là-bas est vraiment si innocent !...

Et pourquoi Georgette et lui ont troqué de costumes !...

Et Rosalie grommelait, tout en habillant Lucia :

— Ah bien ! merci ! si nos maîtresses se mettent, à présent, à nous prendre nos amoureux, qu'est-ce qui nous restera donc à nous autres ?

IX.

M. Sidoine continue ses études.

Le jour tombait ; sept heures venaient de sonner, et depuis une demi-heure déjà, Georgette attendait Sidoine dans le jardin du Palais-Royal.

Car il était enfin arrivé ce jour, ou plutôt, ce soir, si impatiemment attendu, où la jeune fille, après deux mortelles semaines de séparation, allait revoir son amant !... son mari !... serrer ses mains dans les siennes.. le regarder, lui sourire... écouter sa voix... l'entendre lui dire : Je t'aime !

Et Georgette supposait que Sidoine devait avoir tant de : je t'aime ! à lui dire, pour rattraper le temps perdu !

Cependant la nuit s'épaississait de plus en plus et Sidoine ne paraissait pas !

Généralement, attendre est un mot qui a pour synonyme : s'ennuyer..... Mais quand c'est le bonheur qu'on attend et qu'on ne voit pas venir, de fatigante, la situation tourne au triste : ce n'est plus de l'ennui qu'on éprouve, c'est de la douleur.

Georgette avait déjà compté, l'un après l'autre, tous les arbres dont se compose l'allée où elle se promenait depuis une demi-heure.....

Puis le nombre de ses pas d'un bout à l'autre de cette allée.

Des variétés de calculs dont s'avisent les gens qui cherchent à tuer le temps... parce que le temps leur pèse sur le cœur...

Et Sidoine continuait de briller, au rendez-vous, par son absence.

— Ne se souvient-il plus de l'endroit où je lui ai écrit qu'il me trouverait ! se disait la chère petite fille, ou bien ne connaîtrait-il pas ce jardin ? Cependant il m'a répondu qu'il y serait à six heures et demie précises.....

Après cela peut-être son service l'a-t-il retenu chez ses maîtres...

Si on allait ne pas vouloir lui permettre de sortir ce soir ?

S'il y avait quelqu'un de malade dans sa maison !

Et, si c'était lui-même qui fût indisposé !...

Et de suppositions en suppositions Georgette, entraînée dans le pays des chimères, pâlit, sent son cœur battre violemment et ses yeux se remplir de larmes.

Mais, tout-à-coup, elle pousse une exclamation de joie.

Une femme en petit bonnet, les épaules recouvertes d'un tartan, vient d'entrer dans le jardin, du côté de la rotonde.

C'est lui !... c'est bien lui... oh ! elle ne s'abuse pas !

Une femme qui aime reconnaîtrait son amant, rien qu'à sa tournure, entre mille hommes..... cet amant fût-il en femme, en garde national ou en arlequin.

Et peu soucieux de ce que peuvent penser les promeneurs qui voient ce petit groom courir après cette petite fille, Georgette, faisant voler les cailloux sous ses pas, s'élance vers Sidoine.

Avant qu'il ait eu le loisir de l'apercevoir, de la chercher même du regard, elle s'est pendue à son bras, et d'une voix haletante elle murmure :

— Ah ! te voilà ! Mon Dieu ! comme tu as tardé !..... je croyais que tu ne viendrais pas ! Mais te voilà ! que je suis heureuse !... Et toi ! dis... es-tu content de me voir ?.... Mais parle donc... tu ne me dis rien...

M. Sidoine contemplait sa maîtresse d'un air effaré.

D'abord elle lui avait presque fait peur en se précipitant si subitement à son bras.

Ensuite, comme M. Sidoine ne se trouvait pas, pour le moment, près de Georgette, — sous le rapport de la température amoureuse, — au même degré que la jeune fille, il s'étonnait naturellement de ce qu'il n'était pas digne d'apprécier.

Cependant, la première minute donnée à une sorte de stupéfaction, Sidoine, — considérant les jolis yeux de Georgette qui brillaient fixés tendrement sur les siens, — revint à son rôle d'amoureux.

— Allons! allons! folle, dit-il, d'un ton auquel la science imprimait déjà son cachet doctoral, allons! sans doute, je suis content de te voir... Mais ne te serre pas de la sorte contre moi, et laisse-moi te donner le bras au lieu de prendre le mien... car tu conçois que nous devons avoir une drôle de tournure comme ça... le garçon conduit par la fille.

— Bah! qu'est-ce que cela nous fait! repartit Georgette, on ne nous regarde pas... d'ailleurs nous ne connaissons pas ce monde-là!

— C'est égal! c'est égal! Tiens, asseyons-nous sur ce banc, là-bas... nous causerons plus à notre aise et nous serons plus à l'écart.

Georgette avait ôté son bras de dessous celui de Sidoine; mais, sitôt qu'ils se furent assis, elle s'empressa de reprendre les mains de son amant.

— Que je te regarde donc bien! dit-elle; oh! il me semble qu'il y a des années que je suis éloignée de toi!... Tu es un peu pâlot... est-ce que tu as été malade?

— Non!... c'est la lumière du gaz qui te fait cet effet-là...

— Et moi... comment me trouves-tu?

— Pardi! gentille comme toujours!

— Mais ce costume.... tu ne m'avais pas vue encore ainsi.

— Ah! c'est vrai!... mais comme je le savais... Ah! ça te va bien!..... tu n'es pas gênée là-dedans... la culotte, pourtant, hein?...

— Et vous, monsieur, vous faites-vous à vos habits de femme?

— Dame!... faut croire... puisqu'on ne soupçonne rien.

— Et tu n'as pas à te plaindre de tes maîtres?

— Non! madame est très aimable... quant à monsieur...

Sidoine se prit à rire.

— Eh bien! monsieur, qu'est-ce qu'il a?

— Eh bien! je m'imagine qu'il me prend trop pour une femme... lui! il me lance des mots, des œillades, depuis deux jours...

— Vrai!... ah! ah! ah!...

— Mais je n'ai pas peur de lui, tu comprends... et s'il m'asticotait, je le dirais tout bonnement à madame...

Et toi... ton monsieur le comte... il continue à être bon... complaisant?

— Oh! moi, je n'ai à me plaindre de rien! Il n'y a qu'une chose qui m'effraie encore un peu... c'est quand il faut conduire la voiture... oh! ça... et puis le cheval qui n'est pas facile... Mais...

Tiens!... qu'est-ce que c'est que ça... tu as une bague à présent, Sidoine?...

Tout en serrant les doigts de son futur, les doigts de Georgette s'étaient arrêtés sur une alliance que ce monsieur portait à l'annulaire... depuis certaine soirée où il était tombé un grand orage sur Paris.

Sidoine, à la question de la jeune fille, s'était empressé de mettre son visage à l'abri de la lumière du gaz pour cacher la rougeur qui y était montée.

— Maladroit! pensa-t-il, c'était si simple de fourrer cet anneau dans ma poche!

Dans les campagnes, — où on ignore encore la ressource des *cadeaux d'amis*, — une bague au doigt est une affaire importante. Un futur n'a le droit de porter que celle que lui a donnée sa future, une femme, que celle que lui a offerte son mari... et *vice versâ*.

Georgette, émue, considérait le gage d'amour passé à l'annulaire de l'infidèle.

Le nez retroussé de Mademoiselle Rosalie.

Sidoine par le nez retroussé de mademoiselle Rosalie.

— Et c'est de l'or! dit-elle avec un soupir... de l'or pour de vrai!

Pauvre enfant! ce qui était plus vrai encore, c'était le chagrin, — le premier, le plus poignant! — le sentiment de jalousie qu'elle ressentait à ce moment, en affectant de paraître seulement curieuse.

M. Sidoine jugea prudent de frapper un grand coup.

— Mon Dieu, repartit-il avec indifférence, j'ignore si c'est de l'or... ou du faux... je n'y ai même pas songé... c'est madame qui m'a donné ça, deux jours après mon entrée chez elle...

— Ah! c'est madame qui t'a donné cette bague!

— Oui! c'est l'usage de la maison, à ce qu'il paraît.. on donne une bague aux domestiques... pour les... pour les reconnaître...

Sidoine s'embarlificotait.

— Tiens! pour te prouver que je n'y tiens pas, continua-t-il nonchalamment, la veux-tu, cette machine? prends-la.

Et il avançait son doigt tendu vers la jeune fille.

— Non!... non!... merci! repartit-elle, *on ne te reconnaîtrait plus chez toi!*

Sidoine ne répliqua pas! Il était bien fâché d'avoir dit cela.

Et Georgette s'éloignait.

Georgette se leva.

— Mais je crois qu'il se fait tard, dit-elle.

— Tu crois, repartit Sidoine, avec vivacité.

Comme pour répondre à nos amoureux, une horloge voisine sonna huit heures.

— Huit heures! reprit Sidoine, ah! mon Dieu!

— Quoi donc? dit Georgette, en se retournant vers lui; tu as affaire quelque part?

— Mais oui... mais oui... j'oubliais près de toi... Madame m'a chargée d'une commission pressée...

— Ah!... pour ton jour de sortie... ce n'est pas trop aimable, ça... De sorte que... en arrivant à sept heures et demie au rendez-vous, au lieu de sept heures, tu ne comptais, encore, demeurer avec moi qu'une demi-heure?

— Que veux-tu! ce n'est pas ma faute!... Madame m'a prié... Et puis... tu es singulière, Georgette... tu te levais bien, toi... donc tu avais envie de t'en aller... par conséquent...

— Par conséquent... tu as raison... j'ai envie de m'en aller et de te laisser tranquillement faire ta commission. Au revoir, Sidoine.

Et Georgette s'éloignait.

Sidoine la retint.

— Qu'est-ce que tu as, petite? lui dit-il; allons! tu es fâchée! avoue-le?

— Moi fâchée, et à cause, donc?

— Ne dis pas non! Tiens, ta main tremble dans la mienne.

— C'est qu'il ne fait pas encore très chaud le soir.

— Laisse-moi donc tranquille! ce n'est pas ça! Ça te déplaît que j'aie une bague d'abord... et, cependant, puisque je consens à te la donner...

— Oh! mais j'en serais bien désolée, par exemple, moi, de porter votre bague!...

—Vois-tu... tu me dis *vous*... Et puis... tu comptais passer toute la soirée avec moi..... et..... comme je t'apprends..... que ce n'est pas possible... Mais je ne resterai pas longtemps où je vais, entends-tu, Georgette?... et si tu veux...

Georgette revint brusquement en face de son amant.

— Je veux... je veux... jette cette bague dans ce jardin et viens te promener avec moi, dit-elle, voilà ce que je veux. le veux-tu, toi?

Le premier mouvement de M. Sidoine fut bon. Oh! il aimait toujours Georgette, allez! Il tira l'anneau de son doigt...

Il allait le lancer dans l'espace.

Georgette le suivait anxieusement des yeux.

Mais entre la coupe et les lèvres, entre la pensée et l'action... il y a un vide... il y a un temps, n'est-ce pas?

Sidoine employa ce temps à se rappeler Rosalie.

— C'est que... c'est de l'or, pourtant, dit-il, en regardant Georgette... et en serrant la bague entre ses doigts.

Ce serait dommage de la perdre!...

Georgette tressaillit.

— Au revoir, Sidoine, balbutia-t-elle.

— Georgette! cria Sidoine, Georgette!... je vais la jeter... je la jette... tiens!...

Mais il ne la jetait toujours pas.

Et Georgette s'éloignait véritablement, cette fois, dévorant ses larmes!

Oh! comme on lui avait changé son amoureux en quinze jours!...

Et Sidoine demeurait cloué au banc de pierre... se demandant s'il courrait après Georgette, ou s'il ne courrait pas!

Deux minutes s'écoulèrent pour ce monsieur dans cette alternative.

Enfin, il se décida.

La bague reprit sa place à l'annulaire.

Et murmurant ces mots :

— Ah! tant pis!... elle était de mauvaise humeur... A notre première sortie, elle aura oublié tout ça.

M. Sidoine, au lieu de suivre le chemin qu'avait pris Georgette, détourna à gauche et se dirigea vers la rue Richelieu... qui le conduisait au boulevart... lequel le menait rue de la Ferme-des-Mathurins... chez mademoiselle Rosalie. . . . .

. . . .

Mademoiselle Rosalie attendait Sidoine dans l'antichambre de l'appartement de Lucia Rizzi.

Mais Lucia Rizzi attendait également Sidoine... dans son boudoir.

Comme notre Faublas rustique, à l'aspect de celle qui lui avait donné de si savantes leçons de couture, s'apprêtait, dans sa vive reconnaissance, à lui offrir un baiser, Rosalie, le repoussant brusquement, en posant un doigt sur ses lèvres, lui dit à voix basse :

— Chut! il s'agit bien de cela!... écoutez-moi! ma maîtresse désire vous voir... elle sait ce que vous m'avez appris... que vous n'êtes pas une fille!...

— Ah bah!

— Elle sait plus encore... et ce que vous ne m'aviez pas appris, vous!... elle sait que vous avez à Paris une parente, une sœur, une... amoureuse... dont vous avez pris la place chez madame Dodard et qui a pris la vôtre chez M. le comte de Creuzé!...

Qu'est-ce que c'est au juste, pour

vous, que mademoiselle Georgette, hein, monsieur le cachotier ?

Sidoine, atterré par la révélation, à brûle-pourpoint, de la camériste, n'eut même pas la force, cette fois, de répondre son : ah ! bah !

— Enfin, nous tirerons cela au clair, poursuivit Rosalie.

Le plus pressé à cette heure, le voici :

Vous allez entrer tout de suite près de ma maîtresse.

J'ai mes raisons pour qu'elle ne s'aperçoive pas que j'ai causé avec vous avant de vous présenter à elle.

Vous lui expliquerez votre déguisement et celui de votre demoiselle Georgette comme vous l'entendrez.

Mais vous aurez soin... bien soin, vous me comprenez, de ne pas lui dire... de quelle façon... nous... nous avons passé la nuit ensemble chez madame Dodard.

C'est entendu, n'est-ce pas ?

— Oui, oui... c'est entendu, mademoiselle, répéta Sidoine.

— Vous me le jurez ?

— Je vous le jure !

— Il suffit. Et vous me promettez encore...

Ici un coup de sonnette, qui partait du boudoir, interrompit la femme de chambre.

Elle frappa énergiquement du pied.

— Bon !... c'est cela, fit-elle, on a entendu fermer la porte... on présume que vous êtes là et on s'impatiente...

Bref, vous me promettez, Sidoine, que quelque jolie que vous semble Madame, quelque aimable qu'elle se montre avec vous... vous serez sage près d'elle.... bien sage ?...

Sidoine regarda Rosalie d'un air hébêté...

— Je vous promets... tout ce que vous voudrez... dit-il.

— Bon ! au reste, je le saurai, souvenez-vous-en, et si...

Nouveau coup de sonnette.

— Mais Georgette... comment savez-vous ! comment a-t-on su ?...

— Il est bien question de votre Georgette... allons ! suivez-moi... Ah ! l'on s'impatiente décidément, à ce qu'il paraît.

Et, poussant devant elle Sidoine, qui avait presque peur au milieu de tous ces mystères, mademoiselle Rosalie arriva au boudoir de la danseuse.

Lucia Rizzi avait, en effet, entendu le bruit, — quelque amorti qu'il eût été par les soins de Rosalie, — de l'entrée de Sidoine.

Et, comme Lucia Rizzi n'aimait pas que ses femmes de chambre eussent plus de talent et d'esprit qu'elle ne voulait, elle sonnait depuis deux minutes pour arrêter dans son cours la petite scène préparatoire qu'elle supposait, à raison, se passer alors dans son antichambre.

Cependant, à la vue de Rosalie et de Sidoine, toute trace de mauvaise humeur disparut des traits de Lucia.

Je suppose que Sidoine fut pour plus que Rosalie dans la cause de cet acte de modération de la danseuse.

L'œil attaché sur la fausse paysanne, Lucia demeura d'abord comme pétrifiée par la surprise et l'admiration.

Oh ! Rosalie ne l'avait pas trompée !... Le groom ou la servante, Georgette ou Sidoine, Sidoine ou Georgette, c'était bien le même visage, la même taille, la même physionomie.

Ce qu'il y avait de plus étrange, c'est que Sidoine en Georgette plaisait infiniment mieux à Lucia que Georgette en Sidoine.

Comme cela tombait bien, vraiment !

Rosalie, qui lisait dans les yeux de sa maîtresse l'impression produite sur celle-ci par son inspection détaillée de Sidoine, Rosalie s'empressa de prendre la parole, espérant faire ainsi diversion à de trop ardentes pensées :

— Eh bien ! madame, dit-elle, n'est-il pas vrai que cette ressemblance est singulière ?

— Fort singulière, répéta Lucia, sans abandonner Sidoine du regard.

—Mademoiselle... ou plutôt Monsieur, arrivait comme Madame sonnait pour la seconde fois... c'est pour cela que...

— Oui! oui! interrompit Lucia d'un ton qui signifiait : Ne mens point : c'est peine perdue.

— Et si madame le désire maintenant, reprit Rosalie, un peu déconcertée, je vais interroger Monsieur devant elle et...

D'un geste, la danseuse imposa silence à sa camériste,

— Asseyez-vous, mon enfant, dit-elle, d'une voix de velours, à Sidoine, demeuré immobile et rouge comme un coq, en butte ainsi, depuis quelques instants, à la curiosité de cette belle dame.

— Et ne vous effrayez pas! nous ne voulons... ni vous faire de mal... ni affliger les personnes que vous pouvez aimer...mademoiselle Georgette, par exemple, hein?

Sidoine tourna du rouge au blanc.

C'était donc vrai : son secret, celui de sa chère Georgette, étaient au pouvoir d'étrangers !

— Madame! madame! balbutia-t-il.

— C'est bien!... c'est bien!... attendez ! Nous allons causer à notre aise, reprit Lucia... et, je vous le répète, ne craignez rien.

Mais auparavant...

Tiens, Rosalie.

La danseuse avait pris sur la cheminée une lettre qu'elle venait d'écrire.

— Voici un mot que tu vas porter chez madame Marie Duroncel... tu sais, cette petite blonde que tu as vue avant-hier ici; je l'invite à souper pour ce soir. Cours et rapporte-moi sa réponse... tu arriveras encore à temps pour dire bonsoir à M. Sidoine.

Rosalie se mordit les lèvres.

Le tour était des plus simples, et néanmoins elle ne s'y était pas préparée. On l'éloignait pour rester seule avec le joli petit paysan.

Elle jeta lés yeux sur la suscription du billet:

Rue de Rivoli...

On l'envoyait rue de Rivoli ! une course d'une heure, pour le moins ! oh ! l'on savait bien ce que l'on faisait.

—Eh bien ! reprit Lucia, en se tournant vers la femme de chambre.

Rosalie éprouva l'envie furieuse de répondre :

— Eh bien ! je n'y vais point, à *votre* rue de Rivoli.

La jalousie, la colère, l'amour-propre froissé font répondre souvent de si grosses sottises !... aux femmes de chambre comme aux lorettes, voire même aux grandes dames, peut-être.

Et puis, toute rivalité réelle comporte l'égalité ; et l'Évangile, seul, dans sa vertu surhumaine, nie que Pierre ait le droit de rendre à Paul le soufflet qu'il en a reçu.

Cependant, au moment de casser les vitres, mademoiselle Rosalie, rappelée à elle par la voix de l'intérêt, réfléchit et s'arrêta.

C'était sa place, — et une excellente place, elle l'espérait ! — qu'elle allait jouer contre un mot.

Elle rengaîna son mot, salua Madame, ne salua point Sidoine, — on s'en prend toujours un peu, malgré soi, à son amour, quand il vous fait souffrir ; — puis elle sortit du boudoir en disant :

— Je pars tout de suite, madame.

Et, d'un bond, elle se trouva dans l'antichambre.

En moins de temps qu'il ne nous en faut pour écrire ces trois lignes, elle mit un bonnet et un châle.

Puis elle descendit quatre à quatre l'escalier.

Un remise passait dans la rue, elle l'appela.

— Ah ! madame! se disait-elle, assise tout comme une bourgeoise ou une lorette, au fond de la voiture qui s'éloignait au grand trot, ah ! madame, vous voulez absolument me voler mes amours !.....

Eh bien! c'est ce que nous verrons! J'ai encore quarante sous dans ma poche, —et ils vous coûteront quatre francs, à vous, ces quarante sous-là,—pour prendre une voiture!... Gardez mon petit Sidoine, je vous réponds que je serai de retour assez à temps entre vous et lui pour interrompre votre conversation à son point le plus intéressant.

Mais, projets de vengeance et de jalousie, projets de sagesse, projets d'amour, projets de travail, autant en brise le destin!

Le remise qui emportait Rosalie fut obligé de s'arrêter cinq minutes rue Richelieu, empêché par un embarras de voitures.

Au coin de la rue Saint-Honoré, nouvel embarras, nouveau retard.

L'infortunée caméristo pestait, grinçait des dents, pleurait de rage... le tout en pure perte.

Au domicile de madame Marie Duroncel ce fut un genre différent, mais non moins pénible, de tortures pour Rosalie.

D'abord, madame Marie Duroncel ne permit à la caméristo de pénétrer jusqu'à elle qu'au bout d'un petit quart d'heure d'attente...

Un autre petit quart d'heure s'écoula pour cette dame à lire la lettre de son amie. — Il y a beaucoup de lorettes qui lisent difficilement les lettres de leurs amies ou amis. Mais les amies et amis écrivent, en général, si mal!

Un troisième petit quart d'heure fut employé ensuite par madame Marie Duroncel à se demander si elle répondrait verbalement, ou par écrit, à Lucia Rizzi.

Ce dernier moyen préféré, au grand désespoir de Rosalie, vingt-cinq minutes au moins se consumèrent à rédiger l'épître.

Rosalie se rongeait les ongles au vif.

Mais il n'y avait pas à essayer seulement de froncer le sourcil, là!...

Enfin, quand la malheureuse soubrette, de retour à la rue de la Ferme-des-Mathurins, solda son cocher, ce ne fut pas quarante sous qu'elle eut à lui octroyer pour une course qu'elle avait limitée, dans son espoir, à vingt minutes!... Ce fut trois francs... trois beaux francs, plus le pourboire, pour une heure et demie de location!

La mort dans l'âme, Rosalie grimpa néanmoins prestement chez elle.

Elle traversa, comme un éclair, l'antichambre, le salon, la salle à manger...

Elle se précipita dans le boudoir.

Madame était seule!

Madame, étendue sur une causeuse, lisait tranquillement un roman.

— Ah! te voilà, Rosalie, dit-elle en levant avec nonchalance la tête, à l'apparition de sa suivante... Tu es restée trop longtemps dehors, ma chère... il se fesait tard... ce petit est parti...

Oui, mon Dieu! il vient de s'éloigner à la minute.

Mais il reviendra te voir, entends-tu... dans une quinzaine... je le lui ai ordonné.

Eh bien! il est gentil! ce garçon .. il m'a conté toute son histoire et celle de sa Georgette... et je lui ai promis de garder leur secret, à ces pauvres enfants.

C'est égal, il est un peu nigaud! ce cher Sidoine... Es-tu de mon avis, toi, qui as causé avec lui aussi?

Rosalie sourit malignement.

—Dame!... pour un paysan!... dit-elle, il m'a semblé, au contraire... assez dégourdi... Après cela, madame est meilleur juge que moi à ce sujet... et s'il a ennuyé madame...

— Ennuyé, non! mais!...

Lucia se coucha tout de son long sur la causeuse.

—Je te conterai cela, continua-t-elle. Mais tiens, — et elle bâilla, —en attendant que Marie Duroncel arrive, je vais reposer un peu... je me sens fatiguée... Emporte la lumière... c'est cela...

Rosalie prit la lampe qui éclairait le boudoir.

Et, tout en s'éloignant, jetant un coup d'œil amer sur le visage, moins rosé que de coutume, de sa maîtresse:

— Allons! murmura-t-elle, c'est vrai! je suis revenue trop tard!...

Je ne sais pas ce qu'elle me contera ou ne me contera pas!...

Mais, à coup sûr, il ne faut pas que Sidoine se soit montré si nigaud pour l'avoir tellement fatiguée en une heure et demie de conversation!

X.

Georgette et Christian Muller.

Georgette avait passé une nuit cruelle, à la suite de son entrevue avec Sidoine au Palais-Royal. Pendant sept heures d'insomnie, l'histoire de cette méchante bague trouvée par elle au doigt de son amant s'était, chapitre à chapitre, déroulée dans le cerveau de la jeune fille, et Dieu sait si ces chapitres étaient tristes! Dieu sait s'ils étaient longs!

Au point du jour, pourtant, le calme de la raison vint apaiser un peu les chagrins de Georgette. Un rayon de soleil se glissait, à travers les persiennes, dans la modeste chambre de la pauvre enfant... elle lui sourit comme à une caresse d'ami... Cher soleil! il devait la connaître... elle lui avait tant de fois adressé un joyeux salut, là-bas, à Pierrefonds, le matin, en se levant pour aller mener paître sa chèvre Djali! Du sourire au bonheur il n'y a qu'un pas. Tout en regardant son rayon de soleil, Georgette se prit à se dire qu'elle avait peut-être tort de se désoler, d'accuser Sidoine d'infidélité et d'ingratitude... que ses soupçons, à propos de l'anneau d'or, pouvaient être mal fondés... qu'elle était aimée, enfin, toujours aimée autant qu'elle aimait!

Et bientôt, fermant ses paupières, Georgette trouva, dans le repos, le remède à tous les maux, le consolateur de toutes les larmes : l'oubli.

Quand elle se réveilla, l'histoire de la bague n'était plus qu'un conte pour la jeune fille... un conte dont le souvenir la tourmentait encore un brin, il est vrai, mais qui ne l'effrayait plus.

Elle se leva et descendit à son ouvrage.

Et, tout le jour, et toute la soirée qui le suivit, si Georgette laissa parfois s'échapper un soupir de sa poitrine en songeant à Sidoine, ce fut plutôt vers l'avenir que vers le passé que ce soupir s'envola.

Ah! l'on pardonne si bien et si vite quand on est jeune et quand on aime!

Au reste, une circonstance espérée de Georgette devait bientôt militer, dans son âme, en faveur de Sidoine. Trois jours après, — le jeudi, un des jours du frotteur chez M. le comte de Creuzé, — le brave Jacques Ridelle remettait à la jeune fille une lettre de son amoureux.

Nous ferons grâce, cette fois, au lecteur, de l'orthographe privée des insulaires de Pierrefonds.

« Ma bonne Georgette,

« Je n'ai pas été gentil avec toi samedi
« dernier, et j'en suis bien repentant, va!
« Mais je te revaudrai ça, je te le jure, à
« notre première entrevue. Pour com-
« mencer, j'ai rendu à Madame la bague
« qui t'avait si fort déplu... tu pourras
« désormais me serrer les doigts sans ris-
« quer d'y écorcher ton cher cœur. Ne
« m'en veuille donc plus, travaille bien,
« et à bientôt. Je n'aime que toi et je n'ai-
« merai jamais que toi.

« Ton SIDOINE. »

Comme on le voit, si notre drôle gagnait assez vaillamment ses chevrons dans le métier de galant, du moins la gloire ne lui avait pas encore complétement tourné la tête... et si, de plus qu'autrefois, il savait mentir... comme autrefois encore il savait aimer.

Après avoir lu et baisé, et relu et rebaisé son billet, Georgette répondit trois pages à Sidoine.

Trois pages de pardons, de promesses, de tendresses et de douces folies.

Et sans un seul pauvre petit mensonge, celles-là!

Ah! Georgette était bien moins savante que M. Sidoine, aussi!

Puis la jeune fille porta sa lettre à Jacques Ridelle, qui avait eu la patience de l'attendre près d'une heure.

Et, ravie de ce que Sidoine lui avait écrit, heureuse de ce qu'elle lui avait répondu, Georgette, sonnée à ce moment par son maître, se rendit à cet appel en dansant, en courant et en chantant...

En chantant, en courant et en dansant si bien, que lorsqu'elle entra dans la pièce où se trouvait le comte Adalbert de Creuzé, elle ne se souvint plus qu'elle était un domestique... un groom... un être appartenant à un autre être...

Et qu'elle cria si gaîment :

— Me voilà, monsieur, me voilà!

Que le comte, qui fumait, le dos tourné à la porte, se retourna tout étonné...

Et qu'un jeune homme, qui se tenait alors près du comte, se leva, de son côté, et se prit à examiner curieusement le visage du petit lutin qui avait une manière si joyeuse de s'annoncer.

Cependant Georgette s'était arrêtée sur le seuil, confuse et rougissante.

— Qu'est-ce donc, monsieur Sidoine? fit le comte, d'un ton presque sévère, pourquoi cet accès de joie, s'il vous plaît?

— Ne le grondez pas, je vous prie, Adalbert, dit tout bas le compagnon du comte; ce pauvre petit était en train de rire... il ne faut pas le faire pleurer.

— Approche, Sidoine, reprit Adalbert de sa douce voix accoutumée.

Georgette s'avança près des deux hommes en tremblant.

— Voici M. Christian Muller, poursuivit le comte, un artiste de talent et mon ami, qui a trouvé originale ta petite tête et désire la mettre dans un de ses tableaux. J'espère que tu me feras le plaisir de ne pas le refuser. Va attendre monsieur à l'antichambre; quand il partira, tu le suivras.

Georgette s'inclina et sortit.

Elle eût pu demander pourquoi ce M. Christian se permettait de trouver *sa petite tête originale* et de vouloir la mettre dans un tableau. Mais M. le comte avait commandé... Georgette ne savait qu'obéir.

Cependant, par quel hasard M. Christian Muller s'était-il senti ainsi la fantaisie de prendre pour modèle le groom de son ami M. le comte Adalbert de Creuzé? Nous allons vous l'apprendre.

M. Christian, — qui était un fort joli garçon de vingt-cinq ans et un peintre d'avenir, — outre l'amitié que lui portait le comte, possédait encore un bien qui ne manquait pas de charmes : la tendresse de la *comtesse*, — par à peu près, — mademoiselle Lucia Rizzi.

Autrement dit, Christian était *l'amant de cœur* de la danseuse.

On a tant de fois donné la définition de ce titre bizarre : amant de cœur, que nous croyons inutile d'en gratifier de nouveau ici le lecteur.

Néanmoins, pour ceux qui ne seraient pas très au courant de ce genre d'argot sentimental, résumons en deux mots le sens de la qualification susdite.

L'amant de cœur est l'homme que toute femme galante se plaît à aimer parce qu'il ne la paie pas pour cela

Or, étant donné : une danseuse entretenue par un comte, et ayant un amant de cœur, qu'obtient-on pour résultat? Une confidente.

Dès le lendemain de son installation chez Lucia Rizzi, mademoiselle Rosalie avait nécessairement pris l'emploi en question.

C'était dans l'ordre naturel des choses chez les lorettes.

Et de tout cela il était advenu ceci :

Que mademoiselle Rosalie, qui tenait à se venger du tour que lui avait joué sa maîtresse, — en se fatiguant trop à causer avec Sidoine, tandis qu'elle l'envoyait, elle, porter une lettre rue de Rivoli...

Avait trouvé fort amusant, pour arriver à son but, non pas de s'adresser à l'amant payant... — une femme de chambre qui se respecte ne compromet jamais sa maîtresse, — mais de se livrer, — un matin que Madame était au bain, — à cette édifiante conversation avec l'amant de cœur:

— Monsieur Christian, si vous me promettiez de ne pas le dire à Madame, je vous conterais bien quelque chose que j'ai découvert.

— Bah ! quoi donc?

— Mais vous me jurez que Madame n'en saura rien?

— Je te le jure.

— Eh bien ! Oh ! c'est que cela paraît si extraordinaire ! vous n'allez pas me croire.

— Au contraire! plus cela sera extraordinaire, plus j'y croirai.

— Eh bien !... vous connaissez Sidoine, le petit groom de M. le comte?

— Je t'avoue que j'ignorais qu'il s'appelât Sidoine... mais je le connais, et j'ai même remarqué qu'il est fort gentil... Après?..... Est-ce qu'il me supplante près de Lucia?

— Oh bien! oui! au contraire!... J'ai découvert que ce petit garçon est une petite fille.

— Hein !... tu es toquée, ma chère Rosalie! Une fille en garçon au service du comte... à quel propos?... Alors ce serait donc Lucia qu'on supplanterait?

— Pas davantage ! M. de Creuzé ne sait pas plus que Madame ce qu'il en est.

— Et tu le sais, toi?...

— J'en mettrais ma main au feu.

— Et comment l'as-tu appris?

— C'est mon secret.

— Et pourquoi ne l'as-tu confié ni à Madame ni à Monsieur ?

— C'est mon secret.

— Et pourquoi me le confies-tu, à moi?

— C'est mon secret.

— Diable ! voilà un secret bien opiniâtre et bien enraciné !

Tout ceci pique ma curiosité... Et si je m'assure par moi-même que tu ne te trompes pas. . sur le compte de M. Sidoine... cela entre-t-il dans tes vues ?

— A merveille ! à condition que vous me promettrez encore que, d'abord, vous n'apprendrez point à la petite fille d'où vous vient votre science.

Et, ensuite, que, dans le cas où Madame et Monsieur viendraient à découvrir quelque chose, vous demeureriez également près d'eux bouche close à mon endroit?

— Je te le promets.

Là-dessus Christian Muller mit un louis dans la main de Rosalie, qui s'en alla radieuse d'avoir si bien débuté dans son œuvre de vengeance.

Nous avons vu ce à quoi avait abouti déjà cette conversation de l'amant de cœur et de la soubrette.

Nous allons voir comment cette aventure, — où notre pauvre Georgette se trouvait en jeu, — allait se terminer.

Christian venait de prendre congé d'Adalbert de Creuzé, en prononçant ces mots :

— Surtout, cher ami, ne parlez pas à Lucia de ma fantaisie de faire une esquisse de votre joli groom..... c'est une surprise que je veux lui ménager quand elle visitera mon atelier.

Quoique l'artiste ne pût supposer que sa maîtresse soupçonnât la vérité sur le faux petit garçon, néanmoins, par prudence, il tenait à se mettre en garde contre sa défiance, sinon sa jalousie.

— Venez-vous, mon ami, dit-il à Georgette qui l'attendait dans l'antichambre.

— Je vous suis, monsieur, repartit la jeune fille, vaguement inquiète des allures du peintre.

L'atelier de Christian Muller était situé rue de Navarin.

En arrivant chez lui avec Georgette, le premier soin de Christian fut de fermer sa porte à double tour, pour n'être point troublé par quelque visite importune.

Georgette, de plus en plus mal à son

Rassurez-vous, mon enfant.

aise, en face de ce désordre, — qui constitue, en quelque sorte, un atelier de peintre, — qu'elle voyait pour la première fois de sa vie : tableaux, statues, armes, tapis et le reste.... Georgette, entendant M. Christian s'enfermer avec elle, poussa un cri de terreur.

L'artiste sourit.

— Rassurez-vous, mon enfant, dit-il en lui avançant une chaise, je ne veux point vous faire de mal, et si je tiens à ce que nous soyons seuls... c'est pour causer d'abord, et pour peindre ensuite plus à notre aise.

Georgette était tombée sur la chaise.

Et Christian la considérait, en silence, en murmurant :

— Oui certes, c'est une femme!... et une femme charmante! Mais dans quelle intention s'est-elle déguisée ainsi? oh! je le saurai!

Il reprit tout haut :

— Mon cher Sidoine, voici ce que je réclame de vous.. . en ami.... en véritable ami, entendez-vous! Oh! les artistes n'ont pas le temps de jouer à la fierté, mon enfant..... et devant tout ce qui est gracieux ou beau ils s'inclinent, sans demander si cette beauté ou cette grâce possède des quartiers de noblesse.

Or, vous avez une charmante figure, Sidoine..... une figure toute féminine, même, on a dû vous le dire quelquefois...

Je désirerais donc que vous consentissiez à revêtir pour une ou deux heures, de temps en temps, un costume de paysanne bretonne que j'ai là.

Cela vous fatiguera peu et cela me sera utile.

Personne ne le saura que quand le tableau sera achevé.

Et, d'ailleurs, je saurai vous récompenser dignement de l'ennui que je vous aurai causé.

Georgette avait écouté l'artiste dans une angoisse profonde; ses traits charmants s'étaient animés des vives teintes de la pourpre.

— En femme ! moi ! monsieur ! balbutia-t-elle, vous voulez que je me mette en femme ! mais je ne saurais pas !...

—Vraiment ! repartit l'artiste, en secouant finement la tête.

Dans ce mouvement de tête, dans ce : vraiment ! Georgette comprit que Christian savait tout.

Sa résolution fut prise aussitôt.

Elle se leva vivement et allant à lui :

— Vous avez deviné ce que je suis, monsieur, lui dit-elle, je le vois.

Eh bien ! oui, je suis une femme ; mais je ne puis, je ne veux pas vous apprendre pourquoi j'ai pris le déguisement que je porte.

Libre à vous d'aller tout révéler à mon maître.

Demain, ce soir, je quitterai sa maison... et tout sera dit.

Adieu, monsieur.

Et Georgette fit un pas vers la porte. Christian la retint par la main.

— Eh ! qui vous parle de vous chagriner, mon enfant ! dit-il, qui vous parle de vous demander pourquoi de fille vous vous êtes faite garçon !

Mais je ne tiens pas plus à connaître votre secret, si vous voulez si fort le garder, que je n'ai envie de vous trahir près de votre maître.

Ce que j'attends de vous, c'est un service...

Que voyez-vous donc de si effrayant là-dedans !

Allons, ne tremblez pas ainsi... Sidoine,... non, pas Sidoine... vous ne pouvez plus vous appeler ainsi pour moi.

— Georgette, monsieur.

— Eh bien ! Georgette, soyez raisonnable. Je vais vous laisser seule... vous trouverez derrière cette tapisserie, dans une armoire, les vêtements dont je vous ai parlé...

Quand vous vous serez habillée, vous tirerez cette sonnette, tenez... qui correspond à mon appartement.

Je reviendrai... je travaillerai...

Et dans trois... dans six jours, au plus... je vous rendrai votre liberté tout entière, en ne me souvenant que d'une chose : que vous aurez été pour moi une bonne et aimable fille... aussi aimable et bonne que jolie..... que je ne devrai jamais saluer, cependant, lorsque je la rencontrerai, que comme un charmant garçon.

Acceptez-vous ?

Georgette hésita encore. Mais Christian avait l'air si bon, si loyal !...

— Allez-vous-en alors, fit-elle en souriant.

— Merci, repartit l'artiste avec effusion.

Et il sortit. . . . .

. . . .

Quatre séances avaient été données par Georgette à Christian Muller.

Le portrait de la jeune fille, en paysanne bretonne, commençait à prendre tournure.

C'était un admirable tableau, devant lequel l'artiste s'arrêtait parfois, fier et amoureux de son œuvre... devant lequel Georgette fière aussi, instinctivement, d'avoir pu inspirer une si délicieuse chose, se souriait à elle-même, quand on ne la voyait pas.

Au reste, dans ces huit ou dix heures

déjà passées tête à tête par Christian et Georgette, pas une minute, pas une seconde de trouble ou de contrariété !

Tout en posant, Georgette songeait à Sidoine.

Ou bien elle contait au peintre de petites légendes de son pays.

Elle lui chantait des chansons, des noëls.

Et Christian n'osait pas effleurer du bout du doigt, de l'extrémité d'une phrase, de la pointe d'un regard trop vif, cette candeur, cette placidité, cette innocence qui se confiaient à lui.

Les artistes apprécient, à sa juste valeur, tout ce qui est beau et bon, — ils ne seraient pas artistes sans cela. — Or, Georgette, nous l'avouons, plaisait infiniment à Christian ; il s'était même attendu, en la faisant venir chez lui, à quelque amoureuse aventure.....

Mais le respect qu'elle lui inspirait était plus puissant sur lui que le désir.

Et c'est parce qu'il sentait qu'elle ne l'aimait pas, lui, et qu'elle en aimait un autre, qu'il n'osait jamais lui dire un mot d'amour !

Du respect! de la crainte auprès d'une paysanne ! d'une domestique! vont s'écrier quelques railleurs.

Pourquoi non?... C'est l'avantage, messieurs, de certaines pauvres filles, sur certaines grandes dames, de passer plus honorables et plus honorées dans la vie... celles-ci avec des fleurs des champs dans les cheveux pour toute parure, celles-là avec des diamants aux oreilles, au cou, aux bras, aux doigts... partout où l'on peut accrocher des diamants, enfin !

Donc Christian se comportait d'une manière très convenable à l'égard de Georgette.

Cependant, — comme l'homme le plus fort a son moment de faiblesse, — un jour, — celui de la cinquième séance — voilà que notre artiste s'avisa de s'oublier.

Il achevait de donner la dernière touche aux yeux de Georgette... ces grands yeux bleus si tendres et si éveillés en même temps...

Emporté par l'imagination, il laissa tomber ses pinceaux.

Et il se prit à contempler la jeune fille non plus en peintre, mais en homme.

Georgette s'imagina d'abord que c'était un genre particulier d'étude auquel se livrait alors M. Christian.

Elle ne bougea pas.

Mais bientôt, interdite, gênée par la fixité de ce regard attaché sur elle, elle s'écria :

— Eh bien ! monsieur, vous ne travaillez plus ! à quoi pensez-vous donc?

— A quoi je pense? répéta Christian.

Il se leva et marcha vers elle.

— Georgette, murmura-t-il, je pense que tu es jolie, oh ! jolie à adorer à deux genoux... je pense...

La jeune fille n'en entendit pas davantage.

Elle s'était levée à son tour, et pâle, les yeux pleins de larmes :

— Oh ! monsieur, fit-elle, est-ce donc là ce que vous m'aviez promis ?

Laissez-moi, monsieur ; je veux me déshabiller et partir.

Et je ne reviendrai plus.

Christian tressaillit.

Il voulut prendre la main de Georgette... mais elle le repoussa vivement.

— Je veux partir, répétait-elle, laissez-moi.

Christian restait muet, immobile... mais son regard étincelait toujours... sa poitrine était oppressée.

Un violent combat se livrait en lui entre la folie et la raison.

Enfin la raison l'emporta.

— Allons, j'ai eu tort, dit-il... Tu peux partir, Georgette, ce sera ma punition. Oh ! mais tu reviendras, n'est-ce pas? ajouta-t-il, d'un ton suppliant ; tu me le promets ?

— Je vous le promets, répondit-elle.

Il s'élança hors de l'atelier.

Quand il remonta, vingt minutes après, Georgette avait disparu.

Mais sur la chaise qu'elle avait occupée, Christian trouva un papier qui contenait ces deux lignes au crayon.

« Adieu, monsieur, je n'ai pas osé vous « refuser de revenir, et cependant vous « ne me reverrez plus. Vous m'avez fait « trop peur aujourd'hui. Adieu. »

. . . .

Christian brisa sa palette.

Il déchira le billet...

Une expression de colère assombrit son visage.

Mais, tout-à-coup, poussant un éclat de rire :

— Qu'est-ce? s'écria-t-il, ne vais-je pas faire du drame avec cette enfant! Je l'ai effarouchée comme un sot... elle s'est enfuie et elle a eu raison.

Il se laissa tomber assis en face de son tableau.

— C'est dommage, pourtant, soupira-t-il, j'aurais eu encore un peu besoin d'elle...

N'importe... cette toile sera mon chef-d'œuvre...

— Comme le portrait de la Fornarine a été le chef-d'œuvre de Raphaël, n'est-ce pas?

— Hein? quoi?

Christian se retourna surpris.

Derrière lui, entrée en *catimini,* comme une chatte, par la porte entr'ouverte, se tenait Lucia Rizzi.

Lucia Rizzi, qui examinait aussi le tableau de son amant.

Et qui souriait comme lui... mais de rage, de jalousie, de haine.

Lucia Rizzi, qui savait tout... instruite confidentiellement par l'astucieuse Rosalie.

Christian lut dans les yeux de sa maîtresse que ce serait en pure perte qu'il essaierait de lui mentir.

— Eh bien! oui, dit-il, ma chère Lucia, je me suis amusé à peindre ce... cette petite fille.

— Ah! vous savez donc que c'est une petite fille?

— Vous le savez bien, vous? Mais je vous atteste que ç'a été en tout bien, tout honneur.

Lucia haussa dédaigneusement les épaules.

— Taisez-vous donc! fit-elle.

Ah! cette demoiselle est fort intéressante, décidément... elle se déguise en groom pour servir mon... entreteneur... et elle daigne revenir à son état naturel pour poser chez mon amant...

C'est fort comique, ma parole d'honneur!

Mais... nous mettrons bon ordre à cette plaisanterie, et demain...

— Demain ou jamais, madame, si vous commettez la lâcheté de causer le moindre chagrin à cette enfant en la perdant près du comte...

Tout sera fini entre nous, je vous le jure.

A ces mots prononcés, d'un accent solennel, par son amant, Lucia frissonna des pieds à la tête...

Elle adorait Christian.

— Allons! que tu es fou, mon ami, dit-elle, en entourant le jeune homme de ses bras; ne crois-tu pas que je suppose véritablement que tu aies voulu de cette petite domestique...

J'ai plaisanté, voilà tout!

Sois tranquille, puisque tu y tiens, je ne dirai rien au comte.

Non, non, je ne dirai rien, répéta-t-elle en appuyant sur le mot : dirai.

Mais je lui écrirai quelque chose, ajouta-t-elle mentalement.

XI.

Ce qui peut résulter pour une femme mariée de la lecture de Faublas.

Ainsi, voilà M. Sidoine qui, au début de sa carrière galante, avait, comme coup d'essai, exécuté deux véritables coups de maître!

Une femme de chambre et une danseuse! c'est-à-dire, — selon les experts en pareille matière, — deux des plus rudes joûteuses en amour! l'une, parce que l'expérience lui a beaucoup appris, l'autre parce que la nature lui a beaucoup donné.

Tudieu! M. Sidoine avait le droit d'être fier. Et il l'était énormément, je vous le certifie... et il ne regrettait plus d'être venu à Paris... et surtout il s'applaudissait fort de la bienheureuse idée de Georgette de l'avoir affublé de ce costume féminin grâce auquel, en quinze jours, il avait rencontré deux si charmantes aventures.

En quinze jours! qu'est-ce que le sort lui réservait donc en six mois?

Toutefois, depuis son entrevue avec mademoiselle Lucia, — tandis que la pauvre Rosalie portait une lettre rue de Rivoli, — Sidoine, nonobstant les jouissances d'un juste orgueil, ne s'amusait que médiocrement.

Une semaine s'était écoulée depuis sa dernière victoire, et, durant cette semaine, il avait fallu reprendre le collier de misère.

Un instant, Sidoine, bercé par le plaisir, s'était cru libre... Sous le joug de la nécessité il redevenait esclave.

Pour adoucir, autant que possible, ses regrets, il écrivait bien à Georgette... sa chère Georgette qu'il aimait d'autant plus, maintenant, qu'il se trouvait plus habile à aimer...

Pour entretenir doucement ses souvenirs, il se plaisait encore, — loup dans la bergerie, — le plus souvent et le plus longtemps qu'il lui était permis, à rôder autour de certaine brebis sous la forme de madame Dodard, qui, si elle ne possédait ni la jeunesse de la biche Rosalie, ni la fougue de la tigresse Lucia, avait pourtant aussi son petit mérite.. surtout pour un loup aussi jeune que l'était Sidoine.

Mais, en dépit de ces légères distractions, dues à l'amour et au hasard, — et doublées, de temps à autre, d'un billet des plus tendres de mademoiselle Rosalie, — qui n'avait pas renoncé à ses droits sur lui, — Sidoine, nous le répétons, s'ennuyait et s'ennuyait beaucoup.....

Il maigrissait à vue d'œil

Et il cousait plus maladroitement que jamais.

Lorsque le hasard, qui protége, évidemment, les gens qui maigrissent d'amour et d'ennui, accourut au secours de notre petit paysan.

C'était un soir, sur les dix heures environ.

M. Dodard, qui avait dîné en ville, venait de rentrer.

Or, M. Dodard, qui ne dînait pas souvent en ville, mais qui, chaque fois que cela lui arrivait, abusait de la permission que s'arrogent les avares de boire plus chez les autres que chez eux..... M. Dodard était gris.

Oh! gris comme l'avait été Sidoine, certain jour, à Compiègne!

L'œil voilé, la respiration bruyante, après avoir allumé à grand'peine sa bougie, M. Dodard, qu'une idée fixe semblait poursuivre au sein de son ivresse, alla d'abord coller son oreille à la porte du salon, lequel salon précédait la chambre à coucher de sa femme.

Nul bruit ne se faisait entendre de ce côté.

M. Dodard poussa une exclamation de joie.

— Elle est couchée! elle dort! Bon! murmura-t-il.

Et notre ancien négociant passa en chancelant dans sa propre chambre, sise à droite de la salle d'entrée où il venait de se livrer à ces investigations premières.

En un tour de main il eut retiré son habit, son gilet, sa cravate, ses bottes.

Puis il revêtit sa robe de chambre et chaussa ses pantoufles.

Et...

Et il tomba assis sur un fauteuil et réfléchit.

L'intention criminelle de M. Dodard, à ce moment, — de M. Dodard orné d'une pointe et oublieux de ses serments à sa moitié, — était, tout simplement, d'aller trouver mademoiselle Georgette, la camériste de sa femme, pour lui déclarer sa flamme.

Vous n'êtes pas sans savoir, lecteur, que lorsqu'un ivrogne a une idée dans la tête, une armée de cent mille hommes, artillerie devant, mèche allumée, ne la lui enlèverait pas.

La sémillante idée de M. Dodard lui était poussée à table, au dessert, chez son ami, entre un verre de rhum en sus de son compte, et un verre de kirsch comme appoint.

Chemin faisant, au sortir de la maison où l'on versait si largement le kirsch et le rhum, M. Dodard avait mis des fleurs et des rubans roses à son idée.

Et, maintenant, assis dans ce fauteuil, il lui souriait, la trouvant plus coquette que jamais.

Et il n'en était plus qu'à se demander de quelle façon, la plus adroite, il allait la mettre à exécution.

Sidoine achevait de se coucher.

Il avait éteint sa lampe et posé sa tête sur l'oreiller.

Il songeait à Georgette, à Rosalie, à Lucia... et un peu aussi à madame Dodard, qu'il venait de voir, trois quarts d'heure auparavant, entrer, sans gêne, devant lui, dans son lit...

Tout-à-coup, il lui semble qu'on a marché dans la cuisine, auprès de sa chambre.

Il ouvre l'oreille..... Oui..... il ne se trompe pas... on marche... doucement, très doucement... mais on marche.

Sidoine n'a pas peur, mais il s'étonne...

— Qui est là? crie-t-il.

— Moi! répond une voix chevrotante.

Et la porte de la chambre de Sidoine s'ouvre brusquement et, dans l'obscurité, Sidoine aperçoit M. Dodard, son maître, devant lui.

Depuis quelques jours Sidoine avait bien remarqué que les œillades de M. Dodard devenaient et plus nombreuses, et plus brûlantes.

Et il riait de la passion qu'il semblait avoir inspirée à son maître... sans en appréhender, cependant, les suites.

Ainsi surpris, dans la nuit, par le trop fougueux ancien marchand de rotins, Sidoine est sur le point de se livrer, de nouveau, à un accès de gaîté.

— Vous, monsieur! murmura-t-il.

Et sa bouche s'ouvre déjà pour livrer passage à un de ces gigantesques éclats de rire qu'Homère nous a si bien décrits.

Mais non... il ne rit pas.

Une pensée l'arrête..... son esprit a conçu un projet sublime.

A maître libertin, valet plus libertin encore.

— Vous, monsieur! répète-t-il en se contenant.

— Oui, moi, moi qui t'aime, moi qui raffole de toi, fille enchanteresse! répond M. Dodard, en s'avançant vers le lit de Sidoine, moi qui te couvrirai, si tu y consens, de caresses et de pièces d'or... moi qui oublierai mon rang pour descendre jusqu'à toi... moi qui...

Sidoine en avait entendu assez.

— Sortez! monsieur! sortez! dit-il.

Et de sa voix la plus aiguë, sans attendre que M. Dodard lui ait obéi, Sidoine se met à pousser un cri, deux cris, vingt cris...

Et, tellement violents, tellement rapprochés, que ces vingt cris n'en font qu'un qui ébranle l'appartement, fait frémir les meubles..... frissonner les casseroles à leurs clous, vibrer les verreries dans les armoires... et pâlir et trembler le malheureux M. Dodard, pétrifié à sa place.

Aussitôt, — c'était là ce qu'attendait Sidoine, — des pas retentissent au loin...

Ils se rapprochent...

Madame Dodard paraît, armée d'une bougie, madame Dodard en simple peignoir et en bonnet de nuit, mais non moins belle, non moins attrayante, dans ce négligé.

Madame Dodard ne dormait pas lorsque le hurlement poussé par sa camériste est arrivé jusqu'à son oreille. Madame Dodard lisait et lisait, quoi? Mon Dieu! les *Aventures du chevalier de Faublas!* Hélas! oui, tandis que Bacchus rendait fou le mari, la femme se permettait, de son côté, d'enivrer sa raison à la lecture de ce livre *risqué*, qu'une amie lui avait prêté le matin.

Mais quelle est la femme honnête qui, dans la solitude, ne permet point parfois à sa raison de s'enivrer?

Surtout quand, ainsi que madame Dodard, nous l'avons dit, elle a osé souvent appeler à elle le diable... sans l'avoir jamais vu!...

D'un coup d'œil, madame Dodard, arrivée sur le lieu de la scène que nous venons de conter, a embrassé toute la situation.

Son mari est là, courbé en deux, palpitant de terreur et de remords.

Un peu plus loin, réfugiée dans un coin, les épaules recouvertes, à la hâte, d'un fichu, vêtue d'un simple jupon et d'une chemise, elle aperçoit sa femme de chambre.

— Oh! monsieur!... exclame madame Dodard, en enveloppant son mari d'un regard d'indignation et de mépris.

Monsieur n'en entend pas davantage; il se glisse le long des murailles... il s'éloigne... il s'est sauvé chez lui.

— Pauvre enfant, continue alors madame Dodard en allant à Sidoine... vous avez eu peur n'est-ce pas?... oui! je devine ce qui s'est passé... Allons! ne tremblez plus ainsi... ne pleurez pas... je veillerai mieux sur vous à l'avenir...

Oh! le misérable!... une enfant! une enfant!

Sidoine avait profité de la circonstance pour prendre la main de Madame et la couvrir de baisers en manière de larmes.

— Recouchez-vous, reprit madame Dodard, et ne craignez rien.

Sidoine sursauta.

— Me recoucher ici, dans cette chambre, madame! s'écria-t-il; oh! non; pardonnez-moi, mais cela me serait impossible... il me semblerait, à chaque instant, entendre des pas... voir la figure de Monsieur... entendre sa voix... je ne pourrais fermer les yeux.

Madame! madame!

Et la voix de Sidoine devint navrante.

— Vous êtes bonne! bien bonne, vous, madame: eh bien! permettez-moi de passer la nuit près de vous, dans votre chambre.

Oh! je ne vous gênerai pas, allez! je me coucherai sur un fauteuil, sur le canapé, sur un tapis... où vous voudrez..

Mais ne me laissez pas ici, madame, ne me laissez pas ici, au nom du ciel!

Et Sidoine grelotait de tout son corps... ses dents s'entre-choquaient...

Franchement, sa douleur était effrayante à voir!

Madame Dodard, dans une circonstance pareille, ne pouvait faire autrement que de se rendre à la prière de sa camériste.

— Mon Dieu! mon enfant, dit-elle, si cela vous rassure, venez avec moi... Je

Suivez-moi donc.

conçois, il est vrai, qu'après une telle algarade, vous ayez peur de rester seule...

Suivez-moi donc.

Une minute après, Sidoine était à l'abri de M. Dodard dans la chambre de madame Dodard.

— Couchez-vous , madame , dit-il... couchez-vous vite , vous allez attraper froid...

Moi, maintenant, je suis tranquille... il ne faut plus vous occuper de moi...

Tenez... comme cela je serai très bien, et une nuit est si vite passée d'ailleurs!

Madame Dodard s'était remise au lit.

Mais elle regardait, pensive, sa pauvre femme de chambre qui s'était jetée sur le canapé.

— Est-il humain que je la laisse là toute une nuit? se disait la bonne dame; est-il convenable que je lui donne une place dans mon lit?

Une servante!

Une servante.... sans doute... mais qui est jeune, propre... et que mon mari vient d'outrager d'une manière infâme!

Allons donc!

— Georgette, dit, à haute voix, madame Dodard, je réfléchis... vous seriez malade demain, si vous passiez la nuit ainsi.

Il se faufila comme une anguille sous la couverture...

Venez près de moi, tenez... mon lit est large... et pourvu que vous ne soyez pas trop mauvaise coucheuse...

Sidoine se releva lentement.

—Quoi! madame veut... balbutia-t-il, oh! madame est trop bonne!... je n'oserai jamais...

— Assez!... puisque je vous le permets... voyons, venez... il se fait tard et j'ai envie de dormir.

Demain vous m'expliquerez ce qui s'est passé.

En attendant, dormons.

Sidoine regarda autour de lui.

La porte de la chambre à coucher était bien close...

Une veilleuse seule répandait sur les objets sa lueur vaporeuse.

Il se faufila comme une anguille sous la couverture...

— Vous êtes bien, à présent, n'est-ce pas, mon enfant? reprit madame Dodard, qui lui tournait le dos; alors, bonsoir!

— Oui!... oui!... merci, madame, et bonsoir... Cependant... c'est que, c'est que...

— Hein?.. que dites-vous?.. qu'est-ce que vous avez?...

— Oh! rien! madame! rien!... je suis bien... très bien... Je ne vous touche pas, madame, n'est-il pas vrai, je ne vous touche pas?

— Mais non! bonsoir.

— Oui, bonsoir... mais c'est que, avant de m'endormir, j'aurais voulu conter.... quelque chose... une petite histoire à madame.

— Une histoire... à cette heure... mais devenez-vous folle, Georgette?

— Du tout, madame!... mais mon histoire est si singulière... c'est...

— Mais taisez-vous donc!...

— Oh! je vous en prie, madame, ce ne sera pas long!

— Conçoit-on cette lubie... décidément la frayeur vous a tourné la tête, ma petite.

— La frayeur?... je ne crois pas, madame; je suis très rassuré maintenant, au contraire... madame veut-elle m'écouter?

— Allons! puisque vous y tenez tant... cela aidera à m'endormir... contez...

— Eh bien! madame... mon histoire, la voici. Il y avait une fois un petit paysan qui était amoureux d'une belle dame; mais comme la belle dame n'aurait jamais consenti à écouter le petit paysan, de quoi s'avisa-t-il? Il se déguisa en femme pour se mettre au service de la belle dame, et tandis que le mari de celle-ci dormait... après avoir taquiné la fausse femme de chambre.... parce que ce mari était un vilain qui ne comprenait pas tout le prix de la belle dame...

— Que fit le petit paysan? interrompit madame Dodard, en se tournant un peu, émue et troublée, vers Sidoine.

— Ce qu'il fit, madame...

Madame Dodard jeta un cri et se dressa tremblante sur sa couche.

— Malheureux! dit-elle, il serait possible!... Quoi! vous avez osé...

La lampe jetait toujours sa pâle clarté dans la chambre.

Le front incliné, les mains jointes, Sidoine se taisait, sous un regard de feu dardé sur lui.

Et il était bien beau, bien séduisant ainsi, ce petit diable blond!... plus beau peut-être que ne l'avait jamais rêvé cette chère madame Dodard, au plus fort même de sa lecture des aventures du chevalier de Faublas.

D'ailleurs, M. Dodard ne l'avait pas volé, convenons-en. . . . . . .

. . . .

Cette nuit-là, madame Dodard rêva qu'elle était la marquise de B...

Et que Sidoine s'appelait Faublas.

XII.

Le comte Adalbert et Georgette.

Lucia Rizzi avait bien juré à Christian de ne rien *dire* au comte de Creuzé sur Georgette.

Mais elle s'était réservé d'écrire ce qu'elle ne dirait pas.

Et elle n'était pas femme à se manquer de parole.

En quittant l'atelier de son amant, Lucia, revenue précipitamment chez elle, appela Rosalie.

— Eh bien! ma bonne, lui dit-elle, tu avais raison... Christian avait découvert le secret de cette petite fille... et il la faisait venir dans son atelier... et il s'amusait à la mettre en tableau!...

— Quand je prévenais madame qu'elle eût à se tenir sur ses gardes! repartit Rosalie, d'un ton hypocrite. J'avais causé l'autre jour avec ce faux groom... et je lui avais trouvé un air si drôle en me parlant de M. Christian!

— Oui ! oui !... oh ! ils étaient très bien ensemble déjà...

Ces artistes ! ça se respecte si peu !...

Une domestique ! car enfin, malgré le romanesque de son déguisement, cette fille n'est toujours qu'une domestique, n'est-il pas vrai ?

Mais je vais mettre bon ordre à tout cela.

Il est temps que cette comédie, dont je ne devine, je l'avoue, ni le motif, ni le but, ait un terme.

Assieds-toi là et écris.

Rosalie prit place devant le bureau de palissandre de la danseuse.

« Monsieur, — dicta Lucia, — il se « passe dans votre maison un scandale « qu'il est de votre devoir de faire cesser, « parce qu'à la longue on pourrait vous ac- « cuser d'y trouver votre profit. La per- « sonne à votre service en qualité de groom « est une femme. On ignore pourquoi et « comment elle a pris ce costume pour s'in- « troduire chez vous. Mais on vous ap- « prend le plus nécessaire. Vous voilà in- « struit, agissez comme il vous plaira. »

— Pas de signature.... cachette cette lettre... mets-y l'adresse : à M. le comte de Creuzé, rue Saint-Lazare, 24, et va la jeter bien vite dans la boîte.

Rosalie considérait sa maîtresse d'un air ébahi.

—Comment ! c'est là votre vengeance, madame ? s'écria-t-elle enfin ; vous prévenez le comte qu'il a une fille charmante chez lui sous les habits d'un groom ?

— Eh ! oui ! après ?

— Après ! mais il me paraît assez dangereux, à moi, votre moyen : et si M. le comte, piqué de la nouveauté de l'aventure, allait s'éprendre de mademoiselle Georgette ?

Lucia sourit avec dédain.

— Allons donc ! fit-elle, Adalbert mettra cette coquine à la porte et tout sera dit...

D'ailleurs ! quand cela l'amuserait de la garder, qu'est-ce que cela me ferait ?

—Au fait, pensa la camériste, en songeant à Sidoine, ce ne serait qu'un rendu pour un prêté !

— Ce que je veux, entends-tu, Rosalie, poursuivit la danseuse, c'est d'éloigner à tout prix mademoiselle Georgette de Christian... et que le comte la garde pour lui, ou qu'il la chasse, elle sera toujours perdue pour Christian.

— Madame est la maîtresse, fit Rosalie.

Et elle alla jeter la lettre à la poste en se disant :

— Ayez donc un homme qui vous couvre de billets de mille francs pour le traiter comme ça par-dessous la jambe.

Rosalie raisonnait mal.

Lucia était la première lorette qu'elle connût.

Elle ne savait pas encore que chez ces dames, — rendons-leur cette justice, — quand le cœur bat un peu, l'intérêt se meurt.

C'était le soir ; Adalbert de Creuzé achevait de dîner lorsque Georgette, elle-même, lui remit la lettre anonyme.

Le comte lut rapidement l'œuvre de la danseuse et de sa soubrette.

Et se prenant d'abord à rire :

— Quelle facétie ! fit-il.

Puis il considéra le groom, immobile devant lui, attendant ses ordres.

Et il ajouta.

— Mais si c'était vrai, pourtant !... Oui, ces traits fins... cette physionomie candide... qui plaisent tant à Lucia... que j'avais remarqués moi-même...

Un éclair illumina l'esprit du comte.

Et Christian qui s'était servi du petit domestique pour modèle!

Ce devait être de là que le trait partait.

Christian avait deviné la jeune fille sous les habits du groom, et c'était pour se venger de ce qu'elle lui avait résisté, sans doute, qu'il la décelait à son maître!

Mais à quel propos cette jeune fille s'était-elle faite garçon?

C'était toujours à cette question qu'on en arrivait à bout d'étonnement.

Le comte demeura pensif encore un instant, puis, s'adressant à Georgette :

—Viens avec moi, Sidoine, lui dit-il.

Il entra, suivi de la jeune fille, dans son boudoir.

Il en ferma, avec soin, la porte.

Georgette, quelque peu inquiète de la tournure que prenait cet incident, suivait des yeux tous les mouvements de son maître.

Il s'était assis sur un divan.

— Approche, mon ami, lui dit-il.

Georgette obéit de nouveau... mais plus lentement...

— Tiens, continua le comte, en lui tendant la lettre, lis ceci.

Georgette lut.

Et, comme la première fois qu'elle s'était vue découverte, elle rougit.

—Eh bien! reprit Adalbert, que dis-tu de cela?

— Je dis... qu'on vous a écrit la vérité, monsieur le comte, repartit Georgette; que je vous demande pardon de vous avoir trompé... que je suis une femme, en effet...

Et que, demain matin, j'aurai quitté votre maison.

Le comte saisit la main de Georgette.

— Quitter ma maison... et pourquoi?.. qui te parle de cela, mon enfant? dit-il.

Non!... je confesse... que je ne conçois pas trop par quelle fantaisie une charmante fille telle que toi s'est avisée de se métamorphoser en garçon... pour entrer à mon service.

— Oh! monsieur... chez vous ou chez un autre... cela m'était égal.

— Bah!... cette franchise m'enlève toute pensée d'amour-propre .... C'est convenu..... tu ne tenais pas à moi..... merci!

Enfin, peux-tu me dire, du moins, ce que personne, à ce qu'il paraît, ne sait jusqu'à présent.

Quel a été ton projet en te déguisant ainsi?

Georgette secoua la tête.

— J'ai commis une erreur... une faute, peut-être, je le reconnais, dit-elle, je suis prête à réparer l'une ou l'autre...

Mais le reste est mon secret, et je le garde.

Le comte sourit à l'air résolu de la jeune fille.

— Garde donc ton secret, mon enfant, reprit-il; mon intention n'est point de te contrarier là-dessus.

Cependant, si tu te montres si discrète à mon égard, m'assurerais-tu qu'il en a été de même... près d'un autre... près de M. Christian, par exemple, hein?

Georgette rougit, de nouveau, à ce nom, et, — bizarreries de l'espèce humaine! — Adalbert se sentit froissé du trouble que manifestait Georgette au souvenir de l'artiste.

Et, du même coup, il prit de la haine pour son ami,

Et plus de goût pour la jeune fille.

Bien des passions violentes n'ont pas eu d'autre mobile : le contact de deux pensées contraires... le choc de deux sentiments opposés.

— Tu ne me réponds pas? fit le comte.

— Si fait, monsieur, répondit Georgette, je vous réponds.... que M. Christian n'en sait pas plus que vous...

— Ce qui signifie qu'il en sait autant que moi !

Allons ! il paraît que j'étais moins adroit que les autres... à deviner les charades...

Et... M. Christian... qu'a-t-il pensé de ton déguisement ?

— Que.... puisque je l'avais pris.... c'est que j'avais eu mes raisons pour le prendre.

— Et... comment a-t-il exécuté ton portrait?... car, enfin, tu lui as servi de modèle... quelques jours...

— Cinq jours, oui, monsieur. Il m'a peinte en paysanne.

— Et ce tableau a été terminé.... en cinq séances ?... c'est peu !

Georgette hésita...

Il y a des aveux qu'on a de la peine à faire.

— M. Christian, murmura-t-elle, M. Christian a voulu.... me chagriner... et je ne suis plus retournée chez lui.

— Ah ! Ah !

Le comte contemplait la jeune fille avec une satisfaction indicible. Elle ne lui mentait pas ! non, il était impossible qu'on mentît avec ce front si pur, ce regard limpide, cette bouche fraîche et rose.

Il se leva et se mit à marcher à grands pas dans le boudoir...

Que ruminait-il ainsi ? Oh! une chose toute simple à son avis : qu'il avait fait une trouvaille et qu'il serait un sot de n'en point profiter ; que cette petite fille valait toutes les Lucia de la terre, — et, d'ailleurs, il commençait à se fatiguer de Lucia, — et qu'il remplacerait Lucia, dans ses amours, par cette petite fille.

Georgette attendait patiemment, immobile, debout, à la même place, que son maître s'occupât d'elle.

Il s'arrêta tout d'un coup devant Georgette, et lui prenant, de nouveau, la main :

— Comment vous appelez-vous.... véritablement, chère petite? lui dit-il.

— Georgette, monsieur.

— Georgette.... Eh bien ! Georgette, écoutez-moi.

Et il se laissa retomber sur le divan, auprès de la jeune fille.

— J'ignore qui vous êtes..... j'ignore pourquoi il vous a plu de vous changer en garçon pour me servir....

Et pourquoi il a plu à d'autres de me faire part de leur découverte.

Mais voici ce que je vous propose, Georgette.

Vous êtes jeune... jolie... je vous crois sage... vous me plaisez.

Ne me quittez pas.

Vous ne serez plus à mon service... je vous donnerai, au contraire, des serviteurs ;

Et un bel appartement où vous ne recevrez que moi ;

Et des maîtres pour faire votre éducation ;

Et une voiture, et des bijoux... et tout ce que vous désirerez enfin.

Acceptez-vous ?

Georgette leva sur le comte ses grands yeux étonnés.

— A moi, à moi tout cela, repartit-elle, des bijoux, des voitures, des maîtres !... à moi... une paysanne !...

— Dans six mois, si vous voulez, vous serez devenue une Parisienne.

— Mais mademoiselle Lucia ?.... fit Georgette, avec un sourire malin.

— Mademoiselle Lucia !... ne vous occupez pas d'elle, mon enfant, je me charge de ce soin.

— Vous ne l'aimez donc plus, alors, monsieur ?

— Je ne l'ai jamais aimée.

— Et moi...

— Vous ! Georgette, je vous adore.... oui, je vous adore !... et je veux faire de vous, avant peu, la petite femme la plus séduisante, la plus belle, la plus accomplie!.... une femme que tous mes amis m'envieront.... dont tout Paris parlera... et que je garderai pour moi, pour moi seul, entendez-vous? toujours! toujours!

En s'exprimant ainsi, Adalbert, sans se préoccuper du ridicule de la situation, avait pris son groom par la taille... et il cherchait doucement à l'entraîner sur ses genoux... et sa bouche s'approchait déjà, avide, de ces lèvres roses et fraîches qu'il avait tant admirées tout à l'heure.

Mais, repoussant le comte avec force, Georgette se dégagea de son étreinte.

Elle courut vers la porte.

— Monsieur, dit-elle, je veux m'en aller! m'en aller tout de suite!... ouvrez-moi cette porte.

Adalbert ne bougea point.

— Allons! répliqua-t-il, tu te fâches... te voilà toute pâle... et plus jolie encore, s'il est possible; mais qu'a donc de si extraordinaire ma proposition, qu'elle te bouleverse ainsi?

— Elle a.... que je ne veux ni de votre bel appartement, ni de vos bijoux, monsieur.....

Et que je ne serai jamais pour vous... ce qu'est mademoiselle Lucia.

— Vraiment! M. Christian te plaît plus que moi, peut-être?

— Ni M. Christian, ni vous!

— Alors pourquoi cet effroi si tu n'aimes personne?

— Personne! je n'ai pas dit cela.

— Ah! ah!.... tu aimes quelqu'un.... tu l'avoues.... et ce quelqu'un?...

— C'est un paysan... un garçon de ma condition... que je vais retrouver et qui sera mon mari, lui....

Vous voyez donc bien....

— Je vois que tu es un enfant, Georgette... rien qu'un enfant.... de préférer la pauvreté... la misère, sans doute, au bonheur que je t'offre.

Mais songe donc que tu seras riche... bien riche.... que ton existence s'écoulera dans les plaisirs.... les fêtes....

Songe donc que je t'aime! Oui, je te le jure, Georgette, je t'aime! Cette aventure a quelque chose d'imprévu, de romanesque, d'original, qui me transporte et me séduit.

Oh! si tu es à moi, Georgette, ce ne sera pas pour un jour, crois-le bien! Non!... je resterai à tes pieds toute ma vie, si tu veux, pour t'admirer et te chérir...

Ma fortune sera la tienne... comme mon cœur t'appartiendra... sans partage!

Le comte s'était levé et il s'avançait peu à peu vers la jeune fille.

Et, comme fascinée par ce regard ardent dont il l'enveloppait, Georgette, collée contre la porte inflexible du boudoir, demeurait sans voix, sans mouvement, sans couleurs!

Il étendait les bras, il allait la saisir de nouveau....

Mais, se laissant glisser, elle tomba à genoux devant lui.

— Monsieur! monsieur! s'écria-t-elle, laissez-moi! oh! laissez-moi!

Adalbert s'arrêta.

Le jeune fille avait prononcé ces mots avec un accent si déchirant qu'il s'en sentit ému.

Et puis elle était à genoux!... et s'il est indigne de soi de frapper un ennemi à terre, ne doit-on pas respecter plus encore un être aimé qui vous implore à genoux!

— Oh! dit-il d'un ton de doux reproche, comment! tu as si peur que cela de moi, Georgette.

— Peur... non... balbutia-t-elle : mais.... mais....

Elle frémit d'espérance... elle venait de concevoir un moyen d'échapper au comte !...

— Mais.... je voudrais.... je désirerais.... Attendez à demain, je vous en supplie, monsieur !... à demain matin... et je répondrai franchement à votre proposition....

Le visage du comte s'éclaircit.

— Demain... tu me le promets? dit-il.

— Je vous le promets, monsieur.

— Et d'ici là... tu ne chercheras pas à me fuir ?

— Non, monsieur... aussi vrai qu'il n'y a qu'un Dieu au ciel...

Et que vous ne voudriez pas faire de la peine à une pauvre fille qui vous bénira.

Deux grosses larmes roulaient sur les joues de Georgette.., elle les but dans un sourire... le comte lui tendait la clef du boudoir.

— Merci ! oh ! merci ! monsieur ! s'écria-t-elle en se sauvant.

— Elle réfléchira ! se dit Adalbert, demeuré seul, — de ce ton de fatuité convaincue que peut se permettre un homme beau, riche et jeune, qui vient de livrer un assaut à une simple paysanne.

Georgette, assise dans sa chambre, une feuille de papier devant elle, une plume à la main, réfléchissait en effet...

Mais à ce qu'elle allait écrire à Sidoine.

Et après une minute de réflexions, voici ce qu'elle écrivait :

« Mon bon Sidoine,

« J'ai assez de Paris..... j'ai assez de « ma place...je veux partir,.. partir tout « de suite, retourner avec toi à Pierre- « fonds. Mais comme il est indispensable « que je te voie pour sortir de chez mon « maître, viens me trouver demain matin « à sept heures. Je t'attendrai sous le « péristyle de la maison pour qu'on ne « te remarque pas. Nous monterons en- « semble dans ma chambre... je te con- « terai tout et nous aviserons.

« A demain donc, n'est-ce pas, Sidoine? « Ne va pas manquer surtout à ce rendez- « vous ! Songe que j'ai besoin de toi... et « que je pleure en t'écrivant.

« GEORGETTE. »

XIII.

Qui prouve que la vertu trouve toujours sa récompense.

En vérité, c'était une conquête bien peu digne de lui que cette petite fille, cette paysanne... cette domestique... et pourtant, le comte Adalbert de Creuzé passa la nuit à rêver à Georgette.

C'est qu'il n'y a rien de tel que les obstacles pour donner du prix à un plaisir. On n'aime tant les roses, peut-être, que parce qu'on se pique les doigts en les cueillant : — les vraies roses, et non ces roses de contrebande qu'un maladroit horticulteur a ébarbées en boutons !

Au matin, — sur les huit heures, — Adalbert, n'y tenant plus, se jeta à bas de son lit. Il lui tardait de connaître la résolution qu'avait prise Georgette.

Néanmoins, avant de la faire venir près de lui, il passa quelques instants à sa toilette. On peut être comte et joli garçon, et ne pas se négliger pour paraître devant une femme, — surtout une femme qui vous plaît.

Ces soins achevés, Adalbert sonna.

Au même instant, comme si l'on n'eût attendu que cet appel, l'air résonnant encore du son argentin du timbre, la porte de la chambre à coucher du comte s'ouvrit, la portière qui la recouvrait se souleva...

Et Adalbert vit entrer Georgette...

C'est-à-dire qu'il s'imagina qu'il voyait Georgette.

Car le petit bonhomme qui s'avança vers le comte, le chapeau à la main, la tête inclinée, un peu pâle... et cependant l'air résolu...

N'était autre que Sidoine..... le vrai Sidoine...

Sidoine qui avait repris ses habits... les habits de son village, les habits de son sexe.

Adalbert considéra une seconde, avec surprise, celui qu'il croyait Georgette

D'abord il ne comprenait pas comment, si désolée la veille, elle s'était faite si décidée ce matin.

Ensuite, il se demandait à quel propos elle avait revêtu le costume de son pays!... et un costume d'homme, encore!

Malgré tout, il s'empressa d'aller vers *elle*, et lui tendant la main :

— Tu attendais mon réveil, Georgette, lui dit-il, merci! Cela est fort aimable et me prouve que tu es mieux disposée qu'hier.

Mais Sidoine ne prit pas la main qu'on lui tendait.

—Monsieur le comte, répondit-il, d'une voix émue, je ne suis pas Georgette; je suis un homme et je m'appelle Sidoine.

Georgette, la voici!

La portière se souleva de nouveau et Georgette parut... en femme, cette fois... en paysanne.

—Et Georgette vient vous dire devant moi, monsieur le comte, poursuivit Sidoine, qu'elle ne veut pas être votre maîtresse.

Parce qu'elle est ma fiancée,

Parce que, avant un mois elle sera ma femme,

Parce qu'elle m'aime enfin, et qu'elle ne vous aime pas.

Adalbert avait à peine entendu les dernières paroles de Sidoine.

A l'apparition de celle qui, pour lui, était la reproduction exacte, vivante, de la Georgette qu'il avait, déjà, sous les yeux, il avait reculé, frappé de stupeur...

Et un cri s'était échappé de sa bouche...

Maintenant, immobile, ébahi, il considérait alternativement ces deux êtres si parfaitement semblables, comme taille, comme traits, comme physionomie...

— Ah çà!... est-ce que je rêve? murmura-t-il.

Georgette sourit en passant son bras sous celui de Sidoine.

— Non, monsieur le comte, non, vous ne rêvez pas... vous avez bien devant vous Georgette et Sidoine..... le cousin et la cousine..... ceux qu'on appelle à Pierrefonds les jumeaux du bon Dieu, parce que le bon Dieu s'est plu à leur donner même visage...

— Et même cœur, fit Sidoine, en serrant contre sa poitrine le bras de Georgette.

— Mais... lequel de vous deux était à mon service? repartit le comte.

Georgette sourit encore.

— C'était moi!... oh! c'était bien moi!... dit-elle.

— Vous... Georgette!... Et pourquoi vous étiez-vous présentée à moi en homme?

Ce fut au tour de Sidoine de sourire.

— Parce que je me présentais ailleurs en femme, monsieur le comte.

Adalbert se passa la main sur le front. Il n'y comprenait rien.

En deux mots, voici l'explication de la chose...

— En deux mots, voici l'explication de la chose, monsieur, reprit Sidoine.

Nous sommes orphelins et sans fortune. Notre grand-père, qui nous a élevés, a voulu nous envoyer à Paris pour y gagner notre dot.

Chemin faisant, comme nous sortions de notre village, Georgette, ma Georgette, s'est avisée d'une invention qu'elle a crue des meilleures pour nous garantir des dangers dont on nous disait toute pleine la grande ville..

Moi, je ne savais, alors, penser que ce pensait Georgette.

Elle prit mes habits..... je pris les siens.....

Et nous arrivâmes ainsi à Paris.

Mais dame! si le moyen de Georgette pouvait avoir du bon, quant à moi... pour m'obliger à lui demeurer fidèle.

En prononçant ces mots, ce farceur de M. Sidoine se mordit les lèvres pour ne pas rire.

— Il paraît, poursuivit-il plus gravement, qu'il n'était pas tout-à-fait aussi infaillible quant à elle... puisqu'il ne devait pas l'empêcher d'être reconnue pour ce qu'elle est véritablement, par un de vos amis d'abord, monsieur, à ce qu'elle m'a appris, et ensuite, par vous...

Or, Georgette a réfléchi qu'il n'était ni convenable ni possible, qu'après avoir été en garçon à votre service, monsieur le comte, elle y demeurât en fille.

Elle m'a écrit pour me demander mon avis à ce sujet.

Moi, pour ma part, j'avais assez du rôle que je jouais... et qui me gênait extrêmement.

Nouveau sourire étouffé de M. Sidoine.

— Mon avis a donc été que Georgette devait prendre congé de vous, monsieur le comte, comme je prendrais congé de mes maîtres, et que nous retournerions à notre pays... où, si nous ne gagnions pas de dot..... du moins..... du moins nous avions le droit de nous aimer en paix.

Et voilà notre histoire, monsieur le comte.

Et Georgette vient vous faire ses adieux.

— Et vous remercier, monsieur le comte, de toutes les bontés que vous avez eues pour elle, ajouta doucement Georgette.

Ce disant, l'amoureux et l'amoureuse, toujours bras dessus, bras dessous, s'inclinèrent devant Adalbert :

Celui-ci avec un regard qui signifiait :

— J'en suis fâché, mon cher, mais tout paysan que je suis, je vous l'enlève !

Celle-là avec une petite mine charmante qui disait :

— Pardonnez-moi, monsienr le comte, mais vous voyez bien que je ne pouvais être à vous, puisque je suis à un autre,

Déjà ils se retournaient pour s'éloigner...

— Arrêtez ! s'écria le comte qui n'avait rien perdu ni des explications de Sidoine... ni du regard par lequel ce dernier avait complété son récit... ni de la petite mine charmante de Georgette.

Les amoureux firent volte-face.

Le comte avait une nature bonne et généreuse, on le sait. Un plaisir qui lui échappait pouvait laisser parfois un regret dans son âme, jamais une mauvaise pensée. Il n'était pas de l'espèce trop commune de ces hommes qui déchirent une femme par la seule raison qu'elle leur a résisté...

Comme si l'amour se commandait !..... voire même, à défaut de l'amour, le désir !

Et puis l'aspect de nos ménechmes avait quelque chose de si étrange, l'histoire de leur tendresse était si simple et si ravissante, tout à la fois !.....

— Mes chers enfants, poursuivit le comte, il ne sera pas dit que je serai devenu votre confident sans vous avoir été un peu utile,..et que vous aurez habité près d'un mois ma maison, ma jolie Georgette, sans en emporter un souvenir.

Adalbert ouvrit une cassette, il y prit un élégant portefeuille en maroquin bleu à coins d'or.

— Tenez, reprit-il, en revenant aux amoureux, ce portefeuille contient trois mille francs.

C'est la dot de votre femme que je vous prie d'accepter, monsieur Sidoine, à titre d'ami...

Sidoine rougit de bonheur.

Ce même bonheur fit monter les larmes aux yeux de Georgette.

—Oh ! monsieur le comte, s'écrièrent-ils en même temps.

Adalbert contint, d'un geste, cet élan de reconnaissance.

— Pas de remercîments, leur dit-il, je suis riche...

Il m'est si facile de vous rendre heureux !

Adieu !... quand je passerai à Pierrefonds, j'irai vous demander, sans façon, à dejeuner.

— Oh ! toute notre maison sera à vous, monsieur le comte, s'écria Georgette.

— Oui ! oui ! toute notre maison... et moi avec ! fit Sidoine.

Mais pas ma femme ! pensa-t-il...

. . . .

—Allons ! se dit le comte, resté seul, il me faudra garder encore quelque temps Lucia !

Ah ! c'est dommage ! elle était gentille cette petite Georgette !

Mais bah ! toute une éducation à faire... et des fruits de laquelle un autre que le maître eût profité, peut-être... comme cela arrive presque toujours !

Il alluma un cigarre.

Un soupir dans une bouffée de tabac.... et tout fut dit de cette fantaisie...

. . . .

— Et où allons-nous comme cela ? fit Sidoine en sortant avec Georgette de la maison du comte de Creuzé.

— Où nous allons ? pardi ! à Pierrefonds... tout de suite.

Ah ! cependant... et mes robes et mes jupons qui sont restés chez tes maîtres !

J'emporte bien tes habits, à toi, il faut aller me chercher les miens.

Sidoine se gratta l'oreille.

— C'est que, repartit-il, c'est assez difficile, il me semble... Comment veux-tu que je me présente en garçon chez M. et madame Dodard, moi qu'ils ne connaissaient que comme une fille ?

Georgette réfléchit.

— C'est juste ! dit-elle. Eh bien ! une idée ! j'irai à ta place... je demanderai mon congé, comme si c'était toi ; je reprendrai mes hardes et je leur souhaiterai le bonjour... toujours comme si c'était toi.

Sidoine fronça le sourcil. Il voyait des difficultés que Georgette ne pouvait deviner dans ce remplacement de lui-même par sa maîtresse auprès des époux Dodard, et principalement auprès de l'épouse Dodard.

— Oh ! reprit-il, d'un ton qui jouait l'indifférence, après tout ! est-ce que tu y tiens beaucoup à tes hardes ?... Je t'avoue que j'avais déjà pas mal usé tes deux robes et tes jupons... Et tes bonnets donc !..... ils sont dans un état..... Ah ! tu conçois... le manque d'habitude.

Et puis, ça te gênerait, va, de prendre comme cela ma place... Si on te parlait !... de quelque chose... d'une affaire d'hier, par exemple, qu'est-ce que tu répondrais, voyons ?

Mon opinion est que nous abandonnions ce que j'ai laissé là-bas ; nous avons assez d'argent, à cette heure, pour t'acheter d'autres robes..... et de plus belles...

Allons à la voiture tout de suite, ça vaudra mieux !

Georgette considéra Sidoine avec une sorte de défiance.

— Ah ! ton opinion est d'abandonner mes effets ? dit-elle.

— Mon Dieu, oui !

Georgette hésita un instant ; elle eût été curieuse de connaître M. et madame Dodard... madame Dodard surtout.

Mais le plaisir de quitter immédiatement Paris l'emporta sur la jalousie.

— Eh bien ! qu'il en soit donc comme tu le désires, reprit-elle.

Sidoine se sentit la poitrine soulagée d'un poids de cent livres.

— Partons !

— Partons !...

Et voilà nos amoureux se dirigeant vers le chemin de fer.

Ils arrivent à l'embarcadère.

Ils ont pris leurs billets.

Ils entrent dans la salle d'attente.

Bientôt, la locomotive gémit, le sifflet d'appel coupe les airs...

Georgette et Sidoine vont monter dans un wagon...

— Georgette! Georgette! crie subitement une voix.

Georgette s'est retournée la première et, machinalement, Sidoine se retourne, ainsi qu'elle, du côté où est parti ce cri.

C'était M. Dodard qui se rendait à Enghien, pour un recouvrement de fonds, et qui, du fond d'une diligence, n'avait aperçu d'abord que celle qu'il prenait pour la camériste de sa femme...

Et qui demeurait fort surpris de la rencontrer au chemin de fer, quand il la croyait en course dans Paris.

Mais la surprise de ce cher M. Dodard ne devait pas s'arrêter là.

Nous avons dit que Georgette s'était tournée, la première, vers lui, et que Sidoine l'avait aussitôt imitée.

— Ah! mon Dieu! qu'est-ce que c'est que cela? murmure M. Dodard à l'aspect de ces deux têtes si semblables : deux Georgette! il y a deux Georgette!... Georgette s'est dédoublée!... Allons! je rêve!... Ouvrez-moi, conducteur, ouvrez-moi.

Mais Sidoine a aperçu M. Dodard et ses yeux écarquillés.

Il sent le danger de la situation.

— Monte, monte, dit-il à Georgette, en la poussant dans un wagon éloigné de celui où perche l'ancien marchand de rotins.

Et il s'élance près de sa maîtresse.

— Mais qui est-ce qui m'appelait? dit Georgette.

— Je n'en sais rien!... que nous importe!... tu vois bien qu'on part.

En effet, le convoi s'ébranle. M. Dodard, gourmandé par ses compagnons de voiture, qui le prennent pour un fou, est obligé de demeurer à sa place.

Sidoine, rassuré, sourit à Georgette... qui lui rend, avec ivresse, son sourire...

. . . .

En débarquant à Enghien, M. Dodard essaya bien de se rendre compte de la singulière apparition qui l'avait frappé, en allant mettre son nez aux portières de chaque wagon.

Mais Georgette, fatiguée de tous ces événements, s'était endormie, sa tête appuyée sur le sein de Sidoine...

Et Sidoine tournait le dos au côté par lequel on pouvait venir inspecter dans la voiture.

Et puis la station d'Enghien n'est pas longue.

M. Dodard ne vit rien.

Le pauvre homme ne devait rien voir.

XIV.

La science aux prises avec la nature. — Conclusion.

Comme au jour du départ, le temps, au jour du retour, était des plus magnifiques.

Le soleil dorait la forêt dont une légère brise, par moments, faisait ondoyer les cimes... les oiseaux s'appelaient sous le feuillage... les écureuils sautaient gaîment de branche en branche... les grillons chantaient leurs amours et leurs combats à la porte de leurs terriers en miniature...

Depuis une heure, déjà, Georgette et Sidoine cheminaient sur la route de Compiègne à Pierrefonds.

Une heure encore, et ils allaient revoir leur cher pays, leur bon grand-père!

Ils avaient beaucoup causé depuis leur réunion, ils s'étaient conté une infinité de choses.

Ils s'étaient, surtout, énormément dit qu'ils s'aimaient.

Mais, à ce moment, ils se taisaient.

La joie a besoin de repos comme le chagrin.

Et puis il est de ces pensées que les amoureux, les plus amoureux, ne peuvent se communiquer.

L'amitié a cet avantage sur l'amour, qu'elle ignore ces secrets et ces réticences.

Ainsi Georgette récapitulait les quatre semaines qu'elle venait de passer à Paris...

Et elle songeait à ce M. Christian qui avait fait son portrait.....

Et à M. le comte Adalbert, qui lui avait offert de la rendre riche et heureuse!...

Et si aucun regret ne se mêlait à ces souvenirs, cependant la jeune fille, en se rappelant les douces paroles de celui-ci, la belle tête de celui-là, n'en faisait pas moins certaines réflexions, certains rapprochements, qu'il lui eût été difficile de se permettre tout haut devant Sidoine.

Que voulez-vous? Georgette était demeurée sage à Paris, sans doute... vous l'avez vu...

Mais l'innocence est une glace que le moindre souffle ternit... et Georgette, sous le souffle ardent de MM. Christian et de Creuzé, avait bien pu devenir un peu moins innocente!

Quant à Sidoine... oh! Sidoine... sa glace, à lui, était non-seulement ternie, mais brisée en mille morceaux.

Après cela, mon opinion est que ce genre de miroir-là est un meuble de luxe pour un homme!

Sidoine rêvassait donc de son côté...

Et une trinité charmante passait et repassait sous ses yeux allanguis:

Rosalie en tête, Rosalie avec son nez retroussé... sa voix claire... sa jeunesse...

Puis Lucia Rizzi, la jolie danseuse... avec son regard fier et tendre tout à la fois... ses petites mains si blanches... son petit pied si courbé...

Et la belle madame Dodard... l'imposante madame Dodard... la majestueuse madame Dodard... avec ses épaules fermes et rebondies... son bras nerveux...

Et sa tendresse plus nerveuse encore!...

Un soupir s'échappa des lèvres de Georgette.

Un soupir s'échappa des lèvres de Sidoine.

C'était un dernier tribut que l'ange payait aux souvenirs des tentations du démon.

C'était une dernière dette que l'élève acquittait envers ses professeurs de plaisir.

En même temps, Sidoine et Georgette se regardèrent.

Et, honteux l'un et l'autre de s'être réciproquement oubliés, ils s'empressèrent de se rapprocher l'un de l'autre et physiquement et moralement.

— Ainsi, nous sommes riches, à présent, fit Georgette, saisissant, au hasard, le premier moyen venu d'entamer la conversation : nous possédons trois mille francs.

Ah! grand-père ne nous reprochera plus d'entrer les mains vides en ménage!

Et la jeune fille tira de son sein la fortune que leur avait donnée le comte et dont elle était dépositaire.

Elle ouvrit, l'élégant portefeuille de maroquin à coins d'or. Elle prit entre ses doigts les trois billets de mille francs qu'il contenait, et elle les considéra avec une joie d'enfant.

Sidoine n'ouvrait pas de moins grands

yeux que sa compagne, à l'aspect des précieux papiers.

— Oui! oui! nous sommes riches, s'écria-t-il, et plus riches que tu ne penses, ma Georgette :

Car, si ton maître nous a donné cet argent... d'autres, aussi généreux que lui, m'ont donné...

Il s'arrêta court. Emporté par un élan spontané, il avait commis une imprudence. Il le sentait... mais trop tard.

— D'autres t'ont donné... quoi donc? fit Georgette.

— Ah! bah! pensa Sidoine, aujourd'hui ou plus tard... il faudrait toujours qu'elle le sût.

Eh bien! reprit-il, tiens, regarde..... voici ce que d'autres m'ont donné.

Et, à son tour, il tira de sa poche une boîte qui contenait :

Une montre en or,

Une épingle également en or, — une perle dans une griffe, —

Plus une bague, un anneau, toujours en or.

La montre venait de madame Dodard.

L'épingle, de Lucia Rizzi.

Quant à la bague, nous connaissons déjà son origine.

Georgette avait pris la boîte où se trouvait renfermé le trésor de son amoureux.

Celui-ci chantonnait entre ses dents.

— Ah! l'on vous a donné tout cela! fit Georgette, d'un ton sévère, tout cela!... cette montre?

— La montre... c'est Madame...

— Cette épingle?

— L'épingle... c'est Monsieur.

— Et cette bague! Tiens! vous m'aviez écrit que vous l'aviez jetée... cette bague?

— Oui... c'est vrai... mais c'était pour rire... de l'or... tu comprends... je ne pouvais pas... c'eût été une bêtise...

— Et c'est Madame encore?

—Qui m'a donné la bague?... Oui... tu sais... je te l'avais dit.

— Très bien! Ah! l'on vous donnait beaucoup de choses, à ce qu'il paraît, dans cette maison... c'étaient de braves gens que ces gens-là...

— Oh! çà! oui! c'étaient de bien braves gens!

— Et, cependant..... vous n'avez pas voulu leur aller dire adieu!

— Oh! c'est que... ils auraient trouvé si drôle..... de me voir en garçon..... après...

— Sans doute... cela les aurait peut-être contrariés..... Madame, surtout? hein?

— Oh! Madame .. ou Monsieur!

— Allons! c'est bien! tenez... reprenez vos affaires.

— Mais non!..... garde-les..... si la montre ou l'épingle te plaisent.

Georgette changea de figure.

—Je vous ai déjà dit une fois, repartit-elle, que ce genre de cadeaux ne me plaisait pas...

Mais reprenez donc... reprenez donc votre boîte!

Et une larme scintilla sous la paupière de la jeune fille.

Sidoine frappa du pied.

— Bon! s'écria-t-il, tu vas encore te mettre en colère, comme à Paris, au Palais-Royal... parce que... j'ai accepté... ce qu'on m'avait offert!...

Et, prenant la boîte qu'il lança, avec colère, sur l'herbe d'un taillis.

— Là, dit-il, es-tu contente, comme ça?

La montre, l'épingle et la bague seront pour quelque passant.

Je les aurais donnés à grand-père... ça

aurait mieux valu... Mais pour que tu ne pleures pas, tu vois, je préfère en faire le sacrifice tout de suite.

Georgette se tourna vers Sidoine.

Elle lui sourit à travers ses larmes.

Et, lui prenant la main :

— Viens, dit-elle, j'ai eu tort.

Et ils entrèrent dans le taillis.

Sidoine, heureux du sourire de sa maîtresse, la tenait dans ses bras... elle se laissait tenir...

Par un hasard étrange, l'endroit où ils se trouvaient à ce moment était celui où ils avaient fait halte, un mois auparavant, pour se livrer à leur mutuelle métamorphose.

Ce taillis qui les ombrageait était celui où Georgette avait coupé ses longs et fins cheveux.

— Tiens! murmura Sidoine, en regardant autour de lui, tiens! dis donc, te rappelles-tu, Georgette?

— Oui! oui! je me rappelle, repartit la jeune fille... mais cherchons donc ta boîte!...

— Oh! tu étais bien gentille, en garçon, poursuivit Sidoine... moins gentille pourtant que comme tu es là... mais c'était si amusant!... tu te déshabillais ici... moi, de l'autre côté de la route... et je n'aurais pas pensé à... oh! non!... tandis que maintenant...

Cependant, tu m'as donné un baiser, alors, t'en souviens-tu, Georgette?

— Oui, oui, je m'en souviens!...

— Oh!..... et un bon baiser..... eh bien!... si tu voulais... pour fêter notre retour... Je t'aime tant, Georgette... et pendant près d'un mois, j'ai vécu si séparé de toi... Est-ce que cela te déplairait de m'embrasser, Georgette, dis, dis? est-ce que cela te déplairait? Un amoureux..... un fiancé... c'est son droit, vois-tu... et quand on est dans son droit..... Allons! réponds-moi, veux-tu?... rien qu'un... un seul...

— Oui! balbutia Georgette.

Il la serrait contre lui... elle ne le repoussait pas... leurs lèvres s'unirent...

Mais Sidoine, au retour, n'était plus le naïf petit bonhomme du départ...

D'un baiser il avait été à en désirer deux... puis trois... puis quatre...

Puis il ne les avait plus ni demandés... ni comptés... Il prenait, il prenait toujours...

Et Georgette éperdue, brisée sous ces caresses brûlantes... sous cette étreinte passionnée... se débattait vainement...

Tout-à-coup elle rassemble ses forces...

— Par pitié, Sidoine! s'écrie-t-elle, si tu m'aimes! laisse-moi! laisse-moi!

Oh! ta femme! ta femme! mon ami, ne la respecteras-tu pas?

Sidoine recule.

S'il avait laissé sa candeur à Paris, du moins il en rapportait son cœur..... son cœur encore intact...

Et son cœur devait obéir à une prière de Georgette... de Georgette qui voulait rester pure par amour pour lui.

— Pardon! pardon! murmure-t-il.

La jeune fille s'est élancée hors du taillis...

Sidoine ramasse la boîte de bijoux qui gisait à ses pieds. . . . .

. . . .

Une heure après, Sidoine et Georgette étaient sur les genoux de leur grand-père.

Deux mois après ils se mariaient.

Et à ceux qui lui disaient, ce jour-là :

— Mais ils sont bien jeunes encore, vos enfants, pour les marier, père Balut?

Le père Balut répondait en souriant :

— C'est vrai..... mais ils s'aiment tant... et puis, ils ont été un mois à Paris, voyez-vous!...

Et un mois à Paris!... hum!... m'est avis que pour l'expérience, ça forme plus la jeunesse qu'un an à Pierrefonds!...

. . . .

Quand vous irez à Pierrefonds, informez-vous de M. et madame Riquet.

Ce sont eux... ou, plutôt, c'est Georgette qui m'a conté cette histoire. — Il se contentait de sourire, tandis qu'elle narrait. —

Elle a vingt-six ans aujourd'hui; il en a vingt-sept.

Ils ne se ressemblent plus tant qu'autrefois.

— Ah! la barbe est venue, à la fin, à Sidoine... une barbe bleuâtre, épaisse... magnifique, même! —

Mais ils s'aiment, comme ils s'aimaient il y a dix ans.

Quatre charmants enfants sont là pour le dire!

Allez donc voir Georgette, cher lecteur... aimable lectrice, allez donc voir Sidoine.

C'est une si jolie femme! c'est un si beau gaillard!

Après avoir admiré le vieux château, pourquoi pas?

L'amour et la beauté vivants et bien portants valent bien la tyrannie et l'orgueil en ruines!

Paris. — Imp. Lacour et Ce, rue Soufflot, 16.

GABRIEL DE GONET, ÉDITEUR,
RUE DES BEAUX-ARTS, N° 6.

MARESCQ ET COMP., LIBRAIRES,
RUE DU PONT-DE-LODI, N° 5.

La femme au pilori.

PREMIÈRE PARTIE.

I

La porte de prison.

Les fondateurs de toute colonie, quels que soient leurs rêves de perfectibilité, de vertu, de bonheur, prélèvent toujours deux lots sur le sol vierge qu'ils vont fertiliser : l'emplacement du cimetière et celui de la prison, — faisant ainsi, dès le début, la part de la mort et celle du crime, — et s'inclinant devant une double fatalité.

C'est pourquoi, quinze ou vingt ans avaient passé à peine sur la naissante cité de Boston, et la prison de bois qu'on avait élevée dans les environs de Cornhill, portait déjà les souil-

LAGNY. — Imp. de VIALAT et Cie.

lures, les atteintes, comme les rides de l'âge, qui ajoutaient à sa physionomie sinistre et refrognée. Sur la lourde ferrure des portes de chêne, hérissées de têtes de clous, une rouille épaisse s'étendait, qu'on eût dit antérieure à tout le reste de la ville, et plus vieille que le Nouveau-Monde.—Par le fait, rien ne semble jamais avoir été jeune de ce qui se rapporte au crime.—Devant cet édifice d'aspect si peu attrayant, placé entre lui et la rue encore sans pavés, sillonnée de profondes ornières, s'étendait une espèce de pâtis, de gazon inculte, échevelé, où les gratterons, les chardons, l'herbe à pourceaux emmêlaient leurs végétations hideuses, venus spontanément sur ce sol malfaisant où une prison était aussi éclose, sombre fleur de la civilisation.

Mais, à côté de la porte,—et poussant ses racines jusque sous le seuil maudit,—s'élevait un buisson de roses sauvages, tout couvert, en ce beau mois de juin, de ses joyaux embaumés. On le disait éclos sous les pas de cette sainte femme, Ann Hutchinson, le jour où elle fut amenée dans ces affreux cachots, victime d'une injuste sentence. Quoi qu'il en soit, la nature semblait avoir mis là ces brillantes fleurs pour offrir un gage et un symbole de sa miséricorde à l'accusé terrifié qui entrait dans la prison, au condamné repentant qui en sortait pour subir sa peine.

Puisque nous trouvons, à cette porte même, qui va s'ouvrir pour donner passage à notre récit, ce rosier dont l'histoire a gardé le souvenir, le lecteur nous permettra d'y cueillir une fleur et de la lui présenter.—Puisse-t-elle être pour lui l'emblème des bonnes pensées dont nous voudrions parfumer son âme, et par lesquelles serait atténuée la tristesse des pages qui vont suivre.

Et maintenant, qui donc rassemble devant la sombre prison cette foule animée? Pourquoi sont-ils là, ces hommes à longues barbes, vêtus d'étoffes aux couleurs tristes, la tête couverte de chapeaux à haute forme, presque pointus? Que viennent faire ces femmes, les unes tête nue, les autres encapuchonnées,—et quel événement fait ainsi mouvoir leurs langues agiles?

II

La place du marché.

Chez toute autre population, voire à Boston même, quelques années plus tard, cet empressement, cette préoccupation d'une foule attentive eût présagé quelque chose de grave, un crime hors ligne, une expiation sanglante. Mais les puritains de la Nouvelle-Angleterre n'en demandaient pas tant, et leur austérité s'alarmait à meilleur marché que la nôtre Un serviteur paresseux, un enfant indocile, remis par son maître ou confié par ses parents à l'autorité civile, pour quelque fustigation salutaire; un antinomien, un quaker, condamné, comme hétérodoxe, à être chassé de la ville, avec accompagnement de bastonnade; un Indien paresseux et vagabond, que l'eau de feu des blancs avait rendu tapageur, renvoyé à coups de fouet, après quelque tumulte nocturne, dans ses forêts natales,—tel pouvait être l'objet de l'attention publique. A la vérité, ce pouvait être aussi quelque sorcière, expiant sur la potence ses rapports familiers avec le Malin. Et dans l'un ou l'autre cas, même empressement sérieux, même gravité curieuse, car on ne plaisantait pas alors, dans la Nouvelle-Angleterre, avec les arrêts de la justice, avec les agents de la discipline publique. Le transgresseur des lois n'y pouvait compter que sur de bien faibles sympathies, et rarement, bien rarement, inspirait quelque pitié aux spectateurs de son supplice : — en revanche, telle pénalité, qui impliquerait aujourd'hui un certain degré de ridicule infamie, avait à cette époque tout autant de solennelle dignité que la mort elle-même.

Dans la matinée dont nous parlons, une circonstance notable était l'empressement des femmes, et l'intérêt profond qu'elles paraissaient apporter à l'exécution de la sentence. On les voyait accourir de tous côtés et, par des efforts obstinés, installer aux premiers rangs de la foule, aux plus voisins de la geôle, leurs formes robustes, leurs tournures peu aériennes. Car c'étaient presque des hommes, ces femmes et ces filles fortes, que les campagnes anglaises envoyaient peupler les districts de la terre conquise. Et au moral, aussi bien qu'au physique, elles étaient d'une autre étoffe, plus grossière et plus solide que celle de leurs descendantes d'aujourd'hui, séparées d'elles par six ou sept générations. Chaque mère, dans ce laps de temps, a transmis à ses filles un sang moins vermeil, une beauté plus délicate et plus vite effacée, une charpente moins solide, et peut-être (peut-être, entendons-nous bien!) un caractère moins énergique, moins résistant que le sien. Celles dont nous parlons n'étaient qu'à cinquante ans de l'époque où la virile Élisabeth avait dignement représenté, sur le trône d'Angleterre, le type de la femme anglaise.

Le soleil du matin tombait donc ce jour-là sur de larges épaules, des poitrines bien fournies, des joues rondes et fortement colorées, mûries sous un autre ciel, mais que n'avaient ni diminuées ni pâlies le climat de la Nouvelle-Angleterre, et le dur travail des premiers colons. L'ampleur du langage, sa netteté, sa hardiesse, parmi ces fraîches matrones, aurait eu de quoi surprendre un auditeur moderne.

— Laissez-moi vous dire ma pensée, mes commères, criait à tue-tête une quinquagénaire aux traits accentués. Il serait de bon exemple, et profitable à la communauté, que nous autres femmes d'âge mûr, chrétiennes bien famées, nous eussions à châtier nous-mêmes les pécheresses comme cette Hester Prynne. Qu'en pensez-vous, bonnes langues? Si la carogne passait en jugement devant nous cinq, que voici groupées, en serait-elle quitte pour un jugement comme celui qu'elle a eu de nos honorables magistrats?.... Par ma foi, je ne le crois point.

— On dit, reprit une autre, que le révérend maître Dimmesdale, son pasteur en Dieu, prend fort à cœur qu'un pareil scandale soit tombé sur sa congrégation.

— Les magistrats, ajouta une troisième matrone, plus qu'à l'été de ses ans, les magistrats sont gens craignant Dieu, mais trop portés à miséricorde..... ceci est très-vrai. Tout au moins devaient-ils faire marquer au front, d'un bon fer rouge, cette Hester Prynne. On l'aurait vue alors, cette dame, cligner ses beaux yeux, je vous en réponds... Mais peu lui chaut, gangrenée comme elle l'est, ce qu'on mettra au corsage de sa robe. Elle placera par là-dessus une boucle, un ruban quelconque, et sortira dans les rues, après cela, tout aussi effrontée que devant.

— A la bonne heure, remarqua sur un ton beaucoup plus doux, une jeune femme qui tenait un enfant par la main,.... mais elle aura beau recouvrir la marque infâme,.... cela n'empêchera pas l'angoisse du cœur qui battra dessous.

— Que venez-vous parler de marques au front ou au corsage, cria une autre femelle, plus laide, et aussi moins indulgente que les autres? Cette femme nous a toutes plus ou moins déshonorées; elle devrait mourir. Est-ce qu'il n'y a pas de loi pour cela? J'en trouverai, moi, dans l'Écriture, et dans le Statut, au besoin. Maintenant, qu'ils s'en prennent à eux, nos magistrats, si, faute d'avoir appliqué ces lois, ils voient leurs femmes et leurs filles tourner à mal.

— Merci de nous, bonne femme, répliqua un homme perdu dans la foule, si toute vertu, chez vous autres, ne tient qu'à la crainte d'être pendues!.... Ce serait triste à penser, et c'est triste à dire.... Maintenant, bonnes langues, un peu de silence!.... la clé tourne dans la porte de la prison, et voici mistress Prynne en personne.

On vit alors en effet s'abattre à droite et à gauche les lourds battants de chêne, et apparaître d'abord, comme une ombre sous le soleil, le farouche et morne messager de ville, l'épée au côté, tenant de la main gauche son bâton d'office. Ce personnage représentait à merveille, par sa laideur mélancolique, la sévérité de la loi puritaine, dont sa charge lui confiait les applications les plus rigoureuses. Sa main droite était sur l'épaule d'une jeune femme, qu'il attirait ainsi vers la place, mais qui, parvenue sur le seuil de la prison, le repoussant par un mouvement plein de dignité naturelle, s'avança d'elle-même, et librement, jusqu'en plein air. Elle portait dans ses bras un enfant, un *maillot* à peine âgé de trois mois, que la vive lumière du ciel semblait éblouir, trop éclatante pour des yeux accoutumés jusqu'alors à l'obscurité des cachots.

Lorsque la jeune femme, — c'était la mère de l'enfant, — se trouva ainsi tout à coup jetée aux regards de la foule, son premier mouvement fut d'étreindre de plus près, de serrer contre son cœur l'innocente petite fille qu'elle tenait. En ceci, elle n'obéissait pas autant à une inspiration maternelle, qu'au désir de cacher un emblème, un signe quelconque, brodé ou fixé à son vêtement. Mais, la seconde d'après, elle se dit peut-être, — et fort à propos, — qu'un témoignage de honte servirait mal à en dissimuler un autre, et, avec une rougeur brûlante, avec un sourire hautain, avec un regard qui ne voulait pas fléchir, rejetant sa fille sur un de ses bras, elle parcourut des yeux le cercle des bourgeois, dévisageant voisins et voisines, intrépide et superbe.

Sur le devant de sa robe, à l'endroit de la poitrine, taillée dans un morceau de drap écarlate, et environnée d'une fantastique broderie en fils d'or, apparaissait la lettre A.

Ce travail était si soigné, cette broderie était travaillée avec tant d'art, elle brillait d'un tel éclat qu'en toute autre circonstance, les lois somptuaires de la colonie n'eussent pas permis tant de recherche, d'élégance et de luxe.

La jeune femme était de haute taille, et d'une beauté de formes remarquable par son grand caractère. Elle avait une chevelure énorme et si brillante, que ses flots d'ébène rendaient au soleil éclair pour éclair. Sa figure, déjà belle par la régularité du galbe et la blancheur du teint, avait en outre ce don frappant de physionomie qui tient à l'arc prononcé des sourcils, au relief du front, à l'inexprimable profondeur des yeux parfaitement noirs. Enfin elle avait la distinction du port, telle qu'on l'entendait à cette époque, majesté haute, roideur pompeuse, bien différente de cette grâce fugitive, subtilement nuancée, impossible à décrire, qui donne aujourd'hui ce qu'on est convenu de reconnaître pour « un air comme il faut. » Et jamais Hester Prynne ne s'était montrée sous un aspect plus imposant, plus noble, dans l'ancienne acception de ce mot dégénéré, qu'au moment où elle se produisit hors de sa prison. Ceux qui l'avaient connue auparavant et qui s'attendaient à voir le nuage de l'adversité obscurcir cette splendeur de nature dont elle marchait rayonnante, furent étonnés, — nous dirions volontiers abasourdis, — quand ils s'assurèrent, au contraire, que sa beauté ressortait plus brillante, et transformait, pour ainsi dire, en un nimbe glorieux, le malheur et l'ignominie dont elle était comme enveloppée. A la vérité, pour un observateur subtil, une pensée profondément pénible se cachait sous cette décevante assurance, sous cet éclat prestigieux. Son costume, qu'Hester elle-même avait fait dans sa prison, — et qu'elle avait, selon son caprice, approprié à la circonstance, — exprimait par le cachet spécial de sa sauvage élégance, la disposition particulière de son esprit irrité, l'amertume de son désespoir poussé à bout.

Mais le centre de tous les regards, le signe qui semblait transfigurer Hester Prynne, au point qu'elle apparaissait sous un aspect tout différent à ceux-là même des spectateurs qui la connaissaient le mieux, c'était... c'était cette Lettre Rouge, si étrangement brodée, et pour ainsi dire *éclairée*, qui brillait sur sa poitrine. On eût dit un charme, qui l'enlevait à ses rapports ordinaires avec la race humaine, et l'enfermait dans une sphère à part, pour y vivre et y mourir isolée.

— Un bel emploi de son talent de couturière, remarqua une des commères que nous avons déjà entendues caqueter au pied de l'échafaud... Quel travail... et quel front !.. Pour sûr, mesdames, elle a voulu narguer en face nos bons magistrats, et leur montrer, à ces dignes *gentlemen*, qu'elle tire vanité de ce qu'ils ont voulu punir en elle.

— Si l'on faisait bien, marmotta la plus endurcie des cinq vieilles... on dépouillerait madame Hester de cette belle robe qu'elle a sur ses blanches épaules... Et quant à la *lettre rouge* qu'elle s'est amusée à broder si agréablement... je donnerais, pour lui en fabriquer une autre, un peu plus modeste, les chiffons de mon vieux corps de flanelle.

— Oh ! voisines, taisons-nous !.. Taisons-nous un peu ! murmura doucement leur plus jeune compagne... Qu'elle ne nous entende point parler ainsi !.. Il n'y a pas un point, dans cette lettre brodée, qui n'ait laissé une blessure au fond de son cœur...

Le sombre messager fit alors un geste avec son bâton :

— Au nom du roi, bonnes gens, ouvrez vos rangs, livrez-nous passage !.. Faites-nous place, et je vous promets que mistress Prynne sera mise en bon endroit, où son beau costume sera vu tout à l'aise par un chacun, homme, femme, enfant, depuis l'heure présente jusqu'à midi. Bénissons la pieuse colonie du Massachusetts, où l'iniquité est ainsi étalée en plein soleil !.... Allons, madame Hester, avançons !.... Venez montrer votre Lettre Rouge sur la place du marché.

Un chemin s'ouvrit alors dans les rangs serrés de la foule. Précédée par le messager de ville, et suivie par un cortége assez irrégulier d'hommes aux fronts sévères, de femmes aux regards haineux, Hester Prynne s'avança vers le lieu où son châtiment devait s'accomplir. Une multitude d'écoliers, ne comprenant pas grand'chose à cette solennité, si ce n'est qu'elle leur donnait une demi-journée de congé, couraient en avant et retournaient la tête à chaque minute, examinant avec une curiosité vague, tantôt la figure d'Hester, — tantôt l'enfant qui se plaignait, obsédée par le soleil, — tantôt cette lettre ignominieuse qu'ils épelaient l'un après l'autre. Il n'y avait pas loin, à cette époque, de la porte de la prison à la place du marché. Mais la prisonnière consultée, et ne voulant pas mentir, eût déclaré qu'à son compte c'était là un voyage de long cours. En effet, si orgueilleuse que fût sa prestance, elle souffrit peut-être une agonie à chaque pas de chacun des êtres qui marchaient autour d'elle, comme si son cœur, jeté sur la route, eût été foulé par tous ceux dont les traces y restèrent ce jour-là. Heureusement, la nature, merveilleuse dans sa clémence, n'a pas voulu que le supplicié pût apprécier, pendant la torture même, toute l'intensité de la souffrance qu'il endure. Il ne la connaît bien qu'aux douleurs dont elle est suivie. Aussi l'extérieur d'Hester Prynne demeura-t-il presque serein, durant cette portion de l'épreuve, et jusqu'à ce qu'elle fût parvenue à une sorte d'échafaud, dressé à l'extrémité occidentale du marché. Il était placé sous les larmiers de la première église construite à Boston, et paraissait y être fixé à demeure. Par le fait, c'était la plate-forme du pilori, et on y voyait le cadre de cet instrument d'ignominie, inventé par un terrible raffinement de justice, et constituant en lui-même l'outrage le plus violent qu'on puisse faire à la nature, dans une de ses plus nobles manifestations. — Quoi de plus impie, en effet, que d'ôter au repentir le droit de cacher sa honte ? — Et voilà pourtant le but essentiel qu'on se proposait en plaçant la tête du condamné dans ce cadre de bois qui, tournant sur un pivot circulaire, le montrait successivement à tout un peuple. La sentence rendue contre Hester Prynne, et cet adoucissement pénal n'était point rare, l'avait affranchie de ce que ce mode d'exhibition publique avait de plus infernal. Elle était simplement condamnée à passer un certain temps sur la plate-forme infamante. Son rôle lui était connu; elle le remplit sans contrainte, monta quelques marches de bois..... et se trouva ainsi, à cinq ou six pieds du sol, exposée aux regards de la multitude.

Si un catholique se fût trouvé par hasard au milieu de cette population puritaine, il eût pu reconnaître dans cette belle jeune femme, tenant un enfant sur sa poitrine, le type, — ou l'image, si l'on veut, — de cette maternité divine que les plus grands peintres du monde ont, à l'envi l'un de l'autre, essayé de reproduire. Mais ce souvenir n'eût éveillé en lui qu'un surcroît d'horreur, car, à la place de la Vierge sans péché, sa raison lui eût montré la femme coupable, — à la place du Sauveur du monde, le fruit souillé de la perdition.

La scène, d'ailleurs, était imposante pour tous, car aucun châtiment public ne reste sans effet sérieux, lorsque la société, primitive encore, n'a pas remplacé par le sourire du mépris, le frisson de terreur que doit causer la dégradation d'une créature humaine. Parmi les témoins appelés à contempler la disgrâce d'Hester Prynne, il n'en était pas un qui ne l'eût vue, pour le même crime, condamner à mort, sans murmurer contre une loi trop sévère : mais cet endurcissement n'a rien de commun avec celui de nos temps modernes; il exclut toute idée de raillerie à contre-temps, comme celle qui accueillerait, dans un état social soi-disant plus avancé, une exposition pareille à celle que nous racontons. D'ailleurs toute inconvenante risée eût été périlleuse, dans une cérémonie où figuraient les plus graves autorités de la ville, le gouverneur lui-même et plusieurs de ses conseillers, un juge, un général, tous les révérends ministres de la ville, assis ensemble au grand balcon de la Chambre d'Assemblée, qui avait vue sur la plate-forme. Ils n'auraient pas souffert qu'on avilît sous leurs yeux l'action de la justice et la solennité d'une exécution pénale. Aussi la foule était-elle sombre et grave.

Sous le poids accablant de mille regards sans pitié, tous fixés sur elle, tous rivés à sa poitrine, la condamnée se maintenait aussi bien qu'on pût l'attendre d'une pauvre femme. Et pourtant, ils lui causaient une souffrance presque intolérable. Nature impulsive et passionnée, elle s'était, d'avance, préparée à subir, sans broncher, l'aiguillon empoisonné, les dards fangeux de l'insulte publique ; mais bien autrement terrible lui devint le silence peu à peu rétabli et la contemplation réprobatrice qui se repaissait d'elle, sans fureur et sans cris. Elle souhaita que le rire convulsif du mépris vînt altérer ces physionomies dont la rigidité de marbre la glaçait d'effroi, la pénétrait de remords; et prête à répondre par un sourire dédaigneux aux risées éclatantes de tout ce peuple assemblé autour d'elle, elle se vit, devant ce grand silence de la multitude, sur le point de s'abandonner aux larmes, aux sanglots, aux plaintes bruyantes; elle crut, un moment, qu'elle allait se précipiter en bas de l'échafaud; elle comprit, à demi folle, qu'elle était sur le point de le devenir tout à fait.

Il y avait cependant de courts intervalles où toute cette scène, dont elle était le principal personnage, semblait s'évanouir devant ses yeux, ou du moins se voiler, s'estomper, passer à l'état d'une vision confuse, et ne lui offrait plus que contours indécis, formes imparfaites, images spectrales. Son âme, disons mieux, sa mémoire, tout à coup investie d'une activité presque surnaturelle, évoquait d'autres tableaux, et se transportait loin de cette petite ville, mal dégrossie encore, sur la limite des solitudes occidentales. Sous les larges bords de ces chapeaux à formes pointues, elle voyait d'autres visages, mieux connus, se tourner vers elle. De futiles réminiscences lui remettaient dans l'esprit mille fragments fugitifs de sa jeunesse : querelles d'enfant, scènes du foyer domestique, essaim de menus souvenirs, ailés et dorés, parmi lesquels scintillaient les importantes crises de sa vie de femme, ces derniers en couleurs tout aussi fugitives que le reste, et dans une perspective également lointaine, également atténuée. On eût dit quelque pièce oubliée, dont elle cherchait à recomposer la trame, à se remémorer les décors. Peut-être était-ce là une ressource instinctivement trouvée, au moyen de laquelle son esprit se réfugiait dans ce monde de chimères, pour échapper à une écrasante réalité.

Quoi qu'il en soit, du haut du pilori, Hester Prynne embrassa tout l'horizon de sa vie et les sentiers qu'elle avait suivis depuis son heureuse enfance. Du haut du pilori, elle revit, dans la vieille Angleterre, son village natal, la maison de ses aïeux, pauvre maison aux murs grisâtres, à demi ruinée, mais portant encore à son fronton, comme gage de vieille noblesse, un écusson en débris. Elle revit la figure vénérable de son père, son front chauve, sa barbe blanche, flottant sur un de ces cols godronnés qui rappelaient les modes du règne d'Élisabeth. Elle revit sa mère, aux regards pleins d'une tendresse toujours inquiète, toujours en éveil, regards benins dont, même depuis sa mort, elle semblait poursuivre Hester, et que, plus d'une fois, celle-ci avait trouvés sur son chemin, comme une triste et douce remontrance. — Elle se vit elle-même dans tout l'éclat de sa beauté naissante, illuminant de cette beauté la glace obscure où il lui plaisait de se mirer. — Une autre figure passait dans son rêve : celle d'un homme déjà vieux, figure pâle et maigre, face blême de savant, aux yeux ternes et rougis par l'étude nocturne. Ces yeux, cependant, possédaient une étrange faculté de pénétration, et sondaient, au besoin, les plus intimes profondeurs de l'âme. En évoquant ce nouveau fantôme, l'imagination toute féminine d'Hester Prynne n'oubliait pas que la taille de notre érudit était légèrement déformée par le travail, et son épaule gauche un peu plus haute que l'autre. — Ensuite, dans ce panorama mouvant qu'elle déroulait si vite, surgissait tout à coup, avec le dédale de ses rues étroites, ses hautes maisons enfumées, ses énormes cathédrales, ses édifices nombreux, une grande ville du continent, où une vie nouvelle avait commencé pour elle, pour elle et pour le savant à épaules inégales dont elle suivait la fortune : — vie nouvelle, mais alimentée de vieilles substances, comme la mousse qui verdit sur un mur en délabre.

Enfin, et brusquement, au milieu de ces scènes changeantes, apparaissait l'établissement grossier des rudes puritains, la place du marché, la foule aux regards attentifs et sévères, et tous ces regards tournés vers Hester Prynne; oui, sur elle, sur elle, debout, au pilori, un enfant dans les bras, et la Lettre Rouge, — la terrible Lettre, — brodée de fils d'or, sur sa poitrine.

Ceci pouvait-il être?.. En s'adressant cette question, elle serra si fortement contre sa poitrine l'enfant effrayé, qu'il poussa un long vagissement. Elle abaissa son regard vers la lettre fatale, elle la toucha même du doigt, pour s'assurer que tout cela, l'enfant, l'infamie, n'était pas un mensonge.

Tout cela était vrai... le reste avait disparu.

III

Comme on se retrouve.

Aux premiers rangs de la foule, à côté d'un sauvage, que le hasard le plus ordinaire pouvait avoir amené là, et qui n'avait en rien éveillé l'attention d'Hester, se tenait un homme blanc, dont le costume offrait un bizarre mélange du vêtement européen et de l'attirail des chasseurs Peaux-Rouges. Il était petit de taille, et son visage profondément sillonné de rides, n'indiquait pas néanmoins un âge très-avancé. Une intelligence remarquable animait sa figure, peu attrayante, d'ailleurs, mais qui attestait de longues études, de profondes réflexions, un assujettissement complet de la matière à l'esprit. Bien qu'il eût voulu, malgré l'apparente négligence de son costume, déguiser ce défaut caractéristique de sa taille, les regards d'Hester, un moment arrêtés sur lui, constatèrent l'inégalité de ses épaules, et derechef, en scrutant avec plus d'attention sa maigre et blême figure, elle étreignit contre son sein l'enfant qui, presque étouffé dans ce mouvement convulsif, laissa échapper une nouvelle plainte. La mère, cette fois, ne parut pas l'entendre.

En arrivant sur la place du marché, et quelque temps avant qu'elle ne l'eût vu, l'étranger avait contemplé à loisir la pauvre condamnée. Ce fut d'abord avec une sorte de négligence, comme un homme habitué surtout à lire au fond des âmes, et qui ne se préoccupe des objets extérieurs qu'autant qu'ils offrent pâture à l'activité de sa pensée. Mais bientôt son regard devint plus fixe, plus pénétrant, et s'éclaira d'une flamme étrange. Une contraction d'horreur crispa son visage, sur lequel sembla passer un serpent aux rapides allures, déroulant ses anneaux glacés. Son front s'obscurcit sous le voile d'une émotion puissante, mais aussitôt comprimée par un étonnant effort de sa volonté; si bien qu'une seconde écoulée, on eût pu le croire rendu au calme le plus parfait. L'instant d'après, lorsqu'il vit les yeux d'Hester Prynne arrêtés sur les siens, et lorsqu'il put penser qu'elle l'avait reconnu, il leva lentement un doigt vers le ciel, traça dans l'air un signe invisible, et posa ensuite ce doigt sur ses lèvres.

Puis frappant ensuite sur l'épaule d'un brave bourgeois placé à côté de lui :

— Mon bon monsieur, lui dit-il du ton le plus courtois, ne pourriez-vous m'apprendre qui est cette femme, et par quelle faute elle a mérité la honte publique qui lui est infligée?

— Vous venez de loin, répondit l'autre, jetant un coup d'œil curieux sur cet interlocuteur inconnu, et sur le sauvage dont il était accompagné. Vous auriez, sans cela, ouï parler depuis longtemps de mistress Hester Prynne et de ses déportements. Elle a, je vous le garantis, tristement scandalisé le troupeau de notre pieux ministre, M. Dimmesdale.

— Vous devinez juste, repartit le questionneur, je suis étranger et bien malgré moi, depuis longtemps, j'erre de pays en pays. J'ai subi de terribles aventures sur mer et sur terre; je suis resté longtemps captif chez ces peuplades païennes qui habitent les régions du Sud; et cet Indien m'a ramené aujourd'hui même, pour faciliter mon rachat. Je vous serai donc obligé de me dire qui est cette Hester Prynne : — c'est bien là, j'imagine, le nom que vous venez de prononcer? — de quels crimes on la punit, et ce qui l'a conduite sur cet échafaud.

— Après avoir mené la vie dont vous parlez, ce doit vous être une grande consolation, répliqua le bourgeois interrogé, de vous retrouver enfin dans une communauté chrétienne, où l'iniquité est recherchée avec soin et punie à la face du jour, par-devant les chefs et les anciens du peuple. Sachez donc, monsieur, que vous voyez sur cet échafaud la femme d'un homme fort savant, Anglais de naissance, mais qui résida longtemps à Amsterdam. C'est de là, qu'il y a déjà beau temps, il eut la pensée de passer la mer et de venir vivre parmi nous autres du Massachusetts. Ayant quelques affaires d'intérêt à terminer, il fit partir sa femme avant lui. Eh bien, monsieur, depuis deux ans environ qu'elle habite ici, à Boston, pas la moindre nouvelle n'y est arrivée de ce savant gentleman, et sa jeune femme, le croiriez-vous? abandonnée à ses mauvaises inspirations...

— Ah! fort bien... je vous comprends, interrompit l'étranger avec un amer sourire. — Ce savant-là n'avait pas appris dans les livres tout ce qu'ils auraient dû lui enseigner... Et ne pourriez-vous, monsieur, me dire comment on nomme le père de l'enfant, — enfant de trois ou quatre mois, — je suppose, que mistress Prynne tient embrassé?

— S'il faut vous dire vrai, mon ami, ceci est encore un mystère, et le Daniel qui pourrait le révéler ne s'est point encore rencontré, répondit le bourgeois. Madame Hester a positivement refusé de rien dire.... et nos magistrats se sont en vain creusé la tête pour deviner. Il est bien possible que le coupable soit ici, les yeux sur ce triste spectacle, inconnu des hommes, — et oubliant que Dieu le voit.

— Le savant mari, remarqua l'étranger, avec un autre sourire, devrait bien venir, en personne, vous aider à résoudre ce problème.

— Il le devrait, comme vous dites.. s'il vit encore, répondit gravement son interlocuteur. Maintenant, mon bon monsieur, vous saurez que, d'après nos saintes lois, les erreurs de cette femme entraînaient la mort; mais nos magistrats du Massachusetts, prenant en considération qu'elle est jeune et très-belle, et que les tentations devant lesquelles elle a succombé ont dû être fortes, nos magistrats, — jugeant aussi que son mari est peut-être à cette heure au fin fond de la mer, — n'ont pas osé pousser les choses à leur extrême rigueur. Par grande miséricorde et bonté d'âme, ils ont simplement condamné mistress Prynne passer trois heures sur la plate-forme du pilori, et, pour le reste des jours qui lui seront comptés, à porter sur la poitrine une marque d'infamie.

— Sage arrêt, sentence admirable! remarqua l'étranger inclinant gravement la tête. Par là, elle sera désormais comme une exhortation vivante à ne point pécher, jusqu'à ce qu'elle meure, et que la lettre ignominieuse soit gravée sur sa tombe. Néanmoins, ceci me gêne, que le complice de sa faute ne soit pas là, sur cet échafaud, comme elle, à côté d'elle... Mais, continua-t-il, on le connaîtra... *on le connaîtra...* ON LE CONNAITRA !..

Puis il salua poliment le bourgeois communicatif, et murmurant quelques paroles à l'oreille de son guide, tous deux se frayèrent un chemin hors de la foule.

Pendant que cet entretien avait lieu, Hester Prynne, toujours debout sur son piédestal infâme, n'avait pas cessé un moment de contempler cet étranger, dont la présence absorbait toutes ses pensées, au point que, dans le monde entier, maintenant, elle et lui semblaient exister seuls. Mais pour elle, mieux valait qu'il n'en fût point ainsi. Mieux valait le revoir de cette manière, sous les clartés du soleil qui brûlait ses yeux rouges de honte, avec cet emblème ignominieux sur la poitrine, cet enfant, fruit du crime, dans ses bras fatigués, et devant tout un peuple, admis à contempler sa misère; oui, mieux valait le revoir ainsi abritée par la présence de trois mille témoins, que de se retrouver seule, face à face avec cet homme. Si bien que, pour un moment, elle se demanda ce qu'elle deviendrait, une fois soustraite au supplice qui la protégeait, — au pilori, devenu son lieu d'asile. Perdue dans ces pensées, elle entendit à peine une voix grave qui, plusieurs fois de suite, répéta son nom, l'adjurant solennellement de prêter l'oreille.

Le tribunal d'Hester Prynne.

Nous avons déjà dit que sur un balcon, ou galerie ouverte, placée en face du pilori, le vieux gouverneur Bellingham était assis sur un fauteuil d'honneur, entouré de quatre sergents municipaux avec leurs longues hallebardes. Auprès de lui se tenaient les différents ministres, entre lesquels étaient réparties les congrégations religieuses de Boston, et celui qui venait d'adresser la parole à la condamnée, n'était autre que leur doyen, le fameux John Wilson, vrai puits de science théologique, et fort brave homme au fond, quoiqu'il eût honte de cette douceur naturelle contre laquelle il luttait vainement. Il ressemblait à ces vieux portraits gravés à la manière noire qu'on voit en tête de maints sermonnaires et, disons-le, peu fait à la pratique des actions humaines, il était tout aussi appelé qu'un de ces portraits à intervenir dans une question où étaient en jeu les passions, les fautes, les douleurs de notre faible nature.

— Hester Prynne, reprit ce docte ecclésiastique, — lorsque la jeune femme, enfin attentive, eut tourné la tête vers cet aréopage de vieillards dont elle n'attendait aucune pitié, — Hester Prynne, j'ai vainement voulu convaincre notre jeune confrère ici présent, votre directeur spécial en matière religieuse, — et ici M. Wilson posa la main sur l'épaule d'un pâle jeune homme placé à ses côtés, — j'ai vainement essayé, dis-je, de le convaincre qu'il devait vous entreprendre, ici même, à la face du ciel, devant ces autorités justes et miséricordieuses, devant ce peuple qui nous écoute, et vous remontrer la noirceur, la bassesse de votre péché. Connaissant mieux que moi ce que vous êtes, il jugerait mieux quelles paroles il faut vous faire entendre, paroles de douceur ou de colère, de consolation ou de terreur, afin de vaincre votre obstination et de vous amener à livrer le nom de l'homme qui vous a tentée au péril de votre âme. Mais (par excès de douceur peut-être, bien que sage au delà de ses rares années) il m'oppose que c'est exiger d'une femme plus qu'elle ne peut faire, que de prétendre à ce qu'elle livre les secrets de son cœur, à la pleine lumière du jour, et devant une si nombreuse multitude..... Toute la honte, il est vrai, j'ai dû le lui rappeler, est dans la commission, non dans la révélation du péché..... Cet argument n'a pu le vaincre... Voyons, frère Dimmesdale, après réflexion, quel parti prends-tu?.... Est-ce à toi, est-ce à moi que demeure le soin de cette pauvre âme coupable?

Un murmure passa dans le groupe des sages du balcon. Le gouverneur Bellingham se chargea d'en traduire le sens en s'adressant au jeune ecclésiastique avec une autorité tempérée par le respect :

— Digne maître, lui dit-il, vous êtes responsable à Dieu de cette âme pécheresse. C'est donc à vous de l'exhorter à la pénitence, et d'en obtenir la pleine confession qu'attend, pour sévir, notre justice.

Cet appel direct dirigea du côté de M. Dimmesdale les regards de la foule. C'était un jeune prêtre, arrivé directement d'une des grandes universités anglaises, et qui avait apporté dans nos déserts à peine sortis de l'état sauvage, toute la science de cette époque érudite. Son éloquence, sa ferveur religieuse l'avaient en peu de temps élevé aux premiers rangs de sa profession. Ses dehors, d'ailleurs, prévenaient vite en sa faveur. Il avait le front développé, la peau blanche, de grands yeux bruns chargés de mélancolie, des lèvres qui, lorsqu'il n'y prenait pas garde et ne les tenait pas serrées l'une à l'autre, tremblaient et frémissaient fréquemment, indices d'une rare sensibilité nerveuse. Nonobstant ses facultés prééminentes et ses vastes connaissances acquises, ce jeune ministre de Dieu avait dans toute son attitude habituelle quelque chose de timide et d'effarouché, comme s'il se fût senti hors de sa voie dans le sentier commun de la vie, et ne pouvait se trouver à son aise que dans une profonde retraite, objet de ses vœux. Aussi, dès que ses devoirs le lui permettaient, il s'écartait du chemin foulé et se réfugiait dans les petits sentiers ombreux et solitaires, où se conservait, pure de tout alliage, sa simplicité d'enfant. C'est de là qu'on le voyait sortir, au besoin de l'occasion, avec une indicible fraîcheur de pensée, une âme imprégnée de rosée et de parfums, une pureté intérieure qui prêtait à ses discours, au dire de ses auditeurs, une sorte d'harmonie angélique.

Tel était le jeune homme qui se voyait ainsi adjuré de prendre la parole, et de soulever, par devant ces nombreux spectateurs, le voile de la femme coupable, de sonder les secrets de cette âme, encore sacrée, nonobstant sa souillure. Cette épreuve délicate chassa le peu de sang qui teignait la blancheur de ses joues, et, plus que jamais, ses lèvres tremblèrent. L'injonction du gouverneur, les instances de son collègue ne lui laissaient pas le droit de se taire. Il inclina la tête, et demeura quelques instants absorbé dans ce qui parut être une prière intérieure. Puis il se pencha sur la balustrade du balcon.

— Hester Prynne, dit-il ensuite, — attachant ses yeux sur ceux de la condamnée, — tu viens d'entendre ce qu'a dit cet homme pieux. Tu vois quels comptes j'ai à rendre. Si tu sens que ton âme y peut gagner quelque repos, ou que ta punition terrestre en puisse devenir plus efficace pour ton salut éternel, je te somme de révéler le nom de celui qui partagea ta faute..... et qui partage ta souffrance. Qu'une pitié malentendue, qu'une fausse tendresse ne tienne point tes lèvres closes..... Crois-moi, Hester, lui fallût-il présentement descendre d'un haut rang à côté de toi, sur ce piédestal où s'étale ta honte, cela vaudrait encore mieux pour lui que de receler toute sa vie un cœur coupable. En te taisant, que fais-tu pour lui, si ce n'est de le tenter encore, de le contraindre, peut-être, à joindre le crime d'hypocrisie au crime qu'il a déjà commis?... Le ciel t'a fait la faveur d'une expiation publique qui peut se changer en une éclatante victoire, te faire triompher du mal au dedans, de la douleur au dehors. Songe donc que, par ton silence, tu lui refuses à lui, à lui que sa lâcheté retient peut-être, et qui se nommerait s'il l'osait, la coupe amère, le breuvage sauveur offert en ce moment à tes lèvres.

La voix du jeune pasteur était émue, tremblante, saccadée, profonde. Le sentiment qu'elle trahissait, bien plus que les paroles insuffisantes dont il s'était servi, la faisait vibrer dans tous les cœurs, ramenés à un sympathique unisson. L'enfant lui-même, qu'Hester tenait toujours pressé contre sa poitrine, parut subir l'influence de cette voix pénétrante. Ses vagues regards se dirigèrent vers M. Dimmesdale, ses petits bras s'entr'ouvrirent avec un murmure à demi plaintif, à demi joyeux. Enfin, cette solennelle allocution ne permit à personne, pendant un moment, de douter qu'Hester ne révélât le nom demandé, ou que le coupable, à défaut d'elle, ne montât de lui-même les degrés de l'échafaud, dominé par l'impérieuse nécessité d'une conscience aux abois.

Hester, secouant la tête, refusa pourtant de répondre.

— Femme! lui cria M. Wilson, plus sévère qu'il ne l'avait été jusqu'alors, ne va pas au delà des limites assignées à la clémence divine. Comprends le cri de ton enfant, ce cri qui confirme les conseils salutaires arrivés à ton oreille. Livre le nom qui t'est demandé..... Mérite ainsi, et par ton repentir sincère, que la Lettre Rouge disparaisse de ton sein.

— Jamais! répondit Hester, — regardant, non le vieux ministre qui lui parlait ainsi, mais les yeux profonds et troublés du jeune prêtre. — Elle est trop profondément empreinte. Vous ne pouvez plus l'enlever de là... et je voudrais, ajouta-t-elle, je voudrais être aussi forte, pour supporter *son* agonie, que je le suis pour supporter la mienne!..

—Femme, parlez!....s'écria, du sein de la foule pressée au pied du pilori, une autre voix sèche et dure.... Parlez!.... donnez un père à votre enfant.

— Non, je ne parlerai point, répondit Hester, devenue tout à coup plus pâle que la mort, — mais en dépit d'elle-même, contrainte de répondre à cette voix trop sûrement reconnue, — mon enfant cherchera son père dans les cieux..... Elle n'en aura jamais d'autre.

— Elle se taira, murmura M. Dimmesdale qui, toujours penché en dehors du balcon, — et la main fortement appuyée sur son cœur, — attendait le résultat de son adjuration. Il se redressa, dans ce moment, et laissant aller son haleine longtemps contenue : Merveilleuse force, merveilleuse générosité d'un cœur de femme! s'écria-t-il à demi-voix....., elle se taira jusqu'à la mort.

Le doyen du clergé, l'honnête et pieux John Wilson, comprenant aussi qu'il n'y avait rien à espérer de la pauvre condamnée, s'adressa dès lors à la multitude, et lui parla longuement, savamment, du crime et de sa punition. Cent allusions à la Lettre Rouge firent le fond de son homélie et pendant une heure ou plus qu'il le promena comme un tonnerre, sur son auditoire terrifié, ce symbole menaçant, revêtit, dans les imaginations dociles, de nouvelles terreurs. Sa couleur sinistre apparut comme un reflet des flammes infernales, et c'est à peine si les plus hardis, après une heure et plus de cette éloquence sans remords, osaient hasarder un regard du côté où brillait le signe de honte.

Hester Prynne, cependant, restait immobile, glacée, indifférente. Sa physionomie n'exprimait plus qu'un ennui morne et fatigué. Ce matin-là, elle avait souffert tout ce que son organisation pouvait endurer, et comme elle n'était point de ces femmes qu'un évanouissement dérobe à un supplice devenu intolérable, son esprit harassé n'avait pu chercher de refuge que derrière une sorte de calus apathique. Elle avait cessé de vivre par la pensée : ses facultés physiques fonctionnaient seules. Ses oreilles percevaient, sans que son intelligence les comprît, les terribles anathèmes retentissant au-dessus de sa tête. Son enfant, pendant cette dernière partie du supplice, perçait l'air de ses gémissements aigus; elle essayait de la calmer, mais par un mouvement mécanique, sans prendre le moindre souci de cette angoisse inintelligente.

Son attitude demeura la même tandis qu'on la reconduisait en prison ; — et lorsqu'enfin elle échappa aux regards de la foule, derrière la porte de la prison, refermée à grand bruit, parmi les curieux qui, les derniers, la suivirent du regard, il fut dit à voix basse que la

Lettre Rouge laissait après elle,— dans l'obscurité du long guichet, — une sorte de sillage lumineux.

IV

L'entrevue.

De retour à la prison, Hester Prynne se trouva dans un état de surexcitation nerveuse qui rendit nécessaire une surveillance de tous les instants, pour l'empêcher soit de se porter à quelque extrémité contre elle-même, soit de rendre sa pauvre enfant victime de quelque acte de folie. Comme la nuit approchait, jugeant qu'il ne pourrait vaincre, ni par ses rudes remontrances, ni par ses menaces de châtiment, une insubordination si obstinée, Master Brackett, le geôlier, crut devoir introduire un médecin auprès de sa prisonnière. Il le lui annonça comme un homme profondément versé dans tous les secrets de la médecine usitée parmi les chrétiens, et comme possédant de plus toutes les connaissances spéciales que les sauvages ont acquises sur les vertus médicinales de la Flore de leurs forêts. A dire vrai, il était temps de recourir à la médecine, non-seulement pour Hester elle-même, mais aussi et surtout pour l'enfant qu'elle allaitait, et qui bien évidemment se ressentait de l'agitation fébrile, des inquiétudes, du tourment, qui venaient d'ébranler la constitution de sa mère. Cette enfant se tordait maintenant, en proie à des souffrances convulsives, offrant ainsi, dans ses proportions réduites, le type de cette agonie morale qu'Hester Prynne avait supportée en ce jour.

Arrivant sur les talons du geôlier dans le triste réduit où l'appelaient tant de souffrances, apparut bientôt cet individu à l'aspect étrange dont la présence au sein de la foule avait si fort occupé la condamnée. Il logeait dans la prison même, — non qu'il fût soupçonné ou accusé d'aucune infraction aux lois,—mais par ordre des magistrats, en attendant qu'ils eussent pu se mettre d'accord avec les Sagamores indiens pour le taux de sa rançon. Il fut présenté sous le nom de Roger Chillingworth. Après l'avoir introduit, le geôlier ne demeura que peu d'instants, et s'émerveilla du calme que la seule présence du médecin apportait dans l'étroite cellule. En effet, l'enfant continuait bien à gémir, mais Hester était immédiatement tombée dans une immobilité pareille à celle d'un cadavre.

— Laissez-moi seul avec la malade, mon ami, lui dit le docteur; — vous la trouverez bientôt, je vous en réponds, plus soumise à une autorité raisonnable que vous ne l'avez vue jusqu'à présent.

— En ce cas, Votre Honneur sera bien habile. Cette femme semble possédée, et peu s'en est fallu que je n'en vinsse à essayer une conjuration à bons coups de fouet.

L'étranger était entré dans le cachot avec cette gravité calme qui est l'apanage de la profession à laquelle il disait appartenir. Son attitude ne changea point lorsque le départ des geôliers l'eut laissé tête-à-tête avec cette femme, qui devait lui tenir de près, à n'en juger que par les regards échangés entre eux, lorsqu'elle l'avait reconnu dans la foule. Les premiers soins furent pour l'enfant, dont les cris et les contorsions réclamaient un secours immédiat. Il l'examina d'abord avec attention, et ouvrit ensuite, en la débouclant, une petite boîte de cuir qu'il portait sous ses vêtements. Elle paraissait contenir quelques préparations médicales, dont l'une fut versée par lui dans un verre d'eau.

— Mes anciennes études en alchimie, observa-t-il tranquillement, et mon séjour, pendant plus d'une année, chez un peuple qui connaît à fond les salutaires propriétés de bien des simples, ont fait de moi un médecin plus habile que beaucoup de gradués... Approche, femme!.. Cette enfant est à toi.... Elle n'a rien qui m'appartienne... Ni ma vue ni ma figure ne peuvent lui rappeler un père... Administre-lui donc, de ta propre main, ce breuvage, qui va la calmer.

Hester repoussa la médecine qu'il lui présentait et, — le regardant en même temps au visage avec une appréhension mal déguisée:

— Voudrais-tu donc te venger sur l'innocent à la mamelle? lui demanda-t-elle à voix très-basse.

— Pauvre fille, répondit le médecin avec une indifférence destinée à la rassurer... en quoi pourrais-je être tenté de nuire à cette misérable enfant, si mal venue?.... La médecine que voici ne peut que la guérir, et fût-ce là ma fille, oui, *ma* fille, comme elle est la *tienne*, je ne pourrais rien faire de mieux pour elle.

Puis, comme elle hésitait encore, dans le désordre de ses idées et le trouble de sa raison, il prit l'enfant dans ses bras et la fit boire lui-même. Il parut bientôt qu'il avait dit vrai. Les vagissements de la petite malade diminuèrent peu à peu. Par degrés s'apaisèrent ses ébranlements convulsifs, et en peu d'instants, comme il arrive toujours à l'enfant soulagé, elle tomba dans un sommeil aussi calme que profond. Alors seulement le médecin s'occupa de la mère. Avec la plus scrupuleuse attention, il compta les pulsations de ses veines, il étudia ses yeux, tandis qu'elle frissonnait et se sentait glacer le cœur par ce regard familier, scrutateur et froid, — puis suffisamment éclairé par ses investigations, il se mit à préparer une autre boisson.

—Je ne connais, malheureusement, reprit-il, ni les eaux du Léthé, ni la fleur incomplète du nepenthès, mais, dans le désert, j'ai appris plus d'une recette mystérieuse, celle-ci, entre autres, qu'un Indien me livra en échange de quelques formules, vieilles comme Paracelse... Bois, maintenant!.. C'est un calmant moins efficace peut-être qu'une conscience pure... Mais, celui-ci, je ne saurais te l'offrir... Du reste, ce breuvage calmera la fougue et les élans de ton cœur ému, comme l'huile jetée sur les vagues de la mer soulevée.

Il présenta le verre à Hester, qui le reçut sans quitter des yeux ce front impénétrable. Son regard n'exprimait précisément pas la crainte, mais il était plein d'anxiété; il interrogeait, il cherchait à deviner les pensées de l'homme outragé. Elle regarda aussi du côté de sa fille endormie.

— J'ai souvent pensé à la mort, dit-elle ensuite... J'ai fait plus, je l'ai souhaitée; j'ai prié, pour l'obtenir comme une grâce d'en haut... Je prierais encore, s'il était donné à une femme comme moi de parler à Dieu... Cependant, si la mort est dans ce vase que tu me présentes, je t'avertis d'y réfléchir à deux fois avant de me le laisser vider... Vois!.. il touche déjà mes lèvres.

—Bois donc et sois sans crainte!... répondit-il, avec le même calme glacial. Me connais-tu donc si mal, Hester Prynne? m'as-tu jamais surpris de si basses visées? et si tu me supposes organisant à loisir ma vengeance, puis-je faire mieux que de te laisser vivre?.. que d'employer mon art à te préserver de toute destruction... ne fût-ce que pour voir longtemps, sur ta poitrine, ce signe honteux qui doit la brûler?

En parlant ainsi, il avait allongé son index décharné jusque sur la Lettre Rouge qui, de ce moment, sembla devenir, sur le sein d'Hester, comme un morceau de fer sortant du brasier. — Il remarqua ce geste involontaire, et n'y répondit que par un sourire.

Hester Prynne n'ajouta ni question ni prière; elle vida le verre jusqu'à la dernière goutte, et sur un geste de l'homme qui la soignait ainsi, elle s'assit au bord du lit, où sa fille dormait déjà. Tout auprès d'elle, sur l'unique siége de la pauvre cellule, l'étranger s'assit de même. Ces préparatifs si simples la firent trembler. Après tous ces soins, qui pouvaient n'être qu'un raffinement de cruauté, comment allait-il lui parler et comment l'écouterait-elle, lui, si offensé, elle, si coupable!

— Hester, lui dit-il, je ne te demanderai point comment tout ceci est arrivé. La cause, il ne faut point l'aller chercher bien loin. Ma folie, d'abord, et puis ta faiblesse. Moi, l'homme des patientes études, le ver assidu des grandes collections de livres; moi, déjà vieux, et qui avais donné mes meilleures années à cette soif d'apprendre, si absorbante, si desséchante, qu'avais-je à faire d'une beauté, d'une jeunesse comme la tienne? Difforme de naissance, comment ai-je pu me bercer de cette illusion que les dons intellectuels dissimuleraient, aux yeux d'une jeune fille, ma laideur physique?.... On m'appelle un sage..... Si les sages l'étaient jamais en ce qui les touche, j'aurais dû prévoir tout ceci. Au sortir des obscures, des immenses forêts où l'on m'avait emmené, lorsque j'entrai sur cet établissement, fondé par des chrétiens, j'aurais dû pressentir que le premier objet dont mes yeux seraient frappés, c'était toi, Hester Prynne, toi, devant le peuple, érigée en statue de honte..... Que dis-je? du moment même où, mariés ensemble, nous descendîmes côte à côte les degrés du temple, j'aurais dû voir briller à l'extrémité du chemin devant nous ouvert, météore igné, cette Lettre Rouge.

— Tu sais, répondit Hester, — qui, tout accablée qu'elle fût, ne put endurer cette tranquille et poignante allusion au symbole de la réprobation publique, — tu sais que je fus toujours franche avec toi... que je n'ai point feint un amour dont j'étais incapable...

— Il est vrai, répliqua-t-il; mais ne l'ai-je pas dit?... n'ai-je pas accusé ma folie?.... L'expliquer, je le puis..... Jusqu'à ce moment de ma vie, j'avais vécu en vain. Le monde ne m'avait offert aucune joie. Mon cœur était comme une vaste habitation abandonnée, sans foyer aux joyeuses lueurs, sans échos réveillés par des voix humaines. Je voulais la peupler. Je ne me crus point insensé, vieux comme j'étais, et triste, et difforme, de rêver que je pouvais, moi aussi, prendre ma part de ce bonheur, à tous accessible. Et c'est alors, Hester, que je t'appelai dans ce cœur désert et glacial, au plus profond, au plus intime de ses recès, espérant que la chaleur causée par ta présence te réchaufferait à ton tour.

— Je t'ai grièvement blessé, je le sais, murmura Hester.

— Nous nous sommes blessés l'un l'autre, répondit-il. Le premier tort m'appartient, néanmoins; c'est celui d'avoir associé ta jeunesse florissante à ma précoce décrépitude. Aussi, en homme qui n'a ni réfléchi, ni étudié vainement, je ne poursuis aucune vengeance, je ne médite aucun mal à te faire. Entre toi et moi la balance est égale..... Mais, Hester, l'homme vit encore à qui, tous deux, nous devons notre malheur... Cet homme, quel est-il?

— Ne me le demande pas, répondit Hester, le regardant courageusement entre deux yeux... Tu ne le connaîtras jamais!

—Jamais, dis-tu? reprit-il — avec le sourire menaçant de l'intelligence sûre de sa force...—Je ne le connaîtrai jamais?.... Crois-moi bien, Hester, il est peu de choses, aussi bien dans le monde tel que nos yeux le perçoivent, que dans l'invisible sphère où pénètre la seule pensée, il est peu de choses cachées à l'homme qui se dévoue sérieusement et complétement à pénétrer le mystère qui les enveloppe. A la multitude curieuse tu peux dérober ton secret. Tu peux le dérober encore, comme tu l'as fait aujourd'hui, aux prêtres et aux magistrats qui ne te voulaient pas seule sur leur exemplaire échafaud. Mais moi, je viens sur la piste avec des sens autres que les leurs. Je chercherai cet homme comme j'ai cherché la vérité dans les livres, comme dans le creuset des alchimistes, j'ai cherché la formation de l'or. Il y a une sympathie particulière qui me révèlera sa présence. Je le verrai trembler à mon approche. Moi-même, tout à coup, — inaverti que mes yeux l'ont aperçu, je me sentirai frissonner et je dirai : *C'est lui!*....— Un peu plus tôt, un peu plus tard, il faudra qu'il m'appartienne.

Les yeux du savant ridé brillaient à ce moment d'une flamme si intense qu'Hester Prynne, par un mouvement involontaire, posa ses mains sur son cœur, comme pour l'empêcher d'y lire le nom mystérieux.

— Donc, tu ne veux point me dire qui est cet homme?.. Il n'en sera pas moins à moi, reprit-il avec une effrayante assurance, et comme si la Destinée était sa complice... Il ne porte pas comme toi la lettre infâme attachée à son vêtement... Eh bien, je la lirai sur son cœur..... Mais ne va pas craindre pour lui. Ne t'imagine pas que, vengeur maladroit, je veuille gêner le ciel dans sa justice distributive, ou plus sottement encore, à mon détriment direct, me faire le pourvoyeur des tribunaux... Sache bien que je ne tenterai rien contre sa vie, rien même contre son honneur, si, comme je le pense, c'est un homme bien placé dans l'estime publique... Qu'il vive! qu'il reste enveloppé dans son intacte réputation..... Il ne m'en appartiendra pas moins.

— C'est singulier, reprit Hester, pâle et stupéfaite, tes actions ressemblent au pardon... et tes paroles me font frémir.

— Je n'ai qu'une chose à t'ordonner, à toi qui fus ma femme, reprit le savant. Tu as bien gardé le secret de ton amant : garde le mien. Pas une âme, dans ce pays, ne me connaît... Pas un mot qui puisse révéler en moi ton mari. C'est ici, sur cette frontière du monde habité, que je veux dresser ma tente. Partout ailleurs vagabond isolé, je trouve ici, du moins, une femme, un homme, un enfant à qui me rattachent les liens les plus étroits.

Amour ou haine, peu importe! Peu importe si c'est pour le bien ou pour le mal. Toi et les tiens, Hester Prynne, vous m'appartenez. Ma patrie est là où tu vis, là où vit cet homme. Mais ne me trahis pas, sur toute chose.

— Quel est ce désir? et que signifie-t-il? demanda Hester, répugnant, sans bien s'en rendre compte, à la convention qui lui était proposée. Pourquoi ne pas agir ouvertement? te présenter sous ton nom? et, devant tous, me rejeter de toi?

— Ce peut être, répondit-il, que je crains le déshonneur rejaillissant de la femme infidèle sur le mari qu'elle a trompé.... Ce peuvent être aussi d'autres raisons..... Il suffit que je veuille vivre et mourir ici sans être connu. Laisse ton mari parmi les morts, parmi ceux dont jamais on n'aura de nouvelles. Ni par geste, ni par parole, ni par regard, ne me reconnais jamais! Sur toute chose, ne murmure jamais mon nom à l'oreille de ton misérable complice. Et si tu me désobéissais en ceci, prends garde! sa renommée, son rang, sa vie seront en mes mains. Prends bien garde!

— Je tairai ton secret comme j'ai tu le sien, dit Hester.

— Jure-le-moi! reprit-il.

Le serment fut prononcé!..

— Et maintenant, mistress Prynne, dit le vieux Roger Chillingworth, — car tel était le nom qui lui restait désormais, — je te laisse seule... seule avec ton enfant... seule avec la Lettre Rouge... Comment arrangerons-nous cela, Hester? La sentence exige-t-elle que tu portes l'emblème jusque dans ton sommeil?.... Et n'as-tu point quelque peur des cauchemars, des rêves hideux?

— Mais pourquoi donc me sourire ainsi? demanda Hester que l'expression sinistre de ses yeux troublait au plus haut point... Es-tu comme cet Homme-Noir qui hante, dit-on, les grandes forêts voisines... M'as-tu engagée dans un pacte qui sera la ruine de mon âme?

— Non, pas de ton âme, répliqua-t-il, souriant toujours... Pas de la tienne, non, pas de la tienne.

V

Hester et son aiguille.

Le terme de son emprisonnement arriva bientôt pour Hester. Les portes s'ouvrirent devant elle, et elle reparut enfin à la clarté du soleil, du soleil qui brille, dit-on, pour tous, mais qui, pour elle, semblait n'avoir de rayons que celui dont il éclairait la Lettre Rouge. Les premiers pas qu'elle fit, en liberté, dans les rues, lui furent peut-être plus cruels que sa marche au sein du cortége populaire. Alors, en effet, elle était soutenue par un énergique effort de ses nerfs roidis outre mesure, et par toutes les puissances militantes de son caractère. C'était d'ailleurs un accident isolé, une journée à part, qui n'avait pas eu de précédents, qui ne devait jamais se reproduire, et dans cette journée seule, elle avait pu, sagement prodigue, dépenser toutes les forces acquises pour plusieurs années de tranquille existence. La loi elle-même qui l'atteignait, géant aux bras de fer, aussi bien pour soutenir que pour écraser, lui avait prêté la vigueur nécessaire à l'épreuve qu'elle lui imposait. Mais de ce moment où elle venait de franchir le seuil de sa prison, commençait une tâche quotidienne, une tâche à laquelle il fallait, ou résister avec la force moyenne de son organisation, ou succomber sans retour. Elle ne pouvait plus, pour les besoins du présent, emprunter à l'avenir. Chaque terme de vingt-quatre heures apporterait désormais son contingent de douleurs pareil à celui de la veille, pareil à celui du lendemain, pour l'infortunée devenue texte à sermons puritains, personnification du péché, anatomie à l'usage du moraliste.

Il pourra sembler étrange que, placée sur les confins des deux mondes, entre la civilisation qui lui offrait ses cités populeuses où chaque individualité s'absorbe et se perd, et les vastes forêts où sa sauvage indépendance pourrait, à l'abri des lois positives, parmi des êtres qui les ignorent, s'épanouir sans contrainte et sans infamie; il pourra sembler étonnant, disons-nous, que cette femme regardât encore comme sa patrie le seul en-

Roger Chillingworth.

droit du monde où il lui fallût vivre dans un déshonneur irréparable. Mais c'est la fatalité, c'est l'irrésistible sentiment, qui, par sa force propre, pareille à celle d'un arrêt d'en haut, oblige les êtres humains à demeurer, à errer comme les fantômes dans le cimetière, autour de l'endroit où sont venus marquer et colorer leur vie un événement majeur, une crise inattendue et terrible. Plus cette crise est tragique, plus forte est la fascination. Par son crime, par l'ignominie du châtiment, comme par de vigoureuses racines, Hester tenait à ce sol consacré pour elle. Elle s'y sentait attachée, comme si elle y eût, une seconde fois, reçu la vie, et tous les autres séjours qu'elle pût se rappeler, — fût-ce le village anglais où son enfance heureuse, sa pure jeunesse s'étaient écoulées, — en comparaison de celui-ci, lui semblaient étrangers, étrangers comme le vêtement qu'on a usé, qui ne peut plus s'adapter à vous.

Il se peut d'ailleurs, — ceci est presque certain pour nous, — qu'un autre sentiment, inavoué, dont la seule idée la faisait pâlir comme l'apparition d'un serpent hors de sa retraite, la retînt aussi sur ce théâtre, dans cette voie où elle avait tant souffert. N'y restait-*il* pas, ne foulait-*il* pas cette terre à tant d'égards maudite, l'homme auquel la joignait un lien indissoluble à ses yeux, bien que, sur la terre, il ne dût jamais être reconnu ; l'époux qu'elle devait retrouver devant le tribunal suprême,

Le cottage d'Hester.

au jour du dernier jugement, comme au pied de l'autel nuptial, et qui, absous ou condamné comme elle, lui serait alors uni par un éternel hymen? Le tentateur des âmes replaçait sans cesse cette idée parmi les espérances d'Hester, et souriait à la voir s'y réfugier d'abord avec un élan passionné, puis essayer ensuite, essayer vainement, de la repousser loin d'elle. Dans ce cœur qu'elle avait fait tressaillir de joie et d'horreur, cette pensée pernicieuse rentrait comme dans un cachot obscur, et Hester, alors, s'efforçait de croire qu'en demeurant ainsi dans la Nouvelle-Angleterre, elle obéissait uniquement à une volonté sublime de pénitence et d'expiation: — c'est ici que j'ai failli, se disait elle, c'est ici que je dois souffrir, m'humilier, et achever ma triste vie. La purification finale sortira peut-être de ce long et patient martyre.

Hester ne partit donc pas. Aux confins de la cité naissante, un peu isolé de toute habitation, était un petit *cottage*, couvert de chaume. Il avait été construit par un des premiers colons et abandonné peu après, à cause de la stérilité du sol environnant. Sis au bord d'une anse marine, il avait vue par delà ce bassin d'eau salée, sur les hauteurs couvertes de bois qui se dressaient du côté de l'occident. Un bouquet de ces chétifs arbrisseaux qui seuls poussaient sur la presqu'île où Boston venait de jeter ses fondements, semblait servir à indiquer que, dans cette pauvre

LAGNY. — Imp. de VIALAT et Cie.

chaumière, il y avait quelque chose à cacher, bien plutôt qu'il ne le cachait réellement. Avec la permission des magistrats, qui la surveillaient encore d'un œil sévère, ce fut là qu'Hester alla s'établir, ce fut là qu'elle emmena son enfant et qu'elle transporta son modique avoir. Je ne sais quel caractère suspect, quel prestige équivoque s'attacha immédiatement à l'asile qu'elle avait choisi. Quelques enfants, trop jeunes pour comprendre ce qui mettait cette femme au ban des sympathies et de la fraternité humaines, se glissaient seuls assez près de la chaumière, pour voir Hester, près de la croisée entr'ouverte, assidue à son travail, ou debout sur le seuil de la porte, ou retournant la terre de son petit jardin, ou bien enfin prenant le sentier étroit qui la menait à la ville. Mais ces enfants eux-mêmes, dès qu'ils distinguaient sur sa poitrine la fatale Lettre Rouge, s'enfuyaient aussitôt, obéissant à la contagion d'une crainte mystérieuse.

Si abandonnée qu'elle fût, et sans un ami sur la terre qui osât, même en secret, lui tendre la main, Hester devait néanmoins se suffire toujours. Elle possédait un talent qui devait subvenir à ses besoins et à ceux de son enfant, celui d'une habile brodeuse, ainsi que le témoignait assez le curieux travail dont elle avait entouré la lettre symbolique; il y avait là un échantillon d'art inventif, d'imagination créatrice, de goût délicat, tel qu'une grande dame de ce temps en vit rarement déployer dans les ornements coûteux dont on rehaussait les robes d'apparat. Maintenant, sans nul doute, la sévérité des ajustements puritains devait mettre des limites assez étroites à l'emploi fréquent de ce talent vraiment supérieur: mais le goût de l'époque dominait fréquemment les scrupules somptuaires de nos vieux *New-Englanders*, et aux cérémonies publiques, soit qu'il s'agît d'une installation de magistrats, soit d'une solennité gouvernementale, une politique contenue, mais habile, tolérait le déploiement d'une magnificence sévère. Des manchettes à plusieurs rangs, des rabats ouvrés à jour, des gants brodés se montraient en ces occasions ornements presque obligés du costume officiel, même alors que des statuts encore en vigueur les interdisaient au simple particulier. Les cérémonies funéraires et les coquetteries maternelles, dont la première enfance sera toujours l'objet, fournissaient encore du travail à notre pauvre recluse, et peu à peu, plus rapidement qu'on ne le pourrait croire, elle devint la brodeuse à la mode : une commisération bien naturelle chez les uns, une morbide curiosité chez les autres amenèrent ce résultat, et bientôt, sur les manchettes du gouverneur, comme sur l'écharpe des militaires, voire sur le rabat des ministres, comme sur le petit bonnet de l'enfant nouveau-né, ou sur le linceul destiné aux vers de la tombe, on vit se multiplier les chefs-d'œuvre d'Hester. Mais on n'a pas gardé souvenir qu'une seule fois elle ait eu à décorer le voile virginal destiné à cacher les rougeurs d'une chaste fiancée. Cette exception disait assez que ni le pardon ni l'oubli n'étaient complets.

Hester ne demandait au travail que le strict nécessaire pour son existence ascétique, et pour son enfant l'abondance modeste dont elle n'eût pu la voir manquer. Le costume de cet enfant, objet de soins assidus, se distinguait par je ne sais quelle fantastique simplicité en harmonie complète avec un charme singulier qui commençait à se manifester chez elle, et dont nous reparlerons bientôt. Mais, sauf cette concession bien minime faite à la faiblesse de toutes les mères, Hester consacrait absolument tout ce qu'elle pouvait économiser, à secourir des malheureux, souvent moins à plaindre qu'elle, et qui, bien souvent, répondaient par l'insulte à ses humbles bienfaits. Le temps qu'elle aurait pu consacrer à sa broderie bien-aimée, à ce travail où son intelligence épanouie prenait une sorte de volupté orientale, Hester s'imposait fréquemment de le passer à coudre pour les pauvres des vêtements grossiers. C'était une pénitence de plus.

En avait-elle donc besoin? n'était-ce point assez de se sentir, dans tous ses rapports avec le reste du monde, ou repoussée ou blessée? de traverser la foule comme un spectre qui hante le foyer où il s'asseyait naguère, et où personne ne paraît soupçonner sa présence, étranger aux éclats de la joie comme aux sanglots de la douleur, et ne pouvant s'y manifester sans inspirer une horrible répugnance, une terreur profonde? La réserve polie de notre temps était, à cette époque, et dans les nouvelles colonies américaines, une rare exception. Que de fois les mots les plus durs tombèrent, comme de rudes coups, sur la plaie ulcérée qu'Hester voyait se raviver chaque jour au fond de son cœur. Elle s'y préparait dès que son travail l'appelait hors de chez elle. Bien supporter ces affronts, souvent involontaires, était pour elle une constante étude. Elle n'y répondait jamais et on eût pu croire qu'elle y était insensible, si on n'eût vu sur ses joues pâles affluer le sang de son cœur, qui les quittait d'ailleurs presque aussitôt, et retournait dans les muettes profondeurs de cette poitrine martyrisée. Patiente au delà de ce qui se peut croire, elle s'interdisait pourtant de prier pour ses ennemis, de peur qu'à son insu, nonobstant le pardon qu'elle voulait leur accorder, quelque anathème ne se glissât parmi les bénédictions qu'elle aurait appelées sur eux.

La sentence puritaine pesait sur sa tête, à chaque heure, à chaque instant. Les ministres, s'arrêtant en pleine rue, lui adressaient, à haute voix, des remontrances qui groupaient autour d'eux une foule méprisante et à demi railleuse. Si elle entrait dans quelque temple, confiante en la miséricorde de Dieu et des hommes, c'était fréquemment pour y entendre commenter sa vie et son nom retentir en chaire. Les enfants avaient fini par lui faire peur, car ils avaient appris de leurs parents à n'approcher jamais sans une sorte de dégoût et de crainte cette femme solitaire qui traversait les rues, n'ayant que sa fille pour l'accompagner. Ils la laissaient donc passer, puis la poursuivant à distance avec des cris aigus, ils faisaient résonner autour d'elle un mot dont le sens leur échappait, mais qui n'en était pas moins terrible, ainsi articulé par leurs lèvres ignorantes. Il semblait alors à Hester que la nature entière prenait une voix pour la maudire, et les arbres ne lui auraient pas fait éprouver une sensation plus poignante s'ils avaient, eux aussi, murmuré sous la brise d'été, hurlé sous le fouet des vents d'hiver, cette insulte universelle. Et quelle torture, lorsqu'un œil nouveau, l'œil curieux de quelque étranger s'arrêtait sur la lettre ignominieuse! En pareil cas elle pouvait à peine se retenir; elle se retenait pourtant d'y porter la main pour la cacher. Mais le regard froid que lui jetaient des yeux familiarisés avec ce signe de honte, n'était-il pas aussi blessant, aussi insupportable? Ces agonies avaient beau se multiplier, leur aiguillon ne s'émoussait pas.

Parfois, cependant, un jour entre beaucoup d'autres, que dis-je? un jour entre bien des mois, elle devinait qu'un regard, le regard d'*un* homme s'arrêtait sur la marque infamante, et ce jour-là elle sentait s'alléger son fardeau, car elle comprenait que ses souffrances étaient partagées. Mais ce soulagement éphémère durait à peine un moment, et le moment d'après Hester se retrouvait plus désolée que jamais. Ne venait-elle pas de retomber dans le péché? Ce péché nouveau, l'avait-elle commis seule?

Une solitude constante, et qui aurait affaibli une organisation morale moins compacte, moins résistante, avait cependant fini par exalter son imagination. La Lettre Rouge lui apparaissait, certains jours, comme un talisman révélateur qui, par je ne sais quelle sympathique vertu, lui li rait le secret des cœurs et lui découvrait les fautes cachées. Les découvertes qu'elle faisait ainsi la glaçaient de terreur. En effet, que pouvaient-elles être, sinon les perfides insinuations du mauvais ange qui, voulant ressaisir sa proie à demi sauvée, voulait lui persuader que, sous les dehors de la pureté, partout se cachait le vice; et que si la vérité éclatait partout, sur bien d'autres cœurs que celui d'Hester Prynne, la Lettre Rouge apparaîtrait soudain. Ou bien fallait-il accepter, comme exactes, ces révélations à la fois si obscures et si distinctes? Effrayant et rebutant problème, perplexité monstrueuse qui venait compliquer et rendre plus amères les autres souffrances morales de l'être proscrit.

Avertie quelquefois par une sorte de battement de cœur qui lui semblait venir du signe fatal, Hester levait tout à coup les yeux, et qui voyait-elle? qui voyait-elle, seul, à quatre pas d'elle? un vénérable ministre, un magistrat honoré, modèle de justice et d'assiduité pieuse, un saint sur la terre tenu pour tel. Fallait-il soupçonner un si digne homme?

Quelquefois c'était une rigide matrone, aux

sourcils dédaigneusement froncés, que la Lettre Rouge semblait s'obstiner à reconnaître comme l'affiliée de certaine association mystique. Et cependant, au dire de tous, le cœur de cette honnête personne était doublé de glaces qu'aucun soleil n'avait jamais entamées. Ces glaces éternelles et la honte flamboyant sur le cœur d'Hester pouvaient-elles avoir rien de commun?

Autre choc électrique : « Regarde, Hester, voici ta pareille ! » Hester tournait la tête et découvrait, timidement abaissés sur la Lettre Rouge qu'elle effleurait à peine du regard, les yeux d'une jeune fille aux joues légèrement empourprées, comme si la seule vue du triste symbole portait atteinte à sa pudique ignorance du mal.

O démon! ne laisseras-tu rien ici-bas de jeune ou de vieux, que la misérable pécheresse puisse révérer en paix? Hester cependant luttait de son mieux; ceci prouve que tout n'était point corrompu dans cette pauvre victime de sa propre fragilité et de la rigidité des lois faites par les hommes.

VI

Perle.

Perle, oui, Perle, tel était le nom bizarre qu'Hester avait donné à son enfant, à ce petit être innocent que les inscrutables décrets de la Providence avaient tiré, fleur immortelle et charmante, d'une impure fécondité. En la nommant ainsi, la pauvre mère n'avait en rien voulu rappeler l'idée que ce mot fait naître, d'un éclat tranquille, d'une blancheur calme, inaltérable, et douce à l'œil, mais bien celle d'un joyau chèrement payé, d'un objet de prix, trésor unique, en échange duquel elle avait donné tout ce qui lui restait au monde. Singulier contraste! La rétribution humaine de sa faute avait été une marque d'ignominie qui l'isolait de tout être non flétri, la rétribution divine était un adorable enfant qui devait la rattacher, ici-bas, aux générations à venir, et auquel était ouvert l'accès de l'éternelle félicité. Sur le même sein déshonoré où l'homme avait placé la Lettre Rouge, Dieu avait mis un de ses anges. Hester rapprochait quelquefois ces idées, mais sans pouvoir rassurer complétement sa conscience, sans pouvoir s'abstraire de cette pensée, que rien de bien ne devant résulter du mal, elle était destinée à expier, par sa fille même, la naissance illégitime de cette enfant. Aussi la suivait-elle d'un regard aussi effrayé que curieux.

Au dehors, rien ne décelait une origine condamnée. Eût-elle pris naissance dans l'Éden même, eût-elle dû, oubliée là quand nos premiers parents en furent chassés, être associée aux jeux des chérubins, l'enfant n'aurait eu ni formes plus parfaites ni plus de vigueur, ni plus de dextérité naturelle. Elle avait de plus cette grâce indicible qui manque parfois à la plus irréprochable beauté. Le costume qu'elle portait semblait toujours celui qui lui convenait le mieux. Il faut dire que la petite Perle n'était jamais mal vêtue. Sa mère, dont la pensée pourra être plus tard mieux comprise, achetait pour l'en parer, les étoffes les plus riches, et les ornait encore de tout ce que son imagination pouvait concevoir, de tout ce que pouvaient exécuter ses doigts de fée. En ses brillants atours, qui eussent éteint une beauté plus frêle, plus délicate, investie elle-même d'une sorte de splendeur singulière, Perle semblait rayonner, et illuminait le sombre intérieur de la chaumière. Maintenant, sous une robe de simple toile, fatiguée et souillée par ses jeux d'enfant, elle restait pittoresque, gracieuse, étincelante, pour ainsi dire. C'est que, dans cette enfant, il y avait, en quelque sorte, plusieurs enfants; c'est qu'elle résumait en sa beauté changeante, et comme irisée, plusieurs sortes de beautés: la grâce de fleur sauvage qu'on remarque parfois chez la petite paysanne, la majesté en miniature d'une princesse au berceau. Mais, à travers toutes ces nuances, elle gardait une teinte caractéristique, une sérieuse empreinte de passion qui lui étaient inhérentes, et sans lesquelles elle eût cessé d'être elle-même, la petite Perle, un être à part.

A part, disons-nous, et en effet, avec cette ferme et persistante unité, revêtue de formes si capricieusement mobiles, cette enfant, sa mère le constatait déjà, non sans terreur, ne semblait pas s'adapter à notre monde et à ses conditions normales d'existence. Toute règle la trouvait rebelle, et on eût dit que l'infraction légale à laquelle remontait son origine, se perpétuait dans l'amalgame étrange et désordonné de son organisme intellectuel. Hester ne pouvait s'expliquer ce chaos d'instincts merveilleux, de rares qualités, d'aptitudes éminentes, qu'en se reportant à l'état tumultueux de son âme, pendant qu'elle portait en elle ce fruit du crime. Alors, elle s'en souvenait, tout en elle était révolte, esprit de guerre et de lutte, désespoir sauvage, abattement amer; et ces dispositions, elle les retrouvait, étonnée, dans cette enfant, conçue et nourrie au sein de l'orage. Elle les y retrouvait adoucies par le matinal éclat de l'enfance toujours sereine; mais, plus tard, en se développant, ne devaient-elles pas enfanter à leur tour mêmes ruines et mêmes tempêtes? L'éducation, au temps dont nous parlons, était plus sévère qu'aujourd'hui, et bien que Hester, dans la solitude où elle vivait avec cette fille unique, dût naturellement incliner à l'indulgence, encore aurait-elle voulu façonner au bien, même par les châtiments, cette jeune âme dont les destinées immortelles lui étaient confiées. Mais à cette tâche elle se sentait impuissante. Sévère ou souriante, sa physionomie était sans autorité; la force domptait, mais pour un temps seulement, la résistance opposée aux tendres conseils, aux menaces inécoutées. Voulait-elle parler à la raison ou au cœur de sa fille, elle la trouvait docile ou révoltée, selon le moment et selon le caprice. Dès l'enfance de Perle, sa mère avait appris à reconnaître *certain regard* qui l'avertissait d'avance que toute parole, tout conseil, toute prière seraient perdus. Ce regard, animé d'une expression intelligente, énigmatique, parfois perverse, coïncidait avec une subite efflorescence de facultés, un épanouissement d'idées et de langage, si singulier chez un enfant, si spontané, si imprévu, si merveilleux, que Hester se prenait alors à douter qu'elle eût donné le jour à un être humain. Perle lui apparaissait bien plutôt, en ces instants, comme un lutin ailé qui, après s'être joué quelque temps entre les murs grossiers de sa pauvre cabane, allait s'envoler dans le ciel avec un sourire moqueur. Quand cette pensée lui venait, Hester, mue par un irrésistible élan, se mettait à courir après le sylphe riant, le feu follet fugitif, jusqu'à ce qu'elle l'eût atteint, pressé contre sa poitrine, et couvert de baisers, bien moins pour épancher sa tendresse, que pour s'assurer que Perle était bien réellement un être de chair et de sang, non de vapeurs impalpables, non de flamme sans substance. Mais Perle, une fois saisie, riait de plus belle, et d'un rire si étrange que sa mère entrait dans de nouvelles et de plus terribles perplexités.

Ces perplexités allaient fréquemment jusqu'à lui faire verser des larmes. Il pouvait arriver alors, car tout dépendait de l'heure et du hasard, que Perle, fronçant le sourcil, fermant son petit poing, contractât ses traits mignons et leur donnât l'expression du mécontentement le moins équivoque. D'autres fois, elle redoublait ses éclats de rire, et on eût dit un être de raison, incapable de ressentir, de comprendre aucun chagrin. Plus rarement, mais enfin cela se voyait, elle entrait en une sorte de désespoir convulsif, mêlait à des sanglots quelques mots entrecoupés où se peignait sa tendresse, et semblait vouloir prouver qu'elle aussi avait un cœur, en le jetant en débris aux pieds de sa mère. Mais il ne fallait pas se fier à ces bourrasques de sentiment; comme elles étaient venues, elles passaient, subites et promptement apaisées. Hester, méditant sur tous ces symptômes, ne savait réellement que penser et se trouvait exactement dans le même embarras où serait un sorcier, après quelque imparfaite évocation, si le mot magique du commandement lui manquait pour se faire obéir de l'esprit contraint à comparaître devant lui. Ses seules heures d'aise et de tranquillité mentales étaient celles où elle regardait dans son berceau Perle endormie; délicieux et triste bonheur qu'elle prolongeait souvent jusqu'au réveil de l'enfant. Mais alors, sous les paupières à peine entr'ouvertes, elle avait à craindre de retrouver le *regard* de mauvais augure.

Le temps arriva bien vite, bien plus vite qu'elle ne l'eût pensé, où Perle aurait pu, s'écartant un peu de sa mère, et renonçant à ses habitudes d'enfant gâté, se mêler à des compagnons de son âge. Et quelle eût été la joie d'Hester, en discernant sa petite voix parmi les cris joyeux des enfants livrés à eux-mêmes! Mais cela ne pouvait pas être. Perle était proscrite de naissance. Rejeton du mal, emblème de péché, de jeunes gamins, bien et dûment baptisés, pouvaient-ils l'admettre à leurs ébats? Avec un instinct remarquable, elle avait compris cette loi d'isolement portée contre elle. Jamais sa mère n'allait à la ville sans l'emmener avec elle; en ces occasions, si elle venait à rencontrer, sur la marge gazonnée des rues, ou sur le seuil de la maison paternelle, quelque marmaille puritaine, jouant à sa guise, soit au Ministre en chaire, soit au Quaker fouetté, soit au Sorcier, soit à la Guerre avec les Indiens, Perle les regardait avec attention mais sans le moindre désir de nouer connaissance. Lui parlaient-ils, elle ne répondait pas. Se formaient-ils en groupe autour d'elle, et ceci arrivait souvent, alors Perle entrait en un courroux terrible nonobstant ses proportions réduites. De ses petites mains, elle ramassait des cailloux pour les leur jeter, et accompagnait ces gestes menaçants d'exclamations aiguës, incohérentes, qui faisaient peur à sa mère, tant elles ressemblaient aux anathèmes, de quelque sorcière, prononcés dans une langue inconnue.

Tout cela venait, au fond, de ce que nos petits puritains, pressentant je ne sais quoi d'étranger à eux, d'inusité, de nonpareil, dans cette mère et cette fille, les tenaient pour cela dans un certain mépris, qu'ils leur avaient parfois témoigné tout haut. En échange, Perle leur avait voué une de ces haines énergiques qui semblait ne pouvoir prendre racine dans un cœur d'enfant. Cette haine avait quelque chose de satisfaisant pour Hester, en ce qu'elle indiquait un esprit logique, une raison précoce, dont Perle, dans ses accès de caprice, semblait dépourvue. Mais, d'un autre côté, la pauvre mère ne pouvait s'empêcher d'y voir un héritage de colère et de malveillance qui devait à la longue enfermer sa fille avec elle dans le cercle fatal tracé autour de la femme déchue. Mêmes tristes signes avant-coureurs dans les jeux auxquels Perle se livrait autour du cottage maternel. Elle y déployait une invention merveilleuse, et savait, mieux que les enfants les mieux doués, adapter tout ce qui s'offrait aux petits drames dont elle se faisait, vingt fois par jour, l'auteur et l'héroïne. Mais la plus grande singularité de ces divertissements ne consistait pas dans l'espèce de talent qu'elle y savait déployer. C'étaient les tendances universellement hostiles qui s'y manifestaient à tout propos. Jamais Perle, parmi toutes les créations de son cerveau fécond, ne s'était donné un ami. Les êtres chimériques dont elle s'entourait, elle les inventait méchants et traîtres pour avoir le droit de les vaincre et de les châtier. Sa joie était de fouler aux pieds, de déraciner les grandes herbes qui représentaient pour elle les méchants garçons de la ville; et sa mère soupirait en la voyant se préparer d'avance, sans s'en rendre compte, à un combat sans trêve, à une résistance sans merci. Elle laissait alors retomber sur ses genoux la broderie commencée, et levant vers le ciel des yeux noyés de larmes: « O mon Père, disait-elle, sanglotant, car vous êtes encore mon Père, révélez-moi donc votre secret dessein, et quel est cet être enfanté par moi? » Si Perle entendait cette espèce d'éjaculation, ou si même elle la devinait à quelque soupir étouffé, elle tournait du côté de sa mère sa vive et gracieuse petite figure, souriait avec la malice intelligente du sylphe Ariel, et reprenait ensuite ses jeux.

Nous n'avons pas tout dit au sujet des singularités de cette enfant. Le premier objet dont elle eût paru avoir conscience depuis qu'elle était venue au jour... ce n'était pas le sourire de sa mère, ce sourire auquel répond presque toujours le sourire équivoque et douteux, le sourire embryon de l'enfant à peine intelligent. Le premier objet qui eût éveillé l'attention de Perle, c'était, faut-il le dire? la Lettre Rouge placée sur la poitrine d'Hester. Un jour que sa mère s'était penchée sur son berceau, les yeux de l'enfant se prirent à l'éclatante broderie dans laquelle le signe écarlate était comme encadré. Aussitôt, elle étendit sa petite main et se saisit de cette *chose* brillante. Elle souriait en même temps, non de ce sourire indécis et à peine formé dont nous venons de parler, mais avec une expression qui sembla l'avoir vieillie, en une minute, de quelques années. Au même moment, presque suffoquée par l'émotion, Hester saisit à son tour le fatal insigne, qu'elle voulait arracher de cette petite main, promptement blessante. Mais Perle crut reconnaître, dans cette crispation d'angoisse, les brusques mouvements dont on l'amusait quelquefois, et, regardant sa mère entre deux yeux, elle sourit derechef.

De cette journée data le supplice d'Hester, ce supplice permanent dont elle ne cessait de souffrir que lorsque Perle était endormie. En effet, elle ne pouvait plus, en pleine sécurité, jouir de cet enfant mystérieux. Des semaines, il est vrai, s'écoulaient quelquefois durant lesquelles Perle n'arrêtait pas un seul instant ses regards sur la Lettre Rouge. Mais, tout à coup, l'atteinte douloureuse de ce regard se faisait sentir, et aussi l'espèce d'effroi que causait à Hester le sourire bizarre dont il était toujours accompagné.

VII

Chez le gouverneur.

Au temps où ces choses se passaient, la croyance au diable n'était point encore aussi dépopularisée que maintenant. Les puritains avaient, à ce sujet, des idées fort peu différentes des superstitions catholiques, et, de même que les sectateurs de l'Église romaine avaient dénoncé Luther comme un fils du Maître infernal, de même la petite Perle, aux yeux de bon nombre de gens, passait-elle pour la progéniture de quelque incube, ce qui expliquait, du reste, parfaitement le silence obstiné d'Hester. Ces profonds raisonneurs, ces chrétiens éclairés, en concluaient qu'on rendrait grand service à la mère de cette enfant suspecte si, la lui enlevant, on lui facilitait ainsi la voie du salut. Ils ajoutaient, pour l'hypothèse où Perle serait, au contraire, susceptible de rédemption, et pourrait être formée à la pratique des vertus religieuses, que ce serait elle à qui profiterait la séparation; ce serait elle qu'on éloignerait d'un voisinage corrupteur. Aussi, cette question à double face s'agitait elle dans plus d'un grave conciliabule, pouvait-elle tomber, d'un moment à l'autre, dans le domaine administratif, les mœurs primitives de la cité naissante admettant fort bien l'intervention paternelle des anciens et du gouverneur dans des questions d'ordre privé, qu'aucune autorité publique, maintenant, n'oserait trancher.

Hester eut donc lieu de craindre que sa fille ne lui fût enlevée, et apprenant que cette décision dépendait surtout du gouverneur Bellingham, une de ses meilleures pratiques, elle résolut d'aller lui en parler elle-même, en lui rapportant une superbe paire de gants brodés qu'il attendait pour je ne sais quelle solennelle occasion. Lorsqu'elle quitta, tout émue, son cottage solitaire, Perle l'accompagna comme d'habitude. Elle était maintenant d'âge à marcher seule à côté de sa mère, et le voyage de la ville n'avait pas de quoi effrayer cette agile enfant, toujours dansant et bondissant, leste et vagabonde comme un feu follet. On a déjà essayé de peindre sa beauté radieuse, l'éclat de son teint, le lustre profond de ses yeux noirs, les reflets chatoyants de sa chevelure déjà brune, et qui promettait de luire plus tard au soleil comme l'aile du corbeau, toute cette splendeur, enfin, qui la signalait aux yeux comme le jet igné d'une passion fulgurante, le produit soudain d'un éclair. Ce jour-là, elle ressortait, plus que jamais éblouissante, sous une tunique de velours cramoisi d'une forme toute particulière, et que sa mère avait littéralement couverte de broderies en fils d'or. Ainsi accoutrée, courant et flamboyant sur les sentiers herbus, l'enfant d'Hester avait un aspect singulier. Elle rappelait, à ne pouvoir s'y méprendre, la Lettre Rouge, ou plutôt elle était la Lettre Rouge elle-même, tout à coup douée de vie.

Cette analogie, qui n'était point purement fortuite, et qu'Hester elle-même, en brodant la tunique de sa fille, s'était donné le douloureux plaisir de rendre plus complète et plus frappante, se présenta d'elle-même aux marmots puritains qu'elles rencontrèrent dès leurs premiers pas dans la ville.

— Tiens, se disaient-ils, voilà la Femme à la Lettre, et la Lettre elle-même qui court et saute après elle. Amusons-nous à leur jeter de la boue.

Mais Perle, l'enfant indompté, n'eut pas plutôt entrevu leurs projets malveillants, que, fronçant le sourcil, frappant du pied, les menaçant de ses petites mains, et faisant mine de s'élancer après eux, elle les mit tous en fuite. Ils redoutaient son contact, comme celui d'une petite pestiférée. Ils la fuyaient comme ils eussent fui la fièvre scarlatine. Sa voix aiguë, dont le volume n'était pas en rapport avec sa petite taille, faisait trembler les plus intrépides. Après cette signalée victoire, Perle revint tranquillement auprès de sa mère et leva vers elle ses yeux souriants.

Toutes deux arrivèrent sans autre encombre devant la maison du gouverneur, grand édifice de bois dont on retrouverait encore quelques spécimens dans les vieux quartiers de nos plus anciennes cités. Mais ceux-là sont revêtus de mousse, ils sentent la tombe, ils s'en vont sous le vent en poussière impalpable. Tout au contraire la résidence du riche Bellingham, à peine debout depuis un an, avait la verdeur et la vie qui reste au chêne lorsqu'il vient d'être abattu; elle semblait sourire par toutes ses fenêtres ensoleillées, et les murs eux mêmes, revêtus d'une sorte de stuc où on avait mêlé en abondance, selon une mode de ce temps, des fragments de verre, étincelaient comme si on les eût saupoudrés de menus diamants. Perle resta saisie devant cet éclat singulier, comme elle eût fait devant le féerique palais d'Aladin, et gambadant, bondissant plus haut que jamais, elle demanda tout uniment à sa mère de lui donner ce beau « clair de soleil » qui brillait si bien sur la maison du gouverneur.

— Non, ma petite Perle, lui répondit un peu tristement sa mère. C'est à toi de te faire un « clair de soleil. » Je n'en ai pas que je puisse te donner.

Elles approchèrent alors de la porte en arceau, flanquée à droite et à gauche par deux minces tourelles, et plusieurs coups du marteau de fer qui pendait à ce portail majestueux firent accourir un serviteur *engagé*, véritable esclave temporaire, né libre en Angleterre, et vendu pour sept années à un maître américain, qui pouvait pendant ce laps de temps en disposer comme d'un nègre ou d'un chien.

Cet homme, nouvellement débarqué dans la colonie, s'émerveilla, voyant l'étrange décoration d'Hester et le brillant costume de sa fille. Aussi n'osa-t-il refuser à une si grande dame, telle il dut la croire, de la laisser pénétrer dans le salon du gouverneur, bien que ce magistrat important fût alors en conférence avec quelques ecclésiastiques et un médecin.

Perle eut encore lieu de s'ébahir, admise pour la première fois dans ce grand salon, désert pour le moment, mais décoré avec une magnificence dont elle n'avait aucune idée. C'étaient de grandes chaises, à fleurs sculptées dans le dossier, une table de chêne à pieds tournés; sur cette table, un grand cruchon d'étain, symptôme d'une hospitalité récente, car tout au fond, un reste d'ale moussait encore. Aux murailles pendait une rangée de portraits, ancêtres à robes de magistrats, à panaches de capitaines, roides et gourmés, qu'on eût dit autant de fantômes grondeurs, revenus du pays des morts pour censurer les vivants. Enfin, au centre des panneaux sombres, une armure complète était accrochée, armure qui n'était point une relique du temps passé, mais que le gouverneur avait fait faire à Londres avant son départ d'Angleterre, et qu'il avait endossée plus d'une fois depuis son arrivée à Boston; elle avait fait bonne figure à la tête d'un régiment qu'il avait conduit contre les Indiens, car Bellingham, au besoin, tout juriste qu'il fût, savait quitter le Digeste et ceindre l'épée, à la fois législateur et guerrier.

Devant la cuirasse dont l'acier bruni lui faisait un brillant miroir, Perle était demeurée en extase.

— Mère, disait-elle, je vous vois, je vous vois là dedans. Venez donc vous voir aussi!

Hester s'approcha pour lui complaire, mais, par un effet bien connu, ce miroir convexe lui renvoya son image toute dénaturée. La Lettre Rouge y tenait une place énorme, et par sa disproportion exagérée, semblait être devenue le trait principal de son ajustement. Disons mieux, Hester disparaissait presque derrière ce relief injurieux. Perle, eût-on dit, jouissait malignement de la bizarre transfiguration qui s'opérait ainsi, et son sourire répété à la surface bombée du heaume qui surmontait la cuirasse, y prenait une expression presque diabolique.

Au même moment, le gravier des allées craqua sous les pas de plusieurs personnes qui arrivaient ensemble, par le jardin, du côté de la maison. En tête marchait, coiffé de soie, et se prélassant dans une large robe de chambre à plis, le gouverneur Bellingham, qui venait de faire faire à ses hôtes « la promenade du propriétaire. »

Il était suivi du vénérable John Wilson qui s'évertuait à lui démontrer combien il serait facile de naturaliser dans la Nouvelle-Angle-

Hester et sa petite Perle.

terre la culture des poiriers et des pêchers. Il prêchait sur ce texte avec une ardeur surprenante chez un si saint homme, et montrait par là que l'amour du comfort matériel n'est point incompatible avec les notions religieuses qui nous montrent la vie comme un renoncement, un sacrifice perpétuel de toute espèce de joies. Derrière lui marchait, absorbé dans une vague contemplation, son jeune collègue, Arthur Dimmesdale, et tout à côté de ce dernier, M. Roger Chillingworth, vieux médecin établi dans la colonie depuis trois ans environ. Le jeune ministre, qui était d'ailleurs son client, vivait avec lui dans les termes d'une intimité assez étroite.

Le gouverneur, au moment où il ouvrit la porte-fenêtre qui donnait du salon sur le jardin, se trouva face à face avec la petite Perle; l'ombre d'un grand rideau à demi tiré lui cachait Hester Prynne.

—Qu'est ceci ? s'écria le gouverneur, contemplant avec une surprise évidente la petite créature rouge et or qu'il avait sous les yeux. Je ne me rappelle pas avoir rien vu de pareil depuis le temps où je regardais comme un grand honneur d'être admis aux bals masqués de la cour d'Angleterre, ce qui, par parenthèse, remonte au roi Jacques..... Qui peut avoir introduit *ceci* chez moi ?

—Oui, reprit à son tour le digne M. Wilson, d'où peut venir ce petit oiseau de si rouge plumage ? Il me remet en mémoire ces images que le soleil jette sur le sol en traversant les vitraux coloriés de nos vieilles cathédrales gothiques. Voyons, petite, dis-nous qui tu es, et ce qui a pris à ta mère de t'accoutrer si étrangement? Es-tu chrétienne et baptisée? sais-tu ton catéchisme, arriverais tu au contraire du pays des fées?..

— Je suis l'enfant de ma mère, répondit la petite apparition rouge, et mon nom est Perle.

— Rubis ou Corail, à la bonne heure... ou Rose rouge, si tu veux encore, répliqua le vieux ministre, essayant vainement de faire parvenir une tape d'amitié sur la joue du petit lutin, qui se déroba lestement..... Mais, ajouta-t-il aussitôt, apercevant Hester, je crois comprendre ce qui en est, et il murmura dans l'oreille du gouverneur : C'est justement cet enfant du péché qui nous occupait ce tantôt, et voici sa malheureuse mère, cette Hester Prynne dont vous avez dû garder mémoire.

— En effet, je la reconnais maintenant, répliqua le gouverneur. Eh bien! on ne saurait arriver plus à point. Nous allons décider l'affaire séance tenante.

A ces mots, il entra dans le salon, suivi de ses hôtes.

— Hester Prynne, dit-il, arrêtant sur Hester son regard naturellement un peu sévère, il a été fort question de toi depuis quelque temps. Nous ne savons, nous autres magistrats, si nous pouvons, en toute sûreté de conscience, confier l'âme de cette enfant à une créature imparfaite et souillée comme tu l'es. Toi-même, qu'en penses-tu? Ne vaudrait-il pas mieux pour le fruit de tes entrailles, qu'on en déchargeât ta responsabilité? Ne vaudrait-il pas mieux que la fille fût soumise dès à présent au joug d'une salutaire discipline, instruite dans la vérité, tenue de plus près, vêtue plus modestement?

— Je puis apprendre à ma fille ce que *ceci* m'a enseigné, répondit Hester, posant son doigt sur l'insigne rouge.

— Femme, c'est la marque de ta honte, reprit l'austère magistrat. Et c'est justement la souillure dont elle perpétue le souvenir qui nous fait songer à placer ta fille en d'autres mains.

— Cependant, dit la pauvre mère avec beaucoup de calme, bien qu'elle pâlit visiblement, cette marque m'a donné, me donne encore chaque jour, et même en ce moment où je parle, des leçons qui rendront ma fille plus sage et meilleure, encore qu'elles puissent m'être inutiles.

— Nous jugerons de notre mieux, répliqua Bellingham. Maître Wilson, examinez, je vous prie, cette enfant. Sachez si elle a été chrétiennement nourrie jusqu'à cette heure.

Le vieux ministre, installé dans un grand fauteuil à bras, fit un mouvement pour attirer Perle entre ses genoux; mais l'enfant, qui n'était accoutumée à souffrir d'autres caresses que celles de sa mère, franchit lestement le seuil de la porte et s'alla poser, du même bond, au bord des degrés du perron. Elle ressemblait à quelque oiseau du tropique, ouvrant ses ailes de flamme.

Le révérend Wilson, étonné de cette sauvagerie à laquelle les enfants de cet âge ne l'avaient guère habitué, séduits qu'ils étaient tout d'abord par ses affectueuses façons, n'en voulut pas moins poursuivre son examen.

— Perle, dit-il avec une imposante solennité... prends garde à ce qui va t'être dit, si tu veux posséder un jour la perle la plus précieuse de toutes : l'instruction d'une fille chrétienne. Peux-tu me dire, petite, qui t'a créée et mise au monde?

Perle était parfaitement en état de répondre à cette question, car Hester Prynne, elle-même très-pieusement élevée, n'avait pas perdu un seul jour pour l'instruire de ces vérités axquelles l'esprit humain, à tous les degrés de maturité, attache un si puissant intérêt. Mais cette perversité qui se rencontre plus ou moins chez tous les enfans, et dont Perle avait plus que la dose ordinaire, lui inspira de ne point répondre, ou de répondre tout de travers. Aussi, après plusieurs refus assez disgracieux, tout ce qu'on put tirer d'elle, fut qu'elle avait été cueillie par sa mère sur un grand buisson de roses rouges, « celui qui fleurit à la porte de la prison, » ajouta-t-elle avec un regard en dessous.

Cette étrange réponse lui fut sans doute suggérée par l'aspect des rosiers du jardin qu'elle avait en ce moment sous les yeux, et aussi par le souvenir de celui qu'elle venait justement de voir, en passant devant la geôle municipale.

— Voilà qui est vraiment effrayant, s'écria le gouverneur, quand il eut pris le temps de digérer l'étonnement où l'avait jeté une réplique si incongrue. A trois ans passés, cette enfant ne connaît pas encore son Créateur. Nul doute qu'elle ignore de même ce qu'est son âme, sa misère actuelle, ce que sont les périls de sa destinée à venir. Il me semble inutile, messieurs, de pousser plus loin l'interrogatoire.

Hester, qui s'était absorbée un moment dans un regard qu'elle venait de jeter sur les traits fatigués, la taille déjetée, les membres amaigris du jeune ministre, jadis son directeur spirituel, comprit tout à coup ce que le gouverneur allait décider. Elle se saisit de Perle, l'enveloppa de ses bras, et faisant face au magistrat puritain :

— Dieu m'a donné cette enfant, s'écria-t-elle. Il me l'a donnée en dédommagement de tout ce que vous m'aviez ôté. Elle est tout mon bonheur, et en même temps, elle est mon châtiment..... c'est elle qui me fait vivre, et c'est elle qui me torture... Ne voyez-vous donc pas que c'est une Lettre Rouge, mais une Lettre Rouge qui se fait adorer, et par cela même, cent mille fois plus capable que l'autre de servir à me faire expier ma faute. Sachez bien que vous ne me la prendrez pas. Je ne la laisserai prendre que si l'on me tue d'abord.

— Mais, ma pauvre femme, essaya d'insinuer le vieux ministre, non sans un vrai mouvement de pitié, l'enfant sera comblée de soins... de plus de soins que tu ne peux lui en donner.

— Non...... c'est de Dieu que je la tiens... les hommes ne me l'ôteront pas, répéta Hester Prynne, dont la voix s'élevait par degrés. A ce moment, comme par une impulsion soudaine, elle se tourna vers le jeune ecclésiastique, M. Dimmesdale, vers lequel, une seule fois, elle avait jusqu'à ce moment jeté les yeux : Parle pour moi, lui cria-t-elle. Tu étais mon pasteur. Tu avais charge de mon âme ; tu me connais mieux que ces autres hommes; tu sais que cette enfant ne doit pas être perdue pour moi. Parle, défends la pauvre mère. Tu sais, car tu as des sentiments qui leur sont inconnus, tu sais ce qu'il y a dans mon cœur, combien sont sacrés les droits d'une mère, combien ils le deviennent plus encore, lorsque cette mère n'a que son enfant au monde..... son enfant, et la Lettre Rouge. Vois à cela... je ne peux pas, je ne veux pas souffrir qu'on m'enlève cette enfant... Vois!.. parle!.. persuade!.. Cela ne doit pas être.

A cet appel inattendu, bizarre, qui attestait chez Hester Prynne une exaltation voisine de la folie, le pieux ministre répondit pourtant. On le vit s'avancer, pâle et la main sur son cœur, ainsi qu'il était toujours lorsqu'une agitation quelconque venait ébranler sa susceptibilité nerveuse. Il était bien autrement épuisé, bien autrement affaibli que le jour où on l'a vu assister à la publique ignominie d'Hester Prynne, et, soit par l'effet de la maladie qui semblait le miner, soit par toute autre cause inconnue, ses grands yeux noirs, dans leurs profondeurs voilées, semblaient recéler un immense désespoir.

— Ce qu'a dit cette femme n'est point dépourvu de vérité, commença-t-il d'une voix émue, et tellement timbrée qu'elle semblait faire vibrer les cavités de l'armure pendue auprès de lui. Le sentiment qui l'inspire est réel. Dieu, qui lui a donné cette enfant, lui a donné de même la connaissance instinctive d'une nature presque impénétrable, d'un caractère si singulier qu'aucune autre qu'elle n'en saurait deviner les exigences spéciales.... De plus, ne comprenez-vous point ce qu'il y a de particulièrement sacré dans les liens qui unissent cette enfant à cette mère?

— Ah!..... interrompit le gouverneur étonné..... Comment l'entendez-vous, digne monsieur Dimmesdale?..... Éclaircissez ce point, je vous en supplie.

— Il n'y a pas à débattre ceci, reprit le ministre; il faut ou l'admettre ou penser que notre Père céleste, notre Créateur à tous, sanctionnant à la légère un acte coupable, n'a tenu aucun compte de la différence qui existe entre l'amour sanctifié et la passion brutale. Cette enfant, dont le père est coupable, dont la mère est flétrie, n'est pas sortie pour rien des mains de Dieu. Il l'a sans doute donnée, dans une vue d'épuration, à cette âme qui vient de se révolter devant vous, et de s'épancher en prières si éloquentes. Il la lui a donnée, comme une bénédiction, la seule qu'elle pût recevoir ici-bas. Il la lui a donnée aussi comme un agent de rétribution, comme un châtiment, comme une torture. Ne vous l'a-t-elle pas dit elle-même? Cette pensée ne perce-t-elle pas dans le vêtement de l'enfant, comme dans les paroles de la mère; dans ce vêtement symbolique qui rappelle la marque d'infamie, la brûlante marque placée sur son sein?.... Croyez-moi, messieurs, cette femme comprend qu'elle est l'objet d'une grâce miraculeuse. Puisse-t-elle sentir de même, ce qui est à mon avis la vérité de sa position, puisse-t-elle sentir que le don qu'elle tient de la bonté d'en haut, a été surtout destiné à la préserver de toute tentation nouvelle, à lui faire éviter les piéges nouveaux que Satan pourrait encore tendre à son âme! Il est donc véritablement bon, véritablement utile pour cette infortunée pécheresse, qu'elle ait sous sa garde les premiers jours d'un être immortel, qui a besoin d'elle, de ses soins, de ses bons exemples; qui lui rappelle à tout instant la déchéance encourue; qui lui fasse entrevoir une place dans le ciel, à cô.é de cette enfant par elle guidée vers le ciel. Et en ceci, la mère pécheresse, — se l'est-elle dit quelquefois? — est plus heureuse que son complice inconnu... Donc, messieurs, autant pour Hester Prynne que pour sa fille, autant pour cette enfant que pour sa mère, ne portons aucune atteinte aux rapports que la Providence elle même a pris soin d'établir entre elles.

— Vous parlez, mon ami, avec une ardeur singulière, remarqua le vieux Roger Chillingworth, souriant à son malade, quand celui-ci eut terminé sa courte harangue.

— Et ce qu'il a dit a été bien dit, ajouta le révérend Wilson... N'est-il pas vrai, gouverneur?.. cette cause n'a-t-elle pas été puissamment défendue?

— Si puissamment, répliqua l'imposant magistrat, que nous surseoirons à notre jugement et laisserons les choses en l'état... aussi longtemps du moins que cette femme n'occasionnera point de nouveau scandale. Il faut seulement aviser à ce que l'enfant apprenne son catéchisme et à ce que, le temps venu, elle suive l'église aussi bien que l'école publique.

En cessant de parler, le jeune ministre s'était retiré à quelques pas, et il se tenait debout, la figure à moitié masquée par les plis pesants de l'épais rideau. Mais on voyait, à son ombre, projetée sur le parquet par un rayon du soleil couchant, que tout son corps tremblait encore, à la suite de sa véhémente apostrophe. Perle, avec ses allures de lutin capricieux, se déroba doucement de son côté, prit une de ses mains dans les siennes et y appuya doucement sa joue. Cette caresse inattendue avait un tel caractère de tendresse discrète et réservée, que la mère, suivant sa fille de l'œil, en vint à se demander : Est-ce bien là ma Perle?.... Et pourtant elle savait que l'enfant pouvait aimer, mais à peine deux fois dans sa vie, elle l'avait vue exprimer ainsi un élan de cœur. Le ministre, lui, cédant à l'invincible attrait de ces caresses d'enfant, d'autant plus flatteuses qu'elles semblent dictées par un instinct surnaturel; le ministre, après un regard jeté autour de lui, posa sa main sur la tête de la petite fille, et non sans hésiter un moment, la baisa au front. Au même moment, l'accès de tendresse auquel Perle venait d'obéir parut tout à coup dissipé. Elle bondit, rieuse, et fit en courant le tour du salon, émerveillant de sa prestesse et de sa grâce le grave aréopage qui venait de prononcer sur son sort.

— C'est vraiment une enfant à part, remarqua le vieux Roger Chillingworth... aisément on retrouve en elle ce qu'elle tient de sa mère. Mais ne pensez-vous pas qu'un digne sujet de perquisition philosophique serait d'analyser cette nature, de la connaître à fond, et d'arriver, par l'étude minutieuse qu'on en ferait, à deviner quel est son père?

— Non... ce serait pécher, en pareille question, que d'invoquer l'appui de la philosophie profane, répliqua M. Wilson; mieux vaut jeûner et prier pour que Dieu nous envoie ses lumières; et mieux encore, à mon avis, laisser ce mystère à la garde de la Providence, qui le révélera, si cette révélation entre dans ses vues. En attendant, tout bon chrétien a le droit de se montrer bon père envers l'enfant abandonnée.

VIII

Le médecin et le prêtre.

Roger Chillingworth, — on sait qui ce nom désigne, — s'était présenté dans la colonie sans autre recommandation que celle de ses talents, talents précieux, à cette époque, dans une ville comme Boston, où il n'existait encore, en fait de ressources médicales, que les conseils d'un diacre et d'un pharmacien ; ce dernier, recommandable par sa piété, mais qui eût été bien empêché d'exhiber un diplôme quelconque. En fait de chirurgiens, on n'en possédait qu'un, plus habitué à manier le rasoir, dont il vivait, que la lancette, dont rarement il avait affaire. Le vieux Chillingworth, au contraire, avait bientôt montré qu'il était versé dans les secrets compliqués de la vieille médecine, amalgamant pour chaque remède une multitude d'ingrédients hétérogènes et laborieusement réunis. D'ailleurs, sa captivité chez les Indiens l'avait initié à la connaissance de bien des herbes et plantes médicinales, produits naturels du Nouveau-Monde, encore ignorés en Europe, et dans lesquels il mettait ouvertement une aussi grande confiance que dans toutes les mixtures de l'antique pharmacopée. On l'avait d'ailleurs entendu parler de sir Kenelm Digby et de quelques autres personnages, fameux dans la science, comme ayant été ses associés ou ses correspondants. Et on se serait étonné qu'un homme comme lui eût quitté sa vieille Angleterre pour la nouvelle, si d'abord l'originalité de son humeur n'eût, en partie, expliqué cette résolution, et si, plus tard, la pieuse communauté de Boston ne l'eût attribuée à une sorte de miracle providentiel.

On en jugea ainsi lorsqu'on vit le savant étranger, exemplaire, d'ailleurs, dans l'accomplissement de ses devoirs religieux, choisir pour guide spirituel le révérend M. Dimmesdale, dont la santé, depuis quelque temps, donnait à son troupeau les plus graves inquiétudes. Ses joues, pâlies par l'étude, semblaient se creuser chaque jour ; ses membres s'effilaient, sa voix, toujours harmonieuse et pénétrante, indiquait par de fréquentes défaillances, un épuisement intérieur, et donnait lieu aux pronostics les plus tristes. On remarquait d'ailleurs, qu'au moindre sujet d'alarme, à propos de l'accident le plus ordinaire, il portait maintenant la main à son cœur, et qu'une rougeur subite, une pâleur mortelle se succédaient sur ses joues avec une inquiétante rapidité. Tous ces symptômes étaient assidûment étudiés par les âmes dévotes qui travaillaient, sous sa direction, à leur salut éternel, et bon nombre d'entre elles s'accusaient de n'être point assez parfaites pour mériter que le ciel leur laissât un pareil guide. Lui, de son côté, avec une humilité admirable, exprimait la pensée que s'il était enlevé par la mort à son humble tâche, c'était sans doute que le souverain Maître ne le jugeait pas digne de la remplir. L'arrivée de Chillingworth parut donc un éclatant démenti, donné par le ciel, à cette sainte abnégation, et surtout quand on le vit s'attacher, comme ami, au jeune ministre dont il était déjà le paroissien. Plusieurs bonnes âmes s'entremirent alors et ne se donnèrent aucun repos jusqu'à ce qu'on les eût installés tous deux dans le même logis, afin de mettre le malade sous la garde d'un observateur assidu, le médecin à côté de la maladie. Vainement M. Dimmesdale s'obstinait-il à nier qu'il eût aucun besoin des secours de l'art. On lui prouvait par mille et mille détails que sa santé s'altérait de jour en jour davantage. On s'étonnait qu'il voulût « se suicider. » On lui demandait s'il était déjà las de ses apostoliques travaux. Ses graves confrères lui faisaient un cas de conscience du péché qu'il allait commettre en rejetant les secours de la Providence. Il fallut céder.

Une fois qu'à la grande joie de toute la ville, Chillingworth et Dimmesdale furent tous deux logés sous le même toit, et lorsque la vie du jeune ministre fut ainsi placée à toute minute, sous le regard froidement scrutateur du vieux suppôt d'Hippocrate, on cessa de presser autant Dimmesdale sur un autre point : à savoir, la nécessité pour lui de se choisir une compagne parmi les fraîches et pieuses filles dont il était le bien-aimé conseiller. Jamais on n'avait pu s'expliquer la répugnance qu'il manifestait à cet égard, et l'on avait fini par supposer que le célibat du clergé était, en secret, chez lui, un point de dogme, comme chez les prêtres catholiques. Puisqu'il avait pris son parti de vivre seul, de n'avoir jamais que la table et le foyer d'autrui, eh bien, c'était au moins une consolation de le savoir aux mains d'un médecin rempli de sagacité, d'expérience, et animé pour lui d'une espèce d'affection paternelle

Ils habitaient tous deux chez une pieuse veuve, bourgeoise de bon lignage, possédant une maison placée à peu près sur le même site où s'élève aujourd'hui le vénérable édifice de King's Chapel. Le cimetière la bordait d'un côté, voisinage convenable pour un prêtre et un médecin. La bonne veuve, avec un soin tout maternel, avait assigné à M. Dimmesdale l'appartement du devant, chaudement exposé aux rayons du midi, mais où il lui était loisible de s'envelopper d'ombre, quand bon lui plaisait, grâces à d'épais rideaux, dont on avait exprès garni les fenêtres. Les murailles étaient tendues d'une vieille tapisserie, dite des Gobelins, représentant, encore en couleurs assez vives, la tragique aventure de David et Bethzabée. C'est là que le pâle ecclésiastique avait transporté sa bibliothèque, riche collection d'in-folio, reliés en parchemin, où s'entassait, sur l'érudition des Pères de l'Église, celle des rabbins juifs, et même celle de ces moines maudits à qui le clergé protestant a plus souvent recours qu'il ne voudrait bien l'avouer, quand il s'agit de les réfuter et de combattre leurs fausses doctrines. Dans un autre corps de logis, le vieux Chillingworth avait arrangé son cabinet de travail et son laboratoire; non pas certes un laboratoire qu'un savant de notre époque eût trouvé complet, mais pourvu, cependant, d'un alambic, de cornues, et de tous les appareils nécessaires à la composition des drogues d'enfer sans lesquelles un médecin n'eût pas eu un grand crédit auprès de nos ancêtres. Ainsi rapprochés, nos deux savants avaient chacun leur domaine et pouvaient néanmoins, à chaque heure du jour, passer de l'un chez l'autre, inspecter mutuellement leurs travaux.

Pour le jeune ministre, il y avait une sorte de fascination curieuse dans des rapports quotidiens avec un homme chez lequel une grande liberté de pensées s'unissait à des études approfondies et habilement dirigées. Peut-être trouvait-il plus de surprise que de charme ou de profit à suivre la marche de cette intelligence indépendante. Religieux par nature, doué au plus haut degré de cet *instinct de vénération* que la phrénologie a dû classer parmi les attributs de l'humanité prédominant chez certains individus, Dimmesdale n'eût jamais été, en quelque société qu'il eût vécu, un homme à vues libérales. Il était nécessaire à son repos que son esprit fût maintenu par les invisibles étais, la pression intérieure d'une croyance acquise, comme l'eût été son corps, trop faible pour se soutenir autrement, par les barreaux d'une cage où on l'eût emprisonné. Mais il n'en était pas moins sensible, par moments, au plaisir vertigineux de contempler l'univers, aidé par les yeux d'autrui, sous un aspect tout à fait nouveau pour lui. On eût dit alors qu'une fenêtre tout à coup ouverte laissait parvenir un air plus vif et plus pur dans l'atmosphère de son cabinet de travail, raréfié par les chaudes émanations du foyer, vicié par les fumées de la lampe. A la vérité, cet air devenait bientôt trop subtil et trop froid pour qu'il le respirât avec plaisir, et, d'un commun accord, le médecin et le prêtre rentraient alors dans les limites de ce qu'ils admettaient tous les deux comme la meilleure croyance, celle de l'Église orthodoxe.

Roger Chillingworth, lui, s'était fait du jeune ministre un admirable sujet d'études. Dans ses idées, tout être doué d'un cœur et d'une intelligence, voit s'établir entre eux et son organisation physique des rapports tellement intimes que leurs infirmités, si distinctes qu'on les puisse croire, influent nécessairement les unes sur les autres. Chez Arthur Dimmesdale, surtout, l'imagination et la pensée se trouvaient si constamment en jeu, elles affectaient si évidemment le jeu des muscles, la sensibilité des nerfs, la circulation du sang, que sa maladie devait nécessairement avoir son siége dans ces régions surnaturelles. Pour le guérir, il fallait donc le connaître à fond. Ce fut ce que se proposa le vieux médecin, et désormais, furetant au dedans de son malade comme il eût fait dans quelque ténébreuse caverne, il fouillait une à une ses convictions, un à un ses principes, un à un ses souvenirs, avec la patience infinie, l'adresse discrète, les ménagements intéressés d'un chercheur de trésors. Or, il est peu de secrets qui restent à l'abri d'une investigation si acharnée, entreprise par un homme d'une certaine portée. Évitez surtout, si vous avez quelque chose à cacher, évitez l'intimité d'un médecin. S'il possède quelque sagacité naturelle, s'il y joint une faculté spéciale encore innommée, et que nous appellerons, d'un commun accord, le don d'intuition; s'il sait s'abstenir de toute égoïste importunité, de toute prépotence affectée; s'il possède l'art, que la nature seule peut donner, d'établir entre son esprit et celui de son client une telle affinité, que ce dernier se trouve avoir dit, sans s'en apercevoir, ce qu'il croit avoir seulement pensé; s'il reçoit ces révélations involontaires avec une sympathie silencieuse, sans la moindre exclamation, sans un souffle plus haut que l'autre, seulement avec un mot çà et là, pour indiquer qu'on a compris, que rien n'est perdu; enfin, si à ces qualités précieuses chez un confident, il joint les avantages de son influence reconnue comme médecin, n'est-il pas inévitable alors, qu'à un moment donné, tôt ou tard, l'âme souffrante s'épanchera, et qu'emportés dans un flot transparent quoique sombre, ses mystères apparaîtront au grand jour.

Or, Roger Chillingworth possédait presque tous les attributs que nous venons d'énumérer. De plus, à mesure qu'avançait son investigation, commencée avec un certain calme et dans un but de pure humanité, il se sentait passionner pour elle. Cette question qui s'était d'abord offerte à lui comme un problème à résoudre, une équation à trouver, l'animait et l'exaltait par ses difficultés même. Il ne sembla plus bientôt s'obéir à lui-même, mais bien à quelque implacable nécessité qui s'était emparée de lui et le contraignait à un travail sans relâche. Il creusait, il retournait à loisir le cœur du jeune ecclésiastique comme un chercheur d'or retourne la terre où gisent les *pépites* fascinatrices, disons mieux, comme un fossoyeur creuse une tombe, à la recherche de quelque joyau qu'il suppose enfoui avec le cadavre. Peut-être ne trouvera-t-il que cendres et corruption; peu lui importe, — il aime aussi la profanation pour elle-même. Mais, malheur à lui, malheur à son âme, s'il obéit à une telle pensée!

Le fait est que, parfois, les yeux du médecin brillaient tout à coup d'une flamme singulière; on eût dit les bleuâtres reflets de quelque fournaise. C'était lorsque quelque indication favorable venait réconforter ce mineur épuisé de fatigue.

— Cet homme, se disait-il, cet homme, qu'on croit si pur, et qui est réputé ne vivre que par l'esprit, cet homme a hérité de son père ou de sa mère, une certaine surabondance de vitalité animale. Creusons encore un peu du côté de ce filon; peut-être en sortira-t-il quelque chose.

Puis, après de longues recherches, ne rencontrant sous ses tâtonnements aussi hus que belles et nobles qualités, sentiments épurés, piété naturelle, hautes aspirations vers le bien, chaleureuse sympathie pour les âmes tourmentées, — matériaux précieux que notre chercheur de mal repoussait cependant d'une main dédaigneuse, — il s'arrêtait tout d'un coup, las, découragé, rebuté, mais pour recommencer à se mettre en quête, dès le lendemain, sur nouveaux frais. Et jamais adroit larron n'a pris de plus minutieuses précautions, ne s'est plus soigneusement dérobé à la vue, n'a marché d'un pied plus léger et plus amorti, en entrant dans une chambre où dort à moitié l'homme qu'il s'agit de dévaliser sans qu'il s'en doute. Mais, malgré tous ces soins, il arrivait parfois que les feuilles du parquet laissaient échapper quelque grincement d'alarme, que les habits du voleur trahissaient sa présence par leur indiscret frou-frou, que son ombre, passant sur les yeux de l'homme assoupi, le tirait à demi de sa somnolence inquiétée. En d'autres mots, et sans plus de métaphores, M. Dimmesdale, dont l'excessive susceptibilité nerveuse faisait quelquefois fonction de facultés intuitives, avait comme une conscience vague de l'influence ennemie qui planait autour de lui; mais s'il lui arrivait alors de tourner du côté du vieux médecin un regard soupçonneux, jamais celui-ci ne manquait de se montrer à lui sous les dehors les plus calmes, les plus

Dimmesdale et Chillingworth.

bienveillants. Sa surveillance, il ne la cachait point. Mais qu'avait-elle donc d'inquiétant? N'était-ce pas celle d'un ami toujours attentif, mais toujours avec réserve?

Encore eût-il peut-être été découvert, sans une disposition morbide que M. Dimmesdale avait constatée dans son cœur et dont il se défendait comme d'un tort immense : c'était une défiance universelle, fruit fatal d'une conscience mal en règle vis-à-vis d'elle-même. Ne croyant à aucune amitié, il ne pouvait reconnaître l'ennemi, quand l'ennemi venait à sa rencontre. Il continuait donc, malgré quelques passagères velléités d'inquiétude, à vivre avec son médecin dans les termes de la plus grande familiarité, l'admettant à toute heure dans son cabinet, à toute heure l'allant trouver dans son laboratoire, et, par manière de récréation, étudiant ces curieuses métamorphoses que subissent les plantes destinées à devenir de puissants remèdes.

Un jour, le front sur sa main et le coude sur l'appui d'une croisée qui donnait sur le cimetière, il causait avec Roger Chillingworth, tandis que celui-ci examinait un faisceau de plantes difformes :

—Où donc, cher docteur, dit-il, — laissant glisser sur ces plantes un coup d'œil indécis, car une particularité du jeune prêtre était que jamais, depuis longtemps, il ne regardait fixement ni un être ni un objet quel-

Chillingworth au cimetière.

conque,—où donc ramassez-vous ces herbes, dont les feuilles sont si noires et si flasques?

— Dans le cimetière que vous avez sous les yeux, répondit le docteur, sans arrêter sa besogne. Elles me sont nouvelles. Je les ai trouvées sur une fosse sans pierre et sans inscription. Le mort qui est là-dessous n'a sa mémoire perpétuée que par ces hideuses végétations, spontanément issues de la terre pour lui servir de monument funèbre. Elles ont pris racine dans son cœur, et peut-être devons-nous y voir le type de quelque horrible secret enfoui avec ce cadavre. Il aurait mieux fait de le confesser pendant sa vie.

— Peut-être l'a-t-il ardemment désiré, répliqua M. Dimmesdale... et sans pouvoir faire cet aveu.

— Pourquoi non? répéta le médecin... Pourquoi non? si la nature elle-même, par toutes ses voix, réclame ainsi la confession du péché... si ces plantes, comme je le disais, ces plantes révélatrices ont poussé d'elles-mêmes sur un cœur vainement fermé.

— Ceci, cher monsieur, n'est qu'une fantaisie à vous. Il ne peut y avoir, ou je suis bien trompé, pour dénoncer au monde, ou par paroles ou par d'autres signes manifestes, les secrets cachés dans le cœur d'un mort, d'autre puissance que celle du Dieu de miséricorde. Or, dans les diverses interprétations des saintes Écritures, je n'ai jamais vu

Lagny. — Imp. de Vialat et Cie.

qu'une révélation pareille soit au nombre des peines qui nous attendent après notre mort. La lumière éclatante dont resplendira le jour du dernier jugement n'est nullement un supplice ajouté à ceux de la damnation éternelle; il serait avilissant de l'envisager ainsi. Les révélations de cette grande et terrible journée n'auront pour objet que la satisfaction plus complète des êtres intelligents admis, pour la première fois, à pénétrer le mystère inextricable de la vie humaine. La solution de ce problème est impossible sans une connaissance absolue du cœur des hommes; voilà pourquoi tout voile sera levé. J'ajoute qu'au lieu d'être un tourment pour les âmes qui recèlent des secrets comme ceux dont vous parlez, la révélation de ces secrets sera un soulagement immense, une joie ineffable.

— Fort bien. Pourquoi donc n'anticipent-elles pas, ici-bas, sur cet heureux moment? demanda Chillingworth, jetant à la dérobée un regard oblique du côté de son interlocuteur. Pourquoi les coupables se privent-ils, pouvant se la donner plus tôt, de cette ineffable consolation?

— Beaucoup se la donnent, répondit le jeune prêtre posant sur son cœur une main crispée, comme pour en arrêter les battements importuns. Combien de pauvres âmes se sont-elles ouvertes à moi, non pas seulement au lit de mort, mais dans toute la force de la santé, dans tout l'éclat d'une réputation mal acquise. Et comme j'ai vu toujours, après ces épanchements salutaires, ces frères égarés se sentir allégés, rassurés, délivrés!... Vous eussiez dit qu'ils aspiraient l'air à pleine poitrine, après avoir ôté un masque étouffant. Cela peut-il, d'ailleurs, n'être pas ainsi? Un homicide, par exemple, doit-il aimer mieux garder, enfoui dans son cœur, le cadavre qu'il a fait, ou bien le rejeter hors de là, le livrer aux éléments qui se chargeront de le dissoudre?

— Pourtant, remarqua le médecin, toujours calme, il y a de ces enfouisseurs dont vous parlez.

— Il y en a, rien de plus vrai, répondit M. Dimmesdale; — mais, sans chercher des raisons plus évidentes, cela peut tenir à leur constitution morale, obstinément rebelle à ces humiliants aveux. Et encore, pouvons-nous les supposer, tout coupables qu'ils sont, zélés pour la gloire de Dieu, pour le bien de leurs semblables. Leur mutisme, en ce cas, tiendrait à une répugnance qui n'a rien d'égoïste. Ils reculeraient simplement devant cette pensée, qu'une fois noircis et souillés publiquement, ils deviendraient impuissants pour le salut des hommes, impuissants pour le maintien et la propagation de la foi. Cela étant, ils poursuivent leur route, semée d'inexprimables angoisses; ils la poursuivent, honteux de leurs faux dehors, de cette blancheur extérieure qui semble rivaliser avec la neige à peine tombée, tandis qu'au dedans leur cœur demeure taché de boue, souillé d'iniquités dont ils ne peuvent se débarrasser.

— Erreur manifeste! illusion volontaire! dit à son tour Roger Chillingworth, — avec une emphase rarement à son usage, et un léger mouvement de l'index, qui donnait à ses paroles une valeur toute spéciale. — Ces hommes manquent de courage, et refusent la honte qu'ils ont encourue, qu'ils doivent subir. Supposons que le saint amour de l'humanité, le zèle pour le service de Dieu coexistent dans leurs âmes avec les terribles hôtes dont leur crime a rompu les chaînes, et qui s'y multiplient avec une infernale fécondité; — à coup sûr, ces hommes doivent comprendre qu'il n'est pas permis de lever vers le ciel des mains impures. Et comment pourraient-ils mieux servir les hommes qu'en manifestant le pouvoir suprême de la conscience, l'intolérable supplice du remords caché?.... Non, pieux ami, tu ne plaideras pas devant moi la cause du mensonge contre celle de la vérité..... Ces hommes s'abusent, ils s'abusent à plaisir.

— Cela peut être, dit le jeune prêtre avec une indifférence affectée, et comme s'il jugeait inutile de poursuivre une discussion hors de propos. — Par le fait, il s'était accoutumé à écarter avec art tout ce qui jetait le trouble dans son organisation éminemment excitable. — Maintenant, ajouta-t-il, je demanderai à mon habile médecin, s'il pense, de bonne foi, que j'aie profité des soins prodigués par lui à ma débile santé?

Avant que Roger Chillingworth eût pu répondre, on entendit éclater, en stridentes fusées, un rire d'enfant, qui venait du cimetière voisin. Regardant machinalement par la fenêtre ouverte, — c'était l'été, — le ministre aperçut Hester Prynne et la petite Perle sur le sentier qui traversait l'enclos. L'enfant était radieuse comme le jour lui-même, mais s'abandonnait à un de ces accès d'étrange et perverse gaieté, qui semblaient l'enlever de temps en temps hors de la sphère humaine, la dérober à toute sympathie, et, pour ainsi dire, à tout contact. En ce moment, elle sautillait d'une tombe à l'autre, le plus irrévérencieusement du monde, et enfin, arrivant sur une plate-forme armoriée, — la pierre sépulcrale de quelque dignitaire défunt, — elle se mit à y danser, comme elle aurait pu faire sur des planches d'opéra. Vainement sa mère lui ordonnait-elle et la suppliait-elle tour à tour de se comporter avec plus de décence. Pour toute réponse, Perle alla cueillir, sur un énorme pied de bardane épanouie près de la tombe, quelques-unes de ces feuilles tenaces qui s'attachent si bien aux vêtements par les imperceptibles pointes dont elles sont comme hérissées. Elle en prit une poignée, et se divertit à les placer tout autour de la Lettre Rouge qui décorait le sein de sa mère. Hester la laissait faire, et n'arracha pas un seul de ces nouveaux insignes.

Roger Chillingworth, cependant, s'était approché de la fenêtre ; il regardait cette scène avec le froid sourire que nous lui connaissons.

— Dans l'organisation élémentaire de cette enfant, remarqua-t-il à demi-voix, — autant pour lui-même que pour son interlocuteur, — il n'y a ni respect de l'autorité, ni sentiment de la règle, ni égard pour les opinions humaines, bonnes ou mauvaises, ou pour les usages adoptés, adoptés à tort ou à raison... Je l'ai vue, l'autre jour encore, éclabousser le gouverneur lui-même avec l'eau bourbeuse de l'abreuvoir aux bestiaux... Qu'est-elle donc, au nom du ciel?.. Faut-il la croire absolument et irrévocablement vouée au mal?... Est-elle susceptible d'affection?... A-t-elle un principe d'être qui soit saisissable et se puisse définir?

— Aucun, si ce n'est qu'elle provient d'une infraction aux lois, répondit tranquillement M. Dimmesdale, comme s'il discutait avec lui-même ce point d'analyse métaphysique... Ce qu'elle peut de bien, je l'ignore encore.

L'enfant, très-probablement, les avait entendus, car tout aussitôt, levant les yeux sur la fenêtre où ils étaient accoudés, et avec un sourire plein de gaieté malicieuse, d'esprit et de méchanceté tout à la fois, elle jeta au docteur Dimmesdale tout ce qui lui restait de bardanes. Le jeune prêtre, par un mouvement de crainte nerveuse, recula brusquement, pour se dérober à l'inoffensive mitraille. Perle, heureuse de l'avoir effrayé, se mit à battre des mains dans un transport de folle joie. Hester Prynne, à ce moment, leva la tête par un mouvement machinal, et ces quatre personnages se contemplèrent en silence jusqu'à ce que l'enfant s'écria, riant de plus belle : Venez-vous-en, mère, venez-vous-en bien vite, car ce vieil homme noir, là-haut, va courir après vous... Voyez !.. Il a déjà pris le ministre... Venez-vous-en, mère, car vous serez prise aussi... Mais il n'attrapera pas la petite Perle !...

Ce fut ainsi qu'elle emmena sa mère, bondissant, sautillant, dansant de la façon la plus bizarre, parmi les tertres tumulaires, en créature qui ne se sentait rien de commun avec une génération morte et couchée sous la terre ; nul lien ne semblait l'y rattacher. C'était à croire qu'elle se savait autrement créée, autrement douée, et que, dans cette origine à part, elle puisait le droit de vivre à sa guise, de ne reconnaître que ses propres lois, de se livrer innocemment, impunément, à toute son excentricité naturelle.

— Cette femme qui s'en va là-bas, reprit Roger Chillingworth, après un moment de silence, si graves que soient ses fautes, n'a, du moins, rien de cette perversité cachée que vous jugez si intolérable. Croyez-vous cependant qu'elle soit beaucoup moins misérable, parce qu'elle porte, en pleine poitrine, cette Lettre Rouge?

— Je le crois fermement, repartit Dimmesdale... Cependant je ne puis répondre pour elle... Il y a, dans toute sa physionomie, un air de tristesse, une expression souffrante dont j'aurais bien voulu que l'aspect me fût épargné... N'importe ! il me semble meilleur de pouvoir montrer qu'on souffre, comme fait cette pauvre femme.

Ici, nouveau silence de quelques instants. Le médecin s'était remis à ranger ses plantes.

— Vous me demandiez tout à l'heure, reprit-il enfin, ce que j'augure de votre santé ?

— Oui, répondit le prêtre... et je l'apprendrai avec plaisir... seulement, qu'il s'agisse de vie ou de mort, parlez franchement.

— Franchement, et même brutalement, dit le médecin, qui, sans quitter son petit travail, s'arrangeait pour ne point perdre de vue M. Dimmesdale... La maladie est étrange : mais non pas en elle-même, ni par ses symptômes apparents, du moins ceux qui ne m'ont pas été déguisés... Je suis loin de la regarder comme incurable, moi qui depuis des mois, l'étudie jour par jour, vous savez avec quel intérêt... Mais que vous dirai-je ?.. Cette maladie que j'ai l'air de connaître, je ne saurais la caractériser.

— Vos oracles sont énigmatiques, monsieur le savant, dit le pâle ministre, regardant par la fenêtre.

— Je vais me faire comprendre, continua le médecin... mais je vous demande, d'avance, de me pardonner ma franchise. Dites-moi, mais dites-moi du fond du cœur, comme à un ami, responsable envers la Providence de votre vie et de votre bien-être physique, dites-moi si tout ce qui est relatif à votre mal m'a été loyalement, exactement expliqué.

— Quelle question ?.. Ne serait-ce pas un enfantillage que de consulter le médecin et de lui déguiser ses souffrances ?

— Donc, d'après votre dire, je sais tout ce que je dois savoir, n'est-il pas vrai ?... poursuivit Roger Chillingworth, concentrant sur la figure de son malade toute l'intensité de son brillant regard... Soit !.. Mais encore faut-il reconnaître que le médecin à qui rien n'est dérobé des symptômes du mal purement physique, n'est cependant renseigné qu'à moitié... Le siége d'une maladie du corps est quelquefois dans la partie immatérielle de notre être.. Encore une fois, pardon, cher monsieur... Je voudrais éviter jusqu'à l'ombre d'une offense. Entre tous les hommes que j'ai connus, vous êtes peut-être celui dont l'organisation physique est le plus étroitement liée, amalgamée, — je dirais volontiers identifiée — avec l'âme dont elle est l'agent.

— En ce cas, trêve de questions !... dit le prêtre, se levant de son fauteuil avec un mouvement quelque peu précipité... Vous n'êtes pas, que je sache, appelé à guérir les âmes.

— Et cependant, continua le médecin, — qui, paraissant n'avoir pas pris garde à cette contemplation, continuait son discours avec la même voix calme, tandis que, debout devant son pâle client, il scrutait de ses yeux pénétrants la physionomie de ce malheureux, — cependant on exige de nous, devant qui l'âme reste close, que nous combattions avec succès les maux du corps... Cette exigence est-elle juste ? Cette victoire est-elle possible ?..

— Possible ou non, ce n'est pas à toi, ce n'est pas au médecin terrestre que le cœur peut et doit s'ouvrir, s'écria M. Dimmesdale tournant vers Roger Chillingworth un regard enflammé, dans lequel se peignait une sorte de colère... Si mon mal vient de l'âme, qu'il soit guéri par celui qui seul a mission, car seul il a pouvoir de sauver l'âme ou de la laisser périr. Qu'il me traite, selon sa justice et sa bonté, comme il le croira nécessaire à ses vues..... Mais qui donc es-tu, toi, pour intervenir en ces choses ?.. Comment oses-tu te placer entre l'âme qui souffre et son Créateur ?

A ces mots, avec un élan presque furieux, il s'élança hors du laboratoire.

— Eh bien... ce n'est pas trop risquer que d'avoir été jusque-là, se dit à lui-même Roger Chillingworth, suivant le ministre du regard avec un sourire grave... Rien n'est encore désespéré..... Nous redeviendrons bientôt bons amis... Mais voyez un peu comme le saint homme est prompt à s'enflammer, et comme la colère le domine vite !.. Passions, on vous connaît : vous êtes sœurs !.. Gageons que, déjà dans le passé, notre révérend a cédé à quelque élan de son impétueuse nature...

IX

La chasse aux pensées.

Quand une multitude, abandonnée à elle-même, essaie de voir avec ses yeux, elle est remarquablement facile à tromper. Si, au contraire, — ainsi que cela se passe la plupart du temps, — elle forme ses jugements d'après les larges et chaleureuses intuitions de l'âme collective qui vit en elle, les vérités qu'elle en déduit sont quelquefois si profondes et si subtilement dégagées, qu'elles prennent le caractère de révélations surnaturelles.

Nous avons dit que l'installation de Chillingworth et de Dimmesdale sous le même toit avait paru du meilleur augure à une notable portion de la naissante colonie. Mais, dans les rangs inférieurs du peuple, et parmi les gens les moins éclairés, une autre opinion, toute contraire, s'était établie dès le début, qui, peu à peu, gagna du terrain. C'était un préjugé décidément défavorable à Roger Chillingworth. A vrai dire, il existait un vieil artisan qui, habitant Londres à l'époque où périt sir Thomas Overbury (c'est-à-dire trente ans environ avant celle où notre récit nous reporte), déclarait avoir vu le vieux médecin, — sous quelque autre nom, qu'il avait, depuis lors, parfaitement oublié, — lié d'assez près avec le fameux docteur Forman, réputé sorcier, qui fut indirectement impliqué dans le meurtre en question (1). Il y avait aussi deux ou trois individus affirmant volontiers que notre savant, pendant sa captivité chez les sauvages, ne s'était fait faute d'ajouter aux ressources de son talent médical celles des incantations en usage parmi les prêtres indiens, reconnus pour des magiciens fort experts. Mais leurs témoignages, non plus que celui du vieil ouvrier, n'avaient que fort peu contribué à faire naître et à développer l'opinion qui attribuait à Roger Chillingworth une puissance et des desseins également redoutables. Elle venait, en grande partie, du changement noté par certains observateurs pratiques dans la physionomie générale, dans l'aspect du vieux docteur. Au début, cette physionomie n'exprimait que le calme, la méditation, les soucis paisibles de l'étude. Depuis quelque temps on y remarquait un air sinistre, indice de pensées mauvaises, qui, plus on y faisait attention, inspirait plus de répulsion et de crainte. Son visage avait des teintes terreuses que le vulgaire ne tarda pas à expliquer, en disant que le feu de son laboratoire, emprunté aux fourneaux d'enfer, déposait sur ses joues une suie qui ne s'en pouvait détacher.

Bref, il devint avéré pour bon nombre de gens, dont quelques-uns avaient un grand renom de bon sens, que le révérend Arthur Dimmesdale, comme beaucoup d'autres saints personnages, était hanté par un émissaire de Satan ou par Satan lui-même en personne, caché sous les traits du vieux Chillingwotrh. Dieu ayant autorisé cette épreuve décisive, l'agent infernal avait pu s'introduire dans l'intimité du jeune ecclésiastique et se trouver en état de travailler chaque jour à sa perdition. Personne ne doutait, au reste, que ce combat ne tournât à la gloire du saint prédicateur; mais, en attendant, on s'attristait pour lui des rudes attaques auxquelles il était livré, et de la terrible énergie qu'il avait à déployer en y faisant face. Il suffisait, pour juger de ces angoisses, il suffisait de voir le trouble, l'anxiété, la souffrance qui se trahissaient dans ses regards effarés.

(1) L'histoire si dramatique de sir Thomas Overbury se rattache, dans les annales anglaises, au changement de favoris qui substitua, près de Jacques Ier Villiers (Buckingham), à Carr (Rochester). Ce dernier, nommé comte de Sommerset, voulut épouser Frances Howard, mariée au comte d'Essex, et avec laquelle il entretenait un commerce adultère. Ce mariage souriait au roi, qui voyait par là s'apaiser les rivalités existant entre son favori Rochester et le lord chambellan Suffolk, dont la comtesse d'Essex était la fille. Tout au contraire, sir Thomas Overbury, dont la faveur près de Rochester devait diminuer après une pareille réconciliation, jura d'empêcher l'hymen projeté. Il le pouvait d'autant mieux que, confident intime du favori, il avait en main la preuve matérielle de l'adultère, lequel étant une fois établi, devait mettre obstacle, même après le divorce prononcé, à ce que Frances Howard pût épouser son amant. Overbury n'avait pas calculé le péril de sa résistance obstinée. Abandonné par son patron et traduit devant des juges vendus à la couronne, il fut remis (pour avoir refusé une mission diplomatique qui l'éloignait de Londres) au lieutenant de la Tour. Immédiatement après, on changea ce magistrat, et six mois plus tard Overbury mourut, empoisonné par ordre de Frances Howard, devenue malgré lui comtesse de Sommerset. Bien peu de temps après, et quand on voulut abattre Rochester pour faire place à Villiers, on rechercha attentivement les preuves de ce meurtre si mystérieusement accompli. Dans les détails du procès, il est dit que la comtesse d'Essex et les autres dames de la cour avaient l'habitude de consulter, en ces sortes d'affaires, le « livre de poche » de Forman le Sorcier.

Voir au surplus Weldon, Howell et Bacon.

(*N. du T.*)

Telle était la croyance populaire, et on conviendra qu'elle n'eût pas été ébranlée par une connaissance plus exacte des rapports établis entre le vieux médecin et le jeune prêtre. Il y a mieux : personne n'eût pu douter de cette obsession satanique, qui eût vu, peu d'heures après l'espèce d'altercation provoquée par les questions de Chillingworth, le jeune ministre revenir vers lui et lui demander, en quelque sorte, pardon de la vivacité à laquelle il s'était laissé emporter.

En effet, à peine rentré chez lui, Dimmesdale avait senti un véritable remords d'avoir obéi, si mal à propos, à l'irritation nerveuse développée en lui par le rigide examen du bon docteur. Avait-il le droit de s'en formaliser, lui qui avait sollicité les secours de la science humaine? Pouvait-il en vouloir, de bonne grâce, à un zèle amical, ce zèle fût-il poussé trop loin? Il s'excusa donc de son mieux; il implora de nouveau le savant docteur, et celui-ci, sans questions nouvelles, lui donna ses conseils comme par le passé, consciencieusement, avec une véritable ardeur, travaillant de son mieux à lui rendre la santé; seulement, il ne quittait jamais l'appartement de son malade après une consultation tant soit peu importante, sans avoir aux lèvres son énigmatique, son effrayant sourire. On pouvait y voir que l'artiste philosophe se passionnait de plus en plus pour son travail d'analyse, et qu'à tout prix il voulait satisfaire son impitoyable curiosité.

Il arriva, peu de temps après la scène que nous avons rapportée, qu'un jour, vers midi, le révérend M. Dimmesdale, absorbé depuis une heure ou deux dans la lecture d'un in-folio massif, tomba, sans s'en apercevoir, dans un profond sommeil. Il n'en faudrait rien conclure contre le talent de l'écrivain qui l'endormait ainsi, car la théologie est, par elle-même, un genre de littérature éminemment soporifique. Cependant, on eût pu s'étonner de voir M. Dimmesdale dormir si profondément, lui dont le sommeil, rare et léger, s'envolait au plus petit bruit, comme l'oiseau peureux balancé au bout d'une branche. Cette fois, il était (qu'on nous passe l'expression) si bien *parti*, si loin des réalités de la terre, qu'il ne bougea pas dans son grand fauteuil lorsque le vieux Roger Chillingworth, sans user de précautions extraordinaires, entra délibérément chez lui. Le médecin n'hésita point, vint droit au malade, posa sa main sur sa poitrine, et sépara les vêtements qui jusqu'alors l'avaient toujours dérobée à tous les yeux, même à ceux de notre savant.

A ce moment, il faut le dire, M. Dimmesdale frissonna et changea quelque peu d'attitude.

Après un instant d'examen le médecin se retira.

Mais quel regard était le sien! que d'étonnement! que de joie! que d'horreur!... et quels gestes singuliers, rendus plus bizarres encore par la difformité du vieux savant!... Tantôt il levait les bras au ciel. Tantôt il frappait du pied la terre... Quiconque l'eût vu, dans ces transports frénétiques, eût pu se faire une exacte idée de ce que doit être le démon, lorsqu'il a ravi au ciel, conquis pour son noir royaume, une de ces âmes d'élite dont la chute fait pleurer les anges.

Une seule différence, mais notable, entre l'extase infernale et celle du vieux médecin, c'était l'étonnement manifesté par ce dernier. Satan, lui, s'étonne peu. . . . . . .

A partir de ce moment, les relations établies entre le médecin et son malade, sans qu'il y fût rien changé en apparence, devinrent tout autres. Chillingworth voyait clair dans sa voie jusque-là ténébreuse. Il rêvait, il avait les moyens d'accomplir une de ces vengeances telles qu'en peuvent rarement savourer les méchants, — aux dépens, il est vrai, de leur propre félicité. Devenir l'ami le plus intime de celui qui l'avait outragé, recevoir en dépôt, thésauriser ses alarmes, ses secrètes humiliations, ses remords, ses doutes, ses criminels retours, vainement combattus; bref, être initié, lui sans pitié, lui l'inexorable, à ce que le Dieu de clémence devait seul connaître, n'était-ce pas une vengeance terrible, et la plus digne, la seule digne d'un si terrible outrage?

La timidité, la réserve extrême du jeune prêtre ne permirent pas à son ennemi de réaliser cet infernal programme. Mais Chillingworth pouvait se contenter à moins, depuis qu'une révélation providentielle lui avait livré, comme un secret dont il faisait mouvoir à volonté tous les ressorts, un cœur déchiré qu'il avait désormais dans sa main, et dont aucun mystère n'était à l'abri de ses regards. Spectateur curieux de ce monde intérieur, il pouvait à son gré quitter ce rôle passif et substituer l'action à l'observation. C'était un instrument sur lequel il s'exerçait à volonté. Lui plaisait-il de voir agoniser ce cœur palpitant? il ne fallait qu'approcher la main d'un ressort caché; ce ressort, il le connaissait bien, notre vieux docteur. Voulait-il le frapper d'une terreur soudaine? le magicien n'avait qu'à remuer sa baguette;—aussitôt un fantôme hideux, mille hideux fantômes, les uns, images de mort, les autres, spectres de honte, foisonnaient autour du malheureux ministre, et du doigt marquaient sa poitrine.

Tous ces jeux atroces, le médecin s'y livrait avec tant de subtils ménagements que Dimmesdale, encore qu'il eût comme une perception vague de l'influence funeste à laquelle il devait des tortures toujours plus aiguës, ne pouvait jamais acquérir, à ce sujet, la moindre notion positive et certaine. Il soupçonnait parfois, il redoutait plus souvent, il haïssait toujours,—en se le reprochant, il est vrai,—son vieux médecin, dont la taille difforme, la barbe grisonnante, les gestes familiers, les intonations de voix, et jusqu'à l'habillement, toujours le même, lui étaient devenus odieux. Mais comment se fier à cette salutaire antipathie? Comment oser se l'avouer? D'où pouvait-elle naître, si ce n'est de cette dégradation à laquelle le jeune prêtre se sentait condamné?.... Aussi, se prenant à partie, chaque fois que ces avertissements intérieurs l'excitaient à la méfiance, travaillait-il à les écarter, à déraciner les mauvais penchants dont ils émanaient sans aucun doute. Plus ils se multipliaient, plus il croyait devoir de dédommagements à son bourreau, plus il recherchait les occasions de le voir, plus il fournissait d'aliments à cette sombre flamme dont ils étaient minés tous deux,—l'auteur du crime et l'agent du supplice.

En attendant, et par un singulier concours de circonstances, la popularité du jeune prédicateur allait grandissant toujours. Il la devait en grande partie à ses tourments. Ses facultés intelligentes, ses perceptions morales, son aptitude à recevoir et à transmettre de puissantes émotions, étaient maintenues dans un état de fébrile activité par l'aiguillon incessant de la torture quotidienne qu'on lui faisait subir. Aussi, laissait-il peu à peu dans l'ombre ses collègues et ses émules. Vainement quelques-uns d'entre eux avaient-ils usé, à faire provision de science, plus d'années que M. Dimmesdale n'en avait passé en ce monde; vainement s'en trouvait-il dont l'intelligence, trempée comme l'acier, résistante comme le granit, et fortement munie de doctrine, semblait offrir un appui plus solide aux faiblesses de l'âme; d'autres enfin, *sublimés,* en quelque sorte, par une incessante élévation vers Dieu, par un constant travail sur de pures abstractions, qui marchaient déjà sur terre, comme enveloppés de la longue tunique blanche, vêtement symbolique des Élus et des Saints. A tous il manquait ce don sacré, descendu du ciel, le jour de la Pentecôte, sur la tête des Apôtres, ces langues de feu, qui permirent aux premiers propagateurs de la foi chrétienne de parler aux peuples divers, non la langue de chacun de ces peuples,—ceci est l'interprétation littérale du Symbole,—mais ce langage universellement compris de la grande fraternité humaine, langue de tous les temps et de tous les pays. Dimmesdale, au contraire, moins érudit, moins béatifié, moins angélique, et ramené peut-être vers la terre par l'espèce de fardeau, crime et remords, qu'il traînait après lui, Dimmesdale avait ce don précieux de faire vibrer tous les cœurs à l'unisson du sien, d'y trouver des échos pour chacun des sanglots qu'il étouffait dans sa poitrine. Le plus souvent, il usait de sa puissance pour convaincre et persuader; mais quelquefois il tonnait, cependant, et avec quel éclat, quelle terreur! Ses auditeurs ne pouvaient s'expliquer cet ascendant vainqueur, cette domination souveraine, autrement que par un don de sainteté miraculeuse. Ils vénéraient jusqu'au sol que ses pieds avaient touché. Bien des jeunes filles, parmi celles qui s'assemblaient sous sa conduite, pâlissaient autour de lui, victimes d'une passion si singulièrement amalgamée de sentiments religieux, qu'elles-mêmes ne l'en séparaient pas, et se croyaient d'autant plus pieuses, d'autant plus méritantes qu'elles lui laissaient prendre plus d'empire sur leurs imaginations enflammées. Elles portaient ouvertement cette adoration sur leurs blanches et pures poitrines, comme un encens bon à brûler au pied de l'autel. Les vieillards, au contraire, comparant ce qui leur restait encore de forces, à l'épuisement précoce du jeune ministre, pensaient avec une sorte de joie qu'il irait devant eux sur la voie du ciel, et enjoignaient à leurs enfants d'ensevelir leurs vieux ossements près de la tombe sanctifiée où reposerait leur jeune pasteur. — Et cela peut-être au moment même où Dimmesdale, songeant, lui aussi, à sa sépulture, se demandait si l'herbe pousserait sur ses cendres maudites.

On comprendrait difficilement quelle torture était pour lui devenue cette vénération dont il était, malgré lui, l'objet. Par nature, il aimait, au-dessus de tout, la vérité. Tout mensonge était pour lui chose morte. Et qu'était-il lui, sinon un vivant mensonge? le plus creux, le plus impalpable qui pût être. Il brûlait du désir de monter en chaire, et de là, hautement, en plein soleil, à pleine voix, de dire tout haut ce qu'il était au vrai, d'opposer à sa sainteté supposée le contraste de sa pollution réelle. Plus d'une fois, il monta les saints degrés avec la ferme volonté de n'en descendre que publiquement confessé. Plus d'une fois, il raffermit son cœur, il éclaircit sa voix, sa voix tremblante, pour commencer ce pénible aveu; mais le fatal secret lui retombait, de son propre poids, au fond du cœur. Plus d'une fois même, il avait parlé, oui, parlé..... mais qu'avait-il dit? Qu'il était un indigne serviteur de Dieu, abaissé parmi les plus abaissés, le pire des pécheurs, une abomination vivante, une iniquité dont ils ne pouvaient avoir idée... qu'il s'étonnait de n'être pas écrasé sous leurs yeux, par quelque décret de la justice divine..... N'était-ce pas s'exprimer clairement? Pouvait-il montrer plus de franchise? N'y avait-il pas là, pour son auditoire, de quoi frémir, se soulever, se jeter sur la chaire, déchirer en lambeaux le prêtre sacrilége?.... Mais non, vraiment. Ils écoutaient avec admiration ces étranges paroles, ils n'en respectaient que mieux cette humilité sans pareille: — le saint jeune homme, pensaient-ils..... un ange sur terre!... s'il voit tant de souillures dans son âme candide, que dirait-il, scrutant à fond les nôtres?... la tienne, mon prochain,... la mienne peut-être?

Et le ministre, après tout, ne se faisait point illusion. Il voyait bien qu'il ajoutait une hypocrisie à une autre, qu'il mentait à sa conscience par ces vérités trompeuses, proclamées sans péril. Aussi, n'y gagnait-il aucun soulagement intérieur, mais un surcroît de dégoût pour lui-même et pour le mensonge dont il était, presque malgré lui, l'organe de plus en plus criminel.

Les angoisses de sa conscience troublée l'avaient conduit à des pratiques bien plus en harmonie avec les doctrines corrompues du catholicisme, qu'avec les lumières épurées de la religion à laquelle il appartenait (1). Dans le réduit le plus secret de son appartement, on eût trouvé sous clé une discipline ensanglantée. Il s'en était servi plus d'une fois, riant amèrement sous la torture qu'il s'infligeait sans cesse et sans efficacité; mais se frappant avec plus d'énergie que jamais pour refréner sa raillerie et son incrédulité. Il s'astreignait aussi, comme beaucoup de bons protestants, à des jeûnes fréquents; mais non pas au jeûne tel qu'on l'entend, comme purification du corps, et moyen de le rendre plus accessible aux lumières venues d'en haut. Dimmesdale jeûnait pour expier. Il jeûnait jusqu'à ce que ses genoux tremblassent sous lui, jusqu'à détruire sa santé déjà si compromise, jusqu'à se donner des fièvres et des hallucinations. Il veillait aussi, dans le même but, tantôt au sein de l'obscurité la plus complète, parfois sous les pâles lueurs d'une seule lampe, et quelquefois enfin, agenouillé devant un miroir où il se condamnait à contempler sa propre image, éclairée à dessein d'une lumière éblouissante. C'est ainsi qu'il avait moyen de reproduire, dans l'ordre matériel, ce supplice mental qu'il trouvait dans la contemplation constante de son âme coupable.

Pendant ces veillées indéfiniment prolongées, il sentait parfois son cerveau se prendre et vaciller comme dans l'ivresse. D'étranges visions peuplaient le vide autour de lui, in-

(1) Nous laissons subsister à dessein cet anathème d'un écrivain protestant.

Une vision.

décises parfois et discernées à peine dans la pénombre de sa retraite, parfois plus distinctes, plus fortement colorées, à quelques pouces de lui, dans le miroir resplendissant. Un moment, c'était une théorie flottante de formes diaboliques, ricanant et se raillant du pâle ministre, à qui elles faisaient signe de les suivre; l'instant d'après, un groupe d'anges lumineux, qui semblaient déployer à regret leurs ailes appesanties par le chagrin, mais qui s'envolaient, cependant, et plus légers, à mesure qu'ils se rapprochaient de la voûte céleste. Puis, apparaissaient, devant le malheureux veilleur, les amis trépassés de sa jeunesse, son père à la barbe blanchie, au front grave et pieux, sa mère aussi, qui, passant devant lui, détournait la tête. Étrange abus du rêve!.... une mère, fût-elle spectre, eût dû jeter sur son fils malheureux un doux regard de compassion...

Enfin, dans cette chambre, rendue effrayante par toutes ces apparitions successives, se glissait à pas muets, Hester Prynne, conduisant avec elle la petite Perle, en tunique rouge, et montrant d'abord du doigt, sur sa poitrine, la lettre fatale, puis la poitrine du ministre, dépouillée de tout signe accusateur.

L'illusion n'était jamais complète. Dimmesdale pouvait toujours, par un énergique effort de sa volonté, discerner des objets réels les créations de son délire solitaire, et constater qu'elles n'avaient ni la solidité de sa table sculptée dans le chêne, ni celle de l'in-folio à couverture de cuir et fermoir de métal dont elle supportait la théologique pesanteur. Mais en somme, dans une vie de chimères et de fictions, elles jouaient un rôle aussi réel que si elles eussent existé comme le malheureux qu'elles tourmentaient. C'est l'indicible misère d'une vie faussée par le mensonge d'ôter toute substance aux réalités qui entourent l'homme et sont destinées à nourrir et réjouir son être intellectuel. Pour l'homme qui ment, l'univers entier cesse d'être vrai; il se transforme en un monde de raison, parfaitement impalpable, qui se refuse à la main étendue pour l'étreindre. Et le menteur lui-même, en tant qu'il se montre sous de faux dehors, devient une véritable ombre;—disons mieux, il cesse d'exister. Tout ce qui restait de vrai en M. Dimmesdale, c'était l'angoisse intérieure à laquelle il était en proie, et l'empreinte de cette angoisse, irrévocablement gravée sur ses traits. S'il fût parvenu, fût-ce une minute, à sourire, à se donner l'aspect d'un homme joyeux, toute réalité d'homme eût disparu dans cette fraude suprême.

Pendant une de ces horribles nuits dont nous avons parlé sans oser nous permettre de les peindre en détail, le ministre se jeta hors de son fauteuil. Une idée nouvelle venait de le saisir. Peut-être allait-il se procurer quelques minutes de repos, et endormir sa conscience pour un temps. Se costumant avec autant de soin que s'il se fût agi d'une cérémonie publique, et absolument comme s'il allait officier, il descendit son escalier à pas de loup, ouvrit la porte, et se trouva dans la rue.

DEUXIÈME PARTIE

—

X

La veillée du ministre.

Comme sous l'influence d'un rêve, et peut-être dans un accès de somnambulisme, M. Dimmesdale, allant toujours devant lui, finit par se trouver sur la place même où Hester Prynne avait accompli le rude noviciat de sa honte publique. Depuis cette heure fatale, sept longues années avaient passé. Leurs soleils et leurs orages avaient noirci et gercé le même échafaud où, après elle, étaient montés tant de condamnés, que ses marches vermoulues s'étaient usées sous leurs pieds. Mais il était toujours debout, toujours sous le balcon de la salle d'Assemblée. Le ministre en franchit les degrés.

C'était par une obscure nuit du printemps à peine commencé. Un vaste suaire de nuages voilait, du zénith à l'horizon, le ciel embrumé. Appelée autour de l'échafaud, la foule que nous y avons vue entourer jadis la pauvre pécheresse, n'eût rien distingué, pas même le profil d'une forme humaine, sur la plate-forme enveloppée de ténèbres. D'ailleurs, la ville dormait. Nul risque d'être découvert. Le ministre eût pu y demeurer jusqu'aux premières rougeurs de l'aurore, sans autre péril que celui d'y enrouer sa voix éloquente, en aspirant les humides bouffées de la brise nocturne. Du reste, nul œil ne l'y voyait, si ce n'est celui qui ne le quittait point, celui qui l'avait contemplé tant de fois, dans sa close retraite, déchirant à plaisir ses épaules macérées. Pourquoi donc était-il venu là? N'était-ce qu'un vain simulacre de pénitence? simulacre, en effet, mais qui trompait, un moment, sa soif de remords; simulacre qui faisait pleurer et rougir son bon ange, rire et s'éjouir le démon. Pauvre et misérable homme, que se disputaient, tour à tour victorieuses, deux maîtresses implacables, la conscience et la peur; infirme et débile nature qui s'était, à son grand dam, chargée d'un crime, comme si le crime n'était pas l'apanage exclusif des fortes et rudes natures, faites pour en porter légèrement le fardeau, ou pour le rejeter violemment, lorsqu'il leur devient intolérable!

A ce moment même, mulcté par cette dernière expiation, M. Dimmesdale pouvait se méprendre sur la portée qu'elle avait, trompé par l'horreur dont il se sentait accablé. Par moments, il se croyait en butte aux regards du monde entier, contemplant sur sa poitrine nue, et juste à l'endroit du cœur, une empreinte rouge et brûlante ; à cet endroit même où réellement, depuis des années, il ressentait l'impression physique d'une morsure permanente. Sans un effort de sa volonté, mais sans pouvoir arrêter sa voix au passage, il poussa un cri aigu, dont les échos moqueurs s'emparèrent, et qu'ils renvoyèrent d'une maison à l'autre, jusques aux silencieuses collines du fond de la baie, comme eussent fait des lutins d'enfer, se jouant de la misère et de la terreur auxquelles l'homme de Dieu était en proie.

— C'en est fait, murmura l'infortuné ministre couvrant sa face avec ses deux mains. La ville entière va s'éveiller, accourir ici, et m'y trouver.

Mais non. Ses oreilles effrayées s'étaient exagéré la puissance de cette folle clameur. Elle n'éveilla personne. Deux ou trois dormeurs tout au plus, troublés par elle, purent-ils l'attribuer, selon les idées de l'époque, à quelque sorcier, chevauchant par les airs en compagnie de Satan. Aussi le prêtre surpris finit-il par reprendre courage et, relevant le front, par regarder autour de lui. Les ténèbres étaient les mêmes. Seulement, à l'extrémité d'une longue ruelle, arrivait, lentement, une petite clarté vacillante. C'était un falot dont les rayons observateurs se tournaient tantôt vers un poteau d'enseigne, tantôt vers une grille de jardin, tout à l'heure sur une fenêtre grillée, maintenant sur une porte de chêne, à marteau sculpté ! De tous ces détails, éclairés l'un après l'autre, M. Dimmesdale ne perdait pas un seul, attentif qu'il était à toutes les allures de cette lanterne, et bien convaincu qu'elle ne passerait pas impunément sous l'échafaud, où il attendait l'accomplissement de l'arrêt providentiel. Cependant, comme elle approchait, et lorsque les pas de celui qui la portait devinrent plus distincts, notre ministre put reconnaître, dans le cercle lumineux dont elle était le centre, son vénérable ami et frère en religion, le vieux docteur Wilson, qui, selon toute apparence, venait de prier auprès de quelque mourant. Ainsi du moins le conjectura M. Dimmesdale, et il ne se trompait point. A cette heure même, le gouverneur Winthrop venait de rendre son âme à Dieu, assisté par le saint ministre qui, maintenant, son devoir accompli, retournait dans sa demeure, ayant pour auréole, autour de son crâne chauve, les nobles rayons d'un falot fumeux. Ainsi se présentèrent les choses à l'esprit de M. Dimmesdale, qui se sentit sourire malgré lui, réprima, non sans peine, un éclat irrévérent... et demeura stupéfait de se sentir la tête assez perdue pour être ainsi tenté de railler ce qu'il y a de plus respectable icibas.

Au moment même où, serrant contre lui les plis de sa mante genevoise, le révérend M. Wilson passa sous l'échafaud, son jeune confrère put à peine s'empêcher de lui crier :

— Bonsoir à vous, mon vénérable !.. Montez donc ici, je vous prie... Nous y passerons ensemble une heure charmante...

Eh, grands dieux !.. était-il bien sûr que ces mots scandaleux n'eussent pas été prononcés ?.... M. Dimmesdale en douta luimême un instant, si près furent-ils de franchir ses lèvres. Cependant, ils n'avaient été articulés que dans son imagination, et le docteur Wilson continua son chemin, sans lever la tête, les yeux assidûment fixés sur le pavé boueux dont il tâchait d'éviter les souillures jaillissantes. Lorsqu'il eut disparu, lorsque se furent effacés les scintillements de son falot, Dimmesdale comprit, à la faiblesse qui s'empara de lui, qu'il venait de traverser une crise d'anxiété vraiment horrible, contre laquelle son âme avait réagi, oppressée outre mesure par les bizarres inspirations d'une sorte de gaieté désespérée.

Bientôt après, et comme il sentait ses membres se roidir peu à peu sous le froid glacial du matin, de nouvelles obsessions, tout aussi singulières, lui firent anticiper le moment où, le soleil une fois levé, on découvrirait le pieux M. Dimmesdale sur la plate-forme expiatoire. Il se représenta la figure bouleversée du premier passant qu'étonnerait ce spectacle imprévu. Il le vit courant d'une porte à l'autre, agitant les marteaux sonores, et, de son incroyable nouvelle, émerveillant dévotes et dévots. Il vit se lever en grande hâte maint vénérable patriarche, qui prendrait à peine le temps de passer sa robe de chambre en flanelle blanche, mainte grave matrone qui oublierait sa coiffe de nuit sur ses cheveux en désordre. Le vieux Bellingham lui apparut avec sa fraise à la Jacques Ier, mise de travers, et le révérend docteur Wilson, tenant encore à la main, par distraction, son falot inutile, et les blanches vierges dont le jeune prédicateur était l'idole, accourant à toutes jambes, pour le voir sur l'échafaud d'Hester Prynne, sans avoir pris soin, dans leur désarroi, de mettre bien à leur place les mouchoirs de cou destinés à repousser d'indiscrets regards...

Ces images terribles et bouffonnes se pressèrent si soudainement devant les yeux du ministre que, pris à court, mais terrifié lui-même de cette inopportune gaieté, il laissa échapper un sonore, un outrageux éclat de rire.

A l'instant même, un autre rire lui fit écho, rire léger, perçant, rire d'enfant joyeux, dans lequel, avec un frisson de cœur, — peine ou plaisir, l'aurait-il pu dire? — Dimmesdale reconnut la voix de Perle.

— Petite! petite! cria-t-il aussitôt, puis, baissant tout à coup la voix,.... Hester!.. Hester Prynne, est-ce vous?

— Oui... c'est Hester Prynne, répondit-elle avec l'accent de la surprise la plus vive, et le ministre entendit ses pas se rapprocher de l'échafaud... C'est moi, et c'est ma petite Perle.

— D'où venez-vous, Hester? demanda le ministre... et qui donc vous a envoyée de ce côté?

— Je viens d'une veillée mortuaire... je viens de garder le corps du gouverneur Winthrop, auquel j'ai pris mesure d'un linceul brodé... Je retourne chez moi, pour le moment.

— Montez, montez ici, Hester!.. montez-y avec votre enfant... reprit le révérend Dimmesdale... Vous y êtes déjà montées toutes deux... mais je n'étais pas avec vous... Cette fois, nous y serons ensemble, comme de raison.

Elle obéit en silence, tenant Perle par la main. Quand elles furent arrivées à côté du ministre, il saisit l'autre main de Perle, et à ce moment il lui sembla que les flots d'une vie nouvelle coulaient impétueusement, par ses veines rajeunies, jusques à son cœur rasséréné. Ces trois êtres formaient comme une chaîne électrique vibrant sous une forte émission de fluide.

— Dis donc, prêtre?... murmura la petite Perle!

— Que veux-tu, petite? demanda le ministre.

— Resteras-tu ici, avec maman et moi, jusques à demain midi?

— Non... pas encore, ma petite Perle, répliqua Dimmesdale qui, derechef, avec l'énergie nécessaire pour vivre, avait retrouvé les craintes dont sa vie avait toujours été torturée... Non, mon enfant, pas encore. Quelque autre jour, très-certainement, nous nous retrouverons ici, ta mère, toi et moi... Mais pas demain... non... pas demain!

Perle se mit à rire et voulut retirer sa main de celle du ministre. Mais il la retint de force.

— Un moment encore, enfant, disait-il.

— Alors, promets-tu de prendre ma main, et la main de maman, ici, demain, à midi?

— Pas demain... une autre fois.

— Quelle autre fois? reprit l'enfant avec la ténacité questionneuse de son âge.

— Au grand jour du jugement, murmura le ministre, — et, chose assez étrange, il obéissait, parlant ainsi, au sentiment de son devoir, comme prêtre chargé de répandre la vérité... Oui, c'est alors, et c'est ici que, devant le tribunal de Dieu, nous comparaîtrons ensemble, tous les trois, comme nous voici... Mais en ce bas monde, la lumière du jour ne doit pas éclairer nos réunions.

Perle se prit à rire de plus belle. Il y avait de la sorcellerie dans ses yeux, et sa figure, tournée vers le ministre, avait cette expression malicieuse, pour ne pas dire méchante, qui lui donnait quelque chose du gnome et de la fée, tout à la fois. Elle dégagea sa main, toujours retenue par M. Dimmesdale et lui montra du doigt une des rues qui aboutissaient à la place du marché. A l'entrée de cette rue et à bien peu de distance de l'échafaud, tenant une lanterne à la hauteur de son visage, qu'elle éclairait parfaitement, se tenait debout Roger Chillingworth. Soit l'effet singulier d'une vive lumière éclairant, au sein des ténèbres, un point isolé, soit que le médecin ne veillât point, comme à l'ordinaire, sur l'expression de ses traits, ils n'avaient jamais trahi au même degré les terribles secrets de sa haine. Dès qu'il eut vu le trio groupé sur l'échafaud, et discerné qu'il était reconnu, un simple mouvement de main fit rentrer dans la nuit son odieux visage. Mais le jeune ministre avait reçu en pleine poitrine le regard cruel de son persécuteur.

— Qui est cet homme, Hester? s'écria-t-il, respirant à peine, et dominé par la terreur... Sa vue me fait frissonner..... Le connais-tu?.... Je le hais, entends-tu bien...

Hester se rappela son serment et garda le silence.

— Je te dis, balbutia de nouveau le ministre, je te dis que mon âme frémit au dedans de moi, lorsque je le vois... Qui est-il, au nom du ciel, qui est-il?.. Ne peux-tu me venir en aide?.. J'éprouve pour cet homme une horreur indicible...

— Prêtre, s'écria la petite Perle... si tu veux, je puis te dire qui est cet homme...

— Vite, alors... vite, mon enfant, — et le ministre se pencha de manière à placer son oreille devant les lèvres de l'enfant... Le plus vite, et aussi bas que tu pourras...

Perle avait tout simplement voulu se moquer de sa curiosité. Les mots qu'elle bredouilla à son oreille n'offraient aucun sens précis et semblaient empruntés à quelque langue inconnue ici-bas... Puis l'enfant se mit à rire...

— Est-ce ainsi que tu te joues de moi? dit le ministre.

— Tu n'as pas de courage... tu n'es pas fidèle à tes amis, répondit l'enfant... Tu n'as pas voulu promettre de nous prendre la main, à maman et à moi, demain, ici, en plein jour.

— Mon digne monsieur, s'écria le médecin, qui pendant ce court dialogue s'était avancé jusqu'au pied de la plate-forme... mon révérend monsieur Dimmesdale... se peut-il que vous soyez ici, à cette heure?.. Ah! vous autres gens de cabinet, la tête toujours dans vos livres, vous avez bon besoin que l'on veille sur vous. Quand nous veillons, vous dormez, et quand nous dormons, vous prenez la clé des champs... Allons, cher monsieur, allons, mon digne ami, je vous en supplie, laissez-moi vous reconduire.

— Comment avez-vous su que j'étais ici? demanda le ministre, dont l'accent trahissait une profonde terreur.

— En bonne vérité, je ne m'en doutais guère, répliqua Roger Chillingworth... J'avais passé la plus grande partie de la nuit au chevet de l'honorable gouverneur Winthrop, m'essayant, de mon mieux, à lui rendre l'agonie moins pénible. Une fois qu'il a été parti pour un meilleur monde, j'ai pensé qu'il était temps de regagner ma pauvre demeure, et j'y allais tout droit, lorsqu'un rayon de lune perçant les nuages, m'a fait entrevoir quelque chose de ce côté... Voyons, respectable ami, rentrez avec moi... sans cela, vous serez mal disposé, demain dimanche, pour le prône que nous attendons... Ah! ces livres!.. ces livres!.. comme ils vous dérangent vite une pauvre cervelle!.. Il faudrait étudier moins, mon bon monsieur... et prendre quelques délassements..... sans cela, ces fantaisies nocturnes risquent fort de passer chez vous à l'état chronique...

— Je rentrerai donc avec vous, dit simplement Dimmesdale, qui se laissa emmener dans cet état d'accablement glacé où un mauvais rêve laisse souvent les gens nerveux. Le médecin l'entraînait, le tenant sous les bras, et fier de sa proie reconquise.

Le lendemain, qui était en effet un dimanche, M. Dimmesdale prononça un discours qui fut généralement regardé comme le plus éloquent, le plus persuasif, le plus imbu de célestes vérités, qui jamais fût sorti de ses lèvres inspirées. Plus d'une âme dut à cette puissante adjuration le courage de rentrer dans les voies de la vérité. Plus d'une se crut tenue envers M. Dimmesdale, à une éternelle reconnaissance; lui, cependant, à la descente de la chaire, fut abordé par le sacristain, vieillard à barbe grise, qui lui remit un gant noir, reconnu sur-le-champ par le prédicateur, encore échauffé de son triomphe.

— On l'a trouvé ce matin même, lui dit l'humble serviteur de l'église, sur ce même échafaud où se fait l'exposition publique des malfaiteurs... Quelque méchante plaisanterie du démon sur le compte de Votre Révérence... Mais vous lui montrerez, n'est-il pas vrai, que, pour le malmener de la bonne sorte, vous n'avez pas besoin de mitaines.

— Ce gant est bien à moi, murmurait cependant M. Dimmesdale, — et vraiment il avait besoin de cette preuve matérielle pour ne pas mettre au rang des visions les plus chimériques les singuliers événements de la nuit précédente.

XI

Hester change d'aspect.

Hester Prynne n'avait pas constaté sans une douleur profonde, dans cette bizarre entrevue avec M. Dimmesdale, le rapide progrès de son affaissement physique et moral. Elle avait été péniblement émue de voir cet homme, si supérieur par l'intelligence et si haut placé dans l'estime publique, venir en quelque sorte l'implorer, elle, la femme proscrite, elle dont il aurait dû être l'appui. Le secours qu'il lui demandait ainsi, avec angoisse et terreur, pouvait elle le lui refuser? Une autre femme l'eût pensé, peut-être, mais Hester, dans ce long isolement qu'on lui avait fait, s'était accoutumée à ne plus faire intervenir l'opinion d'autrui entre les inspirations de sa conscience et les actes qui lui étaient dictés par cette voix intérieure. Elle se sentait, par rapport au jeune ministre, sous le poids d'une responsabilité spéciale, plus impérieuse que tout autre devoir envers qui que ce fût, envers le monde entier lui-même. De tous les liens qui la rattachaient jadis au reste des hommes, — liens de fleurs, liens de soie ou d'or,—un seul subsistait, le lien étroit, l'intime solidarité du crime. Elle ne voulait pas le briser, celui-là; elle en acceptait tout l'asservissement, elle voulait le porter jusqu'à la mort.

Du reste, on se tromperait fort si on croyait que sa position vis-à-vis de la communauté dont elle faisait encore partie, n'eût pas été modifiée depuis l'heure où une flétrissure publique lui avait été si rudement infligée. Le temps avait marché. Perle entrait dans sa huitième année. Les regards s'étaient familiarisés avec la terrible Lettre Rouge. On aurait même pu remarquer, à propos d'Hester, comme à propos de tous les êtres qui sont placés, par une distinction quelconque, en dehors de la foule, et qu'elle ne trouve jamais en opposition avec ses intérêts ou ses caprices, on aurait pu remarquer, disons-le sans hésiter, que cette infortunée inspirait une sorte de respect. L'homme, il faut le reconnaître, lorsque son égoïsme n'est point en jeu, aime plus volontiers qu'il ne hait. Il guérit même, à la longue, des haines que rien ne vient raviver, comme d'un mal dont le germe n'est point en lui. La résignation silencieuse d'Hester ne pouvait donc manquer de désarmer ses ennemis les plus ardents. La pureté de sa vie avait de quoi faire réfléchir les plus rigides sectaires. Ils devaient se dire que, n'ayant plus rien à perdre et rien à espérer, si elle demeurait dans la droite voie, c'était pur instinct de vertu, simple attachement au bien, zèle désintéressé pour la loi de Dieu.

Cette femme qui ne demandait rien à personne, que le droit d'acheter par un pénible travail son pain et celui de son enfant, ne se refusait, en revanche, à aucun des devoirs résultant de la vie sociale, de cette vie si peu profitable pour elle. Nulle femme autant qu'elle, proportion gardée, cela va sans dire, ne se montrait libérale envers les pauvres, qu'elle habillait souvent du travail de ses mains, de ses mains de fée, habituées aux travaux délicats, faites pour broder le manteau d'une reine. Quand la peste vint désoler et ravager la cité naissante, nulle ne porta au chevet des mourants, avec une plus froide intrépidité, des soins, des consolations plus efficaces. Partout où les cierges funéraires éclairaient le front livide de quelque malade abandonné, on vit leurs rayons reflétés par la broderie d'or qui encadrait la Lettre Rouge. Au soleil, elle ne brillait guère, abritée par les ténèbres du laborieux ermitage où Hester Prynne se confinait durant le jour; mais, le crépuscule venu, cette sœur de charité sortait furtivement de sa retraite, et venait brûler en silence, au pied de ces lits de souffrances, devenus autant d'autels sacrés, l'encens précieux de la charité chrétienne. Aussi les malheureux dont elle allégeait les tortures, et ceux qui la voyaient assidue au chevet de leurs proches, commençaient-ils à ne plus croire au sens ignominieux de la lettre infamante; ils lui en substituaient une autre, et cette interprétation attestait leur reconnaissance ingénieuse: la première lettre du mot *adultère* n'est-elle pas la première du mot *ange?*

Quand une fois Hester avait franchi le seuil

des humbles demeures où elle était ainsi bénie et révérée, jamais elle ne retournait la tête pour recueillir un dernier mot de gratitude, un adieu pénétré, un vœu de bonheur. Le lendemain, si elle rencontrait par les rues l'un de ses débiteurs, encore ému, tout disposé à prendre, à baiser sa main secourable, elle passait sans lever la tête, et à ceux-là qui l'eussent voulu, ce nonobstant, accoster, elle montrait du doigt, sur son sein, la Lettre Rouge. Était-ce orgueil? était-ce humilité? Le public, impérieux despote pour qui lui résiste, mais juge miséricordieux pour qui s'incline et s'en remet à sa générosité, interpréta dans ce dernier sens la conduite d'Hester Prynne, et la tendance de l'opinion devint si manifeste, que les chefs de la cité, plus tard que le peuple, il faut le reconnaître, en vinrent à se relâcher de leur sévérité première. Ils songèrent qu'un temps arriverait où il serait utile et d'un bon exemple, de relever Hester, rachetée par son repentir et ses bonnes œuvres, de la sentence qui l'obligeait à porter la lettre flétrissante : mais quand ils y songèrent, cette lettre avait perdu le caractère qu'ils lui attribuaient encore. Elle ne servait plus qu'à mettre en relief les mérites de celle qui s'en était si fièrement parée, aux jours d'épreuve et de honte. —Vous voyez, disait-on aux étrangers, vous voyez cette femme qui porte sur son sein cet insigne brodé, c'est notre Hester, c'est la femme charitable par excellence, notre garde-malade, notre amie, notre consolatrice. En un jour de danger, la Lettre Rouge eût permis à Hester de traverser impunément les flots du peuple ameuté. Les brigands les plus déterminés, si elle fût tombée en leurs mains, l'eussent respectée à cause de la Lettre Rouge. Ne commençait-on pas à dire, déjà, que la flèche d'un Indien, lancée contre Hester, s'était émoussée sur ce signe miraculeux?

Les sympathies dont elle était devenue l'objet, et le respect affectueux qu'elle commençait à inspirer n'avaient point agi sur Hester, comme ils eussent fait sur une femme d'une organisation plus vulgaire. L'austérité de ses dehors, sa mise sévère et quasi monastique, ses beaux cheveux tombés sous le ciseau, puis cachés sous une coiffure qui n'en laissait jamais échapper une seule boucle, exprimaient incomplétement la métamorphose absolue qui s'était opérée en elle, à partir du moment où elle s'était senti, en quelque sorte, retrancher vivante du nombre des vivants. Après une pareille épreuve, il fallait, ou mourir de douleur, ou perdre, tout entière, cette faculté de souffrance qui tient par tant de fibres, dans le cœur d'une femme, à la faculté d'aimer. C'est en ce dernier sens qu'Hester était changée : reste à savoir si elle l'était pour jamais.

En attendant, elle devait à son isolement une complète indépendance de pensée, et par cette sorte d'émancipation intellectuelle, qui lui faisait rejeter, comme les fragments d'une chaîne brisée, les idées et les lois vulgaires, elle se trouvait au niveau de son époque, essentiellement examinatrice, essentiellement rebelle. C'était un temps où la révolte intellectuelle éclatait de tous côtés ; un temps où les hommes en état de porter l'épée renversaient les rois et les aristocraties armées : un temps où d'autres hommes, plus hardis peut-être, remaniaient de fond en comble les bases de la doctrine philosophique. Hester Prynne, l'humble brodeuse, sentait en elle leur audace illimitée ; elle portait dans la critique des idées reçues une liberté, assez répandue parmi les nouveaux débarqués transatlantiques, mais que leurs représentants officiels eussent repoussée chez elle, s'ils l'en eussent soupçonnée, plus sévèrement que tout autre crime, même celui dont ils l'avaient déjà punie. Mais rien de cette disposition singulière ne transpirait au dehors, et comme beaucoup d'autres êtres pensants, Hester se conformait d'autant plus aisément aux lois positives, aux règles admises, qu'elle s'abandonnait avec moins de retenue aux témérités de sa raison. Celles-ci lui suffisaient, et d'ailleurs, le besoin qu'elle éprouvait de lutter n'avait-il pas amplement de quoi se satisfaire, dans ce combat quotidien que lui imposait l'éducation de son étrange enfant, de cette Perle aux instincts inexplicables, ange par certains côtés, démon par d'autres, mystère toujours, et, pour sa mère, effroi permanent, sujet d'anxiétés cruelles, de doutes affreux.

Elle se demandait en effet souvent s'il

Hester saluée respectueusement.

n'eût pas mieux valu, pour cette enfant adorée, ne voir jamais le jour, ne connaître jamais la vie, que d'être appelée à lutter, dans les conditions où la femme est placée ici-bas, contre l'hostilité d'un monde prévenu, contre la flétrissure de son origine, contre les périls exceptionnels, les soupçons immérités, les injustes mépris auxquels elle serait en butte. — Et quand elle se posait ces questions ardues, faute de ce puissant sécours que l'innocence et la paix du cœur donnent aux faiblesses de la raison, aux lacunes de notre insuffisante logique, Hester, qui se sentait comme entourée d'abîmes, comme assiégée de vertiges, perdait tout sang-froid, toute sécurité, toute espérance. Plus d'une fois elle se crut folle. La Lettre Rouge n'avait évidemment pas fait son office.

A ces angoisses, nous l'avons déjà laissé pressentir, venaient se joindre celles dont M. Dimmesdale était le sujet. Hester le voyait en passe de perdre tout à fait la raison. Elle en accusait, au fond de son cœur, les terribles obsessions de Chillingworth; et, par contrecoup, elle s'en accusait elle-même; car, en gardant le silence, comme elle l'avait juré à son mari, elle lui avait donné des armes terribles contre l'infortuné dont il pensait avoir à se venger. Maintenant, ce serment fatal, devait-elle le regarder comme sacré pour elle? N'avait-elle aucun moyen de combattre la sinistre influence du vieux docteur?

La femme et le mari.

Autrefois, la pensée d'une semblable lutte l'aurait infailliblement terrifiée. Mais de longs malheurs et des réflexions sans nombre l'avaient armée d'une force qu'elle ne méconnaissait point, et elle ne se sentait pas, vis-à-vis de Roger Chillingworth, aussi mal défendue qu'elle l'avait été, la nuit fatale où, dans sa prison, à demi morte de honte, presque folle, éperdue, elle s'était laissé arracher la promesse qui la liguait avec lui, — sans qu'elle s'en doutât, — pour la perte du malheureux qu'elle aimait encore.

XII

La femme et le mari.

Hester ne demandait qu'une rencontre favorable pour s'expliquer enfin avec Roger Chillingworth. Une après-midi qu'elle se promenait avec la petite Perle dans un des endroits les moins fréquentés de la baie, elle aperçut le vieux médecin qui, tenant au bras un panier, et s'appuyant sur un bâton, marchait péniblement, courbé vers le sol, en quête de simples et de plantes médicinales.

A l'instant même son parti fut pris. Elle envoya son enfant jouer au bord de l'eau avec les coquillages et les varechs. Perle ne se le fit pas dire deux fois, déchaussa ses petits pieds blancs, et la minute d'après elle se démenait à grand bruit, parmi les grèves humides, où elle trouvait, çà et là, force miroirs abandonnés par la vague fugitive dans les creux du sable brillant. Chaque fois que Perle se penchait sur une de ces glaces improvisées, elle voyait du fond de l'eau s'avancer vers elle une charmante petite figure couronnée de boucles brunes, et dont le sourire malin attestait la joyeuse humeur. C'était une bonne fortune qu'une compagne si gaie, et lorsque Perle lui tendait la main de bonne amitié, l'invitant à venir jouer, la petite créature fantastique lui faisait signe à son tour : — Il fait meilleur ici, semblait-elle dire... venez dans l'eau me rejoindre !.... Et Perle de sauter aussitôt vers sa nouvelle amie. Mais alors, dans l'eau soudain agitée, elle ne voyait plus que ses pieds blancs, et peut-être, un peu plus loin, l'image flottante et brisée d'un sourire de lutin.

La mère, cependant, avait accosté le docteur.

— Un mot seulement, lui dit-elle, mais un mot qui nous importe à tous deux.

— Ah !.. mistress Hester a un mot en réserve pour le vieux Roger Chillingworth ?.. répondit-il, en redressant sa taille pliée... Me voici prêt à l'écouter... Aussi bien n'entends-je de tous côtés que paroles à votre honneur... Pas plus tard qu'hier soir, mistress, nos magistrats débattaient entre eux si on ne vous ôterait pas cette Lettre Rouge, emblème porté assez longtemps, d'une faute que vos vertus ont expiée... Vous m'en croirez si vous voulez, mistress Hester ; mais j'ai fortement insisté pour qu'on ne mît aucun retard à vous rendre cette justice.

— Il ne dépend pas des magistrats et de leur bon plaisir, repartit Hester avec calme, que ce symbole reste ou non sur ma poitrine... Si j'étais digne qu'il en fût enlevé, il tomberait de lui-même, ou se transformerait de manière à ne plus signifier ce qu'il signifie aujourd'hui.

— A votre aise, reprit Chillingworth... Toute femme a droit de se parer comme elle l'entend. La lettre est merveilleusement brodée. C'est un ajustement qui a son originalité.

Hester le contemplait parlant ainsi, et se sentait attristée en même temps que surprise, de constater à quel point, dans les sept années qui venaient de s'écouler, cet homme avait rapidement décliné. Non qu'il eût précisément beaucoup vieilli, car, si les marques de l'âge étaient visibles sur son front dépouillé, il portait bien son âge et gardait encore une certaine vigueur, une certaine souplesse ; mais ce qu'elle se rappelait le mieux de lui, sa physionomie d'homme rêveur et studieux, le calme, la sérénité de ses traits, avaient complétement disparu pour faire place à une expression ardente, inquiète, concentrée, presque cruelle, et cependant voilée avec soin. Un sourire prémédité, contraint, lui servait de masque : mais ce masque était transparent, et l'espèce de lumière jetée par ce sourire menteur ne servait qu'à mieux faire juger l'épaisseur des ténèbres au sein desquelles il se jouait. De même, à quelques rouges rayons qui, malgré lui, jaillissaient de ses yeux, pouvait-on deviner la flamme intérieure dont il était dévoré. En un mot, l'aspect de Roger Chillingworth pouvait servir à montrer, d'une façon saisissante, que, s'il se résout, pendant un certain laps de temps, à faire ici-bas l'office d'un agent infernal, tout homme revêt peu à peu les attributs du démon. La transformation de ce malheureux était due à ces sept années consécutives, consacrées à l'analyse, à la dissection froide et vindicative d'une âme remplie de tortures, de tortures que prenait plaisir à aggraver celui qui les contemplait ainsi.

Hester se trouvait donc en face d'une autre ruine morale dont elle se sentait aussi responsable, au moins en partie. La Lettre Rouge lui brûlait la poitrine.

— Que voyez-vous donc sur ma figure, pour la contempler avec tant de zèle ? lui demanda le médecin.

— Quelque chose qui me ferait pleurer, si mes larmes pouvaient couler assez amères, répondit-elle... mais laissons cela... Je voulais vous entretenir de cet autre infortuné...

— Ah ! voyons... qu'avez-vous à m'en dire ? interrompit Chillingworth, avec un empressement bizarre. On voyait que ce sujet lui plaisait et qu'il était charmé de pouvoir le traiter avec la seule personne vis-à-vis de laquelle il pût s'en expliquer à cœur ouvert... Ne vous gênez point... Je répondrai à toutes vos questions.

— Il y a sept ans, dit Hester, lors de notre dernier entretien, il vous plut de m'arracher la promesse d'un silence absolu par rapport à nos relations antérieures. La vie et la réputation de cet homme étaient entre vos mains; je n'avais donc qu'à vous obéir. Nulle autre alternative ne m'était laissée. Cependant je ne m'engageai pas ainsi sans de tristes pressentiments. Affranchie de tous mes autres devoirs, il m'en restait un qui me liait à cet homme, et quelque chose, au fond du cœur, m'avertissait que j'y manquais en m'obligeant au secret que vous exigiez de moi. Depuis ce jour, vous vous êtes pour ainsi dire emparé de ce malheureux; vos pas suivent ses pas, et vous marchez dans ses traces encore chaudes. Qu'il veille ou qu'il dorme, vous êtes à côté de lui, vous fouillez ses pensées. Comme certains parasites venimeux, vous vous logez au fin fond de son être, et vous y déposez vos poisons désorganisateurs. Son existence est dans vos mains cruelles, et vous le faites vivre chaque jour d'une agonie savamment prolongée. Vous faites tout cela, et il ignore qui vous êtes. En souffrant qu'il en soit ainsi, j'ai trahi bien certainement le seul homme envers qui j'aie maintenant le droit de me montrer fidèle.

— Mais, comme vous dites, vous n'aviez pas le choix d'une autre résolution, remarqua Chillingworth. Je n'avais qu'à montrer du doigt cet homme, et, de sa chaire, je le précipitais au fond d'un cachot... Peut-être même l'aurais-je envoyé à quelque mort ignominieuse.

— Cela eût mieux valu, dit Hester Prynne.

— Vraiment?.. Et quel mal lui ai-je donc fait? demanda derechef Roger Chillingworth. Un roi lui-même prodiguant ses trésors n'eût pas été entouré de soins comme ceux que j'ai prodigués à ce misérable prêtre. Sans moi, sa vie, consumée de remords, se fût éteinte dans le cours des deux années qui suivirent son crime et le tien; car, il faut bien t'en rendre compte, Hester, son âme n'a pas en elle cette énergie qui t'a soutenue, toi, sous le fardeau de cette Lettre Rouge. Ah! les bons secrets que je pourrais révéler à ce sujet... Mais c'est en dire assez long. Je te répète, tout ce que notre art peut pour un homme, je l'ai employé à faire vivre celui-ci... s'il respire encore, s'il se traîne sur la terre, c'est à moi, à moi seul qu'il en est redevable.

— Mieux eût valu qu'il fût mort d'un seul coup, dit encore Hester. Cette fois, le médecin jeta bas toute contrainte, et la sanglante flamme, retenue au fond de son cœur, jaillit tout à coup de ses yeux en rouges éclairs.

— Oui, dit-il, oui, tu as raison. Mieux valait pour lui mille fois une prompte mort. Jamais homme n'a tant souffert que celui-ci; et cela sous l'œil de la pire haine qu'on ait jamais inspirée. Il a eu conscience de moi: — il a vaguement deviné son bourreau; il a senti l'influence de cette malédiction vivante qui planait autour de lui. Avec cette sensibilité maladive qui le caractérise, il a compris qu'un œil étranger pénétrait au plus secret de ses pensées, qu'une main hostile faisait vibrer une à une les cordes de son cœur souffrant; mais il n'a jamais su que cet œil, cette main, étaient ma main et mon œil. La superstition, qui est l'apanage de sa caste, lui a fait croire qu'il était livré aux obsessions de quelque esprit du mal ayant mission de l'entourer de rêves affreux, de pensées désespérantes, et, par avant-goût des supplices auxquels il est réservé, promenant l'aiguillon du remords sur ses plaies saignantes... Il ne se trompait guère, vois-tu?.. C'était bien un démon qu'il avait sans cesse auprès de lui... un démon qui jadis était un homme.

A ces derniers mots, le malheureux docteur leva les mains au ciel, avec un regard où se peignait une horreur profonde. On eût dit que, pour la première fois, placé devant un miroir fidèle, il y voyait, substituée à sa figure, quelque apparition hideuse. En effet, c'était pour lui un de ces instants fugitifs, bien rares dans la vie d'un homme, où son aspect moral se révèle dans toute sa laideur à l'âme étonnée. Jamais peut-être Chillingworth ne s'était ainsi contemplé.

— Voyons, dit Hester, encouragée par l'expression de ce regard... Ne l'as-tu pas assez torturé? n'a-t-il pas acquitté toute sa dette?

— Non,.. non!... Cette dette ne fait que grossir, répondit le médecin, dont la physionomie perdit peu à peu, à mesure qu'il parlait, ce qu'elle avait d'inflexible et de cruel, pour n'exprimer plus qu'un indicible abattement..... Te souviens-tu, Hester, de ce que j'étais il y a neuf ans?.. C'était l'automne de ma vie, et non les premiers jours de cette arrière-saison. Mais toute mon existence s'était écoulée, paisible, au sein d'études qui avaient pour premier but d'étendre, de développer mon intelligence, et, en seconde ligne, je l'avoue, de contribuer à faire progresser le bien-être de tous. Nulle carrière plus pacifique et plus innocente : bien peu de labeurs plus utiles et plus féconds. Te rappelles-tu bien de moi?.. Tu pouvais, tu devais me trouver un peu froid... En somme, cependant, n'étais-je pas un homme préoccupé du sort des autres, peu exigeant pour lui-même, et, dans ses affections, bon, sincère, juste, loyal, sinon très-ardent?... Réponds, n'étais-je pas ainsi?

— Ainsi, et mieux encore, dit Hester.

— Eh bien... maintenant... que suis-je? lui demanda-t-il, la regardant en face, et laissant toutes ses mauvaises passions inscrire leur empreinte sur ses traits bouleversés... Ce que je suis, je te l'ai dit... un démon... un vrai démon!.. Qui m'a fait ce que je suis?

— C'est moi, s'écria Hester, frissonnant de la tête aux pieds... c'est moi, tout autant et plus que *lui*..... Pourquoi ne t'es-tu point vengé de moi?

— La Lettre Rouge en était chargée, repartit Roger Chillingworth... Si elle a failli à sa mission, je ne pouvais rien de plus qu'elle.

Et, souriant, il posa son doigt sur le signe d'infamie.

— Elle t'a vengé, répondit Hester Prynne.

— Je n'en doutais pas, dit le médecin... Maintenant, pourrais-tu m'apprendre ce que tu désires de moi par rapport à cet homme?

— Je veux... je veux lui révéler ton secret, répondit Hester, avec un accent résolu. Il faut qu'il te connaisse tel que tu es. Ce qui en résultera, je l'ignore. Mais, du moins, j'aurai rempli mon devoir, j'aurai payé cette dette de confiance contractée depuis si longtemps envers cet homme, dont j'ai été la ruine et la perdition. Sa réputation ici-bas, peut-être même sa vie, comme tu l'as dit, restent à ta disposition. Mais je ne vois pas qu'il gagne assez au semblant d'existence que tu lui laisses, pour m'abaisser à implorer de toi son pardon. Fais de lui tout ce que tu voudras. Quelle que soit ta résolution à cet égard, il n'y a plus ici-bas ni bonheur pour lui, ni pour moi, ni pour toi... Il n'y a plus même de bonheur pour cette enfant que tu vois jouer là-bas..... Je suis et je me sais dans un labyrinthe sans issue.

— Femme, je voudrais... je me sens une vraie pitié pour toi, s'écria Roger Chillingworth, qui ne put retenir un élan d'admiration devant ce désespoir grandiose et presque sublime... Il y avait en toi de rares éléments de grandeur... Peut-être, si tu avais rencontré plutôt, sur ta route, un amour meilleur que le mien, tout ce mal n'eût-il point existé... J'ai pitié de toi, pour tant de belles qualités naturelles, en vain prodiguées.

— Et j'ai pitié de toi, moi, répondit Hester Prynne, pour cette haine qui, d'un homme juste et bon, a pu faire un agent de la puissance infernale... Si ce n'est pour ce malheureux, pour toi du moins, sache pardonner!... Laisse à la justice suprême le droit et le soin de le punir!.. Je te disais tout à l'heure que, de nous trois, perdus que nous sommes dans un inextricable labyrinthe, aucun ne pouvait désormais être heureux ici-bas... J'ai eu tort : cela n'est point... Toi seul, tu peux encore retrouver le calme et la paix du cœur, puisque, profondément blessé, tu peux, de ton plein gré, pratiquer la clémence et l'oubli des injures..... Abdiqueras-tu ce magnifique privilége?... Veux-tu?...

— Tais-toi, femme, tais-toi, interrompit le vieillard avec une sombre sévérité... Il ne m'est pas donné de pouvoir oublier et remettre... Je n'ai pas ce pouvoir dont tu me parles. Ma vieille croyance, longtemps oubliée, mais qui me revient, m'explique tout ce que nous faisons, tout ce que nous souffrons. A ton premier pas hors de la droite voie, tu as semé le germe du mal : mais depuis ce moment, tout ce qui a été devait être, conséquence fatale de cette première transgression. Vous qui m'avez fait tort, vous n'êtes coupables qu'à un point de vue chimérique : c'est encore une illusion qui me montre à vos yeux sous les dehors d'une furie vengeresse, parce que je semble avoir usurpé le rôle de Némésis... Tout ceci, c'est la nécessité, c'est le destin... Laisse cette sombre fleur pousser selon sa nature sur le sol où tu l'as semée... Et maintenant, vois ce qui te reste à faire. Prends, pour cet homme, le parti que tu voudras... Je te laisse ta liberté. Je garde la mienne.

A ces mots, avec un signe de main, signe d'adieu presque impératif, il se remit, comme devant, à cueillir ses plantes de prédilection. Tandis qu'il s'éloignait d'elle ainsi, courbé sur ce sol que balayait sa barbe grise, Hester l'examinait, poussée par une sorte de curiosité fantastique, pour voir si le gazon vert du printemps ne se séchait pas sous les pas de l'inflexible vieillard, et songeant quels poisons devaient être ceux que ses mains décharnées empruntaient à la riante prairie. Elle s'étonnait que le soleil pût éclairer une difformité aussi monstrueuse; elle s'attendait presque à voir cet homme au cœur endurci prendre les ailes d'un oiseau de nuit, et fuir, ébloui, les rayons célestes.

— Péché ou non, finit-elle par se dire à voix presque haute, j'abhorre cet homme, et n'y sais que faire..... Oui, je le hais..... Mon cœur et mon esprit me disent qu'il m'a trahie, quand il me persuada que je pouvais vivre heureuse auprès de lui. Je l'exècre, oui, je l'exècre. Il m'a rendue pire que je ne l'ai rendu moi-même. En bonne justice, ma haine est un droit. C'est lui-même qui l'a reconnu tout à l'heure.

Que signifiaient ces étranges révoltes d'un cœur indomptable?

Sept années de torture, sept longues années, pendant lesquelles la Lettre Rouge ne l'avait point quittée une seconde, n'avaient donc amené avec elles aucun repentir sincère, aucun vrai retour au bien?

Lorsque Chillingworth fut hors de vue, Hester rappela son enfant. Celle-ci, dont l'imagination n'était jamais en défaut pour inventer de nouveaux jeux, tantôt, pendant ce grave entretien, s'était amusée à fréter avec des coquilles d'escargot de petites barques fabriquées avec de l'écorce de liége, abandonnées ensuite à l'inconstance des flots; tantôt elle faisait prisonniers quelque crabe ou quelque étoile de mer, ou bien mettait fondre au soleil un de ces petits mollusques auxquels on a donné le nom significatif de *Jelly-Fish* (1). D'autres fois, elle prenait, au bord de la vague expirante, des poignées d'écume qu'elle jetait à la brise et s'efforçait ensuite de rattraper au vol : ou bien encore, à coups de galets, elle poursuivait les petits essaims d'oiseaux, nichés deçà delà dans les rochers de la baie : mais nonobstant la cruauté apparente qu'elle mettait à les viser de son mieux, l'un d'eux ayant eu l'aile cassée par un de ses coups, l'enfant était tout à coup devenue sérieuse, et avait cessé sa chasse inhumaine. En dernière analyse, lorsque sa mère l'appela, elle venait de se composer une toilette, écharpe, coiffure et manteau, avec des herbes marines, et, accoutrée de la sorte, ressemblait assez à une petite sirène. Pour compléter son ajustement, Perle avait pris quelques brins d'ajonc et de son mieux, sur sa poitrine, imité l'espèce de décoration qui, sur le sein maternel, avait si souvent occupé ses yeux. La lettre fatale, la lettre A, s'y trouvait donc reproduite, en vert au lieu de rouge, et Perle contemplant son ouvrage avec une certaine satisfaction :

— Je serais étonnée, pensait-elle, si ma mère me demandait ce que ceci peut vouloir dire.

Hester, en effet, garda tout d'abord le silence. Mais enfin, avec un effort évident sur elle-même :

— Mon enfant, lui dit-elle, cette lettre verte sur ta poitrine n'a aucune espèce de sens... Mais sais-tu ce que signifie celle qu'on a condamné ta mère à porter ?

— Sans doute... c'est la lettre A, la première de celles que tu m'as montrées dans l'alphabet.

Hester contemplait sa fille avec une attention profonde, et tâchait de pénétrer ce qu'avait de mystérieux, pour elle, l'expression presque malveillante des yeux noirs que Perle attachait sur les siens. Une curiosité maladive ne lui permit pas d'en rester là.

— Voyons, lui dit-elle, sais-tu pourquoi ta mère porte cette lettre ?

— Ah! je devine... s'écria Perle, avec un éclair dans le regard... C'est pour la même

(1) Mot à mot : *poisson gélatine*.

raison qui fait que le ministre porte toujours la main à son cœur.

— Et quelle est cette raison, petite folle? poursuivit Hester, souriant d'abord, ensuite fort pâle...

— Eh bien, mère, je te l'assure, reprit Perle, plus sérieusement qu'à elle ne semblait appartenir... je t'ai dit tout ce que je savais. Ce vieux homme, à qui tu parlais tout à l'heure, t'expliquera peut-être mieux cela... Maintenant, tout de bon, si tu le sais, dis-moi ce que signifie la Lettre Rouge, pourquoi tu la portes sur ta poitrine, et pourquoi le ministre a toujours la main sur son cœur.

Tandis qu'elle parlait ainsi avec une ardeur singulière, pressant entre ses petites mains la main d'Hester, et levant sur elle des yeux suppliants, la pauvre mère eut une sorte de vertige intellectuel, qui lui fit penser un moment que Perle, ange consolateur, pouvait, en échange d'une confiance absolue, lui donner les gages certains du pardon d'en haut. Mais, au moment de parler, un sentiment plus fort que cet entraînement passager scella ses lèvres, et sans rien répondre, avec un triste sourire, elle emmena l'enfant, qui, plus d'une fois, revint encore à la charge.

— Que signifie la Lettre Rouge?... demandait-elle, et pourquoi le ministre a-t-il toujours la main sur son cœur?

XIII

Dans la forêt.

Rien n'empêchait Hester d'aller trouver chez lui M. Dimmesdale, comme tant d'autres pénitents qui avaient à lui révéler parfois des crimes bien autrement irrémissibles que celui dont elle subissait le châtiment. Mais peut-être craignait-elle que Roger Chillingworth ne vînt à la traverse de cette entrevue, qui pouvait faire échouer ses sinistres projets; peut-être aussi son cœur coupable redoutait-il des soupçons que nul n'aurait conçus; peut-être, enfin, comprenait-elle que son entretien avec le jeune ministre ne pouvait avoir lieu que sous la voûte des cieux, en présence de la nature elle même, dans la solennelle atmosphère des vastes solitudes. Elle dut attendre une occasion favorable. Un jour, enfin, dans la maison d'un pauvre malade, elle apprit que M. Dimmesdale, appelé à secours comme elle, n'avait pas été trouvé chez lui. Depuis la veille il était absent, absent pour vingt-quatre heures encore; il était allé visiter l'apôtre Eliot au milieu de ses catéchumènes indiens. On savait à peu près qu'il reviendrait dans l'après-midi du lendemain, et il n'était pas difficile de deviner par quelle route. Aussi Hester put-elle s'assurer qu'en allant au-devant de lui, elle le rencontrerait à coup sûr dans la forêt qui enveloppait alors, de toutes parts, Boston et ses jeunes murailles.

Elle partit avec Perle, qui ne la quittait jamais, et toutes deux se trouvèrent bientôt sur l'étroit sentier que les colons s'étaient frayé à travers l'épaisseur de ces bois, où, depuis le commencement du monde, ils avaient les premiers porté la hache. C'était par un jour froid et sombre. Cependant, par instant, la brise écartait çà et là le rideau de nuages gris étendu sur le ciel, et de temps en temps un faible rayon de soleil tombait sur les herbes du chemin. Attirée par ces espèces de feux follets qui, se jouant au bout des sombres avenues, semblaient la défier à la course, Perle s'élançait après eux, et tâchait de les rejoindre, voire de les saisir, comme elle eût fait pour un oiseau, pour un papillon aux ailes éclatantes. Sa mère, qui préférait ces jeux aux questions importunes dont elle l'assaillait parfois, l'encourageait elle-même à sa chasse fantastique.

Perle, parfois, « attrapait » le soleil; mais Hester, marchant d'un pas plus lent, n'arrivait guère que lorsque le rayon fugitif s'était envolé.

— Vous voyez, mère, lui disait alors l'enfant, cruelle sans le savoir, le soleil ne vous aime point... il se sauve devant vous... Vous lui faites peur..... peut-être à cause de ce que vous avez sur la poitrine.....

Il fallut cesser ce jeu. Hester se dit fatiguée et voulut s'asseoir.

— Je ne suis point lasse, répondit Perle, mais je m'assiérai si vous voulez me raconter une histoire.

— Et laquelle? lui demanda sa mère.

— L'histoire de l'Homme Noir... de l'homme noir qui hante cette forêt, portant un gros livre, aux fermoirs d'acier, où il fait écrire avec leur sang le nom de ceux qui veulent se donner à lui. Et après il met sa marque sur leur poitrine..... Maman, avez-vous jamais rencontré l'Homme Noir?

— Qui t'a raconté tout cela, petite?

— Qui?..... Cette vieille dame, assise au coin de la cheminée dans la maison où vous avez veillé, la nuit dernière..... Elle disait qu'il y avait des milliers de noms sur le livre de l'Homme Noir... Elle disait aussi que votre Lettre Rouge était sa marque... Est-ce vrai?

— Voyons, répondit Hester... si une fois je te réponds, aurai-je ensuite la paix?..

—Oui, à condition que vous m'aurez tout dit.

— Eh bien!.. une fois dans ma vie, j'ai rencontré l'Homme Noir. La Lettre Rouge est sa marque.

Hester, en causant ainsi, avait quitté le sentier, et emmené sa fille à quelques pas de là, hors de la vue des voyageurs que le hasard aurait fait passer de ce côté. Elles s'assirent sur un monceau de mousse, à la même place où, cent ans auparavant, un pin gigantesque cachait son tronc énorme dans les ténèbres, et lançait vers le ciel lumineux son feuillage hérissé. Auprès d'elles, dans un petit ravin, entre deux pentes douces, coulait, sur un lit de feuilles noyées, l'onde claire d'un frais ruisseau, arrêté çà et là par quelques branches mortes tombées des grands arbres voisins; çà et là, au contraire, cette eau limpide se précipitait sur un fond de sable brun et de cailloux en désordre. A quelques pas plus loin, ce courant s'allait perdre sous une roche tapissée de lichens gris. On eût dit que les arbres géants et le granit massif conspiraient ensemble pour étouffer la voix de ce voyageur indiscret, arrivant du fin fond des forêts mystérieuses. Cette voix se faisait entendre néanmoins, voix contenue, babil sourd et voilé comme ceux d'un enfant qui a vécu loin des jeux, et n'a pu s'égayer, entouré sans cesse de vieillards moroses et dépositaires de noirs secrets.

Perle apostropha le ruisseau, dont les murmures tristes et les sanglots monotones l'attristaient malgré qu'elle en eût: Elle lui demandait compte de sa mélancolie, elle dansait et jouait sur ses bords avec l'espoir vague de lui rendre quelque courage et quelque gaieté. Lasse de ses vains efforts :

— Enfin, mère, s'écria-t-elle, que dit ce triste ruisseau?

— Si tu avais quelques chagrins, il t'en parlerait..... il t'en parlerait comme il me parle des miens, lui répondit sa mère... Mais j'entends des pas sur la route et le bruit des branches qu'on écarte... Tu vas t'en aller jouer un peu plus loin, petite... et tu me laisseras parler à l'homme qui vient vers nous.

— Est-ce l'Homme Noir? demanda Perle.

— Va jouer, répéta sa mère... Mais ne t'écarte pas trop dans le bois et sois prête à revenir au premier appel.

— Oui, mère... Pourtant, si c'est l'Homme Noir, je voudrais bien le voir, lui et son gros livre. Ne crois pas qu'il me fait peur, au moins.

— Va donc où je t'envoie, insupportable enfant, s'écria Hester impatientée. Ce n'est pas l'Homme Noir, regarde plutôt à travers les branches... C'est le ministre, tu le vois bien.

— Oui... c'est lui, dit l'enfant... Et il a la main sur son cœur... C'est peut-être que l'Homme Noir y a mis sa marque après que le ministre eut écrit son nom dans le gros livre.

Puis elle s'en alla chantant, le long du ruisseau qui pleurait, et que ses refrains joyeux ne consolaient point. Aussi l'enfant renonça-t-elle bientôt à ce triste compagnon; elle se mit, sans plus s'occuper de lui, à cueillir des violettes, des anémones de bois et des ancolies rouges qu'elle découvrit écloses dans les crevasses d'un rocher.

Après le départ de son enfant, Hester Prynne fit quelques pas vers le sentier où le ministre allait passer, mais, postée de façon à ne pas le perdre de vue, elle demeura elle-même sous l'ombre épaisse des grands arbres.

Elle le contemplait, le cœur serré, se traînant seul et triste, appuyé sur un bâton qu'il avait coupé au bord de la route. Un accablement profond, qu'il déguisait de son mieux lorsqu'il se croyait en vue de quelque étranger, se lisait à ce moment sur ses traits et dans son attitude abandonnée. Il semblait marcher en vertu d'une impulsion donnée, sans avoir un motif quelconque de mettre un pied devant l'autre, sans autre volonté que celle de se jeter, inerte, au pied de quelque arbre, pour y mourir en paix, laissant aux feuilles sèches le soin d'abriter ses restes, et de leur faire la même sépulture qu'aux arbres morts de vieillesse.

Du reste, aucun symptôme positif de souffrance, si ce n'est, comme Perle l'avait remarqué, cette main toujours posée sur son cœur.

Bien qu'il avançât très-lentement, il allait avoir dépassé Hester, avant qu'elle eût pu retrouver la voix nécessaire pour l'avertir qu'elle avait à lui parler.

— Arthur... Arthur Dimmesdale! lui dit-elle enfin, d'abord très-faiblement, mais ensuite d'une voix plus ferme, bien que voilée encore, et comme arrêtée au passage.

Le jeune ministre se redressa, comme un homme pris à l'improviste, dans une attitude où il ne se croyait en vue de personne.

— Qui me parle?.. demanda-t-il ensuite, tournant la tête du côté d'où partait la voix. Il eut quelque peine à discerner, tout d'abord, sous les arbres, une forme grise qui se confondait avec la pénombre du ciel, épaissie par celle des bois. Aussi ne sut-il, de premier aspect, s'il avait affaire à une femme ou à un fantôme.

Un pas du côté de l'apparition lui fit distinguer la Lettre Rouge.

— Hester?.. Hester Prynne?.. est-ce bien toi, dit-il, est-ce toi?.. vivante?..

—Vivante, oui... comme je vis depuis sept ans... Et toi-même, Arthur Dimmesdale, existes-tu encore?

Quelque étrange que puisse paraître cette question qu'ils s'adressaient tous deux, elle caractérisait à merveille leur rencontre dans ce bois obscur, qui semblait celle de deux esprits, se retrouvant, par delà le tombeau, dans les ténèbres d'un monde inconnu. Deux spectres, non encore habitués à leur nouvel état, et s'effrayant l'un l'autre, tels étaient, à ce moment, ces deux êtres transformés par le malheur. Ce fut avec une espèce de crainte, et en vertu d'une nécessité subie à grand'peine, qu'Arthur Dimmesdale tendit à Hester une main plus glacée que celle d'un mort: cette main rencontra une autre main non moins glacée, et tout aussi tremblante, la main d'Hester Prynne. Triste étreinte, mais qui, cependant, raffermit leurs âmes. De ce moment leur rencontre perdit le caractère étrange, et, pour ainsi dire, surnaturel, que d'abord elle avait eu.

Sans un mot de plus, sans que ni l'un ni l'autre eût pris une initiative quelconque, mais par un accord tacite et spontané, ils se replongèrent tous deux dans l'épaisseur ténébreuse d'où Hester était sortie le moment d'avant, et s'assirent sur le banc de mousse autour duquel Perle jouait encore tout à l'heure. Leurs premières paroles, quand ils purent parler, furent oiseuses et vides. Ils s'entretinrent des menaces du ciel, de l'orage qui s'annonçait, et s'enquirent mutuellement de leur santé. Ce ne fut que par degrés, après bien des hésitations, qu'ils abordèrent le vif de leurs pensées, le vrai de leurs préoccupations mutuelles.

Le ministre, enfin, attachant son regard à celui d'Hester Prynne:

— As-tu trouvé la paix?.. lui demanda-t-il.

— L'as-tu trouvée, toi? lui demanda Hester, avec un sourire désespéré.

— Non, répondit-il... ni repos, ni espérance. Étant ce que je suis, menant la vie que je mène, pouvait-il en arriver autrement?.. Si j'étais un athée, un homme sans conscience, un malheureux, dominé par de grossiers instincts, j'aurais depuis longtemps recouvré ma tranquillité... que dis-je? l'aurais-je jamais perdue?.. Mais les dons précieux que Dieu a mis en moi sont devenus les ministres de sa colère, ils servent de bourreaux à mon âme suppliciée... Hester!.. si tu savais ce que je souffre!

—Le respect que tu inspires... le bien que tu peux faire, et que tu fais, n'y a-t-il pas là de quoi te consoler?

— De quoi me faire souffrir mille fois davantage, répondit le prêtre souriant avec amertume... Le bien que je fais, je n'y crois point... ce ne peut être qu'illusion et mensonge... Une âme perdue, que peut-elle pour la rédemption des autres âmes?.. Un cœur souillé, que peut-il pour purifier d'autres cœurs?.. Et le respect que j'inspire, comment veux-tu que je le supporte? sachant qu'il est volé, sachant à quelle vaine et menteuse idole s'adresse cette aveugle vénération..... Que de fois j'ai ri, comme Satan doit en rire, — de cet affreux contraste entre ce que je suis et ce qu'on me croit.

La femme et l'amant.

— Vous vous trompez en ceci, repartit doucement Hester. Votre crime est effacé par le repentir. Votre sainte vie est bien celle qui vous vaut le respect dont vous êtes entouré...

— Non, Hester, non... ici, pas de subterfuges... Le repentir dont vous parlez est une chimère... Ce froid remords qui me poursuit n'a rien de commun avec la vraie pénitence... Celle-ci, dès longtemps, m'eût fait rejeter le masque saint que je porte encore... elle m'eût montré à l'univers entier, tel que je suis en réalité, tel que j'apparaîtrai au jour du dernier jugement. Heureuse Hester, qui portez publiquement votre Lettre Rouge!.... La mienne me brûle et me dévore en secret!.. *En secret!* Si tu savais ce que ces deux mots impliquent de tortures mentales!.... Quel soulagement c'est pour moi, après sept années de mensonge, de me retrouver sous un regard qui me connaît tel que je suis.—Tiens, Hester, il est des moments où il me semble que, si j'avais un ami... — que dis-je? fût cet homme mon plus cruel ennemi, devant lequel, las des louanges dont on m'accable, je pusse chaque jour me retrouver, et qui me connût pour le plus vil des pécheurs, ce peu de vérité suffirait pour alimenter la vie de mon âme..... Mais à présent, tout est mensonge autour de moi... tout, vaine apparence... et, dans ce néant, je me meurs.

Hester le regarda. Bien que ces paroles

amenassent naturellement l'aveu qu'elle avait à lui faire, elle hésitait devant cet aveu redoutable..... Elle domina pourtant ses craintes, et lui dit :

— Un cœur ami, où verser les larmes que t'arrache le repentir de ton crime, tu l'as en moi, qui fus ta complice. Un ennemi comme celui que tu souhaites... Ici elle hésita de nouveau... — tu l'as aussi, et sous le toit qui t'abrite.

Le ministre, à ces mots, se releva brusquement. Sa terreur lui coupait la respiration et, de ses mains crispées sur sa poitrine, il semblait vouloir en arracher son cœur ulcéré.

— Que dis-tu? s'écria-t-il... Sous mon toit, un ennemi!.. qu'entends-tu par ces paroles ?

A ce moment, mieux que jamais, Hester put comprendre combien elle était coupable envers le jeune ministre et, si elle avait eu le choix, plutôt que de lui confesser sa trahison, elle aurait voulu tomber morte à ses pieds. Mais il fallait parler, et tout dire.

— Pardon, Arthur, s'écria-t-elle... Avant tout, j'ai voulu être loyale. A la sincérité, cette dernière vertu, je voulais tout sacrifier... tout, excepté ton bien-être, ta vie, ta réputation. Un jour, je les ai vus en péril, et ce jour-là, j'ai consenti à te tromper. Mais on devrait toujours reculer devant le mensonge, même quand il s'agit d'échapper à la mort... Ne devines-tu pas, maintenant, ce que j'ai voulu te faire entendre?.. Ce vieillard... ce médecin... celui qu'on appelle Roger Chillingworth... c'était... c'était mon mari...

Le ministre lui jeta, dans cet instant, le regard le plus haineux, le plus effrayant qu'elle eût jamais vu luire dans des yeux humains. Ce regard exprimait, dans toute sa violence, le déchaînement des passions qui, par instants, donnaient prise au démon sur cette nature si supérieure et d'un ordre si distingué.

Mais il dura peu, et la terrible transfiguration s'effaça qui avait presque anéanti la malheureuse Hester. Affaibli de corps et d'âme, le jeune prêtre n'avait plus en lui de quoi suffire à une crise pareille. Il se laissa retomber à terre, et cacha son front dans ses mains.

— J'aurais dû m'en douter, murmurait-il... Ces répugnances insurmontables, pourquoi ne les ai-je point écoutées?.. Pourquoi n'ai-je pas compris cette horreur instinctive qu'il m'inspirait?.. Et toi, Hester Prynne, sauras-tu jamais à quel horrible supplice tu m'as ainsi voué?.. apprécies-tu la honte, l'horrible impudeur qu'il y avait à laisser un œil avide se repaître de ce cœur coupable, mis à nu devant lui?.. Femme, tu répondras de ceci... Quant à moi, je ne te pardonnerai jamais...

— Tu me pardonneras, s'écria Hester, se traînant à côté de lui sur les feuilles desséchées... Laisse à Dieu le soin de me punir... mais tu me pardonneras, toi !

Avec un élan de tendresse indicible, en lui parlant ainsi, elle l'entoura de ses bras, se souciant peu si, dans cette étreinte passionnée, elle froissait contre la Lettre Rouge la joue brûlante de son amant, qui luttait en vain pour se dégager. Hester redoutait trop un second regard, pareil à celui qu'elle avait déjà subi, pour le laisser libre. Le monde l'avait ainsi regardée, le ciel aussi, et pendant sept ans, elle avait supporté le mépris du monde, les rigueurs du ciel. Mais le terrible regard de ce pâle et misérable jeune homme, accablé de chagrins et de remords, voilà ce qu'Hester trouvait au-dessus de ses forces, et ce qui l'eût tuée, elle le sentait.

— Me pardonneras-tu ? répétait-elle, égarée... Me regarderas-tu encore une fois ainsi... seras-tu sans pitié pour moi ?..

— Oui, dit enfin le ministre... oui, Hester... je vous pardonnerai... Je vous ai pardonné déjà, reprit-il avec un profond soupir, qui attestait que toute colère était éteinte en lui. Puisse Dieu nous être clément à tous deux ! Nous ne sommes pas, Hester, les pires pécheurs de ce triste monde. J'en connais un du moins qui a renchéri sur le prêtre infidèle et souillé. La vengeance de ce vieillard n'est-elle pas plus horrible que mon crime ? lui qui, de sang-froid, a violé l'asile sacré du cœur humain. Voilà ce que ni toi ni moi, Hester, nous n'avons jamais osé !..

— Jamais ! jamais ! murmura-t-elle. Coupables, nous le fûmes, mais nous sentions que notre faute avait sa consécration en elle-même... Nous nous le disions l'un à l'autre, dans ces heures d'ivresse, si chèrement expiées... Nous nous le répétions l'un à l'autre... Ne t'en souvient-il pas?

— Silence, Hester! dit Arthur Dimmesdale se relevant avec effort... Oui, je m'en souviens...

Puis ils s'assirent l'un près de l'autre, la main dans la main, sur les débris moussus de l'arbre écroulé. Ni l'un ni l'autre n'avait encore vécu d'heure aussi triste que celle-ci. Mais, à cette crise décisive, où les avait conduits une route de plus en plus ardue et ténébreuse, ils trouvaient un charme singulier. L'obscure forêt qui les enveloppait, craquait de tous côtés avec des bruits sinistres; — c'était le vent d'orage qui entrechoquait lourdement les cimes des grands arbres, et ceux-ci semblaient se murmurer l'un à l'autre l'histoire lamentable du couple qui s'était assis à leurs pieds.

Et cependant ni l'un ni l'autre de ces infortunés ne songeait à quitter cette ombre protectrice, où ils sentaient s'alléger le poids de leur misère. Là, sur le sein de la pauvre femme déchue, la Lettre Rouge avait cessé de brûler. Là, face à face avec elle seule, Arthur Dimmesdale, menteur à Dieu et aux hommes, pouvait un moment se reposer de sa longue dissimulation.

Mais une pensée soudaine le fit tressaillir :

— Hester, s'écria-t-il tout à coup, quelle menace nouvelle!.. Roger Chillingworth sait que vous devez le révéler à moi... continuera-t-il maintenant à se taire?.. Sa vengeance ne va-t-elle pas changer de cours,... et respectera-t-elle nos secrets?...

— Le mystère est dans la nature même de cet homme, répondit Hester pensive... et cette disposition s'est accrue en lui par le sourd travail de son effroyable ressentiment. Je ne crois pas qu'il rende publique sa honte et la nôtre... Il cherchera d'autres moyens, plus en harmonie avec son caractère, pour assouvir sa ténébreuse passion.

— Et moi, je devrai me résoudre à vivre sous le même toit, à respirer le même air que lui... Le pourrai-je? s'écria Dimmesdale, avec ce mouvement nerveux qui lui était familier et qui lui faisait involontairement porter la main à son cœur... Toi qui es forte, Hester, pense, résous pour moi?..... que dois-je faire?

— Tu ne dois plus demeurer à la merci de cet homme, répondit Hester avec lenteur et d'un ton assuré... Ton cœur ne doit pas rester exposé à ses regards venimeux.

— Sans doute... ce serait pire que la mort, reprit le ministre... Mais comment me soustraire à cette torture?.. Quelle alternative m'est laissée... Faut-il, comme tout à l'heure, me laisser tomber sur ce monceau de feuilles sèches et y attendre la mort?..

— Hélas!.. Quelle ruine es-tu devenu! dit Hester dont les yeux débordaient de larmes... En es-tu venu à ce point de faiblesse, que, par lâcheté, tu acceptes la mort... et que tu veuilles mourir pour n'avoir pas à vouloir vivre?

— Mais ne vois-tu pas que le jugement de Dieu est porté contre moi, répondit le prêtre... veux-tu donc que je lutte contre le Tout-Puissant?

— La pitié du ciel ne te manquerait pas, s'il te restait la force d'en profiter.

— Sois donc forte à ma place... Dis-moi comment il faut agir... Parle, conseille, j'écoute.

— Voyons, s'écria Hester Prynne, fixant ses yeux profonds sur ceux du ministre, et, par instinct, déversant des flots d'énergie magnétique dans cette âme débilitée... le monde est-il donc si étroit que tu le penses?.. Est-il tout entier dans cette ville née à peine, et qui, naguère encore, coin de terre ignoré, n'offrait aux regards qu'un désert comme celui dont nous sommes entourés?.. Où mène ce sentier qui traverse la forêt?.. A la colonie, vas-tu me répondre... Sans doute, si nous revenons sur nos pas... mais si nous allons en avant, où mène-t-il?.. Ne va-t-il pas, s'effaçant de plus en plus, jusqu'aux solitudes où n'existe encore aucune trace des hommes blancs?.. Et là, tu es libre! et là, tu peux être heureux... Là, sous les ombrages inaccessibles de cette forêt sans limites, le regard de Roger Chillingworth n'arrivera pas jusqu'à ton cœur.

— Tu as raison, Hester... il ne viendra pas me chercher sous un suaire de feuilles sèches, répondit le ministre avec un triste sourire.

— Eh bien!.. n'as-tu pas la mer, la mer et ses routes sans vestiges? C'est elle qui t'apporta sur ce rivage; ne peut-elle t'en séparer à jamais?.. Dans quelque village de notre terre natale, ne peux-tu cacher ta vie?.... Londres ne t'absorbera-t-elle pas, si tu veux, dans le dédale inextricable de ses rues populeuses?.... A défaut de l'Angleterre, la France, l'Allemagne, l'Italie, ne t'offrent-elles pas des abris ignorés?.. Qu'as-tu besoin de ces hommes de fer et de leurs préjugés inflexibles?.. n'as-tu pas assez longtemps supporté leur joug?..

— Impossible!.... impossible, répondit le ministre, qui semblait appelé à réaliser quelque chimère rêvée..... Tout malheureux, tout coupable que je puisse être... je ne puis concevoir pour moi d'autre existence que celle où Dieu m'a placé..... Ame perdue, je me dois encore au salut des autres âmes... Et je n'oserais quitter mon poste, sentinelle déjà condamnée, bien que le déshonneur et la mort m'attendent au bout de ma vaine faction.

— Sept années de douleurs t'ont fait un fardeau de misères sous lequel tu plies en ce moment, repartit Hester, dont l'ardeur croissait à mesure qu'elle éprouvait le besoin de ranimer cet être énervé... Mais, ce fardeau, tu le laisseras derrière toi... N'y songe plus... commence une nouvelle vie... fais-toi de nouveaux devoirs... Tente une épreuve nouvelle..... Échange ton existence menteuse contre une mission de vérité... Prêche, écris, agis, selon que l'intérêt t'y appelle..... Laisse là ton nom qui te perd, et avec ce nom, laisse là tout importun souvenir. Si tu n'y prends garde, si tu restes quelques jours de plus en proie à cette mortelle faiblesse, qui finira par t'enlever jusqu'à la faculté du remords, tu es perdu sans retour... Debout donc, et en avant!

— Hester, s'écria le ministre, entraîné malgré lui, et dont le regard s'illumina d'un éclat passager... Hester, tu commandes de marcher à un pauvre moribond qui sent ses jambes se dérober sous lui... Pour m'en aller *seul*, comme tu le veux, affronter les fatigues immenses, les obstacles ignorés de ce monde où tu veux me pousser... je n'ai ni la force ni le courage qu'il faudrait... Mieux vaut me coucher ici et mourir.

Ainsi se traduisait l'accablement de ce cœur déjà brisé. Le bonheur qu'il semblait entrevoir et comprendre, il lui manquait de pouvoir s'en emparer, bien qu'on l'eût mis à portée de sa main.

— *Seul,* Hester!.. répéta-t-il avec un accent douloureux.

— Eh bien!.. tu ne partiras pas seul, murmura-t-elle penchée vers lui.

Tout fut dit, alors. Seulement alors, tout fut dit.

XIV

Le pasteur et sa brebis.

Ainsi l'ascendant d'Hester triomphait : son âme déjà forte, et trempée d'ailleurs par la honte, le désespoir, la vie solitaire, dominait cette autre âme énervée par l'hypocrisie, épuisée en insuffisants remords. Le contraire eût semblé plus probable. Après avoir tant souffert d'une première chute, Arthur Dimmesdale, on aurait pu le croire, était mieux garanti d'une seconde. Mais il faut tenir compte du trouble que jette dans l'âme un repentir incomplet, de cette fatigue intérieure à laquelle succombe l'âme harassée par des conflits incessants; il faut se bien pénétrer de ce dilemme offert à la conscience de ce jeune prêtre : ou fuir, son crime publié, ou rester, hypocrite jusqu'au trépas. Il ne faut pas méconnaître ce que l'infamie et la mort ont de terreurs, et combien il est naturel de vouloir échapper à des machinations hostiles, lorsque, sans connaître au juste leur but, on s'y sent chaque jour exposé. Enfin, et cette triste vérité ne doit pas être dissimulée, il faut songer que la brèche, ouverte une fois par le péché, n'est jamais bien réparée ou si bien gardée qu'une seconde attaque n'ait meilleure chance pour réussir.

Dimmesdale, lorsque son parti fut bien pris, sentit au fond de son cœur la même joie qu'un prisonnier après son évasion d'un obscur cachot. Et cet épanouissement inespéré le confirma de plus en plus dans la pensée que l'appui d'Hester, sa force supérieure, les consolations de sa tendresse, étaient pour lui, dans ce bas monde, les seules conditions du bonheur. Obéissant à ses instincts religieux, à ses pieuses habitudes, il se la représenta comme un bon ange, le conviant aux joies de la Rédemption. Mais elle ne lui laissa pas achever le cantique de sa résurrection, ni exhaler en vaines paroles la force qu'elle lui avait rendue.

— Pas un regard en arrière, s'écria-t-elle... ce qui est passé n'existe plus. A quoi bon y songer? Regarde. Je l'abdique, pour mon compte, avec cet odieux symbole.

A ces mots, elle défit l'agrafe qui retenait la Lettre Rouge, et, l'arrachant de son sein, elle la jeta loin d'elle. Le gage mystique, roulé par le vent sur les feuilles sèches, arriva jusqu'au bord du petit ruisseau. Entraîné plus loin de quelques pouces, il fût tombé dans l'eau et eût pris le chemin de la mer, perdu à jamais pour l'enseignement des hommes. La Providence sembla au contraire le retenir sur la rive, où son éclat paraissait attirer l'œil du voyageur, comme s'il devait servir à quelques-uns de ses décrets mystérieux.

Après s'être affranchie du signe abhorré, Hester poussa un long soupir, dans lequel semblaient s'exhaler toute la honte et toute la douleur accumulées en elle. Délivrance pleine de joie! Aux délices de la liberté reconquise, elle mesura le poids de l'esclavage abdiqué. Par un autre mouvement non moins impétueux que le premier, elle enleva l'étroite coiffure où ses cheveux étaient emprisonnés, et ils retombèrent en flots noirs et brillants sur ses épaules, adoucissant ses traits par leur ombre semée d'éclairs. Un radieux et tendre sourire vint animer ses regards et ses joues autour de ses lèvres; ses joues, si longtemps pâles, se colorèrent d'une rougeur émue. Elle redevint femme, et jeune, et belle, comme par magie, la magie de l'espérance et du bonheur qu'elle annonce. Et, justement alors, comme si le ciel lui-même se faisait le complice de cette félicité qu'ils trouvaient à braver les lois humaines, le sombre voile, qui, tout à l'heure encore, obscurcissait l'horizon, se déchira soudain; un chaud rayon de soleil, dissipant les ombres des futaies, mit des teintes argentées sur le tronc de chaque arbre séculaire, des reflets d'or sur chaque feuille tombée, des paillettes irisées sur les flots moirés de l'onde plaintive, qui sembla couler plus gaiement.

Ainsi, la nature, cette nature indomptable et païenne de la forêt encore sauvage, s'éclairait aux rayonnements de ces deux cœurs ranimés et consolés. Ainsi, l'amour, renaissant en eux, conviait le blond Phébus aux fêtes de ce nouvel hymen. Il eût pu s'en dispenser, d'ailleurs, et la forêt pouvait garder sa tristesse. Les yeux d'Hester l'eussent vue telle que le soleil la faisait. Telle aussi l'eussent vue les yeux d'Arthur Dimmesdale.

Un autre éclat de joie vint au cœur de la jeune mère.

— Et *notre* Perle? dit-elle tout à coup... tu ne la connais pas encore... Il faut que tu l'aimes, et qu'elle apprenne à t'aimer. C'est une enfant bizarre, un être à part...

— Ils ne m'aiment guère, les enfants, répond't le ministre, non sans quelque embarras... Penses-tu que celle-ci s'habitue à moi?.... Te le dirai-je? elle m'a toujours fait peur...

— Ah! voilà qui est triste..... mais tu verras maintenant. Perle!.. Perle!.. m'entends-tu?.. Reviens nous trouver.

XV

L'enfant au bord du ruisseau.

La forêt sombre avait fait accueil à l'enfant, tandis que sa mère et le prêtre causaient ensemble. Perle y avait trouvé de belles cormes, produits du dernier automne, mûris par les premiers soleils du printemps, et qui empourpraient, comme des gouttes de sang, les rameaux encore couverts de feuilles desséchées. Une couvée de perdreaux, dont la mère était d'abord accourue, comme pour défendre à coups de bec, contre cet être inconnu, sa timide progéniture, avait fini, bientôt rassurée, par faire cortége à l'hôte nouveau, qu'un pigeon, penché sur une basse branche, saluait d'un roucoulement affectueux. Les écureuils, en gambadant de branche en branche avec des cris perçants, faisaient pleuvoir sur sa tête des noix entamées par leurs dents aiguës. Un renard, que le pas léger de l'enfant avait réveillé, se demandait, la tête et les oreilles dressées, s'il fallait fuir ou se livrer de plus belle au sommeil. Les fleurs enfin, s'agitant sur leurs frêles tiges, à mesure que l'enfant passait près d'elles, semblaient lui demander de les cueillir, fières de servir à sa parure, et Perle, pour leur complaire, cueillait à foison les violettes, les anémones, les ancolies, dont elle chargeait sa tête, et qu'elle tressait en guirlandes autour de sa taille et de son cou. Si bien qu'au moment où sa mère l'appela, elle offrait, littéralement vêtue de fleurs, l'aspect d'une jeune dryade ou d'une nymphe à peine sortie du berceau.

Elle accourut au bord du ruisseau, mais là, son pas déjà ralenti s'arrêta court : — elle avait vu le prêtre.

— N'est-elle pas bien belle avec ces fleurs dont elle s'est parée? disait Hester, assise à côté d'Arthur Dimmesdale.

— Si tu savais, répondait celui-ci, avec quelle anxiété j'étudiais sur sa figure les premiers signes d'une ressemblance qui pouvait m'accuser!.. Mais c'est de toi qu'elle tient surtout.

— De moi?.. non vraiment, reprit la mère. Attends quelques années encore, et cette ressemblance que tu redoutais, cette ressemblance que tu appelleras maintenant de tous tes vœux, se dessinera plus nettement... Mais qu'elle est belle!.. ne dirait-on pas une fée de nos ballades anglaises!

Et tous deux contemplaient cette enfant, gage et symbole de leur union renouvelée.

— Prends garde, reprit Hester, de l'étonner, de l'effaroucher par quelque brusque témoignage d'une affection à laquelle rien ne l'a préparée... C'est un lutin capricieux dont il n'est pas aisé de prévoir les singulières fantaisies... mais elle est capable de profondes affections... Elle m'aime tant!.. Il faudra qu'elle t'aime aussi.

Perle, cependant, arrêtée au bord du ruisseau, regardait en silence le ministre et sa mère, qui l'attendaient, les bras ouverts, le sourire sur les lèvres. Hester ne comprenait rien à cette halte soudaine et à ce silence. Elle ne comprenait rien non plus à je ne sais quelle inspiration secrète qui lui disait que Perle lui revenait moins à elle, après sa tournée dans le bois; — comme si, une fois sortie du cercle où elle avait jusque-là vécu seule avec sa mère, elle y cherchait vainement sa place, occupée maintenant par un étranger. Le ministre, dans sa susceptibilité nerveuse prouvait quelque chose d'approchant.

— Eh bien! s'écria-t-il, ne dirait-on pas que ce ruisseau est une barrière entre deux mondes, et que Perle ne peut la franchir? Ou bien est-elle un de ces lutins à qui il est défendu, disent nos légendes, de traverser une eau courante?.. Obtiens qu'elle se hâte... Je ne sais quel frisson m'agite déjà.

— Allons, Perle, pourquoi toutes ces lenteurs? dit Hester de sa voix la plus encourageante. Voici un ami à moi, qui veut être aussi le tien... Une biche ne saute pas mieux que toi... Qu'attends-tu pour franchir le ruisseau et venir à nous?

Perle, sans prêter l'oreille à ces douces paroles, demeurait immobile sur la berge fleurie. Ses yeux brillants, et d'une expression tant soit peu sauvage, tantôt allaient de sa mère au ministre, tantôt du ministre à sa mère, et parfois les embrassaient du même regard. Arthur Dimmesdale, troublé par ce regard, porta furtivement, — et pour quelle raison, Dieu le sait, — sa main sur son cœur, geste familier, geste peut-être involontaire. Enfin, Perle, prenant tout à coup un air d'autorité qui contrastait avec sa petite taille, étendit la main, montrant du doigt le sein de sa mère. Son front s'était plissé, ses sourcils s'étaient contractés, et vainement sa mère lui faisait signe d'approcher, vainement elle prodiguait ses sourires, l'enfant n'en donnait pas moins les signes d'une colère étrange, frappant du pied la terre, et lançant des regards irrités.

Hester comprit enfin, et, toute pâle, malgré ses efforts pour dissimuler son trouble :

— Je devine ce qui met cette enfant en colère, dit-elle enfin. A cet âge, le moindre changement d'aspect dans les objets qu'on voit tous les jours, déconcerte l'esprit et agace les nerfs. Je sais ce que Perle trouve à dire dans mon ajustement.

— Au nom de Dieu! tâchez de l'apaiser... Cette colère, sur un visage d'enfant, est d'un effet étrange.

Hester devint très-rouge, jeta du côté du ministre un regard oblique, pâlit ensuite derechef, et d'une voix attristée :

— Perle, dit-elle, regarde à tes pieds!.. Là, devant toi!.. de ce côté du ruisseau!..

Les yeux de l'enfant suivirent la direction que les paroles de sa mère leur imprimaient. Elle vit, à l'endroit indiqué, la Lettre Rouge, si près de l'eau, que ses broderies d'or y étaient réfléchies comme dans un miroir.

— Rapporte-la-moi!.. dit Hester.

— Viens toi-même, et ramasse-la!.. répondit Perle.

— Vit-on jamais enfant pareil! reprit la pauvre femme, s'adressant, à demi-voix, au ministre... Mais, à dire vrai, pour ce qui est de ce gage odieux, elle a raison sans le savoir... Il faut bien que je me résigne à le porter quelques jours encore, jusqu'au moment où, quittant ce triste séjour, nous n'y songerons plus que comme à un pays chimérique, habité pendant un rêve... La forêt ne le cacherait pas assez, à mon gré... Je le confierai, de ma propre main, aux vagues lointaines de l'Océan, qui l'engloutira pour jamais.

Tout en parlant ainsi, elle s'avança jusqu'au bord de l'eau, ramassa la Lettre Rouge, et la replaça elle-même sur sa poitrine!.. Ce fut, quoi qu'elle pût dire de ses espérances, comme une nouvelle condamnation plus irrévocable que la première. L'impitoyable destin se ressaisissait de sa proie en la contraignant ainsi à reprendre le symbole de honte. Et, comme si ce symbole eût eu, lui aussi, son pouvoir magique, dès qu'il fut replacé, la beauté, la jeunesse, l'ardeur passionnée d'Hester, disparurent à la fois. Une ombre livide sembla l'envelopper de nouveau.

— Maintenant que ta mère a du chagrin, tu dois la reconnaître, dit-elle tristement à Perle... Ne viendras-tu point dans ses bras?

—Oui, tu es ma mère, à présent!.. et je suis la petite Perle, cria l'enfant, qui bondit par-dessus le ruisseau et vint, l'embrassant étroitement, couvrir de baisers son front et ses joues.

Mais, en vertu de cette loi de nature, qui ne semblait pas permettre à cette enfant de donner un témoignage de tendresse, sans y mêler, comme correctif, quelque allusion cruelle, Perle, après avoir baisé sa mère au visage, posa ses lèvres sur la Lettre Rouge.

— Faut-il donc que tu ne puisses m'aimer un peu, sans me faire expier les caresses? lui dit doucement la pauvre Hester.

— Pourquoi le ministre est-il assis là? demanda Perle, sans prendre garde au reproche.

— Il t'attendait pour te souhaiter la bienvenue... Va lui demander de te bénir... Il t'aime, ma Perle, et il aime aussi ta mère... Ne l'aimeras-tu pas, à ton tour?.. Viens, il lui tarde de t'embrasser.

— Vraiment... il nous aime? demanda Perle, fixant sur sa mère un regard plein de curiosité railleuse... Eh bien, voudra-t-il venir avec nous à la ville, nous donnant le bras à toutes deux?..

— Pas maintenant, chère fille, répondit Hester... mais un jour viendra où nous irons tous trois, comme tu le désires, nous tenant par la main. Nous aurons la même maison et le même foyer. Tu t'asseoiras sur ses genoux, et il t'enseignera bien des choses que tu ne sais pas... Tu l'aimeras, alors, n'est-il pas vrai?..

— Est-ce qu'il posera toujours sa main sur son cœur? demanda Perle, avec la même curiosité naïve et maligne.

— Quelle est cette absurde question?.. s'écria Hester. Viens, et prie-le de te donner sa bénédiction.

Mais, soit jalousie, soit caprice, l'enfant ne voulut à aucun prix témoigner quelque amitié au ministre. Il fallut presque employer la force pour la mettre sur ses genoux; et là, ses contorsions, le bouleversement de ses traits redoublèrent l'embarras du jeune prêtre, qui, espérant la calmer par là, se pencha vers elle et déposa un baiser sur son front. Mais Perle, à ce moment, se glissa hors des mains de sa mère, courut au ruisseau, et lava son front dans les eaux limpides, jusqu'à ce qu'elle crût avoir complétement effacé ce baiser reçu à contre-cœur. Elle se tint ensuite à l'écart, regardant en dessous sa mère et le ministre, tandis qu'ils s'entretenaient de leurs nouveaux plans de vie, et des moyens qui pouvaient en assurer la réalisation.

Ils se séparèrent enfin, rendant à son éternelle solitude, un moment troublée par le murmure de leurs passions, la vaste forêt, ses vieux arbres, son ruisseau plaintif.

Dimmesdale regardant si Hester est toujours en vue.

XVI

Le labyrinthe.

C'est tout au plus si le jeune prêtre, à peine eut-il pris les devants pour retourner à la ville, put se persuader que tout ce qui venait de se passer n'était pas un rêve. A chaque vingt pas, il se retournait pour s'assurer qu'Hester était encore en vue, avec sa robe grise, près du vieux tronc couvert de mousse, et que Perle, joyeuse de se retrouver seule avec sa mère, sautait et dansait au bord de l'eau. Quand il cessa de les voir, il en fut réduit à se remémorer les projets qu'il venait d'arrêter, de concert avec Hester Prynne. Tous deux étaient tombés d'accord que la vie du missionnaire ne pouvait convenir à sa santé détruite, et que les grandes villes du continent européen offraient seules un emploi convenable à des facultés aussi distinguées, à des talents d'un ordre aussi rare. Comme pour les décider dans ce sens, ils avaient sous la main une occasion de départ admirablement adaptée à leurs plans : un navire tout récemment arrivé d'Espagne, moitié contrebandier, moitié corsaire, comme il en était tant à cette époque, et dont le capitaine ne devait point se montrer trop scrupuleux sur la qualité des gens qui prendraient passage à son bord. Ce navire repartait sous trois

Le capitaine du corsaire espagnol.

jours, frété pour Bristol, et Hester, qui avait donné ses soins à quelques malades de l'équipage, s'était fait forte d'obtenir secrètement le passage pour deux voyageurs avec un enfant.

En lui faisant préciser le jour du départ, Arthur Dimmesdale avait eu un mouvement de joie qui va peut-être étonner nos lecteurs, et le leur faire prendre en médiocre estime. La veille même du jour où le vaisseau devait lever l'ancre, devait avoir lieu une solennité hors ligne, dans laquelle le jeune ministre jouait un des rôles importants: c'était l'installation d'un nouveau gouverneur, à l'occasion de laquelle un sermon serait prononcé devant toutes les autorités constituées. — N'aurait-il pas été fâcheux, pensait Arthur Dimmesdale, que cette occasion m'eût été ravie, de montrer jusqu'au bout comment je sais remplir mes devoirs officiels?..—Au fond, et sans le savoir, il était dominé par cet amour-propre que les orateurs contractent à la longue, par leurs rapports spéciaux avec le monde extérieur.

C'était là une préoccupation misérable, une palpable illusion, une inconséquence au premier chef. Il est triste d'avoir à la révéler, mais pourquoi dissimuler ce trait de nature? Ne peut-on y voir, d'ailleurs, si l'on s'intéresse à Dimmesdale, un symptôme de la longue et douloureuse maladie qui minait depuis tant d'années sa force intellectuelle et morale?

Au surplus, depuis son entrevue avec Hester, c'est à peine si on eût pu le reconnaître, et s'il se reconnaissait lui-même. Il revint d'un bon pas à la ville, bien que le sentier pris à travers la forêt lui semblât plus semé d'obstacles, plus rayé d'ornières et plus inégal que jamais. L'agilité inaccoutumée avec laquelle il franchissait tous ces obstacles le surprenait au dernier point, surtout lorsqu'il se rappelait son voyage de l'avant-veille, et la peine extrême qu'il avait eu à se tirer de ces mêmes difficultés. La ville aussi, quand il la revit, lui parut changée. On eût dit qu'il l'avait quittée, non depuis trois jours, mais depuis trois ans. Et cependant, il s'assurait, vérifiant cette impression bizarre, que les rues étaient percées dans la même direction, chaque maison à la même place, chaque toit orné des mêmes pignons. Mais n'importe. Tout cela n'avait plus le même aspect. De même pour les individus qu'il rencontrait sur sa route. Les jeunes gens n'avaient point vieilli, les vieux n'avaient point blanchi, les nouveaux nés se traînaient encore à terre, incapables de se dresser sur leurs pieds débiles. Il était impossible de constater un changement matériel dans leur existence; et pourtant, pourtant, M. Dimmesdale éprouvait, à les regarder, une sensation toute nouvelle. De même encore pour sa chapelle, dont l'aspect à la fois familier et nouveau l'étonna tellement qu'il n'aurait pu dire si c'était là un édifice qu'il vît en réalité pour la première fois, après l'avoir entrevu dans ses rêves, ou bien s'il était, en ce moment-là même, dupe de quelque songe menteur.

Au fait, tout ce bouleversement s'était opéré, non dans les objets placés sous son regard, mais en lui-même, dans sa volonté domptée par celle d'Hester, dans sa conscience ébranlée par une cause imprévue. Il aurait pu dire, en toute vérité, à ceux de ses paroissiens et de ses amis qu'il rencontrait presque à chaque pas : Je ne suis point celui pour lequel vous me prenez. Celui-là, je l'ai laissé dans la forêt, abrité dans le creux d'un ravin, sur un tertre de mousses, à côté d'un ruisseau gémissant... Et ces paroles, qu'on eût attribuées à un accès de folie, n'eussent été que l'expression d'une vérité cachée à tous les yeux, si ce n'est aux siens.

Avant de rentrer chez lui, le malheureux ministre eut des preuves moins équivoques de la révolution qui venait de s'accomplir dans tout son être. Elle seule pouvait expliquer les tentations fréquentes qui lui prenaient de faire ou dire quelque monstruosité, nonobstant la résistance intérieure qu'opposait à ces diaboliques excitations, son amour de la règle, son culte pour les convenances ecclésiastiques.

C'est ainsi, que d'abord, rencontrant un des doyens du chapitre, et abordé par ce vénérable vieillard avec le respect touchant qu'il accordait à la sainteté précoce, aux talents éminents du jeune ministre, Dimmesdale eut toutes les peines du monde, dans le cours de l'entretien qu'ils eurent ensemble, à s'abstenir de certaines suggestions blasphématrices touchant la sainte Cène. Il comprit le danger, et pâlit à la pensée de ce que pouvait lui faire articuler le vagabondage incertain de sa langue déchaînée; mais, même avec cette terreur dans l'âme, il ne pouvait s'empêcher de rire *in petto*, en songeant à l'ébahissement du patriarche devant l'impiété subitement révélée de son révérend ministre.

Plus loin, ce fut une digne matrone, dont il était le directeur, pauvre veuve isolée, dont le cœur, vrai cimetière, était plein de tendres souvenirs, de tombeaux invisibles, élevés à la mémoire de son défunt mari et de ses enfants, morts l'un après l'autre. Sa grande et presque unique consolation était de se fortifier dans l'espoir d'une vie meilleure, en échangeant avec le ministre quelques chaleureux commentaires sur la parole sacrée qui nous la promit. Dimmesdale, — quand elle l'interpella comme à l'ordinaire, avec un sourire confiant, et des oreilles déjà charmées, par anticipation, de ce qu'elles allaient entendre, — Dimmesdale, en fait de textes sacrés, ne se remémora qu'un vigoureux et terrible paradoxe contre le dogme de l'immortalité des âmes. Lancé tout à coup à sa vénérable sœur en Jésus-Christ, ce captieux raisonnement devait la foudroyer net, comme le poison le plus violent. Et cependant, il ne put tellement se contraindre qu'il se soit jamais rendu parfaitement compte des paroles qu'il articula, comme à son insu. Seulement, elles n'eurent rien d'assez net et d'assez précis pour troubler la bonne dévote dans sa quiétude charmée, et tandis qu'il s'éloignait d'elle, plein d'horreur pour lui-même, il la vit qui le poursuivait d'un regard attendri et reconnaissant.

A quelques pas plus loin, ce fut une jeune fille qui se trouva sur son chemin : conquête récente qu'il avait enlevée aux vains plaisirs du monde et gagnée aux célestes enseignements. Un lis dans le paradis n'eût pu fleurir plus candide et plus beau que cette âme innocente. Et Satan, qui, l'attirant loin du giron maternel, l'avait placée en face du malheureux ministre, assiégé par des tentations presque victorieuses, savait à coup sûr ne pouvoir mieux faire. A mesure qu'elle approchait, l'esprit du mal soufflait à l'oreille de Dimmesdale telles et telles paroles, insignifiantes en apparence, mais qui, déposées comme un germe fatal dans cette blanche poitrine, y feraient pousser, avec le temps, une moisson vénéneuse. Le ministre, d'ailleurs, connaissait tout son pouvoir sur la nouvelle convertie. Il lui suffisait d'un regard pervers pour sécher sur pied ce champ fleuri de candeur et de pureté; d'un mot, pour y faire éclore l'ivraie du péché. N'en ferait-il pas l'épreuve ?.. Ce fut la plus difficile des luttes qu'il soutint ce jour-là... Il le sentit, ramena sur ses yeux son grand manteau de Genève, et, prenant le pas, ne voulut accorder ni un coup d'œil, ni un mot à la jeune fille étonnée. La pauvrette retourna dans tous les sens sa conscience, remplie de bagatelles comme son sac à ouvrage, se prit à partie pour mille fautes imaginaires, et alla vaquer, les yeux gonflés de larmes, à ses travaux de ménage.

Au moment où il allait franchir le seuil de sa porte, M. Dimmesdale, enfin, aperçut titubant, et les yeux troublés par l'ivresse, un des matelots espagnols appartenant à l'équipage du vaisseau à bord duquel il devait partir. L'envie lui prit d'échanger avec cet ivrogne une cordiale poignée de main, et de se soulager en lui tenant quelques propos gaillards, tels que les comportait une rencontre si familière... Il n'eut que le temps et la force de se jeter sur le marteau de sa porte, et de se précipiter, quand elle fut ouverte, dans son cabinet de travail.

— Suis-je hanté? suis-je fou? suis-je damné sans rémission? se demandait-il..... Et, regardant tout autour de lui, son bureau, son fauteuil, ses livres lui apparurent, comme tout le reste, avec des dehors étranges. Il examina d'un air surpris ces murailles, témoins muets de tant de prières ardentes, de tant de macérations fiévreuses. Il regarda sa Bible, sa Bible hébraïque, qu'il n'ouvrait jamais sans évoquer aussitôt autour de lui Moïse et les saints Prophètes. Il jeta les yeux sur quelques feuillets tachés d'encre, où il reconnut les premières pages du sermon qu'il devait prononcer le jour de l'installation du gouverneur. Mais rien de tout cela ne lui tenait plus au cœur. Il était dans cette studieuse retraite, comme un étranger, secrètement admis, et disposé à tout épier avec une curiosité malveillante et méprisante. L'hôte pâle et blême de cet ermitage, — pas lui, bien entendu, l'*autre*, celui qui était resté dans la forêt, — il n'y pouvait penser sans un sentiment de pitié hautaine. Mais il se sentait, en même temps, effrayé de ce dédoublement, de cette séparation bizarre qui d'un seul être en avait fait deux, tous deux étrangers l'un à l'autre, et presque ennemis l'un de l'autre.

Tandis qu'il était livré à ces réflexions, un coup léger retentit contre la porte : — Entrez! dit le ministre, non sans quelque idée qu'il allait être visité par un agent du mauvais esprit. Effectivement, il vit s'avancer vers lui Roger Chillingworth.

— Votre retour est le bienvenu, lui dit le médecin, toujours obséquieux et prévenant... Mais que vous êtes pâle !.. Votre voyage auprès de l'apôtre Eliot paraît vous avoir fatigué... N'aurez-vous pas besoin de quelques excitants pour vous mettre en état de prêcher votre sermon d'installation?

— Je ne crois pas, répliqua Dimmesdale, qui était resté debout, appuyé d'une main sur la Bible entr'ouverte, de l'autre comprimant son cœur douloureux. Mon voyage, mes entretiens avec le saint apôtre, et le bon air que j'ai respiré, m'ont au contraire fait du bien. J'espère, très-cher docteur, pouvoir me passer de vos remèdes...

Il n'en dit pas davantage, arrêté par le regard attentif du vieux médecin, qui scrutait évidemment chacune de ses paroles, et qui, sans en rien montrer, savait maintenant à quoi s'en tenir sur les révélations dont Hester ne l'avait pas menacé vainement.

Ces deux hommes n'avaient donc plus de secret l'un pour l'autre : mais ce n'était pas une raison pour que la moindre parole fit allusion à leur haine mutuelle. Roger Chillingworth, cependant, avec ses ménagements ordinaires, ne craignit pas de s'aventurer sur ce terrain brûlant.

— Songez-y, cher monsieur... Il vous faudra beaucoup de force, beaucoup de vigueur, pour ce sermon, et quelques préparations ne seraient pas de trop... On attend beaucoup de vous... n'étant pas très-certain que l'année prochaine la chaire soit encore occupée par le même pasteur...

— On prévoit ma mort, n'est-ce pas? demanda le ministre avec une pieuse résignation... Eh bien, peut-être ne se trompe-t-on guère... Mais, pour le moment, et dans l'état actuel de ma santé, bon docteur, je puis me passer de vos médicaments.

— Tant mieux!... tant mieux!... Peut-être, en effet, mes remèdes, si longtemps inutiles, commencent-ils à produire quelque bien... Que je serais heureux d'une cure pareille!..

— Merci!... merci de tout cœur, répliqua Dimmesdale, avec un sourire quelque peu solennel... Ma reconnaissance n'a que des prières à vous offrir...

— Les prières de l'homme de bien, c'est la monnaie courante de la Jérusalem nouvelle, répondit Roger Chillingworth, en prenant congé de son voisin.

Laissé à lui-même, le jeune ministre se fit servir un léger repas qu'il dévora avec un appétit remarquable : puis jetant au feu le laborieux début du sermon qu'il avait commencé à préparer, il se mit derechef à l'œuvre avec une intensité d'émotion, une facilité de travail qu'il ne s'était jamais connues. La nuit s'écoula tout entière sans que la plume quittât ses doigts. Les premières lueurs du matin firent pâlir, sans qu'il s'en aperçût, la lumière de ses flambeaux, et il ne s'arrêta, son œuvre finie, qu'au moment où les rayons étincelants de midi tombèrent d'aplomb sur ses yeux fatigués.

XVII

Un jour de fête.

Dans la matinée du jour où devait avoir lieu l'installation du nouveau gouverneur, Hester Prynne parut avec sa fille, sur la place où le peuple se rassemblait pour prendre sa part des solennités officielles. Elle avait conservé le grossier vêtement d'étoffe grise que, depuis sept ans, elle portait, et qui, par sa forme comme par sa couleur, s'effaçait autant que possible, ne laissant en vue que la fatale Lettre Rouge. Son visage impassible, vrai masque de marbre, avait presque la rigidité de la mort, et, cependant, par exception, ce jour-là, un observateur profond de la physionomie humaine y eût discerné, bien imperceptible, une sorte de fierté inusitée, qui lui eût expliqué, en partie, comment la sévère recluse venait affronter les regards de la foule, et triompher intérieurement de ceux qui lui portaient encore haine ou mépris. Triomphe secret, mêlé pourtant de quelque amertume, et, contradiction bizarre, de quelque regret, comme si Hester, au moment de s'affranchir, jetait un mélancolique adieu aux chaînes si longtemps portées; comme si elle prenait un certain plaisir à tremper une dernière fois ses lèvres dans la coupe d'amertume, vidée chaque jour goutte à goutte, depuis sept longues années, avant de saisir le vase d'or où pétillait pour elle le vin de la vie heureuse, de l'amour retrouvé.

Perle étincelait et rayonnait, émaillée des couleurs les plus vives, resplendissante de fils d'or et d'argent, fleur, papillon, sylphe aérien : cependant, une sorte d'inquiétude, une agitation secrète, se trahissait dans sa gaieté nerveuse, dans ses allures erratiques. Les enfants sont ainsi, et, sans le savoir, participent aux troubles des âmes où leur âme puise sa vie. De même que les scintillements d'un joyau dénoncent les émotions du sein qu'il pare, de même l'inquiétude de Perle était le reflet des anxiétés de sa mère. Elle bondissait, babillait, gesticulait, comme enivrée par le spectacle, tout nouveau pour elle, qui passait, ce jour-là, sous ses yeux.

— Aujourd'hui, disait-elle, tout le monde s'amuse donc... Voyez le forgeron, qui n'est plus couleur de suie... Voyez le vieux geôlier, maître Brackett, qui me salue et me sourit... Pourquoi me sourit-il, chère mère?..

— Il se souvient qu'il t'a vue toute petite.

— N'importe... Il est trop noir et trop laid pour me sourire ainsi... Mais vois donc, mère, ces étrangers... ces marins, ces sauvages... que viennent-ils donc faire sur la place du marché?

— Ils viennent, comme nous, voir passer le cortége, le gouverneur, les magistrats, la musique, le clergé, les soldats.

— Ah!.. et le ministre y sera-t-il... Me tendra-t-il ses deux mains, comme l'autre jour, du bord du ruisseau?..

— Il y sera, mon enfant... mais il ne prendra pas garde à toi... et tu ne dois pas faire semblant de le reconnaître.

— Quel homme étrange! reprit l'enfant, se parlant à elle-même plutôt encore qu'à sa mère... Il nous attend la nuit, et nous appelle, et nous prend par la main... Il te parle, assis sur la mousse, dans la forêt où il fait si noir... Il me baise au front, et je puis à grand'peine me laver de son baiser. Puis, quand il fait jour, ici, au milieu du monde, il ne nous connaît plus, il faut faire comme si on ne le connaissait pas... Quel homme étrange!.. et qu'il fait de la peine, avec cette main qu'il tient toujours sur son cœur!

—Taisez-vous, enfant, vous ne comprenez rien à tout ceci... bornez-vous donc à regarder autour de vous, comme tout est beau, comme un chacun se réjouit, l'écolier et l'artisan, les petits enfants et les grandes personnes, le tout, parce que la ville change de maître. Ne dirait-on pas que l'âge d'or va revenir, à voir ainsi la joie sur le front de tous?..

La place du marché n'offrait cependant aucun symptôme de véritable gaieté. Mais tout est relatif ici-bas, et, pour des yeux habitués à n'y voir que ses hôtes habituels, les graves et demeurés puritains de ce temps déjà si loin de nous, elle avait un aspect tout nouveau. Parmi les groupes gris et bruns des émigrants anglais, on voyait çà et là quelques chefs et quelques guerriers indiens, dans tout le luxe de leurs robes en peaux de daims, brodées en fils de couleur, leurs ceintures de wampum, leur peau teinte d'ocre rouge et jaune, leurs coiffures de plumes, leurs flèches à pointes de pierre. Ils se tenaient à l'écart, immobiles et graves, plus graves que les puritains eux-mêmes. Plus sauvages que ces sauvages, apparaissaient, par bandes tumultueuses, les matelots espagnols, figures brûlées et barbues, dont les amples hauts-de-chausses étaient fixés par une ceinture à boucle d'or, où pendait tantôt une épée en forme de coutelas, tantôt un poignard à longue lame. Sous leurs chapeaux à larges bords, tissés en fil de palmier, luisaient des regards qui, même égayés, avaient encore quelque chose de féroce; et, du reste, leur conduite était à l'avenant de ces dehors de bandits. Ils transgressaient à plaisir, protégés par les priviléges de leur état et les immunités de leur nation, les ordonnances municipales, lançaient au nez du bedeau des bouffées de tabac qui eussent coûté un shilling chacune à un honnête bourgeois de Boston, vidaient à longs traits leurs gourdes remplies de rhum et en distribuaient même à leurs voisins, sans craindre la confiscation et l'amende; certains, d'ailleurs, d'être au fond assez bien vus par les plus rigides puritains, tant il y avait alors d'indulgence pour quiconque, hasardant sa vie en mer, créait entre les deux mondes les relations indispensables au développement du commerce.

Ce préjugé, fondé sur l'intérêt purement matériel, était néanmoins si fortement établi chez les habitants de Boston, que nul d'entre eux ne conçut la moindre pensée défavorable à Roger Chillingworth, lorsqu'on le vit arriver sur la place, en compagnie du capitaine espagnol, qu'il entretenait à voix basse. Cet officier, par le costume, du moins, était le personnage le plus notable de l'assemblée. Les rubans des couleurs les plus vives ruisselaient à profusion sur son pourpoint; sur son chapeau couraient des broderies d'or; une chaîne d'or et un panache éclatant en faisaient le tour. Il avait sur le flanc une belle épée, et sur le front une magnifique cicatrice, dont il semblait particulièrement fier. Bref, il avait une mine, un maintien, un costume, dont un simple citoyen eût été appelé à rendre compte devant les magistrats, mais qui semblaient aussi naturels à un homme de mer, que ses brillantes écailles le sont au poisson lui-même.

En quittant Roger Chillingworth, ce brillant échantillon de la marine espagnole, se mit à vaguer sur la place jusqu'au moment où il aperçut Hester Prynne, au milieu du petit vide qui se formait toujours autour d'elle. Il s'approcha d'elle sans hésiter, et tel était le renom d'autorité acquis par la pauvre condamnée, que la plus sévère matrone causant ainsi, à demi-voix, avec le capitaine étranger, eût été, plus qu'elle, exposée à la soupçonneuse censure des bonnes langues puritaines.

— Eh bien! mistress, nous partons toujours?.. lui dit l'Espagnol... Je puis vous annoncer que nous aurons peu de malades à bord... ou du moins que les médecins ne nous manqueront pas... Notre chirurgien aura un confrère, et un savant, à ce qu'on assure.

— Vous dites?.. demanda Hester, plus troublée qu'elle ne voulait le laisser paraître...

— Je dis que nous avons un passager de plus... Mais vous faites semblant de l'ignorer?.. Ce vieux médecin... Chillingworth est, je crois, son nom... veut tâter, lui aussi, de notre ordinaire... Il m'a dit qu'il était des vôtres... et l'ami intime de cet autre *gentleman* que vous voulez soustraire à la rancune de vos magistrats.

— En effet... ils se connaissent... Ils ont longtemps habité la même maison.

Hester n'ajouta pas un mot, et l'entretien en resta là. Mais à ce moment-là même, elle vit, dans le recoin le plus désert de la place, Roger Chillingworth qui lui souriait. Ce sourire froid, lui arrivant ainsi à travers le mouvement, le bruit, les cris de la foule, alla droit à son cœur, comme un coup de couteau.

XVIII

Le cortége.

Avant qu'elle eût pu se remettre de son trouble, la musique qu'on entendait au loin, devint de plus en plus éclatante et débboucha sur la place. La petite Perle qui, d'abord, avait battu des mains, demeura bientôt bouche béante, les yeux grands ouverts, emportée hors d'elle-même par les vibrations du son, comme l'oiseau de mer qui plane, chassé devant lui par la vague ondulante. L'éclat des armes, les plumes au vent, le piétinement des chevaux la firent revenir à elle-même, lorsque parut la milice volontaire, espèce de Collége d'armes formé spontanément, à l'instar des ordres de chevalerie, par un certain nombre de citoyens, qui s'exerçaient au métier des armes, sans aucun salaire, par zèle pour la chose publique, et par goût spécial pour les travaux militaires. Ce corps subsiste encore, avec des traditions séculaires qui le rehaussent à ses propres yeux.

Derrière ces cavaliers, dont les cuirasses et les casques en acier bruni, ces derniers chargés de plumes, éblouissaient la foule, marchaient les magistrats, tout aussi dignes d'attention par leur grande et majestueuse tournure; gens de cœur, dont les lumières seraient peut-être regardées comme insuffisantes par les érudits de notre époque, mais qui, mieux que ces derniers, savaient comprendre et remplir une mission politique. Ils vivaient dans un temps où l'étendue des connaissances, l'éloquence, l'art d'écrire étaient, dans l'estime publique, bien au-dessous de la dignité dans le caractère, de l'énergie dans la volonté, de la sincérité dans le dévouement; temps d'épreuves et de périls, qui, mieux que les ères paisibles, développent et trempent les véritables hommes d'État.

Après eux venait le jeune ministre qui allait, en cette solennelle occasion, remplir, à vrai dire, le principal rôle, et à qui la cérémonie allait devoir ses plus durables enseignements. Tous les yeux s'arrêtaient sur lui avec un intérêt puissant, et on remarqua, non sans surprise, que jamais, depuis qu'il était débarqué sur les côtes de la Nouvelle-Angleterre, il n'avait eu l'allure plus ferme, la taille plus droite, le pas plus assuré. Ce changement, à vrai dire, pour qui l'observait de près, n'impliquait aucune amélioration réelle dans l'état physique du jeune prêtre. Il fallait l'attribuer tout entier à une exaltation de l'intellect, qui, pour un temps, dominait cet être si nerveux, susceptible pour quelques heures, d'un effort presque surhumain, mais d'un effort chèrement payé, car il devait ensuite retomber, pour des années, dans un affaissement incurable. On aurait volontiers fait honneur de ce phénomène à la musique guerrière dont le jeune ministre marchait entouré; mais par le fait, absorbé dans les pensées qu'il portait en lui, prêt à les mettre au jour, il ne voyait rien, n'entendait rien, ne savait rien de ce qui se passait autour de lui.

Hester Prynne qui le contemplait avidement, se sentit envahie, sans savoir pourquoi, par une impression desséchante et funeste. Elle s'était attendue à un regard, un seul, qui lui dît qu'elle était reconnue. Elle se reportait à ses heures passées dans la forêt, sur les mousses de l'arbre mort, à ce mélancolique entretien qui se mariait si bien aux tristes murmures du ruisseau..... Et c'était là cet homme?.... Maintenant, il lui semblait à peu près inconnu. La communion si intime de leurs âmes, où était-elle? Par quel prodige, ce même être qu'elle avait étreint dans ses bras, qui frissonnait et tremblait sous cette étreinte, par quel prodige lui apparaissait-il tout à coup en triomphateur, au son de cette musique imposante, parmi ce long cortége de vieillards vénérables, séparé d'elle par des abîmes infranchissables, complétement absorbé en des pensées lointaines, dont pas une n'était pour elle?.. Il lui vint à l'idée que, l'avant-veille, elle avait été dupe de quelque illusion, et, plus femme qu'elle ne l'avait jamais été, elle se sentit au cœur une véritable rancune contre cet homme à qui elle avait tant pardonné... L'avoir perdue lui semblait peu de chose au prix de cette méconnaissance, de cet oubli qui la navraient.

Perle, à son insu, participait aux émotions de sa mère. Pendant tout le défilé, elle s'agitait, comme un oiseau prêt à prendre son vol. Quand il fut terminé, regardant sa mère entre deux yeux :

— Sûrement, lui dit-elle, ce n'est pas là le même ministre qui m'embrassait près du ruisseau.

— Tais-toi, chère petite, répondit tout bas Hester, on ne répète pas sur la place publique ce qui s'est dit dans les bois.

— Si j'avais été bien sûre que ce fût lui, reprit l'enfant, j'aurais couru l'embrasser, devant tout le monde, comme lui sous les grands arbres noirs..... Qu'aurait-il dit, mère?.. Aurait-il grondé... aurait-il posé la main sur son cœur?

Hester ne répondit point. Les pieux préliminaires de l'office étaient accomplis. On entendit, dans le temple, la voix du jeune prédicateur. La foule se porta de ce côté. Attirée par un sentiment irrésistible, Hester voulut aussi se rapprocher, et comme il était impossible de percer les rangs pressés de l'auditoire qui remplissait le temple, elle fut contrainte de s'arrêter justement au pied du pilori... De là, véritablement, elle n'entendit que quelques mots du sermon, mais la voix de M. Dimmesdale lui arrivait du moins, comme un murmure vague, comme une lointaine harmonie.

Cette voix, cette mélopée, ce chant, dépourvus d'un sens précis, n'en étaient pas moins intelligibles pour Hester. Elle en interprétait, au gré de son âme agitée, les modulations variées, les accents pénétrants, les sourds murmures. Elle y discernait, çà et là, des soupirs d'angoisse, des larmes contenues, des cris de souffrance, et là peut-être où l'auditeur vulgaire était dominé par l'autorité d'une parole fortement accentuée, Hester, maîtresse du secret fatal, sympathisait avec les déchirements d'un remords profond, les tristesses mortelles, les conflits orageux d'une âme tourmentée et misérable.

Elle restait au pied de l'échafaud, retenue par le magnétisme sonore de cette voix qui vibrait à l'intérieur du temple. Peut-être y eût-elle été retenue, d'ailleurs, par un instinct mal défini qu'elle portait en elle, comme un implacable fardeau, et qui l'avertissait que ce théâtre de sa honte était le point central de l'orbite où sa destinée se pouvait mouvoir.

Perle, cependant, avait quitté sa mère et, courant de côté et d'autre, égayait de ses caprices la foule aux sombres dehors. On eût dit un rayon dans les nuages, un oiseau de paradis parmi les noirs massifs d'un feuillage épais. Partout où sa curiosité l'appelait, ses pieds agiles la portaient aussitôt. Elle s'emparait, par le regard, l'attention, le geste, de l'objet qui, pour un instant, l'avait attirée; elle-même, en revanche, échappant à tout examen, par l'imprévu de ses rapides allures. Aussi les plus graves se déridaient à son approche; ceux-là même qui cherchaient sur son front la trace de quelque origine infernale ne pouvaient se soustraire au charme excentrique de cette beauté radieuse et maligne.

Les Indiens et les matelots espagnols, ces êtres à part, hôtes du désert et de l'Océan, captivaient surtout les yeux de Perle; elle rôdait autour d'eux; elle se précipitait dans les groupes qu'ils formaient çà et là, les regardant avec un étonnement et une admiration qu'ils lui rendaient à usure. Les marins, surtout, se figuraient voir, transformé en petite fille, un flocon de cette écume phosphorescente qui, la nuit, rejaillissant sous la proue, éblouit de ses éclairs l'homme de quart.

Leur chef voulut une ou deux fois saisir Perle et l'embrasser; autant aurait-il été facile de prendre au vol un oiseau-mouche... Il détacha alors la chaîne d'or de son chapeau et la jeta vers l'enfant, qui la saisit et la roula tout aussitôt autour de son cou, habile à se parer de tout ce qui lui tombait sous la main.

— Ta mère, lui dit le capitaine, est bien cette femme qui porte la Lettre Rouge?.. Veux-tu lui porter un message de ma part?

— Oui... si le message me plaît, répondit Perle.

— Eh bien, dis-lui, reprit-il, que j'ai reparlé de l'affaire avec le vieux docteur jaune... le bossu... elle le connaît. Il m'a promis d'amener lui-même à bord le *gentleman* dont elle s'occupe... Ainsi, ta mère ne doit plus songer qu'à elle... et à toi... Veux-tu lui dire tout ceci, ma petite sorcière?..

— Prends garde, répliqua Perle, avec son sourire méchant, prends garde à me donner de vilains noms... On dit que mon père est le prince de l'air... Je lui parlerai de toi... Il enverra des tempêtes à ton navire.

L'enfant, poursuivant alors ses zigzags capricieux, revint auprès de sa mère et lui transmit les paroles du capitaine étranger. Elles portèrent presque le découragement dans cette âme si ferme, qui s'affaissait sur elle-même en face du spectre inflexible, se dressant toujours devant elle, et fermant l'issue qu'elle avait cru s'ouvrir vers un avenir heureux.

Une autre épreuve, cependant, lui était réservée. Parmi les paysans des environs, accourus pour assister à la fête, il en était qui, n'ayant jamais vu la Lettre Rouge, en avaient entendu faire toutes sortes de récits absurdes et merveilleux. Quand ils eurent assez d'autres divertissements, ils se donnèrent le plaisir de venir faire cercle autour de la condamnée, qui, perdue dans ses réflexions, n'y prit d'abord pas garde. Bientôt arrivèrent des marins qui s'enquirent du sens que pouvait avoir ce symbole inconnu. Puis, enfin, les Indiens, à leur tour, se glissant parmi la foule, vinrent, de leurs yeux de serpent, contempler cette femme, qu'ils prirent pour un grand personnage de la tribu des blancs, à la vue du signe éclatant qu'elle portait, et de l'attention qu'elle venait d'exciter.

Ainsi entourée en quelques instants, et devenue l'objet d'une curiosité brutale, Hester sentit la Lettre Rouge brûler derechef sur sa poitrine; et cela au moment où elle allait rejeter pour toujours ce vestige de honte. Or, tandis qu'elle voyait se raviver ainsi un supplice qu'elle croyait épuisé, tandis qu'elle se retrouvait, comme sept ans auparavant, entourée de mépris et d'ignominie, le saint ministre était dans sa chaire, dominant les intelligences, soumettant les cœurs, écouté, vénéré, envié des plus justes.

Quel contraste plus complet! Et cependant le stigmate brûlant était sur la poitrine de l'un comme sur celle de l'autre.

XIX

La révélation.

Enfin la voix s'arrêta... Il y eut un moment de silence, comme celui qui devait suivre, jadis, les paroles du Prophète et de la Pythonisse. Un sourd murmure se fit jour ensuite, et un tumulte contenu annonça que les âmes, enlevées dans les régions célestes par la parole inspirée, redescendaient sur la terre. La foule s'écoula lentement de l'église sur la place, et là seulement les langues, enfin dé-

On eût dit un ange prêt à prendre son vol vers les cieux.

liées, exprimaient l'enthousiasme de l'auditoire pour le prédicateur. Jamais l'Esprit-Saint ne s'était révélé d'une façon plus éclatante dans les paroles d'un simple mortel. On avait constaté sa présence, en voyant l'orateur, emporté loin du texte écrit qu'il avait sous les yeux, s'abandonner à des inspirations qui, bien évidemment, l'étonnaient lui-même autant que ses auditeurs. Vers la fin, une sorte de fureur prophétique s'était emparée de lui, et avec le même entraînement involontaire qui forçait les voyants du peuple de Dieu à prédire la ruine de leur pays, le jeune ministre avait annoncé à la Nouvelle-Angleterre une destinée glorieuse, digne des Élus du Seigneur. Mais, pendant cette péroraison, et même, à vrai dire, pendant toute la durée du discours, on avait remarqué une sorte de sous-entendu funèbre qui semblait annoncer la mort précoce, la mort prochaine de l'homme qui tenait ce langage inspiré, de ce pasteur éminent qui allait être ravi à l'amour de ses ouailles. Aussi ce sermon d'adieux avait-il produit un effet immense. On eût dit un ange, prêt à prendre son vol vers les cieux, secouant ses ailes, ombre et splendeur tout à la fois, sur le peuple ébloui et consterné, — ses ailes d'où la vérité tombait en pluie d'or.

Donc, à ce moment, au moment où il posa sa tête, agenouillé pour prier, sur les coussins de la chaire, M. Dimmesdale était en pleine possession de toutes les joies que peut accumuler l'orgueil humain. Il avait la conscience que jamais jusqu'alors, jamais peut-être à l'avenir, pareil triomphe oratoire n'avait été ou ne serait obtenu. Et au même moment, ne l'oublions pas, Hester Prynne était au pied du pilori, la Lettre Rouge sur la poitrine...

La musique se fit entendre derechef; la cavalerie reforma ses rangs dispersés; les graves magistrats, les saints ministres sortirent en bon ordre du temple, et quand ils parurent sur la place, un long cri d'enthousiasme salua leur passage. Or, quel que fût, à cette époque, le respect des peuples pour l'autorité, cet enthousiasme était bien évidemment l'élan des âmes récemment émues par l'éloquence du jeune ministre. Contenu à grand'peine sous les voûtes de la chapelle, cet élan, sous le ciel, faisait explosion. Pareil cri ne s'était jamais entendu sur les rivages de la Nouvelle-Angleterre ; jamais la vénération publique ne s'était accumulée au même degré sur un ministre de Dieu.

Qu'éprouvait-il, cependant, ce jeune prêtre? Sentait-il autour de sa tête flamboyer l'auréole? Enlevé à la terre par cette bruyante apothéose, ses pieds touchaient-ils encore le sol?

Hélas! lorsque la foule put l'apercevoir, les cris éclatants s'arrêtèrent et s'éteignirent en un murmure à peine entendu. Quelle faiblesse, en effet, dans sa démarche ! et quelle pâleur sur son front! L'énergie, ou, si l'on veut, l'inspiration céleste venant à lui manquer, après l'accomplissement de son œuvre, l'éclat de ses joues avait disparu, comme celui d'une flamme que la cendre vient de recouvrir... A peine pouvait-on croire que la vie fût restée en ce corps débile, qui vacillait sur lui-même, et que ses jambes tremblantes supportaient mal. Un bras charitable s'offrit pour le soutenir; c'était celui du révérend John Wilson. Dimmesdale le repoussa doucement, et continua d'avancer; avec cette marche incertaine de l'enfant qui s'essaie sur les tapis maternels; il arriva ainsi, bien lentement, il est vrai, jusque devant cet échafaud où jadis Hester était montée. Hester était là, tenant Perle par la main, et la Lettre Rouge sur sa poitrine. Le ministre, à cette vue, s'arrêta court. Vainement la musique jouait-elle une marche joyeuse, invitant le cortége à presser le pas. — En avant ! en avant ! disait-elle. — Mais le ministre ne bougeait plus.

Bellingham, l'ex-gouverneur, pensant qu'il se sentait faiblir, fit un pas vers lui pour lui venir en aide : mais il recula devant un regard du jeune prêtre, et cependant il n'était pas homme à saisir promptement le sens d'un de ces ordres muets qui passent ainsi d'une pensée à l'autre. La foule, de plus en plus attentive, contemplait le jeune ministre, et dans sa faiblesse même, cherchait quelque chose de miraculeux. C'est tout au plus s'il l'aurait étonnée, s'élevant transfiguré dans l'azur des cieux, et s'effaçant, pure essence, au sein de l'immensité lumineuse...

Ce fut alors que, se tournant du côté de l'échafaud, et les bras étendus, on l'entendit s'écrier :

— Hester ! venez à moi !.. Viens, ma petite Perle... Viens me trouver !..

Le regard qu'il jetait sur elles, en parlant ainsi, avait quelque chose d'égaré, mais il s'y mêlait une indicible expression de tendresse victorieuse et de triomphe souriant. L'enfant, avec cette prestesse d'oiseau qui était dans tous ses mouvements, courut à lui, et de ses petits bras étreignit ses genoux. Hester Prynne, plus lentement, comme en dépit d'elle-même et domptée par une volonté supérieure, par un décret du destin, se rapprocha de quelques pas et, prête à le joindre, s'arrêta tout à coup.

A ce moment, Roger Chillingworth, soit qu'il eût percé les rangs de la foule, soit que la terre lui eût tout à coup ouvert passage, — et son regard eût pu faire croire, en effet, qu'il émergeait des profondeurs infernales, — Roger Chillingworth parut entre elle et le ministre, qu'il saisit brusquement par le bras.

— Insensé... contenez-vous !.. que prétendez-vous faire? murmurait-il à son oreille... Écartez cette femme... Repoussez cette enfant... Tout peut encore s'expliquer... Ne ternissez pas votre renommée... Respectez au moins votre mort... Je puis vous sauver... Voulez-vous déshonorer votre saint ministère?..

— Ah! tentateur! répondit le ministre,

supportant, quoique intimidé, le regard fixe et terrible de son vieil ennemi, je crois que tu arrives trop tard!.. Ton pouvoir n'est plus ce qu'il était!.. Avec l'aide de Dieu, cette fois, je t'échapperai...

Derechef, il tendit la main à la femme marquée de la Lettre Rouge.

— Hester Prynne, cria-t-il en même temps, d'une voix vibrante... Ta force... j'en ai besoin... Ta force, guidée par ma volonté... Viens, Hester, viens... Ce vieillard... ce vieillard et le démon s'unissent pour nous faire obstacle... Au nom du Dieu de miséricorde, viens! viens! — Conduis-moi sur l'échafaud!..

Un grand tumulte venait d'éclater parmi la foule; car, pour les dignitaires et les prêtres qui entouraient M. Dimmesdale, ils avaient été complétement pris à court par l'incident imprévu que nous venons de raconter, et pas un d'eux n'avait encore une idée nette de ce que tout cela pouvait signifier. Ils assistaient, immobiles et silencieux, à cette scène, dont la Providence avait compliqué les péripéties, et virent, sans songer à s'y opposer, le jeune ministre, appuyé sur Hester, et tenant dans sa main la main de l'enfant du péché, gravir les degrés de l'échafaud.

Le vieux Roger Chillingworth, mieux au courant qu'eux, suivait ses trois victimes.

— Vainement, disait-il au ministre, vainement tu aurais cherché sur terre un autre abri contre moi; il n'y avait endroit si secret, position si haute qui t'eût dérobé à ma vengeance, — si ce n'est cet échafaud.

— Merci donc à Dieu qui m'y conduit, répondit le ministre. Il tremblait cependant encore, et se tourna vers Hester avec un regard plein de doute et d'anxiété, que cachait mal un faible sourire errant sur ses lèvres.

— Ceci ne vaut-il pas mieux, lui dit-il, que nos rêves de la forêt?

— Je ne sais, je ne sais, répondit-elle précipitamment... Mieux?.. Oui, peut-être... Pourvu que nous mourrions tous les deux et que la petite Perle meure avec nous!..

— En ce qui vous concerne toutes deux, la volonté du Seigneur soit faite... et vous la trouverez miséricordieuse. Quant à moi, Hester, je vois clair sur la route qu'il m'a tracée... Je vais mourir... Laissez-moi me hâter de revêtir la honte qui m'est due.

Alors, toujours appuyé sur Hester, tenant toujours dans sa main la main de la petite Perle, le révérend Dimmesdale adressa aux magistrats, aux ministres, ses pieux collègues, au peuple entier, dont le cœur généreux battait à l'unisson, — plein de sympathie pour cette grande faute suivie d'un grand remords, — des paroles qui se gravèrent dans la mémoire de chaque auditeur.

— Enfin, disait-il, enfin me voici à la place que j'aurais dû occuper il y a sept ans... Me voici à côté de cette femme dont le faible bras m'empêche seul de tomber devant vous la face contre terre. Regardez cette lettre qu'elle porte... cette lettre qui tant de fois vous l'a montrée comme un objet méprisable, et vous a chassés loin d'elle... Eh bien, il y avait quelqu'un parmi vous, marqué pour le péché, voué à l'infamie, et dont personne pourtant ne s'éloignait...

On put croire, ici, que le ministre ne pourrait supporter sa faiblesse, et laisserait irrévélée la moitié de son secret... Mais tout à coup, écartant de lui toute assistance et faisant un pas en avant, il triompha de son cœur rebelle, des lâches conseils qu'il lui donnait encore.

— L'œil de Dieu ne quittait pas cet homme et sa souillure, continua-t-il avec plus de force que jamais. Les anges se la montraient d'en haut. Le démon, acharné sur ses traces, de son doigt brûlant, ravivait la marque infâme; mais lui, il la cachait avec soin aux yeux des hommes, et passait au milieu de vous, gardant les dehors d'un messager céleste, triste parce qu'il voit les imperfections de l'humaine nature, triste parce qu'il ne peut remplir, telle qu'il la comprend, sa mission sublime. Maintenant, sur le seuil de la tombe, il se dresse devant vous; il vous montre la Lettre Rouge sur le sein de sa complice; il vous dit qu'avec toute son horreur mystérieuse, ce signe n'est que l'ombre de celui qu'il porte, sanglant, sur sa poitrine; et que celui-ci, à son tour, ne fait que symboliser la marque inscrite au plus profond de son cœur... Qu'il approche, celui qui met en doute le jugement de Dieu rendu contre un pécheur... Qu'il approche, et qu'il en voie l'effrayant témoignage...

A ces mots, par un mouvement convulsif,

il arracha l'espèce de surplis qui voilait sa poitrine, et, sous ses vêtements écartés, on put voir... mais, pourquoi décrire en paroles humaines un prodige d'en haut?.. Pendant un moment, les regards de la multitude furent concentrés sur ce témoignage éclatant de la justice suprême, et, pendant ce moment, le visage du ministre exprima l'immense joie de l'homme, qui, au prix de la souffrance la plus vive, a remporté une victoire inespérée. Ensuite il s'affaissa sur le plancher du pilori. Hester put le soulever à demi, et appuyer sa tête contre sa poitrine. Roger Chillingworth s'était agenouillé près de lui, et sa physionomie, qui n'exprimait plus rien, était celle d'un homme que la vie va bientôt abandonner.

— Tu m'as échappé!.. tu m'as échappé, répétait-il avec un accent toujours le même.

— Puisses-tu obtenir le pardon de Dieu! dit le ministre... Toi aussi, tu as péché grièvement.

Puis, il détacha ses yeux du vieillard, et les reporta mourants, sur la femme et l'enfant qu'il voulait bénir.

— Chère petite Perle, dit-il, et ces paroles furent accompagnées d'un doux sourire, comme si, délivré d'un immense fardeau, et prêt à retrouver le calme éternel, il se sentait la sérénité qui fait prendre plaisir aux causeries enfantines, chère petite Perle, veux-tu m'embrasser, à présent?.. Là-bas, dans la forêt, tu ne voulais pas!.. Mais à présent, tu ne me refuseras plus!..

Perle posa ses lèvres sur celles de son père; et, comme si un charme venait tout à coup de se rompre, une source miraculeuse de s'ouvrir, la sauvage enfant initiée par cette grande scène de deuil aux misères de ce monde et aux sympathies qu'elles réclament, versa un torrent de larmes sur les joues du mourant. Il comprit qu'à partir de ce moment, elle ne serait plus, dans les mains de Dieu, un agent de tortures expiatoires, et qu'Hester ne souffrirait plus désormais par cette enfant.

— Hester, lui dit-il, adieu!..

— Ne nous retrouverons-nous plus? lui demanda-t-elle penchée vers lui... Pendant le reste de la vie immortelle, serons-nous toujours séparés?.. Tant de malheurs n'ont-ils pas payé notre rançon?.... De ces yeux éclatants, tu dois percer les ténèbres de l'avenir éternel... Dis-moi, dis-moi ce qu'ils y voient!..

— Silence, Hester, silence! répondit-il avec un effroi sincère... J'ai peur!.. j'ai peur!.. Dieu seul sait tout... et il est clément... il nous a donné, ici-bas, le supplice... peut-être voulait-il nous l'épargner ailleurs!..... Une agonie de moins, et nous périssions... Loué soit son nom, bénie sa rigueur salutaire!.. Fions-nous à lui!.. Adieu, mon Hester!..

Ce dernier mot ne fut qu'un soupir... le dernier soupir du jeune ministre. Silencieuse jusqu'à ce moment, la multitude témoigna, par le murmure qui sortit de ses rangs pressés, que sur les traces de l'âme qui s'envolait, mainte pensée charitable, maint vœu de clémence allaient arriver jusqu'au trône du souverain juge.

XX

Le lot de chacun.

L'incertitude des témoignages humains est une vérité démontrée. A défaut de preuves meilleures, on aurait pu alléguer la controverse qui s'établit, à Boston, dans les journées qui suivirent la scène que nous venons de décrire, sur l'authenticité du miraculeux phénomène offert en spectacle à la population tout entière. La plupart des spectateurs attestaient bien avoir vu, sur la poitrine du malheureux ministre, l'empreinte d'une *Lettre Rouge* en tout point semblable à celle que portait Hester Prynne. Mais, sans parler des sceptiques, qui contestaient jusqu'à ce témoignage collectif, les faiseurs de conjectures variaient singulièrement sur l'origine probable de ce stigmate plus ou moins avéré. Les uns affirmaient que, le jour même où Hester avait subi sa sentence, M. Dimmesdale s'était infligé une torture quotidienne, dont cette marque était la trace indélébile. D'autres pensaient que cette flétrissure n'avait rien de volontaire et qu'il la fallait attribuer aux sortiléges et aux drogues empoisonnées de ce vieux nécroman, Roger Chillingworth. Enfin, les plus spiritualistes voulaient que l'incessante action du remords dévorant le cœur du jeune ministre se fût traduite à l'extérieur par ce symbole effrayant. De toutes ces théories, le lecteur choisira celle qui convient le mieux à son tempérament et à ses idées.

Nous ne mentionnerons, que pour sa singularité même, une autre version qui fut mise en circulation par les plus respectables collègues de M. Dimmesdale. Ils affirmèrent, après quelque temps écoulé, qu'aucune marque quelconque n'existait sur la poitrine du défunt, soigneusement examinée après sa mort, et tout aussi blanche, tout aussi intacte que celle de l'enfant nouveau né. Selon eux, encore, aucune des paroles qu'il avait prononcées en mourant n'impliquait de complicité dans le crime pour lequel Hester Prynne avait été condamnée à porter la Lettre Rouge : — et s'il avait voulu mourir dans les bras de cette femme déchue, lui que la conscience publique mettait déjà au rang des saints et des anges, c'était pour faire comprendre à ses frères et au monde entier, combien l'humilité chrétienne attache une médiocre importance à l'idée que l'on a pu concevoir des mérites humains, toujours imparfaits, toujours insuffisants, quelque admiration qu'ils inspirent. De sa mort, il avait voulu faire une parabole, indiquant qu'aux yeux de la Pureté Infinie, tous les pécheurs sont à peu près égaux. Le plus digne de merci est celui qui comprend le mieux combien sont dérisoires les parts de mérite faites, en plus et en moins, à des êtres que leur faiblesse courbe sous le même niveau. — Ainsi, disons-nous, parlaient les membres du clergé, jaloux de replacer leur collègue au rang qu'il occupait naguère dans l'estime publique.

Presque immédiatement après le trépas du jeune ministre, on put constater un changement notable dans les dehors et la santé du vieillard connu sous le nom de Roger Chillingworth. Toute sa force vitale, toute son énergie intellectuelle parurent l'avoir en même temps abandonné. Il séchait positivement sur pied, se courbant et se ridant de plus en plus chaque jour, et finit par disparaître aux yeux des hommes, ainsi qu'une plante arrachée et gisante sous la dévorante ardeur du soleil. Ce malheureux avait donné pour but à sa vie l'exercice systématique d'une vengeance ardemment poursuivie, et lorsque cet aliment lui manqua, lorsque, de son œuvre infernale, telle qu'il se l'était proposée, il ne lui resta plus rien à parfaire, l'infortuné n'eut plus qu'à aller rendre ses comptes au maître terrible dont il était l'agent ici-bas, — et à recevoir de lui le salaire de son odieux travail.

Au surplus, ne soyons sévère outre mesure pour aucune de ces créations, plus ou moins imaginaires, que nous venons d'évoquer. La sévère critique des philosophes a permis d'entrevoir que, considérés en eux mêmes, la haine et l'amour ne sont peut-être, qu'une seule et même passion. Toutes deux supposent la même adhérence, la même intime curiosité, d'une âme à l'autre : toutes deux mettent presqu'au même degré la vie d'un individu dans la dépendance d'une autre vie, qui devient son aliment unique. Toutes deux, privées de leur objet, laissent le cœur vide et l'existence désolée. Donc, philosophiquement considérées, ce n'est là qu'une seule et même passion, entrevue à travers deux prismes dont l'un resplendit des célestes rayons, l'autre, d'une flamme livide et sombre. Dans le monde abstrait des intelligences, il est fort possible que le vieux médecin et le jeune ministre, tour à tour victimes l'un de l'autre, se soient rencontrés, à leur grande surprise, avec un trésor d'amour divin et de charité réciproque, transmutation céleste de cette haine et de cette rancune qu'ils se portaient ici-bas.

Quoi qu'il en soit, le vieux Roger, en mourant, donna un gage éclatant de sa réconciliation partielle avec le Dieu de clémence. Son testament, dont l'ex-gouverneur Bellingham et le révérend Wilson furent les exécuteurs désignés, faisait passer des propriétés considérables, tant en Angleterre que dans le Massachusets, à la petite Perle, à la fille d'Hester Prynne, qui devint ainsi la plus riche héritière du Nouveau-Monde. Il est à croire que le rigorisme puritain ne l'eût pas dès lors empêchée, nonobstant son origine suspecte, de trouver un mari parmi les jeunes Saints de la Nouvelle-Angleterre, lesquels n'ont jamais poussé fort loin le mépris des biens d'ici-bas. Mais, bien peu de temps après la mort du vieux docteur, Hester Prynne et sa fille quittèrent Boston. Plusieurs années s'écoulèrent sans qu'on eût des détails précis sur ce qu'elles étaient devenues. A peine, de temps à autre, quelques vagues renseignements sur leur compte traversaient-ils la mer, et ces renseignements n'avaient rien de très-authentique. Aussi, avec le temps, l'histoire de la Lettre Rouge devint-elle une sorte de légende, légende, du reste, fréquemment répétée, et qui entourait de sa poésie sinistre l'échafaud où était mort le jeune ministre, la chaumière longtemps habitée par Hester Prynne.

Près de cette chaumière, par une belle après-midi, quelques enfants étaient à jouer, lorsqu'ils virent une femme de haute taille, vêtue d'une longue robe grise, s'approcher de la porte, constamment fermée. Soit qu'elle en eût la clé, soit que les battants, à demi pourris de vétusté, cédassent sous l'effort de sa main, soit qu'à la façon des spectres, elle passât à travers la porte fermée, le fait est qu'elle entra dans la chaumière, après avoir un moment hésité sur le seuil, comme si le courage lui eût manqué à l'aspect de cet extérieur désolé, qui lui rappelait peut-être de poignantes souffrances. Ce moment d'hésitation permit aux enfants, fort attentifs, de constater qu'elle avait une Lettre Rouge sur sa poitrine.

Ainsi Hester Prynne était revenue : revenue pour achever sa peine. Mais où était la petite Perle, son inséparable compagne? On ne sut pas alors, on n'a pas su depuis, d'une manière certaine, si elle était descendue, vierge, dans un tombeau précoce, ou si, au contraire, sa nature impétueuse et quelque peu sauvage avait pu s'assouplir aux conditions de bonheur qu'acceptent, en ce monde, le plus grand nombre des femmes. Tout ce qui demeura clairement avéré, pendant le reste de la vie d'Hester, c'est que, dans sa retraite profonde, venaient la chercher de fréquents témoignages d'affection, lointains envois de quelque personne résidant sur le continent d'Europe. Il arrivait parfois des lettres pour elle, scellées aux armes de quelque grande famille ; mais ces armes étaient inconnues à la Héraldique anglaise. On voyait aussi, dans la chaumière, des meubles, des objets de luxe, fort inutiles à la pauvre recluse ; et il était incontestable dès lors, qu'une tendresse attentive et prodigue se préoccupait avec persistance des besoins que l'âge pouvait amener pour la pauvre condamnée. Enfin, les commères de Boston dissertèrent longuement sur de magnifiques langes qu'Hester Prynne se mit un jour à broder, et qui ne pouvaient assurément convenir à aucun nouveau-né de la colonie, soumise encore à certaines lois somptuaires.

De tout ceci on conclut assez généralement que Perle vivait, mariée en Europe, qu'elle était heureuse femme, heureuse mère, et qu'elle regrettait de n'avoir pu remplir auprès d'Hester Prynne les devoirs d'une fille reconnaissante.

Mais il avait fallu que cette femme, au cœur de héros, achevât l'expiation commencée ; partout ailleurs que dans ce pays où la coupe de honte lui avait été présentée, elle se sentait hors de sa sphère, et d'elle-même. Aucun magistrat, si sévère qu'il fût, n'aurait pris sur lui de l'y contraindre ; mais elle avait repris le symbole fatal de son châtiment. Jamais, depuis, il ne la quitta. Au reste la Lettre Rouge n'effrayait plus personne, et n'empêchait pas les pauvres femmes souffrantes, combattues, pliant sous le faix, de venir chercher des conseils et des consolations auprès de celle qui la portait comme un gage d'expiation.

Hester les rassurait, les réconfortait de son mieux. Elle cherchait à faire passer en elles sa ferme croyance qu'un jour viendrait, où le monde, mûr pour une révélation nouvelle, verrait s'établir entre l'homme et la femme des rapports plus harmonieux, mieux faits pour assurer leur mutuelle félicité. Aux jours de sa jeunesse, Hester avait un moment songé à devenir l'apôtre et la prophétesse de cette croyance qui vivait en elle. Mais plus tard, elle s'était convaincue, par le sentiment et par l'analyse, qu'aucune mission de cet ordre ne pouvait être remplie ici-bas par celle que le péché a souillée, sur laquelle la honte s'est appesantie, ou que de rudes épreuves ont condamnée à une douleur aussi durable qu'elle-même. Elle avait reconnu son indignité et la confessait humblement, les yeux abaissés vers la Lettre Rouge.

Enfin, après bien des années, une fosse fraîche fut creusée auprès d'une tombe en ruines, dans le cimetière auprès duquel, depuis lors, King's Chapel a été bâtie. On avait cependant ménagé un certain intervalle entre les deux cavités funéraires, comme pour reconnaître que les cendres des deux morts n'avaient pas le droit de se mêler. Pourtant, une seule pierre servit aux deux. Sur cette pierre, ainsi qu'on peut encore s'en assurer, fut gravé en relief un écusson mystérieux. On voyait, pour tout blason et toute devise :

SUR CHAMP DE SABLE,

EN GUEULES,

LA LETTRE

A.

FIN DE LA LETTRE ROUGE A.

Enfin, disait-il, me voici à la place que j'aurais dû occuper il y a sept ans.

LAGNY. — Imprimerie de Vialat et Cie.

GABRIEL DE GONET, ÉDITEUR, RUE DES BEAUX-ARTS N° 6.

MARESCQ ET COMP., LIBRAIRES, RUE DU PONT-DE-LODI, N° 5.

SAVINIEN LAPOINTE.

DANIEL LE VAGABOND.

Au nom du malheureux Daniel, madame...

A M. L'ABBÉ PRUNIER.

CHAPITRE PREMIER.

Le rendez-vous.

Un équipage à deux chevaux venait de s'arrêter au pied de Saint-Étienne-du-Mont ; une jolie personne en descendit rapidement. On célébrait alors l'octave de Pâques, l'une des plus belles fêtes du christianisme. Depuis le matin, une foule de malheureux encombraient la place, le portail et les marches de Saint-Étienne-du-

Mont, qui, soit dit en passant, est l'une des cures les plus lucratives de Paris, puisqu'elle rapporte à la fabrique, bon an, mal an, de vingt-huit à trente mille francs. Il est vrai de dire que la châsse de sainte Geneviève est pour plus de moitié dans ce miracle de la foi. Et ce n'est pas un charriot de petites croix, médailles ou chapelets, qui suffirait le jour de la fête de la bonne sainte pour satisfaire l'avidité des pèlerins et des pèlerines accourus de divers points du monde chrétien. Ce spectacle est touchant en soi par les différents motifs qui l'ont créé.—Cette médaille bénie nous préservera de la morsure des chiens enragés. — Cette petite croix qui a touché les reliques de la sainte fera grandir nos enfants.—Ce collier préservera les derniers-nés des convulsions. — Ces bougies que nous brûlons ramèneront nos maris qui sont en voyage et nos fils qui sont à l'armée... Car le plus grand nombre de ces âmes tendres, inquiètes et dévouées, sont des femmes, des filles, des mères. Toutes vont donc une fois l'an faire à sainte Geneviève confidence de leur espérance, de leur amour, de leurs chagrins. C'est à l'aspect d'un tel spectacle que l'observateur comprend toutes les misères de l'âme humaine et son élévation.

La dame qui descendait de l'équipage monta lestement les degrés de l'église, comme s'il se fût agi de monter l'escalier de l'Opéra pour assister à une brillante représentation d'Auber ou de Rossini. Cette dame n'avait en elle aucun des signes qui caractérisent les personnes pieuses. Aussi était-ce un sentiment étranger à la dévotion qui la poussait à venir célébrer, dans ce quartier assez triste, la fête si populaire de la pâque.

Au moment où elle entrait dans l'église, à travers les milliers de rameaux tendus vers elle, un mendiant d'une cinquantaine d'années, dont les lèvres et le menton se perdaient dans une barbe touffue et grisonnante, lui barra le chemin sans façon, en lui présentant une branche de buis qu'il tenait à la main.

— Pour l'amour de Dieu, madame, lui dit-il.

La dame allait passer sans s'arrêter lorsque le mendiant lui cria :

— Au nom du malheureux Daniel, madame, s'il vous plaît.

— Daniel! répéta la dame avec épouvante. Vous connaissez Daniel?...

— Je le connais.

— Que devient-il? que fait-il? où est-il? demanda-t-elle avec vivacité.

— Dans la terre, madame.

— Mort!

— Hélas! oui... Mon malheureux ami! fit le mendiant en s'essuyant les yeux, il est mort. Je l'ai perdu, voilà dix ans déjà, sur la route de Lyon. Nous voyagions ensemble. Sa dernière parole fut pour vous, madame.

— Qui donc êtes-vous? lui demanda la dame, cherchant à deviner cet homme qui lui parlait ainsi.

— Je comprends bien que vous ne me reconnaissiez pas. Le malheur nous change, sans compter l'âge. Je suis Claude la basse-taille de la troupe dont vous faisiez partie quand nous chantions sur la place publique; je travaillais alors; mais aujourd'hui tout le monde devient difficile : il faut avaler des sabres, se livrer aux reptiles ou bien aux bêtes, non moins féroces, pour faire de l'effet. Avec ça que la jeunesse est toujours pressée de passer sur le corps des vieux. Elle veut arriver; c'est son droit. Le public n'écoutait plus les notes un peu vieillies, j'en conviens, du pauvre Claude; alors j'ai fait faillite au travail, et je mendie. C'est dur quand on est habitué à gagner son pain... Vous n'avez pas changé, vous, madame. L'hirondelle est devenue fauvette; la chanteuse, une princesse.

La dame jeta une pièce de cinq francs dans le bonnet de son ancien confrère et entra dans l'église, contrariée de la rencontre, heureuse de la nouvelle qui lui apprenait la mort de Daniel.

Le mendiant la suivit des yeux avec un sourire étrange. La dame, qui se nommait Lauretta, fut prendre une chaise dans le coin le plus obscur de l'église, ouvrit un livre et fit semblant de prier avec ferveur; elle se disait :

— Si Bécassine ne m'a pas trompée, cette femme ne peut tarder à venir. Ils se sont donné rendez-vous à dix heures au quatrième pilier. Malheur à cette femme si elle vient! malheur surtout à elle si elle persiste dans son amour pour le comte! Cette femme, m'a-t-on dit, est mariée. Tant mieux : il me sera facile de l'épouvanter. Ce mendiant en m'apprenant mon veuvage m'a remplie d'aise. Veuve! j'étais loin d'espérer un tel bonheur. Le comte m'épousera. L'acte de décès de mon mari n'est pas un parchemin qui sente le terroir du propriétaire, ni le parfum de la noblesse, sans doute, je conviens que cela ne sera pas fort plaisant à produire. C'est égal, l'amour triomphe de tout. J'ai pour auxiliaires la faiblesse du comte et ma volonté. Mais d'abord il faut que je me débarrasse de ce caprice qui le prend de faire la cour à une petite bourgeoise de ce misérable quartier. Il faudra que je revoie ce mendiant. J'ai besoin de détails concernant la fin de Daniel.

En ce moment, un homme d'une trentaine d'années et de tenue légère passa près de Lauretta qu'il ne vit pas. Lauretta l'aperçut et pâlit. C'était le comte; il alla se placer au quatrième pilier de gauche. Lauretta était en face, masquée derrière le pilier de droite.

On ne m'a pas trompée, se dit-elle. Il la devance. L'aimerait-il? Les amoureux devancent toujours l'heure du rendez-vous.

II.

La vieille voisine.

Dix heures allaient sonner à Saint-Étienne-du-Mont. Catherine, une pauvre vieille ravaudeuse de la place Maubert, disait alors à madame Jean, femme d'un coutelier établi dans le quartier :

— Ma petite voisine se fait bien belle aujourd'hui; on voit bien que c'est la fête du bon Dieu.

— Vous vous apercevez de cela, vous, mère Catherine, répondit en souriant madame Jean, mariée il y avait à peine deux ans.

— Pas seulement moi, répondait la vieille Catherine.

— Bah! qui donc encore?

— Votre mari, voisine.

— Mon mari!

— Il disait tout à l'heure, en sortant, que s'il y avait quatre fêtes comme cela par an, il serait bientôt ruiné.

— Il vous a dit cela?

— Il ne faut pas y faire attention, mon enfant, les maris, ça grogne toujours, ajoutait la vieille Catherine.

La jeune femme mit sur sa jolie tête blonde une capote de soie rose, se regarda dans la glace, lissa ses cheveux rangés en bandeau sur son front d'une blancheur irréprochable, se drapa dans un châle de haut prix et allait partir, quand la vieille Catherine lui dit tout bas, presque avec mystère :

— Et puis je crois, madame Jean, que votre mari est un peu jaloux.

— Oui, répondit Hélène, mon mari est jaloux.

— Et bien, mon enfant, il faut y faire attention, ne pas l'irriter, ne pas lui donner des sujets d'alarmes.

— Des sujets! mère Catherine? je ne lui en donne pas; mais il en trouve.

— Je sais bien, mon enfant, que ces jaloux en trouvent partout; défunt mon pauvre homme, c'était la même chose. C'est égal, M. Jean vous aime.

— Hélas! soupira Hélène.

— Il se plaint de votre indifférence.

— De quoi se plaint-il? ne suis-je pas soumise?

— Il prétend que vous êtes plus résignée que soumise, plus froide que douce, qu'il y a dans votre calme apparent plus de résistance que d'abandon. Dame, voyez-vous, Hélène, c'est que M. Jean n'est pas un garçon ordinaire. Grâce à son travail laborieux, actif, sa bonne humeur et sa bonne conduite, il est devenu maître. C'est gentil à trente ans. Plus d'une voisine vous porte envie, Hélène. Allons, voyons, n'allez-vous pas pleurer!

Effectivement, Hélène s'essuyait les yeux et tâchait de dérober ses larmes.

— Je souffre! murmura-t-elle.

— Vous souffrez, mon enfant? fit la bonne ravaudeuse avec étonnement.

— Oui, répondit la coutelière, je souffre d'un mal pour lequel le monde est sans pitié. S'il était possible à une femme d'avoir une amie, ajoutait Hélène, peut-être pleurerait-elle avec moi en écoutant le récit de ce que j'éprouve.

— Je ne suis pas d'âge à être votre amie, mon enfant, mais je pourrais être votre mère, répondit la vieille Catherine.

La cloche de dix heures se fit entendre à Saint-Étienne-du-Mont. Hélène s'enveloppa dans son châle et partit en disant:

— Mère Catherine, gardez la maison pour moi, je vais prier Celui qui lie et qui délie de nous rendre la paix.

III.

Trois regards.

Lauretta ne cessait d'épier à travers son voile noir tous les mouvements du comte de Bourgneuf. Le comte ne cessait de plonger son regard sur les paroissiens qui encombraient l'église en ce moment. Lauretta aperçut un reflet de joie illuminer la face du gentilhomme. En effet, le comte avait reconnu Hélène au milieu d'un groupe de femmes qui entraient par la porte latérale de gauche. Hélène vint se placer près du pilier où le comte était adossé; elle prit une chaise, s'agenouilla et pria. Hélène se leva pour s'asseoir; tourna la tête légèrement de côté et aperçut deux yeux qui la couvaient ardemment. Elle se détourna en rougissant. Lauretta pâlit sous son voile.

— Il est là, se disait Hélène.

— Elle m'a vu, se disait de Bourgneuf.

— Ils se sont compris, pensait Lauretta, levant un coin de son voile, qu'elle abaissa rapidement.

L'orgue se fit entendre, emplissant l'église de sa voix puissante. On eût dit d'abord les derniers accents d'un long sanglot auquel succédait un cri d'amour. Le prêtre, vêtu de blanc, monta lentement à l'autel paré de fleurs et de rameaux, au milieu de l'encens qui fumait; et tous les fidèles s'agenouillèrent comme si un souffle du ciel eût passé sur leur tête, ou comme un monde de roseaux courbés sous la brise du soir. Le soleil dardait à travers les vitraux ses flammes ardentes; la foi s'inclinait dans la nef; la poésie chantait dans les orgues, et la paix semblait descendre en rayons lumineux sur ces âmes ferventes.

Il y a dans le mystère des églises, dans la gravité de leurs chants, dans l'ampleur de leur musique, les décors et les costumes de leurs cérémonies, un charme irrésistible pour les âmes tendres, et pour ceux-là qui ont au cœur un grain de poésie; la vue, l'âme et la pensée, tout est saisi à la fois, dans ces cérémonies; aussi observez, non ceux qui vont à l'église pour s'y faire remarquer du maire ou du curé, mais ceux qu'un sentiment de vague inquiétude, de foi ou de vénération y pousse: voyez ce pauvre Auvergnat à genoux sur cette dalle, dans le coin le plus obscur de l'église, voyez-le droit sur ses genoux, les bras croisés, la tête penchée, sans chaise pour appuyer ses coudes enguenillés, sans coussin pour garantir ses genoux de la fraîcheur ou de la dureté de la pierre; seul, priant au milieu de la foule dans cette attitude touchante, triste et recueillie, et vous comprendrez, en face de cette rude nature, toute la puissance du culte.

Que ceux-là qui n'ont pas la foi naïve de cet Auvergnat n'entrent jamais dans une église : ce sont des profanateurs ou des tartufes. Ce qui l'émeut, cet homme, ce n'est ni le latin qu'il ne comprend pas, ni le luxe des divers chantres ou enfants de chœur qu'il ne voit pas, ni la grande voix des orgues qu'il n'entend pas; il est mû par la foi; c'est à lui que s'adresse cette parole de l'évangile : *Heureux les simples.*

Malgré tout le charme de la cérémonie, Lauretta trouvait que la messe durait bien longtemps. De Bourgneuf ne s'en plaignait point. Hélène trouvait que le curé allait trop vite et qu'il ne traînait pas assez sur le *Pater noster*. Hélène et le comte échangeaient ensemble des regards un peu trop fréquents eu égard à la gravité du lieu et de la cérémonie. Vint la quête, le comte y mit généreusement un louis d'or; Hélène tira sa bourse; dans son trouble elle la laissa tomber à terre; de Bourgneuf la ramassa lestement, la remit à Hélène, profitant du trouble de la jeune femme pour lui presser la main. Hélène remercia le comte en rougissant.

C'était la première parole qu'ils échangeaient, et dans ce premier attouchement de la main à la main, ils s'étaient avoué leur amour. Lauretta jeta un regard plein de rage et de fiel sur cette affection naissante; ce double regard, cette double émotion, n'échappèrent pas à son regard jaloux et vindicatif. Elle comprit, elle sentit qu'elle était en face d'une rivale, rivale d'autant plus redoutable qu'elle était jeune et belle. Elle ne douta pas que le comte ne fût venu pour cette femme à Saint-Étienne-du-Mont, et cette femme pour le comte. Le personnage qui l'avait avertie était donc parfaitement renseigné.

La cérémonie terminée, la foule s'écoula en silence. De Bourgneuf devança Hélène, alla se placer près d'un bénitier où un pauvre homme coiffé d'un bonnet noir tendait un goupillon aux assistants. Hélène s'avançait de ce côté. Bourgneuf trempa deux doigts dans le bénitier et offrit ainsi l'eau bénite à Hélène. Hélène tendait déjà la main vers celle du comte, quand elle se sentit violemment rejeter en arrière par une grande femme brune qui se campa entre de Bourgneuf et elle. Cette femme prit la main du gentilhomme interdit, et lui dit assez haut :

— Merci, monseigneur !

— Vous ici, madame! s'écria de Bourgneuf étonné.

Hélène revint rapidement sur ses pas pour voir le visage de celle qui lui parlait ainsi.

Lauretta toisa Hélène du bas en haut, et lui dit avec une sorte de persifflage :

— Si madame veut monter dans notre voiture, nous la reconduirons chez elle. Puis elle entraîna le comte, qui n'était pas encore revenu de son étonnement, et par un reste de puissance fascinatrice, elle le fit monter dans la calèche. Hélène en se retournant put voir s'enfuir l'équipage avec la rapidité d'un oiseau. Le mendiant, debout sur les marches de l'église, avait entendu une partie des paroles amères de Lauretta, avait vu l'embarras du comte et la confusion d'Hélène, et se disait :

— La chouette en veut à la colombe; nous saurons bien faire baisser le caquet à cet oiseau de malheur; au besoin, ajoutait-il, nous ressusciterons Daniel.

IV.

Lauretta.

Une fois remis de son étourdissement, de Bourgneuf avait compris le danger qui menaçait Hélène; il s'occupa de le conjurer; il connaissait toute la violence d'une femme qui l'aimait par amour, par orgueil et par nécessité.

Lauretta n'était autre chose qu'une fille entretenue, sorte de femmes qui s'éprennent d'abord aux doux chants des écus, et dont l'amour progresse ou diminue en raison de la hausse ou de la baisse qui s'opère dans les finances de leurs sottes victimes.

De Bourgneuf n'était pas un sot; il gardait cette femme, bien qu'elle eût près de la quarantaine, plus par habitude que par affection. Cependant il l'avait aimée éperdûment, comme on aime à vingt ans. Cette femme, qui en avait dix de plus que lui, avait pris malheureusement une grande autorité sur l'esprit du comte. Depuis longtemps elle le dominait, et cette domination se comprenait d'autant plus, que cette femme singulière lui était jusqu'à ce jour restée fidèle. Lauretta était gaie, vive, enjouée; elle avait de l'esprit comme un diable, et de l'amour comme un ange. Passant avec une facilité d'enfant du rire aux larmes, de l'humeur la plus sombre à la joie la plus bouffonne, c'était un clavier qui n'était jamais en repos : tantôt bruyant comme l'orage, grondeur comme l'ouragan, doux comme le chant des sapins, tendre comme le murmure des roseaux; elle soupirait, tempêtait et pleurait tout à la fois. En un mot, Lauretta avait tout ce qu'il fallait pour tourner la cervelle la mieux organisée; on pouvait cependant craindre ses extravagances : elle était capable d'un assassinat comme d'un suicide; son dévoûment pouvait être aussi redoutable que sa haine : en un mot, c'était une femme à ménager. De Bourgneuf se disait tout cela, et peut-être pour la première fois, depuis dix ans, il sentit à quel caractère il avait affaire.

La route fut silencieuse, de Bourgneuf jetait par la portière un regard distrait sur les marchands des rues et la foule affairée, au milieu de laquelle galopaient ses chevaux. Lauretta avait les yeux sombres et les pommettes des joues enflammées. Elle ne regardait rien, ne voyait rien, le silence de son amant la dépitait; l'orgueil retenait ses larmes; la jalousie dévorait son cœur. Tous les mauvais sentiments lui traversaient l'esprit, elle n'avait pas le courage de s'arrêter à aucun. C'est ainsi qu'ils arrivèrent rue Laffitte, dans un hôtel appartenant à M. de Bourgneuf : madame se retira dans son appartement; le comte se réfugia dans le sien. De Bourgneuf conjurait une scène que son amante préparait.

Lauretta sonna, fit appeler un domestique; le domestique entra.

— Bécassine est-il ici, François?

— Oui, madame, il est à l'office.

— Dites-lui de venir me parler.

Le domestique se retira. Un moment après le sieur Bécassine entrait.

C'était un personnage jeune encore, d'une longueur extrême et la poitrine étroite comme quelque chose qui aurait grandi sans prendre de corps. Son œil gris, vif, d'une expression vague, quoiqu'il brillât, comme un diamant dans de la fange, ne manquait pas de profondeur. Son nez, retors comme le bec d'un vautour, semblait vouloir se précipiter sur ses lèvres minces et serrées; on eût dit enfin la tête d'un oiseau de proie greffée sur le corps d'un échassier.

— Il entra en souriant, faisant de grands pas et marchant lentement. Il tenait son chapeau à la main et paraissait courbé en deux. Cet homme était un malheureux que Lauretta employait à sa police pour lui apprendre ce que faisait le comte en son absence, pour lui raconter ce qu'il faisait au dehors. La vie de cet être singulier avait quelque chose de diabolique et de triste à la fois. Bécassine n'était point un sot, c'était un cœur dévoyé; ce malheureux avait dépensé une énergie surnaturelle pour se cramponner à la vie. Né chétif, d'un père robuste et d'une mère plus robuste encore, il ne reçut de l'un et de l'autre que des soins médiocres. A douze ans il renonça à divers métiers, toujours trop durs pour lui. Un jour, père et mère lui signifièrent que s'il ne restait pas à l'atelier où on le reconduisait pour la vingtième fois, il lui fallait renoncer au logis paternel. Bécassine prit son parti, quitta l'atelier et oublia la maison qui l'avait vu naître. Il était né intelligent, il se mit bravement au service de toutes les petites intrigues qu'il rencontra, nouant les unes, dénouant les autres ; faisant réussir celle-ci, avorter celle-là, et bénéficiant sur toutes autant qu'il lui était possible. Il avait l'éloquence persuasive, la parole caressante, l'attitude humble, presque de la bonhomie ; chacun s'y laissait prendre. Au cabaret il chantait, mettait les camarades en train et finissait toujours par payer son écot en chansons. Souvent encore un camarade l'emmenait coucher au garni que le malheureux Bécassine ne payait jamais. Une fois le pied dans une chambrée, Bécassine y demeurait six mois ; il savait se rendre utile à des riens ; il faisait les commissions, chantait des chansons nouvelles, lisait des romans, racontait des mélodrames, déclamait des scènes de tragédies ; après quoi il se plaignait de la poitrine ou du mal de tête, et s'allait mettre au lit : les uns le plaignaient, d'autres s'en moquaient ; l'hôtesse lui portait un bouillon, et le tout allait tant bien que mal, comme il le pouvait. La fortune ne venait pas sans doute ; mais la vie s'usait ; c'est tout ce que Bécassine demandait. Tantôt à jeun, tantôt gris, vivant sans cesse de raccrocs et d'indélicatesses, ne sachant pas ce que c'est que la conscience, ne croyant pas au libre arbitre en face de la misère, il pensait avoir satisfait à toutes les lois humaines, quand il avait un morceau de pain pour le jour et un gîte pour la nuit. Si quelqu'un se fût avisé de demander à Bécassine : De quoi vivez-vous, puisque vous ne faites rien ; vous mendiez donc ? il aurait certainement répondu :

— Non, j'emprunte.

Lauretta avait découvert cet homme dans la loge de son portier ; elle avait commencé à l'employer à de petites commissions honnêtes, et peu à peu, entrant dans le caractère de Bécassine, elle avait fini par le mettre dans son intimité. Bécassine la servait merveilleusement, avec un zèle au-dessus de tout éloge ; car il lui cachait toujours, le fin matois, la moitié des écarts du comte. Encore s'arrangeait-il souvent pour expliquer à sa maîtresse l'autre moitié de la façon la plus favorable au maître.

Si M. le comte a perdu cent louis au jeu, c'est qu'il y était forcé par l'étiquette qui ne permet pas qu'un gentilhomme se retire sur une partie, comme les gens du commun. S'il a ouvert le bal avec la marquise... c'est un honneur qu'il eût été indigne de laisser à d'autres qu'à M. le comte. C'était toujours mille raisons pour cent sujets. Encore une fois, Bécassine ne servait personne ; il tâchait de vivre. Évitant le bagne et la potence, faisant tout du reste, peu lui importait d'être honni, pourvu qu'il ne soit point pendu.

Au premier coup d'œil que cet homme jeta dans l'appartement, il devina qu'un grand orage planait autour de lui ; il comprit aussi qu'il fallait de la réserve et du sang-froid.

Lauretta l'aborda comme la foudre :

— Eh bien ! Bécassine, le comte me trompe ?

— C'est donc la première fois, madame ?

Bécassine commençait évidemment son système d'amortissement.

— Le comte était avant dix heures au rendez-vous ? il l'attendait ?

—Oui, madame, dit Bécassine, il l'attendait.

— Ainsi, le comte est amoureux de cette femme ?

— C'est selon, madame, répondit Bécassine avec calme.

— Bécassine, pensez-vous à ce que je vous dis ?

— Oui, madame.

— Songez-vous à vos réponses ?

— Oui, madame.

— Eh bien, s'écria Lauretta avec une nouvelle fureur, je vous dis que le comte est amoureux fou !

— Non, madame, répondit Bécassine.

— Je les ai vus se regarder, enfin.

— C'est possible.

— Se regarder en souriant.

— Cela se peut bien.

— Se regarder avec des flammes dans les yeux.

— Je vous crois.

— La coquette, au moment de la quête, a laissé tomber sa bourse pour qu'il la ramassât. Elle a laissé tomber sa bourse, enflée de gros sous, aux pieds du comte, Bécassine!

— Maladresse, madame.

— Que dites-vous là?

— Que cette bourse lui est échappée des mains par maladresse.

— C'est le comte qui la lui a ramassée!

— Pure politesse.

— Est-ce par politesse aussi qu'il lui a serré la main en lui remettant cet objet?

— Illusion, sans doute; la distance vous aura trompée, madame.

— Je l'ai vu, te dis-je.

— Avec la lorgnette de la passion, madame, mauvaise lorgnette à laquelle vous ferez bien de ne pas vous fier désormais.

— Et l'eau bénite qu'il lui offrit en sortant, car il lui a offert de l'eau bénite, Bécassine! Comment m'expliqueras-tu cela? voyons!

— Si vous acceptez la bourse, vous comprendrez l'eau bénite, c'est la même raison de politesse qui caractérise si bien M. de Bourgneuf.

— Enfin, fit Lauretta en éclatant, est-ce pour le plaisir de ramasser une bourse à terre et offrir de l'eau bénite à la femme d'un boutiquier, que M. le comte s'est présenté à Saint-Étienne-du-Mont? est-ce pour y entendre une messe longue et passablement ennuyeuse?

— Non, madame.

— Ainsi c'est donc par amour?

— Oui, madame, par amour.

Et Bécassine, après avoir fait une pause qui jetait le trouble dans l'âme de la malheureuse femme, folle à force de jalousie, continua :

— Par amour de l'art, madame. C'est un amour que tous les mortels doivent subir; artistes et poètes ont leur divinité inspiratrice et sacrée; rivale que vous n'atteindrez jamais et avec laquelle vous ferez bien de faire bon ménage.

— Mais cette femme n'est point une divinité sans doute? reprit Lauretta avec impatience.

— Non, madame; mais cette femme correspond à certaine combinaison poétique qui roule en ce moment dans l'esprit de M. le comte; c'est l'enveloppe d'un sujet dont l'âme est en lui; comme nous ne comprenons la pensée que selon certaine attitude physique, d'après certain mouvement du corps ou rayonnement de la physionomie; qu'il faut avoir recours aux effets d'ombre et de lumière, en tant qu'art plastique, pour rendre une âme dans un personnage; comme il faut encore s'inspirer du lieu où l'on place son sujet pour que tout soit en harmonie, à la même hauteur de ton, dans le même sentiment d'effet général, M. le comte a dû venir à Saint-Étienne-du-Mont étudier cette femme, qui n'est pour lui qu'un modèle, et dont la tenue chaste et pieuse l'a frappé la première fois qu'il la rencontra, un jour qu'il flânait dans cette église. C'était un dimanche, comme je vous l'ai dit; il était dix heures; M. le comte y revint le dimanche suivant: cela durera tant que son sujet ne sera pas achevé. Ce sujet, vous le connaissez peut-être : c'est *la foi au* XIXe *siècle*. Maintenant les regards, le rendez-vous, tout vous est expliqué. Cette femme pense peut-être que M. le comte est amoureux d'elle, mais pour M. le comte, cette femme n'est qu'un modèle, je vous le répète.

Lauretta fit semblant de croire tout ce que lui disait Bécassine, au fond elle n'en croyait rien; elle soupçonna même Bécassine de trahison. Bécassine, de son côté, se disait: Il est temps de ne plus rien dire sur ce qui se passe ici. Cela finira mal; c'est dans l'ordre naturel des choses. Le combat commence, à qui restera la victoire? Je ne sais. Attendons-la venir, pour nous ranger ensuite sous les drapeaux du plus fort.

— Bécassine! s'écria Lauretta avec résolution, il faut couper le mal dans le vif.

— Oui, madame.

— Tu connais le mari de cette femme?

— Oui, madame.

— Quel est son sentiment touchant sa femme?

Lauretta faisant la leçon à Bécassine.

— Son sentiment est qu'il n'y en a pas de plus belle qu'elle au monde, repartit Bécassine.

— Il ne lui reproche rien?

— Si, madame, il la trouve un peu coquette.

— Et du reste?

— Il en est jaloux comme un tigre.

— Il serait bon, mon garçon, que tu voies cet homme. On pourrait lui rendre service en lui faisant entendre qu'il a tort de laisser sortir sa femme seule, comme il le fait, et que le bon Dieu n'est pas ce qu'elle aime le mieux au monde, même à l'église.

— La commission est délicate, madame.

— Dangereuse, veux-tu dire. Que fait cet homme?

— Je vous l'ai déjà dit, il est coutelier.

— Tiens, voici deux louis, tu l'emmèneras boire.

Tu lâcheras le chien entre deux bouteilles, au cabaret.

— Oui, répondit Bécassine, dans la joie qu'il avait de voir deux louis d'or briller dans sa main osseuse, des méchants propos bien arrosés passent toujours; on les avale au cabaret, on les cuve à la maison. J'avertirai charitablement ce pauvre coutelier de ce qui se passe autour de sa boutique. Cela peut être une bonne action, au fait; quand l'intérêt du prochain nous y pousse, il faut savoir se mettre au-dessus des préjugés.

Ici Bécassine fut pris d'une toux violente, ce qui arrivait toujours lorsqu'il éprouvait la moindre émotion.

— Maintenant, voici qui est réglé pour celui-là. Écoute-moi, ajouta Lauretta. Tu vas aller à Saint-Étienne-du-Mont, tu te promèneras sur le portail; là, tu rencontreras un mendiant vêtu de loques, comme ils le sont tous. Ce malheureux paraît avoir cinquante ans, il a de longs cheveux et une grande barbe; tout cela grisonnant; il est d'une taille plus qu'ordinaire, un peu voûté, je crois qu'il a l'œil bleu; tu l'accosteras en lui mettant cinq francs dans la main.

— Ensuite, interrompit Bécassine que cette nouvelle aventure intéressait.

— Ensuite, continua Lauretta, tu l'interrogeras avec adresse, pas tout de suite, pas brusquement, pour savoir ce qu'est devenu un nommé Jacques Daniel, né à Paris, rue Traversine, dont le métier était de ne rien faire; il te dira sans doute qu'il est mort... tu lui demanderas où, quand, quel jour, quel mois, quelle année.

— Oui, madame.

— Attends! ce n'est pas tout. Tu demanderas aussi à cet homme, à ce mendiant, s'il peut te donner des nouvelles d'une petite fille, que ce Jacques Daniel traînait toujours après lui: si elle est morte, mariée ou placée quelque part.

— Madame, dit alors Bécassine, voilà des questions bien intéressantes; je souhaite de tout mon cœur que le vieux y réponde.

— Et moi aussi, balbutia Lauretta. Maintenant va-t'en, laisse-moi, prends tes mesures et ne brouille rien.

Voici des vivres assurés pour plusieurs mois, disait Bécassine en se retirant et toussant avec force; cela nous remettra un peu de velours dans la poitrine. Ouf! quelle chaleur là-dedans! Il se dirigea vers le portail de Saint-Étienne-du-Mont. Tandis qu'il allongeait sur le trottoir du Panthéon ses jambes héronières, M. de Bourgneuf entrait chez Lauretta.

Le comte entra en souriant. Lauretta, qui vit la sérénité répandue sur le visage de son amant, prit le parti d'être sombre; elle lui tourna le dos. De Bourgneuf prit Lauretta par la taille et appliqua ses lèvres sur les épaules nues de sa maîtresse. Lauretta fit un mouvement d'impatience et s'échappa des bras de son amant avec un geste un peu exagéré de mécontentement, trop exagéré pour être vrai; elle se jeta toute en pleurs sur le canapé au fond de l'appartement. Le comte la suivit, la prit par la main avec tendresse et lui dit en souriant :

— On boude?

Elle sanglota.

— Comment! des larmes? allons, voyons, êtes-vous un enfant? il n'est pas sage de pleurer sans raison, et je ne sache pas que vous ayez des raisons si légitimes de répandre des larmes?

Lauretta, qui sentait que son amant s'attendrissait, redoubla de sanglots. Le comte lui saisit la main et la porta à ses lèvres. Elle abandonna sa main et ne rendit aucun signe de tendresse.

—Voyons, tournez vos beaux yeux vers moi, enfant. Ne sentez-vous pas qu'on vous aime?

Lauretta étouffait ses sanglots vrais ou faux dans son mouchoir.

— Que l'on vous aime d'amour, ingrate! et que nous ne comprenons rien à cette fantaisie qui vous prend de nous bouder.

— Laissez-moi, monsieur! s'écria Lauretta avec désespoir.

— Ah! fit le comte, en la prenant au mot.

La fureur est comme un flacon d'essence que l'on débouche, elle perd de sa force en s'exhalant. Cette femme s'emporta en longs reproches, menaça, tempêta et finit par tomber sans forces sur le canapé qu'elle inondait de larmes.

De Bourgneuf, de son côté, avait fini par opposer un silence de glace aux emportements de sa maîtresse. C'était assurément ce qu'il y avait de mieux à faire en cette occurrence : la glace de l'un étouffait la véhémence de l'autre. Lauretta commençait à désirer que son amant parlât. De Bourgneuf sentit que le moment était bon pour une explication ; il prit sa maîtresse dans ses bras et lui dit :

— Nous tournons donc à la dévotion?

— Oui, monsieur.

— Qu'alliez-vous donc demander à Dieu, s'il vous plaît, ma belle dévote?

— J'allais lui demander pardon de vous avoir aimé, monsieur ; et vous?

— Moi! j'allais lui demander des inspirations.

— Est-ce que monsieur se fait poète?

— Pas si sot, répondit de Bourgneuf.

— C'est une sottise en tant que médiocrité, répliqua Lauretta, qui avait des faiblesses à l'endroit de la poésie. Il faut à monsieur des vierges agenouillées sous la voix des orgues pour lui monter l'imaginative, sans doute, continua Lauretta avec un accent de dépit qu'elle cherchait vainement à dissimuler en essayant de sourire.

—Bien! pensa de Bourgneuf, Bécassine a parlé selon mes ordres. Car Bécassine jouait double en cette affaire : il vendait l'une et livrait l'autre. Tout est expliqué, Lauretta s'en contente ; tranchons là-dessus et passons à autre chose. Cependant il lui dit en finissant :

— L'art a ses amours comme le cœur a les siennes. Il y a danger pour une maîtresse à vouloir usurper le droit des muses.

— Surtout des muses inspiratrices, fit Lauretta en persifflant.

Toutefois, elle fit semblant d'accepter ces explications vagues ; elle eut l'air d'avoir compris. De Bourgneuf eut l'air de ne pas être descendu à une explication blessante pour son orgueil, et tout sembla finir là. Cependant de Bourgneuf songea à prendre ses précautions vis-à-vis de Lauretta, qui devint plus défiante et plus jalouse que jamais.

On fit la paix, chacun pensant avoir triomphé : Lauretta dans son amour, le comte dans son intrigue. De Bourgneuf songeait à Hélène ; sa maîtresse roulait dans sa tête des projets de mariage et songeait sérieusement à se faire épouser ; aussi attendait-elle avec impatience le retour de Bécassine.

V.

Le coutelier.

La cérémonie n'était pas encore terminée quand Jean le coutelier revint à la maison ; il y trouva la ravaudeuse qui lisait au coin de l'âtre dans un vieux livre de prières.

— Où donc est ma femme? dit-il en entrant, avec cet air d'inquiétude qui ne le quittait jamais.

— A l'église, répondit la vieille voisine.

— Que va-t-elle faire à l'église? murmura le coutelier avec humeur.

— Prier, lui dit Catherine.

— Elle y va trop souvent, reprit-il d'un air sombre.

Jean n'était point un méchant homme, c'était une nature faible ; chez lui, même le cœur était excellent ; mais la cervelle mauvaise, très mauvaise. Il ne fallait jeter qu'un rapide coup d'œil sur sa physionomie pour en être convaincu : son front était large, élevé même, son nez, grand, ne manquait pas de noblesse, l'ovale de son visage était assez correct quoique son menton fût court ; sa bouche, privée de mouvement, indiquait chez lui un esprit taciturne, incapable de volonté ; ses yeux d'un noir mat n'avaient ni éclat, ni transparence, pourtant on découvrait une sorte d'austérité monacale, sous l'arc luisant de ses sourcils épais et courts ; mais la sérénité ne pouvait certainement pas pénétrer dans cette tête-là avec un tel brouillard sur la vue ; sa figure, d'une pâleur extrême, donnait à son sourire une teinte de mélancolie indéfinissable; il traînait le deuil sur ses pas et l'ennui partout. Son sourire n'était point d'un homme, il était celui d'un enfant; sa structure était frêle; il y avait de la femme dans ces bras arrondis, dans ces traits mous, dénués de toute mobilité; sa tête forte, ses cheveux noirs et bouclés semblaient s'être trompés de corps.

Enfin il avait des humeurs funestes, des colères dangereuses, des heures entières de silence effrayant, dans lesquelles on pouvait se dire : Médite-t-il un suicide? un crime? ou bien est-il fou? Son regard devenait fixe, son visage livide; pourtant à l'affaissement de son corps, à l'abandon de sa tête tombant sur sa poitrine et penchée de côté, on sentait que cet homme n'était pas fait pour agir, à moins d'être électrisé d'un mot ou d'un regard. La passion seule dominait chez lui; le bon sens ne pouvait l'approcher. Il avait cependant peu de préjugés, et, chose singulière, tout en n'ayant pas de volonté, il avait la rage de la domination; il prétendait imposer son opinion; la moindre contradiction le mettait en feu; dans ces mauvais moments, dans ces heures de jalousie, il n'y avait pas de mots assez durs pour sa femme, pas de menaces assez terribles, pas de regards assez sinistres; quand il avait épuisé tout ce qu'il avait en lui de fureur jalouse, il demandait à sa pauvre femme mille pardons de l'avoir affligée, donnait de la tête au mur, pleurait et sanglotait; commençait enfin sur le ton du maître et finissait toujours par ramper. Le tyran n'était plus qu'un esclave méprisable; en un mot, il souffrait et faisait souffrir; il aimait sa femme et il en était le persécuteur.

— Tiens! répondit la ravaudeuse, n'allez-vous pas être jaloux du bon Dieu, maintenant?

— Je ne dis pas ça, mère Catherine; mais je crois qu'elle aurait dû attendre mon retour pour aller à la messe.

— Alors la pauvre enfant aurait manqué l'office, puisque vous ne faites que d'arriver et que voilà tout le monde qui en sort.

— C'est juste, murmura Jean.

La vieille ravaudeuse avait une certaine autorité sur l'esprit du coutelier : elle l'avait vu élever, elle était du quartier; et puis, cette bonne femme avait été liée d'amitié avec sa mère. Jean avait donc une grande déférence pour la vieille Catherine que tout le monde estimait dans le voisinage.

Catherine usait du privilége qu'ont les vieillards d'appeler tous les bambins qu'ils ont vus naître leurs enfants; elle se croyait en droit de donner à Jean des conseils, de gronder un peu, de censurer quelquefois. Jean était habitué à voir dans tout cela une preuve d'intérêt, une marque d'attachement; loin de se fâcher contre la pauvre Catherine, il la remerciait. Cette femme d'excellent conseil rendait souvent de petits services dans l'intérieur du jeune ménage, et il faut le dire, le coutelier n'était point ingrat envers la vieille voisine. Jean lui donnait cette marque de déférence, que souvent il se confiait à elle et lui faisait ses confidences. Catherine l'estimait; cependant sa tendresse était pour Hélène.

La jeune femme arriva, elle était pâle et paraissait souffrir.

— Tu souffres, Hélène? lui demanda son mari en allant au-devant d'elle.

— Un peu, répondit Hélène avec un accent inquiet.

La vieille ravaudeuse regarda la jeune femme dans les yeux comme pour y surprendre la cause de cette pâleur. Hélène détourna la tête avec embarras.

— Ma pauvre petite femme! disait le coutelier en lui serrant les mains. Jean était dans son heure de tendresse.

— Elle aura sans doute attrapé froid à l'église, fit la ravaudeuse. Je lui avais cependant recommandé de se bien vêtir, ajouta-t-elle.

— Ce n'est pas moi qui lui refuse ce qui peut lui être bon pour sa santé, s'écria Jean; je ne lui demande pas compte sur la dépense, Dieu merci; là-dessus, elle peut faire comme elle l'entend; si un bon manteau lui est utile, elle n'a pas besoin de ma permission pour en faire emplette. Cela rendra ma femme un peu plus belle et moi un peu plus jaloux, fit-il en riant, et la serrant dans ses bras, la pressant contre sa poitrine comme s'il eût voulu la réchauffer; mais puisque je souffre sa beauté, il faut qu'elle me pardonne ma jalousie. Allons, mère Catherine, ranimez le feu de la cheminée, faites à déjeuner pour nous trois, à telle fin que le feu la ranime, et que le repas lui rende ses belles couleurs. Et le pauvre coutelier se mit à dénouer avec gaîté les rubans qui attachaient le chapeau de soie de sa femme, le lui ôta, le posa sur le lit, voulut qu'elle se déchaussât pour prendre une chaussure plus chaude; approcha un vieux fauteuil près de l'âtre, la fit asseoir en l'entourant de toutes sortes de soins, et, après les avoir chauffées, il lui mit aux pieds ses jolies pantoufles bleues.

Hélène répondait comme elle le pouvait aux prévenances de son mari.

La vieille Catherine souffrait pour cet homme, était inquiète pour Hélène. Jean pouvait abuser son amour par l'illusion même de l'amour; mais il était clair que sa femme ne l'aimait pas; et elle se disait, la bonne femme, en songeant à Hélène: Comment cela finira-t-il? Puis elle se disait encore: Tant qu'elle sera sage, Jean ne s'apercevra guère de l'indifférence de sa femme; il finira même par l'accepter comme une preuve de sagesse. Mais si jamais Hélène, et que Dieu l'en préserve! la pauvre enfant, vient à s'engager dans une passion, l'amour de son mari lui deviendra une torture de toutes les heures, et son indifférence peut alors devenir de la haine. Ce n'est pas à vingt-quatre ans qu'on en a fini avec les chagrins de l'âme, avec les orages du cœur. Hélène est trop sensible pour ne point aimer.

Hélène aimait

VI.

Le Vagabond.

Le mendiant qui avait abordé Lauretta sous le portail de Saint-Étienne-du-Mont, riche d'une pièce de cinq francs que cette femme lui avait jetée, et de quelques sous que la charité publique y avait ajoutés, jugea, après la messe dite, que le plus fort de la recette était fait; il consulta son estomac, et ils demeurèrent d'accord qu'ils avaient faim. Il se dirigea donc vers la barrière d'Enfer pour y faire un copieux repas, et boire un coup à la santé des bonnes âmes qui l'avaient assisté, obligation à laquelle notre vieux mendiant ne manquait jamais. Tout en montant la rue Saint-Jacques, on l'entendait marmotter en lui-même:

— Pauvre enfant! pauvre petite! elle n'est certainement pas heureuse; je n'aime pas ce lion musqué qui lui fait de l'œil et qui ressemble au diable converti. Cet homme-là doit être un libertin fieffé; quand les souliers vernis barbottent dans la rue, sur les pas des amours, c'est par caprice. Hier, il rôdait encore à dix heures du soir, comme un filou, devant l'échoppe du coutelier; vingt fois je fus comme tenté de lui casser mon bâton sur le visage.

Et passant à une autre idée, il disait encore (cette fois il souriait):

La rencontre est drôle, après vingt ans d'absence. Lauretta une dame, une chanteuse de ruisseau, une mendiante comme moi; un équipage, des chevaux... c'est drôle. Je voudrais bien connaître le chemin qu'elle a pris pour arriver là; la gaillarde a toujours eu de l'esprit et elle a toujours eu le bonheur de tomber à des sots. Peut-être bien qu'elle est mariée maintenant à quelque grand seigneur; j'oubliais qu'elle ne le peut pas, étant mariée déjà, à moins qu'elle ne soit bigame: la nouvelle que je lui donnai, touchant la mort de Daniel, a paru lui faire plaisir. Je suis certain que c'est la nouvelle qui m'a valu cinq francs. Si cette mort l'a satisfaite comme ses yeux me l'ont dit, c'est qu'elle a intérêt à ce que Daniel, son gueux de mari, soit enterré, fit-il en souriant : je gagerais mon bâton contre un titre que je reverrai Lauretta avant peu. Elle s'est faite dévote ; c'est un parti. Je ne serais point du tout étonné qu'elle soit dame patronesse, inspectrice des asiles et fondatrice des crèches. Ces femmes-là sont capables de tout ; son enfant ne paraît guère l'occuper. Il est vrai qu'il y a vingt ans qu'elle l'oublie. C'est comme si ça n'existait pas. Elle aurait pu le jeter à l'eau ou à la Bourbe. Elle l'a laissé dans les bras de Daniel. C'était plus simple et moins compromettant.

Tout en devisant de la sorte, le mendiant arrivait à la barrière. Ce jour-là le soleil était gai, l'air soufflait des bouffées de printemps, les oiseaux gazouillaient sur les branches où les feuilles verdoyaient, les guinguettes s'emplissaient d'ouvriers de tous états ; la gaîté et l'appétit semblaient s'y être donné rendez-vous.

VII.

Le restaurant du Grand-Vainqueur.

Il y avait alors dans un jardin du *Grand-Vainqueur,* — toutes les barrières ont leur Grand-Vainqueur, — il y avait sous les tonnelles qui commençaient à refleurir, une douzaine d'hommes à large carrure, à la physionomie basanée, à l'allure rustique. Ces hommes buvaient dru et mangeaient ferme. Ils étaient évidemment réunis pour une ribotte. Il n'y avait là ni femme, ni enfant. C'était l'égoïsme masculin attablé dans toute sa simplicité. Plusieurs d'entre eux, pourtant, étaient mariés, plus d'un avait des enfants ; mais tout cela gêne au cabaret ; il est plus simple de les laisser s'ennuyer à la maison.

Comme le mendiant arrivait, observant déjà avec tristesse que le coin où le soleil donnait était occupé, ne se souciant pas de manger à l'ombre, en compagnie des vents du nord, un personnage aux ongles aigus pérorait avec une sorte d'exaltation fiévreuse. Ce personnage n'était autre que l'intéressant Bécassine. Comme il se rendait à Saint-Étienne-du-Mont, il avait rencontré un compagnon charpentier, ancienne connaissance de chambrée, qui lui avait proposé le régal. Bécassine s'était dit : C'est autant de trouvé ; allons dîner gratis, profitons de l'occasion, j'économise ainsi mon petit trésor. Ma commission sera aussi bonne demain qu'aujourd'hui ; je n'ai pas rencontré le mendiant, le coutelier était sorti, et tout finira là. Ses compagnons, qui s'amusaient beaucoup à ses saillies, souvent heureuses, lui versaient longuement à boire et le poussaient à jaser, sans compter que Bécassine ne se faisait pas trop tirer l'oreille ; il y mettait de la conscience, le pauvre garçon. En ce moment il disait donc, non sans être interrompu dans ses discours par une toux fréquente :

— Enfin, tous ici, vous êtes travailleurs, n'est-ce pas ?

— Oui, tous, répondaient les ouvriers.

— Les uns sont carrossiers, les autres sont débardeurs, menuisiers ou maçons, tous braves gens, qui ont plus de mal que de gain.

— C'est vrai, répondaient-ils.

— Et malgré ça, pour vous, est-il un lendemain d'assuré ? Non. Mais, plus dur qu'un créancier, le bourgeois compte les miettes qu'il vous laisse, et de l'œil mesure vos assiettes. S'il voit fumer le bœuf ou servir le ragoût, « Voici des travailleurs, dit-il, qui mangent tout en l'absence de leurs femmes ; » et si le vin, ce tendre ami, soutient vos forces, inspire ici votre gaîté, il dit encore, ce bourgeois, que vous vous soûlez comme des brutes.

— C'est pourtant vrai ça, s'écria un

carrier en avalant une chopine d'un seul trait.

— Si vous vous reposez, c'est autre chose : vous êtes des *feignants*.

— Justement, interrompit un menuisier qui travaillait régulièrement huit jours sur quinze.

— Si quelqu'un de vous, bon père de famille, a des filles qu'il aime et qu'il couvre de soie et de rubans : l'artisan est un sot. Si vos femmes jettent une broderie sur leur cou, passent un peigne en or dans leurs cheveux, entendez-le s'écrier, ce bourgeois : « Ah! messieurs, ces ouvriers! on rougit vraiment devant leurs femmes : comment parer les nôtres, désormais? Ça veut boire, manger, se reposer, briller comme nous le ferions. Ces gens-là gagnent trop, messieurs, voilà le mal; plus pauvres, ils feraient plus d'économies. »

Ces petits traits satiriques que Bécassine débitait d'un ton comique et avec malice, étaient adressés tantôt aux convives présents, qui n'y voyaient rien, tantôt à un entrepreneur qui n'en voyait pas davantage; chacun étant occupé du trait qui frappait son voisin, personne ne voulait avoir son paquet; il y avait bien par-ci, par-là, un œil qui se tirait, quelque nez qui se frisait; mais en fin de compte, personne n'était blessé.

Le mendiant, voyant des gens qui riaient haut et buvaient franc, s'était dit en lui-même : Je ne puis m'asseoir ici, attendu que toutes les bonnes places sont prises au soleil; là, ils sont douze, il y a chance pour y trouver un bon cœur. Il approchait son bonnet à la main, préparant son mot et son salut, quand Bécassine, qui avait fini de rire, porta les yeux sur ce vagabond qui s'avançait. Il l'eut à peine examiné qu'il reconnut dans ce personnage le mendiant que Lauretta lui avait dépeint; il songea dès lors à faire admettre cet homme parmi les convives.

— Quoi! s'écria-t-il soudain, compagnons! je viens de nous compter, nous sommes treize à table!

— Treize à table! s'écrièrent les compagnons.

— Treize! répéta Bécassine : un de nous mourra dans l'année, c'est sûr.

— Avisons ces gaillards, se disait le vieux mendiant.

— Voici un homme du bon Dieu, s'écria un ouvrier maçon, invitons-le, il fera le quatorzième; il arrive à point pour nous préserver de la mort.

Bécassine n'avait pas d'autre intention. La société applaudit à la proposition, on invita le mendiant à s'asseoir à table. Le maçon qui avait fait la proposition lui porta la parole.

L'ouvrier en général n'a pas grand goût pour les mendiants qui sont valides, à leur endroit il est même dur. N'appréciant pas la raison philosophique, il ne s'explique pas comment une âme trempée d'une certaine façon peut s'abandonner à tous les vents qui le poussent incessamment sous les pieds des passants; il ne comprend pas qu'il faille autant de force de caractère pour être Diogène que pour être Alexandre. Nous ne parlons pas ici de l'intelligence, nous parlons de ces natures toutes d'une pièce, qui, adoptant le paradoxe avec l'énergie du fanatisme, se briseront le crâne contre le mur de cette impasse, avant de songer qu'ils pourraient en sortir. Tel était ce pauvre mendiant; il y avait quarante ans qu'il se drapait dans le manteau pailleté, mais troué, du paradoxe, et qu'il parcourait ainsi le monde, pensant faire une grande farce à la société qui ne s'occupait pas de lui. Un morceau de pain lui suffisait; un méchant mot lui était égal, une marque de sympathie lui était indifférente; il n'avait ni haine ni pitié, il allait comme l'eau coule, avec le même aveuglement, ignorant où il devait s'arrêter, ne sachant pas où il allait. Il aurait vu une ville brûler qu'il n'aurait pas donné un crachat pour la racheter. On lui aurait volé sa besace qu'il n'en aurait éprouvé aucune émotion. Sa richesse était la sobriété, l'absence des besoins. Sa foi, ses jambes; son espérance, la mort; l'avenir, pour lui, se résumait dans le néant; il trouvait dans les

Merci, bon riche, merci...

livres, dans les actes, les sciences et l'histoire, la preuve de ce qu'il pensait. Dans sa jeunesse, la misère lui causait de fous rires; la richesse lui soulevait le cœur. Quand cet homme singulier quittait les murs des villes pour traverser la campagne, son âme semblait sortir de lui-même et prendre l'essor à travers champs. Ce pauvre vagabond gravissait les montagnes arides, allait s'asseoir au pied d'une roche, comme pour y savourer le charme rêveur de la solitude. Ce rocher moussu, crevassé par l'orage et le temps, ce mont désert, comme une terre maudite, lui causait un plaisir amer dont il aimait à se repaître. Pour peu que sa besace fût ronde et sa gourde pleine, qu'il eût un morceau de pain blanc ou noir, qu'il eût de la piquette ou de l'eau, peu lui importait. Daniel se sentait vivre sur ce mont dénudé où rien ne poussait, si ce n'est, de distance en distance, le mûrier fiévreux auquel il dérobait un fruit. La nuit, souvent, le surprenait dans cette extase, qu'il ne s'expliquait sans doute pas, mais qui parlait à son cœur. La nuit l'enveloppait ainsi dans ses ombres, en lui versant le sommeil. Le sol devenait sa couche hospitalière, un angle de la roche qui s'avançait comme un auvent, sa couverture; mais un ami, en ramenant le jour, réchauffait les membres engourdis du

Puisqu'ils doivent sauver le monde, Frères, affilons nos outils!

vagabond; Daniel alors se levait et saluait le soleil. Et Daniel cette fois disait, la face levée au ciel, les bras tendus vers l'astre qui montait radieux dans l'espace: Merci! bon riche! merci, toi, qui ne dédaignes pas d'emplir mon cœur et de toucher mes haillons. Merci, bon riche, merci! Et la montagne autour de Daniel répétait cette voix du pauvre vagabond: Merci, bon riche! merci!

Quand Daniel revenait ensuite frapper à la porte des villes, il rentrait en lui-même, et ce n'était plus qu'une machine qui mendiait. Sa taille était haute, un peu voûtée, sa figure belle, son œil doux. Si Daniel eût voulu se donner la peine de sourire, il aurait charmé des pierres. Il n'avait ni la supplique basse et nasillarde, ni le regard contrit, aplati et couchant, ni la voix traînante et lamentable de nos mendiants d'aujourd'hui, malheureux qui ont l'air d'être les comédiens de leur propre douleur. Daniel n'avait point non plus ce cynisme qui fait ressembler certains mendiants aux bandits; ni l'orgueil du mendiant espagnol, orgueil qui semble dire: « Puisque la mendicité est un droit, l'aumône est une obligation. » Ces mendiants-là pourraient bien avoir raison.

Daniel le vagabond demandait simplement, n'insistait jamais et se contentait d'incliner la tête pour remercier ; aussi nos compagnons, malgré leur préjugé, avaient comme pénétré instinctivement la nature à part de celui-là. Puis quelques rides sur son visage qui s'empreignait déjà d'une sorte de tristesse; quelques cheveux blancs qui luisaient sur une tête qui n'avait pas la prétention d'être vénérable, mais qu'un artiste aurait peut-être choisie pour un saint Jérôme : tout cela avait prévenu ces bons artisans en faveur de Daniel.

— Assayez-vous là, père, lui dit l'ouvrier maçon, les amis vous invitent. Soyez des nôtres et taupez-là, fit-il en lui tendant la main.

— De tout cœur, bonnes gens, répondit simplement le vieux Daniel.

— Maintenant nous sommes quatorze, s'écria Bécassine, qui tenait à se faire remarquer du mendiant, la mort a perdu ses droits, mais il ne faut pas que l'appétit abandonne les siens.

L'on rebut et l'on mangea. Daniel fit comme tout le monde. Bécassine continua son discours satirique à l'endroit des patrons.

— Tonnerre! s'écria le menuisier, comme pour appuyer le discours populaire de Bécassine ; tonnerre! je suis las de riffler pour les autres!

— J'ai le gosier rouillé de rage et de fureur, fit à son tour le serrurier en vidant son verre.

— Enfin, hurla le carrier avec un blasphème et une voix à faire s'enfuir les chiens rôdeurs des cabarets, il faudra bien que tout ça finisse quelque jour. V'là trop longtemps que l'exploiteur nous saigne. Il n'est point fatigué le bras de ce boucher, mais m'est avis que le troupeau est las de se faire tondre, dépouiller et manger!

— C'est juste, s'écrièrent en chœur tous ses compagnons qui buvaient et mangeaient par un beau soleil d'avril, si voisin du gai soleil de mai.

— Frères, dit à son tour un jeune homme blond, d'une physionomie intelligente, vêtu d'une blouse de toile grise et coiffé d'une casquette bleue à visière de cuir verni, frères, il me semble que l'on déraisonne. Le repas menace de devenir lugubre, et toutes vos récriminations ne sont bonnes qu'à faire aigrir le vin dans nos verres ou à le brouiller dans nos têtes. D'ailleurs, le lieu est mal choisi pour se plaindre, et l'hospitalité vous fait un devoir de ne point attrister les convives, ajouta-t-il en jetant un regard rempli d'affection sur le vieux Daniel.

Le vagabond se sentit remuer jusque dans les entrailles par ce regard du jeune homme.

— C'est encore juste, reprit le forgeron en allongeant un bras de fer sur le grand broc qu'il enleva pour verser à boire à Daniel et à son voisin Bécassine, c'est avec le vin que l'on noie ses soucis. Après tout, il y en a de plus malheureux que nous, continua-t-il en approchant son verre près de celui du vieux vagabond pour trinquer. A la vôtre, papa!

Les compagnons se levèrent soudain : tous choquèrent le verre du vieux vagabond et burent à sa santé.

Il y avait longtemps que Daniel ne s'était trouvé à pareille fête.

— Michel, dit un gros rougeot, qui jusqu'alors n'avait rien dit, Michel, chante-nous une chanson, mon bonhomme; la chanson, c'est la prière des gueux, quand la chanson est bonne, toutefois.

— Oui! oui! une chanson, camarade! firent les compagnons; et le jeune homme qui avait interrompu les propos funèbres du carrier prit la parole.

— Attention! je vais vous dire la chanson d'un ouvrier, d'un de nos amis, qui l'a composée sur l'air de *Mimi Pinson*, et Michel commença d'une voix pleine et inspirée :

CHANSON.

—

IL FAUT AFFILER SES OUTILS.

Dans le jour qui venait de naître
Un prolétaire, gai pinson,
Ouvrant son cœur et sa fenêtre,

Détonnait ainsi sa chanson :
Oui, ce grès, vieux mangeur de rouille,
O mes instruments si gentils !
Vous débarbouille,
Alors qu'en dicton je gazouille :
Il faut affiler ses outils !

A gémir qui peut nous contraindre?
Tout cœur sensible a son écueil.
Pour moi je dédaigne me plaindre :
J'ai du travail, bon pied, bon œil.
Quand le bonheur, comme un mirage,
Fuit en raillant grands et petits,
De plage en plage,
Sur les meules du voisinage,
L'amour affile nos outils !

Le rêve pousse à l'incurie ;
L'arbre jaunit, quoique debout.
Survient l'instant où l'on s'écrie :
Les pierres sont dures partout !
Des palais jusqu'aux mansardes,
Les déboires fourrent leurs nids
Dans les lézardes.
Chimère, en vain tu nous regardes
Quand nous affilons nos outils !

Que d'artistes, que de poètes,
Oiseaux sans pain ou fleurs sans air,
Conduisent leurs douleurs muettes
A l'hôpital toujours ouvert.
Lorsque la muse est inféconde,
Quand la misère en maints taudis
Poursuit sa ronde,
Sous la sueur qui nous inonde
Sachons affiler nos outils !

Dieu travailla, nous dit la Bible.
Il fit la terre, il fit les cieux ;
Logea son esprit invisible
Dans l'instrument laborieux.
Lorsque Dieu même, sans vergogne,
Pendant six jours, enfin, s'est mis
A la besogne,
Qu'un fol orgueil tempête ou grogne,
Il faut affiler ses outils !

Le ciel prodigue avec largesse
Tous ses trésors au genre humain.
L'outil, fort comme la sagesse,
Unira le cœur et la main :
Partout sa loi s'étend et fonde ;
Il faut qu'aux chantiers agrandis
La foi réponde.
Puisqu'ils doivent sauver le monde,
Frères, affilons nos outils!

Ainsi chantait ce prolétaire,
Et les vents, emportant sa voix,
Frappaient les peuples de la terre,
Les faisant sourire à la fois.

Associons plaisirs et peines,
Devoirs, talents, travail, et puis
Chassons les haines.
Allons ! pauvres porteurs de chaînes,
Ensemble affilons nos outils !

Un chorus retentissant emplit soudain les murs du cabaret du *Grand-Vainqueur*. La sensibilité, l'enthousiasme, la gaîté franche, tout alors était de la partie. Bécassine même répétait à tue-tête, et comme si cela le regardait : *Allons, pauvres porteurs de chaînes, ensemble affilons nos outils !* Mais la toux maudite vint se mettre en travers son entrain et lui couper les ailes. La gaîté chantante n'était point permise à ce garçon-là.

Quant au vieux vagabond, sa voix n'avait pris aucune part à ce chant, il était même demeuré silencieux en face le chorus général. Un sentiment, inconnu jusqu'alors à son âme, avait jeté le désordre dans tout son être ; il se trouvait comme dépaysé. Ce chant de l'ouvrier Michel lui oppressait la poitrine ; la chaleur que le jeune homme mettait à l'interpréter lui causait une sensation indéfinissable, et quand il vit tous ces braves gens se dresser comme par un mouvement inspiré, allonger les bras et rapprocher les verres en répétant : *Puisqu'ils doivent sauver le monde, frères, affilons nos outils!* Daniel sentit la rougeur lui monter au visage; une pensée à laquelle le mendiant répondit : Il est trop tard ! lui traversa l'esprit.

La nuit vint et l'on se sépara; pourtant avant de se quitter, l'un d'eux dit à Daniel :

— Où logez-vous, père?

— Je n'en sais rien, avait répondu celui-ci.

— C'est mon chemin, avait interrompu Bécassine ; je vais le reconduire.

— Va ! lui dit Michel, en lui mettant quelque chose dans la main ; tiens, tu lui paieras un garni.

Bécassine et Daniel, bras dessus, bras dessous, redescendirent ensemble la rue d'Enfer.

VII.

Les deux renards.

— Je le tiens; se disait Bécassine en lui-même; nul doute, c'est mon mendiant. Puis il repassa son signalement en lui-même : Cheveux et barbe grise, yeux bleus... grand, un peu voûté, c'est ça. Il répond au nom de Claude, se disait-il encore, attaquons. Bécassine marchait les coudes serrés le longs du corps et les mains croisées sur sa poitrine, comme quelqu'un qui a froid ; tendait le cou, allongeait ses jambes de marionnette, qui jouaient dans un pantalon noir râpé ; toussait de temps en temps dans un habit étroit et non moins mince, non moins râpé que sa culotte. Rien n'était plus triste que la vue de cette pauvre nature enveloppée de vêtements tout-à-fait surannés, et dont l'intelligence, pervertie par la misère, luttait incessamment pour alimenter cette lampe qui menaçait toujours de s'éteindre et vivait toujours. Il y avait cent à parier contre un que cette petite ribotte d'occasion allait lui coûter huit jours de maladie. Ce malheureux se raccrochait avec un égoïsme infernal par tous les fils qu'il trouvait pendants ou flottants sous sa main; il s'y rattachait avec tout l'égoïsme qui préside et présidera aussi longtemps que le monde à la conservation des êtres. Bécassine possédait au dernier degré cette énergie des faibles; il était prévoyant comme une fourmi, patient à la curée comme un chat, conservateur comme l'avarice même. Aussi réfléchit-il longtemps pour savoir s'il devait proposer la goutte au vieux mendiant.

— Si j'étais capitaliste, lui dit Bécassine, je vous proposerais d'entrer ici.

Et il lui montrait un estaminet sale et étroit où quelques chiffonniers se soûlaient d'eau-de-vie autour du comptoir.

— Je ne roule pas sur l'or, répondit Daniel; pierre qui roule n'amasse pas mousse; c'est égal, pourtant, entrons ici, vous ferez bien de prendre quelque chose pour calmer cette toux-là.

— J'accepte volontiers, fit celui-ci, enchanté de la proposition; c'est seulement histoire de passer une heure ensemble et de causer; on ne rencontre pas tous les jours de bons vivants.

— Une bouteille, fit Daniel en entrant. Puis il se dit à lui-même : Je me doute bien que ce gaillard-là veut m'adresser quelques questions de la part de quelqu'un ; son obstination à s'attacher à mes trousses me le dit assez. Attendons-le venir.

Ils pénétrèrent dans une petite salle au fond de la boutique, et prirent place autour d'une table inoccupée.

— Vous ne m'avez pas l'air solide, camarade, dit le mendiant en versant à boire.

Bécassine en ce moment étouffait, en proie à une horrible quinte.

— On n'a pas été toujours heureux, répondit Bécassine. Gueux de parents!

— Vous avez souffert dans votre jeunesse?

— Toute la vie, monsieur : pas de santé, pas d'état, pas de rentes.

— Pauvre homme! se dit le vagabond à lui-même.

— Vous, monsieur, vous me paraissez robuste comme un chêne, fit Bécassine.

— Il est vrai que je me porte bien, répondit ce dernier.

— Vous marchez bien, vous avez beaucoup voyagé.

— Je marche toujours, et j'ai fait le tour du monde.

— Vous êtes bien heureux.

— Comme vous voyez, s'écria Daniel.

Le vagabond sortit son mouchoir ; une pièce de cinq francs tomba de sa poche à terre.

— La charité qui vous a donné ceci avait la main large, lui dit Bécassine en riant.

— C'est la bonne œuvre d'une belle dame, répondit le mendiant.

— Et d'une belle âme, dit Bécassine.

— Vous croyez?

— Je la connais.

J'en étais sûr, pensa Daniel. — Vous la connaissez?

— Oui ; un noble cœur !

— Ah !

— Un grand cœur.

— Vraiment !

— Vous ne devriez pas en douter.

— Il est vrai que je ne connais pas cette dame, reprit le vieux vagabond, songeant qu'il était bon de laisser ignorer à Bécassine qu'il connaissait Lauretta.

— Une femme heureuse, continua Bécassine d'un ton presque ironique.

— Heureuse? fit le mendiant.

— Comme toutes ces femmes-là.

— Ah ! c'est que c'est...

— Entretenue par un comte, un sot qui fait le grand seigneur et qui se ruine avec elle. Une honnête fille qui l'aimerait tout simplement, il la laisserait dans la boue ; mais cette vieille coquette qui se peint le visage et se blanchit la peau, il l'accable de présents. Dernièrement il lui envoya un équipage et deux chevaux : elle lui a renvoyé le tout au grand galop.

— Pourquoi ça? demanda le mendiant.

— Parce que M. le comte avait oublié de mettre cent mille francs dans le portefeuille de la calèche. Si cela continue encore quelque temps, M. le comte n'aura plus qu'une chose à faire, ce sera d'épouser la bohémienne pour ravoir sa fortune.

— L'épouser! s'écria Daniel.

— La gaillarde y songe, reprit Bécassine à demi-voix; voilà pourquoi elle tire tant qu'elle peut la couverture de son côté.

Daniel demeura pensif.

— A quoi donc pensez-vous, camarade? demanda Bécassine, qui avait trop montré le bout de sa langue.

— Que j'oubliais de nous verser à boire, répondit le mendiant en versant largement.

— Vous ne connaissez rien sur le passé de cette dame? dit le mendiant, portant son verre à ses lèvres.

— Rien, si ce n'est qu'elle a quitté un riche négociant qui l'adorait pour prendre M. de Bourgneuf, qui était plus à sa convenance, en tant que position, âge et fortune.

— Mais avant le négociant? fit Daniel

— On ne sait plus rien ; ou ce que l'on dit est si extraordinaire, qu'il n'y a que l'imagination fantastique de mesdames les portières qui ait pu forger une pareille histoire.

— Que dit-on ?

— Des bêtises.

— Encore?

— On dit qu'à douze ans elle chantait une guitare au bras sur la place publique ; qu'à seize, elle courait la pretentaine, en compagnie d'un chenapan qui recevait dans son chapeau les gros sous que la petite gagnait à la force du gosier.

— Il y a peut-être du vrai au fond de ça, répondit le mendiant.

— S'il en est ainsi, camarade, il y a des créatures qui ont de la chance, ajoutait Bécassine en toussant avec force.

— Elles ont de la chance jusqu'au jour où le mépris les dépose où la passion les a enlevées, répondit le vieux vagabond.

— Ce qui me ferait penser qu'elle a été bohémienne, dit Bécassine, c'est que...

Il s'arrêta court. Bécassine se rappelait un peu trop tard que Lauretta lui avait recommandé d'interroger le vieux mendiant avec prudence et de ne point bavarder. Cette suspension soudaine dans son récit acheva d'éveiller la défiance de Daniel. Il eut l'air de n'y point faire attention et versa de nouveau à boire.

Bécassine reprit la parole.

— Vous étiez ce matin sous le portail de Saint-Étienne-du-Mont ?

— Oui.

— On vous a remis cinq francs?

— Voilà quarante ans que je mendie, et pareille aumône n'est jamais tombée dans mon chapeau, je l'avoue ; aussi je paierai bien une autre bouteille de grand cœur pour connaître le nom de cette excellente personne.

— Pourquoi faire?

— Pour la mêler dans mes prières, matin et soir.

— Elle se nomme Lauretta.

Daniel frappa sur la table. Un éclair passa dans ses yeux.

— Garçon! une bouteille. Je ne me suis pas trompé, c'était elle fit le vieux, vagabond en lui-même.

— Eh bien! c'est elle qui vous les a donnés, continua Bécassine.

— Qui elle?

— Cette petite coureuse d'aventures d'autrefois, fille ou femme entretenue aujourd'hui.

— Que Dieu la bénisse! fit Daniel.

— Vous l'avez nommée, dites-vous?

— Lauretta.

— Lauretta! En effet, je l'ai connue autrefois, elle faisait partie d'une troupe de chanteurs dans laquelle j'étais basse-taille.

— Comment! c'est vous qui êtes monsieur Claude? s'écria Bécassine, heureux de trouver un joint qui le menait droit à son but.

— Moi-même, camarade! Ah! c'était le bon temps alors.

— S'il en est ainsi, continua Bécassine, vous avez dû connaître un nommé... attendez donc... un nommé Jacques...

— Jacques Daniel, répondit le vieux vagabond avec indifférence.

—Lauretta en parle quelquefois comme d'un garçon intelligent, mais veule; comme d'un songe creux qui aurait passé sa vie à regarder courir les nuages, à voir se lever ou coucher le soleil, sorte de rêvassier qui lisait beaucoup et ne travaillait guère, dont tout le mérite était de savoir borner ses besoins.

— Le portrait est assez ressemblant, répondit Daniel.

— Malgré ça, madame de Bourgneuf, car les amis de M. le comte la nomment ainsi, madame de Bourgneuf semble avoir conservé un souvenir particulier pour ce garçon-là?

— Oui, dit le vieux vagabond, l'emploi de ce Daniel, de ce chenapan, comme vous disiez tout à l'heure, était de ramasser effectivement les sous qui pleuvaient sur le tapis. C'est là que ce Jacques Daniel commença son apprentissage de mendiant : pauvre garçon! qu'est-ce que c'est que de nous!

— Est-ce qu'il lui serait arrivé malheur?

— Au contraire.

— Comment cela?

— Il est mort.

— Mort!

— Il s'est débarrassé de la vie comme d'un poids inutile.

— Et il y a longtemps, sans doute?

— Pas trop.

— Pauvre homme! Est-il mort dans son pays au moins?

— Daniel n'avait point de patrie.

— Ses amis ont sans doute planté une croix en bois sur sa dépouille mortelle.

— Daniel n'a trouvé que deux amis après sa mort : une bonne femme pour l'ensevelir et un fossoyeur pour l'enterrer. Quelques os épars entre quelques planches minces, et pas même un chien derrière son cercueil.

— Cela serait un grand bonheur pour madame de Bourgneuf si elle savait l'adresse du mort.

— Je vous crois, camarade.

— Au moins elle pourrait faire mettre une croix sur cette cendre qu'elle a connue.

— Et retirer de la mairie l'acte mortuaire dont elle a grand besoin, fit Daniel en souriant avec ironie.

Bécassine appuya ses coudes sur la table, prit son menton dans ses mains et regarda le vieux mendiant tout ébahi entre les deux yeux.

— L'acte de décès! fit Bécassine; à quoi bon?

— Pour prouver qu'elle est veuve, répondit Daniel.

— Veuve de qui? demanda Bécassine, de plus en plus étonné.

— De Jacques Daniel, s'écria le vieux vagabond en se levant.

Et là-dessus il enfonça son bonnet de mendiant sur ses yeux, prit son bâton, paya la dépense, adressa ses adieux à Bécassine qui toussait et tremblait sur ses jambes frêles, puis s'enfonça rapidement dans la rue Saint-Jacques, arriva en haut de la rue Mouffetard, entra dans un garni, à l'enseigne du Chien de la Montagne, chez un Auvergnat nommé Leplagne, qui logeait les chiffonniers et les mendiants.

Bécassine avait éventé un secret qu'il ignorait; mais il se disait en rentrant au logis :

— Ce vagabond-là pourrait bien être Daniel lui-même.

VIII.

Hélène.

Une commande extraordinaire autant qu'inattendue était survenue au coutelier. Un voyage à Langres, pays où se fabriquent les couteaux, ciseaux et canifs, qui alimentent la France et l'étranger, devenait indispensable à Jean.

— Je serai bientôt de retour, disait-il à sa femme, dont le visage devenait triste tous les jours. Allons, voyons, toujours des larmes! Ton époux serait à ce point ennuyeux qu'il ne puisse faire épanouir ce visage si triste?

— Vous vous trompez, Jean, je ne suis pas triste; seulement je ne suis pas gaie, voilà tout.

—Mon Hélène, examine-toi, interroge ton cœur, ta raison; quel moyen employer dans ce cas? Il faut que tu m'aides pour trouver un remède au plus tôt, j'y suis intéressé, disait ce pauvre homme en pleurant. Tu le vois! je souffre, moi, de te voir souffrir, languir ainsi. Tiens, ajoutait-il en la prenant dans ses bras, le mal qui t'oppresse, en me le confessant, finirait tout de suite, car le cœur d'un mari est un temple. Allons! viens t'y réfugier dans tes afflictions. Ma pauvre femme! il faut que ce mal soit extrême, puisque tu me le tais.

Et Hélène se disait en étouffant un soupir : Je me le tais à moi-même.

— Mais, enfin, disait le brave coutelier, pourquoi toujours rechercher la solitude! pourquoi sans cesse avoir les yeux rouges!

Hélène répondait :

— Suis-je donc la première qui pleure sans savoir pourquoi! le cœur a des chagrins que l'esprit ne voit pas toujours; et la coutelière essuya une larme qu'elle ne put cette fois maîtriser.

Jean devint sombre et pensif. Puis il lui dit :

— Ma bonne Hélène, tu n'aimes pas quelqu'un, au moins?

— Ah! vous voilà encore! Toujours de vos soupçons; la torture inutile, répondit-elle.

— Je t'aime tant!

Et cet homme lui pressait les mains avec une tendresse infinie. Puis il se disait comme pour se consoler : Plus tard elle m'en fera l'aveu.

Il ne pouvait se décider à se mettre en route et cherchait à se donner mille motifs pour rester : tantôt il regardait sa femme avec l'amertume sur les lèvres, dardant des prunelles sombres sur le visage d'Hélène comme pour y découvrir la vérité de ses soupçons. Une des souffrances du jaloux, c'est de vouloir trouver ce qu'il craint de rencontrer; c'est de porter dans sa passion funeste à lui et à l'objet aimé une investigation incessante : s'il ne trouve pas, il est malheureux de ne pas trouver, sûr qu'il est qu'on le trompe cependant; s'il trouve, il tue ou devient fou; dans tous les cas c'est un enragé.

Ce regard puissant troubla la coutelière. Il lui semblait que son mari lui ouvrait le cœur comme on ouvre un livre et qu'il y lisait. Si elle eût aimé cet homme, nul doute qu'elle ne se serait jetée dans ses bras; c'est en s'occupant d'un soin domestique, comme de remonter la pendule, qu'Hélène échappa à ces questions muettes qui l'importunaient sans l'attendrir.

Jean embrassa sa chère Hélène et partit pour Langres.

Hélène, en voyant s'éloigner ce mari

si bon, si aimant, sentit sa poitrine oppressée, rentra chez elle et se prit à pleurer. Elle se reprochait son indifférence, sa tiédeur envers cet homme qui l'adorait. Mais c'est en vain qu'elle voulait commander l'amour à son cœur; son cœur était rebelle. Hélène s'était laissé marier à Jean, sans conviction, par influence, comme un enfant qu'elle était, sans savoir ce qu'elle faisait, sans comprendre l'importance du mot mariage, tout-à-fait ignorante des devoirs qu'il impose, de la résignation qu'il inflige. Elle n'en comprenait ni la grandeur, ni l'avantage, ni l'austérité. Elle n'en connaissait, elle n'en comprenait que la loi revêche :

L'obéissance !

L'amour n'étant pas venu répandre ses roses embaumées sur cette formule aride et, provoquante passée de l'esclavage à la servitude, de la servitude au Code civil, Hélène rampait sous une véritable chaîne, dont les anneaux paraissaient d'autant plus tendus, que Jean était d'une effrayante jalousie. Cet homme était un boulet rivé au pied de sa femme, une ombre qui ne la quittait pas, un Argus qui l'épiait sans cesse. Hélène était seule, sans appui, sans conseil, sans parents. Sa voisine, la ravaudeuse, quoique excellente femme, n'était point à la hauteur des souffrances de la jeune coutelière. Catherine, avec cela, était la femme du devoir : bien qu'elle eût été battue toute sa vie par un ivrogne qui mangeait tout ce qu'elle gagnait, l'ivrogne n'en était pas moins un *pauvre homme* que l'on regrettait et qui était, selon le dire de la veuve Catherine, le meilleur des hommes. A ça près qu'il se soûlait et la battait, il avait un excellent cœur.

Cette femme fait de l'héroïsme avec un fantôme, disait Hélène. Si en entrant ce soir chez elle, elle le trouvait assis sur le seuil de sa porte, *ce pauvre homme*, je suis bien sûre qu'elle crierait : Oh! l'ivrogne! oh! le chien d'ivrogne! il en a encore plein son sac! Tu ne crèveras donc pas, vieux gueux! et autres gentilles formules qui composent le vocabulaire de cette langue à part, chez ce peuple des chenils et des quartiers insalubres.

Hélène vivait, respirait dans son échoppe à peu près comme les fleurs exotiques enfermées dans ces cages de verre nommées serres-chaudes. La langueur la minait, faute d'être à son vrai soleil, sur son véritable terrain.

Elle était d'une taille moyenne, blonde et rose; son arcade sourcilière fine, longue, inondée de lumière, surplombait deux yeux bleus qui brillaient dans leurs orbites, un peu creux, comme des diamants dans l'ombre. Elle était cambrée comme une Espagnole, vive comme un oiseau; sa bouche, grande et rose, respirait la franchise; la volupté y pénétrait par les coins d'une finesse exquise et d'une moquerie imperceptible. Sa figure, plutôt ronde qu'ovale, semblait être faite pour l'enjoûment et non pour la tristesse. Son pas était leste, l'ondulation assouplie de sa taille avait le balancement léger du roseau. Les amours semblaient avoir pris logis dans son corsage, après avoir pétri ses hanches. Ses bras fermes, sans mignardise, largement dessinés, devaient s'ouvrir brûlants pour la tendresse et pour la liberté.

Le coutelier n'avait pas vu tout cela dans Hélène. Il aimait sa femme comme un honnête homme, voilà tout. L'œil du voluptueux, qui est aussi celui du libertin, pouvait seul analyser tant de charmes et les savourer du coin de l'œil. Je m'explique maintenant comme quoi les bons Arabes exigent que leurs dames se voilent : c'est qu'ils ont compris ces chers mahométans, qu'il y avait des regards profanes et que l'adultère commençait par les yeux et les lèvres.

Hélène.

IX.

Le Panthéon.

C'est ainsi que la pensée de séduire la femme de Jean, le coutelier, était venue à l'esprit du comte de Bourgneuf ; voilà comment Hélène devint amoureuse dudit comte, le trouvant beau, de bonne mine et d'agréables manières.

Depuis la scène de l'église, Hélène était en proie aux plus vifs tourments.

Nous avons déjà dit qu'elle aimait ; mais elle aimait de Bourgneuf. Cependant les deux amants ne s'étaient encore rien dit, leurs yeux seuls avaient parlé ; l'assiduité de leurs rendez-vous tacites, le feu de leurs regards, cet entraînement que Newton appelle attraction, que Mesmer appelle magnétisme, que tous les peuples appellent amour, en disaient assez pour que l'homme et la femme songeassent en se séparant l'un à l'autre. Elle avait senti la main du comte presser la sienne. De Bourgneuf avait entendu la voix d'Hélène le remercier ; il l'avait vue rougir; Hélène l'avait vu trembler et pâlir d'émotion. L'un et l'autre étaient bien sûrs qu'ils ne se trompaient pas sur ce chemin parsemé de fleurs et d'épines où s'égaraient leurs cœurs.

Mais quelle pouvait être cette femme sombre qui s'était jetée entre elle et le comte, quand celui-ci lui offrit l'eau bénite, et dont le comte parut avoir peur? sa femme sans doute ; sa femme ou sa maîtresse. Pourquoi le persifflage de cette femme en montant dans son équipage? Était-elle jalouse? Si elle est jalouse de cet homme, c'est qu'il est marié et qu'il m'aime... S'il m'aime, je le plains, Il doit être bien malheureux, ses souffrances doivent être ainsi que les miennes.

Hélène fit quelques pas dans sa chambre du premier, au-dessus de la boutique, soupira et dit ces mots :

— Je m'ennuie! mon Dieu que je m'ennuie!

L'ennui est le précipice où plus d'un être tombe; c'est le chemin du suicide; comme il est aussi celui de la débauche.

Hélène écarta doucement le rideau de sa fenêtre qui donnait sur la place du Panthéon; elle la parcourut du regard. Que cherchait-elle? ce n'était sans doute pas le vieux vagabond qui y rôdait en ce moment.

Qu'était-ce donc? Hélène ne se l'avouait pas, seulement son cœur se disait: Je ne vois rien venir!

Si de Bourgneuf fût mort ce jour-là, il serait resté dans le souvenir d'Hélène comme une ombre, comme un brouillard léger que chasse la plus douce brise; elle aurait dit le lendemain, si on le veut, le surlendemain : J'ai rêvé. Le doux rêve! Puis un sourire pensif aurait effleuré ses lèvres si pures et elle se serait rendormie ensuite dans la paix de son cœur. Mais il n'en fut pas ainsi, les orages les plus violents devaient battre longtemps cette pauvre fleur ramassée au bord du ruisseau.

Tandis qu'Hélène promenait ses regards ainsi, elle vit déboucher par l'angle direct de la place, un grand homme noir qui tournait et qui semblait chercher quelqu'un, tandis que du côté gauche de la même place débouchait aussi le vieux vagabond. Hélène, préoccupée d'une idée, y rattachait tout ce qui lui promettait une espérance. Cet homme qui cherchait quelqu'un n'était-il pas un messager mystérieux?

Daniel et Bécassine s'abordèrent gaîment; Hélène retomba sur une chaise avec tristesse.

— Bonjour, Claude, que cherchez-vous donc sur cette place?

— Mon pain, répondit le vagabond. Et vous, Bécassine?

— Ma vie, répondit ce dernier toussant toujours.

— Alors, bonne chance, lui répondit Daniel en s'éloignant.

— Vous aussi, mon vieux. Et tous deux firent mine de s'éloigner.

— Voici un vieux mendiant qui me paraît occupé à tout autre chose qu'à chercher son pain, disait Bécassine, jetant en s'éloignant lentement, et cassé en deux, un coup d'œil de côté sur Daniel.

— Ce garçon-là, disait en lui-même le vagabond, m'a tout l'air d'un espion au service de quelque intrigue d'amourette. Il y a du coquin dans cette face ridée et plombée. Qui sert-il en ce moment? Est-ce Lauretta ou de Bourgneuf? Peut-être tous les deux à la fois. Il y a une conjuration contre le repos de cette maison, pensait-il en désignant la boutique de Jean. Daniel s'embusqua dans l'encognure d'une maison, de façon à n'être point vu. Bécassine, croyant le mendiant disparu, revint sur ses pas, s'avança lestement vers la demeure du coutelier, jeta un long regard dans la boutique, entra, puis s'informa à une vieille femme qui n'était autre que la bonne Catherine du maître de la maison, sous prétexte qu'il avait besoin d'une bonne paire de ciseaux.

— Monsieur est en voyage, répondit Catherine; mais si monsieur le désire, je vais appeler madame.

— C'est inutile, dit Bécassine, je reviendrai.

Bécassine sortit, tourna rapidement autour du Panthéon, dit deux mots à l'oreille d'un jeune homme, élégamment vêtu, qui attendait son retour avec anxiété, et dit ces deux mots :

— Parti, monsieur!

De Bourgneuf, puisque c'était lui, s'avança vers la boutique du coutelier.

Daniel, qui avait suivi tous ces mouvements, se dit alors :

— C'est de Bourgneuf qu'il sert.

Bécassine, revenant sur ses pas, passa près d'une allée où le vieux vagabond venait de se retirer pour n'être point vu. En ce moment Bécassine tira une lettre de sa poche, en contempla l'adresse en souriant ; puis il se dit : Par qui vais-je faire remettre cette infernale lettre? Certainement je ne me charge pas de la donner moi-même à ce mari jaloux et sans pitié, comme tous les jaloux.

Il s'arrêta en ce moment devant l'allée où était Daniel ; celui-ci en sortit tout-à-coup, se heurta fortement dans le pauvre Bécassine, qui jeta un cri douloureux, tant il était faible au physique, et laissa tomber la lettre.

Daniel se jeta sur la lettre, la ramassa, la remit au malheureux Bécassine, et portant les yeux sur la suscription, il y vit écrit, en caractères de chat, en caractères qui ressemblaient à des griffes et à des pattes :

Monsieur Jean, coutelier. Puis dans un coin : *Personnelle*.

— Ceci vient de ma femme, pensa le mendiant. C'est Lauretta qui se venge, je le parierais. Ce coquin-là trahit à la fois son maître et sa maîtresse. Puis avec une grande rapidité de réflexion, il ajouta :

— Peut-être a-t-il raison. Il vit de trahison comme certains oiseaux, d'insectes venimeux.

— Tiens! voilà justement mon homme, s'était dit de son côté Bécassine, tout en se remettant de sa secousse ; puis élevant à demi la voix :

— Ma foi, mon vieux camarade, vous arrivez à propos. J'étais embarrassé pour faire remettre cette lettre : c'est un petit service que je me permettrai de vous demander. Vous la remettrez donc tantôt, ou demain, à l'homme qui habite cette boutique là-bas au nº 2.

— Chez le coutelier?

— C'est ça, chez le coutelier.

— Je m'en charge ; et Daniel mit la lettre dans son sac.

— Surtout ne la remettez qu'à l'homme, recommanda Bécassine.

— Soyez tranquille.

Là-dessus ils se séparèrent.

— Il est étonnant qu'il ne nous ait rien dit à l'endroit de ma femme, pensait le vieux mendiant. C'est égal, on y viendra. En attendant, sauvons, s'il se peut, Hélène d'un grand danger.

Deux heures étaient sonnées. Des ouvriers mangeaient çà et là au soleil, et causaient au pied de la grille du Panthéon. L'ouvrier des villes mange vite et cause beaucoup. Il est observateur, railleur, humain, extrêmement artiste. Tout lui est spectacle, drame ou comédie. Il se prendra d'une pitié à pleurer ou d'un rire cruel, entrant toujours dans le vif, rarement dans les nuances, indifférent pour le malheur vulgaire, impressionnable jusqu'à la passion pour une grande infortune, surtout si elle est nouvelle ; curieux pour découvrir la chose qui se cache, et toujours grand questionneur.

Depuis longtemps ces ouvriers qui dînaient avaient remarqué le vieux vagabond, qui rôdait sans cesse dans le voisinage, et qui à l'heure des repas venait, quoiqu'en se tenant à distance, se mêler pour ainsi dire à eux.

— Eh bien, mon pauvre vieux, s'écria un gros brun frisé, qui, je crois, était tailleur de pierre, on n'a pas fait fortune donc?

— Pas plus que vous, mes enfants.

— C'est vrai que l'on n'est pas heureux, reprit un maçon. Nous aimons le travail, pourtant.

— Le pain que nous gagnons, ajoutait un menuisier, à peine suffit-il pour nourrir les nôtres ; mais c'est égal, on travaille.

Le *on travaille* était certainement mis là comme une épigramme à l'endroit de la mendicité ; cela n'était pas rigoureusement à sa place, en ce sens que Daniel était vieux, que c'était même cruel d'ajouter au poids des ans la mortification d'une leçon publique.

Le sarcasme est le glaive des gueux. Le vieux vagabond n'était pas blessé, il s'était fait une cuirasse de l'insensibilité, comme d'autres s'en font une de la bêtise ou de l'insouciance. Si un financier lui eût parlé ainsi, Daniel lui aurait tourné le dos sans même hausser les épaules; mais à des ouvriers, à des bons vivants, ainsi qu'il le disait, il sentait le besoin de répondre, non pas qu'il prétendît justifier son rôle vis-à-vis d'eux, mais l'expliquer. Peu lui importait du reste ce qu'on en penserait, ce qu'on en dirait ou ce qu'on n'en dirait pas. Il répondit donc, après s'être placé au centre de ces braves gens qui l'écoutaient assis, tout en achevant leur repas :

— On travaille, dis-tu, toi, mon gros blondin. Comme toi, j'ai cru un moment à la promesse du labeur. Mais aujourd'hui, je suis Daniel le vagabond, et citoyen du monde, bohémien s'il en fut. Coquin, jamais; pour gueux, c'est autre chose. L'or, qui ne va qu'aux heureux, dérobant ses filons à mon champ dépourvu, ma foi, pour les glaner, j'ai parcouru la terre, gaîment, pédestrement, de Paris à Rome, de Vienne à Constantinople. Cette vie a son charme! en cela suis-je fou? Je ne sais, mon garçon; mais vrai Dieu, quand j'agrafe mes guêtres, je sais bien que pour moi l'univers est sans maîtres! Un jour, un artisan, bon diable, un de ceux-là qui peut-être ont raison contre les paresseux, me dit, joignant l'aumône au plus sage discours : « Allons, entre! et chez nous fais un apprentissage. » Fi donc! lui répondis-je! à quoi bon ce boulet que l'on nomme un état? tout bagne me déplaît. Mon vieux père cassé sur sa chaise boiteuse me le disait souvent : « Prends garde, mon pauvre Jacques, dans la vie, à chaque homme, il faut un gagne pain... » Il me disait ça, lui, un jour que de faim il se mourait. Cher homme! Il besogna cinquante ans bel et ferme; mais quand vieux travailleur il en vint à ce terme où le corps ploie, où la main tremble, où le regard s'éteint, il vit son abandon et se prit à douter. Quel fut mon héritage? Ce sac, que tissa la misère; ce bâton de voyage et les pleurs de ma mère Donc, blasphémant tout haut le leurre du travail, je me mis en route avec cet équipage. Puis repoussant du pied ce trio menteur: religion, patrie, amour de la famille, je me fis mendiant, seul moyen désormais de vivre heureux et libre, à peu près comme un chien. Or, depuis quarante ans, voici quel est ma vie : je cours par monts, par vaux, au soleil, à la pluie, m'accommodant de tout, du bien comme du mal, surtout riant au nez du maître et de l'esclave. Vous, malheureux enfants, qui vivez et mourez comme des mouches viles dans ce fumier qui bout dans les cités, vous n'avez jamais vu sur un mont qui verdoie se lever le soleil immense et flamboyant, quand, pour me réchauffer, il s'élevait souriant à l'horizon! Moi, je le saluais comme on salue un hôte. Le matin, je m'assieds seul, tout seul, sur le tapis vert, au pied d'un arbre en fleurs qui m'abrite, et tirant aussitôt, pour un soin nécessaire, ma gourde et quelques noix des flancs de ma besace, je commence un repas qui n'a point d'envieux, si ce n'est l'alouette errante sous le ciel. Je vis du fruit tombé le matin de sa branche, de pain noir et d'eau; mais mon œil satisfait voit au milieu des blés les clochettes et les bleuets mariés aux épis. Alors, tout à la fois la poitrine, le cœur, la tête, soudainement saisis d'une fraîcheur vivifiante, je me lève, me hâte et je marche, marche! marche! vers l'horizon sans fin où j'aspire toujours.

Si la nuit me surprend à moitié du chemin, je suis peu gentilhomme : alors, sans qu'il m'en coûte, je dors dans les fossés, dans l'herbe, dans les bois, ou bien près de la source où je me lave et me désaltère.

Voilà comment j'ai fui, n'y croyant plus, le travail, dieu sans temple, sans profit et sans gloire.

Un mouvement d'étonnement se manifesta parmi les ouvriers qui se levèrent avec agitation.

La satire amuse quelquefois, elle ne convertit jamais. Une éloquente réponse devait prouver au vieux vagabond comment on accueillait son sarcasme désespéré parmi les travailleurs de nos cités. L'un d'eux, élevant la voix, s'écria :

— Plaignons cet homme, amis ; il n'a ni feu, ni lieu, ni Dieu.

— Essayons du bienfait, dit un tailleur de pierre.

Et laissant tomber quelques sous dans le bonnet du pauvre, chacun lui dit tour-à-tour :

— Daniel, au nom de Dieu.

— Daniel, au nom de la famille.

— Daniel, au nom de la patrie.

— Daniel, au nom trois fois chéri de ma petite fille.

— Daniel, pour ma mère.

— Daniel, au culte du travail.

Le bruit d'une cloche lointaine se fit entendre, c'était la voix du chantier qui les rappelait, et tous s'écrièrent :

— La cloche ! amis, la cloche ! à l'ouvrage! à l'ouvrage! Au revoir, compagnon, firent-ils à Daniel en lui serrant la main.

— Mes enfants, bon courage ! répondit ce dernier. Puis après un moment de silence rêveur, il fit cette réflexion mentale, celle qu'il s'était faite après la chanson des Outils à la barrière d'Enfer :

Il est trop tard!

En ce moment, un homme à figure pâle s'approcha du vieux mendiant, qui marchait lentement et la tête baissée comme quelqu'un las ou chargé d'ennuis.

— Pauvre homme! se disait ce personnage à lui-même, après avoir écouté l'histoire de Daniel, pauvre homme! Du malheur il faut être l'appui; puis il ajoutait en souriant : Richesse oblige.

Et il laissa tomber une pièce de monnaie dans le bonnet du vieux Daniel. Daniel leva la tête et reconnut Jean le coutelier, dans ce personnage bienfaisant, lequel avait mis tant de lenteur pour ses préparatifs, qu'il avait manqué l'heure du départ.

L'avait-il manqué par calcul, pour se donner un motif de revenir chez lui et justifier son retour inattendu et brutal auprès de sa femme? Peut-être... cet homme s'était éloigné de son domicile, le cœur rempli des pressentiments les plus sombres et les plus vagues; il s'était dit : Je pars, laissant peut-être la trahison derrière moi. Peut-être guettait-elle dans l'ombre le moment où je m'éloignai pour franchir le seuil de ma porte. A mesure qu'il s'éloignait, ce soupçon prenait la couleur de la certitude; mais comme il approchait de sa demeure, la sérénité revint dans cet esprit inquiet, et le coutelier finit par avoir honte de ses soupçons jaloux.

Après l'aumône qu'il avait faite avec une sorte de gaîté d'âme, il se dirigea à grands pas vers son échoppe.

X.

De Bourgneuf.

De Bourgneuf, sur la certitude que Jean était parti, avait pénétré dans la maison. Hélène le vit s'élancer chez elle et poussa un cri. Bien qu'elle la désirât, elle n'était point préparée à une pareille visite; aussi son trouble fut-il pour le comte un aveu de la faiblesse qu'elle avait pour lui; il ne s'y trompa pas.

Après le trouble, vint l'excuse, après l'excuse la déclaration; Hélène pleura. Le comte lui baisa les mains avec transport, et tous deux, sans se préoccuper comment cela finirait, saluaient, légères phalènes, la torche dévorante que l'amour agitait pour eux.

De Bourgneuf était un joli blondin; quoique sa physionomie manquât de caractère, il pouvait y avoir chez lui beaucoup de tendresse, comme aussi pas mal de niaiserie; c'est avec cette seconde partie de son caractère que l'on exploitait la première ; c'était par là que Lauretta le dominait. Aussi tout en aimant la femme du coutelier il devait subir le joug de sa première maîtresse. Ce n'était pas une nature corrompue, ce n'était pas non plus un cœur élevé ; il aimait Hélène sans calcul, mais aussi sans remords ; Bourgneuf était tout simplement un rejeton appauvri de la régence ; il y avait plutôt chez lui l'insolence du financier que l'impertinence du marquis, le frac de velours vert ou cramoisi ayant fait place à l'habit de drap noir. Les mœurs se nivelant, les usages, les modes et les préjugés, changeant de Bourgneuf avait mis son esprit à la coupe du siècle ainsi que son costume Et quoiqu'il se nommât comte de Bourgneuf, ce n'était qu'un vulgaire bourgeois dans toute la crudité de l'expression. Il se serait bien encore ruiné pour une mauvaise chanteuse ; mais il était incapable de jugement en fait d'art. Pour lui, Molière était indigne d'aucune attention sérieuse ; il avouait hautement que M. Scribe était la perfection du grand, du beau langage français, un vrai modèle en fait d'originalité ; il soutenait cette thèse avec un courage effrayant ; aussi fréquentait-il le Gymnase avec assiduité.

De Bourgneuf avait un lorgnon qu'il se fourrait dans l'orbite : était-ce pour avoir l'air impertinent en regardant les femmes ? était-ce pour se donner une tournure singulière, ou bien la mine intéressante d'un infirme ? Nous ne saurions le dire. Tout ce que nous pouvons assurer, c'est que ce n'était pas là le côté le plus satisfaisant de sa personne.

De Bourgneuf, heureux de son entrevue avec Hélène, descendait, le cœur gonflé de la plus douce jubilation, le petit escalier qui conduisait de l'échoppe à l'entre-sol, au moment où Jean tournait le bouton de la porte. Jean fixa sur le comte un regard troublé et interrogateur. De Bourgneuf, non moins troublé, sentit avec rapidité qu'il devait expliquer sa présence chez le coutelier. A la première parole prononcée, Hélène reconnut la voix de son mari ; elle resta à demi-escalier et prêta l'oreille. Ce fut de Bourgneuf qui prit la parole :

— Ah ! monsieur Jean, que je suis heureux que vous ne soyez point parti ! votre femme m'avait désolé en m'assurant que vous étiez sur la route de Langres...

De Bourgneuf avait commencé ce chapitre sans trop savoir comment il le finirait. Cela cependant était meilleur que de paraître embarrassé. Le silence accuse ; les femmes habiles savent bien cela.

— Vous m'en voyez tout ému de plaisir, ajouta-t-il, justifiant ainsi la rougeur légère qui en ce moment animait son visage.

— Qu'est-ce donc, monsieur le comte ? fit le coutelier d'une voix sourde, sans ajouter un mot, et d'une pâleur extrême.

En ce moment de Bourgneuf arrêta comme par miracle ses yeux sur la montre de coutellerie où figurait un couteau bizarre et incommode. La fin de son roman était trouvée.

— J'ai promis à six de mes amis qui vont partir pour Rome un couteau comme celui-ci, dit-il.

— Un couteau-poignard ! fit le coutelier d'un air sinistre.

— Justement, répondit de Bourgneuf. Il n'y a tel que les Italiens pour se servir de cet instrument qu'ils aiment à la folie.

— Peut-être ! répliqua Jean.

— En tout cas, c'est un honneur que je leur laisse volontiers, fit de Bourgneuf retrouvant son centre de gravité.

— Vous dites donc, monsieur le comte, qu'il vous en faut une douzaine ? fit le coutelier.

— Et le plus tôt possible, mon cher, répondit de Bourgneuf, pris au piége d'un achat forcé.

— Je vous demande huit jours, monsieur le comte.

— Huit jours, soit. Adieu, cher ; vous savez que je ne marchande point avec vous.

De Bourgneuf sortit et respira fortement.

— Maudite bicoque, disait-il en s'éloignant à grands pas, peu s'en est fallu que j'y étouffasse.

Hélène regagna sa chambre ; elle avait désormais le mot de sa réplique.

— Catherine, fit le coutelier, s'adressant à la vieille ravaudeuse occupée à coudre silencieusement dans un coin de la boutique, y avait-il longtemps que cet homme causait avec ma femme?

— Cinq minutes, répondit Catherine, sans lever les yeux de dessus son ouvrage.

— Cinq minutes, dites-vous?

— Pas plus.

Le coutelier gagna l'appartement de sa femme en se disant :

— Tout le monde me trompe ici.

Arrivé sur le seuil, quelqu'un lui sauta au cou en s'écriant :

— Mon ami! quoi! c'est vous, mon ami! quel bonheur vous ramène si vite à la maison?

Son ami! jamais depuis leur mariage ce pauvre homme n'en avait tant ouï à son oreille. Hélène l'embrassait. Était-ce la peur qui la faisait agir ainsi? Hélas! non! misère! honte et malédiction sur tous! cette femme donnait le trop-plein de son amour. N'est-ce pas une chose reconnue, qu'une femme n'est jamais si près de trahir son mari, que le jour où elle lui prodigue des embrassements inaccoutumés? Ainsi était Hélène ce jour-là. Elle était ivre de bonheur, et dans son enivrement elle aurait pris volontiers le pauvre Jean pour confident de sa passion.

L'amour du jaloux est comme le vin vieux : le fond en est trouble. Le coutelier embrassait sa femme; mais la tristesse de son âme faisait pâlir ses lèvres d'un bonheur extravasé. Il tremblait en pressant Hélène sur sa poitrine. Hélène babillait, sautillait, folâtrait et continuait ses caresses : elle était folle. Si bien qu'elle finit par faire passer son ivresse dans l'âme du coutelier qui, étourdi, se laissa aller au courant de ce débordement inexplicable.

Une heure après, Hélène fondait en larmes.

Le coutelier chantait.

De Bourgneuf aurait pu rougir de sa conquête.

Au point de vue d'une certaine morale toute d'école, le plus à plaindre des trois était le malheureux Jean. De Bourgneuf, et c'est notre avis, avait ce qu'il méritait. Quant à Hélène, elle n'était digne d'aucun intérêt. Soit!

Jean était un jaloux ridicule.

De Bourgneuf un corrupteur sans âme.

Hélène une coquine détestable. Ainsi juge le monde. Nous qui ne sommes pas du monde nous disons :

Il y a là trois misères. Nommons-les : libertinage, amour ou folie ; c'est comme cela : trois misères.

Maintenant que penser d'un monde où la plus grande honte serait d'avouer sa souffrance, où le plus grand devoir est de la cacher, où l'hypocrisie, la duperie, la torture, planent comme des oiseaux nocturnes et affamés, sur les êtres qu'elles enveloppent, corrompent et tuent.

L'amant plaît et séduit.
Le mari opprime et déplaît.
La femme rampe et se venge.
Le mari est ridicule.
L'amant est absous.
La femme condamnable.

Ainsi vont les choses; ainsi parlent l'égoïsme, le préjugé et ce que l'on nomme son honneur. Chacun hurle et se démène sous les réseaux de fer qu'il se met aux pieds, aux mains, au cou, sur le cœur, partout. Chacun passe une partie de son existence à se les forger, une autre à se les river sous les titres : affection, fanatisme, union, signature, foi, serments. L'homme tombe sous le poids de ses entraves, crie : Vive la liberté! et meurt esclave. Et maintenant ces douleurs sont-elles filles du lien social embrouillé à l'origine du monde? sorte de nœud gordien que le fer et le feu n'ont pu dénouer jusqu'ici, à travers les courses échevelées et sanglantes des révolutions. Ou seraient-ce simplement des infirmités humaines, maladies de l'âme dont la fin s'explique par l'aspira-

Catherine.

tion d'un monde meilleur, en désespoir même de celui-ci.

Le cœur de l'homme est pétri de passions. C'est là sa faiblesse, c'est là sa grandeur. L'homme n'y peut rien ajouter, n'en peut rien retrancher. Il n'y a de perfectibles que les institutions sociales. Ainsi l'homme ne sera toujours ici-bas qu'une marionnette dont une main mystérieuse tient les fils.

L'homme est fini.

On peut le peindre; le corriger, jamais!

Comme il est impossible de faire entendre le langage de la raison à la passion sotte ou héroïque, la vieille Catherine avait fait sagement en supprimant cinquante-cinq minutes de la conversation amoureuse du comte avec Hélène. Cette femme avait agi avec le sens populaire dans toute sa naïveté, à savoir : que les bons conseils n'entrent jamais dans l'oreille des sourds et que la passion est sourde. Et quand cet homme disait : Tout le monde me trompe ici, il est certain qu'il eût été mécontent de la lumière qui se serait faite à cette heure sur ce qui se passait dans sa maison.

Il demandait le soleil, mais il cherchait l'ombre.

—

L'entrevue. — Daniel et Lauretta.

XI.

L'entrevue.

— Ainsi, Bécassine, tu n'as rien pu savoir de cet homme?

— Rien, madame. Le vieux c'est boutonné du bas en haut, drapant son silence dans ses guenilles.

— Peut-être soupçonnait-il que j'avais intérêt à le faire parler, et qu'il espère en tirer profit.

— Vous faire *chanter*, répondit Bécassine. Je le crois.

— Et qu'a-t-il répondu à l'endroit de l'enfant? demanda Lauretta.

— A l'endroit de l'enfant, répondit Bécassine, balbutiant.

— Oui, de l'enfant.

Lauretta était visiblement émue. De quel sentiment cette femme était-elle agitée? Nous le verrons plus tard; seulement Bécassine, qui observait ses mouvements, se disait à lui-même :

—Qu'ai-je donc remué au fond de cette créature qui m'interroge, on dirait qu'elle a de la boue dans le regard. Ma foi, répondit-il, je vous avoue sincèrement, madame, que j'ai oublié l'enfant.

— Il faudra revoir cet homme, Bécassine, et savoir des nouvelles de tout cela à quelque prix que ce soit.

— Oui, madame, s'écria celui-ci, entrevoyant la possibilité de réaliser de nouveaux bénéfices.

Lauretta ouvrit la fenêtre pour respirer. L'intérêt qu'elle attachait aux réponses du mendiant l'avaient suffoquée, et le rapport de Bécassine, loin de la satisfaire, irritait son impatience. Elle promenait donc ses yeux inquiets sur le boulevart, où était situé son hôtel, quand le vieux vagabond vint à passer. Daniel, voyant une belle dame se prélasser sur un balcon doré, se découvrit, et tendit humblement son bonnet, sollicitant du regard comme pour engager la dame à faire une action agréable à Dieu qui aime les pauvres.

— Bécassine, s'écria Lauretta avec véhémence, va vite! fais monter ce mendiant qui passe.

— Il ne passe pas, madame, il attend.

— Cours, et fais-le monter par l'escalier de service.

— Voici une aubaine ratée, se disait Bécassine descendant l'escalier le plus lentement que cela lui était possible, tout en étreignant la rampe de ses doigts longs et osseux. J'avais déjà pensé à mettre le vieux coquin de moitié dans les bénéfices. Nous aurions pu ainsi tirer à deux sur la bourse de madame, qui aurait à son tour éventrée celle de monsieur. Que le diable soit du diable. Tout en grommelant ainsi, Bécassine exécutait les ordres de sa maîtresse.

Un moment après, Daniel était introduit dans un riche appartement. Des tapis somptueux s'y déroulaient sous les pieds; des rideaux cramoisis à franges d'or pendaient aux fenêtres, à moitié ouverts et atténuant la vive lumière du jour. Des peintures d'un prix inestimable brillaient dans des cadres dorés et sculptés. Puis des chaises d'ébène à filet d'argent; des fauteuils où des mains habiles avaient brodé en or et en soie des fleurs, des oiseaux et une admirable figure de *Fleur-de-Marie*. Lauretta éprouva une grande joie de revoir le mendiant et s'écria :

— C'est bien, Claude! je ne me suis pas trompée. Que je suis aise de te revoir, cher camarade de mes jours d'infortune, tiens, assieds-toi là.

Et elle lui présentait une chaise commune qu'on semblait avoir empruntée à la cuisine pour recevoir ce vagabond.

Daniel fit semblant de ne pas avoir compris le geste indicateur de Lauretta. Il s'assit sans façon dans un fauteuil splendide où il disparut à moitié.

Lauretta fronça le sourcil et continua cependant :

— Je ne suis pas de ces bégueules qui, dans l'opulence, ne reconnaissent plus les vieux amis malheureux; Claude, je te veux du bien, moi!

— A quel prix, madame? répondit ce dernier.

— C'est-à-dire que tu n'en crois rien, continua Lauretta. Et pour convertir l'incrédulité du mendiant à la foi de son désintéressement, elle lui mit cinq pièces d'or dans la main, ajoutant :

— C'est à un vieil ami que je les offre.

— Accepté! fit Daniel, faisant sonner les cent francs d'un œil réjoui.

— Mon pauvre Claude, fit Lauretta avec affectation. Ah! s'il vivait, lui!

— Qui donc, madame? répondit ce dernier, feignant de ne pas comprendre.

— Daniel! fit Lauretta en soupirant.

— Ah! oui, je vous entends, le fait est que ce fauteuil est moins dur que la borne du chemin, et ces tapis plus doux aux pieds que le pavé des rues. Daniel dormirait bien plus à son aise sous un lit abrité que sur la feuille sèche des forêts ou sur la paille des granges. Tout me paraît confortable ici. Ce pauvre chien errant, qui n'a pas même un chenil à lui, serait très heureux d'habiter celui-ci doré comme il est. Et son cœur ne serait pas indifférent à la vue d'une femme belle et jeune encore.

Lauretta devint pourpre à faire trembler. Daniel riait dans sa barbe. Puis il ajouta :

— Mais, hélas ! il est mort !

—C'est donc vrai ? répondit-elle.

— Pauvre ami ! fit le vieux vagabond, j'ai reçu son dernier soupir.

— Cher homme ! disait Lauretta, je n'étais pas là ; il ne m'a pas pardonné.

— Rassurez-vous, madame, vous le reverrez.

— Je le reverrai, dis-tu ?

Les lèvres de Lauretta devinrent blanches de terreur. Ses dents claquaient.

— Vous le reverrez là-haut, continua Daniel gravement.

— Dieu le veuille, répondit-elle, se remettant un peu. Puis elle ajouta :

—C'est égal, c'est triste ! pauvre Daniel, mort !

— Il le mérite bien, dit alors le vieux vagabond. Je ne veux pas en dire de mal, puisqu'il n'est plus ; mais il faut bien le reconnaître : c'était un fier sacripant, exigeant comme un prince et aimant comme un sot... Etes-vous dans vos meubles, madame ?

Lauretta regarda le mendiant avec étonnement.

— Pourquoi cette question ? lui dit-elle.

— C'est que s'il revenait, le coquin serait bien homme à se camper ici, à hurler sur les toits qu'il est chez lui étant chez sa femme.

— S'il revenait ! fit-elle, s'il revenait ! d'où cela ?

— De la tombe d'où l'on ne revient guère, répondit ce dernier.

— Plaise au ciel qu'il en soit autrement ! répliqua-t-elle d'un ton qui contrastait avec sa parole.

Visage fardé, cœur qui ment, se dit Daniel en lui-même. Oh ! ma chère femme, vous êtes horrible sous vos paroles larmoyantes. Il y a de la fraude dans vos soupirs.

En ce moment on entendit le bruit d'un équipage qui roulait dans la cour. Lauretta se précipita à la fenêtre.

— C'est M. le comte ! s'écria-t-elle. Puis revenant vers le mendiant : Claude, il me faut avant peu l'extrait mortuaire de Daniel ; il me le faut absolument, entends-tu ?

— Oui, madame, vous aurez ça un jour ou l'autre, comme qui dirait demain ou après-demain.

— C'est bien, maintenant sauve-toi vite ! voici M. le comte qui monte l'escalier. Il ne faut pas qu'il te voie ici.

— Il est vrai que mon costume est un peu négligé, fit Daniel en riant.

— Donne-moi ton adresse en deux mots et pars.

— Mon adresse en deux mots, la voici : la rue !

— Mais enfin quand te reverrai-je ?

— Plus tôt que vous ne le voudrez, peut-être. Puis il sortit en ajoutant : Ah ! Lauretta, si j'étais le mort, tu me donnerais l'envie de ressusciter.

En arrivant au pied de l'escalier, Daniel y rencontra Bécassine qui toussait comme de coutume, les mains crispées aux barreaux de la rampe.

Les dernières paroles de Daniel, en confondant Lauretta, la saisirent d'un grand trouble. La terre semblait manquer à ses pieds ; il lui semblait qu'elle voyait tomber les ailes de l'espérance. Elle eut un instant de rêverie étrange dans laquelle l'illusion dorée s'enfuyait ; où elle se voyait laide, vieille, abandonnée, mordant dans un morceau de pain sec au milieu d'une foule de pauvresses accroupies sous le portail d'une église, un gueux, rempli de cendres chaudes, sous ses jupes sales et surannées ; des sabots fêlés aux pieds et cachant ses cheveux gris et rares sous un lambeau de laine noire. Elle eut un moment d'épouvante. De Bourgneuf entra sur ces entrefaites. Lauretta s'arma de résolution. Elle décida qu'elle devait frapper un grand coup. Prendre l'initiative en toute chose, c'est avoir une chance de plus de réussite. Elle mit donc de côté les petites intrigues faméliques, les petits moyens à l'usage de son sexe. Elle alla au but droit et ferme, parlant haut, vite et clair. Il s'agissait non de convaincre, mais d'emporter. En un mot, la tempête venait de pénétrer dans la demeure du comte de Bourgneuf sous la figure de Lauretta. De Bourgneuf, de son côté, arrivait armé d'intentions hostiles.

XII.

L'orage.

En mettant le pied chez sa maîtresse, le comte sentit que l'atmosphère était chargée d'électricité. C'est assez dire qu'il éprouvait un reste de malaise qui s'emparait de tout son être et semblait déjà le subjuguer. Il eut le malheur d'ouvrir la conversation. Il l'ouvrit timidement, comme s'il avait quelque chose à se faire pardonner. Etait-ce conscience, faiblesse, regrets? non; de Bourgneuf redoutait la violence de cette femme qui le regardait avec des yeux rouges de fureur contenue, et le sourire sur les lèvres. Il espérait la désarmer par un calme froid et plat, et lui donner congé de son amour avec une apparence de tendresse. Il lui dit donc en entrant :

— Chère Lauretta, vous paraissez souffrir. L'air est lourd chez vous. D'où vous vient cette pâleur?

Lauretta saisit avec esprit cette question du comte qui rentrait à merveille dans son rôle, et répondit :

— Ah! monsieur le comte, me ferez-vous donc mourir!

— Comment cela?

— La coutelière, monsieur le comte, la coutelière est votre maîtresse!

— Vous êtes un enfant. Le comte avait pâli en disant ceci. Lauretta s'en aperçut.

— Il n'est plus temps de dissimuler, monsieur le comte, c'est en vain que vous voudriez me tromper. Je sais tout, tout, vous dis-je, et votre émotion vous accuse.

— Vous êtes étonnante!

—Voilà un joli mot, monsieur le comte: vous êtes étonnante! Comme cela est convaincant! il est vrai que vous y mettez un air qui ajoute et pousse au persuasif. Je suis étonnante, en effet, de croire à votre infidélité. Bien plus étonnante encore d'avoir la lâcheté d'en souffrir, de ne pas mettre mon cœur sous mes pieds, de ne pas briser tous ces objets de mes jours heureux, de ces jours où vous m'aimiez, de ne pas reprendre ma guitare, et comme autrefois courir les cafés avec indifférence; mais aussi sans chagrins... Vous avez dit le mot : je suis étonnante, très étonnante, en effet.

— Quelle folie! répondit de Bourgneuf.

— Autrefois vous auriez dit : quel amour! monsieur le comte. Aujourd'hui vous me parlez gravement, sérieusement. Vous me voyez avec les yeux de l'esprit, le cœur est ailleurs.

— Vous êtes exagérée en tout.

— C'est votre faute. Autrefois vous me trouviez tiède, ne vous souvenez-vous donc plus de ces paroles : Lauretta, vous aimez comme une bourgeoise, comme une dame de comptoir! Vous ne m'aimez plus, monsieur le comte, tant pis; c'est un malheur dont je ne souffrirai pas seule, soyez-en sûr; quelqu'un se repentira quelque peu du mal que l'on me cause ici.

De Bourgneuf avait deux choses à ménager : le monde et la coutelière. Lauretta, montée comme elle l'était, était capable de faire du scandale. C'est là surtout ce qu'il fallait éviter. Il répondit en souriant :

— Où avez-vous pris ces rêves et quel démon vous pousse ainsi?

Lauretta avait l'énergie des enfants du ruisseau et la corruption raffinée que l'on puise dans les relations d'un luxe illicite, dans les tourments d'une position fausse. La ruse était sa nécessité, tout en ne reconnaissant de loi que sa volonté demi-sauvage, résultat de sa première éducation. Le ruisseau l'avait affranchie des préjugés sociaux, la fortune, en l'élevant, lui avait soufflé au cœur tous les besoins qui en sont la suite inévitable. Mariée, Lauretta aurait certainement fermé les yeux sur les écarts de son mari, en se consolant de son côté des déboires de l'amour qui s'ennuie au foyer domestique et tranquille. Mais cette fille, qui avait joué avec une intelligence très grande la comédie du monde dans le monde, voulait qu'on la prît au sérieux. Tant qu'elle n'avait pas été certaine de la mort de son mari, ce rêve n'avait eu aucune consistance dans son esprit; mais une fois sûre que Daniel n'existait plus, son ambition avait grandi dans des proportions effrayantes. Devenir une comtesse, une dame, la rendait folle et lui donnait des accès d'orgueil à confondre une impératrice, descendît-elle des Césars. Enfin, c'est là qu'elle avait pris ses rêves, c'est là le démon qui la poussait; et sa jalousie n'était que feinte. L'amour n'était plus qu'un agent au service de son ambition.

— Ils sont bien loin, ces temps, monsieur le comte, où vous songiez à me donner le titre d'épouse. Ici Lauretta se mit à sangloter.

— Voilà le rêve, se dit de Bourgneuf à part lui.

— Vous ne songiez qu'à me lier à votre fortune, disiez-vous en ce temps-là, et elle se tordait sur son fauteuil avec désespoir.

— Voilà le démon, se disait encore de Bourgneuf.

— Non jamais! jamais, monsieur le comte, je ne souffrirai autour de mon amour l'ombre d'une rivale.

— Qui songe à vous donner une rivale? reprit de Bourgneuf avec flegme.

—Vos paroles froides et les avertissements de mon cœur, qui ne me trompent jamais, s'écria-t-elle en relevant la tête avec énergie. Et s'avançant vers de Bourgneuf, l'œil étincelant, ses longs cheveux noirs répandus à flots sur ses épaules larges et brunes, noyant son col puissant et dégagé, elle ajouta :

— Cette femme, je la ferai tuer!

De Bourgneuf ne put dissimuler un sourire amer. Ce sourire mit le feu aux poudres.

—Pensez-vous, s'écria Lauretta, pensez-vous que j'ignore vos démarches quand je souffre de vos absences si fréquentes. Où courez-vous? vers une échoppe, autour de laquelle on vous voit rôder sans cesse sous l'ombre des réverbères, comme une âme en peine. Et aujourd'hui même encore n'avez-vous pas...

Elle s'arrêta. Cette femme sentit à temps qu'il ne fallait pas fermer à son amant la porte du retour, en lui avouant qu'elle savait tout. Il est clair qu'une fois cet aveu lâché, de Bourgneuf n'avait plus rien à ménager, il n'y avait plus pour Lauretta de gage possible de la part de son amant. Une rupture immédiate aurait été tout le fruit qu'elle aurait recueilli de son emportement. Entre le mot prêt à s'échapper et la réticence qui en fut la suite, cette femme avait enchevêtré les plus effrayantes combinaisons.

L'araignée avait tissé sa trame.

Elle se reprit donc :

— Ce matin encore n'êtes-vous pas sorti sans daigner vous informer de ma santé, quand vous saviez qu'hier, en vous disant adieu, je vous quittai souffrante.

De Bourgneuf eut un affreux pressentiment. Cette femme lui faisait réellement peur. Il lui vint à l'esprit qu'elle pouvait bien le faire espionner. Il comprit, lui aussi, la nécessité de dissimuler pour détourner l'orage dont cette femme le menaçait.

— Allons, allons, Lauretta, nous ne sommes plus à l'âge des enfantillages; le temps qui engourdit les passions folles fait aussi les affections plus douces quand elles sont sincères. De quoi vous inquiétez-vous? qu'y a-t-il de changé dans nos habitudes? moins amoureuses, elles sont plus fraternelles. Ne sauriez-vous, vous aussi, prendre un peu de votre côté, à votre manière, de cette liberté dont j'use du mien. Eh! quel diable aussi, il ne faut cependant pas non plus exercer des tyrannies sous le nom d'amour. Nous ressemblerions à ces monarques qui se disent hautement les pères du peuple et qui pour le leur prouver les administrent avec la verge des esclaves.

Il suffit d'une parole pour ramener l'amour qui fait semblant de s'enfuir, ou pour raviver l'espérance qui n'en peut mais.

— Je n'entends rien à votre raison philosophique, comme vous dites souvent, s'écria celle-ci. Tout ce que je sais, moi, c'est que je suis la plus malheureuse des femmes.

— Lauretta, fit le comte, avec un petit geste d'indignation qui produisit son effet cette fois, Lauretta, c'est de l'ingratitude! et l'oppression dont vous m'accablez est inqualifiable.

— Je vous entends. Vous avez fait ma fortune, vous m'avez enlevée à la rue, à la misère, et vous appelez ingratitude la constance de mon affection, le souvenir de ma reconnaissance. C'est vrai, l'on ne permet guère ces choses-là qu'aux femmes légitimes, et je ne suis pas une femme légitime.

— Allons, enfant, taisez-vous, lui dit de Bourgneuf, en passant sa main dans les cheveux épars de sa maîtresse, relevez-moi ces beaux cheveux-là. Allons dîner aux Frères-Provenceaux, puis après je vous conduis à la représentation d'*Antony*.

Lauretta leva sur le comte des yeux remplis de larmes et d'amour. De Bourgneuf en fut tout ému et il se dit:

— Dieu me le pardonne, je me trompe fort ou j'aime encore cette drôlesse-là.

Et la scène se termina ici à peu près de la même façon qu'elle s'était terminée chez le coutelier.

On pourrait dire que l'amour est la folie du cœur. Sa nature est de ne rien faire de raisonnable; pourtant le crime des natures perverses, selon nous, est de singer le délire de cette passion, pour spéculer ou corrompre.

Tels étaient à cette heure mademoiselle Lauretta et M. le comte de Bourgneuf.

XIII.

Rayons et brumes.

Pour la première fois peut-être, une sorte de sérénité illuminait l'âme du pauvre coutelier. Il avait repris une ardeur nouvelle à l'ouvrage; à peine le jour était-il paru qu'on le voyait debout à son étau ou penché sur sa meule.

Ses bras étaient d'autant plus agiles que son âme était allégée... La fatigue provient du découragement : c'est pourquoi l'homme heureux ne se lasse jamais. Jean n'était point un commerçant très ambitieux; il comptait plus sur le temps pour amasser un morceau de pain, que sur des affaires brillantes et rapides, comme on entend les faire aujourd'hui, que tout le monde a hâte d'arriver. Aussi avait-il pris pour enseigne obligée : *Au gagne-petit*. Bien qu'il fût de ceux qui se disent, soir et matin, avec cette patience et cette tenacité qui sont le génie de cette espèce d'homme : Ne laissons pas chez nous pénétrer la misère n'étant rien qu'un vendeur dont voici la devise : un plus un valent deux, avec cela je bats l'idéal maladif qui dit que le commerce est chose prosaïque, Jean n'était cependant pas cupide; il voulait vivre. Ah bah! laissons hurler cet affamé rêveur, le sou criera toujours haro sur l'écu d'or, ajoutait-il en riant, et la lime mordait dans le fer, et le grès dévorait l'acier. La roue ronflait dans la cave où se polissaient ciseaux et rasoirs, tandis que le coutelier chantait une romance qui alors courait les rues : *Ce qu'il me faut à moi, c'est toi.* Il n'est pas difficile de deviner de quelle pensée était préoccupée l'âme de Jean, alors qu'il fredonnait cette romance du carrefour.

La coutelière, de son côté, était en proie

à une lutte terrible. Tant que son amant ne lui avait point fait d'aveux; tant que son amant n'avait été qu'un rêve, elle l'avait envisagé en souriant, à travers un prisme d'illusions dorées, comme un enfant rêve du ciel; mais depuis ce jour où de Bourgneuf avait mis le pied dans la maison du coutelier, Hélène était inquiète; les tourments avaient chassé l'ennui de son cœur, c'est vrai, mais ces tourments inquisiteurs commençaient à lui faire regretter ses jours d'ennui. La lettre qu'elle écrivait ce jour-là à de Bourgneuf explique assez l'état de son âme. Hélène écrivait :

Monsieur,

« Je voudrais bien ne pas vous connaître; je voudrais bien ne pas vous avoir « entendu. Depuis quelque temps je me « crois comme étrangère chez moi, je « n'ose supporter le regard de mon mari. « Sa voix me cause des tressaillements « inexplicables. Ses intérêts me semblent « étrangers. Je ne m'intéresse ni à son « travail ni à son commerce; à peine si « j'ose approcher de sa table, qui semble « n'être plus la mienne; l'air de ma « chambre est plein de contrainte, « plein de mensonges; je me sens lâche « et indigne; je me reproche jusqu'aux « robes, jusqu'aux vêtements, que mon « mari a eu tant de mal à gagner, et « qu'il me donne, lui, avec tant de gaîté. Je « me sens coupable en voyant ce qu'il « souffre. Je me sens indigne en le trompant, et je n'ai ni la force de m'enfuir « ni celle de rompre avec une passion « qui m'est déjà si douloureuse. La « femme serait-elle faite pour l'esclavage! J'ai appris, monsieur, que la « dame du jour de Pâques était une « femme..... Comment une femme peut-« elle descendre à un tel rôle, à un tel « état, à un tel abaissement de sa di-« gnité, de sa pudeur; et comment peut-« on estimer une pareille créature. On dit « cependant qu'il y a des hommes qui se « ruinent pour ces femmes-là. S'il en est « ainsi, qu'est-ce donc que l'amour? Ceci « me semble un contrat passé entre la « faiblesse de l'un et les calculs de l'autre. Puisque vous la gardez auprès de « vous, monsieur, vous l'aimez donc? « pourquoi la garder si rien ne vous lie? « donnez-lui un morceau de pain et faites-« la s'éloigner. De quel amour m'aimez-« vous donc, si vous persistez à la rete-« nir auprès de vous? vos chaînes sont « volontaires, tandis que les miennes... « Ah! si j'étais libre! Mais non, je n'ai « pas le droit d'exiger un tel sacrifice de « vous : que pourrais-je vous donner en « retour; et puis, je sens que ce conseil « est d'un cœur méchant. Quand on pense « mal, on agit mal. Il y a, monsieur le « comte, entre nous deux un abîme in-« franchissable : la fortune.

« J'appartiens au mariage, à un mari « bon et dévoué, exigeant, sans doute, « mais comme il accomplit son devoir, il « est juste qu'il réclame ses droits. Je « n'ai ni père ni mère; j'ai été élevée « par la charité d'une vieille femme qui « me reçut des mains d'un malheureux « que l'on conduisait à l'hôpital où il « mourut, m'a-t-on dit : ce malheureux « était mon père. Voilà tout ce que je « sais de mon origine et de ma famille... « mais le plus grand des malheurs, je « le sens aujourd'hui, c'est de ne pas « avoir un état.

« Sans état!

« Ces deux mots contiennent un monde « de honte et de tourments : de honte, « car ils me disent : Si tu quittais ta mai-« son, ton sort serait de remplacer au-« près du comte cette femme que tu « méprises; de souffrances, car tu se-« rais condamnée en obéissant à ta passion à manger le pain du mari que tu

« tromperais. Pas d'amour sans liberté ;
« pas de liberté sans un métier.

« La ruse et le mensonge ne sont pas « dans mon caractère, ils n'y seront « jamais. Dans l'alternative où je suis de « vous suivre avec la honte ou de manger « le pain de la trahison, comme tant de « femme lâches, avec le mari qu'elles « dupent, monsieur le comte, j'aime « mieux encore me soumettre au joug du « devoir qui m'a surprise dans l'igno- « rance où j'étais de ce qu'il m'imposait.

« Dieu, qui ne veut pas que je sois « heureuse, m'ordonne de vous oublier. « Le pourrai-je jamais? aidez-moi, mon- « sieur, dans cette résolution désespé- « rée.

« HÉLÈNE. »

Hélène n'avait rien de vulgaire en elle: femme de sentiment pur, sans notion arrêtée sur le devoir, capable d'affection héroïque, elle était incapable d'un vice. La honteuse spéculation, qui fait ressembler tant de femmes à des reptiles venimeux, ne pouvait lui suggérer aucun compromis avec sa conscience. Le jour où la peur lui arracha ce cri : mon ami! en se jetant dans les bras de son mari, fut pour elle le jour d'une lumière terrible; car son éclat lui montra ouvert et profond tout un abîme d'abjection. Elle s'était dit : Tous les jours, toutes les nuits vont donc ressembler à cette nuit dont j'ai honte; non, plutôt mourir! et quand la vieille Catherine lui serra la main en lui souhaitant le bon soir comme d'habitude, madame Jean avait senti que ce pressement de main avait quelque chose de tendre, d'affectueux, quoiqu'un reproche de mère éclatât dans son regard. Ainsi, pensait Hélène, je ne suis déjà plus maîtresse de mes secrets, et déjà j'inspire la pitié et le blâme.

Daniel, en fouillant dans sa besace pour en retirer un morceau de pain comme il rentrait au garni, en retira un chiffon de papier tout sale et tout frippé. Il l'ouvrit, le déploya et lut ces quelques lignes :

Monsieur,

« La séduction rôde autour de votre « demeure et la trahison rit à votre « chevet. »

Ces lignes étranges n'étaient point signées.

Cet atroce billet fit monter le sang au visage du vieux vagabond. Il avait oublié cette lettre que lui avait confiée Bécassine. Il ne lui fut pas difficile d'en connaître l'origine. Il vit de quel danger ces pauvres jeunes gens étaient entourés, et pensa qu'il était temps d'agir en conséquence. Sa résolution fut prise en une minute ; d'abord il résolut de ne plus quitter la place du Panthéon pour observer attentivement ce qui s'y passerait, pour surveiller les manéges de Bécassine, qui devait être en cette affaire le va-et-vient de l'intrigue ; toutefois, il jugea comme de Bourgneuf qu'il ne fallait rien brusquer. Il aurait donné sa besace et son bâton pour avoir une entrevue avec Hélène; son désir ne devait pas tarder à être satisfait.

De Bourgneuf faisait tout ce qu'il fallait pour se rendre insipide. Le pauvre comte ne réussissait pas dans le nouveau rôle qu'il s'était imposé. Lauretta le trouvait charmant et rempli d'esprit comme par le passé, elle redoublait de séductions, d'enjoûment, et réussissait quelquefois. Cette femme s'était mise aux emplois des grandes coquettes et elle avait remarqué que cela produisait un certain effet sur l'esprit de son amant, assez faible pour se piquer de vanité si ce n'était d'amour. De Bourgneuf, incapable d'une lutte dans laquelle il fallait opposer plus de force d'inertie que de colère, s'irritait et finissait toujours par plier. Il avait même fini par faire un accommodement avec sa double affection,

Catherine et Hélène.

celle du passé et celle du présent, quand il reçut la lettre de la coutelière.

De Bourgneuf, plus habitué à vivre qu'à réfléchir, fut d'abord un peu étourdi de cette lettre qu'il avait plutôt parcourue que lue. Il se mit à la relire une seconde fois. L'étonnement s'empara de son esprit; puis une troisième, et l'enthousiasme enivra son cœur. Bien qu'il ait vu plus de poésie que d'élévation dans l'expression des sentiments d'Hélène, le comte s'était dit: Une pareille maîtresse doit être un ange. De cette fois Lauretta sentit le contre-coup de la passion de son amant. De Bourgneuf négligeait ses visites de plus en plus, et elle s'aperçut que le sieur Bécassine était fort occupé par son amant; elle sentit qu'un mystère se nouait autour d'elle; qu'elle perdait de ses avantages et qu'il était temps de jouer quitte ou double. Elle arrangea donc une petite conjuration, qui lui réussit, sans lui être profitable.

XIV.

Les bons conseils.

Les jours se succédaient plus tristes que gais dans la demeure du coutelier.

Rien ne s'y passait de remarquable, si ce n'est qu'Hélène devenait de plus en plus rêveuse et son mari plus jaloux. De temps en temps, de Bourgneuf, sous un prétexte ou sous un autre, venait visiter l'échoppe; il accourait pour une acquisition, et revenait le lendemain chercher un livre ou un parapluie qu'il avait volontairement oublié. Hélène évitait la présence du comte autant que cela lui était possible; pourtant de temps à autre un billet passionné lui était glissé; elle le recevait avec joie, elle y répondait avec tristesse: c'est tout ce que son amour se permettait. Quelque instance que fît de Bourgneuf, jamais il n'avait pu obtenir de cette femme la promesse d'un rendez-vous, tant sollicité par lui, elle avait même cherché à le décourager. Mais de Bourgneuf, s'irritant de l'obstacle qui est le véritable aiguillon de l'amour, avait fini par prendre la chose au sérieux et à se croire véritablement amoureux. Il roulait dans sa tête mille projets insensés comme l'amour même, dont le moindre était d'enlever Hélène à son mari; mais comme il n'était pas secondé par la coutelière dans ses moyens extrêmes, il ne tardait pas à les mettre de côté. Une petite scène du coin de feu qui se passa, un soir, chez le coutelier, n'avait pas peu contribué à faire taire chez madame Jean les sophismes de la passion.

Le temps était fort triste dehors, triste et froid. Les passants étaient rares dans les rues; les boutiques s'étaient fermées de bonne heure. Daniel, las et découragé, s'était assis au pied de la grille du Panthéon pour se reposer; il s'y endormit. Jean qui rentrait par ce ciel si noir, en longeant la grille, s'embarrassa dans les jambes du pauvre vagabond et tomba sur lui. Le mendiant se leva vivement ainsi que Jean.

— Vous n'êtes point blessé, monsieur Jean? demanda Daniel.

— Non, et vous-même? répondit Jean.

— Ah! moi, murmura le mendiant, si je l'étais, cela au moins me dispenserait de chercher un gîte pour cette nuit: j'irais à l'hôpital. Bonsoir, monsieur Jean, fit Daniel, ramassant son bâton et s'éloignant.

— Tiens! c'est le bon mendiant qui passe tous les jours devant ma porte, s'était dit Jean. Il a une figure d'honnête homme, qui n'est pas si rare qu'on le croit généralement chez son espèce. Et il l'appela:

— Dites donc, brave homme?

Daniel s'arrêta.

— Où courez-vous comme ça? Il se fait tard; la nuit est noire et froide. Puisque j'ai failli vous écraser, fit-il en souriant, permettez-moi de réparer une maladresse. Venez, chez moi, vous vous réchaufferez un moment au coin de mon feu. D'ailleurs un bon verre de bourgogne chaud ne saurait vous nuire. Et si je vous retiens un peu tard, ce n'est pas le logement qui nous manque, nous trouverons bien de quoi vous faire un lit.

Dans cette proposition Daniel ne vit qu'une chose: Hélène.

— Tiens! femme, voici un hôte que je t'amène, dit Jean, en entrant chez lui.

— Qu'il soit le bienvenu, répondit Hélène, en jetant un coup d'œil prompt et discret sur le vieux vagabond.

— Tenez, père, mettez-vous là, fit le coutelier, en lui présentant une chaise.

— Oui, bon père, mon mari a raison, mettez-vous au coin du feu, tandis que je vais aller à la cave.

— Non, Hélène; je ne veux pas que tu t'exposes à descendre à la cave à l'heure qu'il est. J'y vais moi-même, ma petite femme. Jean sortit.

— Vous avez là un excellent homme, madame, dit Daniel, s'adressant à la coutelière.

— Excellent! oui, mon père, excellent!

— Si la bonté de l'un fait le bonheur de l'autre, vous devez être bien heureuse.

Hélène garda le silence ou fit mine d'être occupée à servir.

— Il est vrai que le bonheur insaisissable comme l'air, fugitif comme les vents, invisible comme l'âme, est assez énigmatique et qu'on ne sait pas encore lequel est le plus heureux d'un gueux comme moi ou d'un roi entouré d'hommages, comme celui qui loge aux Tuileries.

L'accent intime avec lequel le vieux vagabond colora cette réflexion porta le trouble dans le cœur d'Hélène. Elle se demandait : est-ce une raillerie, une question ou une menace ? Elle aventura un regard sur le vieillard. Son visage exprimait la gravité et la tristesse. Elle reprit confiance. Jean revint. Il fit un signe à Hélène qui dressa la table, tandis que son mari débouchait une bouteille et versait à boire. En passant derrière sa femme, Jean lui prit la taille et l'embrassa. Hélène s'y prêta de bonne grâce ; ce qui rendit le pauvre coutelier d'une gaîté d'enfant.

— Tout n'est peut-être pas encore désespéré, pensa Daniel. Il y a encore des chances pour que la paix revienne au sein de ce jeune ménage, sinon le bonheur. Et comme il souriait, Jean s'écria en lui montrant Hélène :

— Voilà ma fortune, mon soleil! Il y a bien par-ci par-là quelques nuages, mais cela passe vite.

— Des nuages ! et quel ciel en est exempt ? répondit le vieux vagabond. Le ciel des amoureux surtout est le plus fertile en orages.

Hélène regarda le mendiant à la dérobée. Daniel la regarda d'un regard profond qui la fit tressaillir. — Cet homme connaît l'état de mon cœur, pensa-t-elle. Jean baissa la tête ; sa poitrine se serra comme pour donner jour à un gros soupir, puis il jeta un coup d'œil attendri sur le vieux vagabond, comme à un vieil ami à qui l'on va ouvrir son cœur. Daniel devint pensif. Il y eut un moment de court silence, dans lequel chacun semblait avoir fait ses confidences, où l'on semblait se recueillir pour une solennelle expansion. Daniel rompit le silence, tandis que Hélène servait et que Jean versait à boire.

— Quand on rencontre un homme de mon âge, marchant toujours le même pas, traînant les mêmes guenilles, sales ou propres, le même costume et le même visage indifférent, nonchalant, le passant se dit ordinairement ceci :

— Ces gens-là n'ont point eu de berceau, n'ont point eu d'amour ; ça n'a eu ni enfance, ni jeunesse, ça ne se couche pas, ça ne se déshabille pas, c'est venu au monde comme ça ; ça ne doit même pas vieillir. C'est comme le bon Dieu, ça n'a pas de commencement, ça n'a pas de fin. Pourtant, mes enfants, tel que vous me voyez, je suis marié. J'ai une femme, une femme riche et belle, et je mendie...

Les deux époux se regardèrent.

— Moi aussi, j'eus des peines, des peines qui m'ont brisé l'âme. Mais bah ! je ne veux pas vous attrister ; parlons d'autre chose. Comment vont les affaires ? gagne-t-on beaucoup dans votre profession ? j'espère qu'elle est plus lucrative que la mienne, quoi qu'en pensent certaines gens dont l'opinion est que tout mendiant est capitaliste, qu'il a des pièces de cent sous plein sa paillasse, en admettant que le malheureux en ait une, qu'il les entasse dans des pots à beurre, dans de vieilles savates, dans de vieux bas, et qu'il enveloppe ses louis d'or dans de petits linges qu'il cache ensuite sous les carreaux de sa chambre qu'il décarrelle à cet effet. Tout mendiant est un Crésus, un avare. Cela est reçu. Un farceur a inventé cette histoire, et les imbéciles la racontent aux niais qui la croient.

Jean se prit à rire.

— Il y a encore une chose que vous oubliez, bon père, c'est que l'égoïsme se fait une cuirasse impénétrable de ces histoires ridicules, pour dispenser le cœur de s'attendrir. On rencontre un pauvre et on se dit : Bah ! il est plus riche que moi ! et on passe, heureux d'avoir donné une raison à son insensibilité.

— Il y a, continua Daniel, dans cette misérable profession, autant de genres qu'il y a de caractères, d'individualités. Les relations comme dans toutes les positions, n'importe où vous les preniez, décident souvent de l'élévation, de l'abaissement et de la tournure en général que vous donnez à votre industrie. La destinée humaine est de barboter éternellement dans l'ornière de la routine. Les hommes sont rares si l'espèce est commune. Le caractère trempé de volonté, de lumière et de probité, est long à se faire jour, surtout s'il veut traverser sur la route des siècles ce bétail haletant, qu'on appelle des hommes et qui suit sa marche comme l'eau aveugle sur la pente où elle se précipite... Que de malheureux depuis le bureau de charité jusqu'à la prison de Villers-Cotteret! que de larmes dans les yeux, que de froid dans le cœur, que de fantômes effrayants, menaçants et désespérés dans l'esprit! Les artistes à cet endroit sont aussi bêtes que nos législateurs qui font les lois, aussi niais que l'épicier qui juge. Voyez-les peindre un pauvre, à quoi s'appliquent-ils? à faire une belle tête de vieillard, des haillons artistement drapés, un paysage splendide, du soleil et de la verdure; leur mendiant ressemble à un saint déguisé. Mais il faut plaire, il faut être agréable. On n'est pas vrai, mais on est bourgeois. L'argent est bourgeois, la critique est bourgeoise, l'admiration est bourgeoise, l'acheteur est bourgeois, il faut bien que l'art soit bourgeois, il faut bien que l'artiste soit bourgeois et qu'il bourgeoisise ses crayons et ses toiles. Soit! mais alors il me semble que ces messieurs devraient peindre les amateurs du *Journal des Modes* et laisser en paix le vagabond, arrangé pour le salon et *au point de vue de l'art.*

Ici Daniel, s'échauffant, s'écria :

— Au point de vue de l'art! race de matérialistes, barbouilleurs sans âme qui montrez au monde endurci des mendiants agréables à voir, des gens presque heureux. Mensonge, qui crée la sécurité chez les stupides vêtus de soie, chargés d'or dans leurs équipages luisants. Le mendiant au XIXe siècle est une plaie au cœur de la société. Où sont-ils les mendiants, vigoureux chenapans, voleurs et assassins des premiers siècles et du moyen-âge où la société civile n'était pas fondée, où tout le monde volait et mendiait, depuis le haut baron jusqu'à l'évêque. Le baron conduisait ses hommes d'armes sur les grands chemins, l'évêque organisait ses mendiants sous le titre : moines et capucins, pour exploiter la grange et la cave : la rançon et la dîme, voilà toute la société au moyen-âge jusqu'au XVIIIe siècle. Mais aujourd'hui que le monde a droit d'avoir sa place au soleil, aujourd'hui que l'âme s'est fait jour, que la chrysalide a rompu son linceul, aujourd'hui que la société est de plus en plus chrétienne, où il y a place pour les forts et protection pour les faibles, où la fraternité guide l'égalité et la liberté dont elle est mère, expliquez-nous donc, artistes, par quelques toiles vigoureuses, touchantes et poétiques comme un symbole, comme une incarnation, la mendicité au XIXe siècle! Avez-vous des yeux, ouvrez-les. Voyez ce triste aveugle qui marche à tâtons en plein jour, jouant de la flûte, sans un chien même pour guider ses pas. Un chien coûte à nourrir; il mendie en attendant qu'un fiacre ou un tilbury l'écrase. Ces enfants, garçons et filles, gelant sur les ponts, vêtus misérablement, les pieds mouillés, les membres rouges de froid, les joues bleues, les lèvres pâles, courant après les manchons et les manteaux, tandis qu'une femme, leur mère peut-être, fait du bruit avec un violon pour attirer les regards, ils mendient en attendant quoi? A quatorze ans vous rencontrerez la fille au détour d'une rue, vous barrant le passage sur le trottoir avec un sourire qui ne sera pas de son âge. Et le garçon? cela le regarde; s'il fait fausse route, les gendarmes sont là.

Voici de hideux éclopés, étalant toutes sortes de plaies au soleil et les traînant par les rues, hurlant des airs lamentables, au bruit de jambes de bois, de béquilles auxquelles se mêle la voix plaintive et un peu étudiée de *la charité s'il vous plaît!* poussée par une femme en guenilles qui va tendre de boutique en boutique son petit gobelet de fer-blanc. Cette femme à peu près valide est associée aux douleurs et aux profits de cette bande d'incurables qui étalent l'horrible pour appeler l'attention par le dramatique. C'est un genre. Quelle toile! la rue, la boue, la pluie, le brouillard, le soleil même, les passants renfrognés, le mauvais œil de la police qui les tolère et les traque. Les équipages brillants, la jeunesse riante, rose, jolie, bien tournée, bien parée; de robustes compagnons charpentiers, maçons ou tailleurs de pierre revenant du chantier et rentrant gaîment au logis. Tous les malheurs, tous les égoïsmes, toutes les joies; la vie d'un peintre n'y suffirait pas.

Pour dernier trait, l'abondance, la vie, la richesse, étalées partout, et l'œil convoiteux de la mendicité collé aux vitres des traiteurs et des marchands d'or.

Et que de passions à mettre en relief dans l'abaissement de ces âmes douloureuses, dans l'indifférence, le mépris ou la pitié qu'elles inspirent! La résignation des uns, la haine des autres, l'envie d'un certain nombre, et l'espoir écrit nulle part, sur aucun front, pas plus que le rayonnement dans aucun œil En deux mots, brisez le masque et peignez l'âme artistes!

Ah! continuait Daniel, s'apercevant qu'Hélène l'observait avec attention et que ces pensées n'étaient pas de celles qui se logent habituellement dans la besace d'un gueux, voilà une petite dame qui se demande : Mais ce pauvre qui mange à notre table et qui plaide si chaudement pour ses confrères, à quelle catégorie de ces malheureux appartient-il? Moi, madame, j'appartiens à la classe des incompréhensibles; je suis une sorte d'amateur, la fantaisie du genre, comme qui dirait un artiste. Il y a des mendiants de sacristie, des mendiants de cours, de portes cochères et de ruisseaux; moi, je suis le Juif-Errant... je glane partout et chez tous.

—Allons donc, vous ne buvez pas, père, fit Jean, au moment où Daniel suspendait son discours comme pour rappeler ses souvenirs. Il n'y a pas de peines si grandes que le bourgogne ne parvienne à noyer.

— Noyer! répondit le vieux mendiant, je n'ai jamais essayé de ce moyen, il est absurde de chasser une douleur pour prendre un vice. Moi, j'ai pris un autre agent : l'indifférence en toutes choses. J'ai connu le bien, j'ai senti le mal; je me suis assis au milieu d'eux et j'ai fini par les traiter comme de sots compagnons dont il fallait se débarrasser au plus vite. J'ai mis de côté tous ces besoins factices que donne la société, j'ai réduit les besoins de la bête, et depuis ce temps je vis ni heureux, ni malheureux, content d'un rayon de soleil et d'un morceau de pain, sans maudire même celle qui fait qu'il n'y a plus de cœur dans ma vieille poitrine.

La coutelière baissa les yeux. Jean devint rêveur. Tous deux attendaient que le vieux mendiant leur racontât son histoire, l'histoire qui avait perverti cette riche intelligence.

— Mais je vous attriste, reprit Daniel; c'est encore là un des avantages attachés à notre profession. J'en demande pardon à votre hospitalité.

— Tout ce que vous nous dites est rempli d'intérêt, répondit Hélène.

— Et je ne doute pas, reprit Jean, qu'il n'y ait un grand enseignement dans ce récit de vos chagrins, auxquels nous nous intéressons, ma femme et moi, et que nous vous prions de continuer. Ne vous inquiétez point de l'heure qui passe. Hélène vous a déjà préparé un lit.

— Non! dit le vieux vagabond, s'animant peu à peu; non, je n'ai pas toujours revêtu ces haillons, je n'ai pas toujours mené cette existence uniforme. J'eus un berceau comme les autres enfants, une jeunesse comme les jeunes gens... puis un amour... un seul, un seul... N'attendez de moi aucune plainte, aucune récrimination. Je veux être juste, raconter simplement.

J'avais dans ma jeunesse, je l'avoue, peu de penchant pour un métier manuel

Cela tient du reste à un événement de famille qu'il est inutile de vous raconter ici...

— Je le connais, interrompit Jean, qui avait assisté à la scène des ouvriers sur la place du Panthéon, à laquelle il ne voulut pas se mêler par un raffinement de sensibilité.

— J'avais appris un peu de musique, j'avais de l'adresse dans les doigts, continua Daniel, même, j'avais une voix assez agréable et du goût. Je me mis à râcler du violon dans les cours et à chanter. Cela me réussit et me permit d'adoucir les derniers instants de mon père vieux et infirme. Je n'étais ni artiste, ni ouvrier. Cela m'importait peu : je vivais à ma guise. Je n'en demandais pas davantage. Un jour... ici le visage de Daniel devint sombre, un jour dans une cour où j'avais quelques clients, je me trouvai en concurrence avec une jolie personne qui chantait en s'accompagnant d'une guitare. Elle était arrivée la première. Je l'écoutais en silence; je ne sais quel chemin sa voix prit ou quel écho me la renvoya, toujours est-il qu'elle s'empara de mon âme et qu'elle y resta tout entière : à ce point, que je jouais sur mon violon, que je chantais toujours et partout cet air, que je ne devais plus oublier. Quand elle eut fini de chanter, je vis les fenêtres s'ouvrir et les gros sous pleuvoir. J'eus alors une idée : je me précipitai sur la recette roulant de droite et de gauche sur les pavés, je la plaçai proprement sur ma casquette, et je vins ainsi la lui remettre, tête découverte et violon sous le bras. Cette action désintéressée d'un confrère qui rendait les armes la fit sourire et rougir tout à la fois. Je la quittai sans lui rien dire. Elle me dit au revoir, car les femmes ont plus de présence d'esprit que les hommes, fit-il en retenant le sourire sur ses lèvres. Cela tient sans doute au besoin qu'elles ont d'être toujours sur la défensive. Huit jours après, je revins à la même heure. Elle n'était pas encore arrivée. J'attendis et je la vis venir de loin. Je me cachai à ses regards, pour ne pas l'embarrasser. Elle entra dans la cour. Je la suivis; elle commença à chanter sans sa guitare; alors, me glissant à côté d'elle, je me mis soudainement à l'accompagner avec mon violon. Elle suspendit son chant une minute, pleine d'étonnement. Je continuai l'air sur mon instrument, en la priant de continuer. Ce qu'elle fit avec une telle grâce, avec tant de verve, en notes si justes, si inspirées, de son côté, mon violon avait une telle vibration, tant d'émotien, un tel accent, qu'en moins de cinq minutes, la cour était pleine de passants et les croisées peuplées d'hommes, de femmes et d'enfants. La recette fut énorme. Cette fois-ci, c'est part à deux, lui dis-je. Je l'entends bien ainsi, me répondit-elle. Et nous partageâmes fraternellement. Comme j'avais de la méthode, chose qu'elle ignorait complétement, elle me prit pour un homme du métier, pour un artiste. Ce fut bien autre chose, quand elle sut que je déchiffrais la musique assez rapidement, presque à première vue. Je lui vantai sa voix qu'elle avait fort belle en effet. Je lui appris comment il fallait la ménager et l'étendre, et je m'offris enfin de l'accompagner de ma personne et de mon violon. Nous fîmes un traité sur parole fort simple : nous partagerions les profits et pertes. Nous avions de l'ordre; nous nous mêlions peu à la société de nos confrères, que nous connaissions pour la plupart de mœurs fort relâchées.

Lauretta était svelte comme un peuplier. Sa bouche respirait la franchise; son grand œil noir, sa physionomie brune avait l'expression vive, animée des femmes du Midi.

J'en devins amoureux. Je le lui avouai. Elle me tendit la main, et me présenta à sa grand'mère qui l'avait élevée. Lauretta n'avait pas connu son père, et sa mère était morte jeune. Chanteuse comme sa fille qu'elle avait formée à cet art, elle lui avait laissé pour toute fortune sa guitare et le mauvais air des rues. La bonne femme me reçut d'abord avec un air de défiance qui me déconcerta.

Je sus depuis que cela tenait à la mauvaise opinion qu'elle avait des chanteurs ambulants. La bonne femme avait toujours espéré que sa petite-fille finirait par épouser un ouvrier qui la retirerait de ce méchant métier, où la mère de Lauretta avait perdu la vie : dans le désordre, les excès et la fatigue.

Je ne tardai pas à dissiper tous les préjugés de la pauvre vieille qui finit par avoir pour moi une estime particulière et dont elle ne s'est jamais repentie. Quand je lui demandai sa petite-fille en mariage, la bonne femme ne nous dit que ces quelques paroles :

— Enfin, mes enfants, Dieu veuille que vous soyez heureux!

Lauretta avait de belles boucles d'oreilles, une belle chaîne, des bagues; mais tout ça, c'était faux, c'était du chrysocale. J'avais eu l'occasion un jour de vérifier la légitimité du titre qu'étalaient ces joyaux d'apparat. Nous chantions tout le jour comme des rossignols et des rossignols amoureux, fit Daniel donnant cette fois pleine liberté à son sourire. Les gros sous tombaient comme la grêle. Nous étions proprement mis; notre attitude était modeste. Nous avions l'entrain de la jeunesse et le public se plaisait à encourager *ces jeunes musiciens qui avaient l'air si honnête*. J'avais fait des économies sur ma part, si bien que huit jours avant notre mariage qui se fit à Saint-Nicolas-du-Chardonnet, j'enlevai la chaîne en chrysocale, les boucles et les bagues, que Lauretta déposait tantôt sur la cheminée de sa grand'mère, car elle logeait avec la bonne femme, et tantôt sur la vieille commode de hêtre à dessus de bois, et je substituai à la place une chaîne, des boucles d'oreilles et des bagues d'or légitime, d'or pur. Quand je vins le lendemain matin, Lauretta, vint à moi, et me remercia avec une joie frénétique, et bien que je désirasse de la voir heureuse, je la trouvai alors trop heureuse. J'avais découvert en elle un côté faible qui me fit trembler. Il y avait comme du vertige dans son enthousiasme; il me sembla que mon cadeau la rendait plus joyeuse que mon amour. Je ne me dis certainement pas toutes ces choses, mais je les sentis, au point que je devins triste, et puis n'était-ce pas aussi ce malheureux sentiment de jalousie qui germait dans mon cœur pour l'empoisonner et rendre à tous deux notre existence si amère!... Oui, s'écria Daniel d'une voix désespérée, j'étais jaloux de Lauretta, au point de la rendre la plus esclave des femmes, au point de l'enfermer, de l'empêcher de sortir. J'avais mis cette pauvre hirondelle en cage. J'étais trop amoureux et trop jeune, surtout trop jaloux pour comprendre qu'il fallait beaucoup d'air à Lauretta, qu'au lieu d'amoindrir son ciel, il fallait l'étendre, partager sa fougue pour la fatiguer, exagérer ses plaisirs pour la conduire à la satiété. Elle aimait les spectacles? aller au spectacle. Le bal? aller au bal. Les promenades aux environs de Paris? aller aux promenades. Si j'eusse fait cela, je suis certain que Lauretta me serait restée fidèle. Quand la tête est occupée, le cœur est muet. Mais non, j'aimais cette femme avec un infernal égoïsme. Elle n'était pas ma femme, elle était ma prisonnière, je voulais qu'elle ne vît que moi, qu'elle ne vécût qu'en moi et pour moi. Je ne songeais pas que je devais être le complément de son existence au lieu d'en être le stationnaire. Cependant Lauretta changeait; sa grand'mère mourut; elle se trouva seule. Souvent je lui surprenais des larmes dans les yeux, que j'avais la cruauté d'interpréter à la façon de la jalousie : je lui attribuais une passion, des amants, des intrigues, que sais-je? Tout l'enfer, quoi! Si bien qu'une révolte soudaine s'empara du cœur de Lauretta. Elle finit par lever la tête qu'elle avait baissée jusqu'alors, sortit malgré mes ordres, brisant la serrure à coups de marteau quand je l'enfermais, allant chanter de son côté, moi du mien. C'était là comme une préface de notre séparation.... Puis un jour... je ne la revis plus... j'avais perdu ma femme. Je fus enragé, puis fou, puis désespéré. Un jour, après avoir

Daniel jeune.

couru sans savoir où, je m'assis sur un chemin à l'entrée d'une ville, ma casquette à mes pieds, et, plus loin, mon violon en éclats; car dans un moment de fureur, j'avais brisé sous mes souliers ferrés ce compagnon de mes joies, comme de mes douleurs, mon vieux gagne-pain enfin. Je me tenais la tête dans les mains et sur les genoux. Je ne sais combien de temps je restai ainsi; mais en me relevant, en levant la tête et rouvrant les yeux, je trouvai ma casquette chargée de sous que la charité publique y avait déposés. Dans cette lutte douloureuse, j'avais dépensé ce que j'avais d'énergie. J'avais perdu ma foi, tout me devint égal et j'allai, j'allai... la casquette ayant remplacé le violon. L'homme ne fut plus qu'un fantôme. Quant à ma femme... je ne vous en dirai pas davantage. Son histoire depuis la fuite de son ménage ne me regarde pas. Elle a cherché le bonheur à sa façon; l'a-t-elle trouvé? son cœur seul le sait. Puis il se fait tard, et vous devez avoir besoin de repos, vous qui travaillez. Daniel cessa de parler.

En se levant, le vieux vagabond vit le coutelier et Hélène essuyant chacun de son côté les larmes qu'il avait surprises tremblantes à leurs paupières.

Dans toute cette histoire, arrangée

Daniel chez Jean.

par le vieux mendiant, le plus vrai, c'est que Lauretta l'avait planté là pour suivre un financier, à qui succéda de Bourgneuf. Sa jalousie était pure invention ; on en devine la cause. Daniel aurait pu dire encore : Ma femme m'a délaissé en abandonnant une petite fille de quatre ans ; mais il paraît qu'il avait d'excellentes raisons pour n'en rien dire ; il aimait mieux attirer sur lui tout l'odieux de cette conduite. En se retirant, Jean lui avait serré la main comme pour lui dire : Merci du bon conseil. Hélène, après avoir conduit le vieux vagabond à sa chambre, lui dit ces singulières paroles :

— Que n'êtes-vous mon père ! Je suis seule comme votre Lauretta, et quelque chose me dit que vous connaissez le fond de mon cœur, et que je ferais mieux qu'elle.

— Oui, ma fille, j'en suis sûr ; mais défie-toi de tes illusions, répondit le vieillard avec cet accent de tendresse qu'un père seul peut avoir.

XV.

Les fils d'araignée.

Lauretta suivait avec une infernale adresse toutes les démarches du comte.

Bécassine faisait fortune. Quant au vieux mendiant, il avait fait dire à Lauretta qu'il avait été pour lever l'acte de décès du pauvre Daniel; mais, chose horrible, on lui demandait deux cents francs pour cela. La maîtresse du comte de Bourgneuf partit d'un grand éclat de rire en apprenant cette exigence des autorités civiles, et compta deux cents francs. Ce fut Bécassine qui les lui porta à son garni de la rue Mouffetard.

— Tu diras à madame que bientôt elle aura un acte en bonne forme, lui avait dit Daniel. Je me ferai un grand plaisir de le lui remettre moi-même.

Jean avait suivi les conseils du vieux vagabond, c'est-à-dire que le malheureux faisait des efforts surhumains pour vaincre sa jalousie, et qu'il menait sa femme partout où il y avait une nouveauté, un plaisir. Hélène suivait son mari avec calme, tâchant de s'étourdir, d'oublier, ayant l'air de s'amuser; elle semblait répondre aux préoccupations de son mari, elle semblait même le seconder dans cette tâche douloureuse; du reste, les bons conseils de Catherine ne leur faisaient pas défaut ni à l'un ni à l'autre. Nous avons oublié de dire que la vieille voisine avait assisté à la conversation de Daniel, le soir où Jean s'avisa de lui donner asile. Le vieux vagabond avait compris que cette excellente femme portait un intérêt profond à ce pauvre jeune ménage. Il lui avait même surpris des larmes dans les yeux quand il faisait l'histoire de sa prétendue jalousie. Un regard d'intelligence qu'elle lui lança lui fit sentir combien elle le comprenait, et lui savait gré de ce qu'il disait. Ce regard avait achevé de le convaincre, puis il avait deviné l'affection qu'on avait pour elle dans la maison, des soins presque filiaux que Jean et sa femme lui prodiguaient. Voilà pourquoi Daniel avait dit à la bonne ravaudeuse, en lui serrant la main :

— Bonne Catherine, tu ne reconnais pas le beau garçon Daniel, le joli musicien comme on disait alors. Voilà, fit-il en montrant son visage pâle et flétri, voilà ce que le temps fait de nous. Quant au reste, ajouta-t-il en secouant ses guenilles avec un sourire mélancolique, le reste c'est l'ouvrage de la bizarrerie dans le caractère; la faute des humains... Cette maison est pleine de trouble. Je m'en occupe, et puisque ma bonne Catherine est là, je suis sûr maintenant de rendre le repos à ces honnêtes et bons jeunes gens. Catherine, je vais te dire un secret; je n'ai pas besoin d'exiger de toi la promesse de n'en rien dire jamais... Hélène est ma fille. Quant à de Bourgneuf, dans quelques jours, Jean en sera débarrassé et Hélène aussi.

— Que Dieu le veuille, pauvre Daniel, avait répondu la bonne ravaudeuse.

— Puisque tu m'aides, j'en suis certain... Mais surtout que mon gendre ne connaisse pas que je suis son père, cela pourrait gêner et... faire rougir... Adieu, Catherine, adieu!

Daniel disparut tout-à-coup du quartier. Personne ne le revit plus. Lauretta n'en entendit plus parler. Le coutelier premenait en vain ses regards sur la place du Panthéon, il ne le rencontrait pas. Daniel avait quitté son garni.

Lauretta, sûre désormais de la mort de son mari, et sentant son influence sur de Bourgneuf lui échapper tous les jours, instruite de l'assiduité de son amant à se rendre à l'échoppe du coutelier, avait résolu de frapper un coup décisif; cette femme, atteinte dans ses sentiments et dans ses intérêts, n'y tenait plus. Elle était devenue sombre, parlait peu, rêvait beaucoup et avait fini par combiner les projets les plus noirs et les plus lâches. Voilà pourquoi un jour de carnaval elle disait à Bécassine, tout en marchant dans son appartement avec une grave agitation :

— Ainsi, tu es parfaitement sûr que ce mendiant est parti pour relever l'acte de décès du nommé Jacques Daniel?

— Oui, madame.

— Tu lui as bien remis les deux cents francs?...

— A moins de cela, madame, le vieux coquin ne serait pas parti.

Bécassine en voulait au vieux vagabond, parce qu'il lui semblait que ce concurrent lui était préjudiciable.

— Tu n'as pas manqué de lui dire que je tenais cent francs à sa disposition le jour où il me remettrait l'acte du mort?

— Oui, madame.

— Quelles nouvelles, à propos du comte?

—Il a été hier chez le coutelier, comme de coutume.

—Après?

—M. le comte lui a remis un billet d'entrée pour le bal masqué des Variétés.

—Pour le bal masqué?

—Oui, madame.

— Est-ce que le coutelier, le jaloux, voudrait conduire sa femme au bal?

— Oui, madame. Sa femme s'ennuie beaucoup, à ce qu'il paraît, et pour la distraire, il veut la mener danser. C'est tout naturel... quand on aime...

Lauretta se laissa tomber dans un fauteuil comme si la réflexion de l'astucieux Bécassine lui eût soudainement coupé les jambes.

— Et le comte? lui demanda-t-elle avec hésitation, comme redoutant une affreuse découverte.

— M. le comte, répondit Bécassine, sans la moindre émotion, M. le comte ira au bal, madame. Et vous?

—Lauretta se prit à sourire en regardant le diabolique personnage qui la regardait d'un œil phosphorescent.

— Et nous aussi, s'écria-t-elle en se redressant tout d'une pièce.

Puis, courant à son secrétaire, elle en tira de l'argent et lui dit:

— Tiens! tu prendras un costume de pierrot. Tu t'enfarineras le visage. Non, prends un masque. Il ne faut pas que le comte te reconnaisse. Voici ton rôle : tu accosteras le coutelier, tu le prendras à part : Un homme rôde tous les soirs autour de son échoppe; on aime sa femme ; tu l'intrigueras de façon à remuer la jalousie dans son cœur et à le faire éclater.

— Oui, madame.

—Moi, je vais prendre un domino noir. A ce soir, pars, et fais vite.

Bécassine ne répondit rien, sortit et cligna de l'œil en quittant Lauretta, ce qui voulait dire : Soyez tranquille, c'est compris.

Comme il arrivait sur le boulevart, Bécassine rencontra le comte, qui lui dit :

— Bécassine, mon garçon, voilà cent francs; tu es intelligent, tu iras cette nuit au bal des Variétés; tu prendras n'importe quel costume; tu accosteras le coutelier, qui y sera avec sa femme.

Ici Bécassine se permit un imperceptible sourire.

Tu le feras boire, tu le feras rire, tu lui raconteras des histoires; enfin tu l'occuperas comme tu pourras; mais il faut l'occuper, tu m'entends?

— Oui, monsieur le comte.

—Si tu manquais d'argent, tu m'en demanderais. Jean sera probablement déguisé; je te l'indiquerai dans la foule; moi je serai en débardeur ; tu m'as entendu?

—Et compris, répondit Bécassine.

—C'est bien, à cette nuit donc.

—Je vais donc la voir dans la foule où l'on est seul, presque seul, se disait de Bourgneuf à qui ce bonheur de pouvoir causer avec Hélène était si rare. Je vais lui prendre la main, danser avec elle, la serrer dans mes bras au bruit de l'orchestre enivrant, et me venger de ce maudit homme.

De Bourgneuf, en effet, en voulait à ce

maudit homme qui veillait sa femme comme un avare un trésor. De son côté, Bécassine se disait : Depuis un an j'ai pêché quatre mille francs dans ces vilaines eaux troubles. Ça me fait deux cents livres de rentes. Le poète, mon voisin, qui a fait un volume de poésies morales, meurt de misère. Comme le ciel est juste ! c'est effrayant! Le sang de la joie illumina comme un éclair la face jaune de ce nouveau rentier, puis il reprit son allure accoutumée en composant son rôle. La vieille ravaudeuse mettait silencieusement une lettre mystérieuse à la poste. Quand le personnage à qui elle était adressée la reçut, il descendit en toute hâte chez le perruquier voisin, se fit couper les cheveux et la barbe qu'il avait fort longs, entra chez un fripier, s'habilla tout en noir, chaussa des souliers vernis, prit des gants magnifiques, du linge superbe, endossa enfin tout ce qu'il y avait alors de plus élégant. Depuis le jour de ses noces, et il y avait de cela à peu près vingt-cinq ans, ce personnage n'avait pas revêtu un pareil costume. Quand il fut bien lavé, bien pommadé, bien coiffé, il sortit fermant à peine la porte d'un logement qu'il avait faubourg du Temple en disant : Nous ne nous quittons pas, mes chères guenilles, au revoir ! A bientôt. Il prit un cabriolet des plus brillants et se rendit au bal des Variétés. Le coutelier avait voulu que sa femme fût brillante ; pour lui, il vêtit un simple costume de bal. Pourtant le rire les prenant en route, il fut convenu que Jean mettrait un faux nez. Cette idée avait tellement fait rire Hélène dans le sapin qui les conduisait au bal des Variétés, qu'il ne put résister de pousser la plaisanterie jusqu'au bout. Disons en passant que les bontés du coutelier triomphaient peu à peu de l'indifférence de sa femme; comme l'avait pensé Daniel, il y avait des chances pour un retour.

XVI.

Les Variétés.

Nous peindrons rapidement le bal des Variétés : musique à faire danser la mort, du bruit, des sottises sous le nom d'amusement, la folie déguisée, une grande fatigue que devait suivre un grand dégoût.

A une heure du matin tout le monde était à son poste. Lauretta rôdait comme une hyène affamée. Bécassine était fort bien campé dans son déguisement de pierrot, on eût dit Débureau, le célèbre mime des Funambules. Il attendait, immobile dans un coin de la salle, un signe de son maître ou de Lauretta. De Bourgneuf dans son costume de débardeur parcourait le théâtre de bas en haut pour y rencontrer Hélène. Elle arriva avec son mari au moment d'un grand galop. Jean, peu habitué à pareil spectacle, eut en entrant une sorte de malaise, suivi d'un grand éblouissement. Tout-à-coup le débardeur bondit de l'amphithéâtre dans le parterre, frappa sur l'épaule du pierrot silencieux et lui dit à l'oreille :

— Les voici ! et disparut soudain.

Alors le pierrot se mit en marche avec lenteur et commença à tourner comme une orfraie autour du coutelier, rétrécissant de plus en plus son mouvement de circonvolution.

La musique grise, Hélène ne tarda pas à s'en apercevoir, la danse l'emportait, presque heureuse ; cependant elle ne pouvait s'empêcher de former un vœu: elle souhaitait la présence de Bourgneuf. Jamais Hélène n'avait été plus jolie, son costume lui allait à ravir, et tout le monde admirait sa grâce, son pied mignon, sa légèreté. L'ivresse avait fini par gagner même le pauvre coutelier : il dansait.

Lauretta frémissait sous son domino noir. L'orchestre faisait un bruit d'enfer; les voix, les pieds, les rires, les propos débraillés, les pas excentriques, les parfums, la lumière, tout conspirait pour l'ivresse générale. Sur les trois heures du matin le pierrot frappa sur l'épaule du coutelier qui en ce moment se promenait au milieu de la foule, et lui dit :

— Beau masque, je te connais; mon bon homme, vous l'êtes... Jean se retourna sur ces paroles et se mit à sourire au pierrot. Le pierrot continua....

— La preuve, c'est qu'on l'a vu rôder à pas de loup sous vos croisées, le soir. Autre rire de Jean.

— Il allait et venait, clignotant la paupière, drapé, ne laissant voir que le bout de son nez et que le coin d'un œil. Ah! monsieur, quel malheur pour un honnête homme d'avoir une jolie femme! C'est comme moi, monsieur, l'an passé, moi pierrot, l'âme ardente et sans bruit, leste, le nez au vent, je me glissai le soir, guidé par les amours, conduit par l'espérance, sous les rideaux épais d'une fille superbe. Ah! monsieur! quels regards! deux vrais globes de feu, et des petites mains à faire se damner un pape. Elle avait un défaut : celui d'être jalouse, au point qu'elle voulait que je l'épousasse. Monsieur, le croiriez-vous, cette fleur de seize ans, en me jetant au cou ses bras de neige, ne cessait de répéter : Pierrot! pierrot! mon amour, je mourrai si jamais tu prends une autre femme! Où tu vis, je vivrai, ma famille, c'est toi! pierrot, mon bien-aimé... mon amant!... La traîtresse... c'était, je vous l'avoue, une belle maîtresse, un de ces blancs démons qu'on aperçoit à peine, que l'on cherche et qui fuient, un rêve auquel on croit et qui nous a charmés dans nos heures moroses, un lutin émané du calice des fleurs! Monsieur, la vie est triste! Une nuit que j'errais, hélas! tel est le fait que jamais on ne croira, je la vis, elle au cœur brûlé de jalousie, à travers ces vitraux donner force baisers et point ne marchandait à M. de Bourgneuf, lequel les lui rendait. Sur mon front consterné, jugez du coup de masse! La drôlesse en riant lui frisait la moustache. Oh! monsieur, que je suis malheureux. Cela doit terriblement vous consoler : vous voyez bien que vous ne l'êtes pas seul...

Jean ne répondit pas. Le pierrot que ce silence inquiétait fit une pirouette sur les talons et disparut dans la foule.

Pendant cette scène, Hélène dansait avec le débardeur, qui lui disait :

— Hélène, je vous aime, je vous aimerai toute ma vie. Hélène, pourquoi ne voulez-vous pas me donner un rendez-vous pour demain, me laisserez-vous donc mourir de langueur et d'ennui. Hélène, ne veux-tu donc jamais être à moi.

— Cela est impossible, répondait Hélène.

— Je t'emmènerai où tu voudras, nous fuirons.

— Taisez-vous donc, monsieur, si mon mari vous écoutait.... et cette dame qui est chez vous....

— Je la renverrai en lui faisant une pension....

— Ce n'est pas de cela que je voulais vous parler... répondit Hélène, qui avait compris toute une vie d'abjection dans ce seul mot : je la renverrai. Je voulais vous dire que, si elle était ici, elle pourrait bien se venger en vous voyant danser avec la coutelière.

— Elle ignore ma présence aux Variétés.

En ce moment un domino noir passa derrière le comte et lui dit tout bas :

— Tu te trompes, beau masque. Et il disparut. Un avant-deux ne permit pas à de Bourgneuf de poursuivre le domino noir. Jean venait de tomber dans une rêverie qui menaçait de devenir fatale. Cet homme m'aura tendu un piége, pensait-il. Le domino noir passa près de lui et lui dit à l'oreille :

— De Bourgneuf fait danser ta femme, prends garde qu'il ne te l'enlève. Il lui en conte. Jean se retourna, le domino disparut.

— Tout le monde nous connaît donc ici? murmura le coutelier; puis il se mit à chercher sa femme.

— J'ai gagné mon argent, se disait Bécassine, en se régalant d'un verre de punch; j'ai raconté l'histoire et j'ai occupé le pauvre homme, qui se promène à l'heure qu'il est comme un tigre altéré. Cette Lauretta est décidément une femme très politique.

Bécassine ôta un moment son masque pour s'essuyer le visage. Un homme de cinquante ans, le regard sûr, la démarche ferme, s'approcha de Bécassine qui avait remis son masque et lui dit:

—Pierrot, il faut ici me désigner trois personnes.

Le pierrot, portant un œil attentif sur le personnage qui lui parlait d'un ton à vouloir être obéi, garda un moment le silence avant de se décider à répondre. Le personnage non masqué regarda le pierrot à travers les trous de son masque de façon à faire trembler celui-ci. Bécassine répondit:

— Quelles sont ces trois personnes?

— Hélène, Lauretta et de Bourgneuf.

— Je m'en doutais, murmura le pierrot; alors suivez-moi.

Et, en route, il lui dit:

—Vous avez laissé dix de vos années dans le plat à barbe du perruquier, vraie fontaine de Jouvence; n'est-ce pas, Daniel?

— Tiens! prends cette pièce d'or, malheureux qui ne peux vivre que du mal que tu fais.

— Tu te trompes, mendiant, répliqua Bécassine, je vis du mal que font les autres.

—Allons, tais-toi et marche! un louis par personnage.

— Soit! fit Bécassine. Voici d'abord Hélène, dit-il, en lui désignant un joli domino rose qui se promenait au bras de Bourgneuf.

— Madame, votre mari vous cherche, dit le vieux vagabond tout bas à l'oreille d'Hélène; puis il appuya fortement son pied sur le pied du comte de Bourgneuf. De Bourgneuf fit un cri en se rejetant en arrière.

— Pardon, monsieur le comte, fit Daniel en s'emparant du bras d'Hélène fuyant et se perdant dans la foule, laissant de Bourgneuf stupéfait de cette aventure.

— Mon enfant, dit alors le vagabond à Hélène, fuyez au plus vite ou vous êtes perdue! votre mari en sait trop déjà. Il y a ici une femme qui cherche à se venger de vous. Le comte de Bourgneuf peut se ruiner pour un caprice; mais ne comptez jamais sur son amour. Il n'en a pas pour vous. Hélène quitta le bras du mendiant, qu'elle ne pouvait reconnaître, mis comme il était, et s'élança vers son mari, qui de son côté la cherchait.

— Ce bal m'ennuie!... Tout le monde ici se croit en droit de vous dire mille impertinences que je ne veux plus entendre! s'écria-t-elle en jetant un regard d'inquiétude sur l'homme qui venait de lui parler ainsi, après avoir insulté son amant. Jean, rentrons chez nous. Jean ne répondit rien et emmena sa femme.

— Voici Lauretta, dit Bécassine, au mendiant.

— C'est bien! tiens, voici le prix convenu; nous sommes quittes.

Lauretta attendait un esclandre de la part du coutelier, et une leçon pour de Bourgneuf. Le vagabond s'approcha d'elle au moment où elle suivait du regard la coutelière, qui sortait du bal, avec son mari, bras dessus, bras dessous. Ceci l'étonna, pourtant elle était sûre que Bécassine avait bien parlé, c'est-à-dire mal. Dans le trouble où elle était, elle chercha après le comte. Quand elle le vit, un monsieur pour la seconde fois venait de marcher sur les pieds de son amant, et de Bourgneuf disait en ôtant son faux nez:

— Mais, monsieur, c'est la seconde fois.

— Oui, monsieur, répondait Daniel.

— Mais, monsieur, vous avez donc une raison de m'insulter ?

— Monsieur, nous sommes rivaux.

— Comment cela ?

— Nous aimons la même femme. Ici Daniel se pencha à l'oreille de Bourgneuf et lui dit quelques mots auxquels celui-ci répondit :

— Eh bien ! monsieur, demain, soit... j'y serai ; puis il disparut. En se retournant Daniel se trouva en face du domino noir.

— Et toi, beau masque, lui dit-il en la prenant sous le bras, n'as-tu rien à me demander ?

— Non, rien ! rien, fit Lauretta, en regardant ce visage qui lui rappelait, vaguement, il est vrai, des souvenirs lointains.

— Pourtant quelqu'un vous a promis un acte de décès. Cet acte, le voici, fit le vagabond en lui présentant un acte en effet.

Lauretta prit ce papier des mains du mendiant, le parcourut des yeux avec rapidité et poussa un cri en le lui jetant au visage. Cet acte était l'extrait de mariage de Jacques Daniel, musicien, et de mademoiselle Dufort Lauretta, chanteuse. Et cet homme qui le lui présentait était Jacques Daniel lui-même. Le mendiant s'empara du bras de sa femme et lui dit :

— Je t'avais promis un acte de décès, n'en est-ce pas un en effet ? Dans cet acte j'ai enfermé ma vie en y enfermant mon amour, mon repos, mes espérances, tout le bonheur qu'on rêve sur terre et que tu m'as pris pour suivre cet homme riche, en abandonnant une enfant que tu aurais fait tuer, si je ne m'étais pas trouvé là, une enfant qu'une pauvre femme a prise de mes bras mourants, un jour qu'un sergent de ville me ramassait pour me conduire à un hôpital. Cette femme, cette étrangère a élevé notre enfant... Cette enfant, tu ne la connaîtras jamais, pas plus qu'elle ne me connaîtra. Ta honte, à toi, ce sera de savoir que tu as une fille que tu ne dois pas regarder en face... Ma douleur à moi, c'est de connaître ma fille, et de ne pas être connu d'elle. Je suis mort. Cependant, Lauretta, tu feras bien de renoncer à tes rêves de mariage, car au besoin ce mort ressusciterait. Adieu !

Va, coquette sans cœur, le jour n'est pas loin où tu seras aussi à plaindre que ce malheureux qui tousse là-bas sous son costume de pierrot. Seulement, si tu as un peu d'or, conserve-le avec soin. Songe que tu n'as pas d'état, et que déjà tu es vieille pour le métier des amours.

— Daniel ! répétait Lauretta, Daniel, tais-toi ! grâce ! ne me poursuis pas de tes malédictions que le ciel entendrait : ta parole est juste... Daniel ! Daniel ! ne me maudis pas !

— Bécassine, fit le mendiant, voici le dernier ordre que te donnera madame. Va chercher un cabriolet.

— Je m'étais toujours douté, fit celui-ci obéissant, que ce prétendu Claude n'était autre que ce Jacques Daniel. Il paraît que ce gueux de ressuscité vient mettre fin à mes aubaines.

XVII.

Le réveil.

En rentrant au logis, l'âme des deux époux était dans un état d'angoisse inexprimable. Chacun pensait et souffrait à part soi. Jean se disait : Je suis lâche d'aimer. — Hélène se disait aussi : Un cœur bas peut tromper. Le lâche seul veut l'être, murmurait Jean. Puis, après cette réflexion plus de l'esprit que du cœur, sa passion pour Hélène reprenait tout son empire, et il se disait : Oui, oui, cet homme a raison : on rôdait par ici. Ils s'étaient donné rendez-vous à ce bal où j'ai fait une si triste mine. Ce masque, quel intérêt avait-il à me souffler toutes ces choses à l'oreille? Ah! j'y suis; il en veut à de Bourgneuf qui lui a enlevé une maîtresse. Après?... Ce n'est pas une raison... La raison, c'est qu'il compte peut-être sur quelqu'un pour le venger. Ce masque est sans doute un lâche qui ne serait pas fâché de voir tenir par un autre l'épée dont il n'ose se servir. Et puis, qui est-ce qui me dit, par cette même raison, qu'il ne me faisait pas un mensonge pour me monter la tête? Il faut se défier de tout dans cette vie... Et ce domino noir qui m'a dit à l'oreille le nom du comte... Bah! c'est peut-être un jaloux comme moi. Si je provoquais une explication chez Hélène! à quoi cela aboutirait-il? ou elle mentira, ou elle avouera. Et alors... d'ailleurs au milieu de tout cela, elle peut bien être innocente. Je veux qu'elle se taise, je ne veux rien savoir. Seulement, puisque je fais tant de traîner ma chaîne, faisons en sorte de ne pas trop hurler.

Jean venait d'avoir la pensée d'un sage et la résolution d'un héros. De son côté, Hélène cherchait à replier les ailes de son âme. La distance qui la séparait du comte de Bourgneuf l'épouvantait. L'amour lui souriait; mais elle en avait honte. Le devoir la regardait froidement, c'est vrai; mais il lui promettait l'estime d'elle-même. Elle songeait à l'histoire si triste du vieux vagabond, dont une trahison avait perdu l'existence. Songer à rompre avec sa passion était un acte héroïque qui la tentait. Puis elle se disait: Qu'ai-je donc à reprocher à mon mari?... d'être trop bon, de trop m'aimer.. je suis bien malheureuse de ne pas l'aimer comme j'aime M. de Bourgneuf... Pourtant, si, comme me l'a dit cet étranger, le comte ne m'aimait pas; cela pourrait bien être un châtiment. Elle succomba à la fatigue et s'endormit.

Une heure après, Jean se levait et se mettait à l'ouvrage, triste et fatigué. Le découragement l'accablait de ses ailes de plomb. Cet homme si brave à l'ouvrage dans ses jours de bonheur ne travaillait plus qu'avec indifférence. Bien qu'il ne crût pas à l'infidélité de sa femme, ce malheureux avait acquis l'infernale certitude qu'Hélène ne l'aimait pas. Il avait la tête pleine de nuages de feu; mais il était silencieux comme les murs qui l'entouraient. La vieille ravaudeuse descendit à la cave, où il travaillait, avec une tasse de bouillon à la main.

— Jean, lui dit-elle avec une émotion qu'elle tâcha de dissimuler (la bonne femme sentait qu'il y avait dans la maison quelque chose d'extraordinaire); Jean, vous n'avez pas assez dormi. Vous vous mettez trop à l'ouvrage. Jean leva la tête et jeta un regard morne sur la bonne voisine que ce regard atterra.

— Vous ferez bien de prendre votre café, ajouta-t-elle en lui présentant la tasse qu'elle tenait à la main.

— Merci, bonne Catherine, je n'ai pas faim.

— Cela pourtant vous remettrait.

Jean fit tourner sa meule sans répondre, il était tout entier à ses pensées de désespoir.

— Seriez-vous donc malade, mon garçon? demanda la bonne ravaudeuse avec inquiétude.

— Oui, Catherine, répondit Jean; je suis malade d'une maladie dont je deviendrai fou, si je n'en meurs.

— Allons, voyons, mon garçon, n'allez-vous pas encore vous mettre martel en tête? lui faisant comprendre qu'elle voyait bien qu'il était en proie à un accès d'humeur noire provoqué par sa jalousie. Jean prit la main de la bonne femme qu'il pressa dans les siennes. Il y avait une telle émotion dans cette action silen-

Bonjour, mon cher homme!

cieuse du coutelier, que Catherine en fut toute troublée.

— Vous devriez arracher ce bandeau de vos yeux, mon garçon.

— Sans doute, s'écria Jean, je suis aveugle, n'est-ce pas, ma bonne Catherine? Plaise au ciel qu'il en soit ainsi! je ne serais pas si malheureux étant plus indifférent. Je suis bien sot, en effet, d'aimer ma femme, moi! C'est vrai, on est sans pitié, on raille l'âme en peine, ce jaloux, ce forçat abruti sous ses fers. Cet homme qui ne voit autour de lui que mensonges, trahisons; que regards fugitifs; faux amis empressés de lui prendre sa femme; un avide ennemi que dans l'ombre il coudoie; de venimeux serpents toujours prêts à se glisser chez lui par des chemins secrets. En effet, plus inquiet que le chien dans son chenil, au regard du jaloux l'hymen est un fer rouge, c'est l'amour qui sourit sous les traits de la mort; et, par un contre-sens de notre esprit malade, l'âme en feu, menacer, et pantelant d'amour, vouloir se faire craindre, ou tonnant de la voix, foudroyant du regard, sur un front adoré suspendre la menace; le sourire à la bouche, esclave adroit ou lâche, scruter le fond d'un cœur pour voir ce qu'on y cache, interpréter un mot, accuser sourdement un coup d'œil, un mouvement, faire un noir démon d'une fidèle épouse: voilà ce que ressent cet aveugle qui se brise le front au mur d'airain de la jalousie et que chacun raille.

— Avec un peu de raison, Jean, la paix reviendrait chez vous, car enfin...

— La raison! la raison! fit le coutelier en interrompant la pauvre femme, la raison! vous voilà tous, vous ne savez pas tout. Des douleurs que j'endure ce n'est que la moitié. Ce mal, ma bonne Catherine, dans mon intérieur me poursuit pas à pas. Chez moi, l'ennui s'assied ainsi qu'une statue; il me brise, il me glace. Si je parle à ma femme, sa réponse est ici et sa pensée ailleurs. Si je lui prends la main, je ne sais quel nuage passe sur son visage pour l'obscurcir encore! on ne me sourit pas, on semble me subir... Si je me plains, d'étranges soupirs se font jour au milieu des sanglots et des pleurs. Pour repousser mes vœux, on a toujours des armes, pour me fuir un prétexte, et pour tout vous dire, Catherine, jusqu'à mon chevet se traîne le dégoût. On frissonne, on gémit, on s'épouvante et, vivant séparés sans cesser d'être ensemble, moi, vil supplicié, dans la honte et les pleurs fleurit ma passion. De sourire à ma peine si on essaie enfin, c'est plus affreux encore et cela vous effraie, on le fait d'un regard plus froid que n'est au cœur la lame d'un couteau. Je sais tout cela, je me dis tout cela, donc que je raisonne. Je raisonne, mais je ne puis me vaincre. Ah! Catherine, Hélène est bien loin de croire son mari si malheureux!

Jean avait bien laissé percer à travers mille tracasseries, à travers ses mauvaises humeurs et quelques menaces insensées, la fougue de sa passion; pourtant il ne s'en était jamais ouvert complétement à la vieille voisine. Ce qu'il venait d'exprimer de ses souffrances avait touché la bonne ravaudeuse au point de lui ôter l'usage de la parole et ne savoir que dire pour consoler le pauvre Jean. Pourtant elle se retira en lui disant:

— Hélène est une honnête femme. Vos soupçons l'auront blessée, vos emportements effrayée: l'amour s'est enfui de votre maison par la porte de la peur... Cependant il me semble que depuis quelque temps Hélène est moins triste et qu'elle se plaît aux fêtes où vous allez ensemble; quelle ne s'ennuie pas avec vous.

— Je l'ai cru, répondit le coutelier, depuis ce jour où Daniel m'avait donné ce conseil que j'ai trouvé bon de suivre... Mais hier... Ici Jean se passa la main sur le front comme pour en chasser un souvenir pénible, et mit la main sur son cœur comme pour en suspendre les battements extraordinaires. Catherine, qui redoutait les accusations indiscrètes d'un emportement jaloux, s'éloigna en murmurant:

— Allons! allons! mon garçon, vous êtes un grand enfant, vous ne connaissez rien au cœur des femmes. Je vous dis, moi, qu'Hélène vous aime, entendez-vous; Hélène vous aime!

Comme elle remontait l'escalier, quelqu'un lui serra la main et l'embrassa doucement, en disant tout bas:

— Merci, ma bonne Catherine!

C'était la femme du coutelier. Elle aussi, tourmentée dans sa conscience, voyant les souffrances que son mari endurait à cause d'elle, ayant pesé dans sa tête ces noms: vertu, amour, devoir, elle s'était dit: Je serais la plus abominable des femmes, si je torturais cet homme qui a soin de moi comme d'un enfant, qui est juste dans sa vie, sage dans sa conduite, inflexible pour les mauvais cœurs, humain jusqu'à faire manger les mendiants à sa table. Un tel homme, qu'est-il? l'ange du devoir. Je veux lui emprunter ses ailes, ajoutait Hélène, et me sauver avec lui. Puis la comparaison du comte de Bourgneuf, sa conduite opposée à celle du coutelier lui vint naturellement à l'esprit. Et puis ce mot terrible de l'étranger: Il ne vous aime pas! la glaçait.

Cet homme, en effet, disait-elle encore, quel usage fait-il de sa fortune? de quels traits de grandeur, de quels actes bienfaisants est-il question autour de lui? Cet homme charmant n'est ni bon ni mauvais. L'homme des Variétés a sans doute raison, le comte a plus de caprice que d'amour, plus d'imagination que de passion. Il tâche d'échapper aux ennuis de l'oisiveté en trompant son cœur sur un sentiment qu'il n'éprouve pas. Hélène avait trouvé de Bourgneuf on ne peut plus tiède au bal des Variétés. Le costume dont il était revêtu lui avait paru de mauvais goût; bien qu'Hélène fût loin de désirer son amant en habit de marquis, elle eût pourtant désiré un costume plus en harmonie avec son titre, avec sa passion. Ce n'est que longtemps après qu'elle se rendit compte de l'embarras que la vue du comte en débardeur lui avait causé. Hélène aimait mieux son mari en faux nez; et comme elle avait de la droiture dans l'esprit, elle ne craignit pas de se l'avouer. Puis elle songea que de Bourgneuf s'était engagé, dans une lettre qu'il lui écrivait, de renvoyer Lauretta, qu'il lui avait renouvelé cette promesse au bal. S'il renvoie cette femme qu'il garde chez lui depuis dix ans, cet homme est donc un méchant homme? Il l'a aimée pourtant; s'il l'a aimée, et il parle de la renvoyer, qu'est-ce donc que l'amour? Il peut donc arriver, un jour, que l'on ne plaise plus, et alors... alors on subit le sort des Lauretta. Encore une fois, qu'est-ce que l'amour? Puis, se repliant sur la vertu, elle se demandait aussi ce que c'était, et une voix lui répondit : Ma fille, la vertu, c'est la foi dans ses engagements. La femme qui n'est plus la providence de sa famille et la conscience de son mari cesse d'être vertueuse. Cette voix qui parlait ainsi à Hélène était la parole de la vieille ravaudeuse.

— Va, mon enfant, va embrasser ton pauvre homme, ajoutait-elle en franchissant les derniers degrés de l'escalier.

— Je me suis levée pour cela, répondit Hélène en pénétrant dans la cave où Jean travaillait. Puis, fit-elle avec un regard brillant de sérénité, je vais lui annoncer une nouvelle qui le comblera de bonheur, je l'espère.

Le coutelier, absorbé dans sa douleur, occupé de son travail, debout en face de l'étau, et limant bruyamment, tournant le dos à la porte, ne vit ni n'entendit sa femme qui lui dit en entrant, comme une conscience sûre d'elle-même :

— Bonjour, mon cher homme!

A cette voix si aimée, à la façon surtout avec laquelle elle se faisait entendre, Jean se retourna comme quelqu'un que l'on réveillerait en sursaut.

— Hélène ! se dit-il; puis il garda le silence. La lime seule répondit au bonjour d'Hélène, qui se prit à sourire en ajoutant :

— Tu m'attendais pour déjeuner, sans doute? Tu es donc bien pressé, que tu ne prends ni le temps de me répondre, ni le temps de boire ton café? Veux-tu que je t'aide? fit Hélène en portant la tasse à ses lèvres. Puis, s'arrêtant à moitié chemin, tiens! commence, tu m'en garderas; et comme Jean rougissait de l'embarras dans lequel sa femme le jetait avec cette gentillesse inaccoutumée, Hélène lui dit en prenant son mari par le cou et posant son frais visage contre le sien :

Ceci était pour : on ne me sourit pas.

— Est-ce que tu ne m'aimes plus ?

A cette question dite d'un accent que le pauvre coutelier ne connaissait point à sa femme, son cœur se fendit, et une larme d'attendrissement vint mouiller sa paupière. Hélène déposa deux baisers sur les paupières humides de son mari. Jean suffoquait, Hélène enleva la lime aux mains de son époux et le fit asseoir; ensuite elle s'assit sur les genoux de cet excellent homme, qui était vraiment bon quand sa maladie de jalousie laissait sa raison libre, et prenant la tasse au café, elle la porta à ses lèvres et lui dit en la lui présentant à son tour :

— A présent, je suis bien sûre que tu boiras.

Il y avait dans tout cela un tel parfum de probité, une grâce si naturelle, que Jean, cette fois, ne put s'empêcher de sourire; il but donc.

— Eh bien! eh bien! fit Hélène, l'arrêtant soudainement, comme si tout allait y passer; voyez donc s'il m'en laissera! Monsieur, vous ne m'aimez pas. Elle lui prit la tasse des mains et la vida d'un trait, affectant de poser ses lèvres où son mari avait mis les siennes. Ceci était pour l'accusation de dégoût. Le coutelier regarda sa femme dans les yeux comme pour y découvrir la raison de cette exaltation, de ce retour inattendu. Hélène supporta ce regard sans éprouver la moindre contrainte. En ce moment toute l'honnêteté de son cœur se répandit sur son visage. Jean crut voir le soleil illuminer sa cave. Il pressa Hélène contre sa poitrine avec un remords en lui-même de la soupçonner encore.

— Ainsi, continua Hélène, vous me regardez et vous ne me trouvez pas changée.

—Ah! si, fit le pauvre Jean en embrassant sa femme; si, ma bonne amie, je te trouve bien changée.

— Dame, aussi, c'est que je souffre un peu. Je suis pâlie, n'est-ce pas?

— Tu es toujours pour moi la plus belle des femmes.

— Ce qui n'empêche pas que j'ai un peu de fièvre.

— Tu souffres? répondit Jean avec inquiétude.

— Oh! rassure-toi, mon bon Jean, cela ne sera rien. Je te dois bien cela, puisque tu dis que je te rends malheureux.

Le coutelier regarda sa femme avec attention et il lui trouva en effet les traits altérés. Cela l'inquiéta.

— Il faudra, dit-il, en pressant les deux mains d'Hélène dans les siennes, il faudra, ma petite femme, consulter quelqu'un si cela continue.

— J'espère bien que cela continuera, répondit Hélène, et que ce ne sera pas la dernière fois.

—Comment! est-ce qu'il y a longtemps que tu souffres?

— Non; mais il y a bien deux mois que j'éprouve des malaises; mais cela m'est égal, si cela te fait bien heureux

—Des malaises? Des malaises de quoi, ma bonne amie? Des malaises qui me rendront heureux.

— Vous ne devinez pas?

— Non.

— Ingrat tout le monde le voit déjà.

— Je n'y suis pas.

— Jean, tu es mari...

— Eh bien?

—Eh bien! dans six mois tu seras père. Et Hélène, en disant cela, cachait son visage inondé de rougeur dans la poitrine de son mari.

Ceci était pour : on semble me subir.

Pour la première fois, Jean connut les larmes de bonheur, et il songea à cette parole de la vieille ravaudeuse :

Votre femme vous aime.

Et dans cet aveu de sa femme, Jean venait de le croire pour toujours.

XVIII.

L'égalité civile.

Lauretta rentra chez elle vieillie de dix ans, tant la scène du bal des Variétés l'avait bouleversée. Se retrouver après vingt ans en face de son passé, dans la personne de son mari, dont un mot avait fait envoler tous ses rêves d'ambition, c'était là un de ces coups de la fortune auquel elle était loin de s'attendre et que son égoïsme n'avait jamais voulu prévoir. D'un clin d'œil, cette femme avait entrevu, comme aux lueurs des éclairs, l'abîme qui l'entourait. Puis Daniel avait dit un mot terrible : Tu n'es plus assez jeune pour le métier des amours. Un mot qui était une honte et une misère. Ainsi la coutelière allait triompher ; quel intérêt Daniel avait-il à protéger cette femme ? Voilà une question que Lauretta se posa en réfléchissant beaucoup, mais qu'elle ne put approfondir. Pourtant, avec un peu de logique et peut-être aussi avec un peu de cœur, elle aurait dû se dire : Daniel ne tient plus à rien au monde. Il ne supporte pas même l'existence, il la traîne après lui ; son cœur ressemble aux haillons qu'il porte : il est en pièces. Qui peut donc le pousser à ressusciter aujourd'hui ? Examinons : je l'ai quitté en lui laissant dans les bras une petite fille qui aurait vingt-deux ans aujourd'hui. Cette petite fille pourrait bien être une femme à présent, une jolie femme même, avoir les yeux bleus de son père et ses cheveux blonds. Cette femme pourrait bien être la femme du coutelier et moi sa mère.... sa rivale !... Et Daniel, en face d'un pareil opprobre, aura secoué la poussière du néant sous laquelle il se plaisait, disait-il, à s'ensevelir vivant, pour y retrouver son cœur de père, et il se sera dit : Il faut empêcher une faute, et séparer deux hontes. Il la connaît, cette enfant, et il ne veut pas être connu d'elle... Si Daniel était riche, il serait déjà dans les bras de sa fille, s'était dit Lauretta. Cette femme sans cœur venait de rendre une éclatante justice au caractère de l'homme qu'elle avait abandonné. Puis elle s'arrêta sur un mot : une enfant que tu aurais fait tuer si je ne m'étais pas trouvé là... Une enfant ! Mais il n'y a qu'une enfant au monde à qui Daniel puisse prendre un intérêt si vif.

Lauretta ne voulut pas aller plus avant. Elle baissa la tête et se tut. Hélène n'avait plus de rivale.

En ce moment un personnage en guenilles se promenait devant la grande grille du bois de Boulogne, attendant quelqu'un. Et de Bourgneuf, suivi de deux amis, descendait de voiture, une boîte à pistolets à la main.

— Ainsi, disait l'un des deux personnages qui l'accompagnaient, tu ne sais pas à qui tu as affaire ?

— Je l'ignore. Peu m'importe, du reste, puisque j'ai été insulté.

— Encore, ne faut-il pas se commettre. Tu pourrais bien avoir affaire à quelque maquignon.

— Ça n'est pas une raison.

— Et ton titre, cher ?

— Ah çà ! mon bon ami, tu oublies toujours que nous vivons sous le régime de l'égalité.

— D'égalité devant la loi ; mais devant les hommes, c'est autre chose.

— J'ai été insulté.

— Par ton bottier, peut-être. Alors, monsieur le républicain, s'il en est ainsi, je vous conseille de vous incliner devant l'égalité civile. C'est une belle occasion.

Comme ils dépassaient la grille du bois, le vieux vagabond vint droit au comte et lui dit :

— Monsieur le comte, laissez là ces messieurs pour un moment, j'ai à vous parler sans témoins.

De Bourgneuf ne fut pas peu surpris de se voir accoster par un tel personnage.

— Est-ce que c'est encore un représentant de l'égalité civile ? dit en riant le témoin du comte, en s'éloignant à un signe de main que fit de Bourgneuf. Le vieux vagabond l'entraîna derrière une touffe de hêtres, et lui dit rapidement :

— Monsieur le comte, je suis l'homme du bal des Variétés.

— Est-ce que le carnaval continue ? s'écria de Bourgneuf, avec ironie, pensant que son adversaire manquait au rendez-vous et lui jouait une farce indigne.

— Oui, monsieur le comte, Mais ce n'est que le carnaval de la vie, répliqua le mendiant, je vous assure que je suis l'homme du bal des Variétés ; et il lui raconta la scène en détail. Le comte n'en douta plus, seulement il comprit que ses pistolets devenaient inutiles.

— Je ne pense pas que vous soyez un prince fugitif, caché sous un déguisement, dit de Bourgneuf, étonné du regard hautain de son adversaire et de la fermeté de son langage.

— Non, monsieur le comte; je ne suis qu'un mari.

— Un mari?

— Oui, monsieur le comte, un mari qui se met sous la protection de l'égalité civile.

— Oh! oh! nous y voilà, pensa de Bourgneuf. Est-ce que vous avez à vous plaindre d'une femme, vous?

— Oui, monsieur le comte.

— Et combien gagnez-vous à cela? fit de Bourgneuf avec impatience.

Pour toute réponse Daniel se contenta de montrer au gentilhomme ses vêtements en lambeaux. Cette action fit rentrer le comte en lui-même.

— Cette femme que j'ai aimée, je l'ai rencontrée l'autre soir au bal des Variétés où j'étais, où vous m'avez vu, déguisé en bourgeois, comme vous en débardeur, continua le vieux vagabond, où j'ai vu son amant, mon rival, monsieur le comte.

— Vous, un rival?

— Sans doute, puisque ma femme a un amant.

— Qui la mène au bal?

— En équipage, qui la couvre de soie et d'or.

— Pourrait-on connaître le nom d'un pareil fou?

— Il se nomme le comte de Bourgneuf. Ici Daniel éleva la voix. De Bourgneuf devint pâle. L'égalité civile lui apparut dans toute sa hideur. Puis il se dit : Cet homme vient demander part à deux, sans doute. Puis enfin il lui dit tout bas :

— Vous, le mari de Lauretta!

— Lisez, monseigneur, fit Daniel, en présentant au comte son acte de mariage. La honte et la colère dévoraient l'âme de de Bourgneuf. Il redoutait un scandale. Le comte de Bourgneuf, l'entreteneur de la femme d'un mendiant!

— Ce n'est pas ma faute s'il vous a plu de pousser si loin l'égalité, fit Daniel avec ironie; mais je ferai observer à monseigneur qu'il est justiciable, aux termes de la loi, comme un simple mendiant, justiciable de la 7e chambre, c'est-à-dire de la correctionnelle.

— Que prétendez-vous faire? qu'exigez-vous de moi? lui dit-il avec inquiétude; que je vous rende votre femme?

— Non, monsieur le comte.

— Alors vous voulez des dommages?

— Et des intérêts.

— Eh bien! parlez, fit de Bourgneuf, charmé de trouver une issue à cette impasse où il se trouvait pris. Qu'exigez-vous de moi?

— J'exige de vous, monsieur le comte, et rien de plus, les lettres que la coutelière vous a écrites.

— De quel droit exigez-vous ces lettres? s'écria de Bourgneuf qui devint rouge à cette demande inattendue.

— Du droit qu'un père a sur sa fille, monsieur le comte, ou de l'intérêt qu'il lui porte, qu'il a le droit de lui porter.

De Bourgneuf demeura interdit.

— Me faudra-t-il aussi vous présenter l'extrait de naissance d'Hélène, monsieur le comte?

— Vous aurez ces lettres, monsieur,

répondit de Bourgneuf, chez qui l'orgueil blessé venait de tuer l'amour.

— Voici les vôtres, monsieur le comte.

Daniel avait écrit une longue lettre à Catherine pour décider Hélène à rendre celles du comte. Hélène, d'après tout ce qui se passait, d'après la révélation soudaine d'un petit être qui remuait dans son sein, avait consenti, en disant à la vieille ravaudeuse :

— Je ferai tout ce qu'on voudra, ma bonne mère, pour donner le repos et le retrouver. Hélène, comme on l'a vu, avait tenu parole.

De Bourgneuf ouvrit tranquillement son portefeuille, en tira trois lettres qu'il remit au mendiant en échange des siennes.

— Merci, monsieur, dit alors Daniel, je vous tiens quitte du reste, et il s'éloigna à grands pas, laissant de Bourgneuf confondu de la bizarrerie d'un tel personnage.

— Eh bien, cher, s'écria un des témoins du comte, en le voyant venir vers eux tout pensif, à qui avons-nous affaire?

— Au Code civil, répondit de Bourgneuf. Allons déjeuner! Il fut impossible à ses amis d'obtenir de lui d'autres explications.

Le lendemain on racontait dans les salons que, à la suite d'un entretien avec un mendiant, le comte de Bourgneuf était parti pour un long voyage, abandonnant son riche mobilier à une femme qui vendit tout pour se faire sœur de charité.

XIX.

L'adieu.

Le même jour, la bonne Catherine avait reçu des mains du vieux mendiant trois lettres avec une autre écrite par Daniel lui-même. Il avait dit à la bonne ravaudeuse :

— Catherine, je remercie le ciel qui t'a placée auprès d'Hélène. Nous avons joué ensemble dans notre jeunesse. Tu m'as connu, toi, tu sais si je fus un méchant homme... tiens, remets ceci à l'enfant; maintenant tu peux lui parler de son père; mais à elle seule, rien qu'à elle.

— Voyons, Daniel, viens auprès de tes enfants, laisse là ta besace, rentre dans la vie... je sais que tu n'es pas heureux de vivre ainsi.

— Non, Catherine, répondit Daniel avec amertume. Il est trop tard! Et il s'enfuit, sans attendre de réponse.

Un soir que Jean était sorti, Hélène lisait une lettre que la vieille ravaudeuse lui avait remise. Cette lettre disait :

« Ma chère fille,

« Ton père n'a jamais cessé d'avoir
« les yeux fixés sur toi. Ne pouvant rien
« faire pour elle, je n'ai pas voulu que
« ma fille connût un père inutile. Aime
« ton mari, fais ton devoir, et n'écris
« plus de lettres. Tu ne sauras jamais de
« quel prix il m'a fallu acheter celles-ci.
« Jean est un honnête homme, tu serais
« impardonnable, si tu l'avais trompé.
« Tu vois, ma fille, que je ne t'ai pas trop
« abandonnée.

« Adieu!

« Ton pauvre père,

« Jacques Daniel. »

Longtemps, longtemps après cette histoire, le coutelier reçut une lettre d'un curé de village, son ami, dont voici le contenu :

« Un pauvre vieux mendiant que vous
« connaissiez, vient de mourir dans une

« grange et sur la paille ; nous l'avons en-
« terré avec tous les honneurs funèbres
« possibles.

« Le curé P.,

« au village de Soucy. »

A cette lecture, Jean regarda sa femme qui tenait sur ses genoux un joli garçon ressemblant au coutelier comme deux gouttes d'eau, et surprit des larmes dans les yeux d'Hélène.

— C'est le pauvre homme sans doute qui a soupé un soir avec nous, dit Jean.

— Oui, dit Hélène, après un long soupir. Jean sortit pour ne pas laisser voir son émotion à sa femme, et une fois dehors, se mit à pleurer en se disant : Je ne sais; mais j'ai toujours pensé que ce bon pauvre était pour moitié dans la conversion de ma femme.

Quelques jours après, Hélène et son petit garçon étaient en deuil. Jean, en voyant sa famille ainsi, demanda :

— De quelle douleur sommes-nous frappés, femme?

— C'est grand-papa qui est mort, père, s'écria le petit garçon tout en larmes. A ce cri, le coutelier tomba dans les bras de sa bonne Hélène, et trois enfants pleurèrent le malheureux Jacques Daniel!

Avril 1853.

Paris. — Imp. Lacour et Cᵉ, rue Soufflot, 16.

www.ingramcontent.com/pod-product-compliance
Lightning Source LLC
LaVergne TN
LVHW020616110826
845149LV00002B/487

9782019534271